"十三五"国家重点出版物出版规划项目

外国小说发展史系列丛书

日本小说发展史

邱雅芬 ——— 著

浙江工商大学出版社 | 杭州

ZHEJIANG GONGSHANG UNIVERSITY PRESS

图书在版编目(CIP)数据

日本小说发展史 / 邱雅芬著. — 杭州：浙江工商
大学出版社，2021.12
ISBN 978-7-5178-4199-9

Ⅰ. ①日… Ⅱ. ①邱… Ⅲ. ①小说史—日本 Ⅳ.
①I313.074

中国版本图书馆 CIP 数据核字(2020)第 240126 号

日本小说发展史
RIBEN XIAOSHUO FAZHANSHI

邱雅芬 著

出 品 人	鲍观明	
丛书策划	钟仲南	
责任编辑	姚 媛 徐 佳	
责任校对	何小玲	
封面设计	观止堂_未 氓	
责任印制	包建辉	
出版发行	浙江工商大学出版社	
	(杭州市教工路 198 号 邮政编码 310012)	
	(E-mail:zjgsupress@163.com)	
	(网址:http://www.zjgsupress.com)	
	电话:0571 - 88904980,88831806(传真)	
排 版	杭州朝曦图文设计有限公司	
印 刷	杭州高腾印务有限公司	
开 本	710mm×1000mm 1/16	
印 张	22	
字 数	419 千	
版 印 次	2021 年 12 月第 1 版 2021 年 12 月第 1 次印刷	
书 号	ISBN 978-7-5178-4199-9	
定 价	98.00 元	

邱雅芬

作者简介 ——————————

邱雅芬，1967 年生，浙江宁波人。1988年于西安外国语学院毕业并留校任教；1991年留学日本，获日本文学硕士学位并完成博士课程学业；1997 年回国进入中山大学外国语学院工作；2003 年获日本福冈大学文学博士学位；2007 年获中山大学文学博士学位；2017 年到中国社会科学院外国文学研究所任职。主要学术兼职：中国外国文学学会理事、中国外国文学学会日本文学研究分会会长。现任中国社会科学院外国文学研究所研究员，中国社会科学院大学研究生院教授、博士生导师。主要研究方向：日本文学、中日比较文学。著有『芥川龍之介の中国：神話と現実』、《中日傀儡戏因缘研究》、《芥川龙之介学术史研究》，译有《万延元年的 Football》等，主编《芥川龙之介研究文集》等，发表学术论文五十余篇。

总　序

陆建德[*]

　　英国小说家简·奥斯丁说过,在小说里,心智最伟大的力量得以显现,"有关人性最透彻深刻的思想,对人性各种形态最精妙的描述,最生动丰富的机智和幽默,通过最恰当的语言向世人传达"。20 世纪以来,小说在文学中的地位比奥斯丁所处的时代更突出,它确实是"一部生活的闪光之书"(戴·赫·劳伦斯语),为一种广义上的道德关怀所照亮。英国批评家弗兰克·克莫德在 20 世纪末指出:"即使是在当今的状况下,小说仍然可能是伦理探究的最佳工具。"但是这一说未必适用于中国古代小说。

　　"小说"一词在中文里历史久远,《汉书·艺文志》将"小说家"列为九流十家之末,他们的记录与历史相通,但不同于官方的正史,系"街谈巷语,道听途说者之所造也"。《殷芸小说》据说产生于南北朝时期的梁代,是我国最早以"小说"命名的著作,多为不经之谈。唐传奇的出现带来新气象,如鲁迅在《中国小说史略》中所说:"小说亦如诗,至唐代而一变,虽尚不离于搜奇记逸,然叙述宛转,文辞华艳,与六朝之粗陈梗概者较,演进之迹甚明,而尤显者乃在是时则始有意为小说。"

　　但是中国现代小说的产生有特殊的时代背景,离不开外来的影响。我国近现代文学的奠基人和杰出代表,往往也是翻译家。这种现象在世界文学史上是不多见的。晚清之前,传统文人重诗文,小说作为一种文学创作形式,地位不高,

---

　　[*] 陆建德:籍贯浙江海宁,生于杭州。中国社会科学院文学研究所研究员,博士生导师。研究方向为英美文学。曾任中国社会科学院外国文学研究所副所长、党委书记,研究生院外文系系主任、研究生院学位委员会副主席和教授委员会执行委员,中国社会科学院文学研究所所长兼文学系主任,《文学评论》主编、《中国文学年鉴》主编、《外国文学动态》主编(2002—2009)、《外国文学评论》主编(2010)。出版专著有《麻雀啁啾》《破碎思想的残编》《思想背后的利益》《潜行乌贼》等。

主要是供人消遣的。到了 20 世纪 20 年代中期,小说受重视的程度已不可同日而语。1899 年初《巴黎茶花女遗事》出版,大受读书人欢迎,有严复诗句为证:"可怜一卷《茶花女》,断尽支那游子肠。"1924 年 10 月 9 日,近代文学家、翻译家林纾在京病逝。一个月后,郑振铎在商务印书馆的《小说月报》上发表《林琴南先生》一文,从三方面总结这位福建先贤对中国文坛的贡献。首先,林译小说填平了中西文化之间的深沟,读者近距离观察西方社会,"了然地明白了他们的家庭情形,他们的社会的内部的情形,以及他们的国民性。且明白了'中'与'西'原不是两个截然相异的名词"。总之,"他们"与"我们"同样是人。其次,中国读书人以为中国传统文学至高无上,林译小说风行后,方知欧美不仅有物质文明上的成就,欧美作家也可与太史公比肩。再者,小说的翻译创作深受林纾译作影响,文人心目中小说的地位由此改观,自林纾以后,才有以小说家自命的文人。郑振铎这番话实际上暗含了这样一个结论:中国现代小说的发达,有赖于域外小说的引进。鲁迅也是在接触了外国文学之后,才不再相信小说的功能就是消磨时间。他在作于 1933 年春的《我怎么做起小说来》一文中写道:"说到'为什么'做小说罢,我仍抱着十多年前的'启蒙主义',以为必须是'为人生',而且要改良这人生。"

　　各国小说的演进史背后是不是存在"为人生"或"救世"的动机? 这个问题不容易回答。浙江工商大学出版社的"外国小说发展史系列丛书"充分展示了小说发展的多元性和复杂性。丛书共 9 册,主要分国别成书,如法国、英国、美国、俄国(含苏联)、日本、德国、澳大利亚和伊朗。西班牙在拉丁美洲有漫长的殖民史,被殖民国家独立后依然使用西班牙语,在文学创作上也是互相影响,因此将西班牙语小说统一处理也是非常合理的。各卷执笔者多年浸淫于相关国别、语种文学的研究,卓然成家。丛书的最大特点,就在于此。我以为只有把这 9 册小说史比照阅读,才会收到最大的成效。当然,如何把各国小说发展史的故事讲得更好,还有待于读者的积极参与。我在阅读书稿的时候,也有很多想法,在此略说一二。首先是如何看待文学中的宗教因素。中国学者也容易忽略文学中隐性的宗教呈现。其次,《美国小说发展史》最后部分(第十二章第八节)介绍的是"华裔小说",反映了中国学者的族裔关怀。国内图书市场和美国文学研究界特别关注华裔作家在美国取得的成就,学术期刊往往也乐意发表相关的论文。其实有的华裔作家完全融入了美国的主流文化,族裔背景对他们而言未必如我们想象中那么重要,美国华裔小说家任碧莲(Gish Jen)来华访问时就对笔者这样说过。

再者,美国自从 20 世纪六七十年代以来,作家队伍中的少数族裔尤其是拉丁美洲人(即所谓的 Latinos)越来越多,他们中间不少人还从未进入过我们的视野。我特意提到这一点,是想借此机会追思《美国小说发展史》作者毛信德教授。

再回到克莫德"小说是伦理探究的最佳工具"一说。读者在阅读小说的时候总是参与其间的,如果幸运的话,也能收到痛苦的自我反思的功效。能激发读者思考的书总是好书,希望后辈学者多多关注这套丛书,写出比较小说史的大文章来。

2018 年 6 月 17 日

前　　言

文字的使用是人类走向文明的重要标志之一。汉字的传入使日本文学有了极为生动的篇章,日本文学由此获得了从"口传文学"向"书面文学"飞跃发展的基石。至 1868 年明治维新前,千余年来,日本文学从中国古典文学中汲取了诸多养分,与中国古典文学关系密切。明治维新后,日本走上了脱亚入欧之路,文学领域亦以欧美文学为楷模,这个时期的日本文学与西方文学关系密切。"二战"后,日本战后派文学在文学与政治的关系方面做出了积极的探索,对在战前被割裂为无产阶级文学派与艺术派的不同分野进行了整合,创作出一系列兼具思想性与艺术性的小说佳作。1968 年,日本成为仅次于美国的世界第二大经济体,日本文学经过近百年来对西方的亦步亦趋,开始呈现出本国特色,川端康成(1899—1972)、大江健三郎(1935—　)先后获得了诺贝尔文学奖。今天,村上春树(1949—　)作品又引发了世界各地的翻译出版热潮。可以说,日本文学长期行走在"传统与外来"的边界,其中包含着诸多的现代性意义。

关于日本小说家及其作品的研究,日本已经出版了大量的论文和论著,但是研究者们分工精细,多以一位作家、一部名著或一个流派作为研究对象,很少从"史"的角度全面论述日本小说及其发展轨迹。即使有这方面的研究成果,也往往限于某个时期,例如中村光夫的《日本的现代小说》、安藤宏的《日本近代小说史》等。我国则在十余年前就已经出版了叶渭渠的《日本小说史》(2009),这种从通史的角度研究日本小说的方式可以让我们更加全面地把握日本小说的整体发展面貌,为进一步研究与思考打下基础。近年来,我国的日本小说研究发展迅猛,翻译或重译了较多的作品,出版了形形色色的小说选本,还有一些名家的全集或文集,每年还出版诸多的专著,相关论文更是不计其数。本书在吸取已有研究成果的基础上,以日本文学与中国文学、西方文学的邂逅为切入点,分上、下两编梳理日本小说的发展历程,探讨日本小说的起源和演变,展现日本小说在与中国文学、西方文学的邂逅中不断摸索前行的发展历程。

在日本,通用版本的日本文学史往往遮蔽诸多汉文学的历史,这造成大众对日本小说起源的认知模糊不清。此外,对战时日本小说的情况亦往往一笔带过,这阻碍了人们对日本小说进行全景式把握。本书首先从"汉字汉文东传日本、汉字文化空间"的维度思考日本小说的萌芽,尝试对通用版本的日本文学史进行重新审视,对战时日本小说亦进行了一定程度的梳理,力图把握日本小说发展的全景图。需要指出的是,由于明治维新以后的日本社会发生了根本性的转型,在思想、文化、制度、器物等重要层面,主流社会均以西方为圭臬,所以本书将明治维新后的日本小说一概称为"现代小说",以避免出现长期以来围绕这一概念的"近代""现代"两个术语的混用问题。

本书中的一些单篇文章已经陆续发表,其中《汉字汉文的传入与日本"并列结构"文化特征的形成》收录于广东高等教育出版社出版的拙著《中日傀儡戏因缘研究》的"余论"部分。还有一些论文发表在《外国文学评论》《学术研究》《国际村上春树研究》等刊物上,感谢曾经为我提供过发表园地的学术期刊及出版社。

感谢法国文学研究专家吴岳添先生的邀请,使我有机会加入这套国别小说发展史的写作团队中。在写作的过程中,中国外国文学学会会长陈众议先生,以及浙江工商大学出版社皆给予了不断的鼓励,使我能够坚持完成写作任务。本书责任编辑姚媛女士的敬业态度亦令人感动,在此一并致以衷心的感谢。

邱雅芬

2020 年 5 月 1 日

目　　　录

上编　与中国文学的邂逅

第一章　日本小说的萌芽

　　文字的使用是人类走向文明的重要标志之一。汉字的传入为日本民族带去了第一道文明的曙光,日本民族由此开始迈向文明。汉字的传入还使日本文学史有了极为生动的篇章,日本文学由此获得了从"口传文学"向"书面文学"飞跃式发展的基石。"和文(日文)的诞生是在汉文学习取得进步,且汉文训读文的书写成为习惯之后。从《古事记》(712)时代开始经过一个多世纪,终于诞生了和文学(日本文学)。首先用汉文书写,再写成汉文训读文,由此诞生和文,再由和文产生和文学。和文学之前有汉文学。和文学诞生之后,汉文学亦长期存在,这是日本文学的基本事实。没有汉文学,就没有和文学。"①但这一基本认知在通用版本的日本文学史中并未得到很好反映。下面笔者首先从汉字的传入与日本"并列结构"文化特征的形成、日本古代小说萌芽的汉字文化空间开始梳理日本小说发展的历程,以期对日本小说发展轨迹有一个更为深入的观察和思考。

第一节　汉字汉文的传入与日本"并列结构" 文化特征的形成

　　中日交流源远流长,《山海经》中即有对"倭"国的记载。《论语·公冶长》篇亦记载孔子曾说:"道不行,乘桴浮于海。"这些文献都透露出中国先民驰骋往来于大海与陆地之间的一些信息。又据日本考古发现,从公元前 3 世纪开始,日本已有"汉族归化人",1958 年,在日本九州南部的种子岛上出土了一些"贝札"和"腕轮","贝札"上写有汉隶字样,"腕轮"上刻有汉代爬虫纹样图案,可以推测从战国后期至汉代,有不少中国先民迁徙至日本列岛,成为当地的"归化人"。② 那么,伴随着这些"归化人"的足迹,汉字东传日本亦是情理中事,可以推测汉字东传日本的历史至少可以追溯至中国战国时代。

　　日本最早的史书《古事记》和《日本书纪》(720)亦记载了汉字、汉文传入日本

---

　　① マリア＝ヘスス　デ・プラダ＝ヴィセンテ、大嶋仁『ゆらぎとずれの日本文学史』(ミネルヴァ書房、2005 年)9ページ。括注为笔者所加。

　　② 严绍璗:《中日古代文学关系史稿》,湖南文艺出版社,1987 年,第 31 页。

时的一些情况。《古事记》中卷"应神天皇"条记载:"亦百济国主照古王以牡马一匹、牝马一匹付阿知吉师以贡上。亦贡上横刀及大镜。又科赐百济国若有贤人者贡上。故受命以贡上人名和迩吉师。即论语十卷、千字文一卷、并十一卷付是人即贡进。"[①]"吉师"亦可作"吉士",在朝鲜语中原有"族长"之意,亦是新罗十七阶官位中的第十四阶。"和迩"在《日本书纪》中作"王仁",一说是乐浪郡的王氏后裔,亦有观点认为是汉高帝之后。[②] "和迩"亦是"王仁"的吴音读法,前者使用万叶假名书写,后者使用汉字书写,二者所指内涵一致。《日本书纪》亦记载应神天皇"十五年秋八月壬戌朔丁卯、百济王遣阿直岐、贡良马二匹⋯⋯阿直岐亦能读经典。即太子菟道稚郎子师焉。于是、天皇问阿直岐曰、如胜汝博士亦有耶。对曰、有王仁者。是秀也。时遣上毛野君祖、荒田别・巫别于百济、仍征王仁也。其阿直岐者、阿直岐史之始祖也。十六年春二月、王仁来之。则太子菟道稚郎子师之。习诸经典于王仁。莫不通达。所谓王仁者、是书首等之始祖也"[③]。

从"若有贤人者贡上"以及"王仁来之。则太子菟道稚郎子师之"等表述可知古代日本对精通汉字、汉文者的崇拜,初来乍到便能担任太傅之职。《论语》《千字文》的同步传入并进行传授还说明"汉文"亦是汉字传入日本的重要形式之一。有学者指出,纪记(《古事记》和《日本书纪》)所载《千字文》传入时间早于《千字文》作者存世时间,但日本的古史编纂混淆历史与神话之间的区别,并随意提前时间以凸显皇统地位的做法较为普遍,比起矛盾的时间问题,《论语》《千字文》等汉籍传入所象征的文化史意义更为重要,它如实地反映了当时日本精英对汉字、汉文、汉籍的推崇。汉字、汉文的传入对当时尚无文字的日本而言,形成了强大的冲击力,促进了日本文化"并列结构"特征的形成。也就是说,汉字传入是参与日本文化基因建构的壮举。

法国学者罗兰・巴尔特指出,日本是一个"符号"帝国,即日本式思维轻视"概念"的内涵,而注重表象符号,一切文化现象在日本都成为一种符号。[④] 自20世纪70年代以来,罗兰・巴尔特的这种文化解读视角在日本国内毁誉参半,追捧者有之,嗤之以鼻者有之。笔者无意评判其对错,但不可否认其中有独到的学术见解,这种视角在认识日本文化本质方面具有较好的启示意义。

---

① 荻原浅男、鸿巢隼雄校注・訳『日本古典文学全集 1 古事記・上代歌謡』(小学館、1973 年)257ページ。笔者在引用时,将生僻汉字改为与之相应的常用汉字,繁体汉字改为简体汉字,以下不赘。

② 坂本太郎、家永三郎、井上光貞、大野晋校注『日本書紀(二)』(岩波書店、1994 年)207ページ。

③ 同上,第 512—513 页。

④ 罗兰・巴尔特:《符号帝国》,孙乃修译,商务印书馆,1994 年。

当日本还处于原始社会时,高度发达的中华文化传到日本,日本从使用汉字开始迈出了走向文明的第一步。汉字为日本带去了文明的曙光,也奠定了日本文化的"并列结构"①基础。这种"并列结构"是"外来"文化与"土著"文化之间的一种平衡机制,既保存了土著文化,又吸收了外来文化。早期日本先民不能理解中华文化精髓,所以传入日本的先进文化往往被剥掉内涵,仅留下表象,即其象征性符号,这成为后世日本吸收外来文化的模式,且看如下引文:

【原文】笼毛与　美笼母乳　布久思毛与　美夫君志持　此岳尔菜採须儿　家吉闲名　名告纱根　虚见津　山跡乃国者　押奈户手吾许曾居　师吉名倍手　吾己曾座　我许背齿　告目　家呼毛名雄母②

【中译文】一手持木铲,美哉小木铲! 一手提竹筐,精巧小竹筐! 来此山岗上,采莱少女郎。愿你把家告,愿你将名讲。在此大和国,惟尊我为王;在此国土中,惟服吾为皇。抑或先由我,开口将家名,通统对你讲?③

这是日本《万叶集》的第一首诗歌,传为雄略天皇的作品。《万叶集》有日本《诗经》之称,编撰于 8 世纪,是日本第一部诗歌总集。原文无疑使用了汉字,但中国人无法读懂,因为这里的汉字被剥离了表意功能,只剩下表音功能,即汉字成了表音符号,这种表音汉字是日本最早使用汉字的方法。由于《万叶集》采用了这种书写方式,所以后世将这种表音汉字称为"万叶假名",这是日本假名文字④的元祖。值得注意的是,"假名"是相对于"真名"(汉字)而言的,"假名"与"真名"最大的区别就在于有无"内涵",即表意功能。至 10 世纪,假名文字成熟,但日本人并未废止汉字,而是将汉字与假名"并列"使用,他们用汉字词汇暗示理性、逻辑、男性化倾向,用假名词汇代表柔和、婉转、女性化倾向。明治维新后,大量西方词汇涌入日本,日本又用"平假名"代表日本固有词汇,用"片假名"代表西方传来的新词汇,即在原有的汉字与假名的组合之上,再加上平假名、片假名这对新型组合,任何一种文字都未随时代的推移而废止。

日本文化在文字使用方面表现出的这种"并列结构"特征意味深远,它成为日本文化吸收外来文化时的固有模式,并可见于其政治制度、宗教形态、文学艺

---

① 大嶋仁『日本思想を解く―神話的思惟の展開』(北樹出版、1989 年)42ページ。

② 小島憲之、木下正俊、佐竹昭広校注・訳『日本古典文学全集　2　万葉集　1』(小学館、1971 年)63ページ。

③ 佚名:《万叶集》,大伴家持等编,赵乐甡译,译林出版社,2002 年,第 1—2 页。

④ 假名分平假名、片假名两种,是日本根据中国汉字创制出的日本文字。

术等方方面面。让我们再次回顾 8 世纪,这是日本国家意识开始萌动的重要时代。如前所述,日本在这时期编撰了《万叶集》,它主要使用万叶假名,也就是说,尽管这种文字具有汉字的外表,但它仍是日语,即《万叶集》主要是用日语编撰而成的。其实在《万叶集》诞生之前,日本人先用汉文编撰了汉诗集《怀风藻》(751)。《怀风藻》深受中国诗的影响,例如其开篇部中大友皇子的《侍宴》诗:"皇明光日月,帝德载天地。三才并泰昌,万国表臣义。"①饱含浓郁的中国诗的韵味。

由此可见,日本致力于编撰本民族诗歌集以彰显本国文化软实力,故在同一时期编撰了一本汉文集和一本日文诗集,其中《怀风藻》凸显国际化色彩,《万叶集》则倾向于保留民族特色,两部诗集构成一组并列模式。

不仅如此,《怀风藻》和《万叶集》的组合形式还暗示了日本文学自身的"并列结构"模式,即在明治维新前,日本文学实际上是由"汉文学"与"和文学"两部分组成的,且汉文学长期占据了日本高雅文学的宝座。当今的日本文学史往往用浓重的笔墨描绘"和文学"的发展轨迹,而忽略汉文学史,这是极为片面的做法,这样并不能勾勒出日本文学史的整体面貌。

日本人在诗集编撰方面的独特思维同样显现在史籍编撰方面。8 世纪时,日本人还编撰了日本最早的史书《古事记》和《日本书纪》,其本质性目的都是宣扬天皇统治的正当性,但不可思议的是《古事记》兼用万叶假名与汉字写成,而《日本书纪》用相对纯正的汉文写成,或许当时的统治者希望对内用《古事记》,对外用《日本书纪》彰显天皇统治。

在政治制度方面,日本长期实行天皇与幕府将军的并列形式,天皇是国家的象征,幕府将军则掌握国家实权,但在名义上,将军任职需要得到天皇许可。当代日本也基本上沿用这种政治模式,即天皇与首相的并列形式,天皇依然是国家的象征,但首相掌管国务大事。这种"并列结构"的政治模式往往导致主次不清,责任不明,日本在"二战"责任处理方面极端滞后的表现即其明证之一。日本的诺贝尔文学奖得主大江健三郎在斯德哥尔摩陈述获奖感言时,其文章名《我在暧昧的日本》(1994),表达了作家对这种暧昧政治体制的批判态度。

在民俗生活方面,大多数日本人用古老的神道仪式举行婚礼,用外来的佛教仪式举行葬礼。② 在此,信仰变成了仪式性"符号",而丧失了真正的内涵,举行神道婚礼或佛教葬礼并不表明此人拥有神道或佛教信仰,人们只是按照一贯的社会习俗行事而已。明治维新以后,西方文化如潮水般涌入日本,日本在经历了

---

① 江口孝夫訳注『懐風藻』(講談社、2000 年)45ページ。

② 一部分基督徒则采用基督教仪式。

短暂的迷茫后，又将传统文化①与外来文化进行并列整合，于是产生了一组组新的文化"并列"模式，如传统和歌、俳句②与新体诗，日本画与洋画，日本乐（帮乐）与洋乐，日本舞与洋舞，西式客厅与日式榻榻米卧室，以及源自中国的盂兰盆节与西方的圣诞节共存于当今日本人的生活中，日本有闲妇女仍以修习传统茶道、花道作为高尚教养之一，等等。这种传统与现代的"并列模式"使日本文化往往流于形式化，却也传达着一种古雅的"氛围"，亦成为文化创新的源泉之一。由此可知，"文字"在文化史中的重要地位，"汉字"可谓是中华文化对人类文明最重要的贡献之一。文学的发达更有赖于文字的发达，这是本章首先探讨"汉字"与日本文化深层关系的原因所在。

第二节　日本古代小说萌芽的汉字文化空间

文字是思想的载体，汉字的传入使当时日本精英更加向往中国文化，这是圣德太子(575—622)积极输入中国文化的重要原因。圣德太子推出了一系列措施，例如制定《冠位十二阶》(603)，以中国儒家的德、仁、礼、信、义、智表示冠位高低，具体分为大德、小德、大仁、小仁、大礼、小礼、大信、小信、大义、小义、大智、小智十二阶。他还制定了《宪法十七条》(604)，以中国儒释道思想为基础，规定了人与人之间不同的社会地位和权利、义务，这是日本史上第一次提出较为完整的建构中央集权统治的政治纲领。《宪法十七条》见于《日本书纪》第22卷，全部以汉文写成，这种纯熟的汉文功底及其蕴含的中国儒释道思想底蕴透露出日本国家及日本文化的建构轨迹，亦是日本古代小说萌芽的文化基石，故引全文如下：

> 一曰、以和为贵、无忤为宗。人皆有党。亦少达者。是以、或不顺君父。乍违于邻里。然上和下睦、谐于论事、则事理自通。何事不成。二曰、笃敬三宝。三宝者佛法僧也。则四生之终归、万国之极宗。何世何人、非贵是法。人鲜尤恶。能教从之。其不归三宝、何以直枉。三曰、承诏必谨。君则天之。臣则地之。天覆地载。四时顺行、万气得通。地欲覆天、则至坏耳。是以、君言臣承。上行下靡。故承诏必谨。不谨自败。四曰、群卿百寮、以礼为本。其治民之本、要在乎礼。上不礼、而下非齐。下无礼、以必有罪。是以、群臣有礼、位次不乱。百姓有礼、国家自治。五曰、绝餮弃欲、明辨诉讼。其百姓之讼、一日千事。一日尚尔、况乎累岁。顷治讼者、得利为常、见贿听谳。便有财之讼、如石

---

① 此时的传统文化中已融入了大量中国文化因子。
② 和歌、俳句为不同时代诞生的日本传统诗歌。

投水。乏者之诉、似水投石。是以贫民、则不知所由。臣道亦于焉阙。
六曰、惩恶劝善、古之良典。是以无匿人善、见恶必匡。其谄诈者、则为
覆国家之利器、为绝人民之锋剑。亦佞媚者、对上则好说下过、逢下则
诽谤上失。其如此人、皆无忠于君、无仁于民。是大乱之本也。七曰、
人各有任。掌宜不滥。其贤哲任官、颂音则起。奸者有官、祸乱则繁。
世少生知。克念作圣。事无大少、得人必治。时无急缓。遇贤自宽。
因此国家永久、社稷勿危。故古圣王、为官以求人、为人不求官。八曰、
群卿百寮、早朝晏退。公事靡监。终日难尽。是以、迟朝不逮于急。早
退必事不尽。九曰、信是义本。每事有信。其善恶成败、要在于信。群
臣共信、何事不成。群臣无信、万事悉败。十曰、绝忿弃瞋、不怒人违。
人皆有心。各各有执。彼是则我非。我是则彼非。我必非圣。彼必非
愚。共是凡夫耳。是非之理、讵能可定。相共贤愚、如环无端。是以、
彼人虽瞋、还恐我失。我独虽得、从众同举。十一曰、明察功过、赏罚必
当。日者赏不在功。罚不在罪。执事群卿、宜明赏罚。十二曰、国司国
造、勿敛百姓。国非二君。民无两主。率土兆民、以王为主。所任官
司、皆是王臣。何敢与公、赋敛百姓。十三曰、诸任官者、同知职掌。或
病或使、有阙于事。然得知之日、和如曾识。其以非与闻。勿防公务。
十四曰、群臣百寮、无有嫉妒。我既嫉人、人亦嫉我。嫉妒之患、不知其
极。所以、智胜于己则不悦。才优于己则嫉妒。是以、五百之乃今遇
贤。千载以难待一圣。其不得贤圣。何以治国。十五曰、背私向公、是
臣之道矣。凡人有私必有恨。有憾必非同。非同则以私妨公。憾起则
违制害法。故初章云、上下和谐、其亦是情欤。十六曰、使民以时、古之
良典。故冬月有间、以可使民。从春至秋、农桑之节。不可使民。其不
农何食。不桑何服。十七曰、夫事不可独断。必与众宜论。少事是轻。
不可必众。唯逮论大事、若疑有失。故与众相辨、辞则得理。①

  《宪法十七条》是展示文字、语言、思想三位一体的绝佳文本，可见从"文字"
到"文化"的发展路径，亦是"汉字"进入日本政治管理层的滥觞，全文引用了《尚
书》《论语》《左传》《礼记》《孟子》《管子》《礼记》《孝经》等诸多中国经典，例如第一
条"以和为贵"典出《论语·学而》之"礼之用，和为贵，先王之道，斯为美"，显示了
圣德太子援用中国文化实现其治国安邦理念的宏大抱负。标题中"宪法"一词见
于《管子·七法》"有一体之治，故能出号令，明宪法也"。该词语在明治维新后再

---

  ① 坂本太郎、家永三郎、井上光贞、大野晋校注『日本書紀（四）』（岩波書店、1995 年）
458—460ページ。

次受到关注,明治政府以"宪法"对接西方语境中的相关事项,制定了现代意义上的《明治宪法》,可见"汉字"生生不息的生命力。

《宪法十七条》的第二条倡导"笃敬三宝",可见圣德太子亦非常重视佛教的教化作用,他还亲力亲为,对《胜鬘经》《维摩经》《法华经》三部大乘佛经进行注疏,合称"三经义疏",其中《法华义疏》四卷、《维摩经义疏》三卷、《胜鬘经义疏》一卷,这些也成为日本最早的佛教研究著作。圣德太子还亲自为天皇讲经说法,《日本书纪》推古十四年(606)条记载:"秋七月、天皇请皇太子、令讲胜鬘经。三日说竟之。是岁、皇太子亦讲法华经于冈本宫。天皇大喜之、播磨国水田百町施于皇太子。因以纳于斑鸠寺。"①由此可见《胜鬘经》等佛经已在皇宫中得到了广泛的认可,圣德太子的讲经说法令推古天皇"大喜之",故天皇立即赏赐了"水田百町"。

《胜鬘经》全称《胜鬘狮子吼一乘大方便方广经》,南朝宋求那跋陀罗译。"胜鬘"是古印度波斯匿王的女儿,她聪慧美貌,笃信佛法。《胜鬘经》叙述了胜鬘夫人在佛前发下十大愿的经过等内容,其主要特色是以在家女众的身份说法。圣德太子对《胜鬘经》的重视或与推古天皇的女性身份有关。《维摩经》全称《维摩诘所说经》,后秦鸠摩罗什译本流行最广。"维摩诘"是古印度的大富豪,亦是福慧兼备的在家居士。《维摩经》通过描写维摩诘与文殊菩萨等探讨佛法的过程,阐述了大乘般若性空的思想,同时表明在家居士亦可有所成就的道理。圣德太子也许从维摩诘居士的身上看到了自己的影子。《胜鬘经》《维摩经》是大乘佛教在家佛教的代表经典。《法华经》是释迦牟尼晚年的经典,有"经中之王"的称谓,全称《妙法莲华经》,后秦鸠摩罗什译。"妙法"指一乘法、不二法;"莲华"即莲花,出淤泥而不染,亦具有花果同时之"妙"。《法华经》阐明一切众生无论三乘、五乘,不分贫富贵贱,皆可成佛。

在圣德太子的倡导下,佛教在日本迎来了最初的黄金发展时期,此后佛经不断东传日本。日本不设译经场,日本人皆直接阅读汉文佛经,佛经成为汉字汉文东传日本的重要支脉之一,不容忽略。尤其值得注意的是《胜鬘经》《维摩经》《法华经》等佛经语言优美,情节生动,人物富于个性。《法华经·方便品》中说:"诸佛智慧甚深无量,其智慧门难解难入。"所以佛陀说法往往采用大量比喻,以阐明难解的哲理,其中"火宅喻""穷子喻""药草喻""化城喻""衣珠喻""髻珠喻""良医喻"最为著名,有"法华七喻"之称,内含丰富的文学性。例如,《法华经·譬喻品第三》的"火宅喻"描绘了一场大火即将烧毁整个宅院,但长者的幼子们还在宅院内耽于嬉戏,不思出逃,于是长者使用善巧方便,许诺门外有种种"珍玩之物",孩

---

① 坂本太郎、家永三郎、井上光贞、大野晋校注『日本書紀(四)』(岩波書店、1995 年)461—462ページ。

子们果然"竞共驰走，争出火宅"，最终得救的故事。其文如下：

> 若国邑聚落，有大长者，其年衰迈，财富无量，多有田宅及诸僮仆。其家广大，唯有一门，多诸人众，一百、二百乃至五百人，止住其中。堂阁朽故，墙壁隤落，柱根腐败，梁栋倾危，周匝俱时，欻然火起，焚烧舍宅。长者诸子，若十、二十或至三十，在此宅中。长者见是大火从四面起，即大惊怖，而作是念：我虽能于此所烧之门，安隐得出，而诸子等，于火宅内，乐著嬉戏，不觉不知，不惊不怖，火来逼身，苦痛切己，心不厌患，无求出意。舍利弗！是长者作是思惟：我身手有力，当以衣裓，若以几案，从舍出之。复更思惟：是舍唯有一门，而复狭小。诸子幼稚，未有所识，恋著戏处，或当堕落，为火所烧。我当为说怖畏之事，此舍已烧，宜时疾出，无令为火之所烧害。作是念已，如所思惟，具告诸子：汝等速出。父虽怜愍，善言诱喻，而诸子等乐著嬉戏，不肯信受，不惊不畏，了无出心。亦复不知何者是火，何者为舍，云何为失，但东西走戏，视父而已。

> 尔时，长者即作是念：此舍已为大火所烧。我及诸子若不时出，必为所焚。我今当设方便，令诸子等得免斯害。

> 父知诸子，先心各有所好，种种珍玩奇异之物，情必乐著。而告之言：汝等所可玩好，希有难得，汝若不取，后必忧悔。如此种种羊车、鹿车、牛车，今在门外，可以游戏。汝等于此火宅，宜速出来，随汝所欲，皆当与汝。

> 尔时，诸子闻父所说珍玩之物，适其愿故，心各勇锐，互相推排，竞共驰走，争出火宅。是时长者见诸子等安隐得出，皆于四衢道中，露地而坐，无复障碍，其心泰然，欢喜踊跃。[①]

"火宅喻"表明三界如火宅，但众生以苦为乐，不思出离。文中的"长者"比喻佛陀，"孩子"比喻苦难众生，"火"比喻世间之苦。此处的比喻手法形象生动，富于说服力，故事完整，且富于魅力。"堂阁朽故，墙壁隤落，柱根腐败，梁栋倾危，周匝俱时，欻然火起，焚烧舍宅"的描绘细致入微，"长者见诸子等安隐得出，皆于四衢道中，露地而坐，无复障碍，其心泰然，欢喜踊跃"的心理刻画亦动人心弦，如此将难解的佛理用平易近人的语句表达出来，其文学性不言而喻。

《维摩经》亦具有浓郁的文学色彩，其形象生动的对话场面具有戏剧脚本的性质，这部经典对中国文化影响深远，亦是中国古代文人墨客极为推崇的佛教经

① 林世田、李德范：《佛教经典精华》（上册），宗教文化出版社，1999 年，第 164—165 页。

典之一。例如我国唐代著名诗人王维，字摩诘，号摩诘居士，其名号均取自"维摩诘"之名。《维摩经·方便品第二》首先描写了维摩诘的人物形象：

> 尔时，毗耶离大城中有长者，名维摩诘，已曾供养无量诸佛，深殖善本，得无生忍。辩才无碍，游戏神通，逮诸总持，获无所畏，降魔劳怨，入深法门。善于智度，通达方便，大愿成就，明了众生心之所趣，又能分别诸根利钝。久于佛道，心已纯淑，决定大乘，诸有所作，能善思量。住佛威仪，心大如海。诸佛咨嗟。弟子释梵世主所敬，欲度人故，以善方便居毗耶离。资财无量，摄诸贫民。奉戒清净，摄诸毁禁。以忍调行，摄诸恚怒。以大精进，摄诸懈怠。一心禅寂，摄诸乱意。以决定慧，摄诸无智。虽为白衣，奉持沙门清净律行。虽处居家，不著三界。示有妻子，常修梵行。现有眷属，常乐远离。虽服宝饰，而以相好严身。虽复饮食，而以禅悦为味。若至博奕戏处，辄以度人。受诸异道，不毁正信。虽明世典，常乐佛法。一切见敬，为供养中最。执持正法，摄诸长幼。一切治生谐偶，虽获俗利，不以喜悦。游诸四衢，饶益众生。入治正法，救护一切。入讲论处，导以大乘。入诸学堂，诱开童蒙。入诸淫舍，示欲之过。入诸酒肆，能立其志。若在长者，长者中尊，为说胜法。若在居士，居士中尊，断其贪著……①

　　一个古印度上流阶层在家居士的形象跃然纸上，他那"辩才无碍，游戏神通""住佛威仪，心大如海"的气势，"资财无量，摄诸贫民"的胸襟，以及"虽服宝饰，而以相好严身。虽复饮食，而以禅悦为味"，将世俗生活与超然的精神境界融于一体的绝妙的平衡感充满了奇幻色彩，展示了一种全新的人物形象，令读者叹为观止，亦具备了文学的想象力。具有一定个性的人物形象、简单的故事情节是萌芽期小说的要素，上述佛经片段具备人物形象、故事情节，亦不乏心理描写和想象力的成分。诸如此类的小说要素不断积累，为日本古代小说的萌芽准备了必要的条件，可见汉文佛经为日本古代小说萌芽营造了浓郁的汉字文化空间。
　　圣德太子还积极派遣使臣赴隋朝通好，《日本书纪》推古十五年（607）条记载："秋七月戊申朔庚戌、大礼小野臣妹子遣于大唐。以鞍作福利为通事。"②此处"大唐"是《日本书纪》成书时代中国所处的朝代。《隋书·倭国传》亦记载了小野妹子向隋炀帝表明到访目的："闻海西菩萨天子重兴佛法，故遣朝拜，兼沙门数

---

　　①　林世田、李德范：《佛教经典精华》（下册），宗教文化出版社，1999 年，第 425—426 页。
　　②　坂本太郎、家永三郎、井上光贞、大野晋校注『日本書紀（四）』（岩波書店、1995 年）462 ページ。

十人来学佛法。"可见圣德太子高度重视《宪法十七条》第二条"笃敬三宝",不仅编撰"三经义疏",还紧跟时代的步伐,向业已走出北周"灭佛"阴霾的隋朝派出使节,并同时派出"沙门数十人"学习佛法,这是持续两百余年学习、输入中国文化的遣唐使工程的先声。在圣德太子开启的全方位学习中国路线的基础上,日本于 645 年实行大化改新,全面导入中国律令制,把中国视为治国理念的范本,宣布国家的法令、公文一律使用汉文。这意味着日本开始全面进入汉字、汉文时代。这时期至奈良时代(710—794)亦是日本国家意识萌芽时期,在建构国家文化软实力方面,日本参照中国模式,开始编撰史书、地方志、诗歌集等,此举对文学影响深远,日本文学就是在这种汉字文化空间中开始了从"口传文学"向"书面文学"的飞跃历程。

奈良时代编撰的书籍包括《古事记》《日本书纪》《怀风藻》《万叶集》《东征传》(779)等,但无论是用汉文写成的《日本书纪》《怀风藻》《东征传》,还是兼用万叶假名与汉字写成的《古事记》《风土记》《万叶集》都是"汉字"书籍,这些书又都具有丰富的文学色彩,共同催生着日本古代小说的诞生。在这批书中,《古事记》和《日本书纪》是日本史书。当时的日本民族还分不清神话与历史的区别,这两本史书均以神话开篇,具有丰富的文学色彩。这两本史书亦都具有明晰的编撰目的,即主要为强调天皇统治而编撰,是日本律令制国家建构过程中的重要一环,因此又都带上了浓郁的政治色彩。"汉字"文体的运用,表明《古事记》《日本书纪》等文献均经过了中国意识、中国文化的过滤,可见所谓"纯粹的"日本文化在其起步阶段便是不存在的。

《古事记》成书于元明天皇和铜五年(712),共三卷,上卷是神代卷,叙述日本建国神话,中卷和下卷叙述从神武天皇至推古天皇时期的历史,由稗田阿礼口授,太安万侣编集,序文用汉文写成:"臣安万侣言。夫混元既凝、气象未效。无名无为。谁知其形。然乾坤初分、参神作造化之首、阴阳斯开、二灵为群品之祖。所以出入幽显、日月彰于洗目、浮沈海水、神祇呈于涤身。"[1]正文则使用变体汉文,其开篇部分写道:

> 天地初发之时、于高天原成神名、天之御中主神[训高下天云阿麻。下效此]次高御产巢日神、次神产巢日神。此三柱神者并独神成坐、而隐身也。
>
> 次国稚如浮脂、而久罗下那州多陀用币流之时[流字以上十字以音]、如苇牙因萌腾之物而成神名、宇摩志阿斯诃备比古迟神[此神名以

_____

① 荻原浅男、鸿巢隼雄校注・訳『日本古典文学全集 1 古事記・上代歌謡』(小学館、1973 年)44ページ。

音〕、次天之常立神〔训常云登许、训立云多知〕。此二柱神亦并独神成
坐、而隐身也。①

　　上文出现的神名,或音读,或训读,并不统一。日本民族运用汉文这种外语编
撰本国史书,其困难程度可想而知,这种不统一的现象亦在所难免。方括号注明音
读处,即下划线"久罗下那州多陀用币流""宇摩志阿斯诃备比古迟神"②中的汉字
是万叶假名,即这里的汉字是表音文字,这是《古事记》采用的变体汉文文体。
　　《日本书纪》以汉文写成,成书于元正天皇养老四年(720),共三十卷,记载
"神代"至持统天皇的历史,其体例主要模仿中国《史记》与《汉书》,其开篇写道:

　　　古天地未剖、阴阳不分、浑沌如鸡子、溟涬而含牙。及其清阳者、薄
　　靡而为天、重浊者、淹滞而焉地、精妙之合搏易、重浊之凝竭难。故天先
　　成而地后定。然后、神圣生其中焉。故曰、开辟之初、洲壤浮漂、譬犹游
　　鱼之浮水上也。于时、天地之中生一物。状如苇牙。便化为神。号国
　　常立尊。次国狭槌尊。次丰斟渟尊。凡三神矣。乾道独化。所以、成
　　此纯男。③

　　纪记神话打破时空界限,富于幻想色彩,亦具有一定的故事性,其文学性不
言而喻。此外,纪记神话为强调天皇统治而编撰,具有浓郁的政治色彩,所以其
中缺乏自然神话,且其中的神灵亦缺乏神性色彩,而颇多人性特点。
　　《怀风藻》是日本最早的诗集,亦是一本汉诗集,收录了大友皇子、河岛皇子、
大津皇子以下六十四名诗人的一百二十首作品,所收诗人均为达官贵人、上层知
识分子,如其中收录了文武天皇的《咏月》《述怀》《咏雪》三首诗作,可见日本文化
草创期"由上而下"学习中国文化的特点。《怀风藻》诗风稚拙,但其亦步亦趋模
仿中国诗歌的开拓精神值得肯定。这部诗集还是日本基于文学意识编撰的第一
部文学作品,其文学史价值不容小觑。由汉诗集《怀风藻》的率先编撰可知,当时
日本朝廷将汉诗作为高深教养,和歌为了争取与汉诗同等的地位,不得不大量导
入汉诗表述,由此诞生了《歌经标式》(772),《歌经标式》将中国诗论进行直译以
指导和歌创作,可见和歌在汉诗文化空间中的发展轨迹。
　　《万叶集》是日本最早的和歌总集,有日本《诗经》之称,大约编撰于 7 世纪后

---

　　①　荻原浅男、鸿巢隼雄校注・訳『日本古典文学全集　1　古事記・上代歌謡』(小学
館、1973 年)50 ページ。引用时个别标点略有改动,下划线亦为笔者所画。
　　②　分别读作「くらげなすただよへる、うましあしかびひこぢのかみ」。
　　③　坂本太郎、家永三郎、井上光貞、大野晋校注『日本書紀(一)』(岩波書店、1994 年)423
ページ。

半期至 8 世纪后半期,其编撰时间略晚于《怀风藻》,全书共二十卷,收录四千五百余首和歌,作者身份上自王公贵族,下至庶民百姓。内容包括相闻歌、挽歌、杂歌等,这种分类方式大致参照了中国的《文选》,主要以万叶假名写成,即将汉字当作表音文字,但歌题、歌序常用汉文,这种例子不胜枚举,这里仅举两例说明,如第 63 首题名"山上臣忆良在大唐时、忆本乡做歌"。第 3804 首的歌序较长,其文写道:

> 昔者有壮士、新成婚礼也。未经几时、忽为驿使、被遣远境。公事有限、会期无日。于是娘子、感恸凄怆、沉卧疾疹。累年之后、壮士还来、覆命既了。乃诣相视、而娘子之姿容、疲羸甚异、言语哽咽。于时壮士、哀叹流泪、裁歌口号。其歌一首①

上面的汉文明晰流畅,《万叶集》的中国文化色彩由此略窥一斑,且对"昔者"之事的描绘,情景交融,已具备鲜明的故事性,读来令人印象深刻。值得注意的是,《万叶集》中有一百三十三首"七夕歌",这是一个可观的数据,如《万叶集》第 10 卷收录"秋杂歌 七夕"九十八首,其中包括有"歌圣"之称的柿本人麻吕的七夕歌三十八首,举例如下:

【原　文】天汉梶音闻　孙星与织女　今夕相霜
【中译文】银河闻桨声　牛郎与织女　应是今夜相逢

【原　文】秋去者　川雾立　天川河向居而　恋夜多
【中译文】秋来雾漫天河　隔岸两向居　思恋夜多

【原　文】吉哉　虽不直　奴延鸟　浦叹居　告子鸭
【中译文】纵非直接见　暗中在叹息　亦愿有女能告知

【原　文】一年迩　七夕耳　相人之　恋毛不过者　夜深往久毛
【中译文】一年中　惟有七夕夜　相逢人儿未尽恋　夜已阑珊②

可见中国的七夕节早已东传日本,那天上人间、人神相恋的爱情故事一定令

---

① 小岛宪之、木下正俊、佐竹昭广校注・訳『日本古典文学全集　5　万葉集　4』(小学館、1975 年)117ページ。

② 小岛宪之、木下正俊、佐竹昭广校注・訳『日本古典文学全集　4　万葉集　3』(小学館、1973 年)95—96ページ。中译文参照《万叶集》,赵乐甡译,译林出版社,2002 年,第 427 页。

当时的日本和歌诗人产生了无尽的浪漫奇思,否则不会有如此大量七夕歌的存在。七夕歌还开启了日本诗歌创作史上的虚拟手法,这种虚拟手法预示着日本古典小说的脚步业已临近。

《东征传》又名《唐大和上东征传》,亦以汉文写成,是日本第一部传记文学,描写唐代高僧鉴真和尚在日本留学僧荣叡、普照的力邀之下,历尽艰险,东渡日本弘扬佛教、传授佛教戒律的事迹。作者真人元开,又名淡海三船,是大友皇子的曾孙,日本奈良时代后期的著名汉学者,有"文人之首"之称,曾任大学头、文章博士、刑部大辅等职,传说他还是《怀风藻》的编撰者,日本敕选汉诗集《经国集》(827)收录其诗作五首。淡海三船曾经亲受鉴真和尚的教化,他在鉴真逝世十六年后撰写《东征传》,时年五十八岁。鉴真和尚不仅是日本律宗的开创者,他与日本宗教思想上的两大动脉——日本天台宗、真言宗的创立亦关系密切,这两大宗派的创始人最澄、空海在年轻时所仰以进学的,都是鉴真和尚的遗泽,鉴真可谓是站在奈良文化最高峰者,亦是为平安文化开道之人。①《东征传》不仅具有极高的史料价值,其文学史价值亦不容小觑,作品开篇即用点睛之笔,生动简洁地勾勒了鉴真和尚的生平,其文写道:

> 大和尚讳鉴真,扬州江阳县人也,俗姓淳于,齐辨士髡之后也。其父先就扬州大云寺智满禅师受戒学禅门。大和尚年十四,随父入寺,见佛像感动心,因请父求出家,父奇其志,许焉。是时大周则天长安元年,有诏于天下诸州度僧,便就智满禅师出家为沙弥,配住大云寺,后改为龙兴寺。唐中宗孝和皇帝神龙元年,从道岸律师受菩萨戒。景龙元年,杖锡东都,因入长安,其二年三月二十八日于西京实际寺登坛受具足戒,荆州南泉寺弘景律师为和尚。巡游二京,究学三藏,后归淮南,教授戒律,江淮之间,独为化主,于是兴建佛事,济化群生,其事繁多,不可具载。②

传记文学是历史与文学的结合体,注重真实性,排斥小说中至为关键的虚构色彩,但亦需要文学性的支撑,即在文学性方面,传记文学与小说是一致的,二者都需要进行人物刻画、情景描写,还需要展现艺术感染力。无论是刻画历史人物,还是塑造小说人物形象,都需要作家发挥高超的写作技巧,以刻画令人印象深刻的人物形象。淡海三船作为当时的"文人之首",以卓越的汉文功底、生动简洁的文笔,刻画了一个具有立体感的鉴真形象,亦使《东征传》成为日本小说、日本文学草创期的一个不可忽略的重要文本。

---

① 真人元开:《唐大和上东征传》,汪向荣校注,中华书局,2006 年,"前言"第 7—8 页。
② 藏中进编『唐大和上東征伝』(和泉書院、1995 年)17—18 ページ。

《东征传》中描写荣叡、普照与鉴真和尚第一次见面的场景时亦充满了文学色彩,其文写道:

> 时,大和尚在扬州大明寺为众僧讲律,荣叡、普照至大明寺,顶礼大和尚足下,具述本意曰:"佛法东流至日本国,虽有其法,而无传法人。日本国昔有圣德太子曰:'二百年后,圣教兴于日本。'今钟此运,愿大和尚东游兴化。"大和尚答曰:"昔闻南岳思禅师迁化之后,托生倭国王子,兴隆佛法,济度众生,又闻日本国长屋王崇敬佛法,造千袈裟,弃施此国大德、众僧,其袈裟缘上绣著四句曰:'山川异域,风月同天;寄诸佛子,共结来缘。'以此思量,诚是佛法兴隆有缘之国也。"①

上文充满了文学的趣味性,记录了中日文化交流史上的一段佳话,日本天武天皇的孙子长屋王曾经"造千袈裟"供养中国的高僧大德。这是因为他认为中国是日本佛法之根,供养中国的高僧大德可以积累无上功德。当时,长屋王还让人在袈裟上绣下"山川异域,风月同天。寄诸佛子,共结来缘"的诗句,令一代代有心人传诵记忆。

有关鉴真一行惊心动魄的海上历程、困难重重的长途跋涉的描绘亦多神来之笔,试引文如下:

> 三日过蛇海,其蛇长者一丈余,小者五尺余,色皆斑斑,满泛海上。三日过飞鱼海,白色飞鱼,翳满空中,长一尺许。五日经飞鸟海,鸟大如人,飞集舟上,舟重欲没,人以手推,鸟即衔手。其后二日无物,唯有急风高浪。众僧恼卧,但普照师每日食时,行生米少许与众僧,以充中食。舟上无水,嚼米喉干,咽不入,吐不出,饮咸水,腹即胀,一生辛苦,何剧于此。海中忽四只金鱼,长各一丈许,走绕舟四边。明旦,风息见山,人总渴水,临欲死,荣叡师面色忽然怡悦,即说云:"梦见官人,请我受忏悔,叡曰:'贫道甚渴,欲得水。'彼官人取水与叡,水色如乳汁,取饮甚美。心既清凉,叡语彼官人曰:'舟上三十余人,多日不饮水,大饥饮渴,请檀越早取水来。'时彼官人唤雨令老人处分云:'汝等大了事人,急送水来。'梦相如是,水今应至,诸人急须把碗待。"众人闻此,总欢喜。明日未时,西南空中云起,覆舟上,注雨,人人把碗承饮。第二日亦雨至,人皆饱足。②

---

① 藏中進編『唐大和上東征伝』(和泉書院、1995 年)19—20ページ。

② 同上,第33—35 页。

上面的汉文文字精练,语言生动传神,情节超乎日常的想象,极富艺术感染力。这种人物、情节、情景的描绘为日本古典小说的诞生做了极佳的铺垫。藏中进指出:"《东征传》作为我国奈良朝末期的文学,显示了极高的水准,它不仅仅是鉴真大和尚的传记,亦生动地描绘了鉴真弟子们的身姿,富于故事性,文章有张力,可谓是奈良朝文学的总决算。"①藏中进所言"奈良朝文学的总决算"的评价是恰当的。可惜自明治维新以来,在以"和文学"为中心的话语空间中,如此优秀的文学作品并不为太多人所知。作为日本最早的传记文学及日本汉文学史上的重要经典,《东征传》建构了一座文学丰碑。在日本物语小说诞生前夜,《东征传》等汉文经典的开拓、启发、引领作用值得重视。

《日本灵异记》全称《日本国现报善恶灵异记》,是日本文学史上第一部佛教说话集,亦以汉文写成,主要收录佛教东传日本后的说话故事,讲述善因善果、恶因恶果的道理,大部分是奈良时代的作品,分上、中、下卷,共收录一百一十六个故事,其中上卷三十五个,中卷四十二个,下卷三十九个,作者为奈良药师寺僧人景戒,大致成书于平安初期弘仁十三年(822)。该书受到唐临《冥报记》、孟献忠《金刚般若经集验记》等中国文学的影响,如作者在上卷序中写道:

> 昔、汉地造冥报记、大唐国作般若验记。何唯慎乎他国传录、弗信恐乎自土奇事。粤起自瞩之、不得忍寝。居心思之、不能默然。故聊注侧闻、号曰日本国现报善恶灵异记。作上中下参卷、以流季叶。然景戒禀性不儒、浊意难澄。坎井之识、久迷太方。能巧所雕、浅工加力。恐寒心、贻患于伤手。此亦崐山之一砾⋯⋯祈览奇记者、却邪入正。诸恶莫作、诸善奉行。②

从"昔、汉地造冥报记、大唐国作般若验记。何唯慎乎他国传录、弗信恐乎自土奇事"的表述可知《冥报记》《金刚般若经集验记》等中国佛教说话故事早已东传日本,景戒在这些中国佛教说话故事的影响下,希望编撰出《日本国现报善恶灵异记》。《日本灵异记》中的诸多作品都留有中国佛教说话故事的影子,如上卷第10、16、18篇,中卷第5、10、19、25篇,下卷第4、13篇等故事均受到《冥报记》的影响。该书每卷有序,这种文体亦少见,这是参照了《金刚般若经集验记》的缘故。此外,该书还受到《搜神记》等中国古代志怪小说的影响,多用拟人、比喻等技法,亦颇多奇思妙想。该书上卷第5篇"信敬三宝得现报缘"记载纪伊国名草郡宇治大伴连的先祖大部屋栖野古笃信三宝,深受推古天皇和圣德太子的宠信,

---

① 藏中進編『唐大和上東征伝』(和泉書院、1995 年)80ページ。
② 中田祝夫校注・訳『日本古典文学全集　6　日本霊異記』(小学館、1975 年)55ページ。

曾任圣德太子的侍臣。大部屋栖野古曾有过一次"起死回生"的奇遇,说是他在推古朝三十三年(626)乙酉冬十二月八日"忽卒之",随即出现如下异象:

> 尸有异香而酚馥矣。天皇敕之七日使留、咏于彼忠。径之三日、乃苏甦矣。语妻子曰"有五色云。如霓度北。自而往其云道、芳如杂名香。观之道头有黄金山。即到炫面。爰觐圣德皇太子待立。共登山顶。其金山顶居一比丘。太子敬礼而曰、是东宫童矣。自今已后、径之八日、应逢铦锋。愿服仙药。比丘环解一玉授之、吞令服而作是言、南无妙德菩萨、令三遍诵礼"。……赞曰"善哉大部氏。贵仙傥法、澄情效忠、命福共存、径世无夭。武振万机、孝继子孙。谅委、三宝验德、善神加护也"。今惟推之、径之八日、逢铦锋者、当宗我入鹿之乱也。八日者八年也。妙德菩萨者文殊师利菩萨也。令服一玉者、令免难之药也。黄金山者五台山也。东宫者日本国也。还宫作佛者、胜宝应真圣武大上天皇生于日本国、作寺作佛也。尔时并住行基大德者文殊师利菩萨反化也。是奇异事矣。[1]

上文描述主人公死后三日复活的异事。大部屋栖野古死后,其神识到达"黄金山",即中国五台山,他在五台山顶服下文殊菩萨赐予的玉制仙药,随后便起死回生,实在神奇至极。不仅如此,作者还非常重视文字的表现力,"异香""芳香""五色云""云道""黄金山"等词语富于嗅觉和视觉效果,易激发读者的想象力,文学色彩浓郁。

《日本灵异记》在援用中国故事时,往往对原典中的中国人名、地名、时间"改头换面",以营造日本的故事氛围,如该书上卷第18篇"忆持法华经现报示奇表缘",几乎是《冥报记》中卷第1篇"隋开皇博陵崔彦武"的翻案之作。"忆持法华经现报示奇表缘"写道:

> 昔大和国葛木上郡、有一持经人。丹治比之氏也。其生知。年八岁以前诵持法华经、竟唯一字不得存。至于廿有余岁、犹难得持。因观音以悔过。于时梦见、有人曰"汝昔先身、生在伊予国别郡日下部猴之子。时汝成诵法华经、而灯烧一文不得诵。今往见之"。从梦醒惊而思怪之、白其亲曰"忽缘事欲往伊予"。二亲听许。然诣往当到之猴家。叩门唤人、乃女人出含咲还入、白家母"门在客人。恰似死郎"。闻之出见、犹疑死子。家长见之亦怪问之"仁者何人"、答陈国郡之名。客人

---

① 中田祝夫校注・訳『日本古典文学全集 6 日本霊異記』(小学館、1975年)76ページ。

亦问之、答具告知彼姓名也。明知是我先父母、即长跪拜。猴爱之唤入、居床而瞻言、"若死昔我子之灵矣"。客人具述梦状、谓翁姥吾先父母。猴亦语因而示之曰、"我先子号某、其子住堂读经及以持水瓶是也"。先子闻之入堂内、取彼法华经开见之、当不所诵之文灯烧失也。于时忏奉直之后、就然得持。于是祖子相见、一怪一喜、父子之义、不失孝养。

　　赞曰、"善哉日下部之氏。读经求道、过现二生、重诵本经。现孝二父、美名传后。是圣非凡。诚知、法华威神、观音验力"。善恶因果经云、"欲知过去因、见其现在果。欲知未来报、见其现在业"者、其斯谓之矣。①

上文的丹治比之天生聪慧,他自幼持诵《法华经》,但有一个字无论如何都记不住,后来他向观音菩萨忏悔,于是梦中有人告诉他,这是因为他前世在灯下诵经时,烧掉了这个字,还将其前世父母的住处告诉了他。他按照梦中启示,找到了前世父母,还看到了被灯火烧掉的经文,便当下忏悔,不久就能完整地持诵经文了,于是文末赞言"诚知、法华威神、观音验力",可知这是一篇《法华经》及观音菩萨灵验记,整个故事生动有趣。"忆持法华经现报示奇表缘"的核心内容,即由于前世烧掉《法华经》的部分文字,导致后世无论如何都记不住经文中的特定内容等描述,与《冥报记》中卷第1篇"隋开皇博陵崔彦武"的相关描述完全一致,可见其对《冥报记》的模仿,亦可见草创期日本文学对中国故事题材的借鉴,这亦是运用汉字、汉文引发的必然结果,日本文学就是在这种憧憬、模仿、力求自主的过程中前行着。

《日本灵异记》中的灵异故事多以拟人、夸张的艺术手法进行渲染,这使得整部作品充满了浪漫的神思,其趣味性、故事性引人注目,对后世日本文学产生了深刻的影响,如《日本感灵录》②从书名、内容到形式均受到《日本灵异记》的影响,可以说是《日本灵异记》的模仿之作。《三宝绘》(984)、《本朝法华验记》(1040—1043)、《宝物集》(1178?—1179)、《观音利益集》等作品亦受到了《日本灵异记》的影响。尤其《今昔物语集》(1120—1150)有七十二个故事与《日本灵异记》一致,可见《日本灵异记》的故事题材受到了后世日本文学的广泛关注,为日本古典物语的诞生做了诸多的文学铺垫。

平安时代(794—1185)初期,唐文化盛行,汉诗文越发受到追捧,嵯峨天皇高

---

①　中田祝夫校注・訳『日本古典文学全集　6　日本霊異記』(小学館、1975 年)101—102ページ。

②　《日本感灵录》最后故事的时间为承和十四年(847),原有两卷五十八个故事,现存一卷十五个故事。

度认可魏文帝曹丕《典论·论文》中"文章经国之大业"的论述,下诏编选汉诗集,即《凌云集》(814)、《文华秀丽集》(818),这两部诗集与淳和天皇时代编撰的《经国集》一起,有"敕撰三集"之称。在短短不到三十年的时间里,三部"敕撰"汉诗集接连出现,可见汉字、汉文及汉文学在当时日本文学界的主流地位。第一部敕撰集名中的"凌云"一词见《史记·司马相如传》"飘飘有凌云之气",唐玄宗《春晚宴两相及礼官丽正殿学士探得风字》中亦有"同吟湛露之篇,宜振凌云之藻"的诗句,"凌云"的题名有超越《怀风藻》之意。《凌云集》序文由小野岑守撰写,从曹丕《典论·论文》中的"文章"铺叙展开,由此可见"敕撰三集"的文学理念及其编撰背景。可以说,这篇序文代表了平安初期日本知识分子的汉文水准,其文写道:

> 臣岑守言:魏文帝有曰"文章者经国之大业,不朽之盛事;年寿有时而尽,荣乐止乎其身"。信哉!伏惟皇帝陛下,握褒紫极,御辨丹霄,春台展熙,秋茶翦繁,睿知天纵,艳藻神授,犹且学以助圣,问而增裕也。属世机之静谧,托琴书而终日。叹光阴之易暮,惜斯文之将坠。爰诏臣等,撰集近代以来篇什。臣以不才,忝承兹纶命,涣汗代大匠斲,伤手为期。臣今所集,掩其瑕疵,举其警奇,以表一篇尽善之未易。得道不居上,失时不降下,无言存亡,一依爵次。至若御制令制,名高象外,韵绝环中,岂臣等所能议乎?而殊被诏旨,敢以采择。冰夷赞洋,咏井之见不及;太阳升景,化草之明斯迷。博我以文,欲罢不能。辱因编裁,卷轴生光。犹川含珠而水清,渊沉玉而岸润。起自延历元年,终于弘仁五年,作者二十三人,诗总九十首,合为一卷,名曰《凌云新集》。臣之此撰,非臣独断,与从五位上行式部少辅菅原朝臣清公、大学助外从五位下勇山连文继等,再三评议,犹有不尽,必经天鉴。从四位下行播磨守贺阳朝臣丰年,当代大才也,近缘病不朝,臣就问简呈,更无异论,从此定焉。臣岑守谨言。①

上文援用了较多中国典故,可见小野岑守汉文水平之高,亦可见平安初期日本知识分子的汉文已经达到相当高的水平。这时期,即将成为日本文化巨匠的空海从大唐留学回国,受到了嵯峨天皇的信赖。空海应当时日本诗坛的要求,以《文心雕龙》为鉴,汇编了六朝唐代诗论集《文镜秘府论》(819)。《文镜秘府论》实际上是一部汉诗创作指南书,在普及汉诗韵律、切实提升日本人的汉诗创作水平方面功不可没。"敕撰三集"及空海的《文镜秘府论》等书籍对当时日本汉诗文的

---

① 陈福康:《日本汉文学史》(上),上海外语教育出版社,2011年,第124—125页。

发展起到了重要的规范作用,并推动着日本汉诗文的进一步发展,这种汉字、汉文的深厚积淀从创作实践、文学审美、文学题材等诸多方面,为日本物语文学的诞生提供了可资借鉴的宝贵资源。

　　在汉字、汉文不断发展的进程中,大约在 9 世纪时,日本终于通过汉字创制出本民族的假名文字。假名文字的出现使文字运用得以普及,首先惠及了女性阶层。由于日本男性长期以来以使用汉字、汉文为荣,汉字、汉文早已成为日本男性文化教养的重要标志,所以假名文字作为女性文字开始流行,如《土佐日记》(935)的作者纪贯之模仿女性的笔触写道:"我这个女流之辈也想试试男人们写的日记。"①然而,纪贯之的表述透露出日本男性亦逐渐开始使用假名文字的事实,他们往往以汉诗言志,以和歌抒情。他们在公共空间和私人空间之间,微妙地把握着汉字与假名的平衡。妇女们则不同,她们一开始便热情地拥抱了假名文字,并运用假名文字开始了早期的创作实践。物语文学就在如此文化背景下诞生了,这是日本最早的虚构小说。妇女们的创作实践一开始便有声有色,因为日本上流阶层男性们的汉诗、汉文创作已经日臻成熟,王公贵族们早已沉浸在浓郁的文学氛围中,其中自然包括由《搜神记》《神异记》《游仙窟》等中国古典志怪小说、隋唐传奇小说,以及《冥报记》《金刚般若经集验记》等中国佛教因果故事建构起来的美妙奇幻的文学世界,这亦是当时日本社会共同的文化空间,只是日本妇女们长期处于该文化空间的边缘位置,现在有了"假名"这一新型的表述工具,妇女们便开始了面向文化中心的进攻,虽然她们当时并非有意识而为之,但日本女性作家无疑是物语文学的中坚力量。就这样,汉字、汉文的长期积累为日本古代小说在故事题材、情节构思、表达技巧、审美情趣等诸多方面提供了宝贵的经验,成为物语文学飞跃发展的重要基石。

---

　　① 　松村誠一、木村正中、伊牟田経久校注・訳『日本古典文学全集　9　土佐日記蜻蛉日記』(小学館、1973 年)29ページ。

第二章　平安时代的古典小说

平安时代物语文学的诞生在日本小说发展史上具有划时代的意义。物语指讲述或讲述的内容,即以作者的见闻或想象为基础,讲述人物、事件的散文文体的文学作品,狭义上指平安时代至室町时代(1336—1573)的相关作品,可以分为传奇物语、写实物语两大类,亦可分为和歌物语、历史物语、说话物语、军记物语、拟古物语等,"日记"中亦有一些类似的作品。①《竹取物语》和《伊势物语》的出现标志着日本物语文学的诞生,其中《竹取物语》充满了浪漫的奇思妙想,属于传奇物语;《伊势物语》采用韵散结合的文体,描写主人公所经历的种种恋爱故事,是写实性的,属于和歌物语。此后,这两种物语形式彼此交融、相互影响,又产生了《大和物语》《宇津保物语》《落洼物语》等作品,使得物语文学的创作技巧不断完善,最终诞生了平安时代物语文学的集大成之作《源氏物语》,这是根植于平安贵族社会的物语形式。随着时代的变迁,物语文学不断发展,至武士阶级登上历史舞台的幕府时代,又产生了历史物语、军记物语、说话物语等物语形式。

第一节　物语之始——《竹取物语》

《竹取物语》又名《竹取翁物语》或《辉夜姬物语》②,大致成书于 9 世纪末至 10 世纪初。《源氏物语》第 17 卷"赛画"称其为"物语鼻祖"。③ 有关竹取翁的记载,最早见于《万叶集》第 16 卷第 3791 首和歌的汉文歌序:"昔有老翁、号曰竹取翁也。此翁季春之月、登丘远望。忽值煮羹之九个女子也。百娇无俦、花容无匹……"④这是一个关于竹取翁艳遇美丽仙女的故事,令人联想到中国的七仙女等古老传说。《今昔物语集》第 31 卷的"竹取翁收养女孩事"则更接近现存《竹取物语》的内容,但"竹取翁收养女孩事"中的求婚人数是三人,女子提出的难题亦

---

① 新村出『広辞苑』(岩波書店、1991 年)、2547ページ。

② 《源氏物语》第 17 卷"赛画"卷作《竹取翁物语》,第 15 卷"蓬生"卷作《辉夜姬物语》。

③ 阿部秋生、秋山虔、今井源衛校注・訳『日本古典文学全集　13　源氏物語　2』(小学館、1972 年)370ページ。

④ 小島憲之、木下正俊、佐竹昭広校注・訳『日本古典文学全集　5　万葉集　4』(小学館、1975 年)109ページ。

相对简单,所以"竹取翁收养女孩事"也许取材于更古老的故事版本。《竹取物语》的作者不详,从作品内容推测,应该是精通佛典与汉籍者,亦有较多学者认为作品并非由某特定作者创作而成,而是在漫长的传承过程中逐渐形成的。现存版本依然保留了古代小说的诸多遗痕,对其后物语文学的发展影响深刻。

　　《竹取物语》描述了一个伐竹老人某日伐竹时,看见一棵竹子发出亮光,仔细观察之下,发现原来有一个约三寸长的小人住在竹筒里,老人便把小人带回家中,放在篮子里抚养。自从养了这个孩子后,老人每次伐竹时,都会在竹筒里发现很多黄金,老人很快就变成了富翁。三个月后,小人长成了大姑娘,而且越长越美丽,她的美丽使整个屋子充满了光辉,因此取名"嫩竹的辉夜姬",也就是"辉夜姬",即夜间也光彩照人之意。辉夜姬的美貌传遍了天下,天下的男子都想娶到辉夜姬,但这是不切实际的想法,于是他们一个个打消了非分之想,只有石作皇子、仓持皇子、右大臣阿倍御主人、大纳言大伴御行、中纳言石上麿足五人坚持不懈,常年徘徊在辉夜姬家附近。日本古代实行访婚制,他们"徘徊在辉夜姬家附近",隐约透露出日本访妻婚的传统。辉夜姬不是凡人,不能下嫁。她不堪其扰,便故意传话:五人中谁将她最喜爱的东西拿来给她,就说明谁爱她,她就嫁给谁。辉夜姬向求婚者提出的宝物要求如下:

　　石作皇子——佛的石钵(天竺);

　　仓持皇子——金银树的树枝(东海蓬莱山);

　　右大臣阿倍御主人——火鼠皮衣(唐土);

　　大纳言大伴御行——龙颈的五色玉(产地不明);

　　中纳言石上麿足——燕子的子安贝(产地不明)。[①]

　　这五个求婚人想尽了办法,都无法获得宝物,均以失败告终。后来天皇听说辉夜姬的美貌举世无双,也想逼她入宫,但辉夜姬坚决不答应。在一个月朗星稀的十五夜,辉夜姬留下天人赠予的"不死之药",穿上天之羽衣,与前来迎接她的近百个天人一起飞升到了月宫。天皇听说了辉夜姬飞升之事,十分伤心,从此无心饮食,还废止了歌舞管弦表演,并命人在离天界最近,也是离都城最近的骏河国的山顶上,将"不死之药",即长生不老药,连同自己创作的"不能再见辉夜姬,何用不死之灵药"的诗句一起烧掉了。从此之后,这座山就叫"不死山",即"富士山",这山顶上冒出的烟至今还升至云端。

　　《竹取物语》属于传奇物语,作品以辉夜姬飞升的故事为主线,穿插了五个贵公子失败的求婚经历,既保留了浓厚的"口传文学"特点,亦显示了物语文学与时俱进的"现代性"特色,不愧为"物语鼻祖"。作品大胆地嘲弄了王公贵族们在求

---

　　① 　片桐洋一、福井贞助、高桥正治、清水好子校注・訳『日本古典文学全集　8　竹取物語　伊勢物語　大和物語　平中物語』(小学館、1972 年)57—58ページ。

婚过程中的各式丑态,这是对当时贵族社会现实的某种批判,具有鲜明的时代特色,可谓是《竹取物语》的"现代性"特色之一。作品还显示了强烈的精神追求,包含着丰富的儒释道文化元素,通过描写天上、人间无法逾越的鸿沟,表达了人世无常、爱情无常的思想,其中可见中国文化的影响。例如:日本学界早已指出金银树树枝所在的东海蓬莱山典出《列子·汤问》;日本《和名抄》引《神异记》解释唐土的"火鼠皮衣";龙颈的五色玉典出《庄子·杂篇·列御寇》之"夫千金之珠,必在九重之渊而骊龙颔下"。① 此外,"不死之药、蓬莱山、升天"等意象与中国道家的神仙思想一脉相承,秦始皇派徐福带领三千童男童女赴东海蓬莱、方丈、瀛洲寻找长生不老药的传说在中国家喻户晓。辉夜姬的月宫仙子形象亦与中国嫦娥奔月神话及中国神仙传说中的谪仙思想有诸多共通之处。严绍璗《"物语"文学的形成与早期"物语"中中国文化的特质:以〈竹取物语〉为中心》一文对相关问题进行了细致、缜密的考察,作者依据日本敕选汉诗集《文华秀丽集》卷中所收嵯峨天皇的《侍中翁主挽歌词》之二,及其文学侍臣桑原腹赤的诗作《奉和伤野女侍中》中有关"嫦娥奔月"的描述指出:

> 这些诗歌作品的出现,意味着在中国汉民族神话新观念的影响之下,古代日本的知识分子,已经放弃了本民族神话中关于"月读命"的传统观念,而用一种外来文化的新思想构筑自己的作品。

> 以九世纪日本汉文学为媒介,"嫦娥奔月"所代表的中国神话的新观念,终于在《竹取物语》中得到了充分的体现。

> 《竹取物语》在文学构思方面所表现的中国汉民族日月神"客体论"新神话的特点,集中表现在三个方面:

> 第一,《竹取物语》全面接受了中国汉民族自秦汉以来关于"仙人"的观念,并如同中国文化观念所表现的那样,把原来的"月神"改为"月宫",作为仙人们的生活之所。作者以这种新的文化观念作为全篇小说构思的基础。

> 第二,《竹取物语》接受了中国汉代方士们所编造的"嫦娥"的形象,并把她改造为一个美貌无瑕的日本式女子,从而作为全书的主人公。

> 第三,《竹取物语》采用了中国新神话中支撑"嫦娥"形象的一个重要道具——不死之药,并把它与作为日本国象征的富士山连接起来,构成全部故事的尾声。

> 这样,我们可以说,当《竹取物语》从其本民族的远祖形态,逐步发

---

① 片桐洋一、福井貞助、高橋正治、清水好子校注・訳『日本古典文学全集 8 竹取物語 伊勢物語 大和物語 平中物語』(小学館、1972 年)57—58ページ。

展而成为完整的"物语"的时候，中国汉民族自秦汉以来正在演变着的神话观念，极大地丰富了作者的想象力，为这一创作提供了天上人间的广阔的舞台，从而使作者编织出了一幕幕色彩绚丽的画面，成为《竹取物语》全部故事的基础。①

由此可知，《竹取物语》是一部有着丰富内涵的作品。作为日本第一部物语文学作品，其肩负着传承与开拓的使命，将外来文化与本土文化、此岸与彼岸、真实与浪漫、美与丑等诸多范畴融于一体，完成了由"口传文学"向"书面文学"的飞跃。兼有日本本土气息与中国月亮仙子"嫦娥"气质的辉夜姬成了日本家喻户晓的美丽女子，她那小巧玲珑的原初形态亦是日本式审美意识的流露。作品结尾处"缥缈的轻烟"亦留下了诸多伤感的余韵，不愧是此后日本物语文学的典范之作。

第二节　"和歌物语"之始——《伊势物语》

《伊势物语》亦称《在五物语》《在五中将日记》等，是日本平安时代中期的和歌物语，亦是日本最早的和歌物语。所谓和歌物语，是明治维新以后的称谓，即以和歌为中心，以韵散结合的形式，描述和歌吟诵的背景等的短篇物语集，或由和歌序发展而来，类似中国唐代孟棨所撰《本事诗》。10世纪是日本和歌物语集中创作时期，代表作有《伊势物语》《大和物语》《平中物语》，其文体形式、审美取向、选材方式等对《源氏物语》等后世物语影响深远。"在五""在五中将"指在原业平(825—880)，作品以在原业平或类似在原业平的男子为主人公，大致展现了其从元服之礼开始，所历经的恋爱、漂泊、人事交往、出仕、渐入老境等人生历程，最后以辞世之作落下帷幕，全篇以男女恋爱铺叙展开，但以男性视角为主，可以说整部作品诗性地展现了在原业平这样一个贵公子的形象，这一形象亦成为日本文学史上的典型形象之一。

《伊势物语》的题名最早见于《源氏物语》第17卷"赛画"；《源氏物语》第47卷"总角"作《在五物语》；《狭衣物语》作《在五中将日记》。关于作品题名的由来，一说源自作品第69段伊势斋宫段，因为这段恋情是整部作品的核心部分。作品的成立年代不详，一般认为在《古今和歌集》问世前已有原型，现存本应该是在《古今和歌集》编撰后成立的。作者亦不详，或由多位作者集体创作而成，又因为作品成立年代与在原业平诗作的爱好者纪贯之(？—946？)活跃时期重叠，所以亦有人认为作者是纪贯之，或纪贯之是作者之一。

---

① 严绍璗：《中日古代文学关系史稿》，湖南文艺出版社，1987年，第165—166页。

作品中的主要人物在原业平是"六歌仙"之一。"歌仙"是日本古代对优秀的和歌诗人的尊称。"六歌仙"指平安时代的六位著名和歌诗人,即在原业平、小野小町、僧正遍昭、喜撰法师、文屋康秀和大友黑主。对这六个人作品的评价,最早见于《古今和歌集》的真名序和假名序,后人由此将这六个人合称为"六歌仙"。在原业平是平城天皇的孙子、阿保亲王的第五个儿子,因政治事件的影响,后被降为臣籍。根据版本不同,作品所收篇目略有不同,现在的通行本共一百二十五篇。《伊势物语》的各篇独立成章,自成一个故事,每个故事都以一首或多首和歌为中心铺叙展开,但还是可以隐约看出男主人公的人生轨迹。例如,第 1 段"初冠",主人公才行元服之礼,也才情窦初开,其文写道:

> 从前,有一个男子,正值束发加冠之年,因自家的领地在奈良都春日野附近的乡村,所以经常到那地方去打猎。在这个乡村里,住着两个高贵而美丽的姐妹。这男子就在墙缝中偷看她们。想不到在这个荒凉的乡村里,竟住着这样两个天仙似的美人,他觉得很奇妙,心中迷惑不解。就在自己的猎装上割下一片布,在布上写了一首歌,送给这两个女子。此人穿的是信夫郡出产的麻布制的狩衣。歌曰:
> 谁家女儿如新绿,
> 使我春心乱如麻。[1]

上文是《伊势物语》的开篇文章,从"正值束发加冠之年"可知主人公是一个情窦初开的男子,他出身显贵,家中有领地,不用生产劳作,时常打猎游玩,看到乡间美丽的女子,也没有门第贵贱之分,竟直接就从自己的猎装上"割下一片布"写诗赠予对方,这在古代社会是何等奢侈,一个稚嫩、青春、诗意的贵公子形象跃然纸上。

作品第 2 段描写男子已经开始恋爱,他依然纯情,与一个美丽高雅的女子"真心相爱"了,全文如下:

> 从前,有一个男子,住在那时候的奈良都,当地居民已迁走,这新的平安都,房舍还没有完全建起来。有一个女子住在这新的西京。这女子的性情和容貌,都比世间一般女子优秀。而且除了容貌美丽外,还有一种高雅的气质。此女子似乎已有情郎,并不是独身的。这男子与她

---

① 佚名氏:《竹取物语》,曼熳译,云南人民出版社,2002 年,第 419 页。本节所引《伊势物语》中译均参照该版本,但对照『日本古典文学全集 8 竹取物語 伊勢物語 大和物語 平中物語』(小学馆、1972 年)进行了必要的修改。以下不赘。

真心相爱。有一次去访问她,谈了许多话。回去之后意犹未休,于是送了她这样一首歌,当时正是三月一日,正是春雨连绵的日子:

> 不眠不休思念卿,
>
> 愁如春雨不断头。

第 2 段篇幅不长,但属于中等篇幅,《伊势物语》中还有一些更短的篇章。值得注意的是,这个女子"并不是独身的"的描述意味深长,一来透露出当时日本社会还保留着走婚、访妻婚的古老婚姻模式,所以"并不是独身的"女子依然独居,并未与配偶住在一起。二来也预示了主人公可能经历的人生波折,否则作者也不必强调"此女子似乎已有情郎"这一点。从这段首行关于"奈良都""平安都"的描述可知该段的故事背景是 794 年前后,那时日本从奈良迁都到京都,日本社会也从奈良时代开始过渡到平安时代。

从第 4 段开始,男子便体验了失恋之痛,或陷入"禁忌"之恋中,其结果可想而知,且看第 7 段全文:

> 从前有一个男子,在京都住不下去了,便移居到遥远的东国去。途经伊势和尾张之间的海岸时,眺望如雪的浪涛,咏了这样一首诗:
>
> > 遥想往事哀愁重,
> >
> > 羡此浪去能重回。

从第 7 段"从前有一个男子,在京都住不下去了"的描述可知,主人公已经褪去青涩,开始经历人生的挫折,他不得不离开繁花似锦的都城,前往荒凉的东国。从上下文看,男子此次移居东国与其"禁忌"之恋有关。

人生苦短,转瞬之间,男子似乎也开始慢慢地变老了,第 88 段的和歌是一首哀叹人生易老之作:

> 清光虽皎洁,非为庆团圆。
>
> 月月来相照,催人至老年。

最后一段,即第 125 段则描写了男子临终时吟诵和歌的情景,其文写道:

> 从前,有一个男子得了重病,自知将不久于世,咏了这样一首诗:
>
> > 有生必有死,此语早见闻。
> >
> > 命尽今明日,使人吃一惊。

最后一段只有三行文字,诗语朴实,却意味深长。荣华富贵、风流倜傥转头即空,对于向死而生的人类而言,人生的脚步实在太过匆忙了,"命尽今明日,使人吃一惊"的描述中包含着太多的真实,人都无法避免生老病死、爱别离、怨憎会之苦,所谓"八苦"之说无疑具有真实性,贵公子在原业平的一生就是对此极好的脚注。

作为日本第一部和歌物语,《伊势物语》以韵散结合的文体,将抒情与叙事融为一体,建构了一幅平安时代的社会画卷。韵文的大量使用,亦在一定程度上强化了物语的传承性,而基于真实人物的艺术提炼则保障了物语在那个时代的"现代性"风采。《伊势物语》的素材源于生活,却经过了艺术提炼,其诗性的咏叹成为作品独特的魅力之一,对《源氏物语》等后世物语文学影响深远。自平安时代末期开始,《伊势物语》便受到歌学之家的重视,镰仓时代(1192—1333)末期已有注释本《伊势物语髓脑》,由此可见日本人对这部作品的关注程度。

第三节 "大众物语"之始——《落洼物语》

物语的"说话"式叙事方式使其与"口传文学"抑或古老传承密切相关。物语中的传承故事有几种原型模式,如贵种流离谭、仙妻谭、音乐奇瑞成功谭、虐待继子谭等。平安时代《源氏物语》之前的物语多采用贵种流离谭故事。所谓贵种流离谭,指出身高贵者流落他乡,并遭受种种磨砺的故事。贵种流离谭物语多以主人公蛰居之处为作品名,《落洼物语》亦似乎沿袭了这种习惯,以落洼姑娘居住的阴暗低洼的屋子为作品名。

《落洼物语》共四卷,描写中纳言源忠赖的女儿美丽善良、心灵手巧,却从小丧母,父亲再婚后,父亲与后妈又生了四个女儿。后妈对这个继女比对女仆还不如,让她住在家中一个地势低洼的小屋里,并称其为"落洼姑娘"。落洼姑娘长大成人了,却依然缺衣少食,终日被迫在小屋里为一大家子人赶制衣服。父亲偏听后妈的谗言,也厌恶落洼姑娘,家中只有侍女阿漕亲近她。在阿漕夫妇的帮助下,落洼姑娘与左近卫少将道赖喜结良缘,夫妇两人彼此恩爱,生活幸福美满。道赖最终升任为一人之下、万人之上的太政大臣,落洼姑娘亦贵为太政大臣夫人兼皇后的生母。作品还描写道赖对源忠赖一家进行了无情的报复,后来源忠赖一家人幡然醒悟,道赖便原谅了这家人,并爱屋及乌,对这家人庇护有加,一家人终于其乐融融。

作品的成书年代不详,一般认为大约成书于正历、长德年间(990—999),即10世纪末。作者亦不详,从作品内容推测作者是一位具有汉学素养,且擅长和歌创作的下层贵族男子。这部作品是日本现存最早的虐待继子类物语,内容与灰姑娘的故事类似,亦具有这类故事普遍具有的诸多要素,如继母的虐待、继母的家务要求(缝制衣服)、援助者(阿漕)、与贵公子成婚、对继母的报复、幸福美满的生活、祭祀场所(参拜清水寺)等。一般认为虐待继子类故事由贵种流离故事派生而出,当"贵种"经历的人生磨砺是后妈的虐待时,便成为虐待继子故事。落洼姑娘为"中纳言和一个王族血统的女子所生"[①],即其亲生母亲是具有"王族血统的女子",可以印证落洼姑娘确实具备"贵种"的要素,所以这部写实性物语亦具有贵种流离谭的传承性或传奇性,而将传奇与现实杂糅一处正是物语文学的重要特点之一。

《落洼物语》的作者"写作"意识明晰,这使得作品情节生动、结构完整、内容前后呼应,显示了物语创作技法的进步,亦显示了作品的创新性。其实,《落洼物语》的创新性随处可见,就人物形象而言,此前物语文学的主人公多为上层贵族,但这部作品中的侍女阿漕在卷一、卷二中异常活跃,令人印象深刻,由此可以推测这部作品的读者亦是下层贵族。道赖被刻画成豪侠,其果敢的风格及执着的报复行为与上流贵族的行为准则大相径庭,亦迎合了中下层读者的价值取向。作家小岛政二郎(1894—1994)基于这部作品的诸多特点,如其结构性、生动的情节、人物鲜明的个性、悬念的设置、复仇的快感、吸引人的速度感、大圆满的结局等,指出《落洼物语》是一部"大众小说",[②]这是基于其创作实践的认知,颇有说服力。

《落洼物语》的创新性还表现在推崇一夫一妻这种理想的婚姻制方面,无论是落洼夫妇,还是阿漕夫妇,都是一夫一妻的模式,且他们互敬互爱,已经摆脱了日本传统走婚制下的夫妇"分居"模式,而开始实行夫妇"同居"模式,全然是令人羡煞的神仙夫妻的典范。在访妻婚、一夫多妻制时代,女性对婚姻家庭的幻灭、绝望感由《源氏物语》《蜻蛉日记》等文学作品可以略见一斑,而女性是当时物语文学的重要受众。作者对一夫一妻婚姻模式的推崇具备了理想主义色彩,是对女性读者潜在欲望的回应。这在一般贵族物语中并不多见,可谓是《落洼物语》的重要特点之一,亦表明《落洼物语》并非一般上流贵族的物语,其读者群主要是侍女阿漕这种具有一定识字能力的下层贵族。不仅如此,阿漕夫妻不断进步的生活轨迹亦反映了下层贵族的日常梦想。《源氏物语》的诞生就是以如此广泛的物语受众为基础的,这是支撑物语创作技法不断提升的重要原因之一。

《落洼物语》还是一部以佛教因果报应观为中心展开的作品,因果报应思想贯穿了作品的始终,成为作品深厚的文化底蕴,这亦展现了作品明晰的"时代意

---

① 佚名氏:《竹取物语》,曼熳译,云南人民出版社,2002 年,第 419 页。本节所引《落窪物語》中译均参照该作所收版本,但对照『日本古典文学全集　10　落窪物語　堤中納言物語』。

② 三谷栄一、稲賀敬二校注・訳『日本古典文学全集　10　落窪物語　堤中納言物語』(小学館、1972 年)18ページ。

识",因为因果报应思想在当时无疑是最为"理性"的时代意识之一。由这一思想看,《落洼物语》继承和发展了《日本灵异记》的诸多要素,可以说是《日本灵异记》的现代版、加强版。例如,卷二中,得知继母将落洼姑娘关进阴冷的储藏室,并要把她许配给老迈的典药助后,阿漕同情地说:"前世犯了什么罪孽,以致遭受这灾祸呢?夫人做了这种恶事,不知来世会得什么报应。"①事实上,《落洼物语》中的全部出场人物都依据善因善果、恶因恶果的因果律,以及造恶者的忏悔程度,获得了善恶不同的果报,这在作品结尾处亦有详尽的描述,且看作品结尾段落:

> 那典药助不知何时被人踢了一脚,病死了。
>
> 太政大臣说:"典药助没有看到我们这位夫人的荣华富贵就死去,是可惜了。为什么把他踢得那么厉害,我希望他多活几年呢。"
>
> 阿漕叔母的丈夫和泉守,当了女御邸中的家臣,万事顺利。心怀忠义的阿漕,现在也当了内侍司的典侍②,据说她活到了二百岁。

基于因果报应的思想,作品对几乎所有出场人物的人生结局都进行了细微的关照、描述,展现了这部作品的结构性、前后呼应的特点。侍女阿漕后来荣升为典侍,可见她所获得的善报。但"活到了二百岁"之说,更多地表明作者对阿漕这位下层贵族女性的强烈认同,是作者对人物形象进行情感投入所致,其中可见这部写实性作品还保留着诸多民间口传文学的遗痕。

作品卷三描写了落洼姑娘为报父恩,隆重举办"法华八讲"的情况。所谓"法华八讲",即分八次宣说供养《法华经》妙义的法会,起源于中国,日本在平安时代中期开始盛行。《落洼物语》卷三描写的"法华八讲"连续举办了九天,即每天宣说《法华经》一卷,第九天加上《无量寿经》《阿弥陀经》各一部,可谓盛况空前,连皇太后、皇后都表示了祝贺,参会的王公贵戚不计其数,且看这场法会的举办缘起及其盛况:

> 这期间,有一天道赖中纳言对夫人说:"源中纳言的确年纪大了。世人对老年父母总是要表示孝养的。有的在五十岁、六十岁上庆祝新年,举行管弦乐会,使亲人欢喜;有的在新年里供奉鲜嫩的果物;有的举办法华八讲,供养佛经或佛像,花样繁多。我想也做一点,借此表达心意。"
>
> 又说:"喂,做什么好呢?也有生前做四十九日佛法供养的例子。

---

① 佚名氏:《竹取物语》,曼熳译,云南人民出版社,2002 年,第 105 页。
② 内侍司的次官,属于高级女官。

但此事由子女举办，是不恰当的吧。刚才我所说的各种花样之中，你喜欢哪一种？请说说看。就照你所说的去做吧。"

夫人很高兴，答道："管弦乐好听，趣味也丰富。但对于来世是没有益处的吧。四十九日佛法供养，我听了也觉得讨厌。法华八讲最好，对今世和后世都有益处。我看还是举办法华八讲，请老父来听吧。"

于是依照释迦牟尼的八年说法，把法华七卷分作八次讲述。决定举行盛大的法会。

道赖中纳言说："好，你的主意好极了，我也是这样想的。那么年内就举办吧。因为看看老人家的模样，真有些不放心。"第二天就着手准备。

最终定于八月中举行。叫人写经文。请法师来主持。夫妇二人共同尽心筹划。由于权势盛大，各郡县都送来礼物：绢、丝、黄金、白银，堆积如山。

....

不久仪式开始了，阿阇梨、律师等高僧、善知识，集中在一起，郑重地讲解经文。每日讲经一部，九日共讲九部。法华七卷中又加无量寿经和阿弥陀经。预定每日供佛像一尊，共计供九尊佛像，写九部经文，尽善尽美。

四部经文，用金银粉写在各种色彩的纸上。经箱用熏香的黑色沉香木制成，用金银镶边。每一卷经装在一个经箱里。其余五部，用泥金写在绀色纸上，用水晶作轴，装在泥金画的经箱中。泥金画的图样中表现出各部经文的要点。每部装入一箱。只要看到这些经卷和佛像，谁都知道这法会不是寻常一般的了。

给朝座、夕座的讲师每人都赠予灰色的夹衣。诸事都准备得非常周到，毫无缺憾。讲座的庄严气象，日渐增加。临近圆满的时候，一般参加者和公侯贵族，也愈加增多。在相当于法会中期的法华五卷的讲座，即所谓供品之日，公侯贵族自不必说，其他各方面，都送来赠品，多得无处可放。[1]

此次"法华八讲"的盛况由上文可见一斑，这是日本文学史上第一次有关"法华八讲"的详尽描述。法会缘起是落洼姑娘为向老父尽孝道，认为"法华八讲最好，对今世和后世都有益处"，这是基于佛教三世因果观的判断，于是"依照释迦牟尼的八年说法，把法华七卷分作八次讲述。决定举行盛大的法会"，可见佛教

---

[1]　佚名氏：《竹取物语》，曼嫚译，云南人民出版社，2002年，第180—183页。

思想已经深刻影响了当时日本的社会生活。人们为法会送来了"绢、丝、黄金、白银"等礼物,这些"堆积如山"的礼物,以及抄经所用的"金银粉""泥金"均象征着长满金树、银树,充满七宝的极乐净土世界。

平安时代中期的"法华八讲"一般与"阿弥陀信仰"无关,但此处将"法华八讲"与"阿弥陀信仰"连接在一起,"法华七卷中又加无量寿经和阿弥陀经",即宣讲完《法华经》后,继续宣讲《无量寿经》和《阿弥陀经》,连续举办九天,这是因为"净土"思想已经在当时日本贵族社会中流行,这与良源①所著《极乐净土九品往生义》及源信②所著《往生要集》的出现密切相关,可见作者捕捉时代气息的敏锐视角。就这样,《落洼物语》成为一部个性鲜明的物语作品,在当时展现了诸多的创新色彩,至今依然散发着独特的魅力,具有一定的可读性,这是它能够流传下来的重要原因,亦是小岛政二郎称之为"大众小说"的原因所在。《落洼物语》等早期物语从创作实践、读者群建设等方面促进了物语文学的集大成之作《源氏物语》的诞生。

第四节　物语文学的集大成之作——《源氏物语》

《源氏物语》共五十四卷,大致成书于平安中期宽弘年间(1004—1012),全书可以分为三部分。第一部分从首卷"桐壶"卷至"藤花末叶"卷,描写主人公光源氏的情感体验及一步步走向人生巅峰的轨迹。第二部分从"新菜(上)"卷至"云隐"卷,描写光源氏的苦恼,失去了最爱的紫姬,光源氏富贵的人生开始从内里崩塌。第三部分从"匂皇子"卷至"梦浮桥"卷,描写光源氏死后的故事,以其子为主人公,展现了一个充满不安、苦恼的阴郁世界。整部作品贯穿着浓郁的佛教无常观和因果报应的思想。《源氏物语》开辟了古代日本小说的新方向,将日本古典写实主义与古典浪漫主义结合在一起,并推向了一个新的高峰。全书近百万字,涉及三代人,出场人物达到四百余人,其中包括贵族、宫廷侍女、庶民百姓等。人物描写细致入微,富有艺术感染力。中文版译者丰子恺在其落款为 1965 年 11月 2 日的"译后记"中写道:

> ……当时皇家藤原氏一族势力强盛,仕宦不重实力,专靠出身及裙
> 带关系。只要有一姐妹或女儿入宫或嫁与贵人,其人便可升官发财,即
> 所谓一人得道,鸡犬升天也。因此当时一切活动,皆以女性为中心。凡

---

① 良源(912—985),日本第十八代天台座主、比睿山中兴之祖,著有《极乐净土九品往生义》。

② 源信(942—1017),良源的弟子,著有《往生要集》。

女子必习和歌,通汉学,擅琴筝,方可侍奉贵人。贵族之家若生女天资不高,则雇用许多富有才艺之侍女以辅助之。紫式部之时代,此风盛行达于极点。此作者久居宫廷,耳闻目睹此种情状,故能委曲描写,成此巨著。但作者本人亦贵族出身,故其文虽能如实揭露,有时也不免表示赞善与同情。然其内容充实,技巧娴熟,文字古雅,故日本人尊此书为古典文学之泰斗也。①

丰子恺指出《源氏物语》为日本"古典文学之泰斗",评价"其内容充实,技巧娴熟,文字古雅",这是比较中肯的。但当时女子"通汉学"之说并不准确,汉学在当时仍是精英男子之学,如紫式部般精通汉学的女子并不多,这是她后来任女官时遭到嫉妒、嘲讽的重要原因。

《源氏物语》采用的虽是长篇体例,但其中较多篇目都是相对独立的短篇,可以说是诸多短篇的松散结合,这点在第一部分的前半部分尤其明显。《源氏物语》之前的《伊势物语》《大和物语》等作品亦都是短篇整合之作,短篇体例也许是当时物语的通行体例,而《源氏物语》最终成为洋洋洒洒近百万字的长篇物语,可见作家的开拓精神。

藤原伊行著《源氏释》是《源氏物语》的第一部注释书,大约成书于院政时期(1086—1192)后半期,此书开启了《源氏物语》的研究历史。迄今为止,《源氏物语》的相关研究成果可谓汗牛充栋,但尚有大量不明之处。例如,《源氏物语》通行本大致形成于镰仓时代初期,该版本与紫式部写作的版本是否一致,学界有不同看法。又如作者紫式部的原名和生卒年亦不详,一般认为她生活在973—1014年间,一说原名藤原香子,因其父藤原为时曾任式部丞和式部大丞,所以她任女官后,取女官名藤式部,这是当时的通行做法,并无特别之意,紫式部之名与她在《源氏物语》中塑造的令人印象深刻的女主人公紫姬的形象有关。《源氏物语》流传之初,并未明示作者姓名,《紫式部日记》中有四处提及《源氏物语》的内容,即"三十 庆祝诞生五十日"条、"三十二 制作册子"条、"五十一 日本纪女官、进讲乐府"条、"五十五 尚无人攀折"条,由此推测这几部作品的作者为同一人,亦可知有关《源氏物语》的创作及早期传抄、评价等信息。

紫式部出身中层贵族家庭,丈夫比她年长二十六岁,婚后育有一个女儿贤子,可惜紫式部结婚不到三年,丈夫便因病去世,此后她入宫担任女官,那年她大约三十三岁,侍奉藤原道长之女中宫彰子。这个女官职位的获得与作者从小接受汉学熏习不无关联。紫式部的父亲藤原为时擅长汉诗和和歌,对中国古典文学颇有造诣。《紫式部日记·五十一 日本纪女官、进讲乐府》条记载:

① 紫式部:《源氏物语》,丰子恺译,人民文学出版社,2005年,第1290—1291页。

有一位内侍名叫左卫门,很奇怪她竟然毫无道理地不喜欢我。令人不快的讥评很多传进了我的耳朵。

主上命人诵读源氏物语,说:"这一位是有才学之人,可读得懂日本纪。"而那位内侍听了便胡猜乱想,向公卿们散布说:"以才学自恃呢。"还故意称我为"日本纪女官"。真是令人哭笑不得,我连在自家的侍女面前都尽量不去读汉文书籍,何况在宫中这样的是非之地。为什么要炫耀学问呢?

家人式部丞,幼时习读汉文。我居侧聆听。式部丞正坐习之时而费解,时而有遗;我居侧听之却早得其味,熟谙心中。深好学问的父亲常叹:"可惜不是个男儿。实乃吾身不幸。"

然而,渐渐人们有了议论:"即便是男子,以学问为荣的人又会怎样呢。好像没有扬名显身的嘛。"自从听到这些议论后,汉字我连个一字都不写了。每日无学只是发呆。曾经读过的汉文书籍如今也根本不再过目了。可是,我如此谨慎还要招人非议,世间以讹传讹,真不知道有人会怎样地憎恨我呢。羞愤之余,我连写在御屏风上的诗句都懒得抬眼看了。中宫妃曾经命我在御前分段地讲读白氏文集,所以认为我在汉文方面有较好的造诣。从前年的夏天开始我为中宫妃挑着进讲白氏文集中的两卷乐府。此事一直极力避开众人的耳目,专门利用中宫妃身边没有其他女官侍候着的缝隙时间。我瞒着对谁也不讲,中宫妃也为我保密。不过,道长大人和主上似乎察觉到了中宫妃在学习汉文,道长大人还给中宫妃送来了请出色的书法家抄写下来的汉文书籍。的确,那位长舌的内侍还不知道中宫妃命我进讲汉文的事情,如果让她知道了的话,不知又要有多少飞短流长了。世间万事纷杂,令人忧郁。[①]

从上面《紫式部日记》的记载可知其家学渊源,且作者从小聪明伶俐,家中男儿接受教育时,她"居侧听之却早得其味,熟谙心中",由此打下牢固的汉学功底。如前所述,汉学在当时还是精英男子之学,紫式部的学识可谓卓尔不群,这是她入宫后遭受左卫门之流嫉妒、诽谤的原因。但其才华获得了中宫妃等人的信任,她由此得以施展其才华,为中宫妃讲解日本史和白居易诗文等,足见其文史功底。

《源氏物语》自觉使用小说惯常的"虚构"笔法,同时将物语所具有的传承性特点融于一体,不断探索着物语的创作手法。《源氏物语》开篇写道:"从前某朝

---

① 藤原道纲母、紫式部等:《东瀛美文之旅:王朝女性日记》,林岚、郑民钦译,河北教育出版社,2002 年,第 355—356 页。

天皇时代,后宫妃嫔甚多,其中有一更衣①,出身并不十分高贵,却蒙皇上特别宠爱。"这种以"从前"开篇的叙事方式明显带有口传文学的特点。"桐壶"卷描写光源氏诞生时的瑞相亦留有口传文学的遗痕,如:"这更衣生下了一个容华如玉、盖世无双的皇子。""小皇子三岁那一年,举行穿裙仪式……及至见到这小皇子容貌漂亮,仪态优美,竟是个盖世无双的玉人儿,谁也不忍妒忌他。见多识广的人见了他都吃惊,对他瞠目注视,叹道:'这神仙似的人也会降临到尘世间来!'"此处对光源氏"超人"性的强调亦具有浓厚的口传文学特点。"桐壶"卷还描写右大弁带光源氏前往高丽相士处看相,高丽相士对光源氏的面相进行了"预言",此种预言亦具有浓郁的传承特点,其文写道:

> ……相士看了小皇子的相貌,大为吃惊,几度侧首仔细端详,不胜诧异。后来说道:"照这位公子的相貌看来,应该当一国之王,登至尊之位。然而若果如此,深恐国家发生变乱,己身遭逢忧患。若是当朝廷柱石,辅佐天下政治呢,则又与相貌不合。"这右大弁原是个富有才艺的博士,和这相士高谈阔论,颇感兴味。两人吟诗作文,互相赠答。相士即日就要告辞返国。他此次得见如此相貌不凡之人物,深感欣幸;如今即将离别,反觉不胜悲伤。他作了许多咏他此种心情的优美的诗文,赠予小皇子。小皇子也吟成非常可爱之诗篇,作为报答。相士读了小皇子的诗,大加赞赏,奉赠种种珍贵礼品。朝廷也重重赏赐这相士。此事虽然秘而不宣,但世人早已传闻。②

高丽相士的"预言"是对光源氏"超人"特质的渲染,而对看相结果"秘而不宣"等表述,也是为了进一步强化"预言"的权威性、神秘性,这与口传文学的叙事方法一脉相承。《源氏物语》还有较多传承性特点,如光源氏的须磨之行可见贵种流离谭的遗痕;作为"永远的女性"形象,藤壶、紫姬身上有着仙妻故事的印记,还有住吉明神的保佑、观音菩萨的显灵等,均表明《源氏物语》较好地继承了口传文学的诸多素材和技法。

然而,作为一种新型文学样式,物语还必须反映当时时代的"现代性"特点,《源氏物语》主要通过点缀"史实",以赋予作品真实感。此外,还通过娴熟的散文表述能力、物语的结构力、汉籍典故,以及容易引发读者共鸣的神话、传说等强化作品的时代气质。贯穿作品始终的佛教无常观、因果观及对佛典的援引,则使作品带上了理性的光彩。大量的和歌、汉诗的运用使作品更具纤细的艺术品质。

---

① 更衣是旧时天皇嫔妃之一,地位较低,位于女御之后。

② 紫式部:《源氏物语》,丰子恺译,人民文学出版社,2001年,第13页。

作者还描绘了大量和汉音乐,有意识地以音乐深化主题,使得行文更加典雅,情节的推动方式更趋多元化。这些多元丰富的创作手法使得《源氏物语》的心理、情感描写细致入微,不仅成功地描写了刹那间的情感变化,还游刃有余地描写了漫漫人生旅途中的烦恼和忧愁,由此建构起了富于立体感的一系列人物形象。可以想见,在漫长的创作过程中,紫式部对创作手法的思考也经历了一个不断深化的过程。关于这一点,《源氏物语》中"二十五　萤卷"写道:

　　玉鬘看了许多书,觉得这里面描写了种种命运奇特的女人,是真是假不得而知,但像她自己那样命苦的人,一个也没有。她想象那个住吉姬[①]在世之日,必然是个绝色美人。现今故事中所传述的,也是一个特别优越的人物。这个人险些儿被那个主计头老翁盗娶,使她联想起筑紫那个可恶的大夫监,而把自己比作住吉姬。源氏有时到这里,有时到那里,看见到处都散置着此种图画故事书,有一次对玉鬘说:"啊呀,真讨厌啊!你们这些女人,不惮烦劳,都是专为受人欺骗而生的。这许多故事之中,真实的少得很。你们明知是假,却真心钻研,甘愿受骗。当此梅雨时节,头发乱了也不顾,只管埋头作画。"说罢笑起来。既而又改变想法,继续说道:"但也怪你不得。不看这些故事小说,则日子沉闷,无法消遣。而且这些伪造的故事之中,亦颇有富于情味,描写得委婉曲折的地方,仿佛真有其事。所以虽然明知其为无稽之谈,看了却不由你不动心。例如看到那可怜的住吉姬的忧愁苦闷,便真心地同情她。又有一种故事,读时觉得荒诞不经,但因夸张得厉害,令人心惊目眩。读后冷静地回想起来,虽然觉得岂有此理,但当阅读之时,显然感到兴味。近日我那边的侍女们常把古代故事念给那小姑娘听。我在一旁听听,觉得世间确有善于讲话的人。我想这些都是惯于说谎的人信口开河之谈,但也许不是这样吧。"玉鬘答道:"是呀,像你这样惯于说谎的人,才会做各种各样的解释;像我这种老实人,一向信以为真呢。"说着,把砚台推开去。源氏说:"那我真是瞎评故事小说了。其实,这些故事小说中,有记述着神代以来世间真实情况的。像日本纪[②]等书,只是其中之一部分。这里面详细记录着世间的重要事情呢。"说着笑起来。然后又说:"原来故事小说,虽然并非如实记载某一人的事迹,但不论善恶,都是世间真人真事。观之不足,听之不足,但觉此种情节不能笔

_____

　　① 《住吉物语》的女主人公。古本失传,现存本为后世仿作,但情节基本保持原貌,属于虐待继子型故事。

　　② 日本官选国史的总称。此处注释参照『日本古典文学全集　14　源氏物语　3』(小学馆、1972年)的相关注释。

闭在一人心中，必须传告后世之人，于是执笔写作。因此欲写一善人时，则专选其人之善事，而突出善的一方；在写恶的一方时，则又专选稀世少见的恶事，使两者互相对比。这些都是真情实事，并非世外之谈。外国小说①与日本小说各异。同是日本小说，古代与现代亦不相同。内容之深浅各有差别，若一概指斥为空言，则亦不符事实。佛怀慈悲之心而说的教义之中，也有所谓方便之道。愚昧之人看见两处说法不同，心中便生疑惑。须知方等经②中，此种方便说教之例甚多。归根结底，同一旨趣。菩提与烦恼的差别，犹如小说中善人与恶人的差别。所以无论何事，从善的方面说来，都不是空洞无益的吧。"他极口称赞小说的功能。接着又说："可是，这种古代故事之中，描写像我这样老实的痴心人的故事，有没有呢？再则，这种故事中所描写的非常孤僻的少女之中，像你那样冷酷无情、假装不懂的人，恐怕也没有吧。好，让我来写一部古无前例的小说，传之后世吧。"③

上文可谓是日本文学史上最早的"物语论"抑或"小说论"，紫式部借光源氏和玉鬘的对话，探讨了物语的创作方法、物语的功用等问题，内容涉及真实与虚构、历史书写与文学书写、传统与现代、典型人物塑造、读者视角、物语的人性指向、物语的精神抚慰作用等，最后让主人公光源氏"极口称赞小说的功能"。光源氏的"称赞"表明紫式部具有明晰的创作理念，但"物语论"并未出现在《源氏物语》的早期篇目中，而是出现在第一部的后半部分，这表明作者的创作意识、创作自觉是一个渐进的过程。光源氏最初并不认可物语的功用，认为："你们这些女人，不惮烦劳，都是专为受人欺骗而生的。这许多故事之中，真实的少得很。你们明知是假，却真心钻研，甘愿受骗。"光源氏的批评代表了当时的话语方式，即男性精英对物语的"轻视"，亦表明紫式部在创作过程中的反思与探索。光源氏最终改变看法，"极口称赞小说的功能"，其中可见作家紫式部的成长，以及她最终获得的创作自信。此外，"玉鬘看了许多书，觉得这里面描写了种种命运奇特的女人"等表述表明，紫式部的创作主旨在于对"人的命运"以及"人性"的揭示，这也是物语抑或小说的魅力所在。从光源氏所言"原来故事小说，虽然并非如实记载某一人的事迹，但不论善恶，都是世间真人真事"的话语，还可知紫式部的写实主义精神，物语的虚构是基于对真实的洞察力，这使得《源氏物语》成为日本写实主义文学的经典之作。紫式部让光源氏说的豪言壮语——"我来写一部古无

---

① 日本小学馆版原典作"事"，丰子恺译作"小说"，本篇依据丰子恺译文。
② 大乘经典的总称。
③ 紫式部：《源氏物语》，丰子恺译，人民文学出版社，2001年，第525—527页。

前例的小说,传之后世吧",不正是作者紫式部的豪言壮语吗?或许得益于紫式部的才气与勇气,《源氏物语》很快得以流传。菅原孝标女(1008—1059?)所著《更级日记》开篇写道:

> 我在东路尽头更深僻之地长大,何等浅陋无识,不知缘何,闻世有物语,乃思读之,不能自已。时于白日、夜间听姐姐、继母等讲述各种物语以及光源氏之片段,阅读之念日炽。然仅凭记忆讲述,听之未能满足,心中烦恼。乃制等身大药师佛一尊,于无人之时,净手悄然入内,虔诚磕首,跪拜祈祷:"盼望早日上京。京都定有众多物语,我将尽数阅读。"终于十三岁那年,一家准备上京,九月三日搬出,移居今馆。①

菅原孝标女生于宽弘五年(1008),《更级日记》从作者"十三岁"时写起,但那年应该是1020年,相关资料亦显示作者父亲于1020年结束地方上的任期返京,由此可知《源氏物语》在此前已开始部分流传,被人们阅读,"各种物语以及光源氏之片段"深深地吸引了这个少女,以至于她在药师佛前祈祷"盼望早日上京。京都定有众多物语,我将尽数阅读"。这条记载还表明当时物语已经拥有一定的读者群。《更级日记》描写一家人返京后,少女立即央求母亲"寻找物语"。此后,少女经历了乳母的去世等打击,这时物语又成为疗愈的良方,母亲为其四处搜寻物语,终于获得《源氏物语》一卷",此后又获得了"《源氏物语》五十余卷"。由此可知在紫式部去世后数年间,《源氏物语》已在贵族女性读者之间流传。

《源氏物语》与中国文化关系密切,从作品中浓郁的佛教无常观、因果观可见作者对汉文佛经的熟悉,她对白居易诗文更是喜爱有加,不仅在宫中讲授《白氏文集》,还在《源氏物语》中引用、化用白居易诗文,赋予了《源氏物语》深厚的文化底蕴。除《白氏文集》外,《源氏物语》还援用了《诗经》《文选》《礼记》《战国策》《史记》《汉书》等中国经典中的典故或表述,显示了深厚的汉学功底,亦使《源氏物语》成为一个跨文化空间中生成的内涵丰厚的文本。作品首卷"桐壶"卷相对独立,有作品序卷之意,此卷即以白居易的《长恨歌》为基调铺叙展开。

作品首先描写天皇专宠桐壶更衣,引发了后宫嫔妃们的嫉恨,人们议论纷纷:"'这等专宠,真正叫人吃惊!唐朝就为了有此等事,弄得天下大乱。'这消息渐渐传遍全国,民间怨声载道,认为此乃十分可忧之事,将来难免闯出杨贵妃那样的滔天大祸来呢。"在这样的流言蜚语之中,更衣生下一个儿子之后,便撒手人寰了,"皇上悲情不减,无法排遣。他绝不宣召别的妃子侍寝,只是朝朝暮暮以泪

---

① 藤原道纲母、紫式部等:《东瀛美文之旅:王朝女性日记》,林岚、郑民钦译,河北教育出版社,2002年,第373—374页。

洗面"。于是,天皇时常派人去更衣的娘家探望小皇子,以缓解思念之苦:

> 深秋有一天黄昏,朔风乍起,顿感寒气侵肤。皇上追思往事,倍觉伤心,便派韧负①命妇赴外家存问。命妇于月色当空之夜登车前往。皇上则徘徊望月,缅怀前尘:往日每逢花晨月夕,必有丝竹管弦之兴。那时这更衣有时弹琴,清脆之音,沁人肺腑;有时吟诗,婉转悠扬,迥非凡响。她的声音笑貌,现在成了幻影,时时依稀仿佛地出现在眼前。然而幻影即使浓重,也抵不过一瞬间的现实呀!②

天皇的悲伤由此略窥一斑。上文"皇上追思往事,倍觉伤心,便派韧负命妇赴外家存问"的表述与《长恨歌》之"方士殷勤觅"贵妃魂魄之举相似;"往日每逢花晨月夕,必有丝竹管弦之兴。那时这更衣有时弹琴,清脆之音,沁人肺腑"的场面,则是《长恨歌》之"骊宫高处入青云,仙乐风飘处处闻。缓歌曼舞凝丝竹,尽日君王看不足"的演绎,可知天皇的悲伤是以《长恨歌》中的爱情悲剧为铺垫的。作品紧接着描写:"近来皇上晨夕披览的,是《长恨歌》画册。这是从前宇多天皇命画家绘制的,其中有著名诗人伊势和贯之所作的和歌及汉诗。日常谈话,也都是此类话题。"天皇看着画中的杨贵妃,心里思念着更衣,真有"此恨绵绵无绝期"的情状,且看"桐壶"卷的以下描写:

> 皇上看了《长恨歌》画册,觉得画中杨贵妃的容貌,虽然出于名画家之手,但笔力有限,到底缺乏生趣。诗中说贵妃的面庞和眉毛似"太液芙蓉未央柳",固然比较确当,唐朝的装束也固然端丽优雅,但一回想桐壶更衣的妩媚温柔之姿,便觉得任何花鸟的颜色与声音都比不上了。以前晨夕相处,惯说"在天愿作比翼鸟,在地愿为连理枝"之句,共交盟誓。如今都变成了空花泡影。天命如此,抱恨无穷!③

作者以《长恨歌》为铺垫,细致入微地描写了天皇痛失更衣后的悲伤之情,《长恨歌》由是成为"桐壶"卷的底色。"桐壶"卷与《长恨歌》结构上的共通之处大致可以归纳为:皇上对爱妃的过度宠爱;爱妃之死;皇上的思恋之苦;派出使者寻找纪念物;无尽的哀伤,即所谓"此恨绵绵无绝期"的哀叹。"桐壶"卷有"序卷"之意,《源氏物语》就是在《长恨歌》般哀婉的诗情画意中缓缓地拉开了帷幕。可以

---

① 日本古时官名。
② 紫式部:《源氏物语》,丰子恺译,人民文学出版社,2001年,第6页。
③ 同上,第10—11页。

说,紫式部对《长恨歌》的援用达到了出神入化之境,正如叶渭渠所言:"紫式部学习和吸纳中国文化、文学,已经摆脱了此前日本古代文学那种直接模仿中国典籍和故事,表面地、概念性地照搬中国文学的原型,以及机械地借用中国典籍的词句,而完全将中国文化精神和文学精神化作自己的血肉,流贯在作者的创作个性中,并融进自己创造的文学形象的深层里。"①

在《源氏物语》的批评史上,江户时代(1603—1867)中期的日本国学家本居宣长(1730—1801)提出的"物哀论"具有划时代的意义,但本居宣长亦将"物哀论"用于和歌论中,②这是基于"和歌"立场的评价话语,不可否认其中存在概念先行的意味。紫式部精通文史知识,具有深厚的汉学素养,这使得《源氏物语》成为一个多元立体的文本,具有诸多的阐释可能,但在"物哀论"的话语空间中,作品所具有的社会意识、时代批判意识、人性观照等要素被遮蔽了,这是值得留意之处。《源氏物语》用虚构的笔法,文学性地展现了平安时代的现实,可谓是平安时代的时代画卷。《源氏物语》诞生之后,它本身又成为一种新的传承,深刻地影响了平安时代后期的物语文学,《夜半寝觉》《狭衣物语》《滨松中纳言物语》《堤中纳言物语》等作品均受其影响,它们在人物形象、场面设置、审美取向等诸多方面仿照了《源氏物语》,但普遍缺乏《源氏物语》内在的精神追求。

平安时代末期,贵族势力走向衰弱,新兴武士阶层崭露头角,时代的不安令人们陷入对过往的追忆之中,于是《荣华物语》《大镜》《今镜》等历史物语应运而生。其中《荣华物语》是历史物语的开山之作,出自女作家的手笔,以假名写作,共四十卷,一说前三十卷的作者是赤染卫门,后十卷的作者是出羽之弁等。整部作品基本上以事实展开,"小说"成分不多,主要以藤原道长的荣华生涯为中心铺叙展开,表达了摄关政治下浓浓的乡愁,文字冗长,其人物、结构、卷名等都留有模仿《源氏物语》的痕迹。《大镜》是继《荣华物语》之后的第二部历史物语,作者不详,但可以肯定出自男作家的手笔,这象征了新作家群的诞生。《大镜》亦以藤原道长的荣华生涯铺叙展开,但模仿中国《史记》的纪传体体例,分帝纪、列传两部分,描写文德天皇至后一条天皇时代的事迹,至藤原道长最为荣耀的万寿二年(1025)止笔,表面上赞美了藤原一族的荣华富贵,实则通过人物对话的形式揭露了藤原一族的营私舞弊,展现了人心世态的深层世界,在历史与文学的交叉点上,揭露了摄关政治的阴暗面,预示了时代的发展方向,吸引了诸多新的读者群。《大镜》的笔力、批判力亦使其成为历史物语的典范之作,此后又诞生了《今镜》《水镜》《增镜》,这三部作品与《大镜》一起统称为"四镜"或"镜物"系列作品,但后

---

① 叶渭渠:《日本小说史》,北京大学出版社,2009 年,第 47 页。

② 阿部秋生、秋山虔、今井源衛校注・訳『日本古典文学全集　12　源氏物語　1』(小学館、1970 年)72ページ。

来的三部作品均未能超越《大镜》的深度和广度。

第五节　长篇说话集《今昔物语集》

平安时代末期,贵族社会渐趋没落,以女性为中心的王朝物语逐渐失去了往日的活力,文学呈现出新的发展态势,除前述历史物语外,还出现了日本文学史上规模最大的说话文学集《今昔物语集》。该书的成书年代不详,在 1120—1150 年间。编撰者亦不详,但从作品所用汉和混合文体看,可以肯定是男性,估计是由僧人或僧团编撰而成。源隆国①曾长期被认为是该物语的编撰者,后来又有鸟羽僧正觉猷②、忠寻僧正、东大寺东南院觉树、源俊赖、大江匡房、以白河院为核心的僧俗集团、与比叡山关系密切的藤原氏或橘氏一族的出家者等,但都不足为证。《今昔物语集》总计收录一千多个篇目,共三十一卷(其中第 8、18、21 卷缺),现有二十八卷,内容分为佛教说话、世俗说话两大类。其中第 1 卷至第 5 卷为天竺(印度)佛教说话,第 6 卷至第 10 卷为震旦(中国)部分(其中第 6 卷至第 9 卷为佛教说话,第 10 卷为世俗说话),第 11 卷至第 31 卷为本朝(日本)部分(其中第 11 卷至第 20 卷为佛教说话,第 22 卷至第 31 卷为世俗说话)。

《今昔物语集》收录的篇目涉及印度、中国、日本,这是当时日本的"世界"概念。所谓佛教说话和世俗说话,即网罗一切说话故事之意。除第 8、18、21 卷缺失外,还有一些文字脱落,或篇目缺失的,如第 7 卷第 33—40 篇(共八篇)、第 23 卷第 1—12 篇(共十二篇)缺失。此外,还缺失以下十九个篇目:

第 1 卷:第 20、24 篇

第 11 卷:第 19、20、33、34、37 篇

第 16 卷:第 40 篇

第 19 卷:第 15、16、34 篇

第 20 卷:第 8、14 篇

第 24 卷:第 12、17 篇

第 25 卷:第 8、14 篇

第 26 卷:第 6 篇

第 29 卷:第 16 篇

---

①　源隆国(1004—1077):日本平安中期的贵族、文学家。其别墅位于宇治,所以又称宇治大纳言,其《宇治大纳言物语》深刻地影响了《今昔物语集》《古本说话集》等作品,现已散佚。

②　僧正是僧纲的最高阶位,最初仅为一人,后又出现大僧正、僧正、权僧正等。中国后来亦改称为僧统。

　　《今昔物语集》中的出场人物包括佛、菩萨、国王、天皇、贵族、鬼畜、非人等。全部一千多个篇目中,绝大部分是佛教说话,有七百余篇,天竺、震旦、本朝三部分均按佛教的产生与传播、佛法僧三宝的功德灵验记、因果报应顺序编排。开篇的"天竺卷"五卷均为佛教说话。《今昔物语集》亦收录世俗说话,但从大多数篇目、开篇篇目、各国篇目编排顺序可知其本质上还是佛教说话集。"天竺卷"是整部作品的开篇部分,具有举足轻重的象征意义,从释迦牟尼佛的生平事迹铺叙展开,如第 1 卷(共三十八篇)的具体篇目如下。

　　　　第一　　释迦如来投胎人界的故事

　　　　第二　　释迦如来转生人界的故事

　　　　第三　　悉达太子城中受乐的故事

　　　　第四　　悉达太子出城入山的故事

　　　　第五　　悉达太子山中苦行的故事

　　　　第六　　天魔阻碍菩萨成道的故事

　　　　第七　　菩萨树下成道的故事

　　　　第八　　释迦为五比丘说法的故事

　　　　第九　　舍利弗与外道竞术的故事

　　　　第十　　提婆达多与佛相争的故事

　　　　第十一　　佛入婆罗门城乞食的故事

　　　　第十二　　佛去胜蜜外道家的故事

　　　　第十三　　佛去满财长者家的故事

　　　　第十四　　佛入婆罗门城教化的故事

　　　　第十五　　提何长者自然得子的故事

　　　　第十六　　鸯掘魔罗切佛指的故事

　　　　第十七　　佛迎罗睺罗令其出家的故事

　　　　第十八　　佛教化难陀令其出家的故事

　　　　第十九　　佛的姨母憍昙弥出家的故事

　　　　第二十　　佛令耶输多罗出家的故事

　　　　第二十一　　阿那律和跋提出家的故事

　　　　第二十二　　鞞罗羡王子出家的故事

　　　　第二十三　　仙道王前往佛的居处出家的故事

　　　　第二十四　　郁伽长者前往佛的居处出家的故事

　　　　第二十五　　和罗多出家成佛弟子的故事

　　　　第二十六　　岁至一百二十始出家的故事

　　　　第二十七　　老翁前往佛的居处出家的故事

　　《今昔物语集》第 1 卷用三十八个故事展现了佛陀诞生、成道、说法、组建教团的过程,其中可见缅怀佛陀、追溯佛教发展轨迹之意。全部一千余篇说话故事在这样的大背景下循序演进。第 22 卷以下"本朝"世俗部分亦有一定的编排顺序,如第 22 卷八篇为藤原氏列传;第 23 卷十四篇为大力者;第 24 卷五十五篇为术道、艺能;第 25 卷十二篇为勇武;第 26 卷二十三篇为宿世业报;第 27 卷四十五篇为鬼怪;第 28 卷四十四篇为笑话;第 29 卷三十九篇为恶行;第 30 卷十四篇为恋爱杂事;第 31 卷三十七篇为奇谈杂事。

　　所谓说话,泛指神话、民间传说、寺院缘起等。中国隋唐五代讲唱艺术包括俗讲、转变、唱词、说话等,说话是其中的一个门类。说话的底本称"话本",又称"话"。唐人说话曾在唐代风靡一时,这与唐代佛教俗讲、转变的兴盛密切相关。天竺、震旦、本朝的佛教说话已经基本确认了出典,但大部分本朝世俗篇目还不能确认出典,探明唐代说话东传日本的情况,或有助于世俗部分的相关研究。《今昔物语集》的编撰受到源隆国所编、现在已经散佚的《宇治大纳言物语》的诸多影响。此外,佛教说话的出典主要包括《法苑珠林》《经律异相》《众经要集金藏论》《大唐西域记》《过去现在因果经》《贤愚经》《撰集百缘经》《杂宝藏经》《大般涅槃经》《三宝感应要略录》《冥报记》《弘赞法华经》《孝子传》《俊赖髓脑》等。本朝部的出典主要包括《日本灵异记》《三宝绘词》《本朝法华验记》《日本往生极乐记》《江谈抄》《将门记》《陆奥话记》《智证大师传》《性空上人传》《金刚峰寺建立修行缘起》《地藏菩萨灵验记》《善家秘记》《善家异记》等。②

---

　　①　《今昔物语集》(一),金伟、吴彦译,万卷出版公司,2006 年,目录第 1—2 页。

　　②　馬淵和夫、国東文麿、今野達校注・訳『日本古典文学全集　21　今昔物語集　1』(小学館、1971 年)36—37ページ。

《今昔物语集》成书之后,在较长的一段时间内并未受到应有的关注,这种情况至江户时代有所改变。至明治时代,有人指出它是说话文学的源泉,开始引发较多的关注。大正时代(1912—1926)的著名作家芥川龙之介(1892—1927)发现了该作品集作为庶民文学的"野性之美",将其作为创作的素材库,创作了大量取材于《今昔物语集》的作品,芥川作品与相关出典如下:

> 《青年与死》(1914):第 4 卷第 24 篇"龙树俗时做隐形药的故事"
>
> 《罗生门》(1915):第 29 卷第 18 篇"盗人登罗城门上见死人的故事"、第 31 卷第 31 篇"大刀带阵卖鱼妪的故事"
>
> 《鼻子》(1916):第 28 卷第 20 篇"池尾禅珍内供鼻子的故事"
>
> 《山药粥》(1916):第 26 卷第 17 篇"利仁将军若时携五位从京城下敦贺的故事"
>
> 《运》(1917):第 16 卷第 33 篇"贫女侍清水观音得助的故事"
>
> 《偷盗》(1917):第 29 卷第 3 篇"不为人知的女盗人的故事"
>
> 《往生绘卷》(1921):第 19 卷第 14 篇"赞岐国多度郡五位闻法出家的故事"
>
> 《好色》(1921):第 30 卷第 1 篇"平定文向本院女官求爱的故事"
>
> 《竹林中》(1922):第 29 卷第 23 篇"携妻行丹波国男于大江山被缚的故事"
>
> 《六宫公主》(1922):第 19 卷第 5 篇"六宫姬君夫出家的故事"、第 15 卷第 47 篇"造恶业人最后念佛往生的故事"[1]

芥川在《小说创作多半始于友人的煽动》(1919)一文中写道:"之前的《罗生门》和《山药粥》都取材于《今昔物语》,该书过去和现在都是我的爱读之书。"[2]芥川的《今昔物语鉴赏》(新潮社《日本文学讲座》第六卷,1927 年 4 月 30 日)则是日本第一篇论述《今昔物语集》之"文学性"的论文,这篇论文极大地提升了《今昔物语集》的知名度,且看如下引文:

> 《今昔物语》31 卷分为天竺、震旦、本朝三部分。说本朝部分最有趣,应该没有人提出异议。另外,本朝部分中最让我们感兴趣的,是"世俗"及"恶行"部分——也就是《今昔物语》中最接近社会新闻的那部分。

---

① 菊地弘、久保田芳太郎、関口安義編『芥川竜之介事典　増訂版』(明治書院、2001 年)202ページ。

② 芥川龍之介『芥川龍之介全集　第 4 巻』(岩波書店、1996 年)161ページ。

但是——

　　但是，我对于其中的佛法部分也多少有些感兴趣。这么说，既不是对佛法感兴趣，更不是对天台及真言的护摩①的烟感兴趣。而只是对当时的人心感兴趣。道命阿阇梨虽然是阿阇梨，也是和泉式部的情人。不过，当他诵经时，诸天善神也都皆大欢喜，降临到法轮寺前（本朝部卷二，天王寺别当道命阿阇梨的故事第三十六）。而且，金峰山的藏王、熊野的权现②、住吉的大明神的下凡，未必仅仅为了沐浴佛经的功德，而是因为"尤其其音微妙，闻者皆俯首倾听，无不珍视"。想来，当时的诸天善神也一定对护法充满了热情。不过，在他们的热情中，也夹杂着对我们音乐的热情。

　　此外，佛法部分告诉我：当时的人们是怎样切实地感到了那来自天竺的、超自然的存在——佛菩萨及天狗等超自然的存在。我们毕竟不是他们。法华寺的十一面观音、扶桑寺的高僧们乃至金刚峰寺的不动明王（赤不动）带给我们的，只有艺术性的——美的激动。但他们却亲眼看到——或至少在幻觉中目击了这种超自然的存在，并对超自然的存在感到恐怖和尊敬。如金刚峰寺的不动明王，就有着某种近似于精神病患者梦境般的、令人毛骨悚然的庄严。那股令人毛骨悚然的庄严难道真的只是想象吗？……这种生动在本朝部分更加野蛮地闪耀着。更加野蛮？——我终于发现了《今昔物语》的本来面目。《今昔物语》的艺术生命不仅仅是生动，借用红毛人的话讲，是"brutality（野性）"之美，或是距离优美、纤细最远之美。……作者的这种写生式的笔法，把当时人们的精神纠结也鲜明地描写出来了。他们也像我们一样因娑婆苦而呻吟。《源氏物语》最优美地描写了他们的痛苦。《大镜》最朴实地描写了他们的痛苦。最后，《今昔物语》最野蛮地——或几近残酷地描写了他们的痛苦。我们从光源氏的一生也能感受到悲哀吧，兼通卿③的一生则肯定令我们感到惊讶。可是，从《今昔物语》中的故事——如"参河守大江定基出家的故事"（本朝部卷九）中所能感受到的只是一种更加紧迫的窒息感。……如前面所写，《今昔物语》充满了野性之美。另外，闪耀着这种美的世界不只在宫廷。因此，出没于这个世界的人物，上自天皇，下至土民、强盗、乞丐等。不，不仅如此，还涉及观世音菩萨、大天狗、妖魔鬼怪。如果再次借用红毛人的话讲，这正是王朝时代

---

①　护摩即火供之意。

②　菩萨化身之神，此处指熊野三山的主祭神。

③　兼通卿，即藤原兼通（925—977），平安时代中期的贵族，亦是《大镜》第三卷中的人物。

的"Human Comedy（人间喜剧）"吧。每当我翻开《今昔物语》时，都能感到当时人们发出的哭声和笑声。不仅如此，还感觉到其中夹杂着他们的蔑视和憎恶（如贵族对武士的憎恶）。

我们有时会向遥远的过去寻找我们的梦。可是，据《今昔物语》所言，就连王朝时代的京都，也不是比东京及大阪少了娑婆苦的都城。诚然，牛车熙熙攘攘的朱雀大道大概是繁华的。可是，一旦走进小巷，也有争食路边尸体的野狗群。而且到了夜晚更可怕，连春天的星光下，都行走着一切超自然的存在——巨大的地藏菩萨、变成女孩的狐狸等。修罗、饿鬼、地狱、畜生等的世界，并不总在现世之外……①

芥川从《今昔物语集》中发现了永恒的人性主题，并由此发现了其中的"野性之美"，其洞察力与概括力值得肯定。在诸如此类的观照下，《今昔物语集》终于引起了广泛的关注，成为日本学界及创作实践领域共同关心的文本。然而，芥川取材于《今昔物语集》的作品，多基于作家对人性的思考，或基于其对野性之美的探索，往往与原作之间呈现出巨大的差异，在芥川对待原作的"忠实与背叛"的态度之间，亦可见其文学的某些特质，如《六宫公主》的原典之一是《今昔物语集》第15卷第47篇"造恶业人最后念佛往生的故事"，从题名即可知原典主人公最终得到了度脱，其文写道：

高僧在男人的枕边听完他的一席话，对他说道："你长年一直不信作恶必下地狱的说法，如今看到火焰车才相信了。"病人回答说："火焰车在眼前出现后我确实相信了。"高僧又说道："那么，你应该相信只要念佛一定会往生极乐，这也是佛陀的教导。"病人听到此话后合掌置于额前，虔诚地念了一千遍"南无阿弥陀佛"。随后，高僧问病人："怎么样，你还能看到火焰车吗？"病人回答："火焰车消失了，眼前出现了一片巨大的金色莲叶。"正说着就离世了。僧人感慨万分，他激动地流着眼泪离去了。目睹和听说这件事的人都非常感动。

佛陀的教诲切实可信，即只要念佛，一定会往生极乐。②

"造恶业人最后念佛往生的故事"中的主人公最终往生极乐世界，这是一种皆大欢喜的结局。但芥川依据原典创作，并未给其主人公一个圆满的解脱，而是让其成为无法度脱的孤魂野鬼。或许芥川洞察了他所处时代的人的命运？芥川

---

① 芥川龍之介『芥川龍之介全集　第14巻』（岩波書店、1996年）242—249ページ。

② 《今昔物语集》（二），金伟、吴彦译，万卷出版公司，2006年，第749页。

本人命运的结局从《六宫公主》中似乎亦可以得到一些启发。与平安时代以女性为主的贵族物语相比，《今昔物语集》呈现出庶民性、地方性、男性化特征，其诞生预示了时代发展的方向，标志着贵族物语文学向新时代文学的过渡。从《日本灵异记》开始，经过《三宝绘词》，再到《今昔物语集》《宇治拾遗物语》的发展铺陈，日本说话文学呈现出一条清晰的发展脉络，构成了日本文学的另一个源流，值得重视。《今昔物语集》中的篇目短小精悍，往往没有完整的故事情节、人物塑造、情景描写，但由于这些故事生动活泼，且与民间信仰密切相关，易在民众中传播，为后世日本文学注入了新的活力，后世属于《今昔物语集》谱系的说话文学亦可以分为世俗说话和佛教说话两部分。世俗说话包括《宇治拾遗物语》《十训抄》《古今著闻集》《古事谈》《今物语》《唐物语》等。佛教说话包括《宝物集》《选集抄》《沙石集》《发心集》《杂谈集》《闲居友》等。芥川龙之介取材于《今昔物语集》的一系列作品更使《今昔物语集》焕发出了新的生命活力。值得注意的是，平安时代后期出现的《唐物语》亦是值得关注的说话文学，据传是藤原成范（1135—1187）根据中国古典小说编译而成，文体采用和歌物语的形式，是现存最早的中国文学翻译作品集，共二十七篇，所收作品或以故事画卷的形式早已传播。《唐物语》为集成之作，篇目有王子猷、白乐天、宋玉、张文成、李夫人、西王母、杨贵妃、朱买臣、上阳人、王昭君等，均是当时日本人熟知的中国人物形象，亦收录了较多中国民间故事，主要出典为《蒙求》（十一篇）、《白氏文集》（六篇），另有《汉书》《后汉书》《晋书》《史记》《文选》《列仙传》《西京杂记》等。《唐物语》展示了中国题材作品在日本小说中的演绎与发展，其中可见中日文学文化交流的新动态。

第三章　幕府时代的古典小说

这部分涉及镰仓时代、室町时代、江户时代的古典小说，时间大致为1192—1867年。这时期，主要由武家的将军掌握日本政治实权。其中，镰仓时代是日本历史上的第一个幕府时代，武士、庶民成为新的文学受众，战记物语应运而生。但同样冠以"物语"之名，与平安时代的贵族物语不同，战记物语原本是说唱艺人琵琶法师说唱时的底本，具有一定的庶民色彩。据平安中期学者藤原明衡（989—1066）《新猿乐记》记载，平安时代已有琵琶法师进行说唱表演。① 大致从12世纪中叶起，"源平之战"成为这些流浪艺人的说唱主题。进入室町时代，贵族趣味较镰仓时代更趋淡薄，开始流行以文化程度不高的上层妇女儿童为读者对象的浅显读物。进入江户时代，随着印刷术的发展，文学受众扩大至庶民阶层，文学作品的庶民色彩不断增强。

第一节　战记物语的巅峰之作《平家物语》

平安时代中期，随着私有庄园的出现，武士阶层开始崭露头角。935—940年，桓武天皇的五代孙、高望王之孙平将门为继承遗领与叔伯发生冲突，后起兵反抗朝廷，史称"平将门之乱"。此次叛乱以平将门的失败告终，但标志着武士势力的兴起。在平息平将门之乱中，平氏是有功之臣，由是开启了平氏的兴盛之路。其时，日本政出多门，政局混乱，皇室与摄关家、天皇与上皇、摄关藤原氏内部均矛盾重重，这些矛盾又和新兴的源平武士集团之间的矛盾纠缠在一起，终于引发了保元之乱（1156）、平治之乱（1159）。保元、平治之乱更加凸显了武士集团的势力。经过保元、平治之乱后，平氏战胜源氏，平氏专权的雏形显现。1160年，平清盛进入中央公卿之列，开武士在贵族政权中担任中央公卿的先例。此后，平清盛通过与天皇、上皇、摄关家联姻的方式，不断增强自己的势力。1167年，平清盛担任太政大臣。1180年2月，以天皇外祖父的身份控制朝廷大权，建立起平氏独裁政治。平氏政权标志着武士阶层的崛起，这是此后长达七百年的武家政治——幕府政治的前奏。平氏的骄奢淫逸很快引发了多方的不满。1180

---

① 藤原明衡著、川口久雄訳注『新猿楽記』（平凡社、1983年）3ページ。

年 4 月,后白河上皇的第二皇子以仁王下令征讨平氏。1181 年 2 月,平清盛突然一病不起,日本各地陷入内乱。1185 年 3 月 24 日,源平两大武士集团经过坛浦(今下关海峡)决战,平氏全军覆没,源氏登上政治舞台,最终建立起日本历史上第一个武士幕府政权——镰仓幕府。

　　日本战记物语即诞生于这种激烈的历史转型时期,《保元物语》《平治物语》《平家物语》《承久记》是其中著名的四部战记物语,外加描写南北朝战乱的《太平记》,构成五部战记物语。战记物语是以战争为中心,描写一个时期历史的古典小说,具有历史小说的一面,与《荣华物语》《大镜》等作品具有共通之处。但作为说唱文学,亦与庶民色彩浓重的说话文学具有共通之处,《今昔物语集》第 25 卷就收录了大量勇武故事。平安末期已有《将门记》《陆奥话记》,但这两部作品采用汉文体,是战记物语的先驱之作。《徒然草》第 226 段提及《平家物语》的作者,其文写道:

　　　　后鸟羽院①在位时,有信浓前司行长者,有学问之美誉,曾奉召参　　与乐府讨论,于七德舞②忘其二,故有五德冠者之异名。其心甚憾之,　　乃弃学为僧。慈镇和尚者,凡有一艺者,虽仆夫亦延揽并善待之,信浓　　入道亦为和尚所照料也。
　　　　此行长入道作平家物语,授盲人生佛,使之说书,故山门③之事书　　之特详。九郎判官④之事知之甚详,亦载于书。蒲冠者⑤之事知之不　　详,故遗漏亦多。生佛乃东国人,其于武士之事、弓马之艺,询之于武士　　而使行长书之。生佛生来之声,今琵琶法师模仿之也。⑥

　　上文记载"行长入道作平家物语",具有一定的可信度,但《平家物语》版本众多,不可能出自一人一时的手笔,应该是在一定基础之上,不断演绎发展而成。一般认为作品由三卷本演绎到六卷本,再到十二卷本或加上"灌顶"卷之十三卷本,另有二十卷本及四十八卷本的《源平盛衰记》。由此可见在说唱过程中作品不断演绎发展的轨迹。《平家物语》成书的路径有两种可能性:其一是收集琵琶法师的辞章,再以编年体整理;其二是琵琶法师对辞章进行谱曲说唱。其成书年

---

① 即后鸟羽天皇(1180—1239),曾敕令编选《新古今和歌集》。
② 唐太宗于阵中所作秦王破阵乐。
③ 指比叡山延历寺。
④ 指源义经。
⑤ 源义经的一位兄长。
⑥ 神田秀夫、永积安明、安良冈康作校注・訳『日本古典文学全集　27　方丈記　徒然草　正法眼蔵随聞記　歎異抄』(小学館、1971 年)268—269ページ。

代亦不详,大致在平氏灭亡五十年后的仁治元年(1240)已有十二卷本。可见该书原型早已有之,单凭琵琶法师不可能在如此短的时间内汇集而成,肯定有贵族或具有贵族学养者参与编撰。亦不可能单凭贵族精神成就如此庞大的作品,其中流浪艺人的作用不可低估。最初应该以说唱本形式出现,这与中国宋元话本一致。今天仍有《平家物语》的古本曲谱,又称"平曲"或"平话"。说唱艺人所用的琵琶亦与佛教一起从中国传入日本,用于说唱艺术的伴奏。

《平家物语》与中国文学关系密切,申非指出其与中国文学的关系比《源氏物语》更为深厚,全书引用中国文辞、典故共一百二十四处,直接引用原典文句的有七十二处,借用汉文典故的有五十二处。凡所引有确切出典的为一百零八处,其余属一般引用,无须确指出于何书何文。这一百零八处引文所涉及的古籍,自先秦至唐代有二十五种之多,引用最多的是《史记》和《白氏文集》,前者二十九处,后者二十三处,引文中涉及的历史人物,有古圣先贤文臣武将共七十六人。[①]

一般认为《平家物语》可以分为前后两部分,第 1 卷至第 6 卷为第一部分,第 7 卷及其后为第二部分。前半部分描写平氏的荣华,后半部分描写平氏的灭亡。第一部分的主人公是平清盛,另有其性格迥异的儿子平重盛。作品第 1 卷描写平氏一族的突然崛起及其荣华富贵,紧接着便指出平氏的骄奢淫逸,如第 1 卷描写平氏严密监控各色人等,挑选了三百个少年在京都各处警戒,"偶然遇见有说平氏坏话的人,就立刻通知同伙,闯入他的家里,没收资财家具,抓住那班人,扭送到六波罗府去"[②]。平氏的飞扬跋扈由此略见一斑。平清盛代表了平氏一族的骄奢淫逸;平重盛则恪守孝道,具有儒家的美德,是抑制平氏骄横之气的正面力量。这对父子的纠葛成为作品主线,同时融入了贵族、武家、比叡山的势力以及其他氏族对平氏一族的不满,由此推动作品铺叙展开,但平重盛于治承三年(1179)病故,平氏的命运急剧转折。翌年,源赖政在以仁王的授意下举兵,虽然举兵失败,但各地的源氏迅速集结,其中源赖朝和木曾义仲最为著名,作品在此背景下描写了平清盛之死。第 6 卷结尾处至第 8 卷描写木曾义仲从北陆进入京都,平氏则逃离京都,这是平氏走向灭亡的第一步,笔触哀婉至极。平清盛死后,作品进入第二部分。寿永二年(1183)7 月 25 日至 26 日,平氏一路逃亡福原、濑户内海、九州,作者用大量篇幅描写这短短两天的"大逃亡"。第 7 卷是决定平氏命运的关键部分,第 7 卷至第 9 卷主要描写义仲之死,这亦与"盛者必衰"的作品主题交相呼应。此后,再次描写源平会战,经过一谷、屋岛、坛浦战役,平氏最终灭亡。这部分的段落标题亦多含战斗、死亡意象,如"维盛投海""嗣信之死""志

---

① 申非:《〈平家物语〉与中国文学》,《平家物语》,申非译,北京燕山出版社,2000 年,序第 1 页。

② 《平家物语》,申非译,北京燕山出版社,2000 年,第 7—8 页。

度会战""坛浦会战""幼帝投海"等,生动形象地展现了人生无常、盛者必衰的道理。最后的"灌顶"卷描写安德天皇的母亲、平氏之女建礼门院劫后出家的生活,亦可谓是整部作品的缩略版,对"盛者必衰"的主题再次进行了回应。

《平家物语》通过描写平氏从突然崛起到灭亡的过程,展示了人生无常、盛者必衰、因果报应的道理,佛教思想贯穿了作品的始终,如第1卷开篇第1段题名"祇园精舍",这为整部作品奠定了深厚的佛教思想底蕴,其文写道:

> 祇园精舍钟声响,诉说世事本无常;
> 娑罗双树花失色,盛者必衰若沧桑。
> 骄奢之人不长久,好似春夜梦一场;
> 强梁霸道终殄灭,恰如风前尘土扬。①

"祇园精舍"是佛陀在世时规模最大的精舍,是佛教史上第二栋专供佛教僧人使用的建筑物。"诸行无常"是《涅槃经》偈之"诸行无常,是生灭法。生灭灭已,寂灭为乐"的第一句。"娑罗树"是印度原产的一种常绿树,传说佛陀涅槃于娑罗双树之间,当时的娑罗双树示现了诸多的奇异景象。"盛者必衰"典出《仁王经》护国品。这段佛偈般的开篇文奠定了作品的佛教思想基调。除平氏一族的盛衰故事之外,作品还描写一系列无常的故事,如祇王、木曾义仲、源义经等人物所演绎的一个个无常的故事,成为作品的点睛之笔。《平家物语》中的这种佛教无常观在镰仓时代初期较为普遍,如日本三大古典随笔之一《方丈记》就贯穿着这种无常的思想。

为导出平清盛由盛而衰的话题,《平家物语》第1卷第1段紧接着援用大量中国历史人物作为例证:"远察异国史实,秦之赵高,汉之王莽,梁之朱异,唐之安禄山,都因不守先王法度,穷奢极欲,不听净谏,不悟天下将乱的征兆,不恤民间的疾苦,所以行时未久就灭亡了。"②这是关于政治伦理的表述,亦是儒家思想的体现。或许对《平家物语》的作者而言,在这无常的世界里,基于儒家伦理的处世之道有助于维系人与人、人与社会之间的和谐,这是作者在佛教底蕴中增添儒家色彩的原因所在。这种表述方式与《方丈记》中"隐逸式"的表述方式不同,《平家物语》亦显示出了积极的"入世"理念,这是私人随笔与大众说唱文学之间的巨大区别。

与佛教思想底蕴相呼应,《平家物语》亦显示出浓郁的"求生净土"的"往生思想",如第1卷的"祇王"篇,表面上描写了平清盛对祇王的喜新厌旧,实际上亦是

① 《平家物语》,申非译,北京燕山出版社,2000年,第1页。
② 同上。

祇王、祇女、刀自、阿佛四位女性的发心、往生故事。第 3 卷描写平重盛曾说："在日本即使积了莫大善根，要子孙相继，为我祈祷冥福，也是难以做到的。为修后世冥福，我想倒不如在外国积些善根的好。"[①]于是，他于安元年间（1175—1176）向中国南宋阿育王山捐黄金三千两以求冥福，这与《东征传》中长屋王的做法一致。第 11 卷"幼帝投海"篇，描写平氏的颓势已经无法避免，平清盛之妻不愿束手就擒，决意抱着小天皇跳海自尽，其文写道：

> ……天皇今年刚八岁，姿容端庄，风采照人，绺绺黑发，长垂后背，其老成懂事，超逾年齿，见此情景，不胜惊愕地问道："外祖母，带我到哪儿去？"二品夫人面向天真的幼帝拭泪说道："主上你有所不知，你以前世十善戒行的功德，今世得为万乘之尊，但因恶缘所迫，气运已尽。你先面朝东方，向伊势大神宫告别，然后面朝西方，祈祷神佛迎你去西方净土，同时心里要念诵佛号。这个国度令人憎厌，我带你去极乐净土吧。"……幼帝两眼含泪，合起纤巧可爱的双手，朝东伏拜，向伊势大神宫告别；然后面朝西方，口念佛号不止。[②]

作者通过外祖母之口，指出小天皇之所以能够成就"万乘之尊"的地位，是由于其"前世十善戒行的功德"。佛教"十善"指不杀生、不偷盗、不邪淫、不恶口、不两舌、不妄语、不绮语、不贪、不嗔、不痴。奉行"十善"是一种"戒行"，即"受戒"行为，这是有"功德"的。而眼下的厄运亦是由于"恶缘所迫，气运已尽"，即福报用尽，恶报显现之故，"这个国度令人憎厌，我带你去极乐净土"的话语，流露出浓重的厌离心，即"求生净土"之心。小天皇便在"佛号"声中沉入海底，多么无常的一幕。这场景亦与整部作品的佛教思想底蕴形成了强烈的共鸣。

"灌顶"卷相对独立，却与开篇的"祇园精舍"篇前后呼应，进一步凸显了作品的佛教思想底蕴。"灌顶"是佛教术语，"灌"指灌持，"顶"指头顶，"灌顶"指将佛法传授给众生，使众生破迷开悟，离苦得乐，由此亦可见整部作品的立意。作品通过修罗之争，导向"往生思想"，这亦是《平家物语》独具特色之处。

《平家物语》采取编年体、纪传体形式，凸显了历史小说的特色。在平安末期，在时代急剧转折时期，"源平之战"使武士真正掌握了政权。《平家物语》取材于"源平之战"，且以"平氏兴亡"为切入点，作品空间从京都扩展至东西地区，其素材规模之宏大，历史意义之重大，都是此前日本文学中少有的。其中源氏复仇的话题亦符合武士时代的价值观。作为"灭亡"的文学，《平家物语》充满了悲伤

---

① 《平家物语》，申非译，北京燕山出版社，2000 年，第 109—110 页。

② 同上，第 387 页。

感。这是平氏的挽歌，描写了一个个关于死亡的故事，尤其后半部分的段落标题多见死亡、投海、跳水、往生等字样，字里行间充满了对人生无常的哀叹。平氏一族逃离京都时的场面令人嗟叹。作为战记物语，《平家物语》自然属于男性物语，但其间穿插着祇王、葵前、小督、小宰相、千手、横笛、建礼门院等女性，这些女性或许是这部作品最动人之处。《平家物语》中的武士形象亦令人印象深刻，作品不仅描写了平清盛、源义经、木曾义仲等著名武士，还描写了大量小武士或无名武士，这些人物形象栩栩如生，使战记物语成为一种新的文学样式。

《源氏物语》等平安物语大多是发生在闭塞空间中的个人心理纠葛故事，但《平家物语》以日本贵族、武士阶层变革时期为背景，刻画了与命运进行抗争的一系列人物形象，经过与流浪艺人、乐器琵琶、说唱艺术的相互结合，逐渐凝练为一部将中国文化与日本文化、哀伤与雄壮、洗练之美与刚劲之美、贵族与武家、古代与中世融于一体的经典小说，恒久地感动着日本读者，成为日本文学史上最受欢迎的经典作品之一。

第二节　古代通俗小说的兴起

中世的物语文学包括《保元物语》《平家物语》等战记物语，《增镜》等历史物语，《住吉物语》《石清水物语》等拟古物语，还有一些具有个人传记色彩的战记物语或历史物语，如《义经记》《曾我物语》，属于变体战记物语，作者未将源义经、曾我兄弟描写成集团的英雄，反而赋予了作品较多的抒情色彩。所谓拟古物语，指镰仓时代创作的怀恋、回望平安朝文化的作品，包括《住吉物语》《小夜衣》《松浦宫物语》《石清水物语》《苔衣》等，均是平安贵族物语的模仿之作，但也在一定程度上反映了时代气息，可以看作御伽草子诞生前的过渡作品。镰仓时代还保留着对平安文化的怀恋，所以出现了较多的拟古物语。其他类型的物语文学亦可见较多贵族色彩，如《平家物语》中平氏的贵族化色彩及整部作品所呈现出的抒情化倾向相当明显。

进入室町时代，贵族趣味相对淡薄，开始流行以文化程度不高的妇女儿童为读者对象的浅显读物，统称为御伽草子，现存作品约四百篇，其中较有名的约一百篇。御伽草子最初被称作"物语"或"绘草纸"。"御伽草子"之名始于江户时代，当时从约四百篇作品中选出二十三篇，以《御伽文库》之名出版，此后又以《御伽草子》之名再版，这是"御伽草子"之名的由来。御伽草子的具体创作年代、作者信息不详，内容荒唐无稽，文章浅显易懂，文学价值不高，但内含较多民俗、民间传说，与时代风尚密切相关，具有浓郁的时代特色。脍炙人口的《一寸法师》《浦岛太郎》等均是御伽草子的代表作。根据作品中的人物形象等要素，大致可以分为贵族物语、僧侣/宗教物语、武家物语、庶民物语、异国/异乡物语、异类物语等。根据题材等要素,又大致可分为庆祝物语、灵验物语、恋爱物语、英雄物语、拟人物语等。御伽草子采用简单文字配以图画的形式,均为短篇作品,兼有娱乐与教育功能,属于庶民文学,但当时其受众多为贵族阶层的妇女儿童,可谓物语文学与江户小说(戏作)之间的过渡性文学样式。

进入江户时代,随着印刷术的发展,文学受众扩大至庶民阶层,文学作品的庶民色彩不断增强。这时期的文学观受到中国儒家思想的影响。德川家族源自地方豪族,不重视贵族文化传统,而重视文化的实用价值。当然,为了装点门面,他们依然承认传统和歌、连歌、汉诗、能乐等艺术样式的点缀装饰功能,但仅此而已。这时期,假名草子开始引发关注。文学史上的假名草子,指江户时代初期出现的以假名为主的文学作品,这是相对于用汉文写作的学术类书籍的称谓。假名草子与御伽草子在本质上并无太多不同,主要是更多地使用假名,表述浅显易懂,由此获得了更多的读者群。此外,随着出版业的发展,需要不断地扩大读者群,故假名草子更具有庶民色彩,亦具有明显的实用性,其中不乏小说类读物,多含启发读者接触实用知识的启蒙意识。其另一特点是具有浓郁的"三教合一"思想,作者多为落魄贵族或武士阶层人士。

假名草子的内容、形式多样,如随笔式的《可笑记》(1642)、宣讲因果之理的《因果物语》(1661)、描写女子出家的《二人比丘尼》(1663)等。假名草子的代表作家是浅井了意(?—1691),江户时代前期净土真宗的僧侣,生于京都,号松云、瓢水子等,曾任京都本性寺住持,其作品内容丰富多彩,如具有滑稽讽刺意味的《堪忍记》《浮世物语》(1665),具有怪谈风格的《御伽婢子》(1666)、《狗张子》(1692),描写各地风光的《江户名所记》《东海道名所记》(1659),等等。《御伽婢子》是日本怪谈小说之祖,改写自中国明代的《剪灯新话》《剪灯余话》,其中《牡丹灯笼》最为有名,对后世日本文学的影响较大。另一部怪谈小说集《狗张子》是《御伽婢子》的续篇,多取材于中国的《继玄怪录》《博异志》等。《浮世物语》描写了滑稽人物浮世坊的所见所闻,对井原西鹤(1642—1693)的《好色一代男》产生了影响。《东海道名所记》描写江户(今天的东京)至京都的旅行见闻,对十返舍一九的《东海道徒步旅行记》等"膝栗毛"(徒步旅行记)产生了直接的影响。

浮世草子是江户时代前期至中期出现的一种小说样式,主要刊行于商业都会大阪一带,"浮世"是"现世"之意,描写新兴市民阶层,即町人阶层的享乐主义生活态度,具有强烈的庶民性、通俗性色彩,作者亦多庶民,大部分是长篇或短篇小说,其中亦有随笔式的作品。井原西鹤是第一位浮世草子作者,亦是最有名的浮世草子作者,但"浮世草子"之名为后世所冠。与有明显教化、启蒙意识的传统假名草子不同,井原西鹤的作品致力于表现当时市民的现实生活,标志着日本现实主义市民文学的确立,这是后世将其作品称为"浮世草子"的原因所在。井原西鹤在创作小说之前,已是一位颇有名气的俳谐诗人,其小说题材多种多样,主要有町人物、武家物、杂话物、好色物等。代表作《日本永代藏》(1688)是其第一部町人物，全书共六卷，由三十个短篇故事集结而成，"永代"是"永远"之意，"藏"是"仓库"之意，描写通过勤劳、节俭及聪明才智致富的经验，或由于违背致富原理而导致家业衰败的教训，其中有较多取材于当时真人真事之作。另一部《世间胸算用》(1692)是其町人物中的杰作，全书共五卷，由二十个短篇故事结集而成，正如作品副标题"除夕一日值千金"所示，作品聚焦一年经济生活的结算日"除夕"这一时间点，以大阪这一"商都"为舞台，描写了中下层市民的经济境况，这是作者生前推出的最后一部作品，其中不乏幽默和感伤的情调，代表了作者创作思想的最高境界。

　　江户很早就有以图画为主的作品，如赤本、黑本、青本、黄表纸等，它们与后来出现的"合卷"一起统称为"草双纸"。"草"有"一般"之意；"双纸"表音，亦可以写作"草纸"，有"册子"之意。草双纸大致从江户时代中期开始流行，最初多是供儿童阅读的幼稚读物。从黄表纸开始，可读性增强。赤本多为桃太郎、猿蟹会战、被切掉舌头的麻雀、开花爷爷等民间故事。黑本有历史故事、灵验记、勇武传、军记物、恋爱物、净琉璃和歌舞伎的剧情介绍等。青本与黑本同时流行，内容亦多重叠，但青本逐渐增加了青楼、爱恋、滑稽类作品。恋川春町《金金先生荣华梦》(1775)是第一部黄表纸，亦是第一部面向成人之作，受到了广泛的好评。此后，模仿作不断出现，多以滑稽、谐谑的口吻，漫画式地表现当时的风俗世相，在宽政改革时期(1787—1793)被禁止出版，只得改换风格，转向严谨的做派，多表现复仇题材等，容量亦随之增加，于是出现了合卷。合卷是长篇化的黄表纸，将数册黄表纸合起来，便成了中篇或长篇合卷，其内容亦趋向长篇物语形式，代表作家有山东京传(1761—1816)、式亭三马、十返舍一九、曲亭马琴(1767—1848)、柳亭种彦等。其中柳亭种彦模仿《源氏物语》创作的《修紫田舍源氏》受到了广泛的好评。合卷在天保改革时期(1841—1843)亦被取缔，但在幕府末期再次流行，不过当时的质量已大不如前。

　　江户时代的市民，即所谓町人的经济实力强大，他们没有仕途成功之望，普遍追求享乐生活，所以江户时代的剧场文化、青楼文化盛行一时，由此出现的洒落本主要描写出入青楼者的故事。洒落本不仅具有一般的阅读趣味，亦具有游乐指南书的实用性。其源头可以追溯到假名草子中的青楼女评判记、井原西鹤的浮世草子，汉文作品《两巴卮言》(1728)等是其先驱之作。山东京传是洒落本的重要作家，后因触犯风纪而受到处罚，洒落本的创作开始转向，取而代之的是人情本。人情本由洒落本出，二者的内容亦多重叠，所以一般从外形对二者进行区分，洒落本是小型本，人情本是中型本。所谓人情，并不仅仅指恋爱感情，而泛指人与人之间的情感。人情本的插图减少，文字量增加，制本费用减少，价格亦相对便宜，受到了女性读者的喜爱。人情本的创作特色是以人物对话为主，在对话中突显人物性格，恋爱故事多描写艺妓的恋爱心理，亦多关注町人的日常生活,其中包括当时的流行服饰等,对于了解江户时代的社会风俗有一定的参考价值。1841 年,人情本又因其内容有伤风纪走向式微,代表作家为永春水(1790—1844)受到处罚。

滑稽本亦是江户时代后期出现的一种俗文学,以会话体为主,描写滑稽搞笑场面,将刻板的规训融于滑稽之中,追求实用与滑稽两个方面的效果。滑稽本与当时的单口相声互动较多,往往成为单口相声的演出底本。代表作有式亭三马的《浮世澡堂》《浮世理发馆》,十返舍一九的《东海道徒步旅行记》,等等。"徒步旅行记"用日语写作"膝栗毛",受到狂言的影响。滑稽本多用双关语、相关语、比喻、俚语等,语言风格机智幽默。滑稽本的文学价值在于其细致绵密的写实风格,作品内容多关注日常生活,语言朴实无华,观察细致入微。

读本指江户时代后期出现的以阅读为主的传奇小说,流行于宽政改革之后,明治时代亦流行了一段时期。由于江户幕府的倡导,当时的许多知识分子热衷于研究中国文化,开始学习中国白话文,并翻译中国白话小说,或以此为素材进行文学创作。较早介绍中国白话小说者有冈岛冠山(1674—1728)、冈白驹(1692—1767)、都贺庭钟(1718—1794?)三人。江户前期就有改写中国小说者,前述浅井了意创作的怪谈集《御伽婢子》即是其中的先驱之作,受到了广泛的好评,此后出现了二十多种类似的怪谈集,最终诞生了前期读本的代表作上田秋成(1734—1809)的《雨月物语》(1776)。读本一般采用朗朗上口的和汉混合、雅俗折中的文体。其另一特点是与中国文学关系密切,作品规模庞大、情节复杂。一般分为前后两期,前期读本多为短篇集,主要在京都、大阪一带出版,多取材于中国的《今古奇观》《古今说海》《剪灯新话》等短篇小说集。前期读本的代表作家是都贺庭钟、上田秋成。后期读本的代表作家是曲亭马琴、山东京传。

都贺庭钟被称为读本作家之祖,亦是儒学者、医师,还擅长书、画、篆刻等,受当时流行的中国白话小说的影响,一生创作了三十多种读本,代表作有《古今奇谈 英草纸》(1749)、《古今奇谈 繁野话》(1766)、《古今奇谈 莠句册》(1787)等,均取材于中国文学,但进行了日本式改写。这些作品为当时的日本文学界吹入了一阵新风,促进了后期读本的诞生。上田秋成的《雨月物语》是前期读本的代表作,作品多以中国文学为摹本,但人物、地点设在日本,几乎不留改写痕迹,对后世文学影响较大,为后期读本指明了创作方向。

后期读本的特点是以长篇为主,规模庞大,如冈岛冠山将中国《水浒传》译介到日本后,相关的改写作品层出不穷,如建部绫足《本朝水浒传》(1773)、佐佐木天元《日本水浒传》(1777)、伊丹椿园《女水浒传》(1783)、振鹭亭《伊吕波醉故传》[①](1794)等,均对其后的文学产生了影响。山东京传的成名作是将中国《水

---

① "醉故传"三字表音,发音与"水浒传"一致,"醉故传"即"水浒传"之意。

浒传》与日本《忠臣藏》融于一体的《忠臣水浒传》(1799—1801)。曲亭马琴是一位高产作家,从青年时代至八十多岁一直笔耕不辍,一生创作了三百余种作品,而读本创作更使其美名远扬。曲亭马琴的读本包括复仇类、传说类、史传类、市井类等,其中最受欢迎的是取材于历史人物或历史事件的史传类作品,如《椿说弓张月》《朝夷巡岛记》《俊宽僧都岛物语》《近世说美少年录》等,其家喻户晓的代表作是《南总里见八犬传》(1814—1842),亦称《八犬传》,共九十八卷,一百零六册,费时二十八年完成,与上田秋成的《雨月物语》一起,并列为江户文学的代表作。除读本外,曲亭马琴还创作合卷等草双纸,但读本和草双纸所产生的经济效益完全不同。如《八犬传》的年发行量约五百册,草双纸的年发行量为五千至七千册。由于租书铺的存在,发行量多少并不影响书籍的阅读流通,但直接影响作家的稿费收入。马琴的艺术良心促使其坚持不懈地创作读本,但他还必须创作草双纸以维持家计,这是马琴创作生涯中挥之不去的矛盾,这点亦与当今时代的创作环境有诸多共通之处。

　　上述草双纸、洒落本、人情本、滑稽本、读本均是江户时代的通俗小说。相对于高雅的传统和汉文学,这些通俗小说在当时统称"戏作",其创作者称为"戏作者"。所谓戏作有游戏之作的意思,并非褒义词,但这些通俗小说在日本小说史上的地位不容小觑。过去,文学受众一般限于僧侣及贵族阶层,传播亦较多依靠手抄本等传阅方式。进入江户时代后,印刷出版业不断发展,町人势力不断崛起,一般庶民成为新的文化受众,这使江户文学烙上了鲜明的庶民色彩,文学不断走向民众,职业作家由此诞生,大量的租书铺、租书摊成为新兴的文化行业,进一步彰显着文学的庶民化色彩。江户时代的通俗小说不仅为此后的日本文学创作提供了诸多题材、审美等方面的经验,还在职业作家和读者群建设、出版业发展等方面积累了丰富的经验,这是明治文学得以进一步发展的重要基础之一。明治时代的一些重要作家,如尾崎红叶(1867—1903)、幸田露伴(1867—1947)、泉镜花(1873—1939)、永井荷风(1879—1959)等的创作即从江户文学传统中汲取了诸多的经验。可以说,这时期的通俗小说在日本小说发展史上起着承前启后的重要作用,是日本小说史上的重要篇章之一。

第三节　上田秋成及其《雨月物语》

　　上田秋成,江户后期的读本作者、和歌及俳句诗人、茶人、国学者,而《雨月物语》的作者是其最著名的身份。本名东作,幼名仙次郎,俳号渔焉、无肠,生于大阪曾根崎,相传是艺伎的遗腹子,四岁时被母亲遗弃,成为堂岛纸油商上田茂助的养子。五岁时染上天花,生命垂危,养父每天参拜加岛稻荷神社,祈祷其病愈,终于挽回了一命,但其右手中指和左手食指被截短,他戏称自己为"剪枝(指)畸人",其俳号"无肠"亦以螃蟹比喻自己的残疾。在上田秋成的成长过程中,幼小时被亲生母亲抛弃的精神创伤,以及手指残疾造成的肉体创伤的印记非常大。六岁时养父再婚,上田秋成迎来了第二位养母,此后便在养父母的关爱下健康成长,家中还有一个异母姐姐,一家生活富裕。上田秋成于二十七岁那年结婚,翌年养父去世,上田秋成继承家业,并尝试创作浮世草子,处女作《诸道听耳世间猿》(1766)以及《世间妾形气》(1767)刊出时,均使用和译太郎这个笔名。与此同时,他拜国学者贺茂真渊①(1697—1769)的高徒加藤宇万伎为师,由此成为真渊学术圈的一员。与加藤宇万伎的邂逅是其人生中的重要事件,"真渊学"成为上田秋成重要的思想背景之一。

三十八岁那年家中遭遇火灾,店铺和家财全部付之一炬,上田秋成决心通过行医重整家业,拜儒医都贺庭钟为师。与都贺庭钟的邂逅使他更加明确了前进的方向,其文学创作亦受到都贺庭钟的诸多影响。上田秋成四十三岁开始在大阪开业行医,同年4月以"剪枝畸人"之名出版《雨月物语》。该书初稿完成于其三十五岁时,之后他用了大约八年时间进行修订。《雨月物语》与都贺庭钟的《英草纸》(1749)一样,亦取材于中国小说,但其中倾注了作者对人性的诸多思考。此后十余年,上田秋成生活安定,先后完成了《歌圣传》《汉委奴国王金印考》《也哉钞》等论述。上田秋成具有高深的汉学修养,其学术观点与同为国学家的本居宣长不同,这是二者于1786年两次展开学术论争的原因。相对于本居宣长的情绪化和偏执倾向,上田秋成显得更为客观、理性,可见其学者资质。天明四年(1784),日本筑前那珂郡志加岛②发现一枚"汉委奴国王金印",引发了日本考古学界的关注,上田秋成亦积极地参与了讨论,写下《汉委奴国王金印考》一文,从日本史的记载始于中国史料这一事实展开论述,论证了"毋庸置疑汉委奴国王印为正式汉印"③这一结论,充分显示了其学术功底。五十七岁时患眼疾,左眼失明,但依然著述不断,写作了一系列有关和歌、茶道的著作。六十四岁时,妻子去世,上田秋成备受打击,但他在孤独与眼疾的双重折磨中依然笔耕不辍,除学术写作外,还校勘了《落洼物语》《大和物语》等古典小说,并在《万叶集》研究方面倾注了较多的心力。晚年靠卖书画维持生计,《春雨物语》就是在这种情况下完成的,可见其坚强的毅力。《春雨物语》完稿不久,上田秋成便撒手人寰,享年七十六岁。1832年,即上田秋成去世二十三年后,遗稿《春雨物语》被发现。

上田秋成在用汉文写作的《雨月物语》开篇之"雨月物语序"中写道:

---

① 贺茂真渊,江户时代中期的国学者、歌人,与荷田春满、本居宣长、平田笃胤并称为日本国学四大家之一。

② 地名据上田秋成《汉委奴国王金印考》,即现在九州福冈市东区志贺岛。

③ 上田秋成『上田秋成全集 第一』(国书刊行会、1977年)495ページ。

　　　罗子撰水浒、而三世生哑儿、紫媛著源语、而一旦堕恶趣者、盖为业
所逼耳、然而观其文、各奋奇态、哜呀逼真、低昂宛转、令读者心气洞越
也、可见鉴事实于千古焉、余适有鼓腹之闲话、冲口吐出、雄雌龙战、自
以为杜撰、则摘读之者、固当不谓信也、岂可求丑唇平鼻之报哉、明和戊
子晚春、雨霁月朦胧之夜、窗下编成、以畀梓氏、题曰雨月物语云、剪枝
畸人书①

　　上文"罗子"指中国元末明初作家罗贯中，"紫媛"指《源氏物语》的作者紫式
部，"恶趣"指六道轮回中的"三恶道"，即地狱道、饿鬼道、畜生道。日本过去受中
国儒佛思想的影响，认为《水浒传》诲盗、《源氏物语》诲淫，所以这两部书的作者
都受到了报应。序言中还写明完稿时间是"明和戊子"年，即明和五年（1768），当
时上田秋成三十五岁。当时的书商野村长兵卫刊出的《诸人一代道中图之解》
（1771）的版权页中亦印有"雨月物语、剪枝山人著、怪谈全五册、近日出版"的广
告词。翌年出版的其他书中亦有类似的广告语，但作品并未如期出版，无论原因
怎样，作者无疑有了充分的修改、润色时间。

　　《雨月物语》出版时，作为浮世草子作者，上田秋成已经小有名气，但《雨月物
语》的出版标志着作者完全抛弃了世间一般的文学模式，而开始摸索一种新的文
学模式，《雨月物语》无疑是当时最高雅、最不同凡响之作。《雨月物语》非同寻常
的创作水准与作者长年的精雕细琢有关，与都贺庭钟文学的启发亦密切相关。
都贺庭钟的第一部作品《英草纸》还较为稚拙，但此后的《繁野话》（1766）的创作
技巧已相当纯熟，这对上田秋成颇有启发意义。《雨月物语》在文体、体裁、技法
等诸多方面都留有都贺庭钟上述两部作品的印记，如其五卷、九篇的形式，完全
沿袭都贺庭钟"古今奇谈"系列作品，而上田秋成后来亦确实向都贺庭钟拜师求
学。但正如《雨月物语》的题名所示，上田秋成并未沿用今古奇谈或当时一般流
行的浮世草子的常用题名，而用了具有古典气息的"物语"之名，这与作者通过加
藤宇万伎建构起的真渊学术圈的影响不无关联，这亦是作者使用和汉混合的拟
古文体的原因所在。《雨月物语》由此得以超越浮世草子的流俗之风，而成为引
领当时时代的创新之作，作品对人性和生命的深入思考亦使其成为当之无愧的
经典之作。

　　《雨月物语》共五卷、九篇作品，分别为《白峰》《菊花之约》《荒宅》《梦应之鲤》
《佛法僧》《吉备津釜》《蛇性之淫》《青头巾》《贫富论》。其中《白峰》描写西行法

---

　　① 　上田秋成『上田秋成全集　第一』（国書刊行会、1977 年）229ページ。

师①在各地参访途中,路经白峰时遇到崇德院②闹鬼之事。故事原型可见《山家集》③《选集抄》④及北条团水⑤的《一夜舟》等怪异小说集。1763年,京都及白峰亦举办过崇德院六百年祭。作为一名和歌及俳句诗人,上田秋成对西行法师的关注很自然。作品情节主要参照《保元物语》,亦参照了《选集抄》《四国遍礼灵场记》等。西行与崇德院的对话场景则与日本"梦幻能"的场面类似。"白峰"位于香川县坂出市,有崇德天皇陵及庙宇。作品构思与中国明代《剪灯新话》中的《永州野庙记》等篇目亦有异曲同工之处。上田秋成在描写西行与崇德院的对话时,频频引用中国典籍或援用中国典故,这与平安时代贵族物语的创作方法亦有一脉相承之处。

《菊花之约》中的"菊花"指"菊花节",亦称茱萸节,即中国传统重阳节。中国古时在重阳节有登高、赏菊、佩插茱萸等习俗。"菊花之约"即约定重阳节再见之意。原典见《后汉书·独行列传》中的范式故事、《古今小说》之《范巨卿鸡黍死生交》等,但作者将原典中的"范式"改为"丈部左门"、"张劭"改为"赤穴宗右卫门",还依据日本《阴德太平记》,将时代背景改为日本战国时代,以突显在人际失去信赖的乱世,呼唤武士或人与人之间的诚信之交。开篇三句"庭院莫栽垂杨柳,结交莫结轻薄儿。杨柳不耐秋风吹,轻薄易结还易离。杨柳逢春发新绿,轻薄永无再访时"⑥译自《范巨卿鸡黍死生交》的开篇文,文笔典雅,朗朗上口,可见上田秋成对中国明代白话小说是相当熟悉的。

《荒宅》典出《剪灯新话》之《爱卿传》。日本古典文学中不乏妻子盼夫归家的故事,如《今昔物语集》第27卷中"人妻死后会旧夫"故事、《伊势物语》第24段、世阿弥的谣曲《砧》等均刻画了苦等丈夫归家的女性形象。但本篇将人鬼殊途的悲剧归于"战乱"这一历史背景,这是对《剪灯新话》之《爱卿传》的借鉴,其他用词、谋篇亦多参照《爱卿传》,如妻子自杀、家宅荒废、老翁告知来龙去脉等情节亦基本一致,但改写技法纯熟,没有丝毫生搬硬套之感,在整部作品中亦十分经典。1953年,由本篇及《蛇性之淫》改版而成的电影《雨月物语》获得了第十三届威尼斯国际电影节银狮奖。

---

① 西行法师(1118—1190),日本平安后期至镰仓初期著名的和歌诗人,俗名佐藤义清,西行是其出家后的法号,一生共创造了大约两千三百首和歌,《新古今和歌集》收录其九十四首和歌,是收录作品最多者。

② 日本平安时代的天皇,1123—1142年在位,保元之乱中失败,被贬赞岐(今香川县),日本民间传其死后变为厉鬼。

③ 《山家集》为西行法师个人和歌集。

④ 《选集抄》收录西行法师的相关逸闻传说,《西行物语》亦同。

⑤ 北条团水(1663—1711),江户时代的俳句诗人、浮世草子作者。

⑥ 上田秋成:《雨月物语 春雨物语》,王新禧译,陕西人民出版社,2014年,第21页。

　　《梦应之鲤》典出《太平广记》第 471 卷中"水族八"之"薛伟"篇、《古今说海》中的《鱼服记》、《醒世恒言》中的《薛录事鱼服证仙》等，这些文献中均有薛伟变鱼的故事。本篇参照这些作品，又将《古今著闻集》第 11 卷中仅留有名字的"三井寺的兴义"作为主人公改写而成。作品结尾处所谓"此事古代物语集中有载"中所言"物语集"，亦指《古今著闻集》。本篇还是一篇内涵丰富的文学作品，其中包含的艺术与自由、生命本质等问题值得探讨，对后世日本文学亦影响深远，如中岛敦（1909—1942）的经典之作《山月记》在一定程度上借鉴了本篇的诸多精华。

　　《佛法僧》描写梦然居士带着幼子参拜空海大师开辟的日本真言宗大本山高野山，晚上遭遇丰臣秀次①显灵的故事。作品充满了灵异气息，但其间穿插汉诗、和歌，并涉及三宝鸟、玉川河等相关人文、地理考据知识，格调高雅。如在汉诗方面，引用空海《性灵集》卷十之"后夜闻佛法僧鸟"诗篇，其诗写道："闲林独坐草堂晓，三宝之声闻一鸟。一鸟有声人有心，声心云水俱了了。"②"三宝鸟"贯穿始终，是本篇的一个重要意象。"三宝"原指"佛法僧"三宝，这也是本篇题名的由来。三宝鸟通体蓝绿色，分布在西伯利亚东部，中国东北、华北、华中地区及东北亚、喜马拉雅山区，日本高野山亦是三宝鸟的著名栖息地。三宝鸟羽毛鲜艳，亦是价值较高的观赏鸟。日本《太平记》之《官方怨灵会六本杉事》、明代《剪灯新话》之《龙堂灵会录》《天台访隐录》亦属于同类故事。关于"佛法僧""玉川河"的歌学考证提升了本篇的文学性，这点亦与《剪灯新话》之《龙堂灵会录》中的表述方式一致。

　　《吉备津之釜》典出明代谢肇淛《五杂俎》卷八的妒妇论，同时参照了《剪灯新话》之《牡丹灯记》、《源氏物语》之"夕颜"等篇目。"吉备津"是日本地名，位于冈山县冈山市。"吉备津之釜"指吉备津神社的釜祓神事，亦可谓"鸣釜神事"，通过煮饭锅的响声占卜吉凶。《牡丹灯记》中亦有"盖闻大禹铸鼎，而神奸鬼秘莫得逃其形；温峤燃犀，而水府龙宫俱得现其状"③的描写。所谓"大禹铸鼎"指夏禹把九州所贡的金，铸成九只鼎，以象百物。左丘明《左传·宣公三年》记载："昔夏之方有德也，远方图物，贡金九牧，铸鼎象物，百物而为之备，使民知神奸。"现代汉语中亦有"问鼎"一词，但《吉备津之釜》的改写技巧相当纯熟，全然不见原典痕迹。

　　《白蛇传》传说源远流长，与《梁山伯与祝英台》《孟姜女》《牛郎织女》并列为

---

　　①　丰臣秀次（1568—1595），丰臣秀吉的外甥、养子，一度成为接班人，于丰臣秀吉晚年得子后失宠，被流放高野山赐死。

　　②　渡邊照宏、宮坂宥勝校注『日本古典文学大系　第 71　三教指帰　性霊集』（岩波書店，1969 年）453ページ。

　　③　瞿佑等：《剪灯新话　外二种》，上海古籍出版社，1981 年，第 52 页。

中国四大民间爱情传说之一。早期只是口耳相传,文字版成型故事最早见于冯梦龙《警世通言》之《白娘子永镇雷峰塔》。上田秋成的《蛇性之淫》即典出《白娘子永镇雷峰塔》,但在白蛇精"真女儿"(Manako)的细节描写方面亦参照了《源氏物语》《伊势物语》等日本古典文学的相关法笔。地名、人名一律改为日本地名、人名,如"许宣"改为"丰雄",白娘子"白素贞"改为"真女儿"。本篇寓意深刻,文笔流畅,是《雨月物语》中最为脍炙人口的篇目,其中可见上田秋成基于男性视角的人性探索、女性观等诸多问题意识。

《青头巾》讲述了一个住持因执着于情欲最后变成"食尸"山鬼的故事,亦是一个与修道有关的故事。其中的食人话题与《今昔物语集》第 19 卷《参河守大江定基出家的故事》、《宇治拾遗物语》第 4 卷《三河入道遁世事》中的大江定基故事有类似之处,但上田秋成应该参照了日本江户时代增穗残口所著《艳道通鉴》。在具体描述方面,亦多处参照了《五杂俎》卷五、《水浒传》的相关内容,与佛教"白骨观"亦有一定的关联。快庵禅师听村人讲述"食尸"山鬼之事后,如此感叹道:

> 天下离奇之事,真是数之不尽。人生于世,倘若不识佛法无边,不知佛与菩萨教化广大,就会浑浑噩噩,虚度一生,最后被爱欲邪念所蒙蔽,犯下罪孽,陷入业障苦海中。某些人前生乃是兽类,今生为人便兽态复萌,残暴瞋恚;某些人前生是鬼是蟒,今生就要蛊惑作祟。此类例子,古往今来不胜枚举。又有一种人,虽然活着,却要化作鬼魅。如楚王宫女化为蛇,王舍之母变夜叉,吴生之妻变成飞蛾,等等。[①]

快庵禅师为了点化这个"山鬼",赠其一首偈语"江月照松风吹,永夜清宵何所为"[②],这句偈语出自永嘉《证道歌》,为唐代高僧永嘉玄觉禅师悟道后所撰,唐宋时期曾经广为流传,可见上田秋成深厚的汉学修养。在快庵禅师的慈悲点化下,"山鬼"最终得度,作品以大团圆的方式落下帷幕。

《贫富论》实际上是一个"财神对谈"的故事,其写作背景与江户时代町人势力的崛起以及大阪重商主义流行有关。主人公冈左内是一位以节俭、蓄财著称的真实人物,生卒年不详,大致活跃在安土桃山时代至江户时代初期,曾是日本东北福岛猪苗代的城主。中国西晋隐士鲁褒创作的《钱神论》中就有财神化作人形的故事,《御伽婢子》中亦有"和铜钱"化作人的描述。本篇亦显示了上田秋成

---

① 上田秋成:《雨月物语 春雨物语》,王新禧译,陕西人民出版社,2014 年,第 104 页。译者王新禧指出此处因断句不当,对原典《五杂俎》有误读现象。

② 上田秋成『上田秋成全集 第一』(国书刊行会、1977 年)286ページ。

深厚的汉学功底,他在作品中高度评价了司马迁的《史记·货殖列传》,且看下文:

> 富而不骄,乃圣人之道。但刻薄之人常谓:富者多吝,豪者多愚。其实,这只是指晋之石崇、唐之王元宝等豺狼蛇蝎之徒而言。往古之时,富者皆是凭借审天时、察地利,顺其自然而发家。周之吕望,封于齐地,教民依地利之便置产创富,海边百姓因此趋利而来;齐国管仲,九合诸侯,一匡天下,虽只是臣子,其富却胜过列国之君。范蠡、子贡、白圭等,皆鬻货谋利,身家巨万。司马迁罗列上述诸公,撰《货殖列传》。后世学者却口诛笔伐,非议甚多,责其立论鄙陋。那一众学者实则是谙于世理也。孟子云:"无恒产者无恒心。"农夫勤劳耕作,五谷丰登;工匠制造器具相助,商贾为其流通货物。大家各司其职,各凭本事置产发家,祭祖先、孝父母、育子孙,此乃人生于世的最大本分。除此之外,尚有何为?《史记·货殖列传》云:"千金之子,不死于市。"又云:"千金之家比一都之君,巨万者乃与王者同乐。"又有云:"渊深而鱼生之,山深而兽往之,人富而仁义附焉。"①

从上文可知,上田秋成以读本的形式,认真地思考着人性以及与之相关的贫富、金钱等问题,其问题意识具有超越时代的意义。《雨月物语》完稿于作者三十五岁时,正式出版于四十三岁时,相隔了八年时间,想必作者在此期间进行了一定的修改。总之,看似独立的各篇目之间,亦有着严密的结构性,从另一层面展现着经典的魅力。第1篇《白峰》描写被流放的天皇,第2篇《菊花之约》描写日本战国时代的武士,第3篇《荒宅》聚焦普通民众的悲恋故事,这种编排方式呈现出若隐若现的关联性,仿佛《史记》中的本纪(帝王)、列传(人臣)等的体例。第3篇《荒宅》结尾处提及《万叶集》时代的美女"真间手儿奈"投水的故事,第4篇《梦应之鲤》即与"水府"这一异界相关,第5篇《佛法僧》亦是一篇关于"异界"的故事,但将"异界"放在充满宗教气息的"高野山"。第6篇《吉备津之釜》、第7篇《蛇性之淫》、第8篇《青头巾》分别探讨男性、女性、修道之人如何面对"色欲"的问题,其中《吉备津之釜》讲述背叛妻子的男人受报而亡的故事,《蛇性之淫》讲述女性(化身为女性的蛇精)因"色欲"而亡的故事,《青头巾》则描写修道之人因"色欲"几乎堕入万劫不复的境地。第9篇《贫富论》则将"色欲"话题导向"金钱"话题。一说"食色名利睡"是人类最根本的五种欲望。《礼记·礼运》亦言:"饮食男女,人之大欲存焉。死亡贫苦,人之大恶存焉。"可见在接连探讨了"色欲"问题

---

① 上田秋成:《雨月物语　春雨物语》,王新禧译,陕西人民出版社,2014年,第114页。

后,将视角转向"金钱(利)"问题亦属于自然而然的脉络。作者在第9篇《贫富论》的结尾处写道:

> 自古以来,凡骄奢无度者当政,绝难长久;但若过于节俭,又会陷于吝啬。故而明察节俭与吝啬之界限,甚为重要。今秀吉秉政万难长久,但万民安居乐业,家家讴歌称颂的千秋盛世,即将来临。吾有八字真言,赐君牢记。说罢高声咏道:
>
> 尧冀日杲　百姓归家。
>
> 二人一夜长谈,至此尽兴。远方传来寺院的钟声,已是五更。老翁道:"彻夜清谈,有扰安眠。目下天将破晓,在下告辞了。"站起身来,霎时间消失无踪。
>
> 左内仔细回思夜间所闻,揣摩歌中含义,慢慢领悟了"百姓归家"的真谛,深以为然。由此推想到"尧冀日杲"四字,正是寓意着"瑞草生,旭日明"的吉兆![1]

财神(黄金之精灵)所言"八字真言"中,"尧冀"传为帝尧阶前所生的瑞草,"日杲"是日出明亮之意,"百姓归家"指百姓归于德川家康之意。德川家康是真正统一日本者,这是对丰臣秀吉必然灭亡的预言,又和第一篇《白峰》结尾处对平氏灭亡的预言互为呼应,整部作品成为环环相扣的知性空间。就这样,《雨月物语》的各个作品独立成篇,但又若隐若现地相互联系,这种富于知性的结构形式营造出文学色彩浓郁的"雨月"世界。上田秋成以其生花之妙笔建构了一个怪异、虚构的文学空间,但他在这个虚构的空间中,切切实实地探讨着人性及人的欲望等问题,这是《雨月物语》成为江户文学代表作的原因之一。不仅如此,上田秋成在日本学术、日语写作等方面的贡献亦有目共睹,《雨月物语》亦是这种探索的重要结晶之一。但上田秋成并非国粹主义者,《雨月物语》对明代白话小说的充分借鉴以及这部作品所采用的汉文序言形式都说明了这一点。事实上,他的这种客观理性的日本文化立场随处可见。《藤篓册子》是上田秋成将其日常所感集录之作,正如他本人在汉文"后序"中所言:"盖吾见世善和歌者矣、未闻善国文者、凡国文之难、非啻今也、自古而然。"[2]可见这亦是他尝试用"日语"写作日常所思所感,将"日语"写作导入日常写作的努力结晶,但作者依然在作品前后各附一篇汉文序言,这与《雨月物语》的体例具有一脉相承之处。上田秋成在《藤篓册

---

① 上田秋成:《雨月物语　春雨物语》,王新禧译,陕西人民出版社,2014年,第119—120页。

② 上田秋成『上田秋成全集　第一』(国书刊行会、1977年)142ページ。

子》开篇处的汉文"自序"中写道：

　　……古人云：文章穷而后工、非穷之能工也、穷则门庭冷落、无车尘
马足之㘝、事务简约、无簿书酬应之繁、亲友断绝、无征逐游宴之忙、生
计羞涩、无求田问舍之劳、终日闭门、兀坐与书为仇、欲其不工不可得
已、不独此也、贫文胜富、贱文胜贵、冷曹之文胜于要津、失路之文胜于
登第、不过以本领省而心计间耳、到圣人、拘囚演易、穷厄作经、常变如
一、乐天安土、又不当一例论也、适有此语、聊足以畅闲情焉、顷一夜梦、
垢面短须之老翁来云、兄也薄命不遇、去乡土离六亲、无居无产、自恣为
狂荡、而乘闲作文、然句句皆寒酸忧愁。世涂之人谁不以蔽目哉、夫前
人慷慨之言、各自爱才舞文、解闷发愤者矣、兄也不然、居常读书有感、
将以安不遇乎、抑亦遇不遇、共天地间之动物、人禀之性、不可以为如何
已、故来慰问云、觉后思之、冷落失路、为之穷厄、则不可乐、为之命禄、
则何以忧耶、余之薄命、及耄而无居无产、惟是愚盲浅识之叹、终日闭
门、兀坐乘笔、虽不胜富胜贵之文、聊以为消闲之策耳、享和壬戌晚春、
鸭塘头乞丐翁鹑无常居士、拭盲眼书之……①

　　上田秋成在这篇汉文"自序"中提及自己的为文为人之道，其理性、冷静、特
立独行的个性跃然纸上。在尝试进行"国文"（日语）写作的作品中，亦采用"汉
文"序言，其文化象征意义是深刻的，亦表明其"语言"探索是在日本文化传统基
础之上进行的。明代白话小说的舞台多在杭州、苏州、南京、汴京等地，亦多以皇
帝年号开篇表示时间。上田秋成的"日本化"写作，首先将作品的时空背景移到
日本，主人公的名字自然也用日本名字。在上田秋成所处的时代，中国文化已传
播至日本社会的各个角落，当时日本知识分子直面的问题是如何建构本土文化
的问题，这亦是日本"国学"生成与发展的文化背景。田中优子指出："近世日本
抑或当时日本知识分子所面临的两个问题是'日语问题、日本神灵问题'，但那绝
非明治日本的思考模式。近世的日本意识是'日本'缺失问题，是相对于'中国文
明'的边缘神灵、边缘语言的存亡问题。"②《雨月物语》可谓是上田秋成对"当时
日本知识分子直面的问题"的积极回应，其对日本本土文化与外国文化（中国文
化）、日语与外语（汉语）关系的客观理性的思考值得关注。

---

　　①　上田秋成『上田秋成全集　第一』（国書刊行会、1977 年）2ページ。
　　②　中村幸彦［ほか］編『上田秋成全集　第 7 巻　（小説篇 1)』（中央公論社、1990 年）「月
報」1ページ。

第四节 曲亭马琴及其《八犬传》

《八犬传》全称《南总里见八犬传》，是日本文学史上的鸿篇巨制。作者曲亭马琴，本名泷泽兴邦，后改名为解（音：Toku），幼名仓藏，号著作堂主人、笠翁、篁民、蓑笠渔隐等，出身下级武士家庭，少年丧父，从小喜欢阅读绘草纸之类，代表作有《椿说弓张月》《南总里见八犬传》等，是日本第一位职业作家，亦是一位高寿的作家，享年八十二岁。由于少年丧父，家境窘迫，十四岁时便开始独自闯荡，二十三岁时曾经学医，但在此过程中开始倾心于儒学，喜欢撰写俳谐。1790 年，曲亭马琴拜访当时最著名的作家山东京传，希望成为其入门弟子，后时常出入山东京传府邸，翌年以"京传门人、大荣山人"之名刊出黄表纸处女作《尽用而二分狂言》(1791)。这年其家遭遇洪水，他居无定所，遂寄宿山东京传家。当时京传正受到处罚，遂代师创作了一些黄表纸。这年成为其人生的转折之年。1793 年开始使用"曲亭马琴"之名，正式走上创作之路。曲亭马琴之名源自中国《汉书》中的"乐于巴陵曲亭之阳"，可见马琴的汉学兴趣。

1802 年，三十六岁的马琴在京都、大阪一带旅行了三个月左右，极大地开阔了视野。不久发表读本处女作《月冰奇缘》，颇为成功。1808 年发表代表作《椿说弓张月》。1814 年，四十八岁的马琴名气大振，山东京传由是决定封笔，不再涉足读本领域，马琴同时推出了《八犬传》肇辑五册。马琴最终费时二十八年完成《八犬传》，这部作品成为其毕生的大作，亦是江户文学的代表作。马琴年轻时体格健壮，这使他能够拥有长年坚持创作的身体基础。他还是一个意志坚强、充满了正义感的人。马琴是一位知识型的作家，拥有深厚的汉学素养，他将中国的演义小说当作真正的小说，《八犬传》正是他以中国演义小说为典范创作的鸿篇巨制。

《八犬传》以日本室町末期的战国时代为背景。在嘉吉之乱中，里见义实从结城逃至安房，并平定了安房，作品即描述在此过程中出现的八犬士的事迹。以安房的里见家为舞台，里见义实打败安西景连、神余光弘，平定了安房。神余光弘的宠妾玉梓在被杀前发下毒誓，诅咒里见义实的后代。里见义实后来生下伏姬和义成两个孩子，一家人其乐融融，但伏姬生来就有夜里哭闹的毛病，后来得到一串刻有仁、义、礼、智、信、忠、孝、悌八字的水晶串珠，从此不再哭闹。伏姬十七岁时，里见家的领地歉收，安西景连乘机带兵攻来，情况十分危急。里见义实对爱犬八房开玩笑说，如果它能取来安西景连的人头，将来就把伏姬许配给它。八房果然取来了人头，安西军大败，里见义实再次平定了安房。八房因军功而受到人们的呵护，但它不思饮食，只想得到伏姬。最后，伏姬答应随八房离去，八房和伏姬消失在富山的深处。里见家的功臣金碗孝吉之子孝德进入富山，想射杀八房，不幸也射中了伏姬。其实，自进山以来，伏姬一直在山洞里诵读《法华经》，希望凭借诵经功德度化八房。一天,山里的神童告诉伏姬,她已有孕在身,伏姬为了证明自己的清白,决心以自杀了结此生,这时正好被孝德射中。凭借水晶串珠的神秘力量,伏姬暂时苏醒过来,但最终自刃而亡,身体的伤口处升起一缕白烟,串珠向八方散去,这是八犬士出现的前兆。

八犬士出生在不同的家庭,但都有同样的牡丹花痣和一颗水晶珠,由此可知他们都是伏姬的儿子。《八犬传》描写八犬士的事迹,正如他们的名字所示,他们富于仁、义、礼、智、信、忠、孝、悌的德行,品格高尚,为里见家建功立业。作品中也有诸多反面人物,但终究邪不压正。"劝善惩恶"是这部作品的核心思想,"善恶有报"的思想贯穿了作品的始终。伏姬美丽纯洁,但命运坎坷,最终悲惨离世,这是因为其父里见义实早年曾想放过玉梓,但最终改变主意杀了她,令她格外怨恨,以致临死前发下毒誓。里见义实对八房许下诺言,但后来又想反悔。八房是玉梓的怨魂所化,前后两次食言必定有报,美丽高贵的伏姬只能这么悲惨离世。不过,伏姬虽然命运多舛,却能一心诵读《法华经》,所以生出了八犬士,为里见家的中兴做出了贡献。《八犬传》的"总序"以汉文写成,仅从这篇"总序"即可领略作者的汉学素养和汉文写作功底,其文写道:

　　初,里见氏之兴于安房也,德谊以率众,英略以播坚。平春二总,传之于十世。威服八州,良为百将冠。当是时,有勇臣八人,名以犬为姓,因称之八犬士。虽其贤不如虞舜八元,忠魂义胆,宜与楠家八臣同年谈也。惜哉载笔者希于当时,唯坊间军记及楳氏字考,仅足识其姓名,至今无由见其颠末。于尝憾之,敢欲攻残珪。自是常畋猎旧记不已,然犹无有考据。一日低迷思寝,暨隐之际,有客自南总来,语次及八犬士事实。其说与军记所传者不同。敲之则曰:曾出于里老口碑,政请主人识之。予曰:诺,吾将广异闻。客喜而退。予送之于柴门下,有卧狗在门旁。予忙乎踏其尾,苦声倏发于足下。愕然觉来,则南柯一梦也。回头览四下,茅茨无客,柴门无狗吠。言熟思客谈,虽梦寐不可舍,且录之。既而忘失过半,莫奈之何。窃取唐山故事撮合以缀之。如源礼部辨龙,根于王丹麓龙经。如灵鸽传书于泷城,拟张九龄飞奴。如伏姬嫁八房,仿高辛氏以其女妻槃瓠。其他不遑毛举。数月而草五卷,仅述其滥觞,未创八士列传。虽然,书肆豪夺登诸梨枣,刻成又乞其书名。予漫然不敢辞,即以八犬士传命之。文化十一年甲戌秋九月十九日。洗笔于著作堂下紫鸳池①

---

①　曲亭马琴著、小池藤五郎校訂『南総里見八犬伝　1』(岩波書店、1990 年)3ページ。

马琴在"总序"中表明,《八犬传》是"窃取唐山故事撮合以缀之",马琴亦实际列举了《搜神记》中的槃瓠故事等,所以日本学者早就针对《八犬传》与《水浒传》《三国演义》《封神演义》的关系进行了诸多的研究,《八犬传》还与《西游记》关系密切,如大法师的寻访之旅与唐僧取经的漫漫长路之间的关系,妙椿等的幻术与孙悟空七十二变之间的关联,等等。马琴在《八犬传》第9辑"中帖附言"中指出:"还有《西游记》三藏师徒,孙、猪、沙,仅四人而已。其人太少,是以其事相似且多重复。《水浒》也有重复。"①他在随笔《玄同放言》第3卷"诘金圣叹"中写道:"《西游记》是妙作,然其事过于怪诞,丝毫不写情致,由此之故,此书不能出《水浒》《三国演义》之右。"可见他对《西游记》的熟知程度。然而,马琴在天保十一年(1840)11月11日致篠斋书简中,又将《西游记》与《封神演义》《平妖传》相比较,认为《西游记》是无与伦比之作。②《八犬传》中有许多关于《西游记》的描述,信多纯一在《〈八犬传〉与〈西游记〉》一文中做了较为细致的梳理③,指出马琴不仅参照了《西游记》的构思、立意等,亦将《西游记》深层世界中的《华严经》"入法界品"的悟道内容融入作品,将自己广博的学识融于毕生的大作《八犬传》中。④

《八犬传》共九辑,九十八卷,一百零六册。作者在四十八岁时出版了第一辑,共五册;七十五岁时出版了第九辑第四十六卷至第五十三卷。前后费时约二十八年完成了这部鸿篇巨制。在此之前,马琴已经出版《椿说弓张月》前编及《旬殿实实记》《俊宽僧都岛物语》《赖豪阿阇梨怪鼠传》《三七全传南柯梦》《梦想兵卫胡蝶物语》《占梦南柯后记》《系樱春蝶奇缘》《皿皿乡谈》等作品,几乎超越了山东京传的声望,已是名闻天下的读本作者。1814年开始推出的《八犬传》则是倾注了其半生心血的代表作,亦是日本江户文化及江户文学的代表作。在创作《八犬传》的过程中,马琴右眼失明,但他依然笔耕不辍,后来左眼视力又极度衰弱,只得自己口授,由儿媳妇代笔完成。为写作《八犬传》,马琴参阅了里见一族的相关资料,如《房总志料》《里见军记》《房总治乱记》《里见九代记》《北条五代记》《甲阳军鉴》《本朝三国志》《太平记》等,以及《水浒传》《三国志》《战国策》等诸多中国文献作品。其创作理念在于宣扬"劝善惩恶"的教育意义,作品结构以"因果法则"为核心,同时赋予儒家伦理,笔力刚劲细腻,作者广博的中日文化修养亦极大地深化了作品的内涵。

《八犬传》中的八犬士分别是仁、义、礼、智、忠、信、孝、悌的化身,亦代表了以儒家伦理为基础的武士道精神。作品一开始就有长篇计划,但现在的超长容量则是在出版过程中受到热烈欢迎的结果。在《八犬传》相继问世的时代,当时的

---

① 曲亭马琴:《八犬传·肆 八犬放浪》,李树果译,浙江文艺出版社,2017年,第167页。

② 信多純一『馬琴の大夢　里見八犬伝の世界』(岩波書店、2004年)380—381ページ。

③ 同上,第373—384页。

④ 同上,第417页。

合卷、净溜璃、歌谣、和歌、俳句、锦绘、画本、双六、玩具、饰品等均可见其影响。无论是否作者有意为之，《八犬传》亦倡导了八犬士的"忠孝"精神和执政者的"仁政"思想，获得了广泛的好评，而《八犬传》的阅读热潮一直持续到明治二十年（1887）前后，《八犬传》成为"尊王教育和王道政治概说最具庶民色彩的教科书"①。此外，《八犬传》对维新志士及当时民众的教化作用亦值得关注。

《八犬传》一经推出，就在当时读者中风靡一时。大阪的歌舞伎编排了《花魁莟八总》，忠实地编排了前八辑的内容，获得了广泛的好评。这个剧目后来又作为净玻璃作品上演，反响空前热烈。江户亦编排了《八犬传评判楼阁》《岁戌里见八熟梅》，亦获得了好评。从1837年开始，京都的锦缎、生活饰品上开始印制八犬士图像及其他《八犬传》相关饰品。《八犬传》的模仿作亦不断出现，如合卷《犬之草纸》《假名版八犬传》《八犬传后日谭》等。曲艺场中亦随处讲说《八犬传》，当时民众对《八犬传》的喜爱可谓达到了痴迷的程度。

《八犬传》的成功与马琴明晰的创作理念密不可分，马琴的小说创作重视主客、伏线、衬染、对照、反对、省笔、隐微七个法则，这是他在学习清代李笠翁及元明戏剧、小说的基础上，再结合《八犬传》的写作归纳而成的经验之谈，这种创作自觉在日本小说史上是一次创新之举。例如，马琴在《八犬传》第九辑"中帖附言"中写道：

> 唐山元明之诸才子作稗史，自有其规则。所谓规则，一是主客，二是伏线，三是衬染，四是对照，五是反对，六是省笔，七是隐微。主客犹如日本能乐中之主角与配角。书中有全书之主客，而每回中又有主客，主亦有时为客，客亦皆能为主。有如象棋之棋子，杀敌之子时，要以己之子攻彼之子，如己子丧失则反吃其亏，变化是无止境的。此乃主客之概略，伏线与衬染既相似而又有所不同。所谓伏线，是对后文必出之事，于前几回稍打点墨线。衬染乃打底子，就是对即将叙述之事做准备，乃为突出以后重点之妙趣，于数回前便布置好其来龙去脉。金圣叹于《水浒传》评注中作渲染，即与衬染相同，读音也一样。对照也称为对应，譬如律诗之对句，彼此对照取其情趣之相映。如本传第九十回，船虫与媪内被牛角杀害，乃与第七十四回北越二十村之斗牛相对应。又如第八十四回犬饲现八于千住河船中之厮打，是第三十一回信乃于芳流阁上之厮打之反对。此反对与对照既相似而又有所不同。对照是牛对牛，物虽相同而事各异；反对是人虽相同而事各异。信乃之厮打乃于

① 曲亭馬琴著、小池藤五郎校訂『南総里見八犬伝 10』（岩波書店、1990 年）「解説」3 ページ。

阁上,而阁下有船。千住河之厮打乃于船中,并无楼阁。而且前者乃现八欲捉信乃;后者是信乃与道节想捉现八。情态光景均大有不同,此乃反对。事物彼此相反而自成对。本传中此对甚多,不胜枚举,余只举例予以说明。其次是省笔,此乃因故事很长,为避免重复,对不得不知之者,使其窃听以省笔,或不另作叙述竟从其人之口中说出,而不使之过长。作者既可省笔,看官亦免得厌倦。还有隐微,乃作者文外之深意,待百年后有知音者悟之。《水浒传》中有许多隐微之意。李贽、金人瑞等自不待言,唐山之文人才子中欣赏《水浒传》者虽多,评论亦甚详,但无发现隐微者。隐微固然难悟,而连七规则皆不知者,岂能写出好文章来?余于《美少年录》《侠客传》等小说中均有规则。未知看官知之否?子夏曰:"虽小道,必有可观者焉。"呜呼,谈何容易! 这些虽在知音评中屡次解答,现复为看官注之。①

从上文可知马琴明晰的创作理念及其对《水浒传》和相关评述的把握,"《水浒传》中有许多隐微之意。李贽、金人瑞等自不待言,唐山之文人才子中欣赏《水浒传》者虽多,评论亦甚详,但无发现隐微者"的表述中充满了一名创作实践者的自信,亦可见其创作手法与中国明清小说之间的亲缘关系。可以说,马琴熟读中国的《水浒传》《西游记》等小说,亦希望自己写出不逊于这些中国小说的作品,这便是他倾注了二十八年光阴的心血之作《八犬传》。

《八犬传》大功告成之后,马琴撰文感叹:"《里见八犬传》一百八十一回。历多岁苦将完稿。因而自赞曰:知吾者,其唯《八犬传》欤? 不知者,其唯《八犬传》欤? 传传可知可知,传可痴可知。败鼓亦藏革以效良医。"②可见作者在这部作品中倾注的心力。所谓"知吾者,其唯《八犬传》欤? 不知吾者,其唯《八犬传》欤?"的表述方式,与《孟子·滕文公下》之"《春秋》,天子之事也。是故孔子曰:'知我者其惟《春秋》乎! 罪我者其惟《春秋》乎!'"的表述方式类同,马琴将《八犬传》之于自己的重要性与《春秋》之于孔子的地位相提并论。《孟子》记录了孟子的治国思想,"仁政"是重要理念之一,马琴亦在《八犬传》中倡导仁政思想。从马琴在《八犬传》"后记"中借用《孟子·滕文公下》的表述可知,马琴对《孟子》及其"仁政"思想亦是相当熟悉的。

如前所述,《八犬传》一直到明治二十年(1887)前后都是广为传阅之作,其勤王思想对明治志士的影响亦值得关注。随着明治日本西化进程的不断深入,在

①　曲亭马琴:《八犬传·肆 八犬放浪》,李树果译,浙江文艺出版社,2017 年,第 167—168 页。

②　同上,第 4 页。

脱亚入欧的进程中,内含丰富的儒佛思想的《八犬传》渐渐地失去了往昔的魅力。"近来所有刊行的小说、稗史,如果不是马琴、种彦的糟粕,就大多是一九、春水的模仿品,因为最近的戏作者们,专以李笠翁的话为师,以为小说、稗史的主要目的就在于寓劝惩之意……"①坪内逍遥(1859—1935)的新小说宣言《小说神髓》(1885—1886)在对《八犬传》等江户文学的批判中建构着西方式的小说理念,日本小说创作由此开始迈向西化时代。

---

① 坪内逍遥:《小说神髓》,刘振瀛译,上海译文出版社,2010年,第3页。

下编　与西方文学的邂逅

第四章　文明开化与新文学概念

《庄子·杂篇·外物》中有"饰小说以干县令,其于大达亦远矣"的表述,这是"小说"这一汉语词的最初用法,此处的"小说"指琐屑之言、浅识小道。《汉书·艺文志·诸子略》言:"小说家者流,盖出于稗官。街谈巷语,道听途说者之所造也。孔子曰:'虽小道,必有可观者焉,致远恐泥,是以君子弗为也。'然亦弗灭也。闾里小知者之所及,亦使缀而不忘。如或一言可采,此亦刍荛狂夫之议也。"这是相对于"正史"的"稗史小说"之意。日本作家援用这一概念,江户时代称"小说"为"戏作",有"游戏"之作的意思,把作家称为"戏作者"。进入明治时代,坪内逍遥在《小说神髓》中,仍以"小说"一词翻译英文 novel,并援用至今。"戏作"和"小说"这两个词具有亲缘性,但它们背后的文化背景已有天壤之别。新兴的工业文明已然崛起,传统农耕文明正处于风雨飘摇之中,"小说"即将取代"戏作"登上文学舞台。1853 年,美国东印度舰队司令培理率舰队开进江户湾,令日本朝野震惊不已。经过幕府末期长达十余年的动乱,日本终于在 1868 年开启明治维新,开始拥抱西方文明,积极输入西方"实学"。在此过程中,日本知识分子以汉字翻译西方术语,对难以翻译的术语则直接用片假名标注。"小说"也在江户"戏作"的基础上,导入西方政治小说、翻译小说元素,逐渐变身为具有西方色彩的文学样式。

第一节　"科学时代"的到来

明治维新是一次下级武士的革命,而非民众革命。在江户幕府时代,武士阶层位于"士农工商"四个阶层的最上层。维新志士一方面反对幕府体制,另一方面又压制自由民权运动,他们最终建立起了一个以天皇为中心的官僚制国家,这与一般西方现代国家不同,具有明显的不彻底性和非现代性特征,而这些特征自然会影响到小说领域。

明治初期大约二十年间,日本社会基本上处于打倒旧体制的狂热之中,各种思潮盛行一时,所谓的启蒙者们热衷于批判旧时代,同时呼吁社会和个人的进步与解放。在此背景下,明治文学最重要的特点就是传统与现代的冲突问题。明治初年激进的西化现象被称为"文明开化"。文明开化时代的力量源泉主要有两种：其一是与科学时代相伴而来的物质文明；其二是以进化论为基础的功利主义思想。今天，这两种力量的局限性已经显而易见。但在明治初年，这些全新的观念引发了诸多日本知识精英的"启蒙"冲动。明治初年最著名的思想家有福泽谕吉、中村正直、加藤弘之、西周等明六社成员。明六社创办于明治六年（1873），其团体名称即来源于"明治六年"之意，有刊物《明六杂志》，大力宣传西方文明，提出自由民权思想，提倡男女平等、一夫一妻制。明六社成员均有传统汉学、儒学修养，同时兼具西式学养，这从他们以汉语词汇翻译西方新概念的翻译模式可知，福泽谕吉是其中最具有声望者，如他宣扬"实学"及西方功利主义思想的《劝学篇》（1872—1876）被称为明治青年的"圣经"，至明治十三年（1880）时已发行大约七十万册，即当时每一百六十个日本人中就有一人读过此书。这是空前的盛况，由此可见福泽谕吉的社会影响力。《劝学篇》共十七篇，福泽谕吉在首篇中首先阐述了何谓"学问"的问题，即相对于"儒学"等传统学问，何谓新时代"学问"的问题，且看如下文章：

> "天不生人上之人，也不生人下之人"，这就是说天生的人一律平等，不是生来就有贵贱上下之别的。人类作为万物之灵，本应依凭身心的活动，取得天地间一切物资，以满足衣食住的需要，大家自由自在、互不妨害地安乐度日。但如环顾今日的人间世界，就会看到有贤人又有愚人，有穷人又有富人，有贵人又有贱人，他们之间似乎有天壤之别。这究竟是怎么一回事呢？理由很明显。《实语教》①说："人不学无智，无智者愚人。"所以贤愚之别是由于学与不学所造成的。加之，世间有困难的工作，也有容易的工作，做困难工作的叫作身份高的人，做容易工作的叫作身份低的人，大凡从事操心劳神和冒风险的工作是困难的，使用手足从事劳力的工作是容易的。因此把医生、学者、政府官吏、做大买卖的巨商和雇用许多帮工的富农叫作身份高的贵人。由于身份高贵，家里也自然富足起来，从下面的人看来就高不可攀了。但如追根溯源，就可以知道这只是其人有无学问所造成的差别，并不是天命注定的。俗语说："天不给人富贵，人们须凭勤劳来获得富贵。"所以如上所述，人们生来并无富贵贫贱之别，唯有勤于学问、知识丰富的人才能富贵，没有学问的人就成为贫贱。
>
> 所谓学问，并不限于能识难字，能读难懂的古文，能咏和歌和作诗

---

① 日本古代的蒙学读本，具有浓郁的儒家思想色彩，全书采用对偶句形式，朗朗上口，由"山高故不贵，以有树为贵"开始，到"是学文之始，终身勿忘失"结束，强调智慧之道在于学习。

等不切人世实际的学问。这类学问虽然也能给人们以精神安慰，并且也有些益处，但是并不像古来世上儒学家和日本国学家们所说的那样可贵。自古以来，很少汉学家善理家产；善咏和歌，而又精于买卖的商人也不多。因此有些具有心机的商贾农人，看到子弟全力向学，却担心家业中落，这种做父亲的心情是可以理解的，这就是这类学问远离实际不切合日常需要的明证。所以我们应当把不切实际的学问视为次要，而专心致力于接近世间一般日用的实学，如学习伊吕波①四十七个字母，练习写信记账，学会打算盘和使用天平，等等。更进一步，还有很多要学习的学科。例如地理学介绍日本国内及世界万国的风土情况；物理学考察天地万物的性质并探究其作用；历史是详记年代研究古今万国情况的典籍；经济学是从一身一家的生计讨论到国家世界的生计的学问；修身学则阐述合乎自然的修身交友和处世之道。在学习这些学问时，均可参考西洋的译本，书中内容大多用日本字母书写，学习至便。至于有才能的青年，则可兼学外文，对各项科学都实事求是，就每一事物深切追求真理，以满足当前的需要。以上是世间一般的实学。如果大家不分贵贱上下，都爱好这些学问，并有所体会，而后士农工商各尽其分，各自经营家业，则个人可以独立，一家可以独立，国家也就可以独立了。②

《劝学篇》的目的在于谋求日本的独立，为此需要使"个人独立"，以达至"一家可以独立，国家也就可以独立"的目标，这明显受到儒家修身、齐家、治国思想的影响，其中可见由个人到家庭，再到国家的发展脉络。《劝学篇》在开篇处即援用具有儒家思想色彩的汉文蒙学读本《实语教》的话语，强调"学习"对于人生的重要性，继而阐明"学问"概念发生了变迁，已从传统"文学"概念转向"实学"概念，这在当时无疑是振聋发聩之言。福泽谕吉以浅显易懂的表述方式，传达了其物质功利主义思想，深刻地影响了当时的日本社会，对日本资本主义发展做出了贡献，但其强调实学的启蒙方式并未直接作用于文学领域。值得注意的是，福泽谕吉使用"传统"话语批判"传统"学问的方式隐含着诸多的矛盾性，但亦说明"现代"同样需要"传统"的铺垫，将二者完全割裂的思维方式或话语方式显然囿于时代的局限性。

明治初年，庶民百姓依然享受着反功利主义的"戏作"所带来的精神愉悦。曲亭马琴的《八犬传》、十返舍一九的《东海道徒步旅行记》等作品一直到明治二十年

---

① 将日语假名按"伊吕波"顺序排列的一种读法，此处指日语假名。

② 福泽谕吉：《劝学篇》，群力译，商务印书馆，2012年，第2—4页。

代(1887—1896)，仍在租书铺或租书摊上传阅。不过，新时代的气息也反映到了文学作品中。假名垣鲁文(1829—1894)创作的滑稽本《万国航海 西洋旅途见闻录》(1870—1876)、《牛店杂谈 安愚乐锅》(1871—1872)是这方面的代表作。《万国航海 西洋旅途见闻录》从题名可知是对《东海道徒步旅行记》的戏仿之作，描写主人公到英国参观万国博览会期间的荒唐经历，其中对西方社会的描述参照了福泽谕吉的《西洋事情》(1866—1868)及《西洋旅行指南》(1867)。《牛店杂谈 安愚乐锅》模仿式亭三马的《浮世理发馆》《浮世澡堂》，但将作品舞台移到了文明开化时代的牛肉火锅店。日本人原本不吃牛肉，随着文明开化浪潮的袭来，吃牛肉成为一种新的饮食风俗，牛肉火锅店成了"新文明"的象征之地，作者以滑稽幽默的笔触描写了出入牛肉火锅店的形形色色的客人，讽刺了当时东京的各色崇洋者，但以旧文体描写新世态的笔法还是存在着诸多的局限性。1872 年 4 月，明治政府颁布"三条教宪"，即须体现敬神爱国之旨、明天理人道之事、奉戴天皇遵守朝旨，以此号召艺术学问须宣传国体。作为当时最著名的"戏作者"，假名垣鲁文立即表示回应，他在当年撰写的《著作道声明》一文中，以中国罗贯中、李笠翁的小说及日本《源氏物语》《狭衣物语》为例，指出戏作以虚为主、以实为客，但"值文运昌隆的当今之际"，戏作应担起"引领大众"之责，[①]这与一贯以来的写作宗旨背道而驰，戏作的创作一时跌入谷底，假名垣鲁文本人也在 1875 年开始陆续创办《假名新闻》(1875)、《伊吕波新闻》(1877)等报刊，摸索着转型之路。

明治初年仍延续江户传统，除面向一般民众的戏作外，武士阶层的有识之士更倾向于阅读用汉文写作的讽刺时代变迁的汉文戏作，其代表作有成岛柳北的《柳桥新志》第二编(1874)、服部抚松的《东京新繁昌记》(1874—1876)等。成岛柳北曾任江户幕府第 14 代将军德川家茂的侍读，其《柳桥新志》第二编在内容上仿照清代余怀的《板桥杂记》，在文体上仿照寺门静轩的《江户新繁昌记》(1831)，嘲讽了文明开化时期的种种粗鄙的洋相。《东京新繁昌记》亦多模仿《江户新繁昌记》，描写了文明开化背景下的东京世相。这两部作品均受到广泛的好评，这使得成岛柳北和服部抚松均获得了较好的文名，成为著名的"报人"，其中成岛柳北曾任朝野新闻社社长，又于 1877 年创办《花月新志》杂志。服部抚松亦创办《东京新志》，该杂志与《花月新志》一起成为当时日本最受欢迎的杂志。

1877 年，西南战争结束，地方势力被彻底消灭，明治政府实力增强，日本社会进入了相对安定的建设时期。这时期报刊纷纷创刊，并开始发挥对舆论的影响力，文学作品也得以在报刊上大量刊载，戏作亦展现了最后的辉煌。日本最早的报刊是 1868 年创办的《中外新闻》《江湖新闻》，此后又出现了《东京日日新闻》(1871)、《读卖新闻》(1874)、《朝野新闻》(1874)、《平假名图画新闻》(1875)、《假

---

① 瀬沼茂樹［ほか］編『展望 近代の評論』（双文社出版、1995 年）23ページ。

名新闻》《伊吕波新闻》等。值得注意的是，《平假名图画新闻》于1878年刊登了前田夏繁的《金之助的故事》，这是日本报刊刊载小说之始，受到了广泛的好评，此后各类报刊纷纷效仿，报刊成为小说传播的重要媒介，一般民众亦可以通过报刊接触到小说，小说时代呼之欲出。这时期出版业也发生了变化，书籍从木板和装本改为西式活字洋装本，出版量猛增，这又进一步促进了戏作的现代化转型。但从小说发展史而言，这时期小说的核心是反映时代动向的政治小说和翻译小说，明治十年至二十年（1877—1887）可谓是政治小说的季节，这时期的文学实践为日后坪内逍遥、二叶亭四迷（1864—1909）的文学改良事业提供了诸多的经验。

第二节　翻译小说与政治小说

西方文化最早进入日本是室町幕府天文十二年（1543），耶稣会刊行书籍①对日本产生了一定的影响，但其对文艺或文体几乎没有产生影响。江户时代的日本人阅读了一些西方作品。例如，井原西鹤似乎接触过乔万尼·薄伽丘（1313—1375）的《十日谈》，其《好色盛衰记》卷五之"骗寡妇耗尽幸福者"与《十日谈》第三天的一个故事基本一致。《伊索寓言》也以《伊曾保物语》《插图教训近道》等题名传播，但这些作品并未对日本文学产生实质性影响。明治维新后，尤其自然主义文学出现之后，西方文学开始对日本文学产生实质性影响。西方文学对日本文学产生的最重要的影响是文学概念的转变，散文体小说开始占据主要地位，韵文体的和歌及俳句开始退居次要位置。

明六社重视实学，对文学翻译没有兴趣，但在西风劲吹的时代，西方小说的译介势在必行。进入明治十年代（1877—1886），西方翻译小说开始引发关注，当时主要译介科幻小说、爱情小说及具有政治色彩的作品。这是因为科幻小说与科学时代相契合，恋爱小说则满足人们希望了解西方风俗人情的需求，具有政治色彩的作品则与当时时代的政治气氛相契合。在科幻小说方面，法国作家儒勒·凡尔纳（1828—1905）的《八十天环游地球》（川岛忠之助译，1878）、《月球旅行记》（井上勤译，1880）、《海底纪行》（井上勤译，1884）等作品引发了人们对科技的赞叹和对西方世界的好奇心。

丹羽纯一郎将英国爱德华·鲍沃尔·立顿（1803—1873）的《欧内斯特》及续篇《艾丽斯》糅合在一起，以《欧洲奇事　花柳春话》（1878）的题名译介到日本，其中的爱情故事对读惯才子佳人故事的日本读者极具吸引力，当时著名的翻译家

①　日语一般写作キリシタン版或吉利支丹版等。

森田思轩(1861—1897)认为这是明治新文学的嚆矢之作。① 丹羽纯一郎的译介目的不仅在于介绍西方风俗人情,亦隐含着对当时盛行的功利主义思想的批判意识。此后,立顿及其他作家的作品开始被大量译介到日本,译名则多有雷同,如《春风情话》《春窗绮话》《双鸾春话》等,可见西方小说在进入日本之初,多以才子佳人的故事形象展现。坪内逍遥亦积极地参与了这一波译介热潮,他将英国作家瓦尔特·司各特(1771—1832)的《拉美莫尔的新娘》以《春风情话》(1880)的题名译介到日本。坪内逍遥还参与翻译了该作家的长篇叙事诗《湖上夫人》,译名为《泰西活剧 春窗绮话》(1884)。此外,乔万尼·薄伽丘的《十日谈》(《欧洲情谱 群芳绮话》,大久保勘三郎译,1882)、普希金的《大尉的女儿》(《露国奇闻 花心蝶思录》,高须治助译,1883)及阿拉伯民间故事集《一千零一夜》的摘译(《开卷惊奇 暴夜物语》,永峰秀树译,1875)亦值得关注。

在政治小说诞生前,已有一些以对话或故事形式宣传新思想的启蒙作品,就连轻视文学的福泽谕吉亦创作了类似小说的《畸形姑娘》(1872),呼吁日本女性改变用铁浆染黑牙齿、剃掉眉毛的习俗,他翻译的英国修身教材《童蒙教草》(1872)亦具有短篇小说集的趣味性,由此可见福泽谕吉亦是重视文学的"教化"功能的。中村正直将塞缪尔·斯迈尔斯(1812—1904)的《自己拯救自己》以《西国立志篇》(1871)之名译介到日本,引发了广泛的关注,其影响力可与福泽谕吉的《劝学篇》比肩。《自己拯救自己》是西方成功学的开山之作,赞扬吃苦耐劳、自强自救、诚实公正、不屈不挠的品格,其中的励志篇目具有小说般的可读性。与《劝学篇》一样,《自己拯救自己》亦反映了崇尚功利主义的时代风尚,这种时代风尚与传统的儒家孝道相契合,对当时没落的武士阶层的年轻人极具吸引力。在此背景下,一些具有政治色彩的作品亦得以译介,如弗朗索瓦·费奈隆(1651—1715)的代表作《忒勒马科斯历险记》,译名为《欧洲小说 哲烈祸福谭》(宫岛春松译,1879)。

1882 年是翻译文学最盛行的一年,这年刊出的重要作品还有井上勤翻译的英国托马斯·莫尔(1478—1535)的《乌托邦》,译名为《良政府谈》。托马斯·莫尔是空想社会主义的创始人,认为私有制是万恶之源,其代表作《乌托邦》虚构了一位航海家航行到乌托邦的旅行见闻,那里社会制度完备,人们生活幸福,作者以此抨击当时时代和人性的堕落。还有根据法国作家大仲马(1802—1870)的小说编译的《法兰西革命记 自由之凯歌》(宫崎梦柳译,1882)、《革命起源 西洋血潮小暴风》(樱田百卫译,1882)。此外,维·伊·查苏利奇(1849—1919),俄罗斯早期社会主义活动家,曾被捕坐牢两年,后转向马克思主义,曾把马克思和恩格斯的许多重要著作译成俄文,对马克思主义在俄罗斯的传播起到了一定的推

---

① 麻生磯次『日本文学史概論』(明治書院、1986 年)238ページ。

动作用,其公判记录的日文摘译,译名《露国奇闻　烈女之疑狱》(杣田策太郎译)也在这一年出版。

在莎士比亚戏剧的译介方面,有作为人情本及政治小说进行译介的,前者如《罗密欧与朱丽叶》,译名为《露妙树利　戏曲春情浮世之梦》(河岛敬藏译,1886)。《裘力斯·凯撒》,译名为《该撒奇谈　自由太刀余波锐锋》(坪内道遥译,1883),表面上描写古罗马两个政党之间的斗争,其实是借古喻今,探讨英国伊丽莎白一世时期的专制集权、贵族民主和群众情绪三者之间的复杂关系。此外,《威尼斯商人》的缩译本《人肉质入裁判》(井上勤译,1886),因涉及西方裁判题材而引发了人们的阅读兴趣。

日本人自己创作的政治小说最初颇为幼稚,如户田钦堂的《民权演义　情海波澜》(1880)、樱田百卫的《阿国民道　自由之锦袍》(1883)等。但在浓厚的政治氛围中,日本政治小说迅速成长,很快获得了各阶层人士的广泛好评。早期政治小说中的佳作有矢野龙溪的《经国美谈》(1883)、东海散士的《佳人之奇遇》(1885—1897)等。《经国美谈》取材于古希腊史,作者借作品人物之口披露了自己改良社会的政治理念,并讴歌自由民权思想,其中还可见《八犬传》及《水浒传》等作品的影响,颇富传奇色彩。《佳人之奇遇》虽然涉及恋爱故事,但作品主要还是围绕政治主题展开,批判大国对小国的欺压。后期代表作有末广铁肠的《雪中梅》(1886)和《花间莺》(1888)、须藤南翠的《绿蓑谈》(1886)和《新妆之佳人》(1887)等。末广铁肠的《雪中梅》、矢野龙溪的《经国美谈》、东海散士的《佳人之奇遇》并列为日本三大政治小说。

绝大多数政治小说的写作目的在于宣传自由民权思想,作者不太重视人物描写,往往造成人物性格不够丰满,呈现出明显的平面化、类型化倾向,保留有大量戏作成分。但政治小说在当时受到了读者的热烈追捧,尤其受到了明治青年们的喜爱,为明治新文学的诞生奠定了基础,其探索也使日本文学推手由“戏作者”转向“知识分子”,且文学开始正面关注人生的重大问题,为文学的现代转型积累了经验。政治小说抑扬顿挫的汉文训读体也是吸引读者的原因之一。这种折中文体是日本漫长的汉学传统的最后造型,其文体魅力令当今读者亦能感受到时代的脉搏,后来的白话文文体便失去了政治小说文体的韵律之美。优秀的政治小说还具有叙事诗的性质,所以比起后期政治小说,《佳人之奇遇》《经国美谈》等小说形式尚未完备的早期作品更能体现政治小说的特色。政治小说因其独特的魅力,长期受到明治青年的喜爱,这由《佳人之奇遇》的终篇完成于1897年这个时间节点亦可以略窥一斑。

此外,早期翻译多采用意译或摘译形式,即所谓“豪杰译”。这种翻译并非理想的翻译方式,但在译者有意无意的误读与取舍中,可见当时日本社会与西方社会之间巨大的文化差异。为了更好地表现原作的异国情调,当时的译文多采用汉文训读体,由此亦可见在日本导入西方文化之初,汉语和汉文依然发挥着不可或缺的桥梁作用。可以说,汉字丰富的意象适合进行富于内涵的概念传递。政治小说多出自政治家之手,是政治家为了宣扬自由民权思想而创作的。明治二十三年(1890),日本召开国会,政治小说随之发生转向,出现了两种新的政治小说:其一是抨击议会制的"暴露小说",其二是强调日本对外扩张的"国权小说"。其中国权小说的代表作家是末广铁肠,这类小说紧随日本政府的政治走向,在南进或北进之间探索着日本对外扩张的具体操作方式。

第三节　坪内逍遥的写实主义宣言

坪内逍遥是日本现代文学的先驱,出身下级武士家庭,自幼接受汉学教育,同时喜欢阅读江户戏作,观赏歌舞伎,具有深厚的江户文化修养,1883 年从东京大学毕业后,任早稻田大学讲师,1885 年写作了日本现代文学史上的第一部文学理论《小说神髓》及其实践之作《当世书生气质》(1885—1886),1891 年创办《早稻田文学》,并与森鸥外(1862—1922)展开了一场"没理想论争"。[①] 1906 年为促进日本戏剧、文学、美术改革而组建文艺协会,1909 年文艺协会改组为新剧社,成为日本新剧运动的起点,1928 年完成四十卷《莎士比亚全集》的翻译。《小说神髓》是日本现代文学史上第一部文学理论著作,可谓是明治新文学的先声,坪内逍遥本人亦由此获得了"日本现代文学之父"的称号。

坪内逍遥原名坪内勇藏、坪内雄藏,别号春乃舍胧、春之屋主人等。"逍遥"典出《庄子·逍遥游》,他对《庄子》的喜爱之情由《小说神髓》可以窥见一斑,他在书中称《庄子》是寓言故事中的杰作。[②] "坪内"的日语发音与中国道家所言壶中天地的"壶中"发音一致。葛洪《神仙传》记载壶公白天化身为卖药人,于市中卖药,"常悬一空壶于座上,日入之后,公辄转足跳入壶中"。其壶中别有洞天,"楼观五色,重门阁道[③]。李白《下途归石门旧居》写道:"何当脱屣谢时去,壶中别有日月天。"李中《赠重安寂道者》写道:"壶中日月存心近,岛外烟霞入梦清。"就这样,"坪内逍遥"之名有"壶中逍遥"之意,内含悠然自得的仙境意象,可见其汉学素养,这与由江户入明治的一般日本知识分子并无二致。

明治二十年(1887)前后是日本现代小说史上的关键时期,坪内逍遥、二叶亭四迷、尾崎红叶、幸田露伴、森鸥外、山田美妙(1868—1910)等明治文学大家均在这时期登上了文学舞台。坪内逍遥的《小说神髓》及长篇小说《当世书生气质》也

---

① 　1891—1892 年,坪内逍遥与森鸥外之间展开了一场文学论争,相对于坪内逍遥的"无理想",森鸥外指出文学不能没有理想。

② 　坪内逍遥:《小说神髓》,刘振瀛译,上海译文出版社,2010 年,第 29 页。

③ 　滕修展、王奇等:《列仙传神仙传注译》,百花文艺出版社,1996 年,第 379—380 页。

是这一时期的成果。《小说神髓》提倡西方写实主义理念，批判"以文载道"的儒家文艺思想，希望建构新的日本小说，由此掀起了一场文学革命。此时，坪内逍遥二十六岁，刚刚大学毕业两年左右。《小说神髓》分上下两卷，共十一篇。上卷是理论篇，包括"小说总论""小说的变迁""小说的眼目""小说的种类""小说的裨益"五篇；下卷是实践篇，包括"小说法则总论""文体论""小说情节安排法则""时代小说的情节安排""主人公的设置""叙事法"六篇。坪内逍遥在《小说神髓》的封面书写"文学士坪内勇藏著"，而在《当世书生气质》的封面书写"春乃舍胧先生戏著"，可见其写作态度不尽相同，亦表明《小说神髓》的不彻底性。该书出版后引发了广泛的关注，这与自由民权运动失败后的时代背景有关，与坪内逍遥的身份亦密不可分。自由民权运动失败后，政治季节结束，民心逐渐转向文学艺术。如前所述，当时的小说延续江户时代的遗风，称"戏作"。"戏作者"的社会地位卑下，而东京大学文学士属于精英阶层，坪内逍遥以其精英身份地位，宣扬小说的重要性，可谓石破天惊，无疑具有划时代的意义。此外，随着自由民权运动的退潮，政治小说步入低谷，而当时欧洲正处于浪漫主义退潮、写实主义兴起时期，作为日本现代小说的第一声，写实主义文学理念由此酝酿而成。《小说神髓》的"绪言"较好地勾勒了该书的写作背景及写作目的：

> 当今是小说盛况空前的时代。因此被称为戏作者之徒虽不在少数，但大多是翻案家，没有一个够得上是真正作者的。所以近来所有刊行的小说、稗史，如果不是马琴、种彦的糟粕，就大多是一九、春水的模仿品，因为最近的戏作者们，专以李笠翁的话为师，以为小说、稗史的主要目的就在于寓劝惩之意，于是制造出一种道德模式，极力想在这个模式中安排情节，虽然作者并不一定想去拾古人的糟粕，但由于写作范围狭窄，自然也就只能写出趣意雷同、如出一辙的稗史，这不能不说是一大憾事。出现这种情况，难道将罪过全都归之于作者身上吗？不，这也和缺乏鉴赏能力的读者有很大关系。为什么这样说呢？因为根据我国过去的习尚，总认为小说是一种教育手段，不断提倡劝善惩恶为小说的眼目，而实际上，却一味欣赏那种杀伐残忍的，或非常猥亵的物语。至于其他严肃的故事情节，却很少有人肯于一顾。这样，缺少见识的作者，虽然不能不成为世情的奴隶，流行的追随者，争相取媚于时尚，编著残忍的稗史或刻画鄙陋卑猥的情史以相迎合；但由于劝善这种表面的名义又难以舍弃，于是加进一些劝善的主旨来曲解人情世态，编造一些生硬的情节。也正是由于这个缘故，那些拙劣的构思就越发拙劣，使有识之士简直不堪卒读。这一切都是由于作者将稗史视作游戏笔墨，不懂得什么是稗史的真正眼目，墨守他们的陈规陋习所致。岂不可笑之

极？笔者自幼酷爱稗史，只要得暇，总要披阅，将宝贵时光用在这方面
已达十余年之久，结果有关古今稗史阅读既多，所得匪浅，而且对稗史
眼目究竟何在，自信也多少有所体会，因此虽感自不量力，但仍愿将笔
者的主张公之于世，以解看官之惑，兼启那些作者之谜，以期我国小说
从现在起逐渐取得改良与进步。笔者殷切希望看到我国物语最终能凌
驾西方小说之上，看到我国物语能和绘画、音乐、诗歌同时在艺术上焕
然一新。[1]

　　坪内逍遥批判当时的"戏作者"专以清代李笠翁的话为准则，将小说作为劝
善惩恶的教育手段的传统小说观，希望通过改良小说意识，建构"能凌驾于西方
小说之上"的新的日本小说。那么，什么才是真正的小说？坪内逍遥在《小说神
髓》第 1 篇"小说总论"中，开门见山地界定了小说的"艺术"属性，即相对于劝善
惩恶的"戏作"，坪内逍遥更重视小说的"艺术"层面。他接着进一步界定"艺术"
概念，"所谓艺术，原本就不是实用的技能，而是以娱人心目、尽量做到其妙入神
为'目的'的。由于其妙入神，自然会感动观者，使之忘掉贪吝的欲念，脱却刻薄
之情，并且也可能会使之产生另外的高尚思想，但这是自然而然的影响，不能说
是艺术的'目的'"。他在阐明艺术之于精神的作用力的同时，还特别强调艺术的
非功利性。上卷第 3 篇"小说的眼目"可以说是全书的核心部分，坪内逍遥指出
小说的眼目在于"写人情，其次是写世态风俗"。所谓"人情"即人的各种情感，
"即所谓一百零八种烦恼"。他继续写道：

　　　　世上的历史与传记，大致写的都属于外部的行为，内部所隐藏的思
　　想，由于它纷繁复杂，很少能将之叙述出来。因此，揭示人情的机微，不
　　但揭示那些贤人君子的人情，而且巨细无遗地刻画出男女老幼的善恶
　　邪正的内心世界，做到周密精细，使人情灼然可见，这正是我们小说家
　　的职责。即使写人情，如果只写了它的皮毛，那还不能说它是真正的小
　　说，必须写得入木三分，才能认为小说之所以成为小说。日本与中国有
　　名的所谓稗官之徒，虽然也认为只停留在浮泛的情节上是拙劣的，力求
　　做到入木三分，但对应成为小说的眼目，即写人情，往往满足于写其皮
　　毛，真是一大憾事。所谓稗官之徒，应该像心理学者那样，根据心理学
　　的规律，来塑造他的人物。如果根据自己的设想，硬是塑造有悖于人情
　　的人物，或者虚构有悖于心理学规律的人物，那么他笔下的人物已非人
　　世间的人，只是作者想象中的人物，尽管其构思极为巧妙，其故事十分

---

① 坪内逍遥：《小说神髓》，刘振瀛译，上海译文出版社，2010 年，第 3—4 页。

新奇,仍然不能称为小说。……如以劝惩为眼目来评价《八犬传》的话,那么应当说它是古今东西无与伦比的一部好稗史,但如从另一角度,以人情为眼目来对它进行评论,则很难说它是无瑕之玉。为什么这样说呢?请看那八个主人公的行为,不,姑且不提他们的行为,先说说他们内心里所想的。那也是彻头彻尾合乎道德规范的,从来没有产生过卑劣的杂念,更何况,他们连一瞬间也从未动过心猿意马,从未在内心里产生过与理智的冲突。即使尧舜的圣代,像这样居然八个圣贤同时出现于人世,难道不也是难以想象的吗?原来八犬士只是曲亭马琴理想中的人物,并不是当今世间上的人的真实写照,所以才产生了这种不合乎情理之作。但由于马琴利用他那非同凡庸的巧妙构思,掩盖了作品的牵强、造作,所以读者对此毫无觉察,造成了称赞这部作品是写出了人情奥秘的错误。话虽如此,我并不是说《八犬传》不是小说,只是为了举例方便,所以姑且引用了他的这部脍炙人口的杰作。关于曲亭马琴的作品,我自有另外的看法,如有机会,当另做说明。所以我认为作为小说的作者,首先应把他的注意力集中在心理刻画上。即便是作者所虚构的人物,但既然出现在作品之中,就应将其看作是社会上活生生的人,在描述人物的感情时,不应根据自己的想法来刻画善恶邪正的感情,必须抱着客观地如实地进行摹写的态度。①

坪内逍遥指出作者应该"揭示人情的机微",刻画人物的"内心世界",并保持"摹写的态度"。他将人的诸多情感表述为"人情",且不断强调"小说的眼目"在于描写"人情",这显然受到江户人情本的影响。事实上,其实践之作《当世书生气质》亦保留了大量"戏作"成分,拘泥于外在描写,而未能深入心理描写,也就是并未达到表现"人情"的目标,还不是西方式的写实主义佳作。

坪内逍遥的学养大致可以概括为两部分,一是西方文学,二是包括汉学在内的日本传统学养,且后者的基础更为扎实,这从其富于老庄思想色彩的"坪内逍遥"之名亦可以看出。其写实主义文艺观实际上是在江户人情本的基础上嫁接西方文学而已,其根基是当时流行的进化论思想,其中隐含着诸多的矛盾性和不彻底性,预示了日本文学从传统向现代转型过程中的分裂之痛。换言之,坪内逍遥摒弃了同时代的政治小说,而选择了改良江户"戏作"之路。这同时意味着他摒弃了明治政治小说的社会视野。《小说神髓》一味地强调文学的独立性,倡导客观描摹,导致其文学论看似光鲜,实际上极具暧昧性,这从其后"新文学"主流是追忆江户文学的"砚友社"文学这一点可以看出。坪内逍遥提倡的纯粹客观的"摹写"态

---

① 坪内逍遥:《小说神髓》,刘振瀛译,上海译文出版社,2010年,第48—50页。

度亦存在着诸多的弊端,日本自然主义小说中的一个个灰色黯淡的人物形象即与其"摹写"观密切相关,这也是后来森鸥外与其展开"没理想论争"的重要原因。

然而,作为日本现代文学史上的第一部文学理论书,《小说神髓》的文学史意义还是值得肯定的,它宣告了日本文学拥抱西方文学的热情,扭转了一般民众对小说的蔑视心理,并有力地提升了作家的地位,尾崎红叶、山田美妙、幸田露伴、二叶亭四迷等明治青年均在其影响下走上了文学之路。他对西方文学的发现还扭转了明治日本注重"实学"的西方文化摄取模式,为日本人展现了一条了解西方精神的捷径。但其文学观所隐含的矛盾性以分裂的方式影响了同时代的作家。具体而言,在"现代性"开拓方面,影响了二叶亭四迷、山田美妙等作家;在"戏作"的复权方面,影响了尾崎红叶、幸田露伴等作家。这亦说明其文学观的矛盾性与局限性,由此带来的负面作用影响至今。

第四节　二叶亭四迷的现代性开拓

二叶亭四迷,原名长谷川辰之助,别号冷冷亭主人等。他最初的理想是成为一名军人,曾在十七岁前后,连续三次报考陆军士官学校失败。1881 年,十八岁时无奈进入东京外国语学校学习俄语,希望学成后从事外交官工作,但随着俄语水平的提高,他喜欢上了俄罗斯文学,并开始广泛涉猎俄罗斯文学。1886 年 1月,其所属俄语专业归入东京商业学校(后来的一桥大学),他不愿迁移,遂决定退学,与此同时他拜访了坪内逍遥,萌生了凭借俄罗斯文学素养跻身文学之路的想法,二人的友谊由此贯穿一生。在坪内逍遥的鼓励下,1886 年 4 月,他以冷冷亭主人之名发表《小说总论》,同年夏秋之间开始写作《浮云》。翌年 6 月,《浮云》第一部以坪内雄藏的名义出版,序言部分第一次使用了"二叶亭四迷"的笔名。1888 年 2 月《浮云》第二部出版,这一年他还发表了屠格涅夫的译作《幽会》①《邂逅》,一跃成为日本新文学旗手之一。1889 年 7 月至 8 月,《浮云》第三部刊出,同时二叶亭四迷受聘成为内阁官报局雇员,月薪三十日元,生活开始安定下来。1891 年二十八岁时,《浮云》的合集出版。1893 年 1 月结婚,这段婚姻维持到1896 年,其间有了一儿一女。1897 年三十四岁时,二叶亭四迷辞去内阁官报局的工作。1899 年 9 月出任东京外国语学校教授,后兼任海军大学俄语教授,可见其军人情结一直没有消失。1902 年 3 月再婚,同年 5 月辞去东京外国语学校教授职务,第一次到中国,这年 6 月至 9 月间担任哈尔滨德永商会顾问,此后前往中国各地旅行考察。1902 年 10 月至 1903 年 7 月,在北京担任清朝京师警务

---

　　①　屠格涅夫《猎人日记》的一节,采取逐字翻译的方法,是日本俄罗斯文学译介的先驱之作。

学堂提调代理,入住北京北城分司厅胡同警务学堂公馆,不久回国。1904 年 2
月,日俄战争爆发,3 月出任《大阪朝日新闻》驻东京职员,从事俄罗斯相关情报
的翻译工作。1907 年 8 月《面影》出版,1908 年 3 月《平凡》出版,这期间他还在
各类报刊上不断发表译文、评论文等,可谓声名鹊起,但他依然不甘心专注于文
学事业。1908 年 6 月以特派记者身份前往俄罗斯圣彼得堡,他从神户乘船到大
连,再经西伯利亚,7 月抵达圣彼得堡。在俄期间,他依然笔耕不辍,将森鸥外的
《舞姬》(1890)、国木田独步(1871—1908)的《牛肉和马铃薯》(1901)的俄译文发
表于《东洋》杂志,同时在日本的《趣味》《太阳》《文章世界》《世界妇人》《成功》《女
学世界》《早稻田文学》《东京朝日新闻》等媒体上不断发表俄文小说、评论、手记
的日译文,在日本文坛发挥着重要的影响力。1909 年 3 月因肺炎住院,但仍在
《东京朝日新闻》发表手记,4 月决意回国,经德国柏林、比利时安特卫普,从英国
朴次茅斯乘日本邮船回国,途中于 5 月 10 日客死于孟加拉湾洋面,5 月 13 日
遗体在新加坡火葬,当地的日本人墓地至今留有其纪念碑,6 月骨灰葬于东京
染井陵园。

　　二叶亭四迷是富于文学天赋的,但他在拜访坪内逍遥时,似乎还没有立志成
为专业作家,只是当时在坪内逍遥《小说神髓》的影响下,日本新文学正处于勃发
之际,他因校际合并而决意退学,在前途迷茫之际,作为一名文学青年拜访了坪
内逍遥,希望就文学话题进行交流,因为其通过俄语获得的文学体验与《小说神
髓》传递的文学理念相去甚远。二叶亭四迷的文学修养令坪内逍遥赞叹不已。
在坪内逍遥的鼓励下,二叶亭四迷开始尝试写作。他在 1908 年写下的《予之半
生忏悔》中写道:

　　　　说起我为什么喜欢上文学这个问题,首先必须从我学习俄语说起,
　　其经过是:萨哈林岛和千岛群岛交换事件发生后,日本和俄罗斯的关系
　　成为社会热议的话题。此后,《内外交际杂志》不断鼓吹敌忾心,社会舆
　　论随之沸腾。在这样的时代,我自幼萌生的思想倾向——应该称为维
　　新志士气质的倾向开始抬头,即慷慨爱国的社会舆论和我的这种思想
　　发生了碰撞,其结果便形成了这样的认识:日本将来的深忧大患肯定是
　　俄罗斯,现在就必须加以防范,学俄语非常重要。就这样,我进了外国
　　语学校的俄语专业。[①]

　　从上文可知二叶亭四迷的文学爱好源自俄语学习,而他学习俄语的初衷与

---

　　①　宫崎梦柳、矢野龙溪、坪内逍遥、二叶亭四迷『現代日本文学大系　1　政治小説　坪
内逍遥　二葉亭四迷集』(筑摩书房、1971 年)382ページ。

"慷慨爱国"情怀有关,这是他虽有文学天赋,但不愿以文学安身立命的原因。二叶亭四迷在校学习期间,喜欢阅读别林斯基、赫尔岑、普希金、莱蒙托夫、果戈理、屠格涅夫、冈察洛夫等俄罗斯作家的作品,如此广泛的阅读兴趣与当时东京外国语学校的俄语教育方式有关。当时沿袭江户末期以来的翻译培养模式,一般由俄罗斯人任教,学生所学内容遵循俄罗斯中学科目,数理化亦用俄语传授,还学习修辞学和俄罗斯文学,且因高年级教材不足,多采取教师朗诵俄罗斯文学作品、学生用俄语写感想文的方式上课,他由此打下了坚实的俄罗斯文学的基础,并对俄罗斯文学中的社会性、伦理性问题产生了浓厚的兴趣。

二叶亭四迷不认同坪内逍遥的"摹写"理念,由此发表了他自己的文学论《小说总论》。他在文中提出了文学的"形式与本质""情感与理智"等问题,这在当时无疑属于超前意识。他尤其强调"本质"的重要性,认为只是忠实于形式的"摹写"并不能成为严格意义上的小说,所谓"摹写"是借形式以表达本质,其目的在于对本质的把握,而非完全的平面描摹,这是对坪内写实主义的极大推进,他亦成为日本现代小说真正的开拓者。《浮云》是其文学论的实践之作,与森鸥外的《舞姬》一起,成为日本现代文学起源的象征之作。

如前所述,《浮云》是在坪内逍遥的鼓励下问世的,第一部于1887年6月出版,第二部于1888年2月出版,第三部于1889年7月至8月出版,合集于1891年出版。作品通过刻画小办事员内海文三被政府机构排挤、被恋人阿势抛弃的命运,揭露了明治社会在"文明"背后所隐藏着的官场的腐败和人情的炎凉,塑造了日本文学史上第一个"多余人"的形象,成为日本现实主义文学的开山之作。二叶亭四迷前后大约费时四年时间写作了《浮云》,但最终并未写完,《浮云》成为未完之作。第一至第三部分别发表,其中的叙事方式、文体亦不尽相同,且最终未完稿,由此可见日本现代文学草创期的艰辛,这种艰辛涉及"思想"和"文体"等诸多层面。从叙事视角而言,叙事者由江户戏作时代的旁观者视角,逐渐带上浸入式的主观视角,第三部又趋向客观中立视角,可见作者的摸索过程。关于《浮云》的创作过程,他在《予之半生忏悔》中写道:

> 作品思想确实受到了俄罗斯文学的影响。我当时喜欢阅读别林斯基的评论文等等,也希望描写日本文明背后被遮蔽的东西,该作品备受议论也是这个原因。在文章方面,上编将三马、风来、全交、飨庭①等等混杂在一起。中编已抛开日本作家,拿来了西方文章。也就是说,我想输入西方文章,所以首先学习了陀思妥耶夫斯基、冈察洛夫等等,主要倾向于陀思妥耶夫斯基的写法。下编多少还有这些作家的影响,但主

---

①　指式亭三马、风来山人(平贺源内)、司马全交、飨庭篁村。

要模仿了冈察洛夫的文章。①

　　从上文可知作者在"思想"和"文体"方面执着的探索精神。《浮云》是二叶亭四迷倾注了青春热情之作,连同他翻译的屠格涅夫的《幽会》《邂逅》等译文,在当时日本文坛具有划时代的创新意义。在日本现代文学草创期,他广泛学习国内外的文学资源,尤其学习了俄罗斯文学的诸多经验,从思想、文体方面进行了有意识的探索,推出了具有划时代意义的作品。但正因其常人难以企及的新意,他在当时的文学界备受孤立,乃至长期不得不离开文坛,当然其中亦有他不甘于以文学安身立命的原因。关于《浮云》的创作目的,二叶亭四迷在"浮云序言"中写道:

　　　　在此发饰蔷薇花,人成画中人的时代,只有文言文章依然抱残守缺,故步自封,不知改革。至于那些模仿文理不通的口语而自命不凡的,也不见得高明。我认为这个问题,只有言文并用方能解决。想到此处,便迫不及待地涌出一股改良文风的热忱。可是在匆忙之中,茫茫然找不出一个方向,只好依赖神祇的保佑和春屋先生②的帮助,在朦胧的月下摆一方残砚,接些甘露,研墨濡毫,像骤雨一般信笔直书。不料一片无法阻拦的浮云,偏偏把那皎洁的明月遮得黯然无光,以致写成了这样晦涩得不知所云的小说。惊愕之余,书此序言附于卷首。③

　　正如他对"言文并用"的思考,这些都基于其有意识的革新热情。不仅如此,他"希望描写日本文明背后被遮蔽的东西",即不采用坪内"摹写"法,而着力表现更为"本质"的问题,由此诞生的《浮云》确实表达了作者的文明批判意识。通过对立展现两个截然相反的人物,表达了作者对当时日本及日本人的批判意识,即揭示了明治知识阶层直面的生活秩序和伦理秩序的错位。这种超越时代的深刻性,一方面受到别林斯基、屠格涅夫、陀思妥耶夫斯基、冈察洛夫等俄罗斯作家的影响,亦与他本人对当时日本社会的洞察有关,展现了日本现代文学的良好发端。但遗憾的是,当时的日本人并不能理解《浮云》的文学世界,仅对其"言文一致"的文体给予了肯定,将他与山田美妙一起作为日本白话体小说的创始人,这亦印证了天才的孤独。关于"言文一致"文体的建构过程,二叶亭四迷在《余之言

---

　　①　宮崎夢柳、矢野龍溪、坪内逍遙、二葉亭四迷『現代日本文学大系　1　政治小説　坪内逍遙　二葉亭四迷集』(筑摩書房、1971 年)383ページ。
　　②　这是坪内逍遥的别号。
　　③　二叶亭四迷:《二叶亭四迷小说集》,巩长金、石坚白译,人民文学出版社,1985 年,第3 页。

文一致的由来》(1906)中写道：

> 多年前，我想写点什么，但自己原本文章拙劣，不知如何下笔，于是向坪内先生请教。先生说你知道圆朝①的单口相声吧，就照那种说话方式写吧。于是进行了如法炮制，可我是东京人，自然使用东京腔，就写成了一篇东京腔的文章，立即拿给先生看，先生认真地看过之后，高兴地表示就这样，就这么来，不用贸然修改。②

可见二叶亭四迷的"言文一致"文体，亦是通过有意识的摸索、实践形成的。二叶亭四迷的翻译与创作相辅相成，共同成就了这位日本现代文学开拓者的事业。他先后翻译过屠格涅夫、果戈理、高尔基、安德烈耶夫、迦尔洵等俄罗斯作家的作品，其译文极大地开启了明治作家们的文学感受力，尤其《幽会》和《邂逅》在明治翻译文学史上意义深远，其主要贡献是采用"言文一致"文体，并第一次采用了逐字翻译的直译法，较好地传达了原作的神韵，对岛崎藤村(1872—1943)、国木田独步、田山花袋(1872—1930)、德富芦花(1868—1927)等后辈作家影响深远。

综上所述，《小说总论》表达了二叶亭四迷卓越的写实主义文学观，是对坪内写实论的极大推进。《浮云》显示了作者对19世纪俄罗斯文学思想的深刻把握，通过内海文三等缺乏行动力的苦闷知识分子形象，批判了明治日本浅薄的欧化主义。正如作品题名《浮云》所象征的，当时的"文明"多是浮于表面的浅薄之物。二叶亭四迷的"言文一致"建构在《幽会》和《邂逅》等译文中已经臻于完善，遗憾的是明治时代的人们并不能认识到这些文章所内含的先驱性。《浮云》原本就是在对抗《当世书生气质》的背景下写作的，其中也有一些"戏作"成分，但最终成为对坪内文学论、文学实践在思想性、主体性、人性缺失方面的批判之作。可见，当时亦有"思想"，且"思想"呼声颇高，却是借来之物，大多流于表象。人们高呼自由民权口号，却没有意识到需要进行"人的现代变革"。二叶亭四迷发现了其中的矛盾，意识到需要进行根本性的变革，需要与时代进行对决。但这在明治时代注定是不可能的，就像二叶亭四迷自身一样，他亦无法游离于"时代"之外，有学者敏锐地指出了其殖民主义思想色彩：

> 二叶亭四迷是比较早地把"大陆志向"作为情节因素引进小说叙述中来的作家，距《浮云》发表近20年后问世的《面影》，实际上又开了近

---

① 指三游亭圆朝(1839—1900)，单口相声表演者。

② 宫崎梦柳、矢野龙溪、坪内逍遥、二叶亭四迷『現代日本文学大系 1 政治小説 坪内逍遥 二葉亭四迷集』(筑摩書房、1971年)372ページ。

代日本小说另一流脉的先河。到了 20 世纪 30 年代……一些为配合军国主义侵略政策而倡导所谓"开拓文学"的日本作家，把二叶亭四迷引为先驱，虽然不无牵强附会、为己所用之嫌，但也并非全无缘由。①

在日本现代文学草创期，二叶亭四迷广泛学习国内外的文学资源，尤其学习了俄罗斯文学的诸多经验，从思想、文体等诸多方面进行了有意识的探索，推出了具有划时代意义的作品，第一次塑造出"多余人"的形象。但正如他在《予之半生忏悔》中所表明的，他本人无法割舍"干一番大事业的野心"②，这使其文学天赋与其"殖民主义冲动"之间形成了一种充满矛盾的张力，其终结于孟加拉湾"海上"的生命亦染上了一抹"浮云"般的悲剧色彩。

---

①　王中忱：《殖民主义冲动与二叶亭四迷的中国之旅》，《日本学论坛》2001 年第 1 期，第 16 页。

②　宫崎夢柳、矢野龍溪、坪内逍遙、二葉亭四迷『現代日本文学大系　1　政治小説　坪内逍遙　二葉亭四迷集』(筑摩書房、1971 年)386ページ。

第五章　拟古典主义与浪漫主义

　　明治二十年(1887)以后,自由民权运动基本结束,社会上开始出现反思明治维新以来的欧化政策的声音。明治维新以来的欧化浪潮以 1883 年至 1887 年间鹿鸣馆①全盛时期为顶峰,此后逐渐走向式微,国粹主义开始抬头。与此同时,以尾崎红叶为核心的拟古的砚友社文学日趋繁荣,幸田露伴文学的本质亦与砚友社文学一致。由于这两股势力的出现,小说开始走向民众,这与此前主要面向精英的政治文学、翻译文学不同。与此同时,坪内逍遥、森鸥外的评论活动亦相当活跃,文学现代化的脚步并未停止。

　　明治时代的浪漫主义以自由主义、基督教精神,以及英国和德国的浪漫派文学译介为基础。明治六年(1873),基督教在日本得到解禁,各地建成教会学校。至 1887 年前后,教会学校的女生人数达到三千人以上。《新约全书》于 1880 年被译成日语,《旧约全书》于 1887 年被译成日语,这些平实典雅的译文吸引了众多年轻人。赞美诗也作为西诗开始引发媒体的关注。北村透谷(1868—1894)就是在这种基督教文化背景下进行新文学开拓的代表人物,但基督教伦理无法排遣其人生苦恼,怀疑和彷徨挥之不去。尽管如此,北村透谷及其《文学界》(1893—1898)成员仍是为"人的现代化"进行探索的先驱者。18 世纪末至 19 世纪前半期,西方浪漫派文学风靡整个欧洲,其译介促进了岛崎藤村、土井晚翠、与谢野铁干等创作的抒情诗及文言象征诗等新体诗的流行。不过,日本并未原样照搬浪漫派文学。明治浪漫主义与古典主义混杂在一起,显示出日本在接受外国文化时的特点及局限性。例如,泉镜花向尾崎红叶学习了精雕细琢的文章表现力,他通过神秘、梦幻世界描写浪漫的憧憬,这在西欧文艺史看来是不可思议的。浪漫主义文学追求超越现实,与诗歌更为契合。所以,最终与谢野铁干、与谢野晶子等《明星》(1900—1908)派诗人形成了日本浪漫派的巅峰。

---

　　① 　1883 年建成,由英国设计师设计的西式建筑,用于接待外国使节,时常举办西式舞会等,希望以此媚外方式达到修改不平等条约的目的,是日本欧化主义全盛期的象征,有鹿鸣馆外交、鹿鸣馆时代之称。1887 年条约修改目的未达成,鹿鸣馆外交走向式微。名称典出中国《诗经·小雅》"鹿鸣"篇。

第一节 砚友社和红露时代

三宅雪岭、志贺重昂、杉浦重刚等于 1888 年建立政教社，并以《日本人》(1888—1906)杂志为中心，成为宣扬国粹主义的核心力量，他们在政治上宣扬保守的国权主义，在文化上积极倡导保护文物，复兴国文学，风靡一时，响应者众多。美国人费诺罗萨、冈仓天心等人成为古代美术保护事业的中坚力量，国文学方面亦出版了《日本文学全书》。与此同时，明治政府颁布了宪法(1889)，设立了国会(1890)，政治方面亦趋于安定。这时期的国粹主义风潮代表着国民意识的觉醒，而国权意识、民族意识正是现代国家的基础。在小说创作方面，继承江户传统的红露文学登上文学舞台，其中以尾崎红叶为核心的砚友社文学盛行一时。

明治十八年(1885)，尾崎红叶与山田美妙、石桥思案、丸冈九华等创办砚友社，当时他们还是东京大学预科生，所谓"砚友"有永远是朋友之意。砚友社的成立象征着日本"文坛"的正式出现。有同人杂志《我乐多文库》，这亦是日本文学史上的第一份纯文艺杂志。1903 年 10 月，砚友社因尾崎红叶的去世而解散。砚友社的主要成员还有广津柳浪(1861—1928)、川上眉山等，泉镜花、德田秋声(1971—1943)、田山花袋等著名作家皆由砚友社走上文坛。砚友社表面上看似复古，但在强调文学的自主性和非功利性方面与坪内逍遥的写实主张一脉相承。这批青年作家与当时还在继续创作的"戏作者"们无关，他们的文学实践在本质上是对坪内逍遥写实主义理念的回应，是在文学的美学属性及非功利主义基础上的古典复兴运动。

山田美妙是砚友社最早成名的作家，亦是日本"言文一致"运动的先驱者之一，其成名作《武藏野》(1887)以日本南北朝时代的历史展开描述，亦是其探索"言文一致"文体的实践之作，与二叶亭四迷的《浮云》并列，被认为是日本"言文一致"运动的发端之作，获得了广泛的好评，他由此确立了自己的文坛地位。在此需要指出的是，国木田独步亦创作过同名作品《武藏野》(1898)，但后者在文体方面有了更大的进步，已运用相当流畅的现代文体。山田美妙的另一篇代表作《蝴蝶》(1889)描写了平安末期的壇浦悲剧，其"言文一致"文体仍然带着古典的韵味，与二叶亭四迷采用的平实的表述方式不同。山田美妙还在《女学杂志》(1885—1904)、《国民之友》(1887—1898)等杂志上不断发表评论文和小说，成为当时著名的文化人，这为他主持《都之花》(1888—1893)杂志奠定了基础。他才华横溢，但精力分散，并未留下超越时代的经典之作。

尾崎红叶，生于江户，东京大学国文学专业中途退学。还是东京大学预科生时，便与山田美妙等创办了砚友社，并创办了《我乐多文库》杂志。《我乐多文库》最初采用手抄本形式，只在砚友社成员之间传阅，后印刷出版。1888 年，已经成名的山田美妙毅然脱离砚友社,创办了《都之花》杂志,这是日本最早的商业性文艺刊物,亦是明治二十年代(1887—1896)最引人注目的文艺杂志,《我乐多文库》受其挤压,无奈停刊。尾崎红叶将短暂的一生都奉献给了小说创作事业,一直到明治三十年代(1897—1906)中期,他都是日本小说界的风云人物。其于1903年去世成为日本文学史上的象征性事件,标志着日本小说从砚友社时代转向自由主义文学时代。尾崎红叶的早期作品明显模仿井原西鹤文体。其文学特点是用吸引人的情节和精致的文章表达人物的情感,在国粹主义流行时期,令读者有耳目一新之感,尤其他那带有俳文色彩的文体受到了广泛的好评。尾崎红叶于1889年进入读卖新闻社,成为《读卖新闻》文艺专栏的核心人物,他此后的诸多作品都发表在该报刊上。1895年,尾崎红叶受到《源氏物语》"桐壶"卷的启发,开始尝试心理描写,创作了《多情多恨》(1896)等作品。1897年1月开始在《读卖新闻》上连载《金色夜叉》(1897—1902),作品以中日甲午战争后的日本社会为背景,以贯一与阿宫这对男女主人公的视角,描写了金钱与恋爱的纠葛,可谓是一部规模庞大的社会小说,受到了空前的欢迎,但长期的辛勤创作影响了他的健康,作品还未写完便英年早逝,年仅三十七岁。《金色夜叉》揭示了资本主义社会金钱至上的功利性,虽是未完之作,却是其长篇小说的代表作,亦是明治时代具有纪念碑意义的作品,其艺术性与通俗性的完美结合是此后的自然主义文学所无法企及的。尾崎红叶生前对门下弟子爱护有加,把诸多青年作家送上了文坛,泉镜花、田山花袋、小栗风叶、德田秋声等著名作家均出自其门下。田山花袋曾在《尾崎红叶及其文学》(1912)中追忆道:"砚友社是当时最团结的团体,红叶和大家亦师亦友,同甘共苦。他有充分的领导权威和才华,也能为后辈尽心尽力。其门下秀才云集,这不仅因为其名声,还因为他能竭力地为这些秀才广开门户。"[①]关于尾崎红叶的创作态度,田山花袋还指出:"他在文体和文章方面苦心孤诣。雅俗折中、叙述与对话的关系、言文一致等等,他在报上发表小说时,总是会做一些创新,当今小说文体和文章的发达,其贡献可谓甚大。"[②]其实,不仅尾崎红叶,这亦是砚友社文学在日本现代文体、文章方面的贡献。

　　明治二十年代(1887—1896)的日本文学界有"红露时代"之称,即与尾崎红叶文学齐名,幸田露伴亦受到了广泛的欢迎。在红露文学中,一般把幸田露伴文学称为理想小说,把尾崎红叶小说称为写实小说。幸田露伴生于江户的一个殷实家庭,幼名铁四郎,本名成行,别号蜗牛庵等,第一届文化勋章获得者。六岁开始在私塾接受汉学教育,最早诵读的课本是中国经典《孝经》。十四岁时,入东京

---

　　① 尾崎紅葉、廣津柳浪、内田魯庵、齋藤緑雨『現代日本文学大系　3　尾崎紅葉　内田魯庵　広津柳浪　斎藤緑雨集』(筑摩書房、1970年)383ページ。

　　② 同上,第381页。

英语学校学习,一年后退学,这年夏季赴千叶上总旅行,用汉文写成《上总游记》,这是他创作的第一篇长文。十六岁时,创作了汉文小说《开郁记》(1883),遗憾的是手稿丢失了。后毕业于电信修技学校,曾在北海道担任电信技师,因受坪内逍遥《小说神髓》的影响,立志走文学之路,于 1887 年辞职返回东京,1889 年发表处女作《露团团》,同年又发表了《风流佛》(1889),这是其成名作。此后他又接连创作了《缘外缘》(后改名为《对髑髅》,1890)、《一口剑》(1890)、《五重塔》(1891—1892)等诸多作品。其作品多描写雕刻匠、木匠等男主人公对精湛工艺的追求,讴歌了植根于传统的匠心或匠人气质,营造了一种独特的文学世界。因其主人公多为男性,其文学便有了“男子汉文学”之称。他还创作了描写中国永乐帝的史传小说《命运》(1919)等,展现了广阔的历史视角。幸田露伴在传统儒释道文化方面造诣深厚,其作品扎根于东方传统,对现代物质文明进行了深刻的批判,为读者提供了一种相对化的文明视角。在自然主义之风狂吹之际,幸田露伴逐渐转向史传、考证、随笔等领域,保持着传统的理想主义文化色彩,留下了《芭蕉七部集评释》(1947 完成)等著作。臼井吉见(1905—1987)在《幸田露伴之死》(1947)中如此评价其《芭蕉七部集评释》:

> 他在这项工作中发现了将其观念性的浪漫主义资质,以及包含在这种资质中的儒教精神和佛教的达观,以及老庄的虚无感,更将基于其广博的阅读积累起来的国文学、中国文学、江户戏作、狂言、俳谐等知识储备得以自由发挥的唯一合适之处。……七部集为其提供了一个虚构的世界。由此意义而言,1924 年春,《冬之日抄》刊行以来,一直到其生命最后时刻完成的七部集评释是其最高的文学成就。我想称七部集评释为文学,而且是露伴文学的巅峰。①

臼井吉见指出了幸田露伴的思想、文化背景,即东方儒释道文化背景。这与其自幼接受的汉学教育密不可分。其成名作《风流佛》中将开篇段落题名为“如是我闻”,这是援用佛经的开篇方式,将传统神韵导入现代小说之中,其文化意义值得探讨。这篇小说的其他篇目分别为“如是相”“如是体”“如是性”“如是因”“如是作”“如是缘”“如是报”“如是力”“如是果”“如是本末究竟”,终篇为“诸法实相”,均援用佛经的表述方式。所谓“诸法实相”是佛法三乘菩提的核心,指自心藏识的实际情况,《法华经·方便品》有“唯佛与佛,乃能究尽诸法实相”。幸田露伴与夏目漱石(1867—1916)同年出生,学界长期关注夏目漱石文学,但幸田露伴文学中亦蕴含着诸多值得挖掘的东方文化记忆。

---

① 　幸田露伴『現代日本文学大系　4　幸田露伴集』(筑摩書房、1971 年)398ページ。

第二节　森鸥外及其浪漫主义开拓

森鸥外是陆军军医(军医总监)、文学家,生于石见国(今岛根县),是家中的长子,原名森林太郎,号鸥外渔史、观潮楼主人、归休庵等。森家代代是藩主龟井家的私人医生。森鸥外从五岁开始接受汉学启蒙,学过"四书五经"及《国语》《史记》《汉书》等,九岁时还学过荷兰语,十三岁阅读《古今和歌集》《唐诗选》,十九岁毕业于东京大学医学部,后任陆军军医,1884年赴德国学习卫生学,1888年学成回国,任陆军军医学校及陆军大学校教官。自德国回国后,森鸥外一边从事教官工作,一边与落合直文等人组成新声社,于1889年共同翻译西欧诗集《面影》(《国民之友》1889年夏期附录),首次将欧洲近代抒情诗引入日本文学,其中收录了歌德、拜伦等的诗作,促进了日本新体诗的发展。1889年10月,他用译诗集的稿费创办了日本最早的文学评论专刊《栅草纸》,积极译介外国文学,撰写美学、戏剧、美术方面的评论文,致力于西方文艺思想的移植,并与坪内逍遥展开文学论争,为明治文学界吹入了一阵新风,开始在文学界发挥重要的影响力。他从德文版翻译的安徒生的长篇小说《即兴诗人》(1892—1901),亦以典雅的拟古文体、富于诗意的恋爱故事受到了广泛的好评,被盛赞为超越原作的名篇。其翻译集《水沫集》(1892)、评论集《月草》(1896)等是确立文学标准之作。森鸥外除主持《栅草纸》等杂志外,还在《读卖新闻》《国民之友》上不断发表文章,是砚友社时期最重要的非主流作家,对当时的青年产生了重要的影响。森鸥外终其一生都是当时日本最先进的知识精英,却从来不与所谓新思想苟合,基本上保持着文化保守主义者的形象,与夏目漱石并列为明治文学双璧。

《舞姬》是森鸥外的小说处女作,执笔于留德期间,主人公以手记的形式回忆自己的留德经历。主人公太田丰太郎在留德期间,与舞女埃丽丝相爱,但为了保住官位,他不得已抛弃了已有身孕的埃丽丝,独自踏上了回国之路,埃丽丝陷入疯狂之中。《舞姬》以典雅的文言体,浪漫抒情的笔触,催人泪下的跨国悲恋,令人耳目一新的异域风情,使森鸥外美名远扬。于是,作者又接连发表了《泡沫记》(1890)和《信使》(1891)。《泡沫记》以巴伐利亚国王德维希二世溺水死亡事件为背景,唯美地描写了日本画家与德国少女玛丽之间淡淡的恋情,亦传达了人生如泡沫的无常感。《信使》以留洋归国的军官讲述留学体验的方式展开,故事舞台仍是欧洲。这三篇作品的创作灵感均来自作者的留德经历,被称为"德国三部曲",是日本浪漫主义文学的早期作品,尤其《舞姬》被誉为日本浪漫主义文学的先驱之作。可以说,在江户之风劲吹的砚友社时代,森鸥外以浪漫唯美的笔触描写了充满异国情调的青春惆怅,开启了日本浪漫主义文学的先河。

《舞姬》与《浮云》一样,亦触及了明治知识分子的生存方式,分别从浪漫主义和写实主义立场出发,描写了明治青年的悲剧,与《浮云》一起成为日本现代小说诞生的象征之作。太田丰太郎为了顺应社会而丧失了内心的准则,给自己的心灵带来了难以愈合的痛苦。实际上,这亦是明治知识分子的命运,夏目漱石、永井荷风及自然主义作家们亦从不同的角度揭示了这个问题。《舞姬》是森鸥外文学的代表作之一,作为明治时代的青春之作,至今仍然拥有不少读者。

作为文学评论家,森鸥外还积极参与各种文学论争,其中最著名的是与坪内逍遥之间展开的"没理想论争"。1891 年 9 月,森鸥外在《栅草纸》上连载评论文《山房论文》,批判坪内逍遥的写实主义论,针对坪内的"没理想"观点,森鸥外以哈特曼的美学理论为依据,明确提出了理想主义观点。这次论争持续了将近一年时间。其文学史意义在于,在日本现代文学草创期,文学论争不仅有助于梳理文学思想,对有志于文学事业的青年亦产生了重要的影响,使他们获得了深入思考文学命题的契机。论争双方的区别主要表现在如何表述这一点上,逍遥倾向于写实主义立场,森鸥外则以浪漫主义为出发点。

森鸥外以浪漫风格开启了小说创作之路,后来逐渐转向知性客观的风格,《雁》(1911—1913)是这方面的代表作,作品描写阿玉与医学部学生冈田之间不可能成就的爱恋之情,其中依稀可见作家本人与爱丽丝之间的情感挫折。1912年 7 月明治天皇驾崩,9 月乃木希典夫妇殉死。这次事件强烈地冲击了森鸥外,他在事件发生数日后,便以殉死事件为素材创作了第一部历史小说《兴津弥五右卫门的遗书》(1912),翌年又发表了另一部历史小说《阿部一族》(1913),其文笔活动由此发生转向,晚年主要写作历史小说、史传体作品等,有《山椒大夫》(1915)、《高濑船》(1916)、《寒山拾得》(1916)、《涩江抽斋》(1916)、《伊泽兰轩》(1916—1917)、《北条霞亭》(1917)等作品,其中《涩江抽斋》《伊泽兰轩》《北条霞亭》有"史传三部曲"之称,亦是江户末期儒者的传记,这成为森鸥外文学的归结点。

正如森鸥外文学的历史转向所表明的,森鸥外对社会世相一直保持着高度的敏感。例如,进入明治时代后,日本新女性诞生,森鸥外亦创作了一系列以女性为主人公的作品,其中《鱼玄机》(1915)描写中国晚唐女诗人鱼玄机富于才情而短暂悲惨的一生,作家由此介入了新女性这一话题。然而,从鱼玄机的女道士身份亦可见森鸥外对中国道家文化的浓厚兴趣。也许为了证明作品或作家本人的汉学功底,森鸥外在作品结尾处罗列了创作该作品时的参考文献,且看如下文献名录[①]:

---

①　森鸥外『鴎外選集　第 7(魚玄機)』(東京堂、1949 年)227−228ページ。

其一　鱼玄机

三水小牍	南部新书
太平广记	北梦琐言
续谈助	唐才子传
唐诗纪事	全唐诗（姓名下小传）
全唐诗话	唐女郎鱼玄机诗

其二　温飞卿

旧唐书	渔隐丛话
新唐书	北梦琐言
全唐诗话	桐薪
唐诗纪事	玉泉子
六一诗话	南部新书
沧浪诗话	握兰集
彦周诗话	金筌集
三山老人语录	汉南真稿
雪浪斋日记	温飞卿诗集

　　山崎一颖在《〈鱼玄机〉论》一文中，通过大量文献考证指出森鸥外实际参照的文献并不多，[1]但这并不影响由此文献名录了解作者的汉学兴趣。作品亦收录了鱼玄机的一些诗作，这使得作品呈现出散韵相间、日汉混合的多元文体特色，显示了作家广博的学识。森鸥外在作品中还着力刻画了温庭筠的性格，其中一段描写当朝宰相令狐绹询问温庭筠一个典出《庄子》的故事，温庭筠的回答傲气十足："故事典出南华，并非僻书，相公闲暇时，也应该好好读读。"[2]看似不经意的一句话，亦可见森鸥外对《庄子》一书的推崇。

　　《寒山拾得》是森鸥外五十五岁时的作品，被认为是森鸥外历史小说代表作之一，是继《鱼玄机》之后的又一部中国题材作品，其中亦有着鲜明的社会、时代意识。中国民间相传唐代天台山国清寺隐僧寒山和拾得分别是文殊菩萨和普贤菩萨的化身，有"和合二仙"之称。森鸥外的《寒山拾得》描写台州太守闾丘胤受丰干指点，慕名前来国清寺寻访寒山和拾得，当闾丘胤毕恭毕敬地礼拜并自报家门"我是朝仪大夫、使持节、台州主簿、上柱国、赐绯鱼袋闾丘胤"时，寒山甩出一句"丰干饶舌！"，便与拾得携手狂笑而逃，最终杳无踪迹。这是森鸥外临近退休时的作品，作者通过闾丘胤与寒山拾得这组人物形象，表达了自己追求超越的心

---

[1]　山崎一颖「『魚玄機』論」（『国文学研究』29号、1964年、108ページ）。

[2]　森鸥外『鴎外選集　第7（魚玄機）』（東京堂、1949年）213ページ。

境,这是寒山、拾得听到闾丘胤自报一长串官衔时面面相觑、狂笑而逃的原因。濑里广明在《露伴与鸥外:观画谈与寒山拾得》一文中指出这是"用文学形象化地表达了人的悟境。这些作品一直沉积在鸥外的无意识大海中,现在显现为东洋式的悟境"①。这是颇有见地的观点。

　　事实上,森鸥外在交代了闾丘胤参访国清寺的缘起后,即笔锋一转,开始谈论"世人对待道或宗教"的三种态度,其内容是对《道德经》"上士闻道,勤而行之;中士闻道,若存若亡;下士闻道,大笑之。不笑不足以为道"的演绎。原文仅三十六字,作者却演绎出六百余字,占到作品近十分之一的篇幅,可见在过了知天命之年,即将退休之际,森鸥外似乎对东方传统的"道"有了一些感悟,可以说他通过寒山拾得这组隐僧形象提出了一种超越的人生范式,这在当时的日本显得尤为可贵。正如《寒山拾得》所显示的,森鸥外历史小说的重要特点是对求道主题的探索,致力于挖掘传统精神的闪光点。例如,《高濑船》涉及安乐死的问题,实则描写了一位头顶仿佛放出豪光的"有道者"的形象。《寒山拾得》为日本现代文学提供了一种表述东方的范式,此后芥川龙之介、井伏鳟二(1898—1993)、冈本加乃子等作家均创作了同名作品。

　　1910年发生"大逆事件",幸德秋水等十二名社会主义者被判处死刑。此后,明治政府建立起专门监视进步人士的"特别高等警察",白色恐怖笼罩了整个日本,森鸥外亦接连创作了一系列相关作品,如《沉默之塔》(1910)、《食堂》(1910)、《妄想》(1911)、《呃逆》(1912)、《锤一下》(1913)、《大盐平八郎》(1914)等,这些作品亦展现了明治思想的变化轨迹。森鸥外在随笔《沉默之塔》的结尾处写道:

　　　　无论艺术还是学问,在帕西人因袭的目光看来,肯定都是危险的。究其原因,任何国度、任何时代,开拓新道路者的背后,必然有一群反动者在窥探,并伺机迫害。只是由于国家和时代不同,借口有所不同。危险的洋书也不过是个借口罢了。②

　　在"大逆事件"发生后不久,森鸥外便嘲讽了明治政府镇压社会主义者的行径。森鸥外对社会世相的敏感与其作为高级军官的身份不无关联。作为一名高级军官,伴随着明治日本的对外扩张,森鸥外的职业生涯亦烙上了鲜明的战争烙印。1894年中日甲午战争爆发,森鸥外以中路兵站军医部长身份赴战场,《栅草

　　①　濑里广明「露伴と鸥外　観画談と寒山拾得」(『語文研究』9号、1959年、43ページ)。
　　②　森鸥外『現代日本文学大系　7　(森鸥外集　第1)』(筑摩書房、1969年)276ページ。

纸》杂志因此停刊,[①]10月任第二军兵站军医部长。1895年4月晋升为陆军军医监,5月回国,紧接着又以军医身份赴中国台湾镇压抗议活动,不久出任台湾总督府陆军局军医部长,10月回国,再次出任陆军军医学校校长职务。1904年,日俄战争爆发,3月以第二军军医部长身份出征,在广岛作《第二军歌》,此后以"诗歌日记"的形式创作战地诗歌,1906年1月回国,获授勋章。1916年4月森鸥外从部队退休时,第一次世界大战还在进行之中,翌年11月苏维埃政府成立,1919年第三国际成立。作为一名时代的引领者,森鸥外是怎样在其文学中表现这些问题的呢? 这亦值得关注。森鸥外还曾于1917年出任帝室博物馆总长兼图书馆馆长。终其一生,森鸥外在日本文学领域进行了诸多开拓性的工作。在自然主义盛行时期,他亦始终站在反自然主义的立场上,建构着自己的知性文学世界,对后世日本文学影响甚大,木下杢太郎、永井荷风等作家就直接继承了其艺术血脉。

就这样,森鸥外从初期的浪漫风格,逐渐转向客观知性的风格,其文体亦从优美的雅文体逐渐转向简洁明了的口语体。晚年作品多用汉语词汇,文体苍劲有力。历史小说、有关江户儒者的史传体小说创作,可谓是这位受到西方文化洗礼的先行者的东方回归之举。森鸥外在这些史传体小说中,采用古典文体,成功地再现了江户儒者的生活,显示了他作为学者和作家的才华,他本人亦成为日本现代史传体小说的开拓者。他在史传体代表作《涩江抽斋》的开篇处引用主人公的诗作:"三十七年如一瞬,学医传业薄才伸。荣枯穷达任天命,安乐换钱不患贫。"这亦是森鸥外本人在晚年所持有的心境,通过历史、汉诗进行的表述中隐含着其深刻的东西方文化观。

第三节 《文学界》与樋口一叶文学

在明治二十年代(1887—1896)的日本思想界,国粹主义、欧化主义、基督教启蒙思想等均发挥着影响力。国粹主义的重镇是三宅雪岭、志贺重昂、杉浦重刚等的政教社,有杂志《日本人》,主张强硬的对外政策,批判浅薄的西方模仿,掀起了重新认识日本传统文化的风潮,在费诺罗萨、冈仓天心的努力下,传统美术得以保护,文学领域亦出版了《日本文学全书》。德富苏峰(1863—1957)的民友社则提倡欧化主义,标榜平民思想,所属杂志《国民之友》是当时著名的综合期刊,其文艺栏目刊载大量小说。岩本善治主办的《女学杂志》致力于女性启蒙,具有鲜明的基督教色彩,文学色彩亦相当浓厚。由《女学杂志》派生出的《文学界》杂

---

① 森鸥外于1896年又创办《目不醉草》杂志,"三人冗谈""云中语"栏目的新作评论具有相当的影响力。

志继承《女学杂志》的基督教色彩,成为日本浪漫主义运动的正式起点,其成员大都受过基督教洗礼,希望建立以基督教为媒介的自我。

《文学界》创刊于明治二十六年(1893)1月,以北村透谷、岛崎藤村、星野天知、平田秃木等人为核心,此后马场孤蝶、上田敏、田山花袋、樋口一叶(1872—1896)等亦成为投稿者,与砚友社文学形成了对抗的态势,引领了日本早期浪漫主义思潮。该团体的主要成员大都信奉基督教。由于受过宗教的洗礼,他们对人生和文艺的思考颇为深入。他们积极学习西欧文艺知识,对中世纪文艺抱有浓厚的兴趣,认为与其关注细节问题,不如以真诚的态度将自己最痛切的问题意识表达出来。他们的作品主观色彩浓重,但在诗歌和评论方面有着不俗的表现。

北村透谷是《文学界》的早期理论指导者,他在思想上主张彻底的自由主义,认为砚友社文学过于肤浅,希望以传世之作超越砚友社文学。针对《国民之友》宣传的功利主义思想,北村透谷从艺术自律性和超越性立场出发,写作了《何为干涉人生》(《文学界》第2期),与民友社的山路爱山展开了论争。其《厌世诗家与女性》(1892)、《内部生命论》(1893)等评论文揭露了自我闭塞的时代现状,号召人的主体觉醒。受自由民权运动的影响,北村透谷从少年时代开始就关注政治问题,曾入读东京专门学校(今早稻田大学)政治科,后转入英文科。其长诗《楚囚之诗》(1889)、诗剧《蓬莱曲》(1891)、小说《我的牢狱》(1892)等作品大都基于其个人体验,反映了由神性与人性的冲突所引发的痛苦,作者在日本传统和基督教一元论思想的夹缝中生出无尽的孤独和绝望之情。《蓬莱曲》的主人公以一个漂泊旅人的形象出现,现世令他窒息,他呻吟着逃往蓬莱山,但那里亦是恶魔横行的世界。作品第一幕开篇写道:"乌云,请你留条缝隙,指路的星星,请你露出面容。就是你这座灵山曾经日夜安慰我这漂泊的浮萍。为何今夜我来到你的脚下,却不见你的青峰?悲痛呵,痛不欲生。"①就这样,北村透谷徘徊在众神与一神、人性与神性、东方与西方之间,找不到答案,年仅二十七岁便自杀了。《蓬莱曲》的中文版译者指出:

> 日本近代作家命运多舛,而北村透谷的命运可谓是第一大悲剧。他以充满追求与悲哀的年轻生命,做了"死"的先驱,在日本近代文学史上立下了第一座象征着时代苦闷的墓碑。北村透谷的文学活动时期是在明治二十年代,他的文学生涯总共不过五年有余(1889年至1894年),但留下的文字却充分显示了他对明治社会的非凡洞察力和勇敢的批判精神。他对人生的关注是独特的,他对文学的探讨是忠诚、艰难的,以此构成了颇具特色的"透谷文学"。诚如透谷的崇拜者——日本

---

①　北村透谷:《蓬莱曲》,兰明译,上海译文出版社,1985年,第5页。

近代文学的主将之一岛崎藤村所说,这里的财富是"掘之弥多"。[①]

《文学界》杂志延续了大约五年时间,相关成员多为青年,他们希望创作出以基督教及西欧文学为底蕴的新文学,其浪漫主义探索在日本现代文学史上具有开拓意义。《文学界》最初由北村透谷的评论引领。如何用小说的方法把形而上的关怀表述出来是一项颇为艰巨的任务,这也许是岛崎藤村迟迟不能进行小说创作的原因。在此需要指出的是,明治时代最著名的女作家樋口一叶亦与《文学界》关系密切,她从无名时代开始就在《文学界》上发表小说,先后发表过《雪日》(1893)、《琴音》(1893)、《花笼》(1894)、《暗夜》(1894)、《大年夜》(1894)、《青梅竹马》(1895—1896)等作品,获得了"当代紫式部"的称号,成为与泉镜花齐名的新进作家。

樋口一叶生于东京,是家中的次女,排行老五,本名夏子。父亲曾经从事金融和不动产生意,小时候家境富裕,七岁开始阅读草双纸,十二岁时因母亲认为女子不应接受过高教育而退学,这应是其人生受到的第一次挫折。她接着开始学习和歌和缝纫,十五岁时进入中岛歌子的荻舍学习和歌、书法等。此后,不幸接踵而来。十六岁时长兄去世,她代替长兄成为户主,十八岁时父亲破产,很快去世,家境一落千丈,已订婚的对象也因其家境困顿而与她解除了婚约,这成为她内心巨大的创伤。二十岁时,经和歌学习班同学的介绍,向《朝日新闻》的小说记者半井桃水学习小说创作。自从在荻舍学习和歌以来,樋口一叶喜欢阅读《古今和歌集》《新古今和歌集》《伊势物语》《源氏物语》《枕草纸》《徒然草》等作品,满怀着王朝物语的梦想,所以她最初提交的草稿并不合半井桃水的心意,其原因是文章过于典雅,完全没有报刊需要的通俗、大众气息,她因此苦恼,并开始认真地思考人生、文学问题,开始将自己痛苦的内心诉诸笔端。

樋口一叶走上文坛时,正是红露文学盛行时期。樋口一叶的文学生涯不过是从1892年至1895年的短短四年时间,而1893年仅发表两篇,1894年仅发表三篇,可以说这两年几乎处于休整状态。作为一名天才作家的创作活跃期,仅是1892年走上文坛那年,以及1895年生命结束那年,一共不过短短十四个月,被称为"奇迹般的十四个月"。樋口一叶在这两年休整期内,似乎对女性问题进行了深刻的思考。以这两年休整期为界,可以把樋口一叶文学分为前后两个时期,这两个时期的文学风格变化极大,由此可见其勤奋努力。具体而言,樋口一叶于1892年发表了七篇作品,分别为《暗樱》《玉楼》《晚霜》《五月雨》《经文几案》《埋没》《晓月夜》,还未形成自己的风格。《浊流》《青梅竹马》《十三夜》《岔路》《自焚》等代表作均发表于1895年,这些代表作在形式和内容方面均显示出鲜明的独创

---

① 北村透谷:《蓬莱曲》,兰明译,上海译文出版社,1985年,第157页。

性,对日本女性的地位有了明晰的认知,亦开始表现出一定的反抗意识。在面对人生困境时,前期作品中的女性人物大都只会以泪洗面或采取自杀行为,但后期作品中的女性们开始发出绝望的呼喊声,樋口一叶文学由此成为日本旧式女性的"绝望之声",她本人亦成为日本最后一位旧式女性。

樋口一叶文学的独特之处还在于她能将生活感悟完美地融入典雅的文体中,其青春的哀婉、诗意的叙事风格在当时独树一帜。她去世后,除小说之外,还留下了一些散文、诗作,还有自十五岁开始记录的四十多卷日记。人们对这位早逝的才女产生了浓厚的兴趣,她由此成为与北村透谷交相辉映的文学者。这些夭亡的天才亦象征着明治日本社会的极度失衡,但他们给草创期的日本现代文学留下了诸多青春的记忆。《青梅竹马》可以说是一篇吉原物语,以吉原为舞台,描写了女性的不幸和人世的艰辛,作品结尾处写道:

> 在一个下霜的寒冷的早晨,不知什么人把一朵纸水仙花丢进大熏屋别院的格子门里。虽然猜不出是谁丢的,但美登利却怀着不胜依恋的心情把它插在错花橱子上的小花瓶里,独自欣赏它那寂寞而清秀的姿态。日后她无意中听说:在她拾花的第二天,信如为了求学穿上了法衣,离开寺院出门去了。①

上文描写了少男少女青涩的初恋之情,这段青涩的恋情一开始便注定没有结果,因为信如注定会出家,美登利注定会成为青楼女子。作品风格唯美伤感,较好地展现了樋口一叶文学的特点。据樋口一叶年谱显示,②自从她在刚刚创办的《文学界》杂志上发表《雪日》之后,《文学界》的星野天知、马场孤蝶、岛崎藤村、上田敏,以及砚友社的川上眉山等文学者先后来访,大都是谈约稿事宜,可见樋口一叶这颗文坛新星已经受到了一定的关注。1896 年去世那年,更是其文学声望获得广泛认可的一年。那年 4 月,其代表作《青梅竹马》在《目不醉草》杂志"合评"之"三人冗语",即森鸥外、幸田露伴、斋藤绿雨三人的匿名鼎谈栏目中获得了高度的评价,由此确立起她作为当时一流作家的地位,亦象征着文坛由红露时代转向露叶时代的可能性,但因积劳成疾,她当时已经卧病在床,1896 年 11月 23 日终因肺结核不治身亡,时年二十五岁。在其人生的最后一年里,幸田露伴、泉镜花等作家亦曾来访,可见当时文坛对她的热切期待,但她还是脚步匆匆地离去了。相马御风在明治末期撰写的《樋口一叶论》(1910)中评价道:

---

① 樋口一叶:《青梅竹马》,萧萧译,华东师范大学出版社,2014 年,第 252 页。

② 樋口一葉、三宅花圃、若松賤子［ほか］『現代日本文学大系　5　樋口一葉　明治女流文学　泉鏡花集』(筑摩書房、1972 年)476－480ページ。

在明治小说史上,仅以短篇小说获得一流地位的作家,唯国木田独步和樋口一叶,且作品与人生密切相关,几乎无法分离的作家亦唯独步和一叶。在明治小说史上寻求真正符合"天才"二字的作家时,我们亦只能发现独步和一叶。无论时代如何急剧变化,独步和一叶都是难以撼动的,因为他们的根基扎在我们国民精神生活之上,是最值得尊敬的作家。①

明治时代已有较多富家女子开始接受西式教育,由此涌现了一大批女作家,如三宅花圃(1868—1943)、若松贱子(1864—1896)、木村曙(1872—1890)、北田薄冰(1876—1900)、田泽稻舟(1874—1896)、大塚楠绪子(1875—1910)、国木田治子(1879—1962)、森茂子(1880—1936)等,人数并不少,而樋口一叶十二岁便辍学了,她基本上是一个自学成才者,能够在同时代众多女作家中脱颖而出,且跻身明治一流作家之列,实属难能可贵,这与其文学天赋及生活的磨砺密不可分。

第四节　其他浪漫派作家

《明星》以诗歌为中心,继承《文学界》的浪漫风格,极大地推动了日本浪漫主义文学的进一步发展,在自然主义文学盛行时期停刊。《明星》的创刊背景与时代及文学风向密切相关。中日甲午战争后,日本对外贸易急速扩张,棉纱几乎倾销到了中国和朝鲜,军事工业发展迅猛,日本资本主义开始过渡到帝国主义阶段。然而,贫富差距越发严重,社会问题越发深刻,人们开始重新审视明治以来的社会制度、风俗习惯。文学是社会与人生的镜子,时代呼唤能够更加深刻地反映社会与人生的作品。砚友社亦开始关注底层社会,广津柳浪创作了《黑蜥蜴》(1895)、《变目传》(1895)等揭示社会悲惨现状的深刻小说。泉镜花创作了《外科室》(1895)、《夜间巡警》(1895)等拷问社会与个人关系的观念小说。明治时代最畅销的小说——尾崎红叶的《金色夜叉》和德富芦花的《不如归》(1898—1899)所揭示的新旧伦理纠葛等亦与上述作品的问题意识一脉相承。此外,木下尚江创作了《火柱》(1904)、《良人的自白》(1904—1906)等社会主义小说,具有鲜明的人道主义色彩,成为明治时代社会主义文学的代表作,亦是日本社会主义文学的先驱之作,但与当时的主流价值观相左,不久便遭到了禁售处罚,而深刻小说、观念小说等小说类型过于阴暗悲惨。在此背景下,具有浪漫色彩的文学刊物或文学

---

① 樋口一葉、三宅花圃、若松賤子[ほか]『現代日本文学大系　5　樋口一葉　明治女流文学　泉鏡花集』(筑摩書房、1972 年)423ページ。

作品的出现亦是水到渠成之事。在浪漫主义小说的创作方面，泉镜花、德富芦花、国木田独步是这时期值得关注的作家。

泉镜花，本名镜太郎，生于石川县金泽市，父亲是镂金匠，母亲出身传统鼓乐师家庭。十岁时，母亲因产褥热去世，享年二十九岁，这成为泉镜花一生的心灵之痛，亦是其文学的诗意源泉。也许是遗传了父母亲的艺术细胞，泉镜花坚持艺术至上理念，成为日本幻想小说的先驱者。他在十七岁时到东京，十八岁到尾崎红叶门下学习小说创作，以《夜间巡警》《外科室》等观念小说获得了文坛的认可，但他在这时期还创作了《预备兵》(1894)、《海战余波》(1894)、《琵琶传》(1896)、《海城发电》(1896)、《凯旋祭》(1897)等中日甲午战争题材作品，从中可见甲午战时及战后初期日本社会的狂热风潮，还可见作者微弱的反战意识。但即便这微弱之声亦不被允许，《琵琶传》《海城发电》在发表之初便遭到禁刊，未能收录在1940年岩波书店出版的《镜花全集》中，"二战"后才以《泉镜花全集·别卷》形式重见天日。泉镜花从《照叶狂言》(1896)开始建构起独特的幻想世界，《高野圣僧》(1900)是其成名作，亦是最高杰作。此后，他一以贯之地以这种神秘的幻想风格进行创作，接连发表了《春昼》(1906)、《妇系图》(1907)、《和歌灯》(1910)、《日本桥》(1914)、《天守物语》(1917)等。那扎根于传统审美意识、不屈服于世俗的艺术精神使其作品世界异彩纷呈。

《高野圣僧》描写一名青年僧侣在山里女妖家中借宿一夜的故事。青年僧侣在从飞驒前往信州途中，不小心迷路了，好不容易看到一户人家，他请求主人允许借宿一夜，美丽的女主人爽快地答应了，但实际上她是一个女妖，常把留宿的客人带到附近河里洗澡，趁机用魔法把他们变成马、猴子或癞蛤蟆。青年僧侣不知其中有诈，便跟着女妖去河里洗澡，由于他道心坚固，女妖没有下手的机会。第二天，青年僧侣又安全地上路了。作品以典雅的文体、神秘的幻境、浪漫的官能描写成为泉镜花小说的巅峰之作。

泉镜花文学中有许多美丽的女性，《高野圣僧》中的女妖即其中之一。泉镜花常常通过美丽的女性来表现作品的唯美特质，亦通过艺妓来表现江户情调，《妇系图》《和歌灯》《日本桥》就属于这类作品。泉镜花笔耕不辍，一生共创作了三百余篇作品，其诸多作品采用讲故事的方式，由外部空间逐渐导入异空间，展示了用写实主义文体描写非现实世界的可能性。《夜叉池》(1913)描写恋人们在数百年后变成妖怪再会的故事；《天守物语》描写姬路城天守阁的妖怪与凡人相恋的故事。其浪漫的构思多扎根于日本传统民俗，对西方物质文明进行了深刻的反思。就这样，即便在自然主义文学盛行时期，泉镜花亦保持着唯美的浪漫风格，影响了诸多后来的作家，如永井荷风、谷崎润一郎(1886—1965)、芥川龙之介、川端康成、安部公房(1924—1993)等作家都直接或间接地受到其浪漫神思的影响。

德富芦花原名德富健次郎，明治元年(1868)生于九州水俣，是德富苏峰的弟弟，早年入职其兄创办的民友社，为《国民之友》《国民新闻》撰稿，由此开启了创作生涯，但他在相当长的一段时期内都没有什么名气。其兄热衷于政治，两人思想感情日趋疏远。他在青年时代接受过基督教的洗礼，后倾心于托尔斯泰的思想。其第一部长篇小说《不如归》在《国民新闻》连载后，获得了广泛的关注，单行本于 1900 年初在民友社出版，亦反响热烈，出版不到十年，就翻印了一百版，创造了日本文学史上的奇迹。1904 年，《不如归》的英文版以女主人公"浪子"(音 Namiko)之名出版，这是这部作品的第一个外文版。中文版于 1908 年由著名翻译家林纾译出，此后又有不同版本刊出。

《不如归》描写了甲午战争时，为肺结核所苦的弱女子浪子被婆婆扫地出门，不得不与远征战场的新婚丈夫离婚的悲惨命运。正如中文版译者丰子恺所言，这部作品包含的问题很多，"婆媳关系问题、母子关系问题、夫妇关系问题、新旧道德问题、传染病问题、义理人情问题、妇女解放问题等"①，是一部有着丰富内涵的经典之作。《不如归》的丰富内涵还表现在对甲午战事的详细描述方面，这也是林纾等早期译者译介此书的重要原因，他们希望通过《不如归》更加深入地了解甲午战争，以摸索救国救亡之路。《不如归》以甲午战争贯穿始终，其中的战况描述几近于史实，其社会视野颇为宏大，且将社会与家庭、战争与爱情故事融于一体，是一部感人的悲情之作。然而，德富芦花这位托尔斯泰的信奉者仅仅关注了战争给日本民众带来的创伤，实际上还有无数中国士兵战死疆场，他们的家庭亦分崩离析。《不如归》的成功使德富芦花获得了经济和精神的独立，开始摆脱兄长的束缚。此后，他进入了其创作生涯最活跃的时期，他将此前在《国民新闻》上发表的短篇小说、随笔、评论等编辑成册，以《自然与人生》(1900)之名刊出，其基督教色彩及泛神论自然观开启了一种清新的文体，其中隐含着丰富的社会意识，如《海运桥》《国家与个人》等篇目呈现出一定的社会主义色彩，这又使其获得了"自然诗人"的称号。

1906 年 4 月，德富芦花经巴勒斯坦，前往俄罗斯拜见了托尔斯泰，翌年 8 月经西伯利亚回国。受托尔斯泰思想的影响，他于 1907 年 2 月搬至北多摩郡千岁村大字粗谷(今东京都世田谷区粗谷)居住，并购置了农具，开始了晴耕雨读的生活。1910 年 1 月，"大逆事件"发生时，他曾向当时的桂太郎首相等发出求援信。同年 2 月在一高②做了题名为"谋反论"的演讲，对明治政府进行了批判。同年 4 月，他将新建的书斋起名为"秋水书院"，以示其对"大逆事件"的态度。1919 年 1

---

① 德富芦花:《不如归》，丰子恺译，人民文学出版社，1989 年，第 190 页。

② 全称为"第一高中"，日本旧制国立高中之一，曾是东京大学预科，后被并入东京大学教养学部。

月至 1920 年 3 月,与妻子环球旅行,并合著《从日本到日本》两卷(1921)。也许由于德富芦花的创作起步于《国民之友》《国民新闻》的撰稿工作,他与文坛之间一直保持着一定的距离。他自称空想社会主义者,对木下尚江等的日本早期社会主义文学产生了一定的影响,但其社会批判意识并不彻底,这从其"谋反论"所呈现出的激昂的"明治精神"略窥一斑。其代表作还有自传体小说《回想记》(1901)、未完之作《黑潮》(1902)以及与妻子合著的《富士》(1925—1928)等。

国木田独步,生于千叶县铫子,后与母亲一起到父亲的故乡山口县生活。据前田重《国木田独步的秘密》(1947)一文显示,其父亲实际上是其养父,[①]但这是一家人的秘密,亦是国木田独步向父母发誓需要严守的秘密。其幼名叫龟吉,后改名为哲夫,独步是其笔名之一。少年时代喜欢阅读《佳人之奇遇》《经国美谈》等政治小说,曾在神田法律学校、东京专门学校学习英语,在校期间接受了基督教的洗礼,其早期文学因此带上了宗教浪漫色彩。1891 年(二十一岁时)因卷入校内运动而退学,曾返山口县开办私塾,也在东京当过记者,但生活依然迟迟不得安定。1893 年,在德富苏峰、矢野龙溪的帮助下,赴九州大分县佐伯的鹤谷学馆担任首席教员,这期间有机会到阿苏山一带旅行,领略了九州的自然风光,如此体验成为《源叔父》(1897)、《鹿猎》(1898)、《春鸟》(1904)等作品的创作基础。国木田独步属于民友社的作家,和德富芦花一样热爱并讴歌自然。其早期作品受到华兹华斯(1770—1850)、屠格涅夫的影响,具有抒情诗的气质,其唯美的篇章使其与泉镜花、德富芦花一起,成为当时最具代表性的浪漫主义作家。

1894 年中日甲午战争爆发,他毅然返回东京,入职国民新闻社,以随军记者身份赴战场,同年 10 月 21 日至翌年 3 月 12 日,以《爱弟通信》为题,在《国民新闻》上连续二十九次刊载战地报道,"国民新闻记者国木田哲夫"由此获得关注。《爱弟通信》充斥着民族主义气息,但亦透露出旅顺大屠杀的一些信息:

> 爱弟,我第一次看到了"在战争中死去的人"。看到了倒在剑下、死在枪下的人。
>
> 当然,那是清兵。其中一人倒在海岸附近的荒野中,鼻子下留着漂亮的胡子,年龄有三十四五岁,浓眉高鼻,身躯长大,一看可知是个伟丈夫,他仰天躺着,两腿伸着,一手呈直角弯曲,一手放在身侧,腹部露出,眼睛半睁。我直视、审视,且怜然四顾。冻云漠漠、荒野茫茫、天地陆海,俯仰顾望之处,皆是惨淡之色。[②]

---

① 国木田独步、田山花袋『現代日本文学大系　11　国木田独步　田山花袋集』(筑摩書房、1970 年)397—409ページ。

② 国木田独步『国木田独步全集　第 5 卷』(学習研究社、1968 年)80ページ。

　　"倒在剑下、死在枪下"的描述透露出了诸多死亡惨象。可以说,旅顺大屠杀是南京大屠杀的序曲。1895 年 11 月,他在德富苏峰的帮助下结婚,但婚后生活依然不安定,新婚妻子不辞而别,这场婚姻仅仅维持了大约半年时间,便以离婚告终,国木田独步深受打击,立志专心写作,以摆脱失婚之痛,接连创作了《独步吟》(1897)、《源叔父》、《现在的武藏野》(后改题为《武藏野》,1898)等作品,这些早期作品具有抒情诗般的浪漫色彩,通过描写普通人的生活或富于诗意的大自然以寻求心灵的慰藉。国木田独步于 1898 年再婚,后出版第一部作品集《武藏野》(1901),收录《源叔父》《无法忘怀的人们》《鹿猎》等十八篇作品,富于清新浪漫的风格,但当时并未引发关注。此后,他观察人生的视角变得犀利,《牛肉和马铃薯》的创作风格发生了变化,开始描写理想与现实之间的纠葛,以"牛肉"象征现实主义,"马铃薯"象征理想主义。类似的作品还包括《归去来》(1901)、《富冈先生》(1902)、《酒中日记》(1902)、《命运论者》(1903)等。但他对现实的深入挖掘并未止步,此后的创作视角完全褪去了浪漫色彩,开始表现更为严酷的现实,《穷死》(1907)、《竹栅门》(1908)等均描写走投无路的庶民生活,受到了自然主义作家们的赞赏,其作品在其临终前备受关注,他本人亦成为自然主义文学的先驱者。

　　国木田独步从少年时代开始崇拜吉田松阴(1830—1859),又受到基督教和民友社思想的影响。他最初以浪漫主义诗人的形象出现,《武藏野》具有散文诗的性质。在明治文学史上,其浪漫诗人的形象可谓是北村透谷的后继者。在小说创作方面,其抒情诗般的小说受到二叶亭四迷翻译的《幽会》《邂逅》等作品的影响。他一生都徘徊在理想与现实之间,将明治时代的空虚诉诸小说世界中。其文学起点是对大自然的讴歌,但其笔下的自然经过了理性的包装,具有文明批判的性质。继德富芦花的《自然与人生》之后,国木田独步的《武藏野》亦讴歌了大自然,这些作品的相继出版绝非偶然。柄谷行人(1941—　)亦在《日本现代文学的起源》(1980)中,首先从"风景"出发思考了日本现代文学起源的诸多问题,指出:"'风景'在日本被发现是在明治二十年代。当然或许应该说在被发现之前已经有风景的存在了。但是作为风景之风景却在此前不曾存在过。也仅限于这样思考时,我们才可以看到'风景之发现'包含着怎样的多层意义。"①柄谷行人以"风景"为切入点考察日本文学,指出日本在"风景的再发现"中实现了由传统向现代的转变。正如柄谷所言,"风景"在日本明治文学乃至明治国家的形成中具有举足轻重的意义。甲午战争期间,也即柄谷所言"明治二十年代",日本地理学家志贺重昂的《日本风景论》(1894)风靡日本,成为有力的战争宣传工具。这

---

　　①　柄谷行人:《日本现代文学的起源》,赵京华译,生活·读书·新知三联书店,2003 年,第 9 页。

部书不是文学作品,但颇有文学色彩,如开篇"江山洵美是吾乡"①一句,诗意地勾勒出了整部书的核心思想,对此后的日本文学产生了深刻的影响,亦被收录在《明治文学全集》中。作者用比较的视野,以火山等自然景观为切入点,讴歌了日本风景之美,表明日本风景优于中国风景,亦即日本优于中国的观点,其目的在于表明甲午战争的正当性,以鼓舞日本人的斗志。至1904年日俄战争前,这部书重印了十五版之多,可见当时日本狂热的民族主义风潮,亦可见"风景"之于当时日本的重要性。国木田独步的《武藏野》多处引用二叶亭四迷翻译的屠格涅夫作品,学界普遍认为它深受俄罗斯文学的影响,但其与《日本风景论》的关系亦值得关注。首先,作者在文中表明作品酝酿于明治"二十九年初秋至翌年初春",即《日本风景论》出版两年后的1896年。当时甲午战争刚刚结束,但《日本风景论》仍在畅销和不断再版中,对于亲历过甲午战场的随军记者国木田独步而言,《日本风景论》无疑是一部重要作品。此外,《武藏野》中隐含的战争基调亦与《日本风景论》一脉相承。作者在《武藏野》的开篇处写道:"武藏野风貌,今只在入间郡约略遗存。……入间郡'小手指原久米川为古战场。太平记元弘三年五月十一日记载,源平战于小手指原,一日之内交战三十余次'……我想,仅存的武藏野风貌,就在这古战场附近吧?"②《武藏野》中的战争基调,抑或时代基调由此可见。换言之,它与《日本风景论》在时代、战争背景及讴歌"风景"等方面一致,二者的关联性等一系列问题值得进一步挖掘。

---

① 　志賀重昂[ほか]『明治文学全集　37　政教社文学集』(筑摩書房、1980 年)3ページ。
② 　国木田独歩、田山花袋『現代日本文学大系　11　国木田独歩　田山花袋集』(筑摩書房、1970 年)10ページ。

第六章　自然主义与反自然主义文学

1904 年 2 月至 1905 年 9 月,日本与沙俄为争夺中国辽东半岛权益引发日俄战争,战争以沙俄的失败告终。日俄战争后,日本攫取了大量原材料基地和商品市场,经济和工业得以飞速发展,并顺利跻身强国之列,日本民族主义气焰空前高涨,社会思潮亦随之发生变化。盲目崇拜西方的热潮退却,极端国粹主义思想亦不合时宜,时代需要摸索新的方向。在文学方面,明治三十年代(1897—1906)初期就出现了一些照搬自然主义文学理论的作品。自然主义文学是 19 世纪后半期法国作家左拉倡导的文学形式,主张将自然科学的实证精神导入文学,崇尚将人置于遗传与环境中进行科学式的剖析。自然主义是对现实主义的继承和发展,其创作方法依然属于现实主义范畴。日俄战争后,盲目照搬外国的写作方法受到质疑,日本自然主义开始流行,反自然主义文学亦同步出现。

第一节　日本自然主义文学运动

1827 年法国修建了第一条铁路,标志着法国工业化的快速发展。科学技术的进步、巴黎城市的改造与扩张、通信技术的发展等,促使法国资本主义进一步发展。达尔文的生物进化论和斯宾塞的社会达尔文主义极大地改变了人们的思维模式。科技的发展为实证主义哲学的产生创造了条件。奥古斯特·孔德倡导实证科学,科学主义之风盛行。克洛德·贝尔纳的《实验医学研究导论》(1865)强调实验的重要性,有力地促进了生理学和医学的发展。在科学主义背景下,泰纳首次提出实证主义文学理论,认为文学的发展取决于种族、环境、时代三要素,主张文学研究亦需要对这三个方面的材料进行科学分析,为自然主义文学奠定了理论基础。在实证主义哲学和实证主义文艺理论的影响下,左拉逐渐形成自然主义创作理论,其早期长篇小说《泰蕾丝·拉甘》(1867)和《玛德莱娜·菲拉》(1868)便是这种实践之作,其中《泰蕾丝·拉甘》是其第一部自然主义小说。此后,左拉发表《实验小说论》(1880),把生理学导入小说,提出自然主义文学理论,主张用科学方法剖析生理对人的性格和行为的影响。1881 年,左拉发表《自然主义小说家》等论著,进一步完善了自然主义文学理论,成为这个流派的领袖人物。①《卢贡-马卡尔家族》是左拉以巴尔扎克的《人间喜剧》为榜样,费时约二十五年完成的鸿篇巨制,由二十部作品构成,其中代表作有《小酒店》(1877)、《娜娜》(1880)、《萌芽》(1885)、《金钱》(1891)等,显示了其深刻的社会关怀和宏大的社会视野。龚古尔兄弟、莫泊桑、于斯曼与其呼应,随后自然主义传播到国外,成为一种世界性的文学思潮,如意大利真实主义、日本自然主义等,而日本自然主义文学最繁荣的时期是 1906 年至 1910 年间,可谓是一种"战后"文学,即日俄战争之后的文学潮流,代表性作家有国木田独步、岛崎藤村、田山花袋、真山青果、正宗白鸟(1879—1962)、德田秋声、岩野泡鸣等,代表性评论家有长谷川天溪、岛村抱月、相马御风、片上天弦、中村星湖等。

对于日俄战争后的日本作家而言,日本的家族制度与个人主义问题,是当时社会最重要的问题,如何表述家庭与个人之间的对立矛盾成为描绘当时日本现实的重要路径,这也是日俄战争后日本文学的新动向。这时期,日本对俄罗斯文学及北欧文学的译介亦成为一种潮流。俄罗斯文学的现实性及其对人生的揭示引发了日本知识分子的关注。此外,俄罗斯文学致力于探索人生的态度,对于希望摆脱附庸风雅的砚友社文学的日本作家而言,亦极具吸引力。俄罗斯文学中的多余人形象也引发了日本小知识分子的共鸣。二叶亭四迷在俄罗斯文学译介领域卓有成效,他译介的屠格涅夫、高尔基、安德烈耶夫、迦尔洵等的文学作品受到了欢迎。此后,托尔斯泰、陀思妥耶夫斯基、契诃夫、高尔基文学亦不断进入日本,他们与法国的莫泊桑、龚古尔文学等都对日本自然主义文学产生了一定的影响。挪威的易卜生文学亦影响了日本自然主义文学,《玩偶之家》(1879)、《海达·加布勒》(1890)等作品中的妇女解放问题对当时日本知识分子形成了巨大的冲击。

如前所述,《小说神髓》开启了日本写实主义之路,经过砚友社时代的创作实践,至甲午战争前后,日本出现了观念小说、深刻小说、社会小说等小说样式,再经过正冈子规(1867—1902)等的写生文实践,日本写实主义终于得以深化,此时左拉文学开始引发关注,出现了一些在左拉文学影响之下创作的作品,如小杉天外的《初姿》(1900)及《流行歌》(1902)、永井荷风的《地狱之花》(1902)、田山花袋的《重右卫门的最后》(1902),另有小栗风叶等作家的一些作品,将遗传学理论导入创作中,但这些作品缺乏左拉文学的社会性,亦缺乏科学分析的视角,其文学史意义仅限于一定程度地传承了左拉的客观细致的描写方法。此后,日本自然主义主要由岛崎藤村、田山花袋推动发展。

岛崎藤村《破戒》(1906)的出版终于使日本自然主义成为一种文学运动。日俄战争后,后来成为自然主义文学阵地的第二次《早稻田文学》及《文章世界》先

---

①　吴岳添:《法国小说发展史》,浙江工商大学出版社,2019 年,第 198 页。

后创刊,人们希望文学能够更多地表达现实与人生。《破戒》切实地回应了这种要求,在此前流行的社会小说、左拉主义小说中融入了告白的要素,写成了一部富于力度感的佳作。但日本自然主义文学并未沿着《破戒》开辟的写实主义虚构的方向发展,而是沿着田山花袋《棉被》(1907)所展现的告白作家真实体验的脉络发展下去了。岛崎藤村也从其第二部作品《春》(1908)开始创作自传体小说。在评论方面,长谷川天溪等主张放弃理想和价值判断,崇尚无理想、无解决的文学。岛村抱月是第二次《早稻田文学》的主持人,亦是日本自然主义文学旗手之一,他亦强调"真"的重要性,倡导非技巧、非游戏的"本来自然主义",对日本自然主义文学的走向影响深远。

明治小说在自然主义基础之上,发展为大正时期的私小说、心境小说,亦属于必然的走向。在方法论方面,日本自然主义主要关心描写方法。例如,田山花袋的"露骨的描写"或"平面描写"颇为著名,但归根到底仍然属于客观描摹的范畴。日本自然主义文学的代表作,如岛崎藤村的《家》(1910—1911)、田山花袋的《生》(1908)等均以"家"为主题。当时的作家还意识不到国家层面的诸多问题,而将注意力放在"家"上面,"社会性缺失"成为日本自然主义文学根深蒂固的问题。换言之,日本自然主义摒弃了西欧小说的虚构性,在明治日本的社会现实面前,在强调事实和真实的自然主义文学运动时期,作家们只是将"事实"限定在自己及自己的周边,将"真"限定为自己的内面之真,由是摒弃了小说至为关键的"虚构"要素。日本自然主义源于法国自然主义,但二者的真实表述完全不同,法国自然主义更加关注外在的、社会的真实,积极展示社会各阶层的生活画卷。对他们而言,人除生理遗传因素之外,亦是社会、时代的产物,不同的人受社会和时代因素的制约,形成完全不同的人生。所谓人的真实,亦是社会和时代的真实,而这正是日本自然主义文学所缺失的。日本自然主义文学运动不仅仅涉及小说,通过对北欧自然主义剧作家易卜生的译介,日本形成了现代剧运动。与此同时,在诗歌领域影响了白话诗、自由律俳句等。至明治末年,尤其是"大逆事件"之后,日本自然主义文学运动转入低谷。

第二节　日本自然主义小说

日本自然主义文学运动在日本现代小说形成过程中的作用不容低估,它是明治、大正文学特色形成的关键要素,亦将日本写实主义文学推向了高峰。日本自然主义文学全盛期是 1906—1910 年,仅仅四五年时间。如果更加严格,也许仅仅 1908—1909 年的一两年时间。至 1910 年 5 月"大逆事件"发生后,相关的创作和评论均转入低潮。日本自然主义和反自然主义思潮几乎同步出现,象征主义、耽美主义等反自然主义思潮进入日本时,都经过了自然主义的阐释,可以说是同一思潮的两个不同侧面。这从日本自然主义作家多为浪漫主义诗人转型而来这点可知,这亦使得日本自然主义具有了浪漫式的告白特点。

1907 年是日本现代文学的自觉期,自然主义成为这时期的主要思潮。反自然主义思潮本质上是在自然主义基础之上发展、修正或完成的。日本自然主义的特点在于以西欧文学为基础,与日本传统文学之间形成断裂或革新关系。就本质而言,是浪漫派运动的完成,其根基是理想主义,希望通过作家的个人解放达成普遍的解放。在科学思想的影响下,日本自然主义具有一定的反叛,并进一步促进了文体革新,此后白话文小说成为范式。在自然主义文学创作方面,小杉天外、永井荷风、小栗风叶是开拓者或先驱者,尤其国木田独步的贡献值得关注,但国木田独步的贡献几乎是无意识的,当自然主义迎来繁荣期时,他亦走完了其短暂的一生。

岛崎藤村本名春树,生于今长野县西筑摩郡山口村马笼,1891 年毕业于明治学院,在校期间热爱文学,并接受了基督教的洗礼。曾先后在明治女子学校、东北学院任教。1893 年,与北村透谷等创办《文学界》杂志,曾出版诗歌集《若菜集》(1897)、《一叶舟》(1898)、《夏草》(1898)、《落梅集》(1901),引领了明治时代的浪漫主义诗风,作为新体诗人获得了认可,此后转向小说创作。1899 年辞去东京的教职,返回故乡信州,在小诸义塾担任教师,在当地生活了六年时间,当地的民风民情成为其小说创作的宝贵素材,《破戒》即创作于那段时期。散文《千曲川素描》(1900)是其告别诗歌、转向小说创作的文体实验之作,其中描写了他与当地民众的接触:

> 你已经发现我是如何对农民的生活感兴趣的吧。在我的话语中,经常出现我多次去农家、和他们拉话、长时间观看他们劳动的情景,我为此花了大量时间。我丝毫都不感到厌烦,而且想更深入地了解他们。他们的生活看上去是坦率的、质朴的、单纯的,几乎是半野外式的。但我越接近他们,就越感到他们过着我所不知道的、复杂的生活。就好像他们穿着同样的衣服,拿着同样的农具,干着同样的农活,他们的生活呈朴素的灰色调,但也许有各式各样的灰色。我在上课之余,自己也拿起锄头,种上一点蔬菜,但我还是无法深入他们的内心。话虽如此,我喜欢农民,喜欢找机会接近他们。①

《破戒》是实践自然主义理念的划时代之作,很好地反映了当时的时代思潮。对当时的文坛以及即将走上文坛的青年人而言,《破戒》展现了一个新奇的世界,

---

①　島崎藤村『千曲川のスケッチ』(岩波書店、2002 年)112—113ページ。

其中有作者岛崎藤村的诸多创新。《破戒》直面社会偏见问题,讲述了小学教师濑川丑松因自己的部落民身份而苦恼,终于不顾父亲的告诫,坦白了自己的部落民身份,最终在日本失去立足之地,只得出走美国的故事。《破戒》的出版是日本文学史上的重大事件,象征着日本自然主义文学运动与日本现代小说的真正发端。作品一经出版,便好评如潮,岛崎藤村亦由此确立起牢固的文坛地位。濑川丑松是部落民出身的知识分子。"部落民"在作品中写成"秽多",是日本一直延续下来的身份歧视制度的体现。这种身份歧视究竟源自民族还是职业,至今尚无定论。明治维新以后,日本废除了不平等的身份制度,但"部落民"问题至今依然存在,《破戒》超前的社会时代意识由此可见。在身份歧视根深蒂固的日本社会,濑川丑松的抗争注定是失败的,这是他最终不得不出走美国的原因。在整部作品中,"不安、恐怖、猜疑、绝望、耻辱、愤怒"等表述反复出现,由此亦可知濑川丑松的性格是优柔寡断的,他并非义无反顾的勇敢的告白者。

岛崎藤村的早期作品均受到卢梭《忏悔录》的影响,并借鉴福楼拜《包法利夫人》、易卜生《玩偶之家》、陀思妥耶夫斯基《罪与罚》等的情节,尝试着一种独特的告白形式。《破戒》在主题、人物形象方面亦受到《罪与罚》的影响,但将《罪与罚》的都市小说移至长野县的地方城市,在表现地方性特色方面受到了同时代思潮的影响。作品的独创之处在于以被歧视部落民为主人公,用小说的形式,让主人公将自己的内心世界进行告白。事实上,岛崎藤村与当时的诸多文学青年一样均受到英国诗人华兹华斯及作家约翰·拉斯金(1819—1900)的影响。对小人物的关注则与日本民俗学奠基人柳田国男的视点一致,由此可见《破戒》的主题契合了当时的时代风尚,其文体亦说明了这一点。

> 莲华寺也可供外人寄宿。濑川丑松忽然决定搬迁到这里来,他定租的房间是在楼上与厢房相连的拐角处。这寺院是信州下水内郡饭山镇二十多个寺院中的一座,属于真宗教的古刹。站在楼上凭窗远眺,隔着高大的老银杏树,能望见饭山镇的一部分。这个小镇保持着古老的风貌,不愧为信州首屈一指的佛教圣地。房屋是奇特的北方式样,从木板房顶到冬季防雪用的别致的披檐,以至随处可见的高大寺院和绿树梢头,这一切古色古香的市镇景象,尽在香烟萦绕之中。透过窗户朝前望去,最显眼的要算濑川丑松现在供职的那所小学的白色建筑物了。①

《破戒》采用直白的口语体,这点与同样受到华兹华斯影响的国木田独步一致。开篇生动精致的白话文令当时的年轻人惊叹,其"俯瞰"的视角以及对"古

---

① 岛崎藤村:《破戒》,柯毅文、陈德文译,人民文学出版社,1982年,第1页。

老"风貌、"佛教圣地"的描述亦赋予了作品历史性、时代性、社会性特色，可谓出手不凡。将主人公所象征的社会性与其内心世界有机地结合在一起，亦是作品的成功之处，"告白"达成了这二者之间的连接。从某种意义上讲，《破戒》可谓是二叶亭四迷《浮云》的后续之作。值得注意的是，岛崎藤村、田山花袋、国木田独步、岩野泡鸣等自然主义作家都曾是浪漫派诗人。可以说，日本自然主义运动是浪漫派诗人的工作总结或转变，本质上是浪漫派的延续，是浪漫派诗人成为散文家的转变进程，他们在此进程中强调事实的重要性。《破戒》的主题在于揭示日本社会不合理的身份制度，亦即个人与社会之间、新旧事物之间的冲突，其背后是岛崎藤村对部落民的同情。作品语言简洁明了，文体清新朴实，与砚友社文学的形式主义倾向截然不同。濑川丑松的形象说明日本启蒙思想的不足，真正独立的个体并没有建立起来，其根源在于明治维新的不彻底性。《破戒》的非凡之处还在于提出了"身份制度"这一社会性问题，亦塑造了明治社会的人物群像，表达了对小人物的悲悯之心。《破戒》是日本现代文学史上里程碑式的作品，是日本最早鲜明地表现出民主精神和批判现实主义精神的作品。岛崎藤村接着又创作了《春》《家》《新生》（1919）三部长篇小说，这也是其本人的人生记录，尤其《家》直面了日本的家庭问题，亦是日本自然主义的代表作之一。其小说代表作还有晚期作品《黎明前》（1929—1935）、未完之作《东方之门》（1943）等。1942 年 6月，岛崎藤村成为日本文学报国会名誉会员，同年 11 月 3 日参加第一届大东亚文学者会议，《东方之门》是在战争背景下探讨日本及日本人之作。

田山花袋原名录弥，生于栃木县（今群马县）邑乐郡馆林町的一个下级藩士的家庭。六岁时父亲死于西南战役，少年时代家境贫寒，十二岁入旧藩儒私塾学习汉诗文，十四岁编了自己的第一本汉诗集《城沼四时杂咏》，亦开始创作和歌。十七岁时曾报考陆军士官学校，没有考上，后学习英文，由此开始接触西欧文学，并师从桂园派的和歌诗人松浦辰男学习和歌。曾入读日本法律学校，数月后退学。1891 年入尾崎红叶门下学习文学创作，同年以古桐轩主人之名，在砚友社旗下的《千紫万红》发表第一篇习作《瓜地》，此后还发表过一些作品，但主要还是以游记作者的身份为人所知。曾与国木田独步、柳田国男（当时名松冈国男）、太田玉茗等共著《抒情诗》（1897），展现了一定的诗歌天赋。1899 年 2 月与太田玉茗的妹妹结婚。同年 9 月入职博文馆，由此获得了展现文学才华的舞台。在此期间，常与国木田独步等切磋文学问题，开始倾心于左拉、莫泊桑、福楼拜、龚古尔兄弟等的文学，认为人是自然的一部分，在创作中应该如实描述，而不应加入任何善恶判断，发表了《野花》（1901）、《重右卫门的最后》等作品，成为早期自然主义文学的干将之一，后又经过《露骨的描写》（1904）、《第二军从征日记》（1905）等作品的创作，逐渐确立起对人的直观、本能的观察视角，在此基础上创作的《棉被》是其"露骨描写"的实践之作，《棉被》与《破戒》一起成为日本自然主义文学的发端之作。

此后，田山花袋又接连发表了《生》、《妻》(1908—1909)、《缘》(1910)三部曲，用彻底的写实技法揭示家庭内部的父母、兄弟、夫妻关系。他在这时期倡导平面描写论，主张不加任何主观判断的写实技法，《乡村教师》(1909)即平面描写的实践之作，描写了一名贫病交加的年轻小学教师林清三的青春悲剧。1904 年 3 月至 9 月，三十三岁的田山花袋以博文馆第二军从军摄影部主任身份赴日俄战场，随军观察了金州、南山、得利寺、盖平、大石桥战场。同年 12 月 4 日在馆林做随军讲演，在此期间了解到小学教师小林秀三的事迹，同时结合他本人的随军经历，创作了长篇小说《乡村教师》。在日本取得日俄战争的胜利，举国上下沉浸在胜利的狂喜中时，主人公林清三亦走到了人生的终点，但他同样体验到了战胜的喜悦，且看如下场面：

> 　　报道说整个东京都成了国旗的海洋，说人民呼喊万岁的声音传到了皇宫深处。说是晚上的灯笼游行队列从日比谷公园一直延伸到上野公园，樱田门附近、马场先门附近人山人海。说是京桥、日本桥等大街上，数以万计的电灯照耀得如同白昼，结彩电车经过时的万岁声彻夜可闻。
>
> 　　清三已经没有起床的力气了。病情一天天恶化。昨天从厕所出来好不容易才爬到被窝里。不过，他的枕边放着《国民新闻》和《东京朝日新闻》，他不时地用瘦骨嶙峋的手取报纸看。当他第一次知道占领辽阳的消息时，脸上露出了无限的喜悦，高兴地说："妈妈！辽阳拿下来！"①

田山花袋用"平面描写"的方式，记录了沉迷于战争的明治日本及日本人，使《乡村教师》成为一幅难得的明治社会画卷。田山花袋的创作视野始终局限于自身及自身周边，写作题材多表现平常人的爱欲问题。通过一系列的创作实践，田山花袋成为日本自然主义文学的代表作家。他还不断发表相关评论文，如《小说做法》(1909)、《墨水瓶》(1909)、《花袋文话》(1911)等，亦成为日本自然主义文学推动者之一。明治末年，日本自然主义文学运动陷入低谷，他本人亦一度迷茫，1912 年底辞去博文馆的工作，又因与艺妓饭田代子(1889—1970)的关系令夫妻关系进一步恶化。在人生的低谷期，他有感于法国作家于斯曼转向天主教信仰的人生经历，亦希望能够抛却一切烦恼和爱欲，安住于大乘佛教的宁静之中，创作了《残雪》(1917)、《某僧的奇迹》(1917)等作品，记录了当时的内心体验。此

---

①　国木田独步、田山花袋『现代日本文学大系　11　国木田独步　田山花袋集』(筑摩书房、1970 年)320ページ。

后,发表《时光流逝》(1916)、《东京三十年》(1917)等,试图重整旗鼓,但成绩不佳。他还创作了《源义朝》(1924)、《通盛之妻》(1925)等历史小说,但晚期代表作仍是描写与饭田代子爱恋关系的《百夜》(1927),这实际上是他从《棉被》开始一以贯之的创作基调。

《棉被》描写了中年已婚作家竹中时雄对美貌的入门弟子横山芳子的感情。这是对田山花袋本人情感生活的真实记录。此前的明治文学,即便同样使用写实技法,亦会融入小说的虚构性。《棉被》采取真实告白作者经历的方法,这种赤裸裸的暴露方式挑战了当时的伦理道德,令读者惊讶不已,尤其作品结尾处的文字在当时引发了诸多的关注,其文写道:"尽管棉被的天鹅绒被口特别脏,他还是把脸贴在那上面,尽情地闻着那令人依恋的女人味⋯⋯他铺上那床褥子,把棉被盖在身上,用既凉又脏的天鹅绒被口捂着脸,哭了起来。室内昏暗。屋外狂风大作。"①

正如最后一句"室内昏暗。屋外狂风大作"所显示的,作品提示了主人公与周围环境之间巨大的落差问题,这中间横亘着伦理与秩序,但读者一般多关注作者的告白问题。《破戒》也有这种倾向,作者揭示了社会对部落民的歧视问题,但读者多关注主人公通过告白以达成自我救赎这一点。《破戒》和《棉被》是日本自然主义文学的先驱之作,其中涉及的告白原本是浪漫主义文学特色,可见自然主义文学理念在日本的变形接受模式。在同样由诗人起步的作家中,田山花袋与北村透谷、国木田独步相比,具有明显的庸俗化倾向。北村透谷、国木田独步的浪漫关怀基于对明治社会的批判,田山花袋则基于其个人的成功欲望,他在文学上标新立异,却从未与权力对决,这与明治维新的不彻底性有关,与日俄战争后日本社会的进一步物化有关,与其大器晚成亦不无关联。与北村透谷、国木田独步等相比,其晚成显而易见,晚成会让人少一分纯粹,而多一分精打细算。《棉被》结尾处描写了主人公夸张的哭泣,他对这份感情似乎颇为投入,即这份感情似乎颇为纯粹,但所有的装饰都掩盖不了已婚者的不伦本质。如此写作技法与《小说神髓》的伦理性缺失亦不无关联。

《棉被》引领了此后日本文学主流私小说的发展方向。日本文学摒弃了《破戒》的诸多可能性,而选择了《棉被》真实告白自身经历的方法,强力地遮蔽了小说的社会客观要素,束缚了日本小说的良性发展,但这亦是坪内逍遥《小说神髓》之无理想摹写理论导向的必然结局。《棉被》的巨大反响引发了告白体小说的泛滥,岛崎藤村的《家》、德田秋声的《霉》(1911)、岩野泡鸣的《断桥》等自然主义代表作均取材于作者自身的身边杂事,而泉镜花、夏目漱石、森鸥外、永井荷风等的非自然主义小说几乎被斥为游戏文学,连此后大正时代的志贺直哉(1883—

---

①　田山花袋:《棉被》,黄凤英译,江苏人民出版社,1987年,第61页。

1971)、武者小路实笃(1885—1976)、佐藤春夫(1892—1964)、芥川龙之介等新生代作家都不得不以告白的方式创作一些作品,如志贺直哉的《和解》(1917)、武者小路实笃的《新生》、佐藤春夫的《田园的忧郁》(1918)、芥川龙之介的"保吉物"等都属于告白体小说。中村光夫在其《田山花袋论》(1946)一文中指出田山花袋"不仅以自然主义勇敢的开拓者或干将闻名,亦与自然主义的没落同命运。我国自然主义运动最大的弱点是与其在当时文坛风靡一时的盛况不同,亦与其形塑了我国现代小说骨骼的深刻影响力不同,且与其代表者的真诚努力不同,最终未产生具有恒久生命力之作,可以说花袋的小说是这种不幸的典型代表"①。实际上,岛崎藤村的《破戒》可谓是一部具有深刻内涵之作,遗憾的是其深刻性未被充分认知,日本文坛、作者本人以及日本读者很快就摒弃了它,这之中应该存在更为深刻的思想史、文学史意义。

德田秋声是一位富于日本自然主义特色的作家,被认为是第一位私小说作家。早年投入尾崎红叶门下,在明治三十年代(1887—1906)已是颇有名气的作家了。《新家庭》(1908)如实地描写了庶民生活,使其成为一名自然主义作家,他本人亦凭借此作获得了文坛的认可。此后,他又接连创作了《足迹》(1910)、《霉》、《糜烂》(1913)、《粗暴》(1914)等作品,已不见一般自然主义文学中的伤感、咏叹,仅以淡淡的笔触描写着市井庶民的毫无感动的人生场景,这亦是其自然主义文学的特色,从另一侧面展现了现代日本社会的变化轨迹,他本人亦成为日本自然主义文学的代表作家之一,晚年创作的未完之作《缩影》(1941)亦是代表作之一。

正宗白鸟本名忠夫,生于冈山县,父亲是大地主兼银行董事。幼时多病,为了克服对死亡的恐惧而学习圣经,开始阅读内村鉴三(1861—1930)的著作。1896年入读东京专门学校,翌年受洗,但1901年毕业时放弃信仰。曾长期担任《读卖新闻》记者,主要撰写剧评、美术评论、文艺时评、宗教评述等。随手写就的《寂寞》(1904)是其第一部小说,后来受到国木田独步文学的影响,开始认真写作。其作品主要描写倦怠幻灭的世相,是践行自然主义无理想、无解决理念的典型代表。除小说之外,他还留下了大量的剧评、文艺评论、回忆录等。代表作《到何处去》(1908)是其成名作,还有代表作《微光》(1910)、《港湾边》(1915)、《死者生者》(1916)、《牛棚的气息》(1916)、《迷妄》(1922)等,大都以死亡和欲望为主题,作品世界充满了虚无主义色彩,被称为"虚无主义者白鸟"。六十七岁时日本战败,他开始凝望自己的死亡问题,临终时宣布重拾信仰。他为内在的虚无主义所烦恼,但希望超越、憧憬永恒世界的浪漫神思亦一直潜藏在心中,重拾信仰之

---

① 国木田独步、田山花袋『現代日本文学大系 11 国木田独步 田山花袋集』(筑摩书房、1970 年)440ページ。

举亦是自然而然之事。其文学评论《自然主义盛衰记》(1948)以及戏剧《人生的幸福》(1924)、《光秀与绍巴》(1926)等作品亦值得关注。1943年出任日本笔会会长,1950年11月获文化勋章。

正宗白鸟是日本自然主义代表作家中最晚出现者,也是最能体现时代精神者。作为一名受过基督教洗礼的作家,他希望追求永恒之物,现实却总令他失望,其创作风格由是带上了忧郁的讽刺特质。从大正末期开始,其评论家的身份更为凸显,可以说其评论才华远在小说才华之上。其重视事实、摒弃虚构、把作家的自我告白当作小说正道的理念,亦与明治时代盛行的科学主义有关。代表作《到何处去》描写主人公对既有道德、宗教、社会权威感到绝望,但又不知如何解决问题,只能虚无地彷徨。这不仅是其自画像,亦揭示出当时日本知识分子的病根,与当时日本社会的病根也有关系。他的这种虚无及旁观者态度几乎贯穿了始终。冷彻的人生观使其文学世界独树一帜,看似平凡无聊的描写中潜藏着理性的批判。

第三节　反自然主义文学

日本自然主义文学的人物形象往往陷入虚无和怀疑中,他们不相信自己,也不相信他人,没有丝毫的感动,只是木然地面对着惨淡的生活。这也许是人生的真实一面,但绝非人生的全部,人生肯定还有诸多的可能性。由于自然主义文学的苍白无力,反自然主义文学亦同步出现,其中包括夏目漱石的"余裕派"、森鸥外的"高踏派"以及被称为耽美派、颓废派或浪漫派等的永井荷风、谷崎润一郎文学。"余裕"一词,否认自然主义深陷人生泥泞的表达方式,主张以从容的姿态观察人生,这与森鸥外的文学观亦具有共通性。夏目漱石和森鸥外这两位文豪始终站在反自然主义文学的立场上,即便在自然主义全盛时期,亦从未与"无理想、无解决"的自然主义文学妥协,坚持不懈地建构着各自知性的文学世界。

夏目漱石本名夏目金之助,生于江户,是五男三女之家的老小,因家中子女太多,出生后不久便被送给人家做了养子(其养父叫盐原昌之助),自幼经历坎坷。这种原初体验为其观察和思考人生、社会提供了一种深刻的坐标,夏目漱石文学关注人际的爱与利己主义问题亦与这种原初体验密不可分。毕业于东京大学英文专业,曾先后任教于东京高等师范、四国爱媛县寻常中学、熊本市第五高中,后留学英国伦敦,在此期间开始思考日本现代化等问题,并拥有了文明批判的视角。回国后在东京大学、一高任教。在东京大学任教期间的部分讲义后来以《文学论》(1907)之题出版。其小说创作始于《杜鹃》(1897年创刊)杂志负责人高浜虚子(1874—1959)的建议。凭借处女作《我是猫》(1905—1906)一举成名,接着创作了表达自己文学艺术观的《草枕》(1906),展示了超越现实的艺术理念。此后的名篇《少爷》(1906)一定程度上表达了对社会不公的批判态度。他通过这一系列早期作品确立起稳固的文坛地位,于是决心专注于写作,1907年辞去教职,成为朝日新闻社的专业专家。《虞美人草》(1907)是成为专业作家后创作的第一部作品,描写了利己与道义之间的冲突问题。《坑夫》(1908)、《梦十夜》(1908)则揭示了人类的无意识世界,这种切入方式与日本自然主义文学平面直白的表现方式大相径庭。此后的诸多作品通过恋爱的明暗层面,揭示日本现代化进程中的矛盾与纠葛。《三四郎》(1908)描写一位来到大都会的地方青年的彷徨。《后来的事》(1909)通过"高等游民"似的主人公对明治日本进行了批判,同时拷问了性爱的伦理问题。《门》(1910)通过一对背德夫妻的幸与不幸,揭示了明治日本的弊端和明治日本人的孤独。

在这期间,夏目漱石还做了"现代日本的开化"(1911)等讲演,对主体缺失的日本现代化进行了猛烈的批判。可以说,对明治日本现代化的质疑是夏目漱石文学的原点。1910年,他在修善寺温泉一度陷入病危状态,这期间的感受被记录在《往事种种》(1910—1911)中。随着对生死等问题的深入体验和思考,其后期作品更趋深刻,《春分以后》(1912)、《行人》(1912—1913)、《心》(1914)均描写了明治知识分子的孤独和苦恼,同时挖掘了人性中的"我执"问题。此后的《路边草》(1915)聚焦实际生活体验,通过冗杂的日常生活,探讨如何确立人的主体性的问题。最后的未完之作《明暗》(1916)是揭示阴暗心理的力作。晚年还有讲演"我的个人主义"(1914)、随笔《玻璃门内》(1915)等,另有大量俳句、汉诗作品。夏目漱石门下俊才辈出,小宫丰隆、铃木三重吉、芥川龙之介等俊才均出自其门下。

夏目漱石自幼喜爱汉文,他在用汉文写就的《木屑录》中写道:"余儿时诵读唐宋数千言,喜作文章,或极意雕琢经旬而始成,或咄嗟冲口而发,自觉淡然有朴气,窃谓古作者岂难臻哉,遂有意于以文立身。"[1]他在《文学论》序中写道:"我少时好读汉籍,学时虽短,但于冥冥之中也从'左国史汉'里隐约悟出了文学究竟是什么。"[2]他晚年提出的"则天去私"理念,亦与老庄思想关系密切。夏目漱石大学时代主攻英文,但丝毫未影响其汉学兴趣,他在大学二年级时写过《老子的哲学》一文,可见其所拥有的老庄学养。他一生创作了近二百首汉诗,他在《春兴》中写道:"寸心何窈窕,缥缈忘是非。三十我欲老,韶光犹依依。逍遥随物化,悠然对芳菲。"在《失题》中写道:"往来暂逍遥,出处唯随缘。"在《题自画》中写道:"起卧乾坤一草亭,眼中唯有四山青。闲来放鹤长松下,又上虚堂读易经。"[3]可

---

① 夏目漱石『木屑録』(日本近代文学館、1979年)1ページ。

② 夏目漱石:《文学论》,王向远译,上海译文出版社,2016年,第4页。

③ 夏目漱石:《夏目漱石汉诗文集》,殷旭民编译,华东师范大学出版社,2009年,第16—33页。

见其东方文人式的雅趣。就这样,在明治时代汹涌澎湃的西化浪潮中,他希望借鉴西方文学样式,创造出一种注入了传统汉诗文和江户文学精神的新日本文学,其中隐含着对东方传统的坚守理念。

如前所述,《我是猫》是夏目漱石的处女作,亦是其成名作。当时他在东京大学和一高任教,内心颇为郁结,这是从留英时代开始的一种情绪。在高浜虚子的怂恿下,他开始尝试写作。《我是猫》亦可谓是为打开心结而写的作品,他当时并未想到会因此成名,他曾自言不知这部作品是以描写为主,还是以谐谑为主,亦不知是小说还是随笔,但或许正因为这种自由的形式,才能对诸多矛盾或不公正进行自由的批判,且其批判风格并不显得露骨,这是运用了滑稽手法之故,这也是他被列入余裕派的原因之一。《我是猫》发表在《杜鹃》杂志上,该杂志是正冈子规所倡导的写生文的根据地。正冈子规在俳句、短歌领域实践写生论,其后波及散文领域。明治三十年代(1897—1906)前期出现的写生文运动,提倡简明的"言文一致"文体,与自然主义平行,但性质不同,写生文主张把俳句的创作手法运用于散文中,强调对自然和人事进行深刻的观察,亦强调文章的韵味。夏目漱石可谓是第一位用写生文进行小说创作的作家。《我是猫》是其写生文的试验之作,这也成为他走上作家之路的契机。其后的《草枕》亦是其写生文的实践之作。诗性的抒情需要与现实保持一定的距离,而距离感又会妨碍对事物本质的把握,这是写生文的矛盾之处。夏目漱石后来逐渐远离了写生文。写生文运动不久偃旗息鼓,但其抒情文脉并未消失,伊藤左千夫的《野菊之墓》(1906)、高浜虚子的《俳句师》(1908)、长塚节的《土》(1910)、室生犀星的《幼年时代》(1919)等均可见其遗痕。就这样,在自然主义盛行时期,以高浜虚子、夏目漱石为中心的一派以《杜鹃》为舞台,在自然主义风靡时期登上文坛,形成了一方的势力。他们的写实技法与自然主义相通,但以俳句式的趣味为基调,这是他们的独特之处。夏目漱石在为高浜虚子的小说集《鸡冠花》(1908)所撰的"序言"中称其中的小说是带有低回趣味的"有余裕的小说",这是"余裕派"一词的出处,当时的人们遂用这一单词讥讽写生文不食人间烟火。但写生文从不同路径尝试了写实主义技法,可谓功不可没。

《草枕》是夏目漱石的早期代表作之一,以日本九州熊本县小天温泉为舞台,展现了作者所向往的桃花源式的"非人情"世界。作品描写三十岁的青年画家"我"为追求超越世俗而前往深山温泉旅行途中的所见所闻、所思所想。整部作品几乎没有什么故事情节,这亦是作者对当时盛行的自然主义文学的抵制。作品以日俄战争为背景,通过"我"的东西文化艺术观,对物质文明进行了抨击,提出了以"艺术"抵抗"世俗"的文学观,而其文学艺术观以王维、陶渊明等中国传统文人所象征的中国文化为基石,整部作品在平淡中蕴含着深刻的哲理及诸多现代性话题,具有鲜明的文明批判性质,形象地展示了明治知识分子在东西文化剧烈碰撞时代的文化探索,至今仍具有鲜活的生命力。作品开篇即发出"人世难居"①之叹,然而,佛陀在二千五百年前就用"苦集灭道"四圣谛点明了人生之苦,其哀叹似乎并无新意,但不可否认作品特殊的时代性,即贯穿作品的日俄战争这一背景,这应是促使作者感慨"人世难居",进而深入山村寻找"非人情"之桃源乡的重要原因。但深山里的"非人情"世界亦岌岌可危,血腥的"现实世界"已逼近山乡,"我"却义无反顾地追寻着即便短暂的梦幻境界。作为"画家",支撑"我"的唯有自己的艺术理念。那么,"我"的艺术理念又是怎样的呢?作品第1篇中的一段文字值得关注:

> 尤其是西洋诗,吟咏人情世故是它的根本,因此,即使诗歌里的精华之作也无法从此种境遇中解脱出来。到处都是同情啦,爱啦,正义啦,自由啦,世上全是这些流行货色在起作用。即使那些堪称诗的东西,也只能在地面上往来奔走,而无法忘却金钱上的交易。难怪雪莱听到云雀的叫声也只能叹息一番。
>
> 可喜的是,有的东方诗歌倒摆脱了这一点。"采菊东篱下,悠然见南山。"单从这两句诗里,就有完全忘却人世痛苦的意思。这里既没有邻家姑娘隔墙窥探,也没有亲戚朋友在南山供职。这是抛却一切利害得失,超然出世的心情。"独坐幽篁里,弹琴复长啸。深林人不知,明月来相照。"仅仅二十个字,就建立起一个优雅的别乾坤。这个乾坤的功德,并非《不如归》和《金色夜叉》那样的功德,而是对轮船、火车、权利、义务、道德、礼义感到腻烦以后,忘掉一切,沉睡未醒的功德。
>
> 如果说睡眠是二十世纪所需要的,那么这种含有出世意味的诗作,对于二十世纪来说也是宝贵的。遗憾的是,如今写诗和读诗的人,全都受到西洋人的影响,没有人愿意驾起扁舟,悠悠然去追溯桃花源的所在了。我本来不想以诗人为职业,所以无意将王维、陶渊明所追求的境界在当今的世界上推而广之。只是觉得对于自己来说,此种感受比起参加一次游艺会或舞会更加有用,比看一场《浮士德》或《哈姆雷特》更值得珍视。独自一人背负着画具和三脚架,盘桓于春天的山路上,正是为了这个目的。我想直接从大自然中吸收陶渊明、王维的诗的意境,须臾间逍遥于非人情的天地之间。这是一种令人沉醉的雅兴。②

由引文可知,"我"具有明晰的艺术理念,那是由陶渊明、王维等中国传统文

---

① 夏目漱石:《草枕》,陈德文译,上海译文出版社,2017年,第3页。
② 同上,第8—9页。

人的艺术境界所象征的"超越"的世界,可令"我"忘却机心,"须臾间逍遥于非人情的天地之间",从而获得"沉醉"般的精神愉悦。于是,"我"诗性盎然,作品随处留下了"我"的诗作,其中的汉诗写得充满兴味。例如:"独坐无只语,方寸认微光。人间徒多事,此境孰可忘。会得一日静,正知百年忙。遐怀寄何处,缅邈白云乡。"作品有着《竹里馆》般的神韵,"白云乡"则比喻仙乡,典出《庄子·天地》之"乘彼白云,游于帝乡"。作品结尾处,"我"和人们一起送久一乘火车赴战场,"现实世界"越来越近,作家用"火车"表征与"非人情"的桃源境相对的"现实世界"。"我把能看到火车的地方称作现实世界。再没有比火车更能代表二十世纪文明的了。把几百个人圈在一个箱子里,轰轰隆隆拉着走。它毫不讲情面,闷在箱子里的人们都必须以同样速度前进……再没有比火车更加轻视个性的了。文明就是采取一切手段最大限度地发展个性,然后再采取一切手段最大限度地践踏个性。"

在 20 世纪初,"火车"无疑是基于当时最新科技成就的文明利器之一,它可以加速国家的扩张和资本的增值,但夏目漱石极富洞见地指出了这种文明利器所具有的冰冷、粗暴属性及其对人性的异化。他接着又写道:"轰隆轰隆,文明的长蛇沿着银光闪亮的铁轨蜿蜒而来。文明的长蛇嘴里吐着黑烟。"作家用"银光闪亮""吐着黑烟的长蛇"描述火车,凸显了时代的贪婪与冷酷特征。然而,久一即将坐火车参战,而战场却是那片孕育过陶渊明、王维等东方文人的土地,可以想见"非人情的桃源境"即将完全崩塌。火车的意象强化了作品所拥有的文明批判视角,而这种文明批判视角亦与老庄思想的熏习密切相关,因为文明批判无疑是老庄思想最重要的本质之一。

明治维新后,日本社会固有的陋习,加上功利主义的影响,使整个社会陷入了自我中心的"私"之中,夏目漱石在晚年提出"则天去私"的主张,即顺应自然本真,剔除利己主义,人类才会有光明的未来,这是由"暗"通往"明"之路。夏目漱石对"质而自然"的陶渊明诗歌的喜爱不言而喻。李白诗云:"清水出芙蓉,天然去雕饰。"陆游亦云:"文章本天成,妙手偶得之。"1916 年 8 月 21 日,夏目漱石在致久米正雄(1891—1952)、芥川龙之介的书简中提及他创作《明暗》时的心境,并附如下诗作:"寻仙未向碧山行,住在人间足道情。明暗双双三万字,抚摩石印自由成。"这似乎亦可以解释"则天去私"的内涵。在创作《明暗》期间,夏目漱石因胃溃疡发作去世,《明暗》成为未完之作,只留下前半部的"暗",后半部的"明"的世界成了永远之谜。看来,在当时的日本,通往"明"之路崎岖坎坷。夏目漱石在未完的"暗"的部分,进一步挖掘了充满"我执"的众生相,揭示了潜藏于人性中的不可知的黑暗世界,其深刻性超出了此前的作品,《明暗》亦成为其代表作之一。《明暗》的心理描写可谓老辣至极,如第 147 节写道:

　　为什么阿延仅仅内心中获胜,不足以使她善罢甘休?为什么不到最后高唱凯歌,就不会满足?这是因为现在的阿延还没有优裕的时间可以这样做。而还有比这场胜负更为重要的第二、第三目标等在后面要争取。可若不突破目前这个口子取得全胜,后来的事就全无可为了。

说实话,胜负本身对于她,并不是主要的。她真正的目标,毋宁说,在于弄清事实真相。比起战胜丈夫,更重要的是澄清疑问。消除这疑问,是以拥有津田的爱为生活目的的阿延,在生存上所绝对必需的。这在阿延面前,其本身便是重大的目的;其意义之重大,说不上什么策略或手段。①

但写生文时代的抒情笔触并未完全消失,津田在温泉场与阿清再次相对而坐时的描写即充满了诗意,为充斥《明暗》中的心理混战吹入了一阵清风。

> 朝阳向南的房间只剩下两人时,立刻变得沉静起来。津田面朝廊檐而坐,沐浴着阳光。清子背向栏杆,面阴而坐。津田放眼屋前,重峦叠嶂,山麓光照分明,仿佛伸手可及。而且红叶浓淡相间,更为秋山生色不浅。然而,和视野宽阔的津田相反,清子前面却看不见什么,要看,只有北侧的拉门,和遮住部分拉门的津田的身影。她的视线展不开,然而并不怎么感到不快。假如是阿延,就非换换坐势或座位不可了。可是她却泰然若素。
>
> 她的脸与昨夜相反,比津田所熟悉的以往的面色更加红润。然而,这也可以理解为强烈秋阳照耀下的一种生理反应。津田的目光,落到她那(像是偶然感到激动时的)绯红的耳朵时,他心里想:清子的耳皮真薄呢。从背后射进她耳朵内侧的阳光,是通过汇集在那里的血液,然后映进他眼帘的吧。②

在社会急剧转型时代,物质与精神、个人与社会等诸多关系处于失衡状态,这必然影响人格的和谐发展,《明暗》中津田与阿延之间的钩心斗角将这种失衡状态刻画得淋漓尽致。夏目漱石浓厚的汉学功底,是其洞察现代社会失衡现状的基石。《明暗》并非记录作者身边杂事的私小说,而是作家以知性为基础的长篇小说的巅峰之作。在自然主义全盛时期,夏目漱石始终站在反自然主义文学的立场上,从未对自然主义"无解决"的创作风格妥协,始终艰难地寻找着解决人生之路的钥匙。晚年更加直视现实人生,不断深入人的内心世

---

① 夏目漱石:《明暗》,于雷译,上海译文出版社,1987年,第325—326页。
② 同上,第419页。

界,挖掘着人性深处的"我执",聚焦着明治知识分子的痛苦。"则天去私"是以东方思想为基石的"去私"之路。可以说,夏目漱石文学的现代性意义至今依然值得关注。

第四节　夏目漱石的《门》

中日甲午战争、日俄战争后,日本在东亚地区迅速崛起,明治时代亦被日本人称为伟大的时代,而有"明治文豪"之称、其作品至今仍被日本人广泛阅读的日本国民作家夏目漱石亦于 1905 年元旦之际,以近三十八岁之龄登上日本文坛。其时,日俄战场战事正酣,夏目漱石文学亦由此深深地印刻了日俄战争的烙印。柴田胜二指出:"漱石在明治三十八年(1905)1 月日俄战争期间,以《我是猫》开启作家生涯,其后作品均以主人公及其人际关系为依托,描写这场大战后出现的种种物质及精神问题。"[①]此言直指夏目漱石文学的重要内核,颇富于洞见。另一方面,诞生于世纪之交、时代裂变之际的夏目漱石文学亦注定内含诸多的矛盾或多元性。例如,水川隆夫就夏目漱石兼有个人主义与国家主义倾向的矛盾性指出:

> 漱石从学生时代至晚年,从不盲信一时的国策或大众传媒论调,他坚持用自己的头脑思考并做出判断的"个人主义"思想和态度。而且,他对战争带来的悲剧、战争的原因与责任、日俄战后的内外政策、国家主义、军国主义等问题都留下了卓越的见地。
>
> 另一方面,由于严格审阅制下大众传媒信息的不足与过剩、当时日本社会科学研究等尚不发达,以及受制于亦渗入其自身内部的"忠君爱国"的"国家主义"等原因,他有时也会有不适宜的判断或表述(《从军行》《满韩漫游》等)。但他对照现实,不断反省自己过往的判断或表述,通过自我批判进行修正,其战争观由是不断深化。在最后的《点头录》中,他几乎克服了其自身内部排外的国家主义。[②]

夏目漱石的随笔《点头录》分九次刊载于 1916 年 1 月 1 日至 21 日的《朝日新闻》,而他在这年 12 月去世,可见与"其自身内部排外的国家主义"之间纠缠不清的关系几乎贯穿其整个创作生涯,亦可见其国家主义思想之根深蒂固,这应与

---

①　柴田勝二『村上春樹と夏目漱石：二人の国民作家が描いた〈日本〉』(祥伝社、2011年)4ページ。

②　水川隆夫『夏目漱石と戦争』(平凡社、2010 年)273—274ページ。引文内括注依据原文。

当时日本社会大环境有关，亦与其留学英国时代的屈辱记忆不无干系，他曾在《文学论》中写道："生活在伦敦的两年是最不愉快的两年。我在英国绅士中间，仿佛狼群中的一匹卷毛狗，过着凄惨的日子。"①这种苦涩的体验导向某种民族主义、国家主义情怀亦是自然之事。

　　夏目漱石从十四岁开始接受汉学熏习，一生热爱汉诗文，存有二百余首汉诗，大学时代主攻英文，后任英语教师，并曾于1900年留学英国两年，具有转型期文化人的诸多特质，这亦是其文学内含诸多矛盾或具有多元性的原因之一。事实上，作为"西化"的明治时代的代表性作家，夏目漱石文学中蕴含着丰富的汉文学资源，这是理解其文学世界的关键之一。夏目漱石在《门》中探讨了通过儒家、佛家伦理匡正日本现代化进程中出现的种种弊端的问题，不仅为后世读者留下了一份宝贵的精神财富，亦为传统经典注入了时代气息。《门》由"国家叙事"和"个人叙事"明暗双线交织而成，不仅呈现了夏目漱石矛盾纠结的国家主义和个人主义思想底色，而且依靠作家的汉文学素养，展现了通过儒家伦理和佛家伦理寻求救赎的路径。

　　《门》于1910年3月1日至6月12日连载于《朝日新闻》，是夏目漱石早期三部曲的第三部，描写普通公务员野中宗助与阿米这对恩爱夫妻的日常生活，他们夫唱妇随，却背负着沉重的过去：在与宗助结婚前，阿米是安井的同居女友，宗助与阿米的婚姻始于对友情及爱情的背叛。安井在极度痛苦中远走中国东北。宗助夫妻亦遭到众叛亲离，在漂泊多年后，离群索居于东京一处阴暗孤寂的寓所里，过着恬淡而窘迫的日子，并忍受着命运的诸多诅咒。在极度苦闷中，宗助最终决定到禅寺体验短期参禅以摸索彻底摆脱痛苦的可能性。关于该作品的评价，著名评论家濑沼茂树指出：

　　　　一方面，在描写平凡小市民悲惨的家庭生活的同时，还描写了由夫妇之爱带来的满足与和睦的喜悦之情——理想的小市民之爱。另一方面，描写堕入罪恶意识中，虽然寻求救赎，却没有任何救赎可能性而陷入精神地狱的"迷茫者"形象。许多评论家由于这二者之间的不协调，都从不同立场出发，指出了作品的缺陷。严格而言，如将重点放在前者，也许会像正宗白鸟那样，认为后来的参禅"有点开玩笑的意味"，对"不自然的伏笔"生厌。关于后者，片冈良一等均指出罪恶意识的设定问题颇多。我经过认真思考，亦认为该作品即便并非如白鸟或良一等所言，但亦必须承认其缺陷。②

---

① 夏目漱石『文学論（上）』（岩波書店、2007年）24ページ。

② 瀬沼茂樹「門」（『文芸読本　夏目漱石Ⅱ』、河出書房新社、1981年、64ページ）。

这是长期以来较为典型的评价方式,即大多数评论者认为作品描写了宗助夫妻的爱与罪,但这两种情感之间缺乏必然性,故作品存在明显缺陷。然而,该作品具有明显的承上启下作用,作家由此开始将创作视角逐渐内敛,以挖掘人物的内心世界,深化对伦理的拷问,"缺陷说"并不足为信。第一套《漱石全集》编撰工作的重要参与人、夏目漱石的门生小宫丰隆亦指出:"《门》在夏目漱石的作品中,无论在思想深度方面,还是在承上启下方面,都无疑是值得关注的作品。"①吉本隆明(1924—2012)亦指出:"漱石作品中最喜爱《门》。"②近年来,一些日本学者尝试着新的阐释方式。例如,冈本直茂以宗助的参禅体验为切入点,聚焦了作品中的宗教情结,认为这是一部"求道小说",指出:"《门》是一对追求爱的夫妇向上天控诉无情命运的故事,根底里是作者的求道心。'门'前的宗助的身影表达了作者漱石的求真之心,仿佛《旧约圣经》之《约伯记》中的约伯。宗助到'门'之前,唯有彷徨。"③这是颇有见地的观点,但该作品不仅是关乎宗助夫妇的"个人叙事",更是关乎时代的"国家叙事"。近年来,小森阳一(1953—　　)等学者注意到其中隐含的"国家叙事"问题,指出:"可知小说内含着近代日本国家形成和殖民地主义这些具有鲜明的同时代色彩的课题。"④这是颇富洞见的观点,但提出类似观点者大多忽略了作家着力刻画的"救赎"主题。

从表象看,《门》主要以宗助夫妇位于东京一隅的阴暗孤寂的寓所为舞台,但实际空间更为广阔。阿米的前男友安井远走中国东北;宗助房东的弟弟亦在"日俄战争结束后不久",为赚大钱去了中国东北,后因生意失败,又从中国东北"流落"到蒙古;宗助的弟弟小六也打算如果筹不到学费,则"退了学,索性现在就去中国东北或朝鲜";⑤而把故事情节推向高潮,把宗助推向"山门"的力量亦来自中国东北,当房东无意间提及安井或许将从中国东北回来时,宗助的不安达到极限,他像抓住救命稻草般奔向寺院"山门",以寻求彻底摆脱痛苦之路。可见,由岁月推移、季节变换的"时间轴"串起的"个人叙事"背后,还隐藏着由中国东北这一空间概念象征的当时日本的诸多特征,如日俄战争、帝国、殖民、掠夺等,这些意象共同构成了庞大的"国家叙事",即《门》是由"个人叙事"与"国家叙事"共同建构起的日本殖民扩张时代的"罪恶"与"救赎"的文本。其中,有关宗助夫妇的

---

① 小宫丰隆「『三四郎』『それから』『門』解説」(『漱石全集　第四卷』、岩波书店、1985年、904ページ)。

② 吉本隆明『夏目漱石を読む』(筑摩書房、2017 年)280ページ。

③ 岡本直茂「夏目漱石『門』論:『求道小説』としての読み」(『千里山文学論集』91 号、2014 年、101ページ)。

④ 久保希梨子「小森陽一氏講演会:夏目漱石『門』における満州と朝鮮」(*Rim: Journal of the Asia-Pacific Women's Studies Association*、第 16 卷第 1 号、2015 年、59ページ)。

⑤ 夏目漱石『漱石全集　第 4 卷』(岩波書店、1985 年)648ページ。

"个人叙事"构成明线,"国家叙事"构成暗线,明暗双线共同指向"罪恶与救赎"的主题,显示了夏目漱石卓越的叙事力及对时代话题的介入热情。

在此需要指出的是,"个人叙事"是主线,"国家叙事"是辅线。主线是推动情节发展的重要推手,所以读者们对宗助夫妇恬淡而窘迫的家庭生活了如指掌。辅线则不然,一般读者难以发现其存在,它隐藏在主线之下,一般不直接推动情节发展,却不动声色地影响着作品人物,并在关键时刻直接介入故事进程,将故事情节一举推向高潮。对主人公宗助而言,远在中国东北的安井仿佛一颗定时炸弹,随时可能毁灭其家庭生活。也就是说,暗线看似不动声色,却暗流涌动着,构成了明线庞大的时空背景,其中隐含着夏目漱石对日本殖民地问题的反思。夏目漱石之所以采用暗线形式建构其殖民地言说,与当时日本严格的出版物审查制度有关。日俄战争后,日本自然主义文学开始流行,其反抗传统家族体制的叙事方式极具破坏力,日本政府遂进一步强化了出版物审查制度。在官民一致沉醉于殖民扩张的狂热中时,任何反思殖民地问题的言说都是不合时宜的,这是夏目漱石通过暗线形式进行隐晦叙述的重要原因。

1889 年 2 月 11 日,日本颁布《大日本帝国宪法》,该宪法保证日本军队不受政府和议会的干涉,为日本实施军国主义扩张道路扫清了障碍。该宪法一直实施至"二战"战败,日本在这期间称"大日本帝国"。"掠夺"成为帝国时代的强音,亦成为一种社会风气,上至国家,下至庶民,均开启了只顾满足私欲,而枉顾他者感受的"掠夺"模式。《门》形象地展示了这种"掠夺"行径及其后果,可以说"掠夺"是连贯《门》之"个人叙事"与"国家叙事"的重要线索。具体而言,主人公宗助从安井那里"夺取"了阿米,日本国则在"夺取"了台湾之后,又将掠夺魔爪伸向了朝鲜半岛及我国东北地区。而主要以"掠夺"切入"罪恶"的叙述方式与夏目漱石深厚的佛学修养有关。佛教有"三毒"①之说,即认为"贪嗔痴"三毒是人类恶行的根源,而"贪",即"贪欲",为三毒之首。夏目漱石深刻地预见了这种贪得无厌的掠夺必将遭受严酷的惩罚,宗助夫妇窘迫的生活境遇以及伊藤博文(1841—1909)被杀事件均是极好的明证。作为明治日本的知识精英,在整体"西化"的时代浪潮中,夏目漱石超越性地回望着东方传统,希望从儒家、佛家传统中寻求精神救赎的可能性,以抵御失控的欲望,缓解罪与罚带来的创伤与苦痛,而"子路"及"参禅"分别象征着夏目漱石所提供的两种救赎的可能性,即分别来自儒家及佛家的救赎路径。

作品中关于日俄战争、帝国、殖民等与"国家叙事"相关的意象多采用象征、隐喻等修辞手法。作品第十四部分开篇写道:"宗助和阿米无疑是一对亲密无间的夫妇。两人生活在一起,至今大约有六年之久了。"如前所述,《门》于 1910 年 3 月 1 日至 6 月 12 日连载于《朝日新闻》。从"六年之久"推算宗助夫妇的共同

---

① 陈兵:《新编佛教辞典》,中国世界语出版社,2003 年,第 38 页。

生活大致始于 1904 年初，即与日俄战争爆发的时间点重叠。"六年"的时间设置将文本内时间大致框定在 1904 年至 1910 年之间，与此相应的重大历史事件是日俄战争及日本侵吞朝鲜的"日韩合并"。《门》的特点之一是拥有明晰的时间轴，整个故事始于秋季，终于春季，顺时铺陈，展现了一幅阴郁的四季绘卷，由此亦可知"六年"的时间设置意义深刻，它赋予了作品深刻的"国家叙事"内涵，承载着作家的殖民地言说。

日俄战争是日俄两国为争夺在中国东北及朝鲜的殖民地及势力范围而进行的帝国主义战争，战场位于中国及附近海域，其关键词无疑是帝国主义的"领土"或"殖民地"欲望。明治维新后，日本采取强兵富国政策以谋求崛起，其早期侵略路径是希望通过控制朝鲜，进而占有中国东北，以霸占整个中国。也就是说，其最大的侵略目标是中国，而朝鲜是达成目标的跳板，即对当时日本而言，中国东北和朝鲜是同一问题的两个不同侧面。在日俄战争中，日本以小胜大，战后霸占了辽东半岛，为实现其在中国东北的殖民扩张政策开辟了道路。1906 年 6 月，日本决定设立南满洲铁道公司，简称"满铁"，这是日本实施对华扩张的重要战略设施。它不仅实行经济掠夺，还设有调查部，对中国进行全方位的调查研究，为霸占中国提供智囊服务。"日本正是视'满铁'为'恢宏皇猷的生命线'。'满铁'作为日本侵华的特殊机构，疯狂地攫取中国东北地区的权益。1907—1931 年，'满铁'付给日本政府、股东的红利、公司债利息和公债金等 4 项共 8.3 亿日元。'满铁'完全是一条殖民主义的吸血线。"①

"日韩合并"以及为此推出的一系列掠夺朝鲜的政策亦通过"暗线"形式呈现出来，构成了"国家叙事"的重要组成部分。作品第三部分，小六到兄嫂家打听自己的学费问题，这期间聊到伊藤博文在哈尔滨车站被刺事件。于是，阿米问小六："为什么被刺杀呢？"这也是阿米看到号外时向宗助提出过的问题，但小六答非所问："手枪砰砰地连发之后，命中了。"阿米紧追不舍："可我是问为什么被刺杀。""小六露出不得要领的表情。"可见宗助和小六都不能有效回答阿米的提问，这执拗的提问便有了参禅时的"疑情"般的作用了。作者通过这一"疑情"的预设，强化着"国家叙事"的力度，并深化了作品的思想内涵。作品第七部分提及与宗助夫妇同住一个院子的本田夫妇过着优哉游哉的养老生活："老夫妇有一个儿子，在朝鲜的统监府之类的部门做官，靠着他每月寄来的赡养费，老夫妇生活得很宽裕。"事实上，无论"伊藤博文被刺事件"还是"统监府"的设置，都与日本疯狂的"殖民地"掠夺行径有关。本田夫妇靠着来自朝鲜的汇款得以颐养天年，可知在日俄战争后不久，日本殖民掠夺的红利已相当丰厚。

伊藤博文是日本政治家，明治九元老之一，亦是日本第一位内阁总理大臣，

---

① 　赵建民、刘予苇：《日本通史》，五南图书出版公司，1991 年，第 268 页。

曾经四次组阁,任内发动了中日甲午战争。1905 年 11 月,伊藤博文以武力威逼朝鲜签订第二次《日韩协约》,规定日本在朝鲜设"统监",朝鲜外交由日本外务省掌握,伊藤博文出任首任统监,掌控了朝鲜实权。1907 年 7 月,伊藤博文强迫朝鲜签订第三次《日韩协约》,规定朝鲜的一切法令、内政重大措施及高官任免均须经日本统监批准,在备忘录中还规定朝鲜解散军队,重要官员均由日本人担任。有了伊藤博文的经营基础,"1910 年 6 月 3 日,日本桂太郎内阁决定吞并朝鲜。8 月 22 日,日军以刀枪包围,逼迫朝鲜国王签订《日韩合并条约》,正式吞并了朝鲜"①。安重根(1879—1910)是朝鲜独立运动家,他于 1909 年 10 月 26 日在中国哈尔滨火车站射杀伊藤博文,被当场逮捕,于翌年 3 月 26 日在旅顺就义。柴田胜二指出,《门》中安之助、安井名字中的"安"字均与安重根之名有关。②

　　夏目漱石对中国东北、朝鲜等的关注与其中韩旅行经历亦密切相关。1909 年 9 月初至 10 月中旬,他应大学预科时代的好友、时任"满铁"总裁中村是公之邀,游历了大连、旅顺、熊岳城、营口、汤岗子、奉天、抚顺、长春、哈尔滨等地,接着又游历了朝鲜半岛。可见在创作《门》前,夏目漱石刚刚实地考察了"满铁"及中国东北、朝鲜,其整个行程得到了"满铁"及"满铁"总裁的高规格接待,可以想见夏目漱石在当地触及了日本殖民机构的一些核心部分。返回日本后,他从 10 月 21 日开始在《朝日新闻》上连载《满韩漫游》,但仅涉及中国东北部分,而未及朝鲜部分,写作便半途而废,这应与 10 月 26 日伊藤博文被杀事件大量占用报刊版面有关。但在刚刚游历过的哈尔滨火车站发生的反殖民事件亦肯定产生了巨大的冲击力,可以说夏目漱石几乎"亲历"了该事件,因为刚刚接待过他的"满铁"总裁中村是公亦在事发现场,只是未被击中而已。所以,伊藤博文被杀事件带来的震撼亦可能是游记写作半途而废的原因之一。《满韩漫游》的中文版译者指出:"从《满韩漫游》中可以看出夏目漱石对于满洲的认识是复杂的,甚至流露出恐惧的情绪。惨烈的日俄战争留下的废墟还没有清理,旅顺口海底的沉船和鱼雷依然存在,围绕'鬼屋'的战争创伤故事不断流传。……夏目漱石不愧是二十世纪的预言家,他也许已经预见到日本会陷入满洲殖民地的泥沼,最后会遭到历史的惩罚。按这样的逻辑推理,《满韩漫游》的辍笔也就是历史的必然了。"③这是颇有说服力的观点。

　　《门》是作者于《满韩漫游》辍笔后创作的第一部长篇作品,其中隐含的"国家叙事"或许承载着游记未竟的记录或反思。作者通过都市隐士般的宗助夫妇的日常生活凸显着作品人物与国家、社会之间强烈的"疏离感",完全褪去了《满韩

---

　　① 赵建民、刘予苇:《日本通史》,五南图书出版公司,1991 年,第 266 页。

　　② 柴田勝二『漱石のなかの〈帝国〉:「国民作家」と近代日本』(翰林書房、2006 年)155—156ページ。

　　③ 夏目漱石:《满韩漫游》,王成译,中华书局,2007 年,第 151 页。

漫游》中的"东方主义色彩"。① 这是一种急剧的转变,作品艰辛的写作过程亦说明了转变之痛。《夏目漱石年谱》记载:"六月,在《门》的创作期间,胃病发作,入长与胃肠医院。七月下旬,出院。八月,前往伊豆修善寺温泉疗养。二十四日,因胃溃疡大量吐血,不省人事。九月,状况好转。十月,返回东京。再次入住长与胃肠医院。"②所谓"胃溃疡大量吐血,不省人事"是夏目漱石人生中生死攸关的一次濒死体验,被称为"修善寺大患"。1910 年 5 月,《门》连载期间还发生了震惊日本的"大逆事件",明治政府以谋杀天皇的"大逆罪"为借口,逮捕了幸德秋水等一大批日本早期社会主义者,最终于翌年年初判处十二人死刑,并由此建立"特别高等警察"以监视进步人士,白色恐怖笼罩了整个日本社会,"甚至连《昆虫社会》这样的书也因为有'社会'二字而遭抄没"③。就这样,《门》表面上描写了宗助夫妇的日常生活抑或他们的爱与罪,实则还隐含着庞大的"国家叙事",它以1904 年至 1910 年,即日俄战争至"日韩合并"的日本殖民扩张时期为时代背景,呈现了帝国日本的"殖民欲望",但过度膨胀的欲望必将招致惩罚,伊藤博文被杀事件即是极好的明证之一。

　　明治维新开启了日本的现代化进程,新的明治时代是一个在诸多方面与传统决裂的时代,也是一个拜金主义盛行的忙碌的时代。关于当时的"忙碌"状况,从宗助对星期日的期盼可知,亦可从他"平时忙碌不堪……但七天一次休息日到来,心可以放松一下时,便觉得平时的生活是多么仓促而轻浮"④的描述可知。当然,"七天一次休息日"的作息方式亦是明治日本导入的西式"时间机制",由此可以再次领略"时间"在《门》中的重要性,它隐喻了日本社会从传统向现代的裂变,并将明治日本的现代性问题纳入视野。前述"国家叙事"部分所关注的问题无一不是日本现代化进程中出现的问题,即日本的"现代化"进程是与战争、帝国、殖民、掠夺等问题纠缠在一起的,它们是同一个问题的不同侧面。明治时代将现代化称为"文明开化"或"开化"。夏目漱石于 1911 年 8 月在和歌山进行了一场名为"现代日本的开化"的讲演,他在讲演中指出:"我认为诸君对现代日本的开化问题是不明了的。这么说有点失礼,但我认为一般日本人并不明白这个问题。"话语中透着自信,这种自信与其留英经历有关,亦与其对该问题的深入思考有关。他接着对西方现代化与日本现代化进行了类型划分,指出:"西方的开化是内发型的,日本现代的开化是外发型的。内发型是指从内部自然生发之意,正如花朵开放般,花蕾破绽怒放。而外发型是指迫于强大

---

① 夏目漱石:《满韩漫游》,王成译,中华书局,2007 年,第 141 页。

② 吴树文:《夏目漱石年谱》,夏目漱石:《门》,吴树文译,上海译文出版社,2017 年,第16 页。

③ 赵建民、刘予苇:《日本通史》,五南图书出版公司,1991 年,第 262 页。

④ 夏目漱石『漱石全集　第 4 卷』(岩波书店、1985 年)633ページ。

的外力,不得已而为之的意思。"他还进一步总结:"一言以蔽之,现代日本的开化是流于表面的、肤浅的。"在演讲接近尾声时,他还预言了现代性对个人造成的压迫问题,指出:"我们在骄傲于这叹为观止的知识的收获的同时,还将患上严重的神经衰弱,奄奄一息地呻吟于路旁,这是必将发生的现象。"①由此可见夏目漱石超越时代的洞察力。

《门》中点缀了大量象征新时代的符号,如作品第二部分描写宗助在休息日到市区散步的情景。作者通过宗助的视角,向读者展示了当时东京的"都市"街景。电车、车内广告、街上"玻璃橱窗里漂亮陈列"着的"西洋书籍",其中有叫"*History of Gambling*(《赌博史》)的书,装帧得特别精美,摆放在正中央";钟表店的"金表"和"金表链"、洋伞店、洋货店店头的礼帽和领带、绸缎店、刺绣精美的女式衬领无不刺激着人们的"消费欲望";杂志店前"新刊书目的大字广告"亦透露着"大众传媒"及"知识消费阶层"兴起的气息。可以说,这是一个以金钱和消费欲望为价值导向的时代。夏目漱石通过这些"都市"街景展现着现代社会的诸多特征,这都是与传统社会迥然不同的。

新旧时代裂变的"历史感"还通过宗助对"东京"和"京都"这两座新旧都城的比较进行了描述。宗助曾经"满脑子都是时尚"。他考入京都大学,初来乍到时,常和安井一起游览古都,但很快便觉得"这陈旧落后的地方令人感到乏味"。这是因为"当时宗助的眼里只有新世界……认为生活着的现在和即将到来的未来才是重要的,而正在消失的过去则是梦境般没有价值的幻影罢了。他看过许多凋敝的神社和凄凉的寺院,已失去把自己年轻的脑袋转向褪了色的历史的勇气"。然而,学期结束返回东京时,东京的"炎热和煤烟"都令他感到"喜悦",他发自内心地用"壮美"二字赞叹东京。

在如此历史转折时期,祖传的艺术品也只能落得被变卖的命运。阿米把家中屏风变卖了为宗助置办新鞋等,"宗助觉得未尝不可,但将父辈留传下来的有抱一手笔的屏风为一方,把新鞋和新绸缎为另一方,不禁觉得这二者的交换是多么离奇而滑稽"。"抱一"即酒井抱一,江户后期著名画家,三十七岁时在京都西本愿寺出家,代表作有《夏秋草图屏风》《四季花鸟图屏风》等。抱一屏风是艺术品,亦是传统价值观的象征,但在物质文明时代,它只能被变卖为"实用"的新鞋和新绸缎,宗助虽然感到"离奇而滑稽",却也无可奈何。与此同时,传统的人际关系亦几近崩塌。宗助夫妇的共同生活便始于对安井的背叛。宗助的叔父亦将其兄长房产变卖所得大部分现金据为己有,致使原本富家出身的小六有可能上不了大学。叔父不久也去世了,"佐伯婶母和安之助后来再也没来过宗助家。宗

---

① 夏目漱石『漱石全集　第 11 卷』(岩波书店、1985 年)321－341ページ。

助原本无暇去曲町,而且也没有那种兴致。虽说是亲戚,却过着毫无干系的生活"①。可见人情之淡薄,传统人际关系岌岌可危。

宗助夫妇受到命运的惩罚,生活拮据。宗助未老先衰,阿米则经受了三次流产、死产的打击,身心俱疲。在极度痛苦中,阿米"终于迈进了某算命先生的门",算命先生断言:"你做过对不起人的事,你的罪过受到报应,你绝不会有孩子。""阿米听后,如万箭穿心般痛苦。""社会毫不客气地让他俩背上了道义的罪名。……他俩抛弃了双亲,抛弃了亲戚,抛弃了朋友。说得笼统一点,他们抛弃了整个社会,抑或被抛弃了。学校自然也抛弃了他,不过表面上是自动退学。"②夫妇二人唯有相依为命,默默地承受着命运的苛责,而一连串的苦难令宗助开始回望东方传统,《论语》成为其苦难中的精神救赎之一。

宗助并非爱读书者,他"中途辍学后几乎没读过什么书,所以学问不如一般人"。但他还是为自己保留了一间书房。他虽然"不常进"书房,但书房空间的设置,透露出其意识中还有一方精神世界,这也是他能够安贫乐道的原因。夏目漱石在《门》的开篇处写道:

> 宗助刚才把坐垫搬到套廊上,在向阳处舒适地盘腿坐了一会儿,不久丢开手里的杂志,一骨碌躺了下来。天气好极了,可谓秋高气爽。这一带安静之极,所以街上行人走过时的木屐声清晰可闻。宗助曲肱为枕,眼睛掠过屋檐仰望上空,碧空如洗。与自己躺着的局促的套廊相比,天空非常广阔。碰上星期天,能够如此尽情地眺望天空,宗助觉得别有一番情趣。……两三分钟后,妻子朝拉门上的玻璃望去,只见睡在套廊上的丈夫不知打的什么主意,屈着双膝,身子缩得像一只虾,而且两臂交叉,把黑脑袋埋在臂间,根本看不到脸。③

此时的宗助已不再是"满脑子都是时尚"者了,他享受着秋日的阳光和宁静,觉得"能够如此尽情地眺望天空"都是一件惬意事。作者将"局促的套廊"与"天空非常广阔"相比,凸显了"天空"所象征的超然之美,而"局促的套廊"又何尝不是逼仄而充满了"殖民欲望"的日本帝国的象征呢?尤其值得注意的是宗助仰望天空时"曲肱为枕"的身姿,即阿米所见"屈着双膝,身子缩得像一只虾"似的身姿,这身姿无疑典出《论语·述而》之"饭疏食,饮水,曲肱而枕之,乐亦在其中矣。不义而富且贵,于我如浮云"之言。可见,在长达六年的磨砺中,宗助发生了深刻

---

① 夏目漱石『漱石全集　第 4 卷』(岩波书店、1985 年)736ページ。
② 同上,第 794—795 页。
③ 同上,第 625—626 页。

的蜕变,其中《论语》发挥了巨大的作用。宗助夫妇专门选了"离大街最远,也就多了几分闲静"之处住下,在清苦的日常中也能彼此恩爱,这亦颇有《论语·雍也》之"一箪食,一瓢饮,在陋巷,人不堪其忧,回也不改其乐"般的境界。与此相呼应,宗助家后面崖上的粗毛竹挺拔屹立,竹影婆娑,亦可见作者对中国传统文化中"竹子"所象征的"君子"精神的礼赞。事实上,《论语》亦一以贯之地阐释了"君子"的规范。不仅如此,"竹子"与"闲静"所营造出的恬淡美亦是中国文人喜爱的诗题,如柳宗元在《晨诣超师院读禅经》中写道:"道人庭宇静,苔色连深竹。日出雾露余,青松如膏沐。澹然离言说,悟悦心自足。"宗助夫妇的居家环境及内心世界与这首柳诗的境界亦颇多相通之处,而柳宗元亦是夏目漱石喜爱的中国文人之一,这由《我是猫》中关于柳宗元的言说可知。①

《门》共三次直接提及《论语》。作品第五部分描写宗助夫妇谈及小六学费这件烦心事后,宗助"走进了不常进的书房",他临睡时告诉妻子:"今晚读了好久没读的《论语》。"妻子反问:"《论语》说些什么?"宗助回答:"哦,什么也没有。"要向阿米说明《论语》的内容不是一件轻而易举之事,但从上下文的语境可知《论语》对宗助而言,具有疗愈之用。第六部分仍是聊及小六时,阿米担心小六至今未接纳她这个嫂子,宗助安慰她:"别管小六怎么想,只要有我在。"阿米开玩笑道:"《论语》是这么写的?"宗助回答:"嗯,是这么写的。"第十六部分描写宗助听"房东聊起昨晚在饭馆见到一位有点特别的艺妓","说是这位艺妓喜爱袖珍本《论语》,无论乘火车还是出去游玩,总把它带在身边"。房东又说:"她说在孔子的门人中,她最喜欢子路,问她原因,说是子路这个男人非常正直,他在学了一种知识而未付诸实践,却又听闻新知识时,会引以为苦事。"

子路名仲由,是孔门十哲之一,仅年少孔子九岁。《论语》共计十四篇涉及子路,他是《论语》中出现频次最多的孔门弟子。子路擅长政事、直言敢谏、知行合一、重视友情,还是二十四孝"负米奉亲"中的孝子。上文所言子路的性格典出《论语·公冶长》篇之"子路有闻,未之能行,唯恐有闻"。由此可知子路是一位脚踏实地、知行合一者,他重视循序渐进的学习次第,这显然有违当时日本的膨胀或扩张理念,故《门》中暗含了夏目漱石的社会批判意识。自中日甲午战争之后,有关日本的膨胀话题时常见诸日本报刊或书籍,如德富苏峰在1894年10月3日《国民之友》上发表了《日本国民的膨胀性》一文,而后又出版了《大日本膨胀论》(民友社,1894)一书,积极宣扬日本膨胀的必要性。德富苏峰是当时统领日本舆论的著名评论家,其言论具有广泛的影响力。

《论语·公冶长》篇还记载了孔子所言:"道不行,乘桴浮于海,从我者,其由与?"当孔子问其志向时,子路回答:"愿车马衣轻裘与朋友共,敝之而无憾。"可见

---

① 夏目漱石『漱石全集 第 1 巻』(岩波書店、1984 年)321ページ。

其忠勇豪侠之气,这在"人情淡薄"的明治时代无疑是"渐行渐远"的美德。尤其值得注意的是,在传统人际关系几近崩塌之际,作者让一个艺妓对《论语》爱不释手,并让她赞美"正直"的子路,这更加凸显了当时日本社会的道德滑坡问题。当时,无论国家还是个人都被不断膨胀的欲望牵引着,宗助夫妇当初亦如是。可以想见,作者在《论语》及子路身上赋予了深刻的"伦理性"思考,希望以《论语》中安贫乐道、君子知命等思想抵御失控的"欲望",以子路的美德呼唤伦理的重构。夏目漱石还在各种演讲中频繁论及伦理问题,显示了他对该问题的深入思考。他于1911年8月在大阪进行了一场名为"文艺与道德"的讲演,他在讲演开始不久,便明确指出新旧道德之间的区别,认为传统道德具有理想主义色彩,能够引领人们不断地朝着理想的模式或标准看齐,而新近的道德失去了理想主义色彩,"伦理观程度降低了"。但他还是表明了他本人对伦理的追求,"我们人类只要活在世上,无论怎样努力,都不可能离开道德而超然生活于伦理界之外"①。他还于1914年11月在学习院大学举办过一场题为"我的个人主义"的讲演,呼吁学习院大学的青年学子们树立不盲从他人的个人主义价值观,但其个人主义价值观是以伦理为基石的,他说:"如果想发展自己的个性,那么同时也要尊重他人的个性。……换言之,如果从未在伦理方面有所修养者,则没有发展个性的价值,也没有行使权力或财力的价值。"②其核心观点与《论语·雍也》之"己欲立而立人,己欲达而达人"的观点一致。夏目漱石在1916年5月的日记中亦写道:"伦理的才是艺术的,真正的艺术必定是伦理性的。"③然而,《论语》及子路所象征的儒家救赎路径并非所向披靡,当遭遇"非日常性"的冲击时,平静的"日常"有可能在顷刻之间彻底崩塌。当宗助听闻安井即将返回的消息时,他便体验了这种令人绝望的崩塌感,于是更为深刻的救赎成为绝望中的一线希望,这是宗助终于奔向"山门"的原因所在。

　明代的《菜根谭》是中国儒释道三教合一思想的结晶,是囊括了中国处世智慧的箴言录,它以心学、禅学为核心,兼及儒家的中庸和道家的无为。该书一经问世,便经久不衰,在日本更被誉为奇书,自1822年首次印刷以来,各时代均有注释版问世,亦曾是日本现代企业界修身养性的必读书。从日本东北大学附属图书馆所藏《漱石文库目录》可知漱石藏书中有两册版《菜根谭》。夏目漱石在其小说《草枕》第3章中写道:"我仰卧着……却也清晰地读出'竹影拂阶尘不动'字样。"④其中"竹影拂阶尘不动"引自《菜根谭》下卷第六十三"竹影扫阶尘不动,月轮穿沼水无痕"句,可见其对《菜根谭》一以贯之的喜爱之情。

————————————
①　夏目漱石『漱石全集　第11巻』(岩波書店、1985年)373、388ページ。
②　同上,第454页。
③　夏目漱石『漱石全集　第13巻』(岩波書店、1985年)839ページ。
④　夏目漱石『漱石全集　第2巻』(岩波書店、1984年)412ページ。

　　如上所述,《论语》是支撑宗助淡然面对苦难的精神救赎。然而"怀着身处山里的心境,居住在都市里"的隐士般的宗助夫妇使得《门》从整体上散发着寂静、恬淡的氛围,这与《菜根谭》崇尚的"静中真境,淡中本然"①的境界亦具有明显的一致性,可见作者亦希望用"菜根"象征的朴素淡泊来抵御失控的"欲望",宗助夫妇亦由此承受住了命运的严惩。然而,安井即将返回的消息令宗助完全失去了往日的平静,但他还是选择"挺起胸来生活下去"。在一名"上下班时,在电车中把西服口袋里的《菜根谭》拿出来阅读"的同事友人的介绍下,"走进了山门"。宗助借由爱读《菜根谭》的同事,得以走进禅寺山门进行短期参禅,这是偶然中的必然。

　　"山门"即寺院的正门,亦常代指寺院。寺院过去多建在山林,故名"山门"。它一般有三个门,寓意"三解脱门",即"空门""无相门""无作门",所以又称"三门"。宗助受到青年僧侣释宜道的接待,并从师僧处领了"父母未生你以前的本来面目是什么"的话头。宗助不明就里,但大致知道"无非是让你把握自己的本质究竟为何物"。在接下来的日子里,宗助每天只是吃饭、睡觉、打坐、参禅。他苦思冥想,却不得其解。于是,他想借阅宜道的《碧岩集》,觉得读书"可能是悟道的捷径",但宜道劝阻:"读书最妨碍修行。"禅宗主张"不立文字,直指人心,见性成佛"②。张耀南指出其初衷是"认定语言文字对禅而言乃是人为枷锁,它是有限的、片面的、僵死的、外在的,……执着于语言文字,就是执着于思辨、认识、理性、推理、分析,这对'本来境界'的把握而言,乃是南辕北辙。故禅宗主张用种种形象的、直觉的方式去表达和传递那些本无以表达和传递的信息"③。师僧给出话头,即禅门的提公案、参话头,是为了引导参禅者以形象、直觉的方式体悟禅境,但宗助理解不了。宜道只得略微让步,对宗助说:"如果你一定要读点书的话,《禅关策进》这类能鼓舞和激励勇气的书比较合适。不过,这也只是为了激发而读,与道本身无关。"

　　《禅关策进》是明代云栖寺高僧袾宏辑录的参禅指南。袾宏世称云栖大师或莲池大师,是明代四大高僧之一。书中列举了高僧大德的参禅法,分前后两集。前集又分"诸祖法语节要第一"和"诸祖苦功节略第二"两部分;后集为"诸经引证节略",辑录散见于诸经中的修行要略。全书言简意赅,是开示参禅法的宝贵资料,如赵州谂禅师示众:"汝但究理坐看三二十年。若不会,截取老僧头去。"永明寿禅师垂诫:"学道之门,别无奇特。只要洗涤根尘下……假使参而未彻,学而未成,历在耳根,永为道种。"④太虚禅师示众:"如未了悟,须向蒲团上冷坐。十年,

---

① 洪应明:《菜根谭》,湖北人民出版社,1995年,第128页。
② 雪窦重显、圜悟克勤:《碧岩录》,东方出版社,2017年,第2页。
③ 张耀南:《〈碧岩录〉与中国文化之转型》,《碧岩录》,东方出版社,2017年,第4—5页。
④ 袾宏:《禅关策进》,赵州柏林禅寺印行,第2—3页。

二十年,三十年,看个父母未生前面目。""衣不解带"条载:"金光照禅师,十三出家,十九入洪阳山,依迦叶和尚。服勤三载,衣不解带,寝不沾席。"

禅宗有顿悟与渐悟之分,但一般人大多是渐悟根器,《禅关策进》亦反复强调了"苦功"的重要性。夏目漱石曾于 1894 年 12 月、时年二十七岁时,在镰仓圆觉寺塔头归源院释宗演(1860—1919)门下参禅,可以说宗助的参禅体验中包含了作家自身的体验,《门》中的相关描述亦显示出作家丰富的禅学修养,这是夏目漱石通过参禅方式寻求救赎路径的重要原因。作品第二十部分称颂宜道"根器非同寻常,修行也已入佳境"。"他负责管理此庵已两年了,还不曾正式铺了床、舒舒服服地伸直腿睡过一觉。即便冬天,也仅仅和衣靠墙坐着入睡。"这与《禅关策进》"衣不解带"条所言"苦功"一致,作家赞美如此践行"苦功"的宜道是一位"修行也已入佳境"的禅门俊才。《门》的题名普遍认为受到尼采《查拉图斯特拉如是说》的启发,[①]但《禅关策进》所录永明寿禅师的开示语"学道之门"云云,亦颇契合作品旨趣。师僧给出的"父母未生你以前的本来面目是什么"的话头亦见于上述《禅关策进》太虚禅师的开示语中,可见夏目漱石是在其丰富的禅学修养基础上进行《门》的创作的。

再看宜道为何不推荐《碧岩集》呢?《碧岩集》亦称《碧岩录》,是宋代圜悟克勤(1063—1135)对雪窦重显(980—1052)《颂古百则》中的百则公案加以阐释、评说,并由门人编辑而成之书,被誉为"宗门第一书",几乎与六祖《坛经》比肩,对日本临济宗影响深远。张耀南指出"《碧岩录》乃是中国文化的转折点",主要体现在"它从根本上强化、确立了中国哲学批评的'佛禅格式'。表现在开启了茶禅一味、诗禅一味、字禅一味、教禅一味、禅禅一味、儒禅一味之源"[②]。可见该书所具有的厚重的文化底蕴并不适合初学者阅读。阅读行为还会妨碍初学者以形象、直觉的方式体悟禅境,且洋洋洒洒数十万字,远不如《禅关进策》之类小册子易懂。所以禅门俊才宜道连烧火做饭时都不忘捧着《碧岩集》,却并不推荐宗助阅读这部书。当然,这亦是夏目漱石本人在圆觉寺参禅时的真实体验,[③]亦显示了其深厚的禅学修养。

作品第二十部分提及师僧上课时所用的《宗门无尽灯论》。宜道告诉宗助:"这是一本难得的好书。"此书是"白隐和尚的弟子东岭和尚所编,主要讲修禅者如何由浅深入的途径,以及随之产生的心境变化,写得条理清晰"。白隐和尚即白隐慧鹤(1685—1768),"因偶读明朝袾宏《禅关策进》很受启发"[④],三十二岁时

①　橋元志保「夏目漱石『門』を読む:ニーチェ哲学の受容を視座として」(『教養・文化論集』第 3 巻第 1 号、2008 年、105—118ページ)。

②　张耀南:《〈碧岩录〉与中国文化之转型》,《碧岩录》,东方出版社,2017 年,第 2 页。

③　夏目漱石『漱石全集　第 16 巻』(岩波書店、1986 年)683ページ。

④　杨曾文:《日本佛教史》,浙江人民出版社,1995 年,第 544 页。

到京都任妙心寺第一座,名扬全国。他根据自己的修行经验和三教一致思想提出了自己的习禅方法,简化了公案,重视用通俗易懂的语言传法,弟子甚众。东岭和尚,即东岭圆慈(1721—1792)是白隐慧鹤最著名的弟子之一。后世日本临济宗的主流均可追溯到白隐慧鹤,他被誉为日本临济宗的中兴之祖。

东岭圆慈在二十八岁时用汉文写成《宗门无尽灯论》,现收录于《大正新修大藏经》。《宗门无尽灯论序》记载,东岭圆慈曾经"只为不顾身命用心过度。五脏齐劳大感病患",乃至于"命不可过三五年之间。于是思惟。我命不足惜。只恨未果自利利他之素愿。却虚修前艰苦。终拟肇法师之临刑著论。竟述此论。日夜打坐蒲团。傍置笔砚。随得随笔。仅三十日而成草稿。名之曰宗门无尽灯论。盖取一灯分百千灯。灯灯无尽之义也"[1]。东岭圆慈因这部书稿而受到白隐慧鹤的印可。值得注意的是"灯"的寓意。禅宗有"灯录"或"传灯录",是记载禅宗历代传法机缘的著作,如北宋的《景德传灯录》即其代表作之一。这是以"灯"喻"法",以法传人,故名"传灯",寓意法脉灯火相传。《维摩诘经·菩萨品》亦云:"有法门名无尽灯。汝等当学。无尽灯者。譬如一灯燃百千灯。冥者皆明。明终不尽。"[2]东岭圆慈所谓"灯灯无尽之义"的"无尽灯"与中国"灯录"或"传灯录"的"灯"的内涵一脉相承,与《维摩诘经·菩萨品》所言"譬如一灯燃百千灯"的"无尽灯"亦完全一致。

夏目漱石借宜道之口称赞《宗门无尽灯论》是"一本难得的好书",而他在描写宜道的参禅造诣时写道:"见性之日,他喜不自胜,奔至后山,大声喊道:'草木国土悉皆成佛。'"[3]其中"草木国土悉皆成佛"见于《宗门无尽灯论》"宗由第一"之"一佛成道观见法界,草木国土悉皆成佛"。不仅如此,煤油灯的"灯光"亦是《门》的重要道具,它贯穿始终,象征这对贫寒夫妻恬淡的幸福感。如作品第五部分描写宗助夫妇"照例坐在煤油灯下,觉得在这个世上,唯有自己坐着的这块地方是明亮的。而在这明亮的灯影下,宗助只意识到阿米的存在,阿米也只意识到宗助的存在"。对"灯光"的反复强调亦源自禅宗"灯录"或"传灯录"以及与《维摩诘经·菩萨品》一脉相承之《宗门无尽灯论》中"无尽灯"的寓意,即通过佛法令"冥者皆明。明终不尽",亦即通过佛法度化无数众生,令无数众生破迷开悟,明心见性,开启智慧,而这亦是参禅抑或佛家救赎路径的终极指向,可见其深刻的寓意。

返回东京的日子到了,宗助依然不得要领,他"分明觉得自己简直就是来耗费时间的,觉得宜道的安抚之言,正是因为自己的窝囊,这令他深感羞愧"。学界

---

① 《大正新修大藏经》第81卷续诸宗部十二,大正新修大藏经刊行会,1967年,第581页。

② 《维摩诘经今译》,道生等注译,中国社会科学出版社,2003年,第54页。

③ 夏目漱石『漱石全集 第4卷』(岩波書店、1985年)846ページ。

根据宗助的自我评价,均指出其参禅归于失败,如松尾直昭指出"其分别心关闭了救赎之门"[①]。然而,佛教五戒十善规定不妄言不绮语,宜道的安抚之言并非不实之语,如作品第二十部分所言"你无须患得患失。坐十分钟,肯定有十分钟的功德;坐二十分钟,肯定有二十分钟的功德"。临别时亦言:"你经过短期坐禅,有了相当大的变化。你特意来这里,还是值得的。"事实上,宗助从山门回到家中,不久便迎来了难得的"小康"日子,不仅避免了被裁员的厄运,还有幸获得了加薪,小六亦成为坂井的书童而搬到坂井家住了,其学费问题亦有望解决,可见宗助的参禅还是颇有功德的。

如上所述,夏目漱石曾于1894年12月到圆觉寺参禅,他时年二十七岁,已开始教书工作。关于参禅原因,他在同年9月4日致正冈子规的书简中写道:"这三四年以来,为了冷却沸腾的脑浆,遂振作了学习之心。""沸腾的脑浆"形象地解释了夏目漱石当时焦躁不安的精神状态,而参禅无疑对其具有救赎疗愈之用。但夏目漱石此前已对佛教显示了浓厚的兴趣。他在1890年8月致正冈子规的书简中,引《华严经》忏悔偈写道:"你近来常拿出些偈来,所以我也呈上一偈,请你每天早上焚香诵此偈'我昔所造诸恶业,皆由无始贪嗔痴,从身语意之所生,一切我今皆忏悔',以驱心魔。"[②]所谓"偈",即佛经中的唱颂词,夏目漱石所引《华严经》中的此偈是佛教著名偈诵之一。他在1915年2月13日致西川源兵卫的书简中写道:"纸收到了……我想抄写心经送给您。"在同年8月2日致西川源兵卫的书简中写道:"我用您送的纸抄写了心经,三页纸就抄完了。"[③]所谓"心经",即《摩诃般若波罗蜜多心经》,简称为《般若心经》或《心经》,全文二百六十字,是大乘佛教中最广为人知的经典,而"抄经"与"参禅"一样,都是自古流传的佛家修心法门,可见夏目漱石对佛教的兴趣始终如一,且在参禅、抄经等方面积累了诸多实践经验,对佛经亦相当熟悉。佛教注重内心,而非外求。夏目漱石通过佛教寻求或探索救赎之路,无疑与其心性、学养有关。此外,正如他在《门》中嵌入的伊藤博文被刺事件所显示的,亦是对当时日本贪得无厌的"对外"殖民扩张政策的一种批判。

1902年1月30日,日本针对俄罗斯与英国签订《日英同盟条约》,条约规定日英双方承认彼此有权干预中朝内政和在中朝两国的"特殊利益"。山内昌之指出:"日英同盟使日本拥有了名副其实的帝国意识。支撑这种意识的要素是与民族、人种歧视和大国主义式的民族主义联系在一起的民族自负心理,这从日俄战

---

① 松尾直昭「夏目漱石『門』論:参禅の意味をめぐって」(『日本文芸研究』第41巻第3・4号、1990年、49ページ)。

② 夏目漱石『漱石全集　第14巻』(岩波書店、1985年)61、23ページ。

③ 夏目漱石『漱石全集　第15巻』(岩波書店、1985年)439、488ページ。

争胜利至第一次世界大战结局可知。"①日俄战争前后,日本已基本具备了"列宁指出的帝国主义的基本特征",但还有其特点,即"日本帝国主义从一开始就具有军国主义色彩。……在连续不断的对外侵略中得到继续发展"②。针对帝国时代的"外向"及"扩张"性,禅宗的"内向"智慧确实提供了值得借鉴的反向价值观,这亦是其救赎力量的源泉。

综上所述,《门》是一部由"个人叙事"与"国家叙事"共同建构起的日本殖民扩张时代的"罪恶"与"救赎"的文本。其中,有关宗助夫妇的"个人叙事"构成明线,"国家叙事"构成暗线,明暗双线共同指向罪恶与救赎的主题。关于作品的"救赎"指向,从宜道对宗助引《孟子·离娄上》第十一章之"道在迩而求诸远"中关于"道"的明示可知,亦可从宗助离开山门之际,对求道之"门"的诸多感慨可知。此外,需要寻求宗教力量的"宗助"以及道业有成的"宜道"的名字亦是明证。夏目漱石主要从《论语》《菜根谭》《碧岩录》等中国传统儒释道经典中寻求救赎之路,尤其对超越生死轮回的禅宗表现出浓厚的兴趣,这与其禅学造诣有关,亦与中国禅文化对日本传统文化的深刻影响有关。宗助的参禅还是卓有成效的,虽然并未彻悟,但还是迎来了实实在在的"小康"日子。但当阿米在作品结尾处赞叹春天的来临时,宗助泼冷水道:"不过,马上又是冬天了。"这亦是学者们认为宗助参禅失败之处。然而,正如房东对重返东京的宗助说的"青蛙夫妇"的故事所象征的,在追求殖民扩张的帝国时代,一切都处于"弱肉强食"的法则之下,"过路的小孩子和闲人抛掷石块,无情地击杀"水沟里"成百成千对"青蛙夫妇,"真是死尸累累啊。这些都是青蛙夫妇,确实太悲惨了"。这种"无情"的屠杀与禅宗主张的慈悲、平等心背道而驰,与前述《宗门无尽灯论》序言中提及的"自利利他"的理念亦南辕北辙,这是救赎之难的真正原因。后世学者们往往嘲讽宗助参禅的失败,却几乎无视作者其实已经揭示了救赎之难的原因,在其后的代表作《心》中,夏目漱石仅为主人公预留了自杀的结局。

---

① 山内昌之『帝国と国民』(岩波書店、2004 年)100ページ。

② 赵建民、刘予苇:《日本通史》,五南图书出版公司,1991 年,第 255 页。

第七章　大正时代的小说

　　1898 年 10 月 18 日,片山潜、幸德秋水等人组建社会主义研究会①,标志着日本社会主义者开始探索新的革命理论。日俄战争时期,幸德秋水以《平民新闻》为阵地不断发表反战言论。日本早期社会主义运动令明治政府惊恐不已。1907 年 4 月,《平民新闻》被封。1910 年 5 月,明治政府又以阴谋暗杀天皇的莫须有的"大逆罪"逮捕幸德秋水等数百名社会主义者,最后判处幸德秋水等十二人死刑,希望把社会主义运动扼杀在摇篮中。此后,特别高等警察的监视无处不在,白色恐怖笼罩日本。"大逆事件"震撼了日本社会,石川啄木(1886—1912)发表评论《时代闭塞的现状》(1910),猛烈地批判了自然主义文学的无所作为,亦表达了对明治政府的愤懑:"我们青年周围的空气已经完全不流动,强权势力无处不在。"②但这篇评论在作者生前未能发表,由此亦可见当时社会空气的凝重。森鸥外《沉默之塔》和《大盐平八郎》、德富芦花《谋反论》(1911)、三宅雪岭《四恩论》(1911)、与谢野铁干《诚之助之死》(1911)、木下杢太郎《和泉屋染物店》(1911)、永井荷风《散柳窗夕荣》(1914)、木下尚江《神·人·自由》(1934)等均表达了各自的批判意识。但除口头演讲外,文字作品大多采用隐晦的手法,时代闭塞的现状已经不容许自由表述。自然主义文学对日本家庭制度的抨击亦引发了明治政府的警惕,日本自然主义文学走向式微。此后,私小说继承其文脉。但反自然主义文学依然同步存在,主要有耽美派、白桦派、新思潮派,这三个文学流派与私小说一起成为大正文坛的主流。

第一节　耽美派小说

　　耽美派信奉耽美主义。耽美主义将美作为最高价值标准,主张创造美、享受美。在日本文学史上,耽美派文学作为反自然主义文学样式出现在明治末期。潘神会(1908—1913)聚集了诸多耽美派的文学艺术人士,成为耽美派运动的重

---

①　1904 年 11 月日俄战争期间被迫解散。

②　北原白秋、石川啄木『現代日本文学大系　26　北原白秋　石川啄木集』(筑摩書房、1972 年)364-365ページ。

镇。1908年12月,第一次潘神会集会,木下杢太郎、吉井勇、北原白秋等青年诗人和美术杂志《方寸》成员山本鼎、石井柏亭等画家参加了聚会。木下杢太郎、北原白秋原本是《明星》杂志的成员,因与杂志负责人与谢野铁干不合而退会,《明星》亦于1908年11月停刊。1909年1月,在森鸥外、与谢野夫妇等的支持下,以石川啄木为发起人的《昴星》(1909—1913)杂志创刊,主要作者包括森鸥外、上田敏、石川啄木、高村光太郎、木下杢太郎、北原白秋等。《昴星》的青年作者成为潘神会的主要成员。稍微年长的永井荷风、上田敏亦常常参会,共同酝酿着耽美主义的氛围。"潘神会"之名源自希腊神话中的潘神之名。潘神亦是牧羊神、享乐之神,潘神会颇有欧洲文学沙龙的性质。集会场所多设在咖啡厅或西餐店,显示了浓厚的西方色彩。地点则经常选在江户氛围浓郁的永代桥附近,亦显示出对江户趣味的怀恋。也就是说,耽美派憧憬着遥远的西方或往昔的江户,崇尚异国情调,具有浓郁的艺术至上色彩,这与日本自然主义完全不同。1910年,永井荷风出任庆应大学教授,创办《三田文学》杂志,将久保田万太郎、佐藤春夫等推向文坛,耽美派文学渐成气候。小山内熏、谷崎润一郎等于1910年创办第二次《新思潮》,亦有力地促进了耽美派的崛起。1910—1914年,耽美派文学成为日本文学的主流。耽美派崇尚异国情调,追求官能享受,沉浸在人工、都市化的情趣之中,可谓都市文学流派。

　　永井荷风,生于东京,别号断肠亭主人、石南居士等。外祖父是江户末期著名的儒学家,名鹫津毅堂。其父永井久一郎是鹫津毅堂的弟子,亦是汉诗人,与成岛柳北交好,有汉诗集《来青阁集》十卷,曾留学美国普林斯顿大学,后任文部省会计局长,退官后入职日本邮船公司,担任过该公司上海分店店长。永井荷风受到家庭环境的熏习,亦具有良好的汉学修养。1897年中学毕业,未考上一高,随家人赴上海旅行,后入读东京高等商业附属外国语学校(现东京外国语大学)清语科,因旷课太多被开除。1898年入广津柳浪门下学习写作,还在福地樱痴门下学习歌舞伎剧本写作。在岩谷小波的星期四会上崭露头角,出版处女作《野心》(1902)、《地狱之花》(1902)等作品,受到左拉文学的影响,永井荷风以写实主义风格走上文坛,成为日本自然主义文学的先驱者之一。1903年9月赴美国,其间创作了《美国物语》(1908)。1907年7月赴法国,一度在里昂的正金银行任职,后辞职游历了巴黎等地,于1908年7月回国,不久出版《法兰西物语》(1909),被禁止发售。此后,他又创作了一系列具有文明批判性质的作品,如《新归朝者日记》(1909)、《冷笑》(1909—1910)等,还创作了《隅田川》(1909)等描写甜美爱情之作,并逐渐转向江户趣味。从《隅田川》开始,直至昭和时期的名作《濹东绮谭》(1937),他一以贯之地描绘着对江户传统的憧憬,这与他在法国逗留期间看到的尊重古典的精神一脉相承。《隅田川》具有浓郁的古典风格,是一部具有抒情诗性质的风俗小说,作家用情景交融的笔法把隅田川畔的风俗人情、四季风光记录下来,寄托了诸多的怀古幽思。

在森鸥外、上田敏的推荐下,永井荷风于 1910 年出任庆应大学文科教授,并创办《三田文学》,以对抗自然主义杂志《早稻田文学》。《三田文学》遂成为反自然主义文学的阵地,永井荷风本人亦在刊物上连载随笔《红茶之后》(1910),创作《新桥夜话》(1912)等。大正初年出版译诗集《珊瑚集》(1913)、随笔《晴日木屐——东京散策记》(1915)等。其中,《珊瑚集》收录雷尼埃诗十余篇、波德莱尔诗七篇、阿尔贝·萨曼长诗一篇,从诗作选取方式可见永井荷风的兴趣爱好,乃至其本人的作品倾向。值得注意的是,《珊瑚集》将波德莱尔的诗作译介到日本,其译笔是后来译者难以企及的,这亦得益于永井荷风的汉学素养。永井荷风倾心于波德莱尔的诗作,他将文学与生活统一在一起的态度恰似波德莱尔的丹蒂主义(Dandyism)。永井荷风对波德莱尔的憧憬由《美国物语》可见一斑,其中的"中华街记""夜之女""夜行"等篇目均带有波德莱尔诗作的印记。《法兰西物语》之"巴黎之别"等篇目中亦可见波德莱尔的名字。永井荷风在《法兰西物语》中如此赞赏法国的秋天景致:

> 来到法国,我才真正领略到了法兰西当地的气候。与绚丽明亮的夏天相反,这里的秋天是如此的凄凉和孤寂。这种凄凉和孤寂与其说是从心底深处感受到的,不如说是丝丝地渗透身心,就好像是用手也可以触摸到这份悲愁。法国的诗和音乐与德国根本上的不同就在于此。法国能造就缪塞,却不可能诞生歌德。同样,培育有作曲家柏辽兹的法国,也无法产生瓦格纳这样的人物。北欧阴暗的森林可以说神秘莫测,但南方法国的自然却在深浓的悲愁中孕育着美。与其说是人在这悲愁中领悟或感觉到了什么,不如说人们在这悲伤中迷醉。①

上述文字充满了浪漫的诗意,这种诗情洋溢的笔触展现了浓郁的耽美色彩,永井荷风由此成为日本耽美派的骁将。他在《法兰西物语》中还赞叹了巴黎的街景:

> 啊! 这就是巴黎! 我震惊了。我不光去了闻名世界的协和广场、行道树成荫的香榭丽舍大街、凯旋门、布涝涅森林,还见识了里沃利路的热闹非凡、意大利街的纷杳杂乱。我来到了塞纳河畔,甚至走访了不知名的细小街道。所到之地的所见所闻,都会让我想起曾经读过的法国写实派作家的小说、帕尔纳斯流派的诗篇,这些作品都精确、忠实地

---

① 　永井荷风:《法兰西物语》,陆菁、向轩译,南京大学出版社,2010 年,第 20 页。

反映了这个大都市的生活。

> 我是在法国艺术中第一次了解法兰西的都市田园的。坐在马车上，我不由得想起远方的故乡以及它的艺术。明治时代的写实派作家们是否很精确地研究过东京？也许即将形成的自然派和象征派作家会比明治写实派更加进步成熟吧！①

巴黎的街景启发了他对"景观"的看法，"明治时代的写实派作家们是否很精确地研究过东京"的发问，预示了一位"古老东京"的书写者的诞生。实际上，永井荷风对法国的诗意书写本身，就满含了对明治日本的批判态度。《晴日木屐——东京散策记》无疑是他对东京的诗意书写，是其对"往昔东京"的美好追忆，其文化内涵与《法兰西物语》一样，都内含着独特的文明批判视角。他在《晴日木屐——东京散策记》的序文中写道：

> 将东京市中散步之记事集中起来，题为《晴日木屐》，其缘由在正文的开头已有叙述，故此不再赘述。《晴日木屐》开始写于大正三年夏初，约持续一岁之余，月月连载于《三田文学》杂志。这次应米刃堂主人之请，加以改窜，遂成一卷。这里详述起稿的年月，是因为想到，当这本书出版问世的时候，篇中所记市内胜景，定会有不少已遭破坏而无迹可寻了。君不见，木造的今户桥早已变成铁制的吊桥，江户川的河岸也因混凝土加固，再也看不见露草之花了。樱田御门外，还有芝赤羽桥对面的闲地，如今不正在大兴土木吗？昨日之深渊，今日之浅滩，拙著为梦幻的世界立下存照，供后人谈兴的素材，也是一件幸事。②

1910 年发生的"大逆事件"极大地震撼了永井荷风，他开始自嘲为"戏作者"。他在《焰火》(1919)中写道：

> 明治四十四年在庆应义塾上班时，我一路上看到市谷大街上有五六台囚犯马车不断地驶向日比谷的法院。我在迄今所见所闻的社会事件中，还从未有过像这样令人产生不可名状的厌恶感的。我是个文学家，不应对此思想问题保持沉默。小说家左拉不是因在德雷福斯事件中主持正义而亡命国外了吗？可是我和社会上的文学家都一言不发。我总觉得无法忍受良心上的痛苦。我对自己的文学家身份感到极为羞

---

① 永井荷风：《法兰西物语》，陆菁、向轩译，南京大学出版社，2010 年，第 9 页。
② 永井荷风：《晴日木屐》，陈德文译，花城出版社，2018 年，第 3 页。

耻。之后我想不如把自己的艺术品位降到江户戏作者的程度。从这时起,我开始提烟袋、收集浮士绘、弹三弦了。①

他在《焰火》中提及了文学家的"良心"问题。"大逆事件"发生五年之后,1916 年 3 月,三十七岁的永井荷风毅然辞去了庆应大学教授的职位,这是他对自己"文学家"身份的重新定位,其中可见一个传统东方文人的节操。永井荷风的东方文人气质从其随笔代表作《雨潇潇》(1922)中亦可略窥一斑。此后,他与友人一起创办《文明》杂志,在该杂志上连载以新桥花柳界为背景的《竞艳》(1916—1917),并开始记录长篇日记《断肠亭日乘》,这部长篇日记运用和、汉、洋三种文体,亦具有较好的史料价值,充分显示了作者深厚的东西文化学养。他还模仿森鸥外的史传体小说,创作了《下谷丛话》(1926)。"下谷"是东京地名,永井荷风母亲娘家所在地。《下谷丛话》追忆了外祖父鹫津毅堂及其周边的大沼枕山等儒学者、汉诗人群像,他们在江户末期至明治初年的历史转折时期,不为时代风潮所动,坚守着自己的文化本位。

《濹东绮谭》被认为是永井荷风小说中的最高杰作,作品以诗意哀婉的笔触描写了小说家大江匡与妓馆阿雪之间的恋情,其中亦可见中国传统才子佳人小说的印痕。作品首先于 1937 年 4 月 16 日至 6 月 15 日在《东京(大阪)朝日新闻》上连载,8 月由岩波书店出版单行本。此时正值"七七事变"爆发,亦是日本军国主义日趋疯狂时期。永井荷风将其被压抑的诗才倾注于阿雪这个青楼女子身上,并融入了诸多有关四季风物的精细描写。永井荷风一直将花柳界看作江户文化的守护者,他赋予阿雪等花柳界女子的文化内涵也就清楚了。在那个黑暗的时代,他借风俗小说的形式坚持不懈地表达着他的人生观、艺术观。《濹东绮谭》的结尾处哀婉动人。

每年冬季一觉醒来,听到这扫落叶的声响,我就会像往年一样想起馆柳湾②的诗句:"老愁如枯叶,日日扫不尽,簌簌叶声中,又送一年秋。"这天早晨,我再次默诵了这几句诗文,穿着睡衣倚窗一望,只见山崖上朴树枯黄的树叶多落尽,从树梢上传来尖尖的伯劳鸟的鸣叫声,庭院的一角盛开的黄色橐吾花上停着红蜻蜓,无数只红蜻蜓光闪闪地展开透明的翅膀,高高地飞向一碧如洗的晴空。

十一月经常阴霾密布的天气由于两三天前的风吹雨打而变得晴

---

① 永井荷風『現代日本文学大系 23 永井荷風集 第1』(筑摩書房、1969 年)319ページ。

② 馆柳湾(1762—1844),江户后期的日本汉诗人,倾心于中国中晚唐诗歌,诗风清纯温雅。

朗,苏东坡所说的"一年好景君须记"的小阳春好时节就要出现。不知怎么搞的,宛如一两根细线那样残留的、昆虫孱弱的鸣叫声也全绝迹,传入耳中的声响都不同于昨天。一想到今年的秋天又将悄然离去,顿时感到那难于入眠的酷暑之夜的梦幻以及凉爽月夜所见到的景色都成了遥远的过去……每年映入眼帘的景物依然如故,面对年年一成不变的景物,心中的感怀一如既往。如同花凋叶落一样,我所熟悉的人都相继逝去了,我知道自己和他们一样,也将紧跟在他们之后离去,这时间已不久远。在晴日灿灿的今日,让我去祭扫一下逝者的坟茔吧。或许那儿的落叶也会像家中庭院里的一样,早已覆盖了他们的长眠之地吧。①

《濹东绮谭》在对"逝者"的怀恋中落下帷幕,从对馆柳湾、苏东坡诗文的指涉中,可以看出其浓郁的东方文人情怀。对于"美好往昔"的怀恋折射出他对"当下时代"的批判精神。事实上,在《濹东绮谭》问世前,《雨潇潇》被认为是其最优秀的代表作,其和汉混合的文体在那个时代显得尤为独特,作品援用了诸多的汉诗,将雨、病、汉诗交融在一起,营造了一个孤高的文人世界,且看如下汉诗:

> 碧树如烟覆晚波,清秋无尽客重过。
> 故园今即如烟树,鸿雁不来风雨多。
>
> 收拾残书剩几篇,轻狂踪迹廿年前。
> 笑倾犀首花间盏,醉扶蛾眉月下船。
> 黄祖怒时偏自喜,红儿痴处绝堪怜。
> 如今兴味销磨尽,剩爱铜炉一炷烟。
>
> 昨来风雨锁书楼,得此新晴帘可钩。
> 篱菊未开山桂落,雁来红占一园秋。②

《雨潇潇》中的诸多汉诗展现了永井荷风的汉学修养,"思乡、诗酒、篱菊"等亦无一不是中国传统文人时常吟诵的诗语,从"一炷烟"的表述亦可见其"超越"的心境。永井荷风亦是较早接受西方文化的日本人之一,其东西文化素养及其对明治"新文明"的批判视角与森鸥外、夏目漱石具有共通之处。其反自然主义文学的立场亦与森鸥外、夏目漱石一脉相承。在经历了深刻的东西文化纠葛之后,在睁眼看过世界之后,永井荷风选择成为江户传统的守望者。他厌恶明治日

---

① 永井荷风:《濹东绮谭》,谭晶华、郭洁敏译,上海译文出版社,2018 年,第 192—193 页。
② 永井荷風『現代日本文学大系　23　永井荷風集　第 1』(筑摩書房、1969 年)245—256ページ。引用时标点略有修改。

本浅薄的西化,无尽哀婉地追忆着江户情趣,创作了诸多追忆江户风物的作品,对时代落伍者表现出深深的同情。

在那个疯狂的战争年代,其"佯狂"的生活态度也许是维系"孤傲"的唯一办法。他蛰居在陋巷,坚守着一个文人的节操,并最终在孤独中死去。"江户趣味"是其逃离"现代日本"的方法,其中有着诸多的寂寞和无奈。"大逆事件"后,他辞去庆应大学教授的工作,这也许是他对自身"良心"拷问的回应,他在战时亦保持了沉默。唐木顺三在《作为文人的永井荷风》(1959)中写道:"我从孤独死去的荷风散人身上感到了文人的最后类型。对于'最后'一词的使用多少有点犹豫,因为还有石川淳,但江户中期以来的文人气质在荷风这里放出了最后的光芒。我想以荷风之死为契机,重新思考何谓文人,何谓文人气质。希望从荷风溯流而上,最终到达源头。"①孤独死去的永井荷风似乎并不缺乏后世的理解者,这是文人风骨的魅力。

谷崎润一郎生于东京,弟弟谷崎精二亦是英文学者、早稻田大学教授。因父亲事业失败,中学时代开始家境落魄,1908年考入东京大学国文科,1910年9月因学费滞纳退学。在东京大学就读期间,曾创办第二次《新思潮》杂志。1910年11月发表在《新思潮》上的《刺青》受到永井荷风的赞赏,由此一举成名,成为耽美派的重要作家。然而,谷崎润一郎缺乏永井荷风那种深刻的文明批判精神,其文学多表现病态的官能享乐。因早期作品《恶魔》(1912)之故,其作品一度被称为"恶魔主义"。其创作生涯贯穿明治、大正、昭和三个时代,大致可以分为以下四个时期。

第一期是明治末期至大正初期:这是他初登文坛,并成为新进作家时期。1910年9月,谷崎润一郎与友人创办第二次《新思潮》杂志。与此同时,他因经济原因被迫退学。也许是因此可以更加投入写作,他接连发表了《刺青》、《麒麟》(1910)、《少年》(1911)、《帮闲》(1911)、《秘密》(1911)等诸多短篇小说。1911年11月,永井荷风在《三田文学》上发表《谷崎润一郎氏的作品》一文,对其作品予以肯定,由此获得了文坛的认可,同年12月便出版了第一部作品集《刺青》。

第二期大致是大正时期:1915年5月,谷崎润一郎与石川千代结婚,作家生活发生变化。此间,因与妻子性格不合,与佐藤春夫产生纠葛,并与妻妹发生恋爱丑闻,令世人侧目。这时期创作了《神童》(1916)、《鬼面》(1916)、《异端者的悲哀》(1917)等自传体作品,一度萎靡不振,在创作方面陷入了迷茫状态。1918年11月至12月间赴中国旅行,《苏州纪行》(1919)是此次旅行的成果。1923年9月关东大地震,月底举家迁居京都,《痴人之爱》(1924—1925)成为其重整旗鼓之作,其中导入了诸多现代主义的创作技法。1926年1月至2月,谷崎润一郎再度赴中国旅行,并结识了内山完造、郭沫若、田汉、欧阳予倩等人,同年4月在《文

---

① 永井荷風『現代日本文学大系 24 永井荷風集 第2』(筑摩書房、1971年)340ページ。

艺春秋》上发表《上海见闻录》,5月在《女性》上发表《上海交游记》。

　　第三期是回归古典时期:谷崎润一郎迁居京都后,关西的自然景色、风土人情、古典气息激发了他的创作热情,创作风格再次发生变化,开始倾心于古典物语的叙事方式,创作了《各有所好》(1928—1929)、《卍》(1928—1930)、《盲目物语》(1931)、《芦刈》(1932)、《春琴抄》(1933)、随笔《阴翳礼赞》(1933—1934)等代表作。其中,《阴翳礼赞》是一本关于日本美的随笔,展现了其回归古典的独特美学。谷崎润一郎从1939年开始着手翻译《源氏物语》的现代语版,至1941年翻译完毕。其对风花雪月的贵族物语的切入,明显与当时的战争氛围不合拍,这其实亦是另类"政治性""社会性"表述,否则他后来创作的有"现代版《源氏物语》"之称的《细雪》(1943—1948)不会刚刚连载两次即遭禁。也就是说,对"政治"的"解构"亦是一种政治行为。其于《源氏物语》现代语版翻译完成后创作的《细雪》亦是日本现代文学的经典之作,作品以一个走向崩溃的旧家为舞台,展现了一幅昭和时代(1926—1989)的社会风俗画卷,其附庸风雅的气质与战争氛围不合拍,作品在战时被禁,战后才得以问世。

　　第四期是战后时期:以描写母性的《少将滋干的母亲》(1949—1950)开始,此后多以老年与性为主题,创作了《钥匙》(1956)、《梦之浮桥》(1959)、《疯癫老人日记》(1961—1962)等作品。

　　耽美派追求官能的享受,谷崎润一郎以讴歌"女体之美"的《刺青》登上文坛,其文学是日本耽美派的典型代表。值得注意的是,耽美派在"超越"自然主义平面写实的理念下形成,经过潘神会的享乐主义、永井荷风的快乐主义,最终发展到谷崎润一郎的"恶魔主义",其细致入微的官能描写已与自然主义无太大区别,至此也就丧失了"超越"的理念,这由谷崎润一郎对女性足部的讴歌亦可以略窥一斑,这种几乎贴到"地面"的不厌其烦、细致入微的反复描摹,无疑是变态扭曲的,这与当时日本军国主义对本国艺术家、艺术精神的压迫密切相关。可以说,不义的时代造就了变态的文学。耽美之风引发了评论界的反思,赤木桁平(1891—1949)[①]在《扑灭"游荡文学"》(《读卖新闻》1916年8月6日至8日)中猛烈地批判了这种无视源自"静谧的感情和冷彻的理性"的人类生活,而津津乐道于源自人性本能的"放纵淫逸的黑暗面"的文学,他在文中写道:

　　　　一段时期以来,游荡文学势头猛烈,这是由于精神文明的颓废和糜烂,德川幕府中叶以后开始出现的文学倾向。在我国文坛上,我将其称

　　　　① 原名池崎忠孝,日本评论家、政治家,夏目漱石门下弟子,毕业于东京大学法学专业。从大学在校期间开始用夏目漱石所起的笔名"赤木桁平"发表评论文,其《扑灭"游荡文学"》曾经风靡一时。

为"游荡文学"。实际上，对照明治期的事实，砚友社文学在本质上，并未超出"游荡文学"的范畴。然而，日俄战争以后，随着自然主义的勃兴，我们开始对艺术有了新的自觉，这种文学倾向终于只能在文坛的一角苟延残喘，但最近又受到了文坛的欢迎，且创作这种作品的作家成为最世俗意义上的流行作家了。①

赤木桁平继承夏目漱石敏锐的洞察力，首先揭示日本"游荡文学"的源头可以追溯到"德川幕府中叶以后"，其原因在于"精神文明的颓废和糜烂"，这是有一定道理的。以井原西鹤为代表的江户时代浮世草子的发达，的确与江户时代市民阶层"町人"低下的社会地位有关，"享乐主义"遂成为町人阶层的某种发泄渠道抑或心理平衡机制。然而，实际上还可以追溯得更为久远一点，《源氏物语》《伊势物语》等平安时代的物语文学亦可谓是其重要源头，其中的"好色"情趣影响深远。《扑灭"游荡文学"》曾经风靡一时，谷崎润一郎亦于翌年创作了《异端者的悲哀》等自传体作品，在创作方面有过一段迷茫时期。

"重复"是谷崎润一郎文学最重要的特征之一，即对同一主题的持续性、多样性关注，所谓用不变的故事创造新的感动。自从在成名作《刺青》中描写了"美丽的女体"之后，谷崎润一郎几乎一生都在不断地重复、拓展这个主题，这实际上也是对平安时代物语文体的继承，《源氏物语》《伊势物语》等作品亦都具有这种"重复"的结构形式。然而，其随笔代表作《阴翳礼赞》及长篇代表作《细雪》却显得特立独行，呈现出了更多的知性色彩，亦成为日本现代文学史上的经典之作。《阴翳礼赞》以日式建筑结构、日本漆器的光泽、能剧服饰的色泽等日常生活中的例子，赞美了日本的"阴翳之美"，指出日本传统之美源于"阴翳的浓淡"，即不是通过阳光直射，而是通过间接照射呈现出的美，而这种美与女性的阴柔美是相通的。作品发表于日本殖民扩张时期，即需要倡导"阳刚"之美的时代，而"阴翳之美"显然与时代不合拍，可见这部作品内含的批判意识。从《阴翳礼赞》到《源氏物语》现代语版的翻译，再到《细雪》的创作，谷崎润一郎的唯美世界达到了极致，且具备了明晰的理论支持，《源氏物语》是将《阴翳礼赞》的理论与《细雪》的实践连接在一起的重要纽带。

《细雪》中《源氏物语》的印痕比比皆是，如作品中的女性群像即源自这部贵族物语的灵感。《细雪》亦是以大阪船场莳冈家的四姐妹鹤子、幸子、雪子、妙子为中心的家族史，通过描写雪子的五次相亲，呈现了在社会时代中沉浮的家族命运，同时将赏花、赏月、捕捉萤火虫等四季风物融于其中，亦成为昭和前期的风俗

① 石橋忍月、綱島梁川、高山樗牛［ほか］『現代日本文学大系　96　文芸評論集』（筑摩書房、1973 年）89ページ。

画卷。这种将四季风物描写融于其中的笔触亦是《源氏物语》的影响所致。在四姐妹中,长女鹤子三十七岁,老小妙子二十六岁。作品从 1936 年秋天开始至 1941 年夏天结束,这是自"2·26 事件"后至太平洋战争前的一段时期。"三十七岁"的年龄设置亦是符码之一,如此可将 1937 年发生的"七七事变"纳入作品的时代背景中。作品唯美的氛围与主人公雪子的美丽、娴静密切相关,题名《细雪》即取自"雪子"之名,作者在雪子身上倾注了其全部美学理念。就这样,作者将自然风物与人物心理融于一处,以"雪子"象征日本民族传统特质,而雪子相亲过程的一波三折,暗示了她所象征的日本传统美的渐行渐远,所以《细雪》亦是"衰亡之美"的挽歌,这种病态的衰亡之美无疑与"战时"的氛围相通。作品着手于《源氏物语》现代语版翻译结束的第二年,1943 年连载两次即遭禁止,由此亦可见这部作品所内含的政治解构力量。

> "小妹,来帮我一下。"幸子正在往脖子上敷粉,从镜中看见妙子从走廊走到自己身后,便把手中的粉刷递给她,问道:"雪子在楼下做什么?"并不瞧她一眼,像欣赏别人姿容一般,端详着镜中穿着露脖颈的长衬衣的自己。①

《细雪》以姐妹们的"化妆"开篇,这与战时气氛极不合拍,亦是其遭禁的原因。总之,《细雪》的创作与战争、《源氏物语》密切相关。由于战争的影响,《细雪》成为谷崎文学中为数不多的描写"正常"世界的作品,谷崎文学中的"背德"内容受到挤压,呈现了一个唯美纯净的传统美的世界。

佐藤春夫,生于和歌山县新宫市,亦擅长绘画,别号夜木山房主人等,1935 年开始担任芥川奖评委,因喜爱永井荷风的《美国物语》而入读庆应大学。佐藤家是医生世家,并爱好文学。从中学时代开始,他便向《明星》《昴星》等杂志投稿。1910 年到东京,在生田长江门下学习,还在与谢野夫妇的新诗社学习,同年 9 月入庆应大学预科文学部学习,热爱森鸥外文学,开始创作讽喻诗、评论等。1913 年 9 月从庆应大学退学,并与话剧演员川路歌子同居。1916 年 5 月搬到神奈川县都筑郡中里村(今横滨市)居住,这里是其成名作《田园的忧郁》的诞生地,他先后发表了《西班牙犬之家》(1917)、《病蔷薇》(《田园的忧郁》第一稿,1917)、《李太白》(1918)、《指纹》(1918)、《阿绢及其兄弟》(1918)等作品,受到谷崎润一郎的推介,由此成为新进作家。其早期作品往往通过精神倦怠或神经过敏传递一种世纪末的气息,这种文体风格在当时别具一格,令读者耳目一新。1921 年 7 月,第一部诗集《殉情诗集》(1921)出版,抒发了对千代夫人的恋情,他在诗集开篇的"自

---

① 谷崎润一郎:《细雪》,周逸之译,译林出版社,2018 年,第 3 页。

序"中写道:"我今天在人生的路途上,来到幽暗的爱恋的林影下,我的思绪愈发落寞。我的心犹如散落在车轮下的蔷薇在呻吟。心中的事、眼中的泪、意中的人。儿女之情充溢着我,于是偶成这些诗作。"①这充分显示了他的诗人气质。

佐藤春夫曾于 1920 年 6 月至 10 月间,赴中国台湾、福建旅行,创作了《南方纪行》(1921)、《女诫扇绮谭》(1925)等一系列作品,后结集为小说集《雾社》(1936),开启了日本作家书写台湾的先河。佐藤春夫在中国文学方面颇有造诣,有中国翻译诗集《车尘集》(1929)、《玉笛谱》(1948),有取材于《古今奇观》和《聊斋志异》的《百花村物语》(1922)等,另有翻译作品《玉簪花》(1923)、《平妖传》(1929)、《新译水浒传》(1952)等,其中《扬州十日记》(1927)是其名译之一,但该书原作真伪尚无定论。佐藤春夫的随笔评论集《无聊读本》(1926)曾经获得广泛的好评,被认为是大正时代最著名的评论集。他还翻译英语诗歌,有《希腊古诗》(1929)等英诗译作。1930 年终于与千代夫人结婚,创作风格发生变化,开始较多取材于日本古典,1937 年成为《日本浪曼派》②成员。

《都市的忧郁》(1922)是《田园的忧郁》的姊妹篇,同样是主人公夫妇和两只狗,描写他们返回东京后的生活,依然充满了颓废、倦怠感。但比《田园的忧郁》更趋现实,其中独白式的意识流技法逐渐成为其文体风格。佐藤春夫还撰写了诸多的评论文章,其《近代日本文学的展望》(1950)收录了《森鸥外的浪漫主义》《新体诗小史》《芥川龙之介论》等篇目。晚年仿照森鸥外的史传体小说,创作了以高僧法然为主人公的《来自极乐》(1961),这一系列的作品还有《阵中竖琴》(1934)、《晶子曼陀罗》(1954)、《小说高村光太郎》(1956)等。日本侵华战争全面铺开后,佐藤春夫积极参与,1938 年 5 月以文艺春秋社特派员身份赴中国华北,同年 9 月以日军海军班成员身份再赴中国,同年 10 月发表《东天红　新诗集》(1938)、《从军诗集》(1938)、《战线诗集》(1939)、《大东亚战争》(1943)等。1943年 10 月,又以文学报国会会员的身份赴东南亚,同年 12 月在《朝日新闻》晚报连载《雅加达的少女》等一系列作品。

早期代表作《田园的忧郁》是日本文学的青春之作,作品中的主人公患有严重的神经衰弱症,于是带着妻子和两只爱犬,离开都市来到农村,希望将自己融入自然之中,以获得身心的平静,但连潺潺的流水声都刺激着他的听觉,他陷入各种幻听、幻视之中,神经衰弱症越发严重。

秒针滴滴答答的声音、流水的低语、火车驶过的轰鸣……按照这样

①　佐藤春夫『現代日本文学大系　42　佐藤春夫集』(筑摩書房、1969 年)346ページ。

②　《日本浪曼派》积极迎合日本侵略战争,支持"圣战",具有浓重的战时色彩。为避免与一般的"浪漫主义"文学混淆,本书援用"浪曼"二字,但在引文中则依照引文的表述方式。

的顺序,他每天晚上都会听到此外各种声响。火车在远处拐弯时碾压
轨道发出的刺耳声响反复传入耳中。以前他在都市生活时,深夜常常
听到,那种声音有时会剧烈地冲击他的耳底。一天夜里,他正昏昏欲睡
时,突然睁开眼睛,听到嘹亮的手风琴音从前方约一百米处的村办小学
传过来。说是早晨,其实时间也已经不早了,难道是歌唱课开始了吗?
他环视了一下四周,发现妻子还没有醒来。……

  幻听同时带来了幻影。有时没有幻听的前兆,幻影也会独自
出现。①

  主人公被病态的幻觉折磨,乡村的美景在他的眼中都成了忧郁的化身,一切
都无法使其敏感的神经平静下来。作者通过病态的感觉、神经、情感,表现了在
强烈自我意识下的现代人的疲倦和颓废感,其中可见浓重的世纪末气息。人类
来自自然,但在自然中亦不能安然了,这是何等深刻的"异化"现象。其主观、幻
化的笔触与自然主义文学的表达方式截然不同。《田园的忧郁》获得了广泛的好
评,这由同时代的评论可知,如广津和郎(1891—1968)撰写了《〈田园的忧郁〉的
作者》(1918)一文,他在文中高度认可佐藤春夫的"才气",但亦毫不客气地指出
了佐藤春夫"缺乏本体"的缺陷。广津和郎写道:

  《田园的忧郁》的作者,真可谓是新人中的新人。他所呈现的感觉、
神经,以及与此相随的情感变化充满了新鲜的色彩和香气,是我国文坛
未曾有过的。虽然倾向非常不同,但除了志贺直哉之外,从未见过如此
新颖的作家。……我希望佐藤氏过多的意识,能够尽早统一起来,……
届时我会赞美"新人春夫",而不是"才子春夫"。②

  广津和郎的评述可谓具有先见之明,"缺乏本体"的确是佐藤春夫的巨大缺
陷,他才华横溢,却没有着落点,这是他个人的悲哀,亦是大正时代的悲哀。小林
秀雄(1902—1983)亦在《佐藤春夫论》(1934)中评价道:

  有短篇,有长篇,有诗,有童话,还有剧本、评论、随笔、游记、实录、
翻译等各式各样的作品,这是才华的泛滥。且在此百花缭乱的园中,随
处可闻作者的"蔷薇,你病了"的叹息声。处女作《田园的忧郁》是其才
华过剩造就的奇葩。此后,其丰富的才华并未滋养他,反倒像是在吞噬

---

① 佐藤春夫:《田园的忧郁》,岳远坤译,陕西师范大学出版总社,2018年,第83—84页。
② 佐藤春夫『現代日本文学大系　42　佐藤春夫集』(筑摩書房、1969年)404—406ページ。

他。舍斯托夫说对作家而言,才华是"应该厌弃"的特权。佐藤氏不是现代作家中最苦于这种特权者吗?在今天看来,他还没有下决心从自己的才华中获取幸福,对他而言才华依然是一种重负。[1]

佐藤春夫在战争时代东奔西走、横冲直撞,这亦与其"缺乏本体"的特质密切相关。他与同时代的芥川龙之介一样,在西化的大正时代,依然具有颇高的汉学造诣,是同时代作家中的佼佼者,但他已经丧失了传统东方文人的坚守,这致使其文学生涯充满了"忧郁"的色彩,其"忧郁"系列作品亦似乎在冥冥中预示了他的这种文学生涯。

第二节　白桦派的理想主义小说

在"红露文学"双璧并称时代,一般认为尾崎红叶文学偏向写实主义,幸田露伴文学偏向理想主义。然而,白桦派无疑是明治、大正时期最具代表性的理想主义文学流派。《白桦》(1910—1923)创刊于 1910 年 4 月,十四年间共发行了一百六十册,在内涵和影响力方面均非同凡响。《白桦》巨大的影响力源自它并非单一的文学杂志,它还是一份美术杂志,是一份综合艺术杂志,即白桦派实际上掀起了一场综合艺术运动,这是其能够发挥巨大影响力的原因。盛极一时的"自然主义"是白桦派的天然对手,这与耽美派的立场一致。与自然主义标榜"无理想"、暴露悲惨人生的理念不同,白桦派以理想主义和人道主义为宗旨,肯定个人,肯定人性之善,把"善"作为人道主义的最高理想,反对自然主义的"无解决",亦反对为艺术而艺术,倡导"为人生的艺术",从"人生意义"评价一切艺术价值。

白桦派最早的成员都是学习院大学的青年们,按年龄大小顺序排列,包括有岛武郎(1878—1923)、有岛生马、志贺直哉、武者小路实笃、木下利玄、里见弴、柳宗悦等。此后,长与善郎、千家元麿等成员加入进来,他们热切地希望伸张个性,完善自我。在自然主义盛行时期,他们的文学理想显得清新活泼,芥川龙之介曾在《交友往事》中写道:"武者小路实笃打开了文坛的天窗,放入了清爽的空气,我们对此感到愉快。"[2]他们直接学习西方的艺术家、思想家,并由此展开创作活动,开启了一个全新的文学时代。白桦派运动整体上受到托尔斯泰的影响。他们大多是富家子弟,出身上流社会,有条件自由自在地开展纯粹的艺术活动,他们由此成为当时市民文学的推手。第一次世界大战后,日本的国力进一步提升,市民社会迅速发展,这为白桦派文学的发展提供了良好的土壤。他们希望把西欧一流的文学

---

① 佐藤春夫『現代日本文学大系　42　佐藤春夫集』(筑摩書房、1969 年)406ページ。
② 芥川龍之介『芥川龍之介全集　第 4 巻』(岩波書店、1996 年)127ページ。

和思想作为自己生命的食粮，而不仅仅作为表面的技巧。他们蔑视自然主义的物质性世界观，认为他们自己是精神之子、世界之子。他们更多地关注主观世界，希望创造充满光明和力量的理想主义文学，以建构新的伦理道德之美。

《白桦》受到当时知识青年的广泛欢迎，并影响了一大批地方上的乡村教师，他们在艺术气质、教育者的自觉、全人教育等方面受到白桦派的深刻影响，即白桦派还一定程度地影响了当时的基层教育。自 1913 年《自我》杂志创刊后，《白桦》的"卫星"杂志不断出现，为日本各地的理想主义青年指明了超越文学的人生方向。就这样，白桦派成为大正文学的基轴。关东大地震后，《白桦》停刊，此后无产阶级文学运动崛起，白桦派走向式微，但其重要作家的影响力依然存在，如武者小路实笃的影响力、志贺直哉的抒情式写实主义、有岛武郎的人性探索、木下利玄的和歌、千家元麿的诗歌、柳宗悦的民艺运动等均超越时代，保持了一定的影响力。

白桦派成员基本上都开启了各自的发展方向，亦都成为各自方向的一流人才，这种现象在其他文学团体中是少有的，这与他们伸张个性、完善自我的价值取向有关。在美术方面，他们将凡·高、塞尚、高更、罗丹等后期印象派艺术家积极介绍到日本，曾经推出过"罗丹专刊"，令当时的读者为之惊叹。当然，他们的介绍完全基于他们青春洋溢的热情和兴趣，并无系统的规划。

白桦派运动一般可以分为三个时期：前期，从创刊至大正初期的 1913 年或 1914 年间；中期，从 1914 年至 1918 年武者小路实笃的"新村"启动时期；后期，从 1918 年至 1923 年停刊为止。其中，第二期的影响力尤为强大，这与其思想领袖武者小路实笃的个性密切相关。白桦派成员重视内观自我，以感知自我内在的"自然"，并与"大自然"融为一体，由此可知他们亦继承了明治以来的自然主义文学的诸多特点。他们摒弃文学的"社会性"层面这一点，亦与日本自然主义一脉相承。他们对日本私小说亦颇多启示，这源于他们对"自我"的关注。武者小路实笃的第一人称小说拉近了生活和艺术之间的距离，影响了当时的文学青年。

武者小路实笃，生于东京，从东京大学哲学系中途退学。在学习院高中部就读时，开始阅读托尔斯泰文学，崇拜托尔斯泰的禁欲主义、爱他主义、劳动主义精神，对自己的贵族出身感到内疚，主张诚实地表达自我，后又受到梅特林克、罗丹、惠特曼思想的鼓舞，以此摆脱托尔斯泰禁欲主义的影响。1910 年《白桦》创刊，他成为白桦派的思想领袖。他在其作品中表达自我主义、生命主义、理想主义，成为超越自然主义的新文学旗手。他怀抱扎根于自我、人类意志的自我主义，逐渐强化救世意识，并希望将这种救世意识付诸行动。1918 年，他与十五名同好一起在宫崎县创办"新村"，发起"新村运动"，[①]致力于半农半学的共生农庄

---

① "新村运动"是一种乌托邦运动，由武者小路实笃倡导并实践，他于 1918 年在日本九州建设新村，并创办《新村》杂志，故名。

的实践活动。他本人在 1918 年至 1926 年间居住在"新村",1926 年成为村外会员。在"新村"居住期间,他创作了《幸福者》(1919)、《耶稣》(1919—1920)、《友情》(1919)、《第三隐者的命运》(1921—1922)、《一个男人》(1921—1923)、《人类万岁》(1922)、《爱欲》(1926)等一系列作品。其中代表作《幸福者》可以说是一部"求道小说",描写了一个理想中的人物形象,这是把"新村"理念赋予在一个人物的身上,有关主人公的描述受到《新约全书》的影响,作品的悲剧色彩揭示出社会实践的诸多困难。类似的作品还有《耶稣》《第三隐者的命运》,均有"求道小说"的色彩,作者本人将这三部作品作为自己的"三部曲"。剧本《人类万岁》从神的立场出发,把地球人类看作微小的粒子,其中不乏幽默感。《爱欲》亦是成功的剧本,通过讲述因嫉妒而误杀妻子的故事,刻画了变态艺术天才的苦恼。

1939 年,因修建水库等,"新村"的核心部分被移至埼玉县,但依然保持着"新村"理念。昭和初年,随着无产阶级文学的崛起,武者小路实笃失去了往日的辉煌,在文学创作方面亦跌入低谷。战争时期,他抛弃了源自托尔斯泰思想的个人主义、反战主义立场,积极支持战争。1942 年 5 月,出任日本文学报国会戏剧文学部长,出版了《大东亚战争私感》(1942),同年 11 月在大东亚文学者大会上发表演说。1943 年 4 月,参加在南京举办的中日文化协会大会。1946 年,因协助战争等问题被追究责任,1951 年取消处分,同年获得文化勋章,恢复艺术院会员身份。其战后出版的《真理先生》(1949)、《空想先生》(1953)等作品再次塑造了观念性的理想人物,为其充满矛盾的人生和创作生涯涂抹了最后的虚幻色彩。

志贺直哉,生于东北地区宫城县石卷市,长在东京,从东京大学英文专业(后转国文专业)中途退学。祖父是二宫尊德的弟子,母亲早亡,由祖母留女(音Rume)抚养长大,曾连续七年跟随著名基督教学者内村鉴三学习,培养了良好的伦理感。在《白桦》创刊号上发表了短篇小说《到网走》(1910),作者用淡淡的笔触,描写了一名乘火车去北海道网走的年轻母亲的形象,其中有作者对于理想女性的想象。因与父亲不和,志贺直哉离家独自生活,其间开始着手《暗夜行路》(1921—1937)的创作。1913 年 1 月出版第一部作品集《留女》(1913)。其文学以短篇小说见长,文字简洁,描写细致,多表现自我肯定与自我否定、肉欲与禁欲之间的纠葛和矛盾,但最终矛盾得以调和,其中有其对人生观和伦理观的明晰认知。

1917 年是其创作活跃期之一,接连创作了《在城崎》(1917)、《和解》等代表作。《在城崎》几乎是一篇随笔式的作品,通过生活中的细小观察,思考了生命中最为重要的生与死的问题,被认为是心境小说的代表作。《和解》发表于 1917 年10 月的《黑潮》杂志,描写主人公与父亲从"不和"到"和解"的过程,作品以作者的亲身经历创作而成,作者父子实际和解时间是 1917 年 8 月,作品内的和解时间是 1917 年 8 月 30 日,显示了高度的一致性,作品感情真挚,结尾处引用叔叔来函中的汉诗"东西南北归去来,夜深同见千岩雪"①,因"父子和解"带来的兴奋之情跃然纸上。此处的汉诗典出禅宗经典《碧岩录》②第51篇,由此可见"和解"所具有的丰富的文化内涵。

志贺直哉曾经移居关西,泷井孝作、尾崎一雄、小林秀雄等青年时常来访,无产阶级文学者小林多喜二(1903—1933)亦曾受其影响。志贺直哉一生致力于美与伦理的统一,其文章成为现代日语的典范之一,对后世日本文学的影响甚大,被称为小说之神、文章之神。当然,终其一生,他本人与文坛的关系并不密切。芥川龙之介亦崇拜志贺直哉,他在《最纯粹的文艺》之"五 志贺直哉氏"中写道:"志贺直哉氏的作品首先是活出美好人生的作家之作品。美好?——所谓活出美好人生,首先是像神那样活吧。志贺直哉氏也许也不像地上的神那样活着。但至少确实活得清洁(这是第二种美德)。当然,我所谓的'清洁',并非指一直用肥皂洗,而是指'道德上清洁'。这或许会令志贺氏的作品显得狭小。然而,非但不狭小,反倒有了拓展。为什么这么说呢?因为我们的精神生活被附加道德属性之后,会比未被附加前更加宽广。……贯穿长篇小说《暗夜行路》的,其实就是这颗敏感的道德灵魂的痛苦。"③

志贺直哉是继武者小路实笃之后又一引领白桦派的人物,亦是当时日本文坛的核心人物,在其创作初期便呈现出成熟的风格。其作品带有自然主义文学的影响因素,但他具有强烈的道德观念,亦有对人性的观照和关爱,在理想主义中带有现实主义的特质。其唯一的长篇小说《暗夜行路》亦是当时最成熟的长篇小说,前后费时十余年完成。志贺直哉文学及其伦理性的主要特点是将个体自然与外在自然融于一体,最终使二者达至和谐,《暗夜行路》是典型的文本,对大正、昭和时代的作家、一般知识分子产生了巨大的影响。也就是说,就单部作品的影响力和持久力而言,《暗夜行路》长期以来雄冠榜首,如何超越这部作品成为当时诸多作家面临的课题。作品主人公时任谦作是母亲与人私通生下的不义之子,这令他痛苦不堪,婚后又因妻子的过失而痛苦不堪,但他坚守着自己的伦理精神,将身心融于大自然中,以寻求身心的平衡,最后终于完成了自我救赎的历程,作者本人亦成为日本心境小说的完成者。

有岛武郎,生于东京,是白桦派中最为独特者,亦是白桦派内部的批评者。父亲是鹿儿岛人,后活跃于金融界。在学习院初等科读书时期,成绩优异,被选为当时皇太子(后大正天皇)的学友,喜欢阅读内村鉴三、托马斯·卡莱尔(1795—1881)的著作,入读北海道札幌农业学校期间,接受内村鉴三的熏习,成

---

① 志贺直哉『現代日本文学大系 第34巻 志賀直哉集』(筑摩書房、1968年)272ページ。

② 雪窦重显、圜悟克勤:《碧岩录》,东方出版社,2017年,第344页。

③ 芥川龍之介『芥川龍之介全集 第15巻』(岩波書店、1997年)155—156ページ。

为一名基督徒。1903 年开始赴美国留学三年，在哈佛大学学习历史学、经济学，获得文学硕士学位，其间接触到社会主义思想，开始对自己的基督教信仰产生怀疑，由此开始接近惠特曼诗歌、无政府主义思想。回国途中，他游历了欧洲，还专程拜访了居住在伦敦郊外的无政府主义者克鲁泡特金(1842—1921)，对方将一封致幸德秋水的信函托付给他。后任教于札幌农校(后来的东北帝国大学农科大学)，教授英语、英美文学。1909 年结婚，翌年成为白桦派成员，同时正式退出札幌独立教会，倾心于惠特曼、克鲁泡特金、托尔斯泰、易卜生、柏格森等的思想。1914 年因妻子生病，返回东京。1916 年妻子、父亲相继去世，这令三十九岁的有岛武郎深受打击，开始专注于文学创作，此后创作了《死及其前后》(1917)、《该隐的后裔》(1917)、《与幼小者》(1918)等作品，受到了高度的评价。

《该隐的后裔》是其成名作，亦可谓是日本早期农民文学，作品以北海道为舞台，以悲悯的笔触描写了贫苦农民的野兽般的生活，其深刻的现实主义风格来自托尔斯泰、高尔基、易卜生文学的启示。《与幼小者》是一篇父亲致子女的信札，创作于妻子去世的翌年，写下了对失去母爱的孩子们的诸多寄语。作品悲哀于孩子们的不幸，并将这种怜悯的视角转向其他不幸的他者，情真意切，动人心弦。《一个女人》(1919)是其长篇代表作，取材于国木田独步妻子佐佐诚信子的人生经历，描写了早期新女性早月叶子的悲惨人生，因为当时日本还没有容纳新女性的文化土壤，其悲剧命运在所难免。《一个女人》可谓是日本现实主义文学的最高杰作，但因其超前性，最初被普遍认为是通俗小说。

另有著名评论《不惜夺爱》(1920)、《一篇宣言》(1922)等。《不惜夺爱》是对生命哲学的思考，显示了他的思想高度，作者试图从肉与灵、感性与理性、善与恶的二元对立中，摸索出一种超越二元对立的生活模式，其中可见惠特曼文学、柏格森哲学、无政府主义思想的影响。《一篇宣言》是其"良心之宣言"，指出资产阶级出身的知识分子无法对无产阶级发展做出贡献。当时日本工人阶级的人数不断增加，劳工运动不断高涨。1920 年，日本组织了第一次五一劳动节活动，同年底日本社会主义同盟成立。此外，中野秀人发表的《第四阶级的文学》(《文章世界》1920 年 9 月)第一次涉及了"文学的阶级性"问题。1922 年日本共产党成立。作为资产阶级知识分子，有岛武郎亦敏锐地提出了阶级文学的问题，在当时文坛受到了广泛的质疑，被指为"败北的宣言"。"二战"后，宫本百合子(1899—1951)、平野谦等作家给予了高度的评价。

有岛武郎于 1922 年 7 月将北海道的私有农场无偿分给了当地佃农，令世人震惊。他在思想方面不断趋向宿命与虚无，1923 年 4 月放弃一切私有财产，同年 6 月在轻井泽与波多野秋子殉情自杀。正如其长篇代表作《一个女人》所显示的，个人与社会之间的激烈纠葛是其文学的重要主题。他对社会底层人士的关注亦一以贯之。在时代转型期，他深感资产阶级的局限性。他在《一篇宣言》中声称自己所处的环境阻碍他成为第四阶级的艺术家,他最终选择自杀之路,由此亦可见白桦派理想主义的局限性。作为白桦派的代表作家之一,他与志贺直哉等作家相比,西方色彩浓郁,在外国文学及外语方面有着深厚的造诣,在构思方面有着不同凡响的雄浑和浓厚的色彩。他是白桦派的"内部批判者",为了克服大正文学的狭隘性,他自己却先倒下了。

第三节　新思潮派的"新现实主义"小说

第一次世界大战爆发后,社会思潮发生了变化,文坛也开始趋向现实,但此时的"现实"与自然主义平面直白的表现方式不同,而是通过主观的方式阐释现实,并知性地分析人物的内心世界。志贺直哉、佐藤春夫、葛西善藏(1887—1928)、宇野浩二(1891—1961)等均表现出了这种倾向,但其中旗帜最鲜明者是第三次、第四次《新思潮》的作家们。《新思潮》是东京大学的青年学子们创办的一份杂志。第一次《新思潮》(1907)的代表人物是小山内薰,以易卜生等的戏剧为中心,致力于外国文学的译介工作。第二次《新思潮》(1910)的代表人物是谷崎润一郎。第三次(1914)和第四次《新思潮》(1916)最为著名,有"新思潮派"之称,诞生了芥川龙之介、丰岛与志雄(1890—1955)、山本有三(1887—1974)、久米正雄、菊池宽(1888—1948)等诸多作家。新思潮派的作家们对待文学的态度极为认真,这是与其他文学团体的作家不同之处。例如:砚友社有游乐的性质;自然主义强调无技巧;白桦派大多出身上流阶层,起初没有职业作家的意识;新思潮派成员则具有明确的目标,他们希望创作出符合艺术家称谓的优秀作品。

芥川龙之介是最能体现新思潮派特色的作家。由芥川的创作风格可知,新思潮派巧于构思,不耽于美,亦不热衷于表达理想,而是冷静地观察现实,揭示其中的诸多矛盾,具有鲜明的理性色彩,所以又有新现实主义、新技巧派、新理智派之称。在充满感性色彩的耽美派、白桦派之后,新思潮派呈现出的理性特征令人耳目一新。他们个性不同,可谓一人一派,但在尊重理性、崇尚个人主义方面大都受到夏目漱石的影响。芥川本人对于大正时代的私小说流派、白桦派、新思潮派的文学特色亦具有明晰的把握,他在《大正八年的文艺界》中写道:"他们在整体上有意无意地试图调和真、美、善三种理想,这是从自然主义运动以来轮番支配文坛的理想。当然,由于他们个性不同,在侧重点方面也许有区别。结果,他们中的两三人被附上了新技巧派、新现实派的评语。但总体而言,他们对于这三种理想中的任何一种都不冷淡。他们多少感到人缺乏其中任何一项都无法安宁。因此可以毫不夸张地说,他们的作品比起他们以前诸位作家的作品,即便不能说更深刻,至少更复杂,更具有丰富的特色。我认为其证据:一是他们取材的多样性,二是他们富于技巧上的变化。"①

芥川龙之介,生于东京,号澄江堂主人、俳号我鬼,父亲新原敏三经营牛奶业。出生七个月时,母亲精神失常,被送往舅舅芥川道章家抚养。十一岁时母亲去世,芥川道章膝下无子,龙之介遂正式成为其养子,改姓芥川。传说龙之介之名源于他生于辰年、辰月、辰日、辰时之故。芥川家祖上世代担任江户城的司茶者,家中文学艺术氛围浓郁,养父芥川道章擅长南画、俳句。或许是由于家庭环境的熏习,外加天资聪颖,他从小就喜欢阅读江户文学作品以及《西游记》《水浒传》等中国文学作品。1913 年考入东京帝国大学英文专业,1914 年 2 月与菊池宽、久米正雄等共同创办第三次《新思潮》杂志。翌年发表《罗生门》,并成为夏目漱石的门生。1916 年与友人一起创办第四次《新思潮》杂志,所发表的《鼻子》得到了夏目漱石的高度评价,由此登上日本文坛,同年大学毕业,进入海军机关学校担任英语教师。

1917 年 5 月发表第一部短篇小说集《罗生门》,同年 11 月发表第二部短篇小说集《烟草与恶魔》,显示出非凡的创作力。他是新思潮派中唯一的艺术至上主义者,这与耽美派具有共通之处。《罗生门》《鼻子》等诸多早期作品多取材于《今昔物语集》等古典文学,具有鲜明的艺术特质,这亦是他创作《戏作三昧》(1917)、《地狱变》(1918)等一系列"艺术家"作品的原因。他还创作了《舞会》《开化的杀人》《开化的丈夫》等一系列以明治时代的"西化"问题为题材的作品,显示了他对东西文化问题的思考。1919 年,芥川辞去教职,成为大阪每日新闻社的专业作家,并与塚本文结婚。

1921 年 3 月至 7 月,以大阪每日新闻社海外视察员身份访问中国,在中国逗留了一百二十余日,与章炳麟、胡适、辜鸿铭等中国文化名人会面,鲁迅也在这期间翻译发表了《鼻子》《罗生门》,这是芥川文学与当代中国的第一次邂逅。1926 年,芥川胃溃疡、神经衰弱、失眠症恶化,1927 年 7 月 24 日,在东京家中写完以耶稣为主人公的绝笔之作《续西方之人》(1927)后,服食过量安眠药自杀。时值日本大正、昭和改元之际,作为以艺术主义与个人主义为基石的大正文学的代表作家,其自杀行为对日本文坛及知识分子阶层造成了极大的震撼。

芥川文学以短篇小说见长。在创作起步阶段,他曾经翻译过法国作家阿纳托尔·法朗士(1844—1924)、爱尔兰诗人威廉·巴特勒·叶芝(1865—1939)的一些作品,亦感怀于夏目漱石、森鸥外的文学实践,继承了夏目漱石以个人主义为核心的人格主义,也从文体、叙事方法等方面吸收了森鸥外文学的一些特点,还受到奥古斯特·斯特林堡(1849—1912)、阿纳托尔·法朗士等西欧世纪末文学家的影响,标榜艺术至上主义,希望以艺术抵抗日常生活的平庸,塑造了马琴、

---

① 　芥川龍之介『芥川龍之介全集　第 5 巻』(岩波书店、1996 年)181－182ページ。

良秀、芭蕉等一系列优秀的艺术家形象,以表达高迈的艺术至上主义理想,一生贯彻通向"诗的精神"的艺术理念。其艺术开拓精神随处可见,芥川文学的文体丰富多变,包括独白体、故事体、笔记体、对话体、书信体、议论体、回忆体、警句等。其文学题材亦丰富多彩,如历史小说、基督教题材作品、中国题材作品、自传体作品等。芥川亦具有较高的汉学修养,在日趋"西化"的大正时代,他仍然不忘汉诗文之美。他在随笔《汉文汉诗的趣味》(1920)中,以高青秋、韩偓、孙子潇、赵瓯北、杜牧、杜甫、僧无己、雍陶等中国文人的诗作为例,说明汉文汉诗对"现代"日本依然有益,其文写道:

> 阅读汉诗汉文有无益处?我认为有益处。我们使用的日语,即便没有法语之于拉丁语的关系,也受到汉语极大的恩惠。这并不仅仅因为我们使用汉字。即便汉字变为罗马字,从遥远的过去积蓄下来的中国式的表达方式,依然存在于日语中。所以,阅读汉诗汉文既有益于日本古代文学的鉴赏,也有益于日本当代文学的创造。……在此只说说平时想到的一二点。一般认为汉文汉诗都是粗枝大叶的枯淡文字,但实际上不仅不粗枝大叶,不少作品还具有极为纤细的神经,如高青秋:"树凉山意秋,云淡川光夕。林下不逢人,幽芳共谁摘。"这五言绝句将薄暮秋天林间那湿润的空气都描写出来了。此外,一般认为抒情诗般的情感与汉诗无缘,但也未必。著名的韩偓[唐]《香奁集》中几乎充满了这类诗作。……就这样,汉诗中包含着与我们现时心情紧密相连的东西,绝不可一概蔑视。[①]

芥川将日本短篇小说的成就推向了巅峰。他在遗稿《某阿呆的一生》(1927)中写道:"人生不如波德莱尔的一行诗。"这是他在艺术与人生之间的价值取向。其文学形成了一座"芥川山脉",在日本现代文学史上留下了辉煌的一页。早在20世纪一二十年代,芥川就在东西文化之间、在传统与现代之间搭起了一座桥梁,他希望通过包括佛教文学、圣经文学在内的东西文化精髓建构起一座超越世俗的文学殿堂,这种对人类灵魂世界的探索为后世日本文学的发展打下了坚实的基础,当代日本文学所取得的进步,无疑有这位先行者的巨大贡献。芥川对东西文化、传统与现代问题的深入思考,使其文学成为一座里程碑式的存在,引领着优秀的日本作家不忘精神圣域。然而,在四十五岁的有岛武郎自杀四年之后,年仅三十五岁的芥川亦自杀而亡。其自杀成为一次文学史事件,标志着大正文学落下了帷幕。在那个不断走向疯狂的时代,芥川的艺术殿堂终于崩塌了,这亦

---

① 芥川龍之介『芥川龍之介全集 第 7 卷』(岩波書店、1996 年)89—92ページ。

是日本大正个人主义文学的败北。这位天才作家预知了这种败北,其在中国旅行后创作的一系列具有社会批判意识的《将军》(1922)、《桃太郎》(1924)、《马脚》(1925)、《湖南的扇子》(1926)、《侏儒警语》(1923—1925)等作品都说明了这一点。他那些活下去的朋友——菊池宽、久米正雄、佐藤春夫等都成为战争时期的吹鼓手,芥川之死也许是芥川文学之幸。

丰岛与志雄,生于福冈县,法国文学研究专家,新思潮派作家,曾执教于法政大学、明治大学,"二战"后曾经担任日本笔会干事长、日中友好协会副会长等。在一高就读时,喜欢阅读《圣经》。毕业于东京大学法文专业,在校期间,与山本有三、芥川龙之介等创办第三次《新思潮》,在创刊号上发表《湖水与他们》(1914),其富于诗意的笔触受到了好评,是第三次《新思潮》时代的小说名家,颇有少年老成的风范。曾经翻译法国作家雨果的《悲惨世界》(1918—1919)和罗曼·罗兰的《约翰·克利斯朵夫》(1921),这两大名译使其成为著名翻译家。他在翻译过程中,深刻地领悟到法国文学的知性,并将这种知性与东方式抒情融合在一起,形成了其小说特色,其文学亦具有了超然于时代的气质。

丰岛与志雄于1940年到中国,1941年出版中国题材小说集《白塔之歌——近代传说》(1941),收录《告示牌》《碑文》《画舫》《三个谎言》《三种悲愤》《白塔之歌》六篇小说,其中《告示牌》《碑文》《画舫》《白塔之歌》写于中国旅行之后,整部作品象征性地描写了在动荡年代不断摸索前进方向的中国知识分子形象。作者在作品后记中写道:"作者对中国并不太了解,只是抱有一种关切和亲切的梦想,希望这种梦想多少能够扩展到整个民族。"可见其特立独行的性格。关口安义指出:"《白塔之歌——近代传说》虽然是在太平洋战争开战的那年春天出版的,但完全没有战时气息,实在难能可贵,找不出一句奴隶之言。正因为如此,即便战后世间发生了一百八十度的转变,此书依然获得了讲谈社最先再版的荣誉。"[①]作品集《文学母胎》(1942)出版之后,作者更加关注中国,又多次赴中国,主要滞留上海,发表了一系列以"秦启源"为主人公的作品,如《秦的忧郁》(1944)、《秦的出发》(1945)等,战后又出版创作集《秦的忧郁》(1947),其中可见他对时代的思考。短篇小说集《棣棠花》(1954)收录《棣棠花》《浊酒幻想》《灵感》等八篇短篇小说,其中《浊酒幻想》用充满幻想的笔触描写了中国人和日本人的精神交流。堀切直人亦在《谦逊的抗争》一文中指出了丰岛与志雄不为人知的一面:

> 丰岛与志雄的小说给读者的心灵以强烈冲击,令读者记忆犹新、难以忘怀,是在《白塔之歌》(昭和十六)所收诸作开始发表的1940年以后。从年龄上讲,是五十岁以后……即其展现精神热情的一系列杰作

① 　関口安義『評伝豊島与志雄』(未来社、1987年)272ページ。

创作于战时 1940 年至战后 1953 年间的晚年十三年间。如果从这些代表作的发表时期看,也许把他当作昭和作家更为合适。[①]

堀切直人的评判颇有说服力,如果将丰岛与志雄文学纳入昭和文学视野进行阅读、阐释,也许可以看到更多被忽略的内涵。

山本有三,生于栃木县,属于新思潮派中的剧作家,东京大学德文专业毕业,曾先后在早稻田大学、明治大学任教,曾是一流的剧作家,其早期剧作多表现人间真情与冷酷现实之间的冲突,颇富于戏剧性,代表作有《杀婴》《同志们》等。1926 年,四十岁前后开始创作小说,有《女人的一生》(1932—1933)、《路旁的石头》(1937)等长篇小说。作品具有人道主义、理想主义色彩,亦显示出坚强的意志力,这是其独具个性之处。剧作《米百袋》(1943)具有反军国主义色彩。"二战"后,曾经当选为国会议员。

久米正雄是新思潮派中最早获得文学声望的作家,毕业于东京大学英文专业,中学时代开始创作俳句。1910 年进入旧制一高文科学习,与芥川龙之介、菊池宽、松冈让、山本有三、土屋文明等成为同学,由此可见大正文坛摇篮的雏形。1914 年在第三次《新思潮》上发表三幕社会剧《牛奶屋的兄弟》(后改名为《牧场兄弟》),同年 9 月在有乐座剧院演出,大获成功,以新进剧作家身份广为人知。当时他年仅二十三岁。1916 年,在第四次《新思潮》创刊号上发表小说处女作《父亲之死》(1916),描写一名在自责中自杀的父亲,这是以其亲身经历创作的作品。1916 年末,夏目漱石去世,漱石女儿笔子嫁给松冈让,这令其深受打击,此后创作了《萤草》(1918)、《败者》(1918)、《破船》(1922)、《扫墓》(1925)、《月与风》(1947)等一系列描写失恋之苦的作品,这亦成为久米文学的基调。此外,久米亦撰写过《私小说与心境小说》(1925)等评论。其文学风格与芥川龙之介等新思潮派作家一样,均以富于理性的主题小说走上文坛。但从大正末期开始,久米正雄创作激情衰竭,再无优秀作品问世,他本人亦乐于以文坛名流自居,成为文坛和媒体之间的桥梁。战争时期,担任日本文学报国会事务局局长。

菊池宽,生于香川县,毕业于京都大学英文专业,与芥川等是一高时的同学。喜欢看戏,曾与久米正雄、松冈让转遍了东京的剧场。家境清贫,在京都读书期间,受到成濑正一家的援助。大学毕业后,任时事新报社记者,并利用业余时间创作。以《无名作家日记》(1918)、《忠直卿行状记》(1918)确立起文坛地位,对史传人物进行重新阐释的视角与芥川龙介的创作方式一脉相承。其后创作的《在恩仇的彼岸》(1919)、《藤十郎之恋》(1919)又使其成为流行作家。此后他辞去记者工作,成为职业作家,《珍珠夫人》(1920)是其第一部通俗小说,作品前半部分

---

① 堀切直人『日本幻想文学集成 18 豊島与志雄』(国书刊行会、1993 年)270—271ページ。

有大正《金色夜叉》之趣，受到读者的热烈欢迎，《珍珠夫人》亦是其成名作。1923年创办的《文艺春秋》杂志亦大获成功，将横光利一(1898—1947)、川端康成等青年作家推向文坛，逐渐成为当时日本文坛的领袖。进入昭和时代，他在继续创作通俗小说的同时，还担任东京市议会议员、文艺家协会会长等。1935年，为纪念亡友，也为宣传《文艺春秋》杂志，设立了芥川奖、直木奖，这两个奖项成为日本文学的著名奖项。菊池宽的信条是生活第一、艺术第二，故其走向通俗文学之路亦是必然。"七七事变"爆发后，1938年与佐藤春夫、吉川英治(1892—1962)、吉屋信子、小岛政二郎以海军随军记者身份赴中国南京、汉口。此后作为日本言论界的代表人物，掀起了文艺后方运动，前往朝鲜、中国等地，活跃一时。此外，他曾在日本文学报国会成立时期较为活跃。

新思潮派的新现实主义文学促使大正时代的个人主义文学达到了新的高峰，且新思潮派的作家们个性分明，有一人一派之势，曾经是文坛亮丽的风景线，但芥川龙之介年仅三十五岁便自杀了，久米正雄变成了社会名流，菊池宽成为战争吹鼓手，其中可见时代的压迫及个人主义文学的局限性。然而，新思潮派中亦有丰岛与志雄、山本有三等颇为独特的作家，这亦是值得关注的文学史问题。

第四节　芥川龙之介文学中的"丧失感"

明治维新后，日本积极导入西方理念，提出富国强兵、文明开化的口号，同时大力引进西方的技术设备，建设了一批军用、民用企业，开始了产业革命，这时期大量农业人口涌向城市，城市不断扩张。在芥川走上文坛的大正时代，日本城市居住人口将近一千万，城市不断扩张，城市景观、城市空间的改变必将改变文学创作的视角。芥川是一位艺术感受力极为敏锐的作家，其艺术天赋不仅表现在小说创作方面，他还是一位诗人、美术爱好者。一般认为，文学是一种偏重"时间"的艺术，绘画是一种偏重"空间"的艺术。在一个"都市"不断扩张的时代，在一个"空间"的纪元，芥川对绘画艺术的感悟力使其文学作品中展现出独特的空间结构力，在此首先梳理芥川与绘画艺术的渊源。

芥川在《最纯粹的艺术》"三十一　西洋的呼声"中写道："'西洋'总是由造型美术向我发出呼唤。文艺作品——特别是散文在这点上并不痛切。原因之一，我们人是人面兽这一点上，东西方区别不大。其次，我们的语言素养在捕捉文艺作品之美时，实在力不从心。"[1]在论及芥川与绘画艺术的渊源时，其晚期代表作、遗稿《某阿呆的一生》亦是值得关注的文本之一。芥川在自杀前创作的这篇自传体小说共五十一段，而以绘画为题的段落达到四处，即"七　绘画""二十

---

① 　芥川龍之介『芥川龍之介全集　第15卷』(岩波書店、1997年)205ページ。

二　某画家""二十九　样式""三十四　色彩"。芥川在临终时,用素描般的笔法回顾了其人生历程,可见四个段落的容量还是相当可观的。芥川在这四个段落中表达了他对凡·高、塞尚绘画的倾慕,亦描述了他与画家挚友小穴隆一的艺术交往。芥川在"七　绘画"中写道:"他突然——那真是突然,他站在一家书店前,看着凡·高的画集时,突然理解了绘画。当然,那凡·高的画集肯定是写真版的,但他从中也能感到鲜明的大自然。这种对绘画的热情更新了他的视野。他不自觉地开始观察树枝的弯曲形状和女性丰腴的面颊。一个雨中的秋日黄昏,他从某郊外的铁桥下走过。铁桥对面的堤坝下停着一辆运货马车。他走过时,觉得以前有人走过这条路,那是谁呢?——现在也没必要问他了。在二十三岁的他的心里,一个割掉了耳朵的荷兰人叼着长烟斗,用锐利的目光凝望着这忧郁的风景画。"①芥川在文中表达了他对凡·高艺术的倾慕之情。"对绘画的热情更新了他的视野",可见凡·高等画家对其艺术观的影响颇为深刻。

芥川对中国绘画的喜爱及鉴赏力更是不可低估,尤其他对"元季四大家"中影响后世最大的倪瓒钦佩至极。倪瓒字元镇,号云林子。芥川曾一度称呼挚友小穴隆一为倪小隆、倪隆一、云林庵主,他本人则从倪瓒与恽格之号中各取一字,自称"云田"。不仅如此,芥川还在创作之余经常欣赏中国文人画,并挥毫临摹倪瓒的画作以追求艺术灵感。芥川在1921年1月6日致小穴隆一的信函中写道:"那些南画的书才读了一本。临摹了一幅云林画作,不太理想。"②《芥川龙之介全集》收录了一些芥川画作,其中一幅山水画的风格与现藏于台北"故宫博物院"的倪瓒《容膝斋图》非常接近,画面中只有伫立在瑟瑟秋风中的几棵枯树瘦枝,却意境深远,独具风骨,可以肯定是临摹倪瓒之作。芥川的这种对中国文人画割舍不断的倾慕之情终于诞生了"洞庭万里云烟尽收咫尺之间"的得意之作《秋山图》。芥川对《秋山图》是颇为自得的。在1920年12月7日致小穴隆一的信函中,芥川写道:"我现在正在写一篇有王烟客、王廉州、王石谷、恽南田、董其昌出现的小说。那么多人登场,才二十页纸,了不起吧,此所谓洞庭万里云烟尽收咫尺之间。"③信函中提及的王烟客、王廉州、王石谷、恽南田四位画家与王原祁、吴历并称为"四王吴恽",曾经雄视清代画坛,董其昌亦是明代著名书画家,由此可见芥川的中国美术修养。

如上所述,芥川具有较好的美术天赋和美术造诣,所以他一直强调"诗的精神"的文学理念,强调在文学中淡化"情节",着力建构诉诸"视角"的文章,其实就是一种倾向于空间建构的作品,由此可见芥川对于时代变革的敏感度。芥川的

---

① 芥川龍之介『芥川龍之介全集　第16卷』(岩波書店、1997年)42ページ。
② 芥川龍之介『芥川龍之介全集　第19卷』(岩波書店、1997年)138ページ。
③ 同上,第125页。

这种空间感在其早期习作中已初露端倪。当芥川还是东京大学一年级学生时，就发表了讴歌东京隅田川的《大川之水》（1914）。事实上，该作品完稿时间为1912年1月，那时芥川还是一名高二的学生，他在文中充满怀恋地写道：

> 自己为何如此钟爱那条河？……班女也罢，业平也罢，我不了解武藏野的往昔，但远自江户时代的众多净琉璃作者，近至河竹默阿弥翁，在他们的世态剧中，为了有力地表现杀人场面的氛围，配合浅草寺钟声的，常用的道具其实就是大川那寂寞的水声。十六夜与清心投河时，源之丞对女艺人阿古代一见钟情时，或是补锅匠松五郎在蝙蝠飞舞的夏日黄昏，挑着扁担走过两国桥时，大川之水就像今天一样，在客栈的渡口、在岸边的青芦间、在猪牙船的船舷旁慵懒地喃喃细语。
>
> 尤其听水声最有味道之处是渡船上吧。如果我没有记错，从吾妻桥到新大桥之间，原来有五个渡口。其中，驹形、富士见、安宅三个渡口，不知何时已经相继荒废了。现在只剩下从一桥到浜町、御藏桥到须贺町这两个渡口与往昔一样保留着。……如果有人问我"东京"的气味是什么，我会毫不犹豫地回答是大川之水的气味吧。并不仅仅是水的气味，大川的水色、大川的水声也是我所钟爱的东京的色彩和声音。因为有大川之水，我才爱"东京"。因为有"东京"，我才爱"生活"。（1912年1月）
>
> 此后，听说"一桥渡口"废弃了。"御藏桥渡口"的废弃也为时不远了。①

芥川在《大川之水》中描述了其重要的"故乡"体验，"隅田川"成为芥川文学重要的文化空间之一，可谓是其"精神原乡"，他因"大川之水"而热爱东京、热爱生活。那么，"听水声最有味道"的"渡船"则犹如母亲的摇篮，而"渡口"则是通往"渡船"的必要路径，即大河之水、渡口、渡船成为三位一体模式，共同构成了芥川的"精神原乡"。然而，令人遗憾的是《大川之水》的结尾忧郁哀婉："'一桥渡口'废弃了。'御藏桥渡口'的废弃也为时不远了。"渡口、渡船的消失必将导致"大川之水"丧失其诗意与灵动。这哀婉的尾声无疑是该作品最重要的内核，其中饱含了芥川对丧失"精神原乡"的惋惜之情。值得注意的是，这是芥川尚未正式登临文坛时的习作，芥川文学就是以如此哀婉的"丧失感"为基调出发的，难怪其第一部作品集《罗生门》的扉页上印有"君看双眼色，不语似无愁"这一表达"愁思"的偈语。

---

① 芥川龍之介『芥川龍之介全集　第1卷』（岩波書店、1995年）25−31ページ。

芥川创作《大川之水》时,他家已经搬离隅田川附近,新居位于山手一带的新宿二丁目,而山手一带在当时还属于东京郊外。由此可见,在东京作为现代化都市不断扩张的过程中,隅田川一带的"传统景观"亦逐渐消失,取而代之的是河道的填埋与西式楼房建筑的崛起。芥川通过"大川之水"这一地理空间表达了他的"故乡"情怀,又通过"大川之水"周边空间的变迁表达了他对丧失"精神原乡"的哀婉之情,初步勾勒了芥川文学重要的历史文化雏形,亦展现了他日后作为日本著名作家的敏锐的时代感。

《罗生门》是芥川的早期代表作,作品之所以能够成为日本大正文学的经典之作,不可否认,其独特的空间结构亦是特色之一,且看开篇处对罗生门的描述:

> 某日黄昏,一个仆人到罗生门下避雨。宽广的罗生门下只有这男子一个人,只是朱漆斑驳的粗大圆柱上趴着一只蟋蟀。罗生门位于朱雀大道,按理还应该有两三个头戴市女斗笠,或戴揉乌帽的躲雨者,但只有这男子一个人。怎么会这样呢?这两三年来,地震、狂风、大火、饥馑,京都的灾害连续不断,京都城里异常凋敝。据资料记载,佛像、佛具被砸烂,涂着朱漆或镶有金银箔的木料堆在路边当木柴卖。京都城里都是这个样子,自然不会有人顾及罗生门的维修了。于是,狐狸做窝了,盗匪入住了。最后人们还养成习惯,将无人认领的死尸弃置于此。于是,太阳落山后,阴森恐怖至极,谁也不在这门附近停留了。[①]

在《罗生门》开篇的时空建构中,空间建构的力度要大于时间建构。在时间方面,作者仅以"某日黄昏"这一简洁的语句一笔带过,但在空间方面则浓墨重彩——"宽广的罗生门"与"一个仆人"、朱漆斑驳的"粗大圆柱"与圆柱上面趴着的"一只蟋蟀"。这种空间对比手法,仿佛照相机的长焦镜头,又似电影的摄像头,将凋敝的"雨中的罗生门"如一幅绘画般呈现在读者的面前。

罗生门更是绝妙的空间地理意象。罗生门亦称"罗城门",是日本古代都城平城京(奈良)、平安京(京都)的南大门,亦是都城的正门,以京都罗生门最为著名。自谣曲《罗生门》诞生后,一般均书写为"罗生门"(音 Raseimon 或 Rasyo-mon)。此门是都城内外的"境界线",其里侧是城里,外侧是城外,可以想见这个都城门面曾经的壮观景象。以京都罗生门为例,当年日本还配套建造了东寺、西寺,以护卫罗生门,这无疑亦是国家权力的象征。京都罗生门维持了将近二百年的荣耀,后来逐渐凋敝,甚至成为孤魂野鬼的栖息之地,其荣耀、凋敝的"无常"历程成为日本能乐、小说、电影等各类艺术形式的素材。可以说,门的意象是《罗生

---

① 芥川龍之介『芥川龍之介全集 第 1 卷』(岩波書店、1995 年)145—146ページ。

门》空间建构的极致,具有丰富的内涵。

从"佛像、佛具被砸烂,涂着朱漆或镶有金银箔的木料堆在路边当木柴卖"的表述可知,罗生门这一"境界线"亦暗示了时代的巨大转折。这与芥川通过"大川之水"及其周边地理空间的变迁,表达故乡东京在时代洪流中的沉浮具有异曲同工之妙。由于新旧时代更替,传统信仰、价值体系崩溃,代表传统信仰的"佛像、佛具"被砸烂,道德伦理的底线受到挑战,"盗匪"出没,主人公"下人"似乎也要在一番心理斗争之后,走上"盗匪"之路。从作者对"下人"前途的暗示,可以看出新价值体系崇尚"暴力与掠夺",这与"佛像、佛具"所象征的传统价值体系背道而驰。就这样,芥川用"古都"的"门"这一空间地理意象暗示了新旧时代的巨变。

芥川确实是一位密切关注时代的作家,他在《文艺杂谈》(1927)中写道:"刊登我们小说的是月刊杂志或报纸。……在所有文艺形式中,没有比小说更能表现一个时代的生活的。同时从另一方面讲,随着生活样式的变化,没有什么比小说更快失去力量。"[①]在这段文字中,芥川明确指出了小说与时代共存亡的关系。在《续最纯粹的文艺》(1927)之"二　时代"中,芥川写道:"我时常这么想——即便我未降生在这世上,也一定会有人写出我这样的文章。因此与其说那是我的作品,不如说是长在一个时代的土壤上的几棵小草中的一棵。"[②]其明晰的时代意识跃然纸上。如前所述,《某阿呆的一生》是晚期芥川文学的代表作之一,决意自杀前的芥川在这篇自传体作品中,诗性地回望了自己三十五年的短暂生涯,作品从时代开篇,以败北结尾,由此亦可见芥川强烈的时代意识,且芥川对其所处的时代是持批判视角的。

《罗生门》创作于1915年,即大正四年。从拥有四十五年历史的相对漫长的明治时代看,大正时代无疑是一个全新的时代,大正四年亦属于新时代的起步阶段,所以《罗生门》之门应该还暗含了明治与大正的时代交替。那么,芥川为什么会在新时代起步时期,选择充满死亡、偷盗意象的罗生门作为其重要的文学出发点呢? 笔者认为,在论及《罗生门》的创作背景时,不能忽略这一因素:该作品创作于第一次世界大战期间,即第一次世界大战亦是作品的重要背景之一。

第一次世界大战爆发伊始,日本以日英同盟为基础,加入协约国参加了大战。对中国领土的野心是日本参战的最大动力。1914年10月31日,日英联军进攻由德国控制的青岛,德军失利,日本遂占领了青岛。翌年1月18日,日本向袁世凯政府提出了企图灭亡中国的"二十一条"。第一次世界大战后,日本继续保持其领土扩张的野心,1919年出兵西伯利亚,甚至在他国部队撤退时,仍不愿撤离西伯利亚,其希望通过苏联远东地区深入中国东北的野心昭然若揭。不仅

---

① 芥川龍之介『芥川龍之介全集　第 14 巻』(岩波書店、1996 年)41—42ページ。
② 芥川龍之介『芥川龍之介全集　第 15 巻』(岩波書店、1997 年)231ページ。

如此,经过第一次世界大战,日本完成了从农业国向工业国的转变,城市人口激增,城市空间急剧膨胀。其原因是"一战"时期,欧洲各国的贸易受阻,日本乘机填补空缺,扩大了对中国及东南亚各国的商品出口,还接到了来自协约国的大量订单,一跃成为债权国,贸易呈现出繁荣的景象,由此引发投资热潮,金融、冶金、机器制造业迅猛发展,日本终于迈入了工业国的行列。也就是说,日本在第一次世界大战期间实现了进一步的崛起。而第一次世界大战从本质上讲,是一场争夺世界霸权与殖民地的战争,可以说日本再次因战争而崛起。《罗生门》所揭示的暴力、掠夺、人性之恶应与"一战"的价值取向,即"时代"的价值取向有关。由此可见芥川在罗生门这一空间地理意象中倾注的文明批判意识。《罗生门》不仅展现了芥川高超的空间结构力,亦展现了其敏锐的洞察力。不可否认,罗生门的颓废凋敝亦隐含着芥川的丧失感,这与《大川之水》是一脉相通的。

　　如前所述,日本在第一次世界大战期间完成了从农业社会向工业社会的转变,城市人口不断增加,城市空间亦不断膨胀。1923年关东大地震后,东京的城市化建设更加突飞猛进,伦敦、巴黎、柏林等欧洲城市成为东京的楷模。广泛区域内的城市扩张与19世纪以来的工业文明、科技发展密切相关,但工业、科技对人性与自然的破坏亦有目共睹。工业文明与都市生活中的人性异化,以及"一战"后人类的精神荒原,成为以都市文化为背景的现代主义文学关注的重要问题。芥川的《齿轮》(1927)亦是呈现现代都市人性异化的杰作,它还是日本现代主义文学的先锋之作,反映了芥川的文明观、现代都市观及其抗争意识。

　　《齿轮》的大部分内容发表于作家去世之后,作品描绘了主人公疯狂、崩溃的"生的地狱"景象,亦传达了在现代都市中被挤压的灵魂的呐喊。其主人公"我"是一位作家,患有严重的失眠症、被害妄想症等,精神濒临崩溃的边缘,但"我"还在苦苦挣扎,凭着顽强的意志力,闭居在酒店里日夜赶稿,这期间还去了一趟精神病院,希望改善精神病痛,但一切努力都无济于事,周围充满了恶意,"我再也无力写下去了,生活在如此心境中,唯有无法言说的痛苦。谁能在我熟睡时悄悄地掐死我?"[1]作品在如此呐喊声中落下帷幕。

　　日本文学界高度评价这篇作品,如佐藤春夫、川端康成等认为这是芥川文学的杰作;广津和郎在《文艺杂感》中指出它展示了"新的生存不安"和"新的战栗";堀辰雄(1904—1953)在其毕业论文《论芥川龙之介》中表达了与广津和郎相同的观点;三岛让在《芥川龙之介之死与其后》中指出"这不仅是芥川个人的神经症报告,还是一部现代主义神曲,象征了同时代的无意识与噩梦"[2]。可见早在20世

---

[1]　芥川龍之介『芥川龍之介全集　第15卷』(岩波書店、1997年)85ページ。

[2]　関口安義、庄司達也『芥川龍之介全作品事典』(勉強出版、2000年)436ページ。

纪 80 年代已有学者指出《齿轮》的现代主义倾向。《齿轮》所传达的疯狂的文学世界,其富于跳跃性的表现手法,具有未来派艺术倾向的"齿轮""火车""飞机"等工业文明、现代都市文明符号等,都显示了作品的现代主义特征。

从芥川手稿可知,该作品原名《所多玛之夜》,后改为《东京之夜》,最终定稿题名《齿轮》。"所多玛"是《旧约·创世记》中的城市,因其住民骄奢淫逸而被上帝摧毁。从"所多玛→东京→齿轮"的构思路径看,芥川对与工业文明、机械文明相表里的都市的批判是极为深刻的,最初的"所多玛"一词中无疑隐含了"罪恶""走向毁灭"之意。《齿轮》的主要舞台是当时东京最时尚的现代都市建筑——帝国酒店。帝国酒店始建于 1890 年,于 1922 年重建,是当时东京的标志性建筑之一。其他重要意象,如雨衣、新式婚礼、汽车、火车、飞机、出租车、高楼、电话、咖啡馆、威士忌等亦是当时东京的象征性符号。此外,东京人的内心世界亦值得关注,这方面令人印象深刻的表述有失眠、恐惧、噩梦、妄想症、发疯、死亡等负面意象,与此相应的是监狱、地狱、精神病院等场所。其实,监狱、地狱、精神病院亦是芥川在《齿轮》中展现的都市的重要组成部分,显示了其敏锐的现代都市观。

在《齿轮》中,芥川对其"寿陵余子"之号的涉及亦值得关注。芥川在《齿轮》第 3 篇"夜"中写道:"传统精神也像现代精神一样让我不幸,这更令我感到无法忍受。我拿着这本书,不由得想起我曾经用过的'寿陵余子'这个笔名。那是《韩非子》中的一个青年,未学会邯郸的步法,却把寿陵的步法忘了,最后只好匍匐蛇行归乡。我今天的样子无论在谁看来肯定都是寿陵余子,但我在未坠入地狱前就用了这个笔名。"[1]芥川通过"寿陵余子"之号表达了"传统精神"与"现代精神"的相克,但他已经无力调和这种矛盾与分裂。从"寿陵余子"之号可见芥川的痛苦主要源自东西方文化在其内心引发的剧烈碰撞。

芥川通过"大川之水"表达了他的"故乡"情怀,又通过"大川之水"周边空间的变迁表达着他对丧失"精神原乡"的哀婉之情。代表作《罗生门》中古都"罗生门"的颓废凋敝亦隐含着芥川深刻的"丧失感",这与《大川之水》是一脉相承的。遗稿《齿轮》通过"东京"这一现代都市细致入微地刻画了都市人的疯狂、崩溃、分裂、异化,这亦是芥川对现代工业文明所造成的人性压抑的控诉与抗争,可见芥川文学的先锋意义。

第五节　私小说与心境小说

经过明治时代的中日甲午战争、日俄战争,日本一跃成为世界强国,军部势力不断增强。1910 年,明治政府以莫须有之罪逮捕了大批社会主义者,在全国

---

[1]　芥川龍之介『芥川龍之介全集　第 15 巻』(岩波書店、1997 年)58ページ。

范围内制造白色恐怖,以扫清侵略扩张路上的障碍。同年,又正式吞并了朝鲜。在此背景下,日本文学急剧转向,耽美派文学就是如此严酷的政治形势的产物,大正时代的其他流派的小说亦带有这种时代烙印。

　　大正时代是日本为更大规模战争做准备的时期。不仅如此,日本积极参与了第一次世界大战,1914 年 8 月 23 日对德宣战,在中国领土开战,其目的是侵略中国,并瓜分更多殖民地。1915 年 1 月 18 日,日本提出以灭亡中国为目标的"二十一条"。1917 年俄国十月革命胜利,日本宣布出兵西伯利亚,并趁机把大批军队开进中国东北地区,以攫取更多"国权"利益。1918 年 7 月,日本爆发大规模的"米骚动",这场运动几乎波及全日本,参与人数达到一千万,持续了将近两个月。1923 年 9 月 1 日,日本发生关东大地震,东京、横滨等城市灾情严重,地震又引发了火灾,致使死亡人数达到十万人,伤者无数。政府为平息民怨,传播在日朝鲜人暴动、社会主义者暴动的谣言,杀害了无辜的在日朝鲜人近六千人,并监禁社会主义者和工会积极分子约两万人。需要指出的是,有岛武郎自杀于 1923 年 6 月,他倒在了关东大地震之前。芥川龙之介则完整地经历了大正时代的另类波涛汹涌,于 1927 年 7 月自杀,这两次著名文学家的"自杀"事件,前后相隔仅仅四年时间,极大地震撼了当时的报刊媒体。可见大正时代并非仅仅涂抹着艺术、唯美、理想的色彩,它还明显具有严重的暴戾、杀伐和社会不公色调,这亦是私小说产生和流行的时代背景。

　　私小说是日本自然主义文学的继承形式,它摒弃了小说最为重要的虚构元素,以作者自己的亲身经历为素材进行创作,描写作者的身边琐事,作者与作品主人公可以等同视之,作者本人身兼叙事者和主人公的双重身份。"私"是相对于"公"的一个词,有"个人、私人、非公开"之意。私小说这一说法大致出现在大正十年(1921)前后,但人们对这种小说样式展开广泛议论是在大正末期。中村武罗夫在 1924 年 1 月的《新小说》上发表《本格小说与心境小说》,以《安娜·卡列尼娜》作为本格小说的范例,批判了专注于描写作家心境的心境小说,即私小说的狭隘性。[①] 久米正雄于 1925 年 1 月至 2 月在文艺春秋出版的《文艺讲座》上发表《私小说与心境小说》,指出真实面对自己的私小说才是"小说的正道",认为艺术的最高价值在于再现各人所走过的生活道路,"我"是一切艺术的基础,把"我"真实地表现出来的私小说才是艺术正道,托尔斯泰、陀思妥耶夫斯基、福楼拜的作品虽然高级,但毕竟只是伟大的通俗小说,毕竟是人工制品。[②] 然而,正如私小说的强势流行所显示的,在社会剧烈动荡时期,当大多数作家仅

---

　　①　平野謙、小田切秀雄、山本健吉『現代日本文学論争史　上巻』(未来社、1976 年)93—97ページ。

　　②　同上,第 108—114 页。

仅关注自己的个人经历，或津津乐道于颓废的个人情趣、个人的神经世界时，这无疑是畸形、荒谬的。日本自然主义文学至此确实走到了"日本式自然"的极致状态了。

在私小说形成的过程中，《奇迹》（1912—1913）杂志的创刊值得关注。《奇迹》是一份以早稻田大学学生及校友为中心创办的文艺杂志，其成员广津和郎、葛西善藏、谷崎精二等继承自然主义文学传统，主张"人生即艺术"的理念，为私小说的形成做出了贡献。《奇迹》作家与耽美派、白桦派作家不同，他们在大正时代开始创作，可谓是真正的大正作家，这点与新思潮派相仿。私小说代表作家葛西善藏的处女作《悲伤的父亲》（1912）、《恶魔》（1912）就发表在《奇迹》杂志上，但当时并未受到关注。广津和郎也几乎同时开始了批评工作。但他们真正获得认可是在广津和郎发表了小说处女作《神经病时代》（1917）之后。这一时期，葛西善藏的《赝品》（1917）、《带着孩子》（1918）等私小说作品亦受到了关注。广津和郎的盟友宇野浩二亦发表《藏中》（1919）、《苦世界》（1919—1920），显示出相近的创作风格，一跃成为新进作家。这些作家均曾就读于早稻田大学，或是与早稻田大学有关，深受自然主义文学的熏染。相对于耽美派的奢华猎奇、白桦派的理想追求，他们主要描写日常生活中的阴暗面。当然，白桦派的人道主义精神在他们的作品中亦有显现，从广津和郎的《神经病时代》中可见某种社会正义感。

葛西善藏是私小说的代表作家，生于青森县，小学毕业后赴东京，一边靠送报纸养活自己，一边在夜校学习。十五岁时母亲去世，一度返乡，当过列车员、林业职工，1904年再度赴东京，翌年考上哲学馆大学（现东洋大学），但很快退学。1908年结婚，同年入德田秋声门下学习创作，并在早稻田大学英文专业旁听。1911年因生活贫困，将妻儿送回家乡，自己独自在东京埋头创作。从1919年底至1923年关东大地震期间，葛西善藏住在镰仓建长寺，并在这时期喜欢上阅读俄罗斯19世纪末文学，附近茶馆的浅见花照顾其日常饮食。大地震后回到东京，与浅见花同居，其后的作品中均有浅见花的身影。早年在《奇迹》杂志上发表了一些作品，反响平平，后因《赝品》《带着孩子》受到关注。1928年，四十一岁的葛西善藏因肺结核医治无效去世。葛西善藏的作品一贯以"创作与生活"的矛盾为主题，为了创作，他不惜割舍骨肉亲情，却又为此苦恼不已。福田清人在《葛西善藏》（1934）一文中指出，葛西善藏小说几乎都以当下生活为主题，其原因也许是其具有的现实精神，又或是他无力处理时空久远的题材，福田清人继续评论道：

> 从文学史立场看其作品，应该承认他位于日本晚期自然主义文学的终点。我从其文学中看不到森鸥外、夏目漱石给予我们的遗产。正如其贫穷的实际生活，他以贫乏的才华勉为其难地进行创作。他拼命

的样子就是他的全部人生。也许有人说他真挚的文学态度是巨大的文学遗产。但我们今天不能如此毫无批判地接受这种态度。真挚的态度很重要，但方向错了则非常危险。①

葛西善藏以其孤独的贫困生活为素材创作了数十篇短篇小说，强调对生活危机进行小说化处理。代表作《带着孩子》可见其跌入人生泥淖而不想自拔的生活态度。这种如实记录悲惨人生的写作方式，使其成为破灭型私小说作家的典型代表，对后来的破灭型私小说作家影响甚大，嘉村礒多（1897—1933）、梶井基次郎（1901—1932）、牧野信一（1896—1936）、太宰治（1909—1948）、田中英光（1913—1949）等作家都或多或少地受到他的影响，这些不幸的作家的人生亦都陷入"破灭"中，可见福田清人所谓"真挚的态度很重要，但方向错了则非常危险"的批评可谓真知灼见。

广津和郎最早以评论家身份出名，他是作家广津柳浪之子，生于东京，早稻田大学英文专业毕业，大学时代曾翻译契诃夫、莫泊桑作品以补贴学费，喜欢二叶亭四迷、正宗白鸟文学，但更倾心于契诃夫文学。大学毕业后，在报社、杂志社撰写文艺时评等。他很早就有了新锐评论者的声望，早期重要评论文有《愤怒的托尔斯泰》《关于自由和责任的思考》两篇，这是其关于"自由与责任"思考的原点。《神经病时代》是其成名作，在发表过程中受到了正宗白鸟的帮助。这是在俄罗斯19世纪末文学的影响下创作的具有文明批判性质的作品，塑造了"性格破产者"的知识分子形象，描写了被"现代性"腐蚀的人格崩溃者的危机。对广津和郎而言，由主体缺失导致的"性格破产者"问题是当时日本知识分子面临的严峻问题。此后，探索知识分子的生态一直是其重要的文学主题。《怀抱着死儿》（1919）亦取材于其本人不幸的婚姻生活，较好地表现了在绝望中的精神挣扎。《师崎行》（1918）、《壁虎》（1919）、《波上》（1919）是其私小说三部曲，同样以不幸的婚姻展开描写，实际上亦属于"性格破产者"系列作品，受到了当时读者的欢迎，其中对伦理问题的探索与白桦派文学有诸多共通之处。

在无产阶级文学运动盛行时期，广津和郎亦曾经有过迷茫，但他最终成为左翼阵营的"同伴者"，其文学可谓继承并深化了二叶亭四迷的写实主义风格，以批判现实主义视角揭示了知识分子的生态，并有诸多超越私小说之处。"性格破产者"是契诃夫所造的词，但作者不仅在其自身看到了这一特征，亦把它看作当时知识分子整体面临的严峻问题，揭示了新时代的不祥预兆。从1953年开始，他连续十年在《中央公论》《世界》等期刊上为松川裁判被告者发声，撰写了一系列

---

① 葛西善藏、相馬泰三、宮地嘉六［ほか］『現代日本文学大系　49　葛西善藏　相馬泰三　宮地嘉六　嘉村礒多　川崎長太郎　木山捷平集』（筑摩書房、1973 年）384ページ。

评论文章，后集结为《松川裁判》(1955—1958)，成为宝贵的报告文学作品。文学史界一般将其归为私小说作家，但其作品具有批判现实主义色彩，其中对完美人格的建构、伦理性问题等的思考与白桦派有颇多相似之处。

宇野浩二，生于福冈县，早稻田大学英文专业中途退学。三岁丧父，少年时代在舅父家生活，一度生活困顿。在广津和郎的帮助下，发表了《藏中》《苦世界》，其幽默伤感的饶舌体受到了欢迎。他是私小说作家中创作时间最长的作家，其早期作品中飘逸的幽默感颇富于个性。他颇有讲故事的才华，所以并未成为葛西善藏似的性格破灭者，而是在不幸中不断成长，使自己的性格渐趋圆融。1927年6月，因重度神经衰弱入住精神病院，在此期间创作了一些童话作品。《枯木的风景》(1933)是其康复后创作的作品，风格趋向平淡冷峻，不再有幽默的元素。评传《芥川龙之介》(1953)亦是其代表作之一。

后世学者往往将基于自己真实人生进行创作的志贺直哉等白桦派作家亦看作私小说作家，但志贺直哉文学追求"艺术与人生"的和谐，与一般破灭型私小说不同。于是，一般又将私小说分为破灭型与调和型两大类。破灭型可以追溯到明治时代的田山花袋，还包括葛西善藏、嘉村礒多、太宰治等作家。调和型的代表人物是志贺直哉，还有继承其文脉的泷井孝作、尾崎一雄等作家。以志贺直哉作品为代表的调和型私小说又被称为心境小说，作家在面对自身生活中的矛盾和纠葛时，力图以坚强的意志力、自律的精神，以及自身的修养，使自我和社会达至和谐，这是对审美价值的追求，亦是对伦理价值的追求。志贺直哉《在城崎》、尾崎一雄《虫子的二三事》、岛木健作(1903—1945)《赤蛙》等均是心境小说的代表作。1923年发生的关东大地震对日本文学影响甚大，有较多作家在面对天灾人祸时，以中国传统老庄思想处之，这对心境小说的发展亦具有一定的促进作用。

日本大正时代，私小说势力强大，以至有"私小说时代"之称，其原因之一是文坛及读者群的存在。日本自明治维新以来，长期流行实用主义、功利主义思想，而文学的非实用性显而易见，这使得作家和读者成为绝对的小众群体，于是他们在一定程度上形成了一种思想共同体，世俗社会在此成为相对化的存在。但私小说屏蔽了小说的社会性、艺术性层面，小说成为面向文坛内部，而非面向社会大众之物。第一次世界大战的爆发，俄国十月革命的胜利，日本国内的"米骚动"事件，日本对海外殖民地的拓展，1923年的关东大地震，等等，均标志着当时日本社会的巨大政治危机，但狭隘的私小说逆势盛行，其中可见日本文学的局限性。一般文学史认为，明治时代导入的西方文学技法在大正时代达到了一个成熟期，但不可否认当时狭隘的文学空间几乎与世隔绝，明显缺乏艺术性及社会延展性，几乎如同温室里的鲜花，与日本国内外现状明显脱节。文坛外面血雨腥风，但大多数文学作品在重大历史事件面前几乎陷入失语状态，可见长期渲染的所谓成熟的定论值得怀疑。可以说,在历史急剧转折时期,大正文学失去了表现方法,有良心的作家陷入失语状态,这亦是著名作家有岛武郎和芥川龙之介先后自杀的重要原因之一。中村光夫亦指出了当时日本小说的停滞和混乱问题,他如此写道:

> 广津和郎曾经说过,小说比任何其他艺术都更接近生活。可以说,当今小说的停滞和混乱如实地反映了现代日本人的心理。将小说从简单的反映提升至表现,不应仅仅描写混乱的现状,更应描写人们的意志力,开拓描写积极参与时代精神生活的小说,这不仅是现代小说的内面问题,而是给即将窒息的精神开一个透光孔,进而能够期待现代精神的再生。……我认为,从以前的柳北鲁文到所谓战后文学的现在,我国的小说似乎取得了长足的进步,实质上却从未变化过。①

中村光夫"将小说从简单的反映提升至表现,不应仅仅描写混乱的现状,更应描写人们的意志力"的期待无疑是正确的。日本式自然主义发展到如实记录悲惨人生的破灭型私小说阶段,直接导致作家"艺术与人生"的俱毁,这显然是一条死胡同。就这样,私小说成为昭和文学出发时的文学基础,昭和文学对私小说的超越亦是日本小说发展史上的必然趋势。

---

① 中村光夫『日本の近代小説』(岩波書店、2007 年)208ページ。

第八章　昭和文学序幕：革命文学与文学革命

科学技术的进步并未与人的幸福感成正比，人与人、人与社会、人与技术进步之间的分裂日益明显，这使得文学艺术必须探索新的表现方法。第一次世界大战后流行的达达主义、超现实主义、未来派、表现主义即诞生在这种背景下。此外，20 世纪 20 年代发生的世界性不景气，使无产阶级文学得以广泛传播，世界呈现出诸多的"同时代性"，而 1923 年发生的关东大地震更让日本作家超越文坛壁垒，直面社会现实。在如此天灾人祸面前，他们不得不从舒适安逸的美梦中醒来。昭和文学源自对大正文学的反抗，主要反抗占据大正文坛主流地位的日本写实主义和以这种写实主义为基调的私小说、心境小说。这在艺术层面上，表现为"文学革命"运动，即新感觉派等的现代主义文学探索。在思想层面上，表现为"革命文学"，即无产阶级文学、马克思主义文学运动。这两种运动分别在欧美与苏俄文学运动的影响下产生，但与明治时代日本自然主义文学吸收外国文学的方式不同，主要表现为具有鲜明的"同时代性"。

第一节　革命文学：无产阶级文学的兴起

昭和文学可以追溯至《文艺战线》(1924 年 6 月)和《文艺时代》(1924 年 10 月)的创刊，这两份杂志均创刊于关东大地震之后，其中可见时代的巨大转向。《文艺战线》继承了《播种人》(1921)杂志的文学理念，成为无产阶级文学运动的堡垒。《文艺时代》则与之相对抗，由《文艺春秋》的青年作家们创办，逐渐成为新感觉派运动的堡垒。这两种截然不同的文学运动与大正文学迥然相异，在日本文学史上留下了浓墨重彩的一笔，具有昭和文学萌芽的性质。尤其值得注意的是它们的创刊是关东大地震影响的结果。1923 年 9 月发生的关东大地震，导致东京发生了连续三天三夜的大火灾，城市工商业中心毁于一旦。这场天灾给东京市民造成了极大的冲击。大地震过后，社会上弥漫着浓重的虚无感，个人的财产、地位发生动摇，传统秩序、价值观崩溃，日本社会迅速进入了实力至上的时代。灾后重建的东京显示出更多的美国风俗特色，五彩缤纷的霓虹灯、流动人口的增加、大众社会的到来等，无一不在言说着与往昔时代的不同，文学革命与革命文学运动应运而生。

20 世纪 20 年代前后,日本经济发展带来的劳资纠纷问题日益严重,劳动抗争事件频发,阶级问题凸显,《播种人》应运而生。《播种人》于 1921 年创刊时,其成员包括小牧近江(1894—1978)、金子洋文、今野贤三、山川亮等。此后,平林初之辅(1892—1931)、青野季吉(1890—1961)等亦先后加盟。核心人物小牧近江,本名近江谷驹,生于秋田县,法国文学研究者,1910 年赴法国,1918 年毕业于巴黎大学法学专业,留法期间参加巴比塞(1873—1935)创立的国际进步作家组织光明社的反战运动,深受感化。《播种人》杂志延续光明社的反战、和平及人道主义基调,批判资产阶级文坛,同时积极介绍外国艺术和艺术家。《播种人》在关东大地震后被迫停刊,但它连接了大正与昭和两个时代,播下了日本无产阶级文学的希望之种。

平林初之辅是《播种人》的重要评论家,生于京都,毕业于早稻田大学英文专业,1919 年开始在《大和新闻》担任文艺评论员,后成为《播种人》《文艺战线》成员,是日本早期无产阶级文学运动的理论支持者。他致力于文学的科学、社会学研究,反对无产阶级文学的"政治"优先论,提出文学的"政治价值"和"艺术价值"二元论观点,引发了广泛的关注,亦创作了诸多侦探小说,还较早关注到电影、广播等传媒对文学艺术的影响。1931 年 2 月赴法国巴黎大学学习文学与电影,同年 6 月因病客死于巴黎。他是《播种人》时代引人注目的评论者,曾在《播种人》上先后发表了《第四阶级的文学》(1922 年 1 月)、《文艺运动与劳动运动》(1922年 6 月)等评论文,奠定了无产阶级文学理论的基础。例如,他在《第四阶级的文学》中写道:

> 无产阶级文化不同,它不是为少数人的文化,而是多数人的文化。它还只是处于萌芽状态,必将随着无产阶级实力的增强而成长,并必将成为全人类的文化。但现在我们还不能高谈人类文化。我们当前的问题是要树立阶级文化观念,针对第三阶级文化,树立起第四阶级文化概念。但阶级文化离不开阶级,它不能凭空生长,所以为了树立第四阶级文化观念,其先决条件是培养第四阶级的实力。①

平林初之辅在日本第一次打破了"艺术永恒"的观念,指出了艺术的历史与阶级属性,否定了知识分子的中立性,号召知识分子转向劳动阶级,梳理了文艺运动与劳动运动的关系,在日本无产阶级文学运动史上,第一次完整地提出了无

---

① 片上伸、平林初之輔、青野季吉[ほか]『現代日本文学大系 54 片上伸 平林初之輔 青野季吉 宮本顕治 蔵原惟人集』(筑摩書房、1973 年)92ページ。

产阶级文学理论。由于这一时期的理论铺垫，"第四阶级文学"概念开始进入人们的视野，民众文学或无产者文学成为时代的自觉。1924 年，《文艺战线》继承《播种人》的理念创刊，逐渐成为无产阶级文学运动的堡垒。《文艺战线》的理论核心是青野季吉，创作实践方面则有叶山嘉树（1894—1945）、黑岛传治（1898—1943）等代表作家。它与新感觉派的《文艺时代》一起，象征着新的文学时代的到来，受到了广大文学青年的追捧。

青野季吉，生于新潟县佐渡的一个没落世家，父母早亡，毕业于早稻田大学英文专业，毕业后从事记者工作。1922 年，在友人平林初之辅的建议下，在《新潮》杂志发表评论文《心灵的灭亡》（1922 年 5 月），批判资产阶级艺术家，由此成为一名新进评论家。1922 年加入日本共产党，后与组织脱离关系，专注于文艺评论的创作，但其评论风格依然保持共产主义理念，强调文学创作与文学批评的社会性视角，认为作者应该保持作为"社会性存在"的自觉意识。此处的"社会"指阶级斗争场域，因此要为劳动阶级的解放做贡献，这亦是文学的社会意义所在。青野季吉进一步深化、发展了平林初之辅的理论。1938 年被指控违反《治安维持法》入狱，此后"转向"，开始关注古典、古代美术、佛教等传统世界，并写作以人道主义为基调的小说、评论文，有自传《一块石子》（1943）等，"二战"后曾任日本笔会副会长、日本文艺家协会会长等职务。

叶山嘉树，生于福冈县京都郡的一个小官吏家庭，曾就读于早稻田大学高等预科，因学费滞纳被开除，后当过见习水手，乘货船到过印度加尔各答等地，这时期开始阅读高尔基文学。此后，他还当过各类临时工、记者，因参加工人运动多次被捕，在日本无产阶级运动遭受挫折时期"转向"。1943 年 3 月，以"满蒙开拓团移民"身份到中国东北。日本战败后，1945 年 10 月于回国途中，在中国吉林省德惠车站附近病故。叶山嘉树热爱文学，曾经广泛阅读高尔基、陀思妥耶夫斯基、托尔斯泰、上田秋成等的作品。其文学天赋，外加丰富的人生阅历，使其成为日本无产阶级文学的先驱者，日本无产阶级文学因为他的作品而有了艺术价值。1923 年，他在狱中写下《卖淫妇》（1925）和《遇难》（后改名为《生活在海上的人们》）。1925 年出狱后，在《文艺战线》杂志先后发表了《卖淫妇》《水泥桶里的一封信》（1926），并由改造社出版长篇小说《生活在海上的人们》（1926），一举成名。其作品富于艺术感染力，对劳动阶层给予了深深的爱与同情。《生活在海上的人们》根据作者自身的水手经历写成，描写了在往来于北海道室兰与横滨之间的煤炭运输船上，船员们与船长进行斗争的情况，充满了人道主义精神，成为日本无产阶级文学的杰作，对小林多喜二、中野重治（1902—1979）文学影响甚大。

黑岛传治，生于四国香川县小豆郡（今内海町），二十岁左右时热衷于托尔斯泰、陀思妥耶夫斯基、契诃夫、志贺直哉文学。1919 年春入读早稻田大学高等预科，在校期间应征入伍，1921 年被派往西伯利亚，担任卫生兵工作，同时开始学习俄语。翌年因患肺炎中途退役,以此期间的经历创作的《军队日记》在其死后出版。他和叶山嘉树几乎同时登上文坛,1926 年在《文艺战线》上发表《两分铜币》《猪群》等,受到了好评,成为《文艺战线》的一员。他以现实主义手法创作了《雪橇》(1927)、《盘旋的鸦群》(1928)、《武装的街巷》(1930)等一系列反战小说,其中短篇小说《雪橇》《盘旋的鸦群》取材于作者在西伯利亚的军旅经历,是日本文学史上少有的西伯利亚题材作品。长篇小说《武装的街巷》由日本评论社出版,以日本于 1928 年 5 月制造的“济南惨案”为题材创作,亦是其《反战文学论》(1929)的实践之作,揭露了日本以保护侨民为借口的侵略行径。黑岛传治为了创作这部作品,于 1929 年秋天专程到济南、天津、沈阳等地进行实地考证。“济南惨案”又称“五三惨案”,1928 年,蒋介石领导北伐战争,日本担心中国一旦统一,则不会任由日本侵略,于是竭力阻挠,1928 年 5 月 3 日在济南城内屠杀无辜,造成中国民众死伤者将近两万人。《武装的街巷》一经出版,便被禁止发售。1927 年 10 月,黑岛传治创办了农民文艺会机关刊物《农民》。1933 年肺病复发,这年 2 月在病床上听闻小林多喜二惨遭杀害的消息,夏天返回故乡养病,8 月开始连续咯血七十日。此后的生活一直处于“特别高等警察”的监视下,1943 年死于故乡小豆岛。

关东大地震之后,社会主义成为知识分子的社会批判武器,无产阶级文学受到大学生们的青睐。1925 年 10 月,东京大学的林房雄、中野重治、鹿地亘(1903—1982)等在校生亦组建了社会文艺研究会(后改名为“马克思主义艺术研究会”),该组织联合《文艺战线》《战斗文艺》《原始》《解放》等多种左翼杂志,于1925 年 12 月组建了日本无产阶级文艺联盟。1926 年 11 月,该组织摒弃无政府主义者,重组为日本无产阶级艺术联盟(普罗艺),以藏原惟人(1902—1991)理论为指导,成为马克思主义艺术家团体。此后,日本无产阶级文学运动又经历了数次分裂。1928 年,藏原惟人号召无产阶级文学各派应摒弃分歧,建立左翼艺术家统一战线,中野重治积极响应。同年 3 月,全日本无产阶级艺术联盟(纳普)成立,创办机关刊物《战旗》杂志。纳普逐渐掌握了运动的主导权,迎来了所谓“纳普时代”。由此开始直至 1931 年前后,无产阶级文学在整个日本文学界发挥了极为重要的作用,在某种意义上堪比明治时代的自然主义文学运动。这时期的理论指导者是藏原惟人、中野重治,后来还有宫本显治(1908—2007)等,其中藏原惟人于 1928 年 5 月在《战旗》创刊号上发表的《通往无产阶级现实主义之路》一文,为无产阶级文学的理论化做出了贡献,其他代表作家有小林多喜二、德永直(1899—1958)、佐多稻子(1904—1998)、中野重治,以及后来加入的宫本百合子等。其中,小林多喜二是纳普的核心作家,对当时的整个日本无产阶级文学运动产生了极大的影响。小林多喜二的小说完全忠实于藏原理论,亦成为纳普艺术理论的典范之一,在文学评价及影响力方面都达到了极高的水准。1928 年,小林多喜二以《一九二八年三月十五日》开启创作活动,至 1933 年去世为止,其创作时间前后不到五年,但其作品是后期日本无产阶级文学的典型代表。

藏原惟人是日本马克思主义文学评论界最著名的评论家,笔名佐藤耕一、古川庄一郎、谷本清等,中学时代开始阅读俄罗斯文学,加入《文艺战线》之初,在该刊物发表《现代日本文学与无产阶级》(1927)等评论文,成为仅次于平林初之辅、青野季吉的无产阶级文学评论家。他毕业于东京外国语学校俄语专业,1925 年赴苏联一年,学习语言和文学,后加入日本无产阶级艺术联盟,1927 年成为《文艺战线》的一员,由此展开马克思主义文艺评论活动,同时积极译介苏联文学艺术方面的重要文献,逐渐成为日本无产阶级文学运动的领导人物,在全日本无阶级艺术联盟机关刊物《战旗》创刊号上发表《通往无产阶级现实主义之路》,这篇文章成为此后无产阶级文学创作的基调,他本人亦由此成为新进文艺评论家,受到了广泛的关注。他在《通往无产阶级现实主义之路》一文中写道:

> 但无产阶级作家绝非仅仅以战斗的无产阶级为题材,他描写工人,同时还描写农民、小市民、士兵、资本家,描写凡与无产阶级解放有关的所有一切。不过,他要从阶级观点,也就是目前唯一的客观观点来描写。问题在于作家的观点,而不在于其题材。——在此观点允许的范围内,题材最好包括现代生活的方方面面。因此,必须迅速从我们阵营去除"只能以战斗中的无产阶级为写作对象"的观点。[①]

藏原惟人在这篇评论文中以坚定、明晰的写作方式,为无产阶级文学的理论化做出了巨大的贡献。他于 1929 年加入日本共产党,逐渐成为日本无产阶级文化组织的核心人物,又接连撰写了《无产阶级艺术运动的组织问题》(1931)、《关于艺术方法的感想》(1931)等评论文,继续探讨着无产阶级文艺运动模式等问题,有力地引领了小林多喜二等作家。1932 年 4 月被捕,坚决不"转向",在狱中度过了八年多的光阴,1940 年因患严重肺结核出狱。他坚持马克思主义立场,是少数坚定的未"转向"者,这在一个侵略国家、侵略时代,是难能可贵的。日本战败后,他为日本共产党重建及新日本文学会等组织的创建做出了贡献。

中野重治,生于福井县的一个富农家庭,高中时代开始喜欢阅读日本文学、俄罗斯文学、德国文学等,特别喜欢室生犀星、佐藤春夫、斋藤茂吉的诗歌,他本人亦开始尝试诗歌创作,高中时代师从室生犀星学习写诗。1927 年毕业于东京大学德文专业。大学在校期间,曾与堀辰雄、洼川鹤次郎等创办同人杂志《驴》

---

① 片上伸、平林初之輔、青野季吉[ほか]『現代日本文学大系　54　片上伸　平林初之輔　青野季吉　宮本顕治　藏原惟人集』(筑摩書房、1973 年)316ページ。

(1926 年创办)，在该刊物上发表了大量具有左翼色彩的诗歌，其才华受到了芥川龙之介的赞赏。其早期诗作大多收录于《中野重治诗集》(1931)。1926 年，与林房雄等结成马克思主义艺术研究会，后参加普罗艺，并成为纳普的核心作家、评论家。其文学基调是私小说与共产主义的联姻，即用私小说式的古风形式讴歌新时代的情感。1931 年加入日本共产党，1932 年被捕入狱两年，后"转向"出狱，但被判刑两年、缓期执行。作为日本无产阶级运动的重要推手，"转向"问题一直以巨大的精神挫折的形式压迫着中野重治，之后直至战败，其文学主要还是直面自己的"转向"问题——思考外部压力与自我信念之间的矛盾。中野重治由此创作了"转向五部曲"：《第一章》(1935)、《铃木·都山·八十岛》(1935)、《乡村的家》(1935)、《一个小记录》(1936)、《无法写小说的小说家》(1936)。《与短歌再见》(1939)、《空想家与剧本》(1939)等亦属于这类作品。

"七七事变"后，日本再次加强言论出版控制。1937 年 12 月，日本规定禁止中野重治、宫本百合子、户坂润、冈邦雄等人写作，这些作家由此完全失去了发表作品的机会。1938 年 5 月，中野重治通过东京职业介绍所找到一份临时工作。1939 年，禁令有所松动，其又开始写作。1939 年 2 月，长女出生。1941 年 8 月，妻子所属剧团遭到镇压，妻子亦被捕入狱，同年 12 月获释。1941 年 11 月父亲去世，不久太平洋战争爆发，日本在全国范围内逮捕异己分子，他因回老家处理家务，不在东京，此次免于被捕，但根据当时日本的《思想犯保护观察法》，中野重治从 1936 年 11 月开始一直处于警察的监视下。1942 年 6 月，日本文学报国会成立，几乎所有作家都自然成为会员，他亦是会员之一，但实际上并未发表相关作品。1945 年 6 月应征入伍，但随即日本战败，兵役很快解除。日本战败后，他成为新日本文学会发起人之一，再次加入日本共产党。1964 年，因坚持文学运动立场，被开除党籍。中野重治富于诗人气质。例如，对于 1928 年 3 月 15 日的"3·15 事件"，小林多喜二创作了《一九二八年三月十五日》，而他创作了散文诗般的《早春的风》。"二战"后，他亦创作了各种文体的作品，如评论文《关于朝鲜细菌战》(1952)，短篇小说《五勺酒》(1947)，长篇小说《五脏六腑》(1954)、《梨花》(1957—1958)、《甲乙丙丁》(1965—1969)，等等，其中《五脏六腑》以其东京大学在校期间的各种经历写成，可谓是其青春文学的总结之作，获得了每日出版文化奖。《梨花》获得第十一届读卖文学奖。1957 年 10 月，应中国作协邀请，他与山本健吉(1907—1988)、井上靖(1907—1991)、堀田善卫(1918—1998)、本多秋五等作家、评论家一起访问中国，1958 年 3 月至 10 月间，在《新日本文学》杂志连载《中国之旅》。

鹿地亘，生于大分县，本名濑口贡，毕业于东京大学国文学专业。大学在校期间，参加了马克思主义艺术研究会，后参加日本无产阶级艺术联盟，写作《克服所谓社会主义文艺》(1927)一文，引发了很大的反响，他本人亦由此开启评论活动。纳普成立后,鹿地亘从属于日本无产阶级作家同盟,后在日本镇压左翼运动时期被捕入狱,在狱中表明"转向"出狱,1936 年 1 月逃往上海。直至日本战败,鹿地亘一直在中国从事反战同盟活动,有作品集《劳动日记和鞋子》(1932)、回忆录《自传式文学史》(1959)等。日本战败后,1946 年返回日本,以新日本文学会成员身份重启文学活动,创作了《逃亡》《已经没有天空没有地》等作品。1951 年遭到了美军特务机构的非法关押,即所谓"鹿地事件",他以此事件写下《谋略之告发》(1963)。

宫本显治,生于山口县,有笔名野泽彻等。1931 年 3 月毕业于东京大学经济专业,同年 5 月加入日本共产党,并加入日本无产阶级作家同盟,1958 年任日本共产党总书记,此后四十年间一直是日本共产党领导人。1933 年 11 月,在日本大肆镇压左翼运动时期入狱十二年,日本战败后出狱。入狱期间与妻子——著名作家宫本百合子之间的《十二年书信》(1950—1951)收录于新版《宫本百合子全集》。还是大学二年级学生时,宫本显治便以《败北的文学——关于芥川龙之介文学》(1929)一文,获得改造杂志社论文一等奖。当时,小林秀雄以《种种意匠》(1929)获得二等奖,由此可见当时日本无产阶级运动的繁荣气象。此后,宫本显治还发表过《过渡时代的道标——片上伸论》(1930)、《同伴者作家》(1931)等一系列评论文,展现了良好的文艺评论天赋。《败北的文学——关于芥川龙之介文学》是一篇运用无产阶级文学观撰写的论文,但在作者非凡的艺术天赋的渲染下,该文不仅有新文学观的力度感,亦富于高度的艺术性,今天读来仍有诸多值得借鉴之处。在这篇评论文中,宫本显治指出无法安住于人生,又无法安住于艺术的芥川文学的发展轨迹必定指向"实践性自我否定",最终导致"对人生的败北"。"败北"一词,源自芥川遗稿《某阿呆的一生》。实际上,宫本显治和他那个时代的诸多青年一样,亦是芥川文学爱好者。芥川于 1927 年的自杀不仅震撼了当时日本的媒体,更震撼了文学青年们的心灵,这是宫本显治、小林秀雄等青年能够认真思考"芥川文学意义"的原因。宫本显治忧虑"实践性自我否定""对人生的败北"的芥川文学所具有的破坏性能量,希望能够超越"败北"。关于这一点,他在论文中写道:

> 谁敢断言站在无产阶级队伍中,并迈向无产阶级道路的知识分子的书架上,除了党报外,没有芥川的《侏儒警语》呢?我记得曾有一位在自己的岗位上奋斗的知识分子斗士,整晚都情绪激动地对我说:"不行,芥川的《遗书》——还有《西方之人》,不知怎么,今晚让我感到如此美妙和难以忘怀。"
>
> 不仅是他,青野季吉也说过:"芥川的生与死,有一种挥之不去吸引我的东西。……我们可以批判他,但不能摒弃他,因为我们自身也存在

芥川,也存在芥川之死。"此外,林房雄也因为芥川之死,内心产生了虚无之感。中野重治之所以认为芥川"很可怜",是因为他在芥川身上感到了我们自身的残骸。所以,尽管是瞬时微弱的残像,都将芥川拉至我们身边。尽管这些都是知识分子必须背负的十字架,但无论如何我们也要与芥川划清界限。正因为从这位作家生命后期的内心深处刮起的狂风里,听到了自身旧伤疤的呻吟,所以我们更有必要对他进行再批判吧。不知不觉间,芥川文学已在日本的帕纳塞斯山巅①变为世纪末偶像,我们必须挥镐抡向如此文学。②

宫本显治清晰地勾勒出了大正末年至昭和初期,即 20 世纪 20 年代后半期的日本文学图谱,从"芥川文学已在日本的帕纳塞斯山巅变为世纪末偶像"的表述,可见他那个时代的文学青年对芥川文学的痴迷程度,但年仅三十五岁的芥川龙之介无情地死去了。"我们必须挥镐抡向如此文学"的呼声,无疑源自宫本显治等文学青年痛定思痛后的求生本能。宫本显治最终得出结论:

> 在大多数资产阶级艺术家懒惰无为,沉浸在"事不关己"的泥沼中时,芥川却独自尽可能地咀嚼着自己的苦闷。他还拼命警告遁世的作家们——安于现状是无力的,最终将自取灭亡。虽然他身上存有许多资产阶级的狭隘性,但与其他资产阶级理论家相比,却对社会有着广泛的关心。……但是,我们在任何时候都必须抱有彻底批判芥川文学的野蛮热情。我们之所以探明芥川文学"败北"的真相,不就是为了使我们坚强起来吗?我们必须超越"败北"的文学及其阶级土壤!③

宫本显治对芥川文学的热爱之情跃然纸上,"虽然他身上存有许多资产阶级的狭隘性,但与其他资产阶级理论家相比,却对社会有着广泛的关心",这是基于他对芥川文学乃至大正文学整体把握基础上得出的结论。"我们之所以探明芥川文学'败北'的真相,不就是为了使我们坚强起来吗?我们必须超越'败北'的文学及其阶级土壤"的发言,是宫本显治等知识精英经过深入思考后得出的结论,至今仍然掷地有声。可见宫本显治坚决不"转向"的立场亦基于其明晰的世界观,其中有文学经典对其灵魂的滋养力量。

小林多喜二,生于秋田县的一个贫农家庭,毕业于小樽高商,后就职于当地

---

① 在希腊神话中,帕纳塞斯山是太阳神阿波罗和文艺女神们聚集的灵地。
② 芥川龍之介『芥川龍之介全集　別巻』(筑摩書房、1977 年)88－89ページ。
③ 同上,第 103—104 页。

的一家银行。在校期间,受到《播种人》的影响,并喜欢阅读志贺直哉文学,后来从白桦派的人道主义思想转向社会主义思想。其独创性在于从心灵深处坚信无产阶级文学观,并自任为劳动阶级的"前卫"。其《蟹工船》于1929年连载于《战旗》第5—6月号上,之后以单行本形式出版,受到了广泛的好评,由此一跃成为无产阶级文学的代表作家,亦成为纳普的代表作家。《蟹工船》给日本文学界带来了巨大的冲击,日本政府以"触犯天皇罪"的名义禁止该作品发行。1929年秋天,小林多喜二被银行解雇,1930年3月到东京,1931年加入日本共产党,并成为作家同盟总书记,1932年3月以后遭到"特别高级警察"的监视,但继续变换名字发表文章,充分显示了藏原理论的模范实践者形象,其遗稿《党生活者》(1933)亦较好地显示了这一点。

宫本百合子,旧姓中条,本名百合,生于东京,曾就读于日本女子大学英文专业,父亲是东京大学毕业的建筑师,母亲是华族女校毕业的才女。从小喜欢文学,十七岁发表处女作《贫穷的人们》(1916),被称为天才少女。她根据祖母家所在福岛县农村的印象写成《农村》,后经父亲的熟人、著名文学家坪内逍遥推荐,将其改名为《贫穷的人们》发表于《中央公论》1916年9月号。1918年,大学一年级的她与父亲一起前往美国,成为哥伦比亚大学的旁听生,在那里结识了东方语言专业研究者荒木茂,不久两人在美国结婚,但这段婚姻很快就走到了尽头。她根据此次经历创作了长篇小说《伸子》(1924—1926)。1927年,她与俄罗斯文学研究者汤浅芳子一起前往苏联游学三年,由此创作了长篇小说《路标》(1947—1950)。1930年从苏联回国,参加日本无产阶级作家同盟,1932年与"非法"日本共产党员宫本显治结婚,不久丈夫被捕入狱,坚决不"转向",在狱中度过了十二年时间。在此期间,宫本百合子本人亦多次被捕入狱,亦坚决不"转向"。其与狱中丈夫的书信往来《十二年书信》成为这对坚定的马克思主义夫妇的珍贵记忆。对她而言,日本战败确实意味着"重生"及"团圆",她接连发表了《歌声啊,唱起来吧》(1946)、《播州平原》(1946—1947)、《风知草》(1946)、《现代的主题》等一系列小说、评论文,成为战后日本文坛最有影响力的作家之一。1950年1月,日本共产党分裂,宫本百合子亦因劳累过度,不幸染病去世,享年五十一岁。宫本百合子的小说多是以伸子、广子为主人公的"成长小说",其评论文亦显示出广阔的社会视野,曾经风靡一时。其坚定的马克思主义立场与其在美苏两国的生活阅历密切相关,广阔的视野培养了其独特的世界观和价值观。参加日本无产阶级文学运动的女作家颇多,佐多稻子、平林泰子(1905—1972)等亦是这时期无产阶级文学领域的女性作家。

德永直,生于熊本县,因家境贫寒,小学中途退学,当过印刷厂的排字工等各类小工,后参加工会运动,1926年被解雇,他以此经历创作了《没有太阳的街》(1929),并在《战旗》上连载获得成功,由此成为工人阶级出身的新进作家。在日本大肆镇压左翼运动时期,他无法跟上藏原惟人等的理论路线,最终成为"转向"作家,发表了支持殖民地开拓政策的《先遣队》(1939)等作品。日本战败后,德永直参加新日本文学会的创建工作,并加入了日本共产党,创作了《妻啊! 安息吧》(1946—1948)、《静静的群山》(1950—1954)等诸多作品。其早期代表作《没有太阳的街》曾被翻译成俄语、德语、汉语等多种语言,作者在描写工人运动时,亦描写了工人组织、工人家庭、经营者及其与背后财阀、议会之间的联动等,其手法、视野之新,为日本文学开启了一种新的可能性。1930 年 2 月,该作品被搬上左翼剧场,受到了劳动阶级的热烈欢迎。在左翼运动低迷时期,德永直患上严重的神经衰弱症,曾经发表绝版申明。其战后作品《妻啊! 安息吧》费时三年完成,以呼唤死于空袭的妻子的方式展开描述,与宫本百合子《播州平原》等作品一起,成为日本战后民主主义文学的早期成果之一,亦是作家本人的战后代表作。

1931 年,日本发动"九一八事变",加速对华侵略进程。在此严峻形势下,纳普改组为日本无产阶级文化联盟(考普),至 1934 年无产阶级作家同盟解体为止,这时期的无产阶级文学仍然对日本文坛有着巨大的影响力,占据着文学主流的地位,作家同盟成为日本共产党的外围团体,作家的创作活动与政治活动相关,由此引发了政府的强力镇压,大部分作家开始"转向",运动转入衰退期。无产阶级文学运动亦是昭和初期日本知识分子的思想探索行动,其挫折深刻地影响了昭和文学的性格。无产阶级文学运动以人和社会的革命为目标,"转向"所产生的负面影响难以估计。1932 年 3 月至 6 月,考普的负责人全员被捕,日本无产阶级文学运动受到了毁灭性的打击。1933 年 2 月,小林多喜二被捕,随即惨遭杀害。同年 6 月,日本共产党负责人佐野学、锅山贞亲发表"转向"声明《告全体被告同志书》,给日本共产党内外造成了巨大的冲击,作家同盟内部亦陷入混乱状态,不断出现脱离组织者。1934 年 2 月,日本无产阶级文化联盟解散,大量作家"转向"出狱,"转向"成为风潮。"转向"作家开始以自己的"转向"经历为素材进行创作,这种作品一般被称为"转向文学",如中野重治《村之家》(1935)、村山知义(1901—1977)《白夜》(1934)、立野信之《友情》(1934)、岛木健作《盲目》(1934)、武田麟太郎《银座八丁》(1934)、洼川鹤次郎《风雪》(1934)、德永直《冬枯》(1934)、高见顺《忘却故旧》(1935)、林房雄《青年》(1932)等均是这时期的"转向文学"。"转向文学"的重要主题是"自我"问题,但每个人的切入方式不同,如:中野重治通过对"转向"的反思以谋求新的出发;片冈铁兵、武田麟太郎、藤泽桓夫通过"自我正当化"而变身为通俗作家;林房雄则完全"转向"法西斯主义思想。

在日本帝国主义的强力镇压下,日本无产阶级文学运动失败了,但其不与帝国主义、殖民主义苟合的高迈精神,其对"资本"及"人性"的深刻洞察,有力地深化了日本写实主义文学的表现力度,影响了同时代的无数知识青年,为当时的知识青年展示了一种高迈的人生境界,野上弥生子、广津和郎、山本有三、芹泽光治良、片上伸等"同路人"作家的存在亦说明了这一点。日本无产阶级文学曾经盛行一时,其盛况堪比明治时代的自然主义文学运动,为日本现代小说的进步做出了巨大的贡献,亦在日本思想史、日本文学史上留下了闪耀的篇章,其中有着诸多值得挖掘的宝贵财富。

第二节　文学革命:新感觉派的兴起

新感觉派是日本第一个现代主义文学流派,其形成与欧洲先锋艺术思想的涌入密切相关。而欧洲先锋艺术在日本的顺利移植与日本人在关东大地震中的灾难体验不无关联。1921 年前后,欧洲的未来主义、立体主义等思潮开始在日本传播。1923 年 1 月,村山知义从德国返回日本。同年 7 月,他与友人组建前卫艺术家团体 MAVO,并创办同名杂志,这成为日本达达主义运动的先驱。关于 MAVO 一词的由来,一说是成员名字中的大写字母组合。1923 年 9 月,日本发生关东大地震,大地震对东京及当时的日本文化造成了严重的破坏。一时间,迷茫、彷徨成为人们普遍的心理特点,这与"一战"前后流行于西方的时代思潮相吻合,亦成为西方先锋艺术顺利进入日本的文化土壤。

此外,关东大地震加速了东京的都市化进程。经过大约三年的建设,新东京诞生了,百货商场人来人往,街道上咖啡店、洋酒馆、舞厅鳞次栉比,铁路建设蒸蒸日上,地铁开始运行,出租车奔驰在宽阔的大马路上。密集的人群、工厂、桥梁、火车、飞机等成为现代都市的象征,共同讴歌着都市时代、人类时代的到来,极大地鼓舞了日本年轻的先锋艺术爱好者们。大众消费文化开始流行,亦催生着新文学的诞生,其先声便是文艺杂志的不断创办,如梶井基次郎、三好达治、北川冬彦等的《青空》(1925 年创办),中野重治、堀辰雄、洼川鹤次郎等的《驴》,舟桥圣一、阿部知二(1903—1973)、北川冬彦等的《朱门》(1925 年创办),等等。此外,堀口大学翻译出版了法国作家保罗·毛杭(1888—1976)的《不夜城》,对新感觉派的文体产生了较大的影响。德国表现主义剧作家乔治·凯泽(1878—1945)的《从清晨到午夜》《煤气厂》等作品亦被译介到日本。在此背景下,1924 年 10月,《文艺时代》创刊,至 1927 年 5 月终刊为止,共发行三十二期。《文艺时代》的早期成员有横光利一、川端康成、中河与一、片冈铁兵、今东光、佐佐木茂索、石浜金作等十四人。后来,今东光因与菊池宽不和而退出。他们大多是《文艺春秋》的作者,即《文艺春秋》培养出来的青年作家团体,并非完全的无名之辈,其主要成员已在文坛拥有一席之位,这是《文艺时代》的特点之一。该杂志与无产阶级文学派的《文艺战线》一起,象征着昭和文学的开幕。

《文艺时代》获得了当时青年们的欢迎,但成员之间最初并无共同目标。杂志创刊的第二个月,千叶龟一在《世纪》11 月号上发表时评《新感觉派的诞生》一文,赞赏:"《文艺时代》派的感觉比迄今为止出现过的所有感觉派艺术家在词汇、诗性、节奏感方面都更富于特色。"①新感觉派的称谓由此诞生,相关成员亦欣然地接受了这一称谓,并以此进行自我表述。片冈铁兵撰写《向年轻读者倾诉》(1924)一文,通过回应既有文坛批评的形式,使新感觉派的实质逐步得以清晰化。横光利一亦在《感觉活动》(1925)一文中指出:"我认为未来派、立体派、表现派、达达主义、象征派、构成派、部分如实派都属于新感觉派。触动这些新感觉派的感觉对象,当然是行文的语汇、诗性与韵律,但不仅仅限于这些……这种感觉特征从本质上讲是象征化,所以可以将感觉派作品视作象征派文学。"②川端康成亦在《新进作家的新倾向解说》(1925)中指出新感觉派之"新"实际上是"认识论"的革新,"是一种哲学,是认识论,是对自然和人生的一种新的感受方式,是一种新的感情。仅此一点,也足以说明今天的新进作家的新感觉主义就是新文艺"③。

横光利一在《文艺时代》创刊号上发表的短篇小说《头与腹》(1924),被认为是新感觉派的滥觞之作。"正午。特别快车满载着乘客全速奔驰,沿线的小站如石块般地被漠视了。"这段开篇文字巧妙地运用拟人、比喻等手法,显示了生动的韵律和节奏感,为传统日语文体带来了崭新的体验。叙事者的视角快速转换,这亦与私小说的手法截然不同。作品没有任何个人的名字,只有象征现代技术、现代文明的"急行火车"和大众集合体,亦暗喻了诸多的偶发事件。作品展现出对人类命运的不可知性与关东大地震的创伤体验密切相关,亦与"一战"后西欧同时代文学的气质一致,尤其开篇部分的表达方式受到了广泛的关注,千叶龟一亦基于这一点命名了新感觉派。

事实上,新感觉派盛行时期诞生的佳作并不多,主要有横光利一的《春天的马车曲》(1926)等一系列描写病妻之死的作品,还有川端康成的《伊豆的舞女》(1926)。但这两种作品的创作时间偏晚,并不具备太多新感觉派的特点,人们反倒由此指出这两位作家的新探索以及文学运动本身的终结。不仅如此,新感觉派的作品大多是短篇之作,因为对瞬时感觉的捕捉更加适合诗歌和短篇小说,而不适合长篇小说。此外,所谓"感觉",实际上只是对当时混乱都市世相进行机械的罗列,并不具备真正摧毁日本写实主义传统的力量。新感觉派文学之所以受到当时青年读者的喜爱,与其和同时代欧洲文学的亲缘关系有关。新感觉派多

---

① 平野謙、小田切秀雄、山本健吉『現代日本文学論争史　上巻』(未来社、1976 年)194ページ。

② 横光利一、伊藤整『現代日本文学大系　51　横光利一伊藤整集』(筑摩書房、1970年)194－195ページ。

③ 川端康成:《川端康成作品　美的存在与发现》,叶渭渠、郑民钦等译,漓江出版社,1998 年,第 248 页。

用象征、比喻、隐喻、拟人等手法,竭力捕捉人物瞬时的感觉心理,表现出一种类似音乐或美术般的感受,对传统文体进行了大胆的革新。新感觉派的代表人物是横光利一和川端康成。横光利一在 1947 年去世前,一直是日本文坛的核心人物。自新感觉派以来,包括新心理主义时代,横光利一的文坛地位都是无法撼动的,他是继武者小路实笃以来的文坛将领,但其最辉煌的时代无疑是新感觉派时代。不可否认,新感觉派宣告了一个新文学时代的到来。这种对感觉的强调,源自对大正小说所追求的事实的反叛,开启了超越私小说之路。新感觉派将 20 世纪的同时代欧洲文学导入日本,运用全新的文体揭示了现代人的伤痛,极大地震撼了传统文坛,确实具有"文学革命"的意味。

横光利一,生于福岛县,少年时代随父亲工作地的变换不时转学,生活时间最长的地方是母亲的故乡三重县阿山郡东柘植村。早期曾用笔名横光左马、白步。早稻田大学高等预科文科中途退学。从二十岁开始,与友人创办过各种文学杂志,如 1918 年,曾与友人一起创办刻蜡版诗歌杂志《十月》等。他在贫困中,亦能专注于文学创作。1923 年,与川端康成等成为《文艺春秋》创刊时的作者,同年 5 月在《新小说》发表《太阳》,在《文艺春秋》发表《苍蝇》,从而成为一名新进作家。这两部短篇小说是《文艺时代》创刊前发表的作品,但已显示出新感觉派的端倪。横光利一始终以极端主观的想象进行创作,试图将飞跃的印象和语言的感觉结合起来。他最初模仿志贺直哉的文体,又吸收了芥川龙之介的艺术至上理念,重视抽象化的语言表达方式,这在《苍蝇》《太阳》中已有显现。《太阳》的文体亦受到福楼拜《萨朗波》的影响,作品描写上古的王子们争夺邪马台国女王卑弥呼的故事,太阳比喻美丽的卑弥呼。小说一反传统小说平铺直叙的描述,展现了强烈的视觉效果,翌年即被改编成电影,可见其崭新的艺术手法。《苍蝇》则通过苍蝇的眼睛,描写了马车夫和乘客们所遭遇的车毁人亡的悲剧,引发了对人生不安、生命脆弱的联想。"仲夏的驿店,空空荡荡。只有一只大眼蝇挂在昏暗的马棚犄角的蛛网上。它用后肢蹬着蛛网,晃晃荡荡地摇晃了一阵子。接着,就像豆粒般啪的一声掉落下来。然后它从被马粪压弯了的稻草的一端,又爬上了赤裸的马背上。"[①]一只浴火重生的苍蝇的形象跃然纸上,作者在简洁的开篇段落即形象生动地隐喻了生与死的人生哲理,可见其语言表达天赋,亦似乎在冥冥之中预言了即将发生的关东大地震的惨状。

关东大地震后,在摩登东京的建设过程中,横光利一与友人创办了《文艺时代》,在杂志创刊号上发表了短篇小说《头与腹》,作品运用拟人的笔法,呈现了别具一格的表现主义风格,千叶龟雄亦据此提出新感觉派的概念,《文艺时代》的年

---

① 横光利一:《横光利一文集　春天的马车曲》,叶渭渠主编,唐月梅、许秋寒等译,作家出版社,2001 年,第 1 页。

轻作家们由此成为代表新时代的新感觉派。1926 年,横光利一的妻子因病去世,他创作了一系列"病妻小说"。1928 年前往上海,在此次上海之行的基础上,横光利一推出了其新感觉派技法的集大成之作《上海》(1932)。他在这部长篇小说中,以东西方对立结构为基础,探索着亚洲中的日本等问题,其中亦可见无产级文学的影响。他在这时期还创作了导入西欧意识流技法的新心理主义小说《机械》(1930)、《寝园》(1932)等作品。与此同时,他还积极思考小说的"形式与主题"之间的矛盾问题,创作了文学论《纯粹小说论》(1935),倡导关注一般纯文学,摒弃偶然性,并以《罪与罚》等作品为例,指出"纯粹小说"只能凭借长篇小说形式,提出了"既是纯文学,又是通俗小说"的立场,同时导入"第四人称"概念,即针对"自我意识"过剩的现代性特点,设置观看自我的"自我",即所谓"第四人称",而《家徽》(1934)、《家族会议》(1935)等作品是其"纯粹小说论"的实践之作,描写了一系列对时代感到不安的知识分子与狂信的行动型人物。纯粹小说原本是法国作家纪德提出的概念,但横光利一指出日本作家必须创作日本的纯粹小说,这在当时是掷地有声的观点。从撰写《纯粹小说论》及其实践之作开始,横光利一的文学思考渐趋成熟。当时,新兴艺术派已经开始流行,但横光利一并未与之亲密合作,而是不断思考、拓展着纯文学的疆域,由此获得了评论界的广泛好评,被称为"文学之神",亦与志贺直哉一起被称为"小说之神"。在小林秀雄出现之前,他无疑是艺术派文坛的骁将。

横光利一的创作特点是追求创新,这是所有作家的梦想,但这一特点在其身上显得格外明显,创新成为横光利一的创作主题。他不断地思考着理论与心理、科学与文学的关系等问题,成为昭和艺术派的典型代表。其主要问题意识是抵制日本旧式写实主义、关注西欧文学动态、思考日本文化在东西方文化中的定位等。1936 年 2 月,横光利一以《东京日日新闻》《大阪每日新闻》特派员身份前往欧洲,游历了法国巴黎等地,还在柏林观摩了柏林奥运会,《欧洲纪行》(1937)即是此次欧洲之行的成果。这次欧洲之行还促使他开始构思毕生的集大成之作《旅愁》(1937—1946)。继《上海》之后,横光利一在《旅愁》中,继续以东西方对立结构为基础,通过比较文化的视野,思考着日本在东西文化中的定位等诸多问题,其中包含着浓郁的东西文化比较意识。可以说,其创作生涯的最后十年,就是写作《旅愁》的十年,这十年亦与战争时代重叠在一起,故《旅愁》无疑是战时之作。在战败声中,横光利一亦轰然倒下,《旅愁》成为未完之作,其未完似乎亦象征着作者未完或难以完成的探索。1942 年 11 月,横光利一参加大东亚文学者会议,起草并宣读了决议文。作为文学报国会的一员,他积极参加了战时的巡回演讲等活动。他将面对战败时的复杂心绪写入了日记体长篇小说《夜之靴》(1947)。《夜之靴》的标题来自指月禅师的偈语"木人夜穿靴去,石女晓冠帽归",这亦是作品的副标题,其中隐约可见其晚期心理指向。日本战败后,横光利一成为文学者中的"战争责任者",这亦是其早逝的重要原因之一。

川端康成,生于大阪府,毕业于东京大学国文学专业,父亲荣吉是执业医生,1901—1902年间,其父母相继死于肺病,所以川端康成对父母几乎没有什么记忆,从小由祖父母抚养长大。1906年祖母去世,只剩下他和老祖父相依为命。然而,年迈的祖父亦于1914年去世,当时川端康成还只是一名中学三年级学生,便成了孤儿,其"孤儿根性"由此形成,"孤儿根性"令他常常沉迷于梦幻之中。川端康成从小喜欢阅读《源氏物语》《枕草子》《方丈记》《徒然草》等日本古典文学,亦喜欢阅读陀思妥耶夫斯基、契诃夫、阿尔志跋绥夫、斯特林堡等西方作家的作品。在日本作家中,他亦受到志贺直哉、德田秋声文学的影响。在东京大学读书期间,他与友人一起创办了第六次《新思潮》,在该杂志上发表了处女作《招魂祭一景》(1921),描写几名马戏团演员的悲惨命运,获得了菊池宽、久米正雄等的认可,由此走上文坛。川端康成真正的处女作则是后来发表的《十六岁的日记》(1925),这是以祖父卧病在床时的情景写成的作品,亦是一部真诚的自传体作品,显示了他的创作天赋。1921年,川端康成还体验了初恋的失恋之痛。失恋之痛对于他这个孤儿来说,确实是一次沉重的打击,他以这次失恋之痛为素材创作了《南方的火》、《篝火》、《非常》、《暴力团的一夜》(后改名为《霰》)、《相片》、《雨伞》等诸多作品。就这样,"孤儿根性"、母爱缺失、失恋体验成为川端文学形成过程中的重要因素。

川端康成于1924年大学毕业,毕业论文的题名是《日本小说史小论》。同年10月,他与横光利一等创办《文艺时代》,成为新感觉派的一员。新感觉派成员积极导入未来派、达达主义等"一战"后西欧前卫艺术派的技法,希望通过主体的跃动达至与外部的连接。第一部作品集《感情装饰》(1926)共收录三十五篇短篇小说,具有鲜明的新感觉特点,亦显示了作者敏锐的观察力。从《感情装饰》可知,川端康成是一位从短篇小说出发的作家,这一点终其一生并未改变。川端康成没有结构严谨的长篇小说,其长篇作品多为短篇作品的整合,由此亦可见日本物语文学的影响力。川端康成与横光利一、片冈铁兵一起,成为新感觉派的理论支柱。这时期创作的《伊豆的舞女》充满了抒情色彩,是其成名作,以一高时代赴伊豆旅行时的体验创作而成,描写了少男少女之间朦胧的初恋情感,亦刻画了清澈纯净的人情美,使作者的孤独感得到了一次深刻的救赎,亦可谓是一篇救赎之作,也是日本青春文学的经典之作。《伊豆的舞女》已经呈现出川端文学的基本特色。从表面上看,这似乎是以伊豆温泉地为舞台的抒情小说,但其中的心理刻画细致入微,亦具足了心理主义文学的特征。此后,以越后汤泽为舞台的《雪国》(1935—1947)、以京都为舞台的《古都》(1962)、以镰仓为舞台的《山音》(1949—1954)等作品的景物描写均与《伊豆的舞女》一脉相承,呈现出浓郁的非现实色彩,其中的景物描写多是抽象出人物心理的道具,由此可见川端文学本质上属于心理主义文学。此后,川端康成时常入住伊豆汤岛汤本馆,并创作了诸多以汤岛为舞台的作品,如《白色的满月》《春景》《温泉旅馆》等,可见其浓郁的伊豆情结。

1929年,川端康成与堀辰雄、横光利一等创办《文学》(1929年10月创刊)杂志,这是一份以介绍西欧20世纪作家、摸索新创作方法为宗旨的杂志,该杂志曾经介绍过乔伊斯、普鲁斯特、纪德等作家的作品。这时期,川端康成买来乔伊斯的原文作品,对照着译本阅读,并做了一些模仿,尝试写下了采用意识流技法的《浅草红团》(1929—1930)、《针、玻璃和雾》(1930)、《水晶幻想》(1931)等作品,以此表现作品人物精神不安的状态,这种风格与其第一部作品集《感情装饰》亦一脉相承,通过无机化、器物化表达现代人的不安,其中《浅草红团》表现了颓废的现代风俗,展现了与私小说完全不同的实验特征,作者本人亦成为新感觉派的代表作家。《浅草红团》的发表还引发了"浅草热",到访浅草的客人不断增加。

在此前后时期,川端康成还创作了《抒情歌》(1932)、《临终的眼》(1932)、《文学自传》(1934)等作品。他在《抒情歌》中提及《维摩经》《盂兰盆经》《心地观经》等佛典,在《临终的眼》中提及佛法的儿歌总在其心底荡漾。在《文学自传》中认为佛典是世界上最大的文学宝库。可见川端文学与佛典的关系。川端康成早在关东大地震后写作的《空中移动的灯》(1924)中写道:

> 日本过去也有与极乐往生的空想一起产生的可爱信仰。前世的公主是现世的乞丐,是来世的红雀,再转世成山谷中的白百合。现世的诗人前世是白鼠,来世成佛。你怎么理解这种轮回转生之说?老子曾对庄子说过,你是蝴蝶变的。说这话的是老子,如果庄子坦率地承认了这种说法,我觉得这非常有意思。我觉得我的心安宁了,静静地舒展开了。……在漫长的历史中,人大体上一直努力地把人和自然界的森罗万象严格地区分开来,这不是一件愉快的事。人心之所以感到空虚,也许大半是由于这种努力的遗传。我觉得什么时候,人类也许会逆着以往的道路而行,就像抛向空中的石头,力量耗尽时就会落到地上一样,而在这逆行的终点,就是多元即一元的世界。在那里,人将获得多方的救赎。①

从上文可知,川端康成对于"多元即一元的世界"等佛教世界观的认同,与其新感觉派运动几乎相伴相随。川端康成在其文学世界中实践着"多元即一元"的

---

① 川端康成『川端康成全集 第2卷 (小说 2)』(新潮社、1980年)111—112ページ。

认知。他在 1925 年撰写的新感觉文学论《新进作家的新倾向解说》中亦写道：

> 因为有自我，天地万物才存在。自我的主观之内有天地万物，以这种情绪去观察事物，就是强调主观的力量，就是信仰主观的绝对性。这里有新的喜悦。另外，天地万物之中有自我的主观，以这种情绪去观察事物，这是主观的扩大，就是让主观自由地流动。而且这种想法发展下去，就变成自他一如、万物一如，天地万物丧失所有的境界而融合在一种精神里，成为一元的世界。另一方面，万物之中注入主观，万物就具有精灵。换句话说，这种想法就成为多元的万有灵魂说。这里有新的拯救。这两点就成了东方古老的主观主义，就成了客观主义，不，就成了主客一如主义。企图以这种情绪来描写事物，这就是今天的新进作家的表现的态度。别人怎么不得而知，可我就是这样。①

上文所言"因为有自我，天地万物才存在""自他一如、万物一如""融合在一种精神里，成为一元的世界"等是对佛教世界观的演绎。其中，"因为有自我，天地万物才存在"即是《华严经》所言"一切唯心造"的演绎；"自他一如、万物一如""融合在一种精神里，成为一元的世界"亦与《华严经》"一即一切，一切即一"的观念一脉相承。可以说，佛教"超越时空"的世界观为川端康成的"文学革命"带来了全新的体验，其新感觉技法抑或现代主义表现手法在与佛教思想的邂逅中不断地升华，终于得以将传统与创新、内容与技巧融于一体，而这亦是新感觉派作家们孜孜以求之处。也就是说，川端康成实际上一直保持着新感觉派的立场。即便在作为文学流派的新感觉派很快偃旗息鼓之后，源于新感觉派时代的实验思想亦一直伴随着他的整个创作生涯，而对佛典的再发现使其文学实验别具一格、生动出彩。其现代主义文学终于具足了日本式的特点。安藤宏亦指出：

> 新感觉派诞生的背景是第一次世界大战后的欧洲前卫艺术运动（先锋运动），正如超现实主义所展现的，本质上希望以主观的自由发挥打破惯常秩序，尤其是德国的表现主义、苏黎世诞生的达达主义运动给横光、川端等现代主义作家的影响甚大，特别是达达主义被认为与佛教思想具有相通之处，这是日本式的接受方式。②

---

① 川端康成：《美的存在与发现》，叶渭渠、郑民钦等译，漓江出版社，1998 年，第 247 页。
② 安藤宏『日本近代小説史』（中央公論新社、2018 年）125－126ページ。括号注依据原文。

　　长期以来贴在川端康成身上的"回归传统"的标签,割裂了川端文学一以贯之的"文学革命"意识,亦有悖于川端本人的自我评价,他在《独影自命》中指出:"我的作品在战前、战时、战后没有明显的差别,也没有引人注目的断层。"仁平政人亦指出:"川端本人在晚年时说:'我也许是过去新感觉派作家中,最执着、最坚韧不拔地坚持新感觉派者。'可见川端对其作为新感觉派,即现代主义作家的一贯身份具有自觉的意识。"①西班牙籍日本文学学者玛利亚·海斯丝亦指出川端康成通过"西方"再次邂逅了"佛典",即"佛典"在川端的东西文化意识之间架起了一座桥梁,其文写道:

　　　　超现实主义或达达主义与川端之间的共通性是什么?归根到底是"佛教"。20世纪初的西方知识分子们,为了从束缚纯粹感情的"理性"及"理论枷锁"中解放出来,倾心于"无意识"的世界,对与此相近的东方哲学及"佛教"产生了兴趣,这成为间接触动川端这一远距离共鸣箱的契机。"佛教"对当时的西方人而言,是一种新的语言。沉醉于这种"新的语言"中的人们,把它当作代表"古老心灵"的狄俄尼索斯②式的感性,以破坏在亚里士多德的影响下发展起来的现实主义。另一方面,川端坚信"佛经"是世界上最美的文学,他从西方的同时代文学中发现了佛教思想,对此产生了共鸣,认识到这对其自身文学创作的作用,并进行了实践。他将其"万物一如"思想、多元的万有灵魂观作为"古老心灵",在此基础上嫁接了外来的"新的语言",即自由联想法、表现主义、达达主义。③

　　可以说,对佛典的再发现是川端文学实验的重要环节,这种实验精神与新感觉派时代的"文学革命"理念一脉相承,其中没有任何的断层与割裂。一般认为《雪国》呈现出明显的虚无感,实际上那也许并非虚无之感,而是佛教无常感的流露。《雪国》是川端康成的重要代表作,亦是日本现代抒情文学的代表作,虽然是长篇作品,却几乎没有什么特别的情节,主要以越后汤泽温泉地为舞台,描写了中年男子岛村与驹子、叶子之间隐微的三角关系,展现了人的欲望、无常及日本式的耽美。作者亦用抒情手法描写了雪国的风物,但其中的心理描写、实验技巧颇为出彩,文体带有新感觉文学的特征,实现了传统与创新、内容与技巧的完美

---

① 仁平政人『川端康成の方法：二〇世紀モダニズムと「日本」言説の構成』(東北大学出版会、2011 年)1—2ページ。

② 古希腊神话中的酒神。笔者注。

③ マリア＝ヘスス デ・プラダ＝ヴィセンテ『日本文学の本質と運命：「古事記」から川端康成まで』(九州大学出版会、2004 年)378—379ページ。

融合。日本战败后，川端康成曾在《追悼岛木健作》(1945)一文中，表明今后只为"忧伤的日本之美"①而写作。1949年以后，川端康成迎来了又一个创作活跃期，接连创作了《千只鹤》(1949—1951)、《山音》、《名人》(1951—1954)三部作品，而后创作的《睡美人》(1960)等作品呈现出更加深刻的颓废色彩，被认为是踏入"魔界"之作，这种深刻的颓废感与"二战"后美军在日本的占领史有关，这是造成其深度无力感的重要原因之一。川端康成文学所展现的文化民族主义色彩亦与战后日本的被占领历史密切相关。1957年，他以日本笔会会长身份，举办了第二十九届国际笔会东京大会。1968年获得诺贝尔文学奖。1972年在工作室自杀身亡。他在自杀前创作的一系列颓废之作也许早已暗示了他的这种人生与文学的结局。

综上所述，新感觉派的诞生与20世纪欧洲先锋艺术运动相关，特别与关东大地震后流行的达达主义、表现主义艺术运动关系密切。新感觉派致力于在形式方面打破旧习惯，但在思想方面少有建树，对塑造典型形象亦没有兴趣，把人与社会意识分开，仅用感觉与理智建构作品世界。横光利一的目标在于通过文体来摆脱私小说的平面写实手法。对横光利一而言，感觉与文体是一致的。他把人物之间的对立心理作为支撑感觉的框架，关注人际的纠葛、误解与较量，而人物的行为和语言则显得残缺不全，伦理亦失去了意义。这种"伦理缺失"是新感觉派作家的共性，亦是新感觉派被诟病的原因。片冈良一在《新感觉派时代的横光利一》(1941)中写道：

> 他并未诚挚地探究人格崩溃时期的苦恼，而将主要精力用在将其进行图式化方面。可以说，他是太过于形式主义的艺术家。在后来的《纯粹小说论》中，他依然提及了自我意识过剩的问题，但他并未把这个问题当作悲痛的人生问题，而是为第四人称的发现而高兴，认为这拓展了作者创作人物时的自由度。他触及了因为分裂、过度的神经质而造成的人的苦恼，却对此苦恼的深层内涵毫不关心，也就完全忘却了究明苦恼产生的根本原因，只是作为"艺术家"——甚或只是以一个技术者的视角观看着。②

片冈良一批评横光利一对待现代人的苦恼只是以类似技术者的视角进行观察，而后对这些苦恼进行图式化处理，亦即罗列出来，而对"苦恼的深层内涵毫不

---

①　川端康成『川端康成全集　第19卷（文学時評4）』（新潮社、1974年）108ページ。
②　横光利一、伊藤整『現代日本文学大系　51　横光利一—伊藤整集』（筑摩書房、1970年）391ページ。

关心",更谈不上摸索解决的方法。新感觉派的作品与作家的生活、审美、伦理往往呈分裂状态。可以说,横光利一以文体为主导的创作方式,源于对现实的不信任。于是,他在心理世界中发现了创作的可能性,在伦理缺失处发现了作家的伦理。他在《春天的马车曲》、《蛾无处不在》(1926)、《花园的思想》(1927)等"病妻小说"中所用的素材与私小说一致,但这些作品以丈夫的感觉展开,这与私小说的创作方法截然不同。川端康成《伊豆的舞女》亦然,表面上看似是私小说,但作品的主人公是"舞女","我"不过是作品的叙事者而已。

新感觉派主要凭借横光利一、川端康成二人的作品支撑着,其他成员的创作成绩反倒是在 1927 年 5 月《文艺时代》停刊后才逐渐显现出来。他们后来又掀起了新兴艺术派、新心理主义文学运动等,继续着各自的文学探索。1928 年底至 1930 年,横光利一、中河与一等艺术派作家还向无产阶级文学派发起了有关形式与内容的论争,这在文学史上被称作"形式主义论争"。在论争发生前,《新潮》主编中村武罗夫①首先在《新潮》1928 年 6 月号上发表《毁坏花园者是谁?!》一文,向无产阶级文学发起了正面挑战。无产阶级文学派主张以内容为先导,指出内容的独特性必然带来形式的独特性。横光利一在《文艺春秋》1928 年 11 月的"文艺时评"中指出,形式是带有韵律的文字罗列,没有文字罗列就没有内容,由此掀起了一场大规模的文学论争。但两派的理论始终呈平行状态。这期间,藏原惟人先后发表了《无产阶级艺术的内容与形式》(1929)、《探求新艺术形式》(1929),指出必须探索新的艺术形式。新感觉派无法理解无产阶级文学派的辩证法思维,致使文学论争发展为形式主义论。归根结底,新感觉派依据先锋艺术理念,对现代主义创作方法进行了理论化;而无产阶级文学派依据唯物主义世界观,对无产阶级文学进行了体系化的论述。双方没有任何交集之处,论争无疾而终。但这次论争导致艺术派与无产阶级文学派之间的对抗意识日趋严重,论争还成为自然主义文学时代以来规模最大的一次有关"文学本质"问题的讨论。新感觉派在完成了文体革命后,亦走向了消亡。此后,新兴艺术派的作家们开始倾向观念论,这是伊藤整(190—1969)的新心理文学论以及阿部知二的主知主义文学论产生的文学背景。

第三节　现代主义文学谱系

日本无产阶级文学在 1929 年至 1930 年间达到全盛。与此同时,反无产阶级文学阵营也出现了一些新动向。《新潮》主编中村武罗夫在《新潮》1928 年 6 月号上发表《毁坏花园者是谁?!》的评论文,指出:"花依据其属性,有开红花的,

---

① 　中村武罗夫(1886—1949)亦在日本文学报国会的组建过程中发挥作用。

有开白花的。如果仅仅承认红花之美，而嘲笑喜欢白花者的封建，那么，我们应该嘲笑那些嘲笑者才是傻瓜或疯子……谁想进入这花园，仅留下令人作呕的被虫蛀的红花，而用泥脚践踏其他美丽的花朵?!"[①]中村武罗夫从艺术派立场出发，向无产阶级文学发起了正面挑战。以这篇文章为契机，一批反无产阶级文学阵营的青年作家迅速集结在一起。1929年末，《不同调》《近代生活》《文艺都市》等杂志以及新感觉派的川端康成等非左翼阵营的十三名文学者，以《新潮》杂志及新潮社为靠山，成立"十三人俱乐部"，自称"艺术派十字军"。他们继承新感觉派的文学革命特色，属于日本现代主义文学谱系中的一环。

1930年4月，又有《近代生活》《文艺都市》《文学》等杂志的部分作者加盟，总计三十二名作家组成"新兴艺术派俱乐部"。俱乐部的宗旨是反马克思主义，并倡导艺术的自律性，其推动力量是中村武罗夫及新潮社。新潮社为此推出"新兴艺术派丛书"，改造社亦推出"新锐文学丛书"，获得了文学青年们的喜爱。实际上，新兴艺术派仅以反无产阶级文学而团结在一起，成员们个性不同、兴趣各异，所以作为流派很快便消亡了。典型的新兴艺术派文学仅仅关注都市生活的奢侈面。关东大地震后，东京重建，城市高楼林立，商品琳琅满目，随处可见摩登女郎、摩登男孩。这些都是艺术派作家喜闻乐见的题材，于是他们的作品被贴上了色情、怪诞、无聊的标签，亦成为颓废文学的代名词。龙胆寺雄、吉行荣介、浅原六朗、冈田三郎、久野丰彦等新兴艺术派核心人物的文学生命随着运动的消亡而消亡了。但亦由此走出了一批颇有个性的作家，井伏鳟二、堀辰雄、牧野信一、嘉村礒多、梶井基次郎等都曾是新兴艺术派的边缘人物，但后来反倒获得了个性化的发展机会。

井伏鳟二，生于广岛，早稻田大学法文专业中途退学，曾在佐藤春夫门下学习，亦曾指导过太宰治，与太宰治有师徒之谊。其作品以庶民性及浓郁的乡土色彩见长，悠然的笔触中透出淡淡的哀伤情怀，其作品人物往往在命运和社会的摆布下显得力不从心，以处女作《山椒鱼》(1929)登上文坛。《山椒鱼》最初以《幽闭》(1923)之名发表，后来经过反复修改，收录于新潮社出版的《深夜与梅花》(1930)中。作品描写一条山椒鱼在山间溪流的石洞中愉快地生活着，一眨眼两年过去了，长成了一条大山椒鱼，鱼头大到再也钻不出洞口，将一生被幽禁在此，因此招来了蝌蚪、小虾们的嘲讽。作品以充满诗情画意的溪流景致为背景，描写了山椒鱼的深刻忧郁，用幽默、哀伤的笔触，象征性地表达了自己的作家志向。其代表作还有直木奖获奖作品《约翰万次郎漂流记》(1937)、《微波军记》(1938)、《多甚古村》(1939)等。1941年11月，井伏鳟二以征用兵身份入伍，经中国海南岛、越南西贡(今胡志明市)、泰国辛格拉，抵达新加坡，出版了《锡格莱岛叙景》

---

①　瀬沼茂樹[ほか]編『展望　近代の評論』(双文社出版、1995年)204ページ。

（1941）。1942 年 2 月 15 日新加坡沦陷。日军占领新加坡后，立即将新加坡改名为"昭南岛"，并对当地华侨进行了为期十四天的血腥清洗，屠杀了约两万名民众，部分幸存者被赶往泰国修建泰缅之间的铁路，亦造成了大量死亡事件。为了控制当地言论，并进一步实施文化殖民政策，日军在新加坡沦陷后迅速发行《昭南日报》，井伏鳟二出任《昭南日报》总编辑，后进入昭南日本学园，这是日本在新加坡推行语言殖民政策的基地。井伏鳟二在新加坡期间创作了《花之城》（1942），该作品在日本国内从 1942 年 8 月 17 日至 10 月 7 日在《大阪每日新闻》《东京日日新闻》上连载，全然不见血腥气息，反倒充满了和平与宁静，充分展现了其"妙笔生花"的创作才华，误导了当时日本后方民众的战争观，亦误导了一代代的阅读者。1942 年 11 月，井伏鳟二经马尼拉、台北返回日本。这种战时体验成为其战后创作的重要背景。"二战"后创作的主要作品有《今日停诊》（1949—1950）、《遥拜队长》（1950）及记录广岛核爆炸的《黑雨》（1965—1966）等，其中《黑雨》是其战后代表作，有日本"原爆文学"最高杰作之称，但不可否认亦是彰显日本"战争受害者"一面的典型文本。

　　堀辰雄，生于东京，年轻时患肺结核，长期卧病在床。1929 年毕业于东京大学国文专业，在一高时代就师从室生犀星、芥川龙之介。东京大学在校期间，与中野重治等创办期刊《驴》，开始发表诗作和小说，并译介让·谷克多、雷蒙·拉迪盖等 20 世纪法国文学家的作品。他积极吸收普鲁斯特、雷蒙·拉迪盖、里尔克、莫里亚克等 20 世纪西方作家的写作技巧，孤独地行走在艺术至上的道路上，这与其师芥川龙之介具有一脉相传之处，即在小说的虚构世界中追问着生存的本质。代表作《神圣家族》（1930）导入雷蒙·拉迪盖《德·奥热尔伯爵的舞会》的心理主义手法，以芥川龙之介之死及自己的恋爱体验为素材创作而成，其心理分析手法、文体均令人耳目一新，受到了文坛的高度评价。该作品与横光利一《机械》并列为昭和初期心理主义文学的代表作，他本人亦凭此作品一跃成名。其后的代表作还有《美丽的村庄》（1933—1934）、《起风了》（1936—1938）、《蜻蛉日记》（1937）、《菜穗子》（1941）等。这期间他还和三好达治等创办《四季》月刊，聚集了诸多诗人，为日本抒情诗的发展做出了贡献。长篇小说《菜穗子》构思七年才完成，该作品受到莫里亚克《苔蕾丝·德斯盖鲁》的影响，最终获得中央公论奖。战后，因病情恶化，堀辰雄仅写了随笔《雪上的脚印》（1946）等为数不多的作品。其文学特点是追求理性与感性的微妙平衡，并运用心理分析手法，以心理传奇推动作品世界的深化。作品多以生死与爱为主题，用新的文学技法探讨人的生存问题，呈现出静谧的抒情世界，对战后福永武彦（1918—1979）、中村真一郎（1918—1997）等作家影响甚大。由于体弱多病的缘故，其作品缺乏炽热的情感，却具有静观生死的知性力量，其内在的抒情文体在昭和文学中独树一帜。

　　牧野信一，生于神奈川县，早稻田大学英文专业毕业。大学在校期间，喜欢阅读从苏格拉底到叔本华的哲学书，还喜欢阅读歌德文学，由此立志走文学之路。其父在其出生翌年赴美国，九岁时才返回日本。母亲是一名小学教师，工作繁忙，所以他基本上由祖父母抚养长大。从小生活在保守与进步、因循与开放的家庭环境中，对其浪漫性格及文学风格的形成影响较大。大学毕业后，牧野信一入职时事新报社杂志部，担任《少年》《少女》杂志的记者，开始创作少女读物。关东大地震后，成为《随笔》编辑，由此结识葛西善藏，在创作技法、生活态度方面均受到葛西善藏的影响。1931 年开始负责《文科》杂志，拥有小林秀雄等诸多新锐执笔者，亦成功地将坂口安吾（1906—1955）等评论者送上文坛。其文学创作大致可以分为三个时期，早期为私小说时期，中期为幻想小说时期，晚期再次回归私小说创作。其私小说基本上属于自虐式的"告白"作品，幻想小说亦称"希腊牧野"小说，多援用古希腊或中世纪欧洲文学题材，有《卖父的儿子》（1924）、《吉伦》（1931）、《鬼泪村》（1934）等。其中《卖父的儿子》是其早期私小说代表作；《吉伦》是其事业高峰期的代表作，亦是别具一格的"希腊牧野"小说的代表作，所谓"吉伦"是一匹爱马的名字，作品中的骑士风格和丰富的词汇别具一格；《鬼泪村》亦是梦幻与现实编织而成的作品，但属于晚期作品，风格趋向沉郁。1936 年 3 月，牧野信一因患严重神经衰弱症自杀身亡，成为当时诸多短命作家中的一员。

嘉村礒多，生于山口县的一个小地主家庭，中学时代喜欢阅读德富芦花等的作品，退学后在家务农，后数次赴东京，生活窘迫。曾担任《不同调》杂志的编辑，后受到葛西善藏的赏识，亦是新兴艺术派的一员，但其创作风格师承葛西善藏，属于破灭型私小说作家，与时尚轻佻的新兴艺术派风格截然不同。他在《业苦》（1928）、《崖下》（1928）、《途中》（1932）等私小说中直面自己的丑恶，可谓达到了此类文学的极致，年仅三十六岁便去世了，其作品被认为是日本私小说的完成形式。同时代的小林秀雄盛赞其《途中》等作品，这是其获得文坛认可的契机。他从他那充满"无明烦恼、颠倒妄想"的人生中感到"深重的罪恶感"，并把这种充满罪恶感的人生定位为"业苦"，时时预感着"幻灭之日、破灭之日"的降临。[①] 如此深刻的罪恶感亦象征了他那个时代的日本及日本人的悲剧。就这样，当时日本在对外侵略扩张路上一路高歌猛进，诸多的个人抑或知识分子则陷入了深刻的人格崩溃的绝望中。然而，在深刻的罪恶感面前，亦只能束手无策地悲痛呻吟，这亦说明了私小说的局限性。

梶井基次郎，生于大阪，东京大学英文专业中途退学。东京大学在校期间，曾与中谷孝雄、外村繁等创办《青空》杂志，在该杂志上发表了《柠檬》（1925）、《一种心象风景》（1926）、《冬日》（1927）等一系列作品。1926 年，肺结核病情恶化，

---

① 葛西善藏、相馬泰三、宮地嘉六［ほか］『現代日本文学大系　49　葛西善藏　相馬泰三　宮地嘉六　嘉村礒多　川崎長太郎　木山捷平集』（筑摩書房、1973 年）192—193ページ。

遂放弃学业,赴伊豆汤岛温泉疗养,其间受到川端康成的诸多关照。梶井基次郎在汤岛期间创作的作品风格有所变化,由抒情风格逐渐转向存在论风格。《樱花树下》(1928)、《冬蝇》(1928)等均属于这类作品,即充满了孤独和绝望感。1928年5月,因病情更加恶化,返回大阪家中休养,依然笔耕不辍,创作了《悠闲的患者》(1932)等作品,这亦是其绝笔。1932年,年仅三十二岁便撒手人寰。梶井基次郎生前几乎没有什么名气,但其富于诗意的文体可见志贺直哉文学的影响。其作品整体上属于心境小说,但在存在论的表现方面有独特之处。在其去世后,其作品被认为是日本散文的典范,对后来者影响甚大。代表作《柠檬》《樱花树下》运用纤细的笔触,描写了死亡阴影下忧郁的心象风景,以及被倦怠感侵蚀的青春,暗喻了存在的不安与危机,亦暗喻了当时日本知识分子的颓废与无力。他在《柠檬》的开篇中写道:

> 一种莫名其妙的不祥之感始终压迫着我的胸口。是焦躁,抑或是嫌恶?好比酒后会有宿醉一般,天天饮酒,便会有宿醉发生。如今,它来了。这实在令人担忧。我指的不是已经确诊的肺结核或者神经衰弱,也非犹如芒刺在背的债务,而是指这种不祥之感。无论是从前那些令我快慰的美妙音乐,还是那些华美诗文,哪怕只是一小段,我都不能平静地坐下来欣赏。有时特意出去听人家放留声机,可是只听了两三小节便如坐针毡。总之,就是有某种感觉令我坐立不安,所以才终日在街头游荡。[1]

深刻的不安、倦怠、颓废、绝望感喷涌而出。实际上,他的这种“莫名其妙的不祥之感”与芥川龙之介、有岛武郎等前代作家们所感知的不安、不祥感一脉相承,亦暗喻了尚有一点良知的日本知识阶层所感知的不安与不祥感。国家的不义,戕害着诸多敏感的神经。明治末年的“大逆事件”后出现的破灭型私小说中充斥着颓废无力的病患感,这种绝望、颓废感不仅是作家个人的“病痛”记录,亦隐喻了时代的“病患”。丸谷才一在《有关梶井基次郎的备忘录》中则几乎完全否定了梶井文学,认为其不过是类似素描或随笔之类的作品,只是因为“梶井文学中的某种现代性倦怠感、虚无感、无伦理性引发了新一代读者的关注”[2]。

在现代主义文学的探索方面,继新感觉派之后,伊藤整与堀辰雄等的新心理主义文学、阿部知二的主知主义文学、舟桥圣一的行动主义文学相继登场。其中,新心理主义文学对横光利一、川端康成等作家产生了重要的影响。日本大正

---

[1] 梶井基次郎:《柠檬》,李旭、曾鸿雁译,吉林出版集团有限责任公司,2012年,第3页。
[2] 丸谷才一『丸谷才一全集　第9巻』(文藝春秋、2013年)425ページ。

文学曾经积极吸收 20 世纪初的弗洛伊德精神分析学、柏格森哲学的诸多要素，但新心理主义文学是与"一战"后的欧洲前卫艺术一起进入日本，并深刻地影响了当时日本年轻作家的文学思潮。新感觉派逐渐消亡后，伊藤整、堀辰雄等吸收乔伊斯、普鲁斯特、伍尔夫等西欧作家的创作技法，倡导意识流、内心独白等技法。新心理主义文学从 1930 年前后开始流行，力图透过表面物质现象探明精神的力量。春山行夫、北川冬彦、安西冬卫等的《诗与诗论》(1928 年 9 月创刊)，堀辰雄、川端康成、横光利一等的《文学》，淀野隆三、北川冬彦等的《诗·现实》(1930 年 5 月创刊)等杂志的相关文章开了风气之先。例如：《诗与诗论》介绍了乔伊斯的《尤利西斯》，《诗·现实》从第二期开始连载伊藤整等翻译的《尤里西斯》，《文学》连载了淀野隆三等翻译的普鲁斯特的《斯万之家》，为新心理主义文学进行了宣传。与此同时，堀口大学于 1931 年 1 月翻译出版了雷蒙·拉迪盖的《德·奥热尔伯爵的舞会》。伊藤整则在评论方面做了诸多的努力，1932 年 4 月出版了《新心理主义文学》，为相关的文学实践提供了理论基础。

　　一般而言，心理描写的目的在于说明行动，但新心理主义小说重视人类精神领域，运用基于记忆、心象风景的意识流技法，将内部现实与外部现实融为一体。伊藤整本人亦创作了实践之作《感情细胞的断面》(1930)、《M 百货店》(1930)等，但其主要成绩在于理论建构，其技法的成熟要等到数年后《幽鬼的街》(1937)等作品的创作。堀辰雄亦积极运用普鲁斯特的技法，创作了《鲁本斯的伪画》(1930)、《神圣家族》等作品，而后又创作了《美丽的村庄》以及受奥地利诗人里尔克影响的《起风了》等心理主义文学佳作。横光利一则创作了《鸟》(1930)、《机械》等新心理主义作品，尤其《机械》熟练地运用了普鲁斯特的技法，成为日本新心理主义文学的代表作之一，对文坛形成了强烈的冲击。川端康成亦运用乔伊斯的技法创作了《水晶幻想》等作品。至 1931 年，新心理主义技法已经广为人知，追随者有之，批判者亦有之。小林秀雄就持批判态度，他指出了新心理主义文学偏重技巧的缺陷。新心理主义文学成为新感觉派之后又一次活跃的文学活动。"二战"后，中村真一郎、福永武彦、椎名麟三(1911—1973)、野间宏(1915—1991)等继承了新心理主义文学的技法。然而，总体而言，不可否认与新感觉派一样，其主要成果只是以饶舌的文体形式进入文章的技巧层面。

　　伊藤整，生于北海道，从中学时代开始写诗，毕业于小樽高等商业学校，毕业后任小樽市立中学教师，其间自费出版了处女诗集《白雪映照的路》(1926)，其中可见叶芝诗歌、萩原朔太郎的象征派诗歌以及爱尔兰情调的综合影响，亦可见其文学精神背景。他后来前往东京，从东京商科大学中途退学。其尝试用精神分析法创作的《感情细胞的断面》受到了川端康成的好评。1930 年前后，正式以新心理主义作家、评论家、翻译家的身份走上文学之路，力图运用弗洛伊德、乔伊斯、普鲁斯特等 20 世纪的西欧思想与艺术改良日本私小说。伊藤整曾经长期担任东京工业大学教授,一生笔耕不辍,有长篇小说《得能五郎的生活和意见》(1941)、《鸣海仙吉》(1950)、《青年诗人的肖像》(1956),评论《小说的方法》(1948)、《小说的认识》(1955)、《求道者与认识者》(1962)等诸多成果,另有《日本文坛史》全十八卷(1953—1973)。其中,战时出版的《得能五郎的生活和意见》模仿英国劳伦斯·斯特恩《项狄传》的饶舌文体,描写了战时日本知识分子的生活和思想。《鸣海仙吉》模仿《尤利西斯》的结构,以综合小说形式构成,批判了"二战"后的日本知识分子,亦富于处女诗集《白雪映照的路》以来的自传、告白体要素,也是其《小说的方法》的实践之作。评论《小说的方法》则是战后日本文学理论的重要成果之一。曾与石川淳(1899—1987)、坂口安吾、太宰治等并称为戏作派、无赖派文学者。

主知主义文学强调富于知性的观察与描写,重视知性与理性。阿部知二是主知主义文学的代表人物,曾经出版《主知文学论》(1930)。阿部知二,生于冈山县,毕业于东京大学英文专业,1930年在《新潮》杂志发表以新感觉派风格创作的《日德对抗赛》,作品以体育赛事为题材,引发了关注。同时出版评论集《主知文学论》,指出20世纪文学的知性倾向,由此正式登上文坛。1933年,与舟桥圣一等创办《行动》杂志,同年任明治大学文艺专业教师。在《文学界》连载的长篇小说《冬宿》(1936)是其代表作之一,描写了肉体与精神的对立矛盾,反映了同时代日本知识分子的面貌,受到了广泛的好评。此后接连发表《幸福》(1937)、《北京》(1938)、《街》(1938)、《风雪》(1939)等一系列长篇作品。其作品充满了知性的抒情,在黑暗的时代里,散发出了人道主义的微光。例如,《风雪》刻画了在法西斯风潮中坚持思想节操的老政治家形象。"二战"后,他还创作了《黑影》(1949)、《日月之窗》(1959)、《白塔》(1959)、《捕囚》(1973)等小说,亦贯穿着冷静、独特的个性。其文学论《主知文学论》受到20世纪英国文学批评的影响,认为应该排斥情绪的恣意妄为,应对情绪进行知性处理,艺术的力量源自精神秩序对现实混沌的挑战。其作品独特的个性应与其文学论密切相关。

行动主义文学论是在1934年至1935年间出现的文学论,主要提倡者有小松清(1900—1962)、舟桥圣一、春山行夫、阿部知二。其核心是强调知识分子的行动主义、能动精神、自由意志等,机关杂志《行动》于1933年10月创刊,由纪伊国书店发行。行动主义亦称能动主义、行动的人道主义。1933年,日本无产阶级文学运动在政府的镇压下崩溃,"转向文学"开始流行,政府又将矛头对准自由派知识分子。人们谈论着"不安的文学",知识分子的无力感在文学领域亦表现得淋漓尽致。这时,小松清从法国返回日本,开始介绍法国行动主义文学。法国行动主义文学是为了抵抗"一战"后占主流地位的达达主义、超现实主义的虚无、颓废而诞生的。小松清主要通过安德烈·马尔罗、安德烈·纪德等的文学与思想,将行动的人道主义介绍到日本,以抵抗来自法西斯主义的压力,倡导行动主

义文学。小松清首先介绍了费尔南德斯的《致纪德的公开信》（《改造》1934 年 6
月）以及《法国文学的转折》（《行动》1934 年 8 月）。舟桥圣一亦感怀于堀口大学
翻译的圣·埃克苏佩里的《夜航》（1934），同时受到小松清的影响，在 1934 年 9
月的《新潮》杂志上提倡意志型自由主义。青野季吉对此做出呼应，在《行动》杂
志上发表了《关于能动精神的抬头》（1934 年 11 月）等文章，有力地支持了这种
倡导。春山行夫也在《行动》杂志上发表《新知识阶级文学论》（1935 年 1 月）等
文章表示支持。伊藤整、阿部知二亦做出了积极的回应，由此形成了一定的声
势。小松清指出法国行动主义是对"一战"后虚无主义的抵抗，反对宿命论式的
世界观、人生观，强调重视人的能动性和自由意志，重视人的价值。舟桥圣一认
为在无产阶级文学低潮时期，更应该强调艺术派文学的能动性。青野季吉命名
的能动精神包括行动主义、有意识的自由主义等内涵，受到了广泛的认可。马尔
罗的《王道》、亨利·德·蒙泰朗的《斗兽者》受到了欢迎。这方面的作品或论著
主要有舟桥圣一《潜水》（1934）、芹泽光治良《盐壶》（1934）、田村泰次郎《日月潭
工事》（1934）、小松清《行动主义文学论》（1935）。行动主义的出现与日本不断滑
向战争泥淖有关，是当时日本知识分子对"不安的时代"的抵抗，具有反法西斯主
义色彩，但这种努力受到了左翼评论家的怀疑，亦遭到《文学界》人士的忽略。
《行动》杂志于 1935 年 9 月因经营不善停刊，阿部知二等人在此之前已经转向
《文学界》，行动主义文学运动宣告结束。

第四节　大众文学的勃兴

"大众文学"一词最早出现在博文馆发行的《讲坛杂志》（1924 年春季号）上，
主要指时代小说、历史小说，后来逐渐包括侦探小说、科学小说、幽默小说、实录
小说、传奇小说等。至 1935 年前后，开始与"通俗小说"一词混用。大众文学主
要指以娱乐为主的小说，亦称娱乐文学、通俗文学。日本现代大众文学的发展与
日本现代媒体的发展密不可分。随着现代报业的出现，明治报刊上刊载的各种
类型的小说成为日本现代大众文学的萌芽。中里介山（1885—1944）于 1913 年
在《都新闻》开始连载《大菩萨岭》，塑造了机龙之助这样一个全新的人物形象，引
发了读者的关注。《大菩萨岭》的连载呈现长期化的趋势，至 1921 年前后备受
关注。

关东大地震后，传媒日趋发达，读者的文化消费需求越来越多，《国王》《周刊
朝日》等大众报刊纷纷创刊，这些报刊对连载小说的需求不断增加，大佛次郎
（1897—1973）、吉川英治、直木三十五等大众文学作家纷纷登上文学舞台，大众
文学开始流行。1925 年，白井乔二组建由大众文学作家组成的"二十一日会"，
同时创办机关杂志《大众文艺》，江户川乱步等侦探小说家亦加盟进来，有力地推

动了大众文学的发展。《大众文艺》的创刊具有较好的象征意义,代表着日本大众文学与无产阶级文学、新感觉派、新兴艺术派一样,成为昭和日本文学界的一股重要的文学力量。此外,菊池宽的《珍珠夫人》等报刊连载小说获得了广泛的好评,一些纯文学作家开始创作大众小说,"大众文学"与"通俗小说"这两个名称开始混同使用。1927 年,平凡社开始出版《现代大众文学全集》(共六十卷),亦受到了读者的喜爱,大众文学的地位得到了进一步提升。菊池宽亦通过《文艺春秋》等刊物培养后进作家,大众小说开始进入全盛时期。此后,吉川英治创作了《宫本武藏》(1935—1939)、《三国志》、《梅里先生行状记》等作品,将西欧的文学技巧与日本的世俗人情、英雄崇拜情结融合在一起,受到了广泛的欢迎,其作品被称为"国民文学"。大佛次郎的《鞍马天狗》亦是大众文学的代表作。随着大众文学热的出现,纯文学危机论等观点成为热门话题。

一般对大众文学的评价偏低,但大众文学具有趣味性、可读性,亦具有一定的知识教养,由此获得了广泛的受众,成为一道不可小觑的文学景观,对正统的文坛文学形成了强大的制衡力量。横光利一的《纯粹小说论》就是在此背景下进行认真思考的结果。在战争时期,大量日本作家成为从军记者。具有较高知名度的大众作家在宣传造势方面具有更多的优势。在这种背景下,小说的社会化、通俗化层面得以强化,可见大众文学所包含的浓重的时代特色。白井乔二认为大众文学是为了克服既有文学的诸多缺陷,是将更多读者纳入视野的国民文学,具有为艺术大众化努力的性质。日本大众文学热潮可以分为两期。第一期大致从 1927 年平凡社《现代大众文学全集》出版至 20 世纪 30 年代初期。1955 年电视机普及后又出现了一次大众文学流行热,这是第二期。第一期的主要作家有中里介山、大佛次郎、吉川英治、白井乔二、菊池宽、久米正雄、中村武罗夫、加藤武雄、直木三十五等。大众文学顺应民众对通俗题材的偏好,亦具有顺应体制的特点。

中里介山,生于东京府,曾做过小学教员、电话接线员等,后受到基督教和社会主义思想、托尔斯泰思想的影响。曾经阅读英译本雨果的《悲惨世界》,深受感动,亦曾在幸德秋水等主持的《平民新闻》上发表过反战诗歌。1906 年入都新闻社工作。1913 年 9 月开始连载《大菩萨岭》,这是日本大众文学的先驱之作,其故事性、幻想色彩受到了大众的欢迎,风靡一时,但同时代的日本文坛并未接受该作品。《大菩萨岭》的连载断断续续,一直持续至 1941 年 6 月。1919 年,中里介山辞去都新闻社的工作,开始专注于写作。在创作之余,他还创办了《邻人之友》杂志,并从事私塾教育,热心于青少年教育事业。1942 年被推荐为日本文学报国会小说部评议员,但他拒绝了这一邀请。中里介山曾与平民社交往甚密,"大逆事件"对其思想产生了巨大的冲击。《大菩萨岭》的创作基础之一是其思想基调逐渐转向佛教世界观。其作家生涯的后半期,几乎都是为了构思与创作这部毕生的集大成之作《大菩萨岭》。在创作《大菩萨岭》的同时,他还创作了以法然上人为素材的戏剧《安乐》(1914),这亦是探究其思想背景的重要作品。此后,日本在战争泥潭中越陷越深,中里介山也越来越孤独。1944年4月,中里介山因病去世。他曾经希望把《大菩萨岭》写成世界上最长的长篇小说,但作品最终成为一部未完之作。一般认为这部超长篇小说是大众小说,但作者生前反复强调其写作目的在于曲尽众生业相,而后使之归于曼荼罗①之实相,拒绝人们强加给这部作品的大众小说的定位,而主张是大乘小说。但无论如何,该作品都是日本现代大众文学之祖,亦是时代小说之祖。

　　吉川英治,本名英次,生于神奈川县,因家道中落,小学高等科退学,曾在汉学塾学过《小说十八史略》等,后当过学徒工和各种小工。因为喜欢文学,尝试创作川柳等,由此开始结识文学朋友。1920年曾赴中国旅行。因在多种小说大奖赛中获得优异的成绩,最终走上创作之路。1921年,吉川英治成为每夕新闻社记者,翌年奉社命创作报刊连载小说《亲鸾记》,这是其第一部报刊连载小说。从1925年开始使用吉川英治的笔名。1926年,在《大阪每日新闻》连载的长篇小说《鸣门秘帖》获得好评,其本人也开始跻身大众文学最流行作家之列,与大佛次郎齐名。此后创作的诸多作品被拍成了电影。1935年8月开始在《朝日新闻》上连载长篇小说《宫本武藏》,亦大获成功,其中"剑禅一如"的思想成为走向战场的日本青年的精神支柱。日本战败初期,《宫本武藏》剑道思想中的军国主义思想受到质疑,但很快再次流行起来。《宫本武藏》可谓贯穿战时、战后,受到日本各阶层民众广泛阅读的文学作品。1976年《宫本武藏》开始出版漫画版,在青少年中再次掀起了阅读热潮。此后,吉川英治开始创作历史小说,亦成为著名的历史小说作家。其作品广受欢迎,有力地提升了大众文学的地位。"二战"后创作了《新平家物语》(1950—1957)、《私本太平记》(1958—1961)等作品。1937年,日本侵华战争时期,他以每日新闻社特派员身份赴北京等地,翌年以"笔部队"成员身份赴南京、汉口,1942年再赴东南亚战区,可见其战时是相当活跃的。其作品最重要的特点是庶民性,即所谓与大众为伍、与大众同行的特点。他将明治维新以来被日本文坛文学忘却的日本人的英雄崇拜、人情世故、武士道德融入作品中,从而拥有了广泛的读者群。

　　大佛次郎,本名野尻清彦,生于横滨市,毕业于东京大学政治学专业,在校期间就是一名典型的文学青年,毕业后任镰仓高等女校的国语、历史教师,后任外务省法律文书翻译,同时利用业余时间翻译了罗曼・罗兰的《先驱者》《格莱昂波》,后辞职走上文学创作之路。1927年,其在《东京日日新闻》上连载《赤穗浪士》(1927),一举成名。《赤穗浪士》是对日本传统忠臣藏故事的再阐释,从主人

---

①　佛教术语,又译作曼陀罗等,可意译为坛城,是佛教密宗所言心中宇宙图。

公的虚无思想中可见昭和初期日本知识分子的苦恼。他在创作之余,还广泛阅读外国文学、历史、社会科学类书籍,不断地拓展着自己的知识背景。"二战"后创作的《归乡》(1948)获得 1950 年度日本艺术院奖。1960 年当选为日本艺术院会员。《天皇的世纪》(1967—1973)是其集大成之作,亦是一部未完之作,直到去世前才停下笔来。1930 年曾与久米正雄赴中国东北旅行,1939 年再赴华北旅行,1940 年以随军记者身份赴宜昌战线,1941 年再赴东北。1942 年创作《鸦片战争》。1943 年 10 月至 1944 年 2 月,赴马来西亚、苏门答腊、爪哇、马六甲等地。这些均成为《归乡》的创作素材,他在《归乡》中批判了殖民地文化及美军的占领政策。

江户川乱步的《帕诺拉马岛奇谈》(1926—1927)、国枝史郎的《神州纐缬城》(1928—1929)、小栗虫太郎的《黑死馆杀人事件》(1934)等作品曾经盛行一时,其中的怪异性、幻想性或幽默感弥补了明治以来日本文学的某种不足。尾崎秀树曾经指出:

> 兴起于大正末期的日本大众文学起着纠正现代文学的偏差、引导新兴潮流的作用,在从民权讲谈、平民讲谈、社会讲谈发展起来的传统基础上,甚至被迷惘中的知识分子视为一种满足需要的补偿物,因而受到了前所未有的关注。但是随着传播媒介的企业化、商业化飞跃发展,"为了大量消费的商品"这一口号歪曲了大众文学作为"新兴文学"的性质。另一方面,这种群众化、宣传化的潮流,客观上也促进了大众文学的通俗化进程。对上述倾向最早发出警告的是千叶龟雄,他从同情大众文学的立场出发,严肃地告诫人们不考虑作品中人物及事件的真实性,一味地按照低俗读者的口味去编造情节,以换取他们的喝彩,这样就等于放弃了大众文学的本来目的。[①]

在日本走向侵略战争的过程中,日本大众文学因其庶民性、民族性特征而逐渐转向法西斯主义,例如直木三十五在 1932 年 1 月 8 日《读卖新闻》朝刊[②]上发表了《法西斯主义宣言》一文,标榜自己是"法西斯主义者"。[③] 这是日本现代文学的悲哀。

日本现代文学在其起步阶段对西欧文学亦步亦趋,而忽略了文学传统的传

---

① 尾崎秀树:《大众文学》,徐萍飞、朱芳洲译,中国社会出版社,1994 年,第 110—111 页。

② 晨报之意。

③ 福家崇洋『日本ファシズム論争:大戦前夜の思想家たち』(河出書房新社、2012 年)110ページ。

承等问题，日本大众文学有效地弥补了这种缺憾，但当时日本社会的矛盾性，外加商业化驱动，致使大众文学迅速走上了卑俗化的道路。尾崎秀树还指出："大众社会的真实状况却是在通俗性方面利用了大众文学的大众性，造成了文学商品化，这一现象又经由战时的言论政策、文化统治而将大众文学推向颓废的地步，从此以后再没有重新站起来过。至于战后的宣传活动比战前更有力地影响着大众文学内在的变化。"①就这样，日本大众文学最初以新锐的形象出现在读者面前，有效地弥补了日本文学传统的传承等问题，但亦内含了诸多的矛盾性，其对日本社会风尚及其后作家创作的影响不容忽略。

---

① 尾崎秀树：《大众文学》，徐萍飞、朱芳洲译，中国社会出版社，1994年，第142页。

第九章　侵华战争时期的文学

　　明治维新后，日本走上了一条"强兵富国"之路，通过一次次的战争，在中国、朝鲜半岛、东南亚等国家和地区疯狂地掠夺，以实现其"脱亚入欧"的理想，并与欧洲各国并肩为"文明"之国。从 1894 年至 1945 年，日本一直处于战备或战时状态，通过战争一次次地实现了经济腾飞。"二战"后，日本又依靠朝鲜战争，一举实现了经济复苏。日本政府于 1956 年公布《第十次经济白皮书》，宣布"现在已不再是'战后'"①。然而，源自"冷战"思维的美军基地依然驻扎在日本，日本是美国在东亚实施全球战略的重要基地之一。与美国抑或美军关系的"认知分裂"导致日本的"战争认知"亦出现严重的"分裂"状态。

　　日本对于从 1894 年至 1945 年间的侵略战争几乎处于"失忆"或"分裂"状态，仅仅存有美军于"二战"末期对其实施轰炸的"被害者"记忆，而对于旅顺大屠杀、南京大屠杀、731 细菌部队等战争罪恶却"失忆"了，这是日本至今无法与亚洲诸多国家达成"和解"的重要原因，因为无论人与人，还是国与国之间的正常关系，都必须以"完整的认知能力"为基础。可以说，明治维新以后的日本，选择了将自己的命运与战争捆绑在一起的道路。"二战"后，日本还未来得及处理战争责任问题，又与美军紧密地捆绑在了一起，以致出现了诸多"失忆"的症候。通过战争这面镜像，可以更加全面地认知日本现代文学，且日本现代文学原本就与战争关系密切，森鸥外、正冈子规、国木田独步、田山花袋等日本文学史上闪耀的明星均曾踏上中国战场。以下涉及的 1931 年至 1945 年间的日本文学时期，更是产生大批战时文学的时期，对于考察日本文学乃至日本战时文学本质颇为重要。不仅如此，客观理性地认识日本战时文学本质亦是达成亚洲"和解"的重要环节之一。

第一节　陷入战争的泥潭

　　1931 年 9 月 18 日，日本在中国东北发动"九一八事变"。当天夜里，日本关东军炸毁了沈阳柳条湖附近的南满铁路轨道，并栽赃于中国军队。日军以此为

---

　　①　赵建民、刘予苇:《日本通史》，五南图书出版公司，1991 年，第 406 页。

借口,炮轰沈阳北大营,由此侵占沈阳,进而侵占东北三省。1932 年 2 月,东北沦陷。1932 年 3 月至 1945 年 8 月,日本在中国东北建立伪满洲国,开始了对东北人民长达十四年之久的奴役。"九一八事变"是日本企图把中国变为其独占殖民地的阴谋,日本由此开始成为远东战争策源地,也开始走向国家法西斯化。

此后,为了扫清战争障碍,日本积极煽动排外主义,对新闻、出版进行严格的检查与取缔,并利用《治安维持法》镇压反战力量,1932 年至 1933 年共逮捕三万余人。排外、战争狂热情绪蔓延至全日本,每当军人出征时,欢送的人群把道路、车站和码头挤得水泄不通。1933 年 3 月,国际联盟表明不承认伪满洲国,日本代表愤而退席。当驻国际联盟代表返回日本时,受到了民族英雄般的欢迎,这自然亦是狂热排外主义的表现,日本由此在侵略扩张的道路上更加肆无忌惮了。

1931 年 9 月 19 日,即"九一八事变"翌日,日本共产党发表《告全国工人、农民、士兵书》,呼吁抵制日本帝国主义及其侵华战争,并通过《赤旗》坚持反战宣传,这成为异端之声。1932 年 10 月日本共产党遭到全国大逮捕。1933 年 6 月,被捕入狱的日本共产党领导人佐野学、锅山贞亲屈服于白色恐怖和排外主义的压力,发表"转向"声明,赞美天皇制和侵略战争,由此引发了"转向"之风,表明放弃政治理念的"转向"者层出不穷,日本共产党的全国性组织消亡了。

1932 年 5 月 15 日,日本海军少壮派法西斯军官发动武装政变,杀死了当时的首相犬养毅(1855—1932),致使犬养内阁垮台,日本政党政治结束。此次政变称"五一五事件"。该事件之后,亲军部的"举国一致内阁"成立,这标志着日本国家法西斯化的加强。此后,日军进一步侵略中国华北地区。1934 年 10 月,以陆军省新闻班名义出版《国防的本义及其强化》小册子,这是一本宣扬军事法西斯主义的小册子,开宗明义便解释了"战争的意义",明确表明"战争是创造之父、文化之母"。这本大约两万字的小册子数次发行,发行总量超过四十万册,加上报刊宣传,其影响之大不可估量,标志着极权思想开始控制日本舆论界。

1937 年 7 月 7 日夜,日军在北平西南卢沟桥附近演习时,借口一名日本士兵"失踪",向中国第二十九军守军开枪射击,炮轰宛平城,挑起了震惊中外的"七七事变"。"七七事变"又称"卢沟桥事变",这是日本全面侵华战争的开始,也是中华民族全面抗战的开始。此后,日军希望速战速决,以控制整个中国,遂继续在中国各地挑起战争、开辟战场,中国民众陷入水深火热之中,无数人失去了生命,亦有无数人失去了家园,从此开始了颠沛流离的生活。1937 年 12 月 13 日,日军攻占当时的首都南京,进行了为期一个半月的惨绝人寰的大屠杀,史称"南京大屠杀"。这是继 1894 年 11 月 21 日日本发动"旅顺大屠杀"后的又一次大屠杀。

但日军在各地遭到了中国军队的反击,速战速决成为无法实现的妄想,战线不断拉长。日军为切断中国军队的海外补给线,又于 1938 年 10 月进攻广州、武汉。随着侵华战争的全面铺开,1938 年 5 月,日本《国家总动员法》生效,对人力、物力进行管制,该总动员法类似 1933 年 3 月通过的德国授权法。[①] 日本政府还强力推进"国民精神总动员",采取各项思想、文化的管制措施。1940 年 12 月,日本内阁情报部扩大改组为内阁情报局,对传媒、内外宣传进行一元化管制,共设置五个部:第一部规划调查部,第二部新闻、出版、报道管理部,第三部对外宣传部,第四部出版物检阅管制部,第五部电影、艺术等文化宣传部。其中,第一、第二部的部长、情报官须由军人担任。内阁情报局还开列了禁止写作者的名单,其中包括中野重治、宫本百合子等作家。如前所述,中野重治亦是"转向"作家,但他并未发自内心地"转向",这是内阁情报局将其列入禁止写作者名单的原因。

从 1937 年开始,日本作家被编成随军采访、写作的"笔部队",这是日本文学报国会的前身。"笔部队"致力于鼓舞前线与后方的战争意志力。与此同时,战争文学、生产文学、农民文学、大陆文学、海洋文学等国策文学以及战争电影、国策电影开始一统天下。1942 年 6 月正式成立日本文学报国会,要求作家以宣扬皇道文化,鼓舞国民精神为宗旨。日本文学报国会有约四千名会员,接受内阁情报局第五部的领导监督。这是一个新组织,但基本上是对日本文艺家协会进行改组后的组织,原日本文艺家协会会员一般自动成为日本文学报国会会员,这是无产阶级文学派作家宫本百合子、藏原惟人、中野重治等亦是会员的原因。当然,其中也有一些特殊案例,如中里介山、内田百闲表示拒绝加入。中野重治担心自己完全失去发表园地而曾经致函菊池宽询问其是否有资格加入。永井荷风则在日记中表露出对自己"被加入"的不满。

与此同时,在人文社科研究领域,最高课题都要为侵略战争服务。在 1941 年 12 月太平洋战争爆发后的一年内,"大东亚"相关书籍出版了约二千种,论文发表了约五千篇,所有作品皆不厌其烦地议论"大东亚共荣圈"的纲领、方策、设想和意义。[②] 1942 年至 1943 年,《中央公论》刊登了"京都学派"哲学人士高坂正显、西谷启治、高山岩男、铃木成高的三次座谈纪录——《世界史的立场与日本》(1942 年 1 月)、《东亚共荣圈的伦理性与历史性》(1942 年 4 月)、《总体战的哲学》(1943 年 1 月),以论证"大东亚战争"的合理性。"京都学派"是继承西田几多郎、田边元哲学研究方法的京都大学哲学专业出身的哲学团队,但狭义的"京都学派"则指为战争合理性提供理论支撑的以高坂正显、西谷启治、高山岩男、铃木成高等为代表的团队。

这时期的《文学界》杂志亦不甘落后。《文学界》杂志创刊于 1933 年 10 月,

---

①　授权法案允许总理阿道夫·希特勒及其内阁无须议会的同意通过任何法例。

②　赵建民、刘予苇:《日本通史》,五南图书出版公司,1991 年,第 350 页。

至 1944 年 4 月，共发行一百一十九期，发行单位最初是文化公论社，此后转至文圃堂、文艺春秋社，成员包括小林秀雄、河上彻太郎、林房雄、武田麟太郎、川端康成、深田久弥、广津和郎、宇野浩二等，其核心人物是小林秀雄、河上彻太郎二人。《文学界》杂志是在日本无产阶级文学运动受到镇压后，日本文坛出现的所谓"文艺复兴"时期创刊的文艺杂志，亦是战时日本文坛最具实力的杂志，也是为战争提供理论支撑的"近代的超克"座谈会的主办方。

1942 年 9 月、10 月号《文学界》举办了以"近代的超克"为题的座谈会，有哲学、神学、自然科学、音乐、文学和电影界的十三人出席，其中包括西谷启治、诸井三郎、津村秀夫、吉满义彦、龟井胜一郎、林房雄、三好达治、铃木成高、中村光夫、小林秀雄、河上彻太郎等人，共议如何超越西欧的现代性，以认识"日本的原理"，建立新的日本精神，做一名"大东亚决战"下的日本人，其真实目的是为战争正当化提供学理支撑，亦为日本法西斯战争文化推波助澜。1942 年 9 月、10 月号《文学界》杂志推出《近代的超克》特集，刊登了上述与会者的相关论文。此后，出版了单行本《近代的超克》(1943) 一书，单行本中的论文撰写者名单有所调整。从这一系列座谈会的接连举办可知当时日本知识分子、文学家的狂热态度。川村凑指出："当时的大众传媒几乎毫无批判地协助了'亚洲—太平洋战争'。所谓的文化人、文学者、知识分子亦利用这些媒体，或被媒体利用着，热切地讲述着'圣战'的意义或信心。"[①]这是当时日本知识分子的良知和天赋遭到愚弄的典型事例。

第二节　国策文学

"九一八事变"后，日本开始强化战时体制，日本无产阶级文学运动遭到镇压。1932 年 3 月至 6 月，日本无产阶级文化联盟的全体负责人被捕，无产阶级文学运动受到了毁灭性的打击。1933 年 2 月 20 日，著名无产阶级文学派作家小林多喜二被捕，当晚即被严刑拷打致死。同年 6 月，日本共产党领导人佐野学、锅山贞亲发表"转向"声明《告全体被告同志书》，声明刊载于《改造》和《文艺春秋》杂志，给日本共产党内外带来了巨大的冲击。1934 年 3 月，日本无产阶级文化联盟解散，大量作家"转向"出狱，"转向"成为一种风潮。"转向"作家们开始以自己的"转向"经历为素材创作"转向文学"，主要表现对自身"转向"经历的反思和对非"转向"的憧憬。这时期，权力部门开始与文学勾结。在内务省警保局局长松本学的倡导下，直木三十五首先主导成立了文艺恳谈会。1937 年，松本

---

① 　川村凑、成田龍一、上野千鶴子［ほか］『戦争文学を読む』(朝日新聞出版、2008 年)17ページ。

学又与林房雄、中河与一等成立了新日本文化会。

此外，"九一八事变"后，伪满洲国傀儡政府成立。与此相呼应，日本开始向中国东北地区派遣农业移民，这成为当时日本的重要国策。1932年10月，日本实验性地派出了第一批农业移民四百五十人。广田弘毅内阁把农业移民派遣作为重要国策之一，计划用二十年时间派出一百万户人员到伪满洲国，以使日本人口在当地占到较大比例。随着战事的不断扩大，农村还是重要的兵源地，这亦是日本实行重农政策的原因。此前，日本已有一些农民文学，如长塚节的《土》等作品。日本无产阶级文学派亦设立过农民文学研究会，但都无法与"九一八事变"后的农民文学"盛况"相比拟，伊藤永之介、岛木健作等作家受到了关注。和田传的《沃土》（1937）在出版翌年便获得了第一届新潮社文艺奖。在此重农背景下，1938年，岛木健作、和田传等近四十人成立农民文学恳谈会，有力地促进了农民文学的流行。在成立大会上，当时的农业大臣鼓励会员们创作出农业文学中的《麦与士兵》（1938）这样的畅销作品。会员们亦积极响应，将他们的作品编成《土的文学作品年鉴》，砂子屋书房出版了七卷本的《新农民文学丛书》，新潮社出版了十卷本的《土的文学丛书》，中央公论社出版了《农民文学十人集》，可见官民一致、上下一体的日本战时文学"盛况"。

1939年，各类半官半民的国策文学组织纷纷成立，如高见顺、伊藤整等成立大陆开拓文艺恳谈会，川端康成、坪田让治等成立少年文艺恳谈会。此外，海洋文学协会、经国文艺会、农山渔村文化协会、南洋文学恳话会、朝鲜文人协会、"日满"文艺协会等纷纷成立，有力地促进了国策文学的创作。所谓"国策"即国家政策，国策文学指在战争背景下，为日本战时政策服务的文学，其中包括农民文学、大陆文学、生产文学、海洋文学等诸多种类。"七七事变"后，日本进入全面侵华战争时期，"转向文学"风格发生变化，从被动"转向"变为积极"转向"，进而发展成为国策文学。国策文学的中坚力量多为"转向"作家，即左翼文学的"政治性"被运用到了国策文学中。"转向"作家由于自身经历中的"污点"，无望成为"笔部队"的从军记者，这也是他们在工农文学领域中"与时俱进"的原因之一。

中国人民不屈服的精神，使得日本在中国战场速战速决的妄想一再破灭，由此第二次近卫文麿内阁于1940年7月诞生，同年10月为实现政治体制一元化而成立了大政翼赞会①。与此同时，成立日本出版文化协会管理出版业，各类杂志、出版物的发行禁令层出不穷。1942年6月18日，全日本文学者的统一组织日本文学报国会成立，会长为德富苏峰，秘书长为久米正雄，文学界的战时体制基本完备。日本文学报国会成立后，举办过三届大东亚文学者大会，大会追求虚妄的"大东亚文艺复兴"，首届于1942年11月3日至10日在东京、大阪两地举

---

① "大政"即国家大政。"翼赞"即辅助、辅弼之意。

办,第二届于 1943 年 8 月 25 日至 28 日在东京举办,第三届于 1944 年 11 月 12 日至 14 日在南京举办。日本文学报国会还实施了文艺报国运动演讲会,编选了鼓舞士气的"国民座右铭"和"爱国百人一首"等。在艺术派的作家中,堀辰雄、中岛敦等为数不多的作家以独特的风格保持了自己的主体性,显示了微弱的抵抗姿态,但他们与风靡全日本的好战风尚格格不入,几乎只能痛苦地抱病度日。

"笔部队"可谓是日本文学报国会的前身。"七七事变"以后,日本迅速完善了战时体制,文学界亦积极响应,各新闻出版单位迅速派出人员前往战地视察,希望作家们写出鼓舞民众战斗意志之作。最早奔赴前线的是吉川英治,他于 1937 年 8 月 3 日被《东京日日新闻》派往天津,此后木村毅被派往上海。此外,《东京朝日新闻》派出杉山平助,《中央公论》派出林房雄、尾崎士郎、石川达三,《主妇之友》派吉屋信子,《日本评论》派出榊山润,《文艺春秋》派出岸田国士,《改造》派出三好达治。佐藤春夫、保田与重郎(1910—1981)则于 1938 年 5 月,以《我思》特派员身份前往北京、内蒙古一带。这些作家或从中国发回新闻报道,或回国创作相关作品,如林房雄《上海战线》(《中央公论》1937 年 10 月)、榊山润《前往炮火中的上海》(《日本评论》1937 年 10 月)等作品传递出创作者的兴奋。尾崎士郎《悲风千里》(《中央公论》1937 年 10 月)则一定程度上表达了对中国民众的同情。岸田国士《北支物情》(《文艺春秋》1937 年 11 月—1938 年 2 月)则在开篇处便强调了自己作为日本人的写作立场。可以说,这些作品的切入点不同,但极大地唤起了日本人对这场战争的关注。此后,更多文学者涌向中国战场,媒体亦争相刊载各类战地报道。

在这种狂热的背景下,日本政府开始亲自组织文学者,于 1938 年 8 月宣布派遣"笔部队"前往汉口战场。日本政府希望通过"文学者从军"影响日本国内文学界,以进一步凝聚战争意志。"笔部队"由外务省主导,成员则委托文艺家协会决定,由文艺家协会会长菊池宽具体负责,最终选拔出二十二名作家,分别为吉川英治、岸田国士、泷井孝作、深田久弥、北村小松、杉山平助、林芙美子、久米正雄、白井乔二、浅野晃、小岛政二郎、佐藤惣之助、尾崎士郎、浜本浩、佐藤春夫、川口松太郎、丹羽文雄、吉屋信子、片冈铁兵、中谷孝雄、菊池宽、富泽有为男。① 这些作家一时间成为媒体争相报道的文坛宠儿,他们分为陆军班和海军班两组。陆军班于 9 月 11 日出发,一行共十四人,班长是久米正雄;海军班于 9 月 14 日出发,一行共八人,班长为菊池宽。1938 年 11 月,日本海军派出第二批"笔部队"共十人赴中国华南,成员包括长谷川伸、中村武罗夫、菊田一夫、北条秀司、土师清二、甲贺三郎、凑邦三、野村爱正、小山宽二、关口次郎。② 这些"笔部队"作

---

① 「戦時下の文学〈特集〉」(『国文学:解釈と鑑賞』第 48 巻 11 号、1983 年、11ページ)。
② 「近代文壇事件史」(『国文学:解釈と教材の研究』第 34 巻 4 号、1989 年、138ページ)。

家推出了一些作品,但应时色彩明显,如林芙美子《战线》(1938)充斥着赞美战争的描述,还配有与士兵的合影,以表明其纪实性。然而日军速战速决的妄想一再破灭,这亦影响了"笔部队"的观战氛围。在武汉战线方面,几乎所有的观战者都在汉口失陷前返回了日本,"笔部队"作家们的写作成果亦乏善可陈。

在报国理想的鼓舞下,更多日本作家深入侵略战争的前线,将报告文学即时传向日本国内,积极协助战时宣传,还在国内频繁地举办各类巡回演讲活动,即时报告前线"盛况"。所谓的文艺后方运动亦相当活跃,文学者在全国范围内进行战时国策宣传活动。由日本文艺家协会主办,文艺春秋社、大阪每日新闻社、东京日日新闻社支持的文学者巡回演讲会曾经繁荣一时。第一届演讲会于1940年5月举办,菊池宽、久米正雄、岸田国士、横光利一、吉川英治、中野实、林芙美子在日本各地进行了巡回演讲。此后基本上每月举办一次。在太平洋战争期间,以"文艺报国运动讲演会"之名继续举办,参加的文学者总数约二百名。不仅如此,1941年,太平洋战争爆发后,"文学者从军"成为国民征用令的一环,大批文学者接到征令,被派往马来半岛、缅甸、爪哇、婆罗洲岛、菲律宾等东南亚各地。一些并未积极配合的作家亦收到了征令。早期被征令派往东南亚战场的文学者名单如下:

马来半岛:井伏鳟二、中岛健藏、寺崎浩、海音寺潮五郎、中村地平、小栗虫太郎、秋永芳郎、大林清、神保光太郎、里村欣三、北川冬彦、小出英男、会田毅、堺诚一郎。

缅甸一带:高见顺、清水几太郎、榊山润、丰田三郎、小田岳夫、山本和夫、岩崎荣、北林透马、仓岛竹二郎。

爪哇、婆罗洲岛:阿部知二、大宅壮一、北原武夫、大江贤次、富泽有为男、武田麟太郎、大木惇夫、浅野晃、寒川光太郎。

菲律宾一带:石坂洋次郎、尾崎士郎、今日出海、火野苇平(1907—1960)、上田广、三木清、柴田贤次郎、寺下辰夫、泽村勉。

海军方面:石川达三、海野十三、井上康文、丹羽文雄、间宫茂辅、村上元三、凑邦三、山冈庄八、角田喜久雄、浜本浩、樱田常久、北村小松。[1]

岛木健作《生活的探求》(1937—1938)被认为是国策文学的先驱之作。岛木健作,生于札幌,两岁时丧父,母亲做针线活维持一家三口的生计,从小生活艰苦,曾就读于东北大学法学部选修科,后弃学投入左翼运动,1926年专职负责四国香川县农民运动,1927年加入日本共产党,在1928年"三一五事件"[2]中被捕,

---

① 「特集 近代日本文壇事件史」(『国文学:解釈と教材の研究』第9巻12号、1964年、61ページ)。

② 日本政府为扫清侵略扩张路上的障碍,于1928年3月15日在全国范围内对日本共产党实施镇压,约一千六百名日本共产党员被捕,日本共产党组织受到了致命性的打击。

1929 年发表"转向"声明，1932 年在狱中因肺结核咯血，获假释出狱，此后决心开启创作之路，同时对自己的"转向"行为进行反思。1934 年 4 月发表了具有私小说色彩的处女作《癞》，这是以其狱中经历为素材创作的作品，描写了"转向"者的内心纠结，他也一跃成为新进作家。此后，他又接连发表了一系列狱中小说，均描写了"转向"与非"转向"之间的心理纠结。这些作品后来结集为第一创作集《狱》（1934）。1937 年 6 月由中央公论社出版的《再建》是其第一部长篇小说，探讨四国香川县农业公会重建问题，作者自称这是投入了其过往全部人生经验之作。然而，这时距离日本挑起全面侵华战争的"七七事变"只有一个月的时间了，所谓"农业公会"是不被允许的，作品出版十天便遭到禁令。在经历了这次重大挫折后，岛木健作遂将原计划纳入《再建》第二部的内容进行调整，在法西斯政策允许的范围内创作，以《生活的探求》之名出版，描写知识青年返乡务农的情况，暗示了"转向"者的"出路"问题，成为畅销作品，由此"积极"的"转向文学"成为趋势。《生活的探求》与和田传《沃土》一起成为这时期日本农民文学的代表作。

在随军记者创作的战时文学方面，《中央公论》1938 年 3 月推出的《活着的士兵》是石川达三以其南京从军体验创作的作品，记录了南京大屠杀的场面，该作品亦是日本文学史上第一部描写南京大屠杀的作品。石川达三希望为日本后方民众展现真实的前线，为此采用了写实主义手法，引发了政府的强烈不满，《中央公论》当月号遭到禁售处理，石川达三被判监禁四个月，缓期三年执行。这次事件影响了日本战时文学的走向，作家们开始回避战争的关键场面和本质问题。1938 年 9 月中旬，石川达三再次作为中央公论社特派员前往武汉战线，并创作了《武汉作战》（1940），其写作视角由实转虚，主要关注后方部队，未再发生笔祸事件。

火野苇平吸取了石川达三的教训，其以 1938 年 5 月徐州会战时的从军经历创作的《麦与士兵》获得了空前成功。《麦与士兵》采用日记体形式，以参战士兵的视角进行写作，给人以强烈的真实感，迎合了日本后方民众对战争的想象，畅销一百二十万册之多，火野苇平本人亦一举成为国民英雄般的人物。然而，《麦与士兵》只有真实的"日常"，却无"战地"或"战争"的真实，亦完全不涉及任何有关战争本质或人性、人的生与死等问题，仅仅以感伤的笔触，勾勒了流水账似的战时"日常"，实际上是一部假借日记体外衣包装起来的虚伪的作品。此后，火野苇平又接连创作了《土与士兵》（1938）、《花与士兵》（1938—1939），与之前的《麦与士兵》并称为"士兵三部曲"。"士兵三部曲"是日本侵华战争时期的代表作。火野苇平本人亦凭借这一系列作品成了时代的宠儿，亦成为当时日本一流的畅销书作家。

继火野苇平之后，上田广、日比野士郎的作品亦受到了广泛的欢迎，他们三人成了当时最受欢迎的"军人作家"。上田广、日比野士郎原本都是无名士卒，但在入伍前都喜欢文学，后来都以各自的战场体验为素材创作了一系列作品，如上田广《黄尘》(1938)、《鲍庆乡》(1938)一经推出，便备受欢迎，一下子成了火野苇平般的明星作家。翌年，日比野士郎《吴淞渠》(1939)亦受到了广泛的关注，他也同样成了媒体的宠儿。以太平洋战场从军体验创作的作品亦不在少数，如火野苇平《南方要塞》《军队地图》，上田广《地热》《雨期》，今日出海《比岛从军》，井伏鳟二《花之城》，里村欣三《热风》，丰田三郎《行军》，丹羽文雄《海战》《报道员手记》，等等，其中《海战》还获得了第二届中央公论社文艺奖。日本军部还亲自编纂或监修各类战记，如海军出版了《海军战记》(四卷)、《大东亚海战记》(五辑)等。就这样，这时期日本文学的主流是文学与法西斯战争的勾结，绝大多数作家的灵性被蒙上了厚厚的尘垢。日本文学史往往对这时期的日本文学情况保持沉默，或一笔带过。然而，火野苇平"士兵三部曲"、吉川英治《宫本武藏》等作品曾在这时期风靡一时。也就是说，这时期绝非文学的荒漠期，反倒是一个文学狂热时期，其中的诸多文本值得进一步深入探讨，对其狂热的本质亦应进行深入把握，如此才能了解日本文学的整体面貌。

第三节　战时批评界的风云人物

这时期亦是评论家极为活跃的时期，评论家不仅引领了时代的文艺思潮，他们创作的评论本身亦形成了独特的评论文体，吸引了广大的战时青年。在无产阶级文学运动遭到镇压，中野重治等左翼评论家陷入困境之后，《文学界》的小林秀雄、《日本浪曼派》的保田与重郎无疑成了日本战时文学评论界的风云人物，对当时的思想领域、知识青年发挥了绝对的影响力。

小林秀雄，生于东京，东京大学文学部法文专业毕业，其代表作有《文艺评论》(1931)、《陀思妥耶夫斯基》(1939)、《所谓无常》(1946)、《莫扎特》(1946)、《本居宣长》(1965—1976)等。1929年，他以《种种意匠》一文登上文坛后，便致力于批判无产阶级文学和现代主义文学的非文学性，同时高度评价志贺直哉、嘉村礒多等文学的正统性，并积极介绍兰波等法国象征派文学。1933年10月，与林房雄、川端康成、武田麟太郎等创办《文学界》杂志，希望联合无产阶级文学和艺术派文学的实力派作家，即通过强强联合，建构真正的日本文学，成为主导昭和十年代(1935—1944)文学的重要力量。《文学界》举办的"近代的超克"座谈会及相关讨论，在当时日本社会各界发挥了广泛的影响力。"近代的超克"成为时代的流行语，亦成为战时日本青年重要的精神源泉，极大地支持了日本的战时体制。

在侵华战争期间，小林秀雄五次来到中国。1938年3月，他受菊池宽之托，以文艺春秋社特派从军记者身份，经上海抵达杭州，向陆军伍长玉井胜则(火野苇平)颁发第六届芥川文学奖，获奖作品为《粪尿谭》(1937)。火野苇平由此转入部队报道部，开始成为一名"军人作家"，接连创作了"士兵三部曲"，成为侵华战争时期日本著名的战时文学作家。小林秀雄与火野苇平的这次邂逅，亦可谓是日本战时文坛的强强联合。他在颁奖后，游历了南京、苏州，于1938年4月返回日本。同年10月，应伪满洲国之邀，又与雕刻家冈田春吉一起在东北、华北等地游历了一个月。1940年6月，参加文艺后方运动"朝鲜满洲班"，并在当地进行了战时巡回宣传演讲。1943年6月至7月间，与林房雄一起游历了长春、天津、北京、上海等地，同年12月又在中国滞留了半年时间，这次是为日本文学报国会筹备第三届大东亚文学者大会。在这次滞留中国期间，小林秀雄积极推动第三届大东亚文学者大会的筹备工作。1944年11月12日，第三届大东亚文学者大会在南京召开，小村秀雄可谓功不可没。

小林秀雄中国之行的成果有《从杭州到南京》(1938)、《杭州》(1938)、《苏州》(1938)、《满洲的印象》(1939)等。1942年，日本文学报国会成立，小林秀雄任评论随笔分会常任干事，同年11月担任第一届大东亚文学者大会评议员。在"近代的超克"座谈会举办前后，小林秀雄于1942年4月开始在《文学界》接连发表了六篇有关日本古典的系列文章，分别为《当麻》《所谓无常》《平家物语》《徒然草》《西行》《实朝》，后结集为随笔集单行本《所谓无常》，为"近代的超克"提供了一种写作范式。其中《当麻》是这一系列文章中的第一篇。《当麻》是世阿弥创作的古典能剧的剧目，亦与一般的"梦幻能"一样，人物和情节极为简单，仅有僧侣和亡魂出场，由于僧侣的超度，亡魂最终得到安息。《当麻》亦是这种典型的能剧，具有鲜明的超度死魂之意。小林秀雄在《当麻》的开篇处写道：

> 在梅若①的能乐堂观看了万三郎②的《当麻》。
> 我行走在灯光闪烁、积雪开始消融的夜路上。
> 为什么那击碎梦幻般的笛子、大鼓的声音一直萦绕在耳际？梦幻不是被击碎了吗？白色的袖子翻卷着，金冠闪耀着，中将姬似乎还在眼前舞蹈。那绝对不是持续的快感。那究竟是什么？应该怎样命名它？与笛声一起一点点向前移行的那两只雪白的布袜。不，世阿弥将其明确地命名为当麻。那么，自己相信那个叫世阿弥的人物、那个诗魂吗？这突如其来的想法令我感到震惊。③

这篇文章写于太平洋战争爆发之后，亦是日本背水一战时期，小林秀雄通过世阿弥的梦幻能，或曰超度亡魂的镇魂剧，提出了一种"死亡的美学"，其用意之

---

① 梅若，能剧的一个流派。
② 万三郎，即梅若万三郎(1868—1946)，能剧演员。
③ 谷崎潤一郎［ほか］編『日本の文学　第43(小林秀雄)』(中央公論社、1965年)241ページ。

深不言而喻。这应该是日本战时"死亡美学"的发端之一。

《日本浪曼派》创刊于 1935 年 3 月,这是整合了《我思》《现实》《面包》等诸多杂志的力量创办的一份文艺杂志。据其友刊《我思》1934 年 11 月的广告可知,《日本浪曼派》创刊时的成员是保田与重郎、龟井胜一郎、神保光太郎、中岛荣一、中谷孝雄、绪方隆士,核心人物是保田与重郎、龟井胜一郎。此后,太宰治、檀一雄、林房雄、萩原朔太郎、佐藤春夫、中河与一、三好达治、外村繁等陆续加盟进来,势力不断扩大。该杂志创刊于无产阶级文学运动遭到严酷镇压之后的思想混乱时期,提倡复古主义、国粹主义等古典学,为迎合侵略战争的需要,狂热倡导"日本精神",支持"圣战"。《日本浪曼派》的思想与《人民文库》相对立。《人民文库》所属高见顺等人认为《日本浪曼派》龟井胜一郎的浪漫主义思想是一种逃避现实的表现,保田与重郎的代表作《日本之桥》(1936)亦是对国际思想及民众思想的轻蔑。《日本浪曼派》在与《人民文库》的对峙中,不断明确了其通过日本古典追寻"日本精神",以凝聚战时思想力量的方向。

《人民文库》创刊于 1936 年 3 月,由武田麟太郎主办,高见顺等撰稿人多为原左翼阵营人士。武田麟太郎原本与小林秀雄、林房雄、川端康成等共同创办了《文学界》杂志,该杂志在当时的日本文坛可谓叱咤风云。但随着时局的变化,《文学界》的倾向性越来越明显,这令武田麟太郎感到不满,他对警保局局长松本学对文学领域的介入亦持批判态度,遂决定创办《人民文库》。针对保田与重郎等具有法西斯色彩的"日本浪曼派"提出的"诗的精神",《人民文库》明确提出截然相反的"散文精神",但其隐含的人民战线色彩引发了当局的镇压,虽然后来转向风俗小说领域,但仍然不断遭到禁止发售等处罚,最终被迫停刊,由此亦可见当时日本文化界的法西斯化。

保田与重郎,毕业于东京大学美学专业,代表作有《日本之桥》、《英雄与诗人》(1936)、《后鸟羽院》(1939)、《民族优越感》(1941)、《万叶集的精神》(1942)等。其《日本之桥》以"列车从东海道田子浦附近通过时,我曾从车窗看到过一座小小的石桥"①起笔,以朴实无华的笔触勾勒了充满人情味的日本的"小小的石桥",以与西方气势雄伟的桥梁进行比较,这是一种直抵人心的东西文化比较方式,以淡淡的哀婉之情触动着日本人的浓浓乡愁,营造出强烈的民族主义情结。保田与重郎及《日本浪曼派》亦提供了一种"死亡的美学",这与小林秀雄一脉相承。关于这一点,平野敬和指出:

"日本浪漫派"的共通之处是号召回归日本传统,憧憬古典,主张日

---

① 林房雄、龟井胜一郎、保田与重郎［ほか］『現代日本文学大系 61 林房雄 保田与重郎 龟井勝一郎 蓮田善明集』(筑摩書房、1970 年)217ページ。

本的美意识,在这一点上与"近代的超克"论相似。保田将其表现为"浪漫的嘲讽"的心态,这种态度的显著特点是排斥一切政治性的现实主义,认为所有理性判断都是无意义和无效的。年轻的读者们认为他主张的具有讽刺意味的否定中蕴藏着战争必败的预感,并将其视为死的美学,即将死当成整体性的终极形态。①

保田与重郎所主持的《日本浪曼派》杂志在全盛时期,有成员约五十名。保田与重郎的思想受到德国浪漫派荷尔德林(1770—1843)、施莱格尔(1772—1829)的影响,以日本古典为基础宣扬浪漫皇神思想,最终由国粹主义逐渐走向日本主义,用哀婉的笔触为血腥的帝国主义战争涂抹上诗性的色彩,为一批批走向侵略战场的日本年轻人提供思想装备。保田与重郎本人亦于1945年3月应征入伍,在中国华北迎来了日本战败,后经天津返回日本。

第四节　火野苇平的《海与士兵》②

火野苇平是日本"二战"时期著名的战地作家,原名玉井胜则,生于九州福冈县若松市,其父经营码头搬运业。火野苇平从小学时代就显示出对文学的兴趣,1923年进入早稻田第一高等学院后,利用业余时间先后创作了五百页③的《月光礼赞》、五百页的《青春期》、二百页的《山之英雄》,他后来戏称这是其"十七岁三部曲"。1925年十八岁时自费出版了童话集,这是他公开出版的第一部单行本,可见其文学起步之早。1926年入读早稻田大学英文专业,在此时期其文学热情发挥得淋漓尽致,他与好友先后创办了文学杂志《街》、诗歌杂志《圣杯》。他在《街》上接连发表了《狂人》等小说,在《圣杯》上发表了诗作、译作等。1928年2月大学二年级时应征入伍,成为福冈步兵第二十四连干部候补兵,同年12月因阅读列宁的阶级斗争论而被开除军籍。之后听从父亲的安排,从早稻田大学退学,继承了父亲的码头搬运业,变卖了数千册文学书,希望开始全新的生活,同时他更加热心地阅读马克思、恩格斯、布哈林的著作。1930年二十三岁时,他不顾双方父母的反对,与艺妓日野良子结婚并生下长子。1931年创建若松港湾劳动公会,开始致力于劳动运动,并与友人组建了北九州无产阶级艺术联盟,创办杂志《同志》,可见其文学爱好依然难以压抑。1932年,在日本政府镇压左翼人士的过程中,火野苇平亦被拘禁,后选择了"转向",由此结束了短暂的拘禁生活,之

---

① 苅部直、片冈龙编:《日本思想史入门》,郭连友等译,外语教学与研究出版社,2013年,第234—235页。

② 《海与士兵》后改名为《广东进军抄》。

③ 日本原稿纸一般每页四百字。

后又开始以极大的热情投入文学创作,1934 年开始正式使用"火野苇平"笔名。1937 年 9 月,以伍长身份再次应征入伍,同年 11 月前往中国战场。

火野苇平在出征前创作的《粪尿谭》获得了 1937 年下半年度的第六届芥川文学奖,小林秀雄亲赴中国杭州为其颁奖。这种战地颁奖仪式令其深受鼓舞,他又接连创作了《麦与士兵》《土与士兵》《花与士兵》,即所谓"士兵三部曲",总计畅销三百万册,飙升为战时日本文学的明星。战后,火野苇平曾一度受到惩处,后来又重新活跃于文坛。他的这种战后经历与大多数负有战争责任的日本人一致,可见在成为美国的桥头堡后,日本的战争责任并未得到应有的清算。

1960 年 1 月 24 日,火野苇平自杀身亡,这似乎是一起经过周密谋划的自杀事件,正如现代日本文坛频频出现的自杀事件,如芥川龙之介头枕《圣经》之自杀,三岛由纪夫冲入自卫队军营之剖腹自杀,等等,亦同样具备了文学性或戏剧性话题,借用当今的时尚话语,即属于广泛意义上的行为艺术。关于这一点,以下资料可资证明。首先,火野苇平出生于 1906 年 12 月 3 日,但户籍记录为 1907 年 1 月 25 日出生,[①]即"1 月 25 日"这个日子才是真正跟随其人生的重要日子,而他也选择在户籍显示即将满五十三岁时离开人世,可见其缜密的思绪,亦可以想见其文学颇富于"诗意"的特点,而并非他惯用的日记体、书信体等文体所展现的"纪实"特点。

此外,在火野苇平的人生中,芥川奖的重要性不言而喻,其人生因为芥川奖而腾飞,他本人亦是芥川文学爱好者,有意模仿芥川的笔法创作了大量河童作品。众所周知,《河童》(1927)是后期芥川文学的杰作。火野苇平非常喜爱河童这一传说中的水怪,创作了一系列河童作品,如《河童升天》(1940)、《河童物语》(1955)、《河童七变化》(1957)、《河童回忆》(1958)等,这是芥川文学对他的影响的明证。此外,他还创作了以河童为主人公的小说《罗生门》(《九州文学》1946 年 8 月)。火野版《罗生门》以芥川同名小说为基调,描述了作家的战争体验与战后日本的荒凉,火野在这篇小说的开篇处写道:

> 某日黄昏,一只河童在罗生门下躲雨。
> 这只河童孤零零地站在宽广的门下,只是朱漆斑驳的粗大的门柱上趴着一只蟋蟀。罗生门位于朱雀大街,除这只河童外,理应还有两三位头戴市女斗笠或软乌漆帽的躲雨者,但现在门下只有这只河童。[②]

---

① 谷崎潤一郎［ほか］編『日本の文学　第 51(尾崎士郎　火野葦平)』(中央公論社、1968 年)533ページ。

② 志村有弘「『羅生門』覚書・芥川と『九州文学』同人たち」(『芥川龍之介　羅生門〈特集〉』、洋洋社、1991 年、91ページ)。

这显然是对芥川代表作《罗生门》的戏仿。火野版《罗生门》的结尾"河童的去向,谁也不知道",亦与芥川版《罗生门》一致,可见火野苇平对芥川文学的痴迷程度。火野苇平在遗书中亦写道:"我决定死去/也许与芥川龙之介/不同/但总感到茫然的不安/因这不安而死去/对不起/请原谅我/再见/1960 年 1 月 23 日夜 11 时。"(《文艺春秋》1972 年 4 月)据火野苇平次子的证言,1960 年 1 月 23 日晚,在火野苇平即将迎来生日之际,他分别在四家药店购买了总计一百片安眠药,并于凌晨服下足以致死的剂量,这亦与芥川龙之介的自杀具有诸多相似之处,例如"24 日凌晨"的时间设置,服食安眠药的自杀方式,他由此将其创作生涯与芥川龙之介捆绑在一起,这是他最后的文学创举,亦可谓是惊人的行为艺术。这位芥川奖获得者就这样一路追随芥川而去,而对于曾经创作过《桃太郎》等日本早期反战小说的芥川而言,这也许并非乐见之举。

有关火野苇平的评论在他于 1938 年成为日本知名作家开始就一直存在,但有分量的论著要等到 1971 年田中艸太郎《火野苇平论》(1971)的出现。日本战败后,对日本学界而言,对火野苇平的评论也许存在较大的难度,正如田中艸太郎所言:"这是我个人对战后文学史之沉重课题'战争与文学',或'战争与日本人'的微不足道或极为主观的且充满了艰辛的试论。"[①]由此可见,对包括火野苇平在内的战地作家及其作品的研究是战后日本文学史的"沉重课题",所以该领域的研究长期未有长足的发展。

进入 21 世纪后,陆续出现了一些相关的单行本,例如玉井史太郎《河伯洞余滴:我父亲火野苇平不为人知的波澜万丈的人生》(2000)、星加辉光《北九州的文学私记:火野苇平及其周边》(2000)、池田浩士《火野苇平论》(2000)、矢富严夫《火野苇平著作目录》(2004)、暮安翠《追寻河童群像:火野苇平及其时代》(2005)、荒井富美代《中国战线是怎样描写的:阅读从军记》(2007)、今村修《笔与士兵:火野苇平的战争认识》(2012)、《在战场书写:火野苇平与从军作家们》(2015)。由此可见,在火野苇平去世四十年后,日本学界开始重新关注火野苇平及其作品,这种学界动态从相关博士论文中亦可以看出。例如,神子岛健《奔赴战场、从战场归来:火野苇平、石川达三、榊山润小说研究》(东京大学,2011)是该领域的第一篇博士论文,该论文的出现表明相关研究已经展开。但正如近期最重要的研究著作——池田浩士《火野苇平论》所显示的,研究视角依然集中在个别作品上,或仅仅围绕作家经历展开,研究的深度和广度还有待提高。

此外,日本国内有关火野苇平的论文主要从作品论、日记、从军笔记等展开研究,而作品论主要关注其登龙门之作《粪尿谭》、"士兵三部曲"及作家的战后作品等,这与单行本呈现的信息一致,即研究视野还不够宽广,例如鲜有研究《海与

---

① 田中艸太郎『火野葦平論:付戦争体験·論の試み』(五月書房、1971 年)337ページ。

士兵》等其他"士兵"系列作品者。其中的原因也许如田中艸太郎所言,与该课题的"沉重"感有关。上文提及的荒井富美代《中国战线是怎样描写的:阅读从军记》是少有的涉及《海与士兵》的论著,但作者在阐释为何关注《海与士兵》时指出:

> 提及从军作家时是无法忽略火野的,但老实说,我没有评论其"士兵作品"的从容和毅力。写作《麦与士兵》(改造社,1938)的读后感是极为困难的。虽有强烈的共鸣,但我本人希望掩饰这种感情,或希望否定它。对其战后的活跃更有一种别扭感,比里村欣三还富于"谜"般的色彩。其自杀亦令人感到不可思议,在读过重量级研究成果池田浩士《火野苇平论》后,亦无法消除这种感觉。但拙著关注《广东进军抄》(新潮社,1939),我自知这是蛮勇、鲁莽的尝试,但火野苇平是无法忽略的与士兵同行的作家,与里村并列者亦非他莫属。①

从上述引文可知,即使在 21 世纪的今天,在《麦与士兵》的研究论文已达至相当数量之时,"写作《麦与士兵》的读后感是极为困难的",所以荒井避重就轻,独辟蹊径地研究《广东进军抄》,还自嘲这是近乎"蛮勇、鲁莽的尝试",可见田中艸太郎于 20 世纪 70 年代所言该课题的"沉重"性并未有太大改观,这是该领域研究无法深入开展的重要原因,因为这与日本的"战争认知"相关。这里还需要说明的是,虽然荒井决心独辟蹊径地关注《广东进军抄》,但亦未深入挖掘作品世界,也许是因为其研究并未专注于火野苇平文学。

日本学界关于火野苇平文学的一般观点,无论褒贬,均承认其"活生生的报道"中的庶民性,即一种极为平易近人的亲和力,这从其芥川奖获奖作品《粪尿谭》的题名亦可以了解。山田敬三指出:"以理义与人情——浪花曲那样的情感,将社会之缩影的军队作为舞台,描写普通劳动者悲欢的报告文学,这就是《麦与士兵》。而题材是从战场上采访来的将人们送上战场的、令家乡父老一喜一忧的活生生的报道。改造版的单行本《麦与士兵》多次再版,濒临破产的改造社因此有了转机。"②吉田健一在提及《麦与士兵》时亦指出:"作者也用自己的眼睛注视自己,如此他也成为作品人物,我们在阅读过程中,发现我们不再把他当作者,而把他当作名叫火野,绰号是河童的军报道部士兵,我们与他并肩行动着,由此可

---

① 荒井とみよ『中国戦線はどう描かれたか:従軍記を読む』(岩波書店、2007 年)104－105ページ。

② 山田敬三:《文学的蜕变:15 年战争与日本的文学家》,《东北师大学报》1989 年第 1 期,第 89 页。

见其成功。"①可见火野苇平文学对日本读者产生的巨大魅力,其"活生生的报道"可以使"濒临破产的改造社"起死回生,还可以使日本读者产生与作者"并肩行动"的错觉,其文学功底非同寻常。火野苇平文学的本质性,即该作家的创作热情源自何处? 这是研究火野苇平文学的关键问题。池田浩士指出,火野苇平曾在《文学是武器》(《九州文学》,1943 年 3 月)一文中写道:

> 今天,一切都集中于战争伦理之中,不用说都必须承担起推向胜利的任务,艺术也不例外。不,正是如此时代,艺术才因其特殊性而必须发挥无与伦比的美丽。……如果在当今时代不能倾注全部才华,那就应该立即搁笔不写了。此外,如果有人认为当今文学发挥其作用仅仅属于投机,那么他不是真正的文学者。……我们与祖国日本同步,并将此决心用文学表达出来,这是文学者的光荣。置身于巨大的悲哀中,鼓起爱国的热情,如果能够胸怀士兵含笑而死般的决心,文学怎么会迷失方向、丧失力量呢? 今天,文学已经是武器了,是无与伦比的美丽武器。其性能尤为精致、高效、光彩夺目,且富于情爱,语言饱满,充满梦想。②

池田浩士在上述引文之后,指出火野苇平"写于战场、以战场为题材的任何文章都未如此坦然地表明他对文学创作所怀抱的激越之情"。然而,火野苇平写于战场、以战场为题材的所有文字其实都是其"激越之情"的绝佳脚注,否则不会在战争时代引发阅读狂潮。那么,该作家的思想在战后是否发生了根本性的变化呢? 答案是否定的。田中艸太郎认为该作家的战后代表作《革命前后》具有"遗书"的性质,他注意到作品人物辻昌介宣称:"我在战场上,也始终为了天皇陛下而战。在我心中,为了祖国和为了陛下是一致的。我敬爱天皇陛下。"③由此亦可见火野苇平的战争观、天皇观,且其思想在战后并未发生根本性变化,这与日本国家的"战争认知"亦是一致的。

如上所述,火野苇平文学极具煽动力,这或许就是日本学界所指庶民性的力量。这种煽动力可以令日本读者产生一种与作者"并肩行动"的错觉,即具有强大的"同感""同化"力量。这主要有两个方面的原因:其一,与该作家的文学天赋及其漫长的文学修炼有关,他是在高中时代就创作了"十七岁三部曲"的文学青年。其二,其创作热情亦至关重要,他将文学当作"武器",且当作"无与伦比的美丽武器"。这是火野苇平能在日本发动侵略战争时代,在日本创下数百万册销售

---

① 谷崎潤一郎[ほか]編『日本の文学　第 51(尾崎士郎　火野葦平)』(中央公論社、1968 年)521ページ。

② 池田浩士『火野葦平論』(インパクト出版会、2000 年)407—408ページ。

③ 田中艸太郎『火野葦平論』(五月書房、1971 年)23ページ。

纪录的重要原因。火野苇平文学的特质、其讴歌赞美战争的创作热情在《海与士兵》中亦表现得淋漓尽致。作为"士兵"系列作品之一,《海与士兵》亦是体现火野苇平文学本质的重要文本。

抗日战争期间,日本为封锁我国海上交通线,配合武汉会战,于1938年10月发动了对广州的进攻。当时国民政府派驻粤部队援助武汉等战场,留驻兵力严重不足,广州战役遂成为一次激战。相关资料显示,在这次战役中,日军伤亡一千九百二十三名,而中国军人阵亡两千九百五十四名,伤五千六百四十五名,失踪两千六百四十三名,可见战役的惨烈程度。然而,《海与士兵》虽然采用"战地日记"的文体,以这种文体默默地传达着作品的"纪实性",但完全不见对日军造成如此惨烈的"人间地狱"的任何反思,仍然被日本学界褒扬为洋溢着"对人的认识"之作,且看如下引文:

> 从中国大陆敌前登陆作战开始,无止无尽的战斗和行军的日子,而且这中国战线的战争并不那么辉煌,在中国广阔大地上化为泥沼的无路之路上,士兵与军马精疲力竭地踉跄而行,在几乎没有粮食补给的情况下,完全依靠"当地征用"的这种淡然的战争风景。在那里,可见作为一名陆军下士官,与士兵一同吃苦耐劳的作者的"对人的认识",这种"对人的认识"对中国民众亦然,这在火野作品中随处可见。[1]

2014年8月,日本社会批评社为迎接战后七十周年而再版了《海与士兵》,上述所引"编辑部解说"无疑具有一定的代表性。火野苇平确实在《海与士兵》中描写了无止无尽的"行军",但其"战斗"描述克制至极,这与战役的惨烈度是不相符合的,可见其战地日记体只是一种"伪纪实"文体,它通过拉近"时间距离",可以使"战争时间"与"写作时间"一致,还可以使时间脉络有序展开,有效地增强了"伪纪实"的"纪实"效果,且作者还可以利用"个人日记"的主观性,对素材进行随意取舍、为我所用,以达到"伪纪实"的蛊惑目的。就这样,在广东精锐部队驰援武汉战场的不利条件下,当地留驻部队誓死保卫家园、保卫国土,付出了巨大的生命代价。但如此惨烈的中国人的保家卫国战役,在《海与士兵》中仅仅是"淡然的战争风景"。如此冷酷的视角怎么会产生真正的"对人的认识"呢?此外,日军的物资补给基本依靠抢夺中国民众的财产,而淡淡的一句"当地征用"的表达方式中完全不见对流离失所的中国民众的丝毫同情心。

在《海与士兵》10月12日、10月20日的描写中,火野苇平也许确实对中国俘房叶春英、陈少东表现了些许的同情心。因为叶春英担心自己死后,自己那白

---

[1]　火野葦平『海と兵隊　悲しき兵隊』(社会批评社、2014年)200ページ。

发老母亦将饿死;而十四五岁的少年俘虏陈少东不仅是"像女孩子般""长得极可爱"的少年通信兵,还非常懂事,他在自己的袖珍日记本上写了"家乡母亲"四个字,表达了对母亲的思念之情,自己却可能即将惨死于日军的枪下。然而,如此语境中的"同情",是"人"的情感的自然流露,只要还未沦为彻头彻尾的"非人","人"的情感闪现是正常的,况且作者亦在 10 月 15 日的描写中写道:"有两副担架,均由刚才的中国士兵担着。阵亡者安放在帐篷里。我站起来敬礼,突然对拖着沉重步伐蹒跚而行的中国士兵,升起一阵强烈的憎恶之情。"这里依然不见对日本所发动的侵略战争的反思,只有情绪的宣泄。可见在作品中,所谓"同情""憎恶"都是特定语境中自然的情感闪现,并不适合做过度诠释,而真正值得关注的应该是作品中"高频率"描写的场景,因为这些场景无疑是作家创作热情、创作技巧的绝佳注释。

《海与士兵》最引人注目之处也许是随处可见的对自然景物的描绘。例如,作品开篇处就描写了候鸟。"候鸟在海上飞,那是麻雀或燕子似的小鸟,五六只排成一列,或高高地飞起,或紧贴洋面飞着,有一种无依无靠感,但我惊讶于那鸟类的意志力。"这无疑象征了日军的"不安"与所谓"意志力"。作品的结尾亦同样描写了金丝雀,这种对小鸟的关注可谓首尾呼应,可见作者不凡的笔力。但结尾处的小鸟是孤独的,是一只被束缚在鸟笼中的金丝雀。也许在日本侵略军看来,被攻陷了的广州就是一只金丝雀吧。作品最后一行亦寓意深刻,"我"拿出表来对表,且对了日本的时间:"我也从口袋里拿出表,对了时间。"正如上述"编辑部解说"所言,此处亦属于"淡然"的表述,却透着日本战地作家火野苇平希望记住日军攻陷广州城的"历史时刻"。如此淡然、不经意中的"象征意义"也许就是火野苇平所谓"文学武器"的威力了。

《海与士兵》中的自然景物可谓丰富多彩、异彩纷呈。例如,美丽的彩虹、鲸、小海鱼、阴历十三的月亮、美丽的清晨、朝霞、中秋月、鹤、飞鱼、海豚、星空、萤火虫、太阳等。相对于景物描写,对至关重要的"战地"却设置一定的"距离感"进行间接描写。例如,对"行军"以及"士兵日常生活"的浓笔重墨,使作家的笔触与战地之间形成了一定的"距离感",而对如上大量自然景观的描写亦是与"战地"保持"空间距离"的创作技法之一。这种"空间距离"的设置在《海与士兵》中随处可见,但当战斗越来越激烈时,当作者已不能始终无视"战地"时,他仍然尽量设置一定的"距离感"进行间接描写。例如:10 月 14 日描写"对面山里传来了枪声";当天攻陷惠州后则描写"完全可以想象这次战斗的困难程度"。有时,这种"空间距离"通过他者的"语言描述"得以展现。如前所述,广州战役中的中国死伤士兵超过八千人,即便通过火野苇平极富于掩饰的"战地"创作笔法,亦可以想象其惨烈程度,所以"空间距离"的设置,无疑可以使"侵略战争"相对化,亦可以掩饰良心的苛责,由此可见其老辣的笔法。

《海与士兵》值得关注之处还有作家的"感动""落泪"场景,这亦属于"高频率"描写的场景,这是理解火野苇平创作热情的关键处。例如,10月18日描写看到士兵们疲惫不堪的身姿时,"我感到心痛",而当"我"与原属同一分队的士兵们打招呼后,"便感到胸闷得什么都说不出来了,士兵们也叫一声班长便不出声了,短短的一句话带着无限的感慨触动了我的心,我无法抑制夺眶而出的泪水"。10月21日是广州沦陷日,日军兴奋不已,"我亦无法抑制自己的兴奋之情"。10月22日,当"我"在广州沙面看到几面外国旗帜后,"我感到气愤,希望尽快将我们美丽的旗帜插在最高处……当我看到昏然入睡的士兵们,我感到心痛,我无法抑制不觉涌现的泪水"。由此可见其对士兵的深厚感情。事实上,他就是通过描写令其感动的"士兵",以实现其讴歌侵略战争的目的,所以他当然希望看到日本旗尽快插到广州沙面的最高处。

综上所述,作为"士兵"系列作品之一,《海与士兵》亦是火野苇平"文学是武器"创作理念的实践之作。他通过第一人称日记体这种"伪纪实"文体,拉近了"写作行为"与"写作对象(战争)"之间的"时间距离",并通过浓墨重彩地描写日本兵的行军、日常生活、自然景物等,使自己的笔触与战争之间保持一定的"空间距离",从而有效地遮蔽了战争的惨烈程度,亦使战争的侵略性质得以相对化。而通过令作家"感动""落泪"等"高频率"描写的场景,可见火野苇平对日本士兵的深厚感情,因为他就是通过描写令其"感动"的日本士兵,以实现其讴歌侵略战争的创作目的。有国内学者指出:"火野苇平写了军部所希望宣传的'真实',回避了军部不希望披露的'真实',因而是不可能真实反映战场状况,尤其不可能充分反映出日本侵略者在中国的烧杀奸掠的真实情况。"[①]此言甚是,因为正如火野苇平在其《文学是武器》中所宣扬的,"我们与祖国日本同步,并将此决心用文学表达出来,这是文学者的光荣"。就这样,《海与士兵》亦成为"无与伦比的美丽武器",且其"杀伤力"也是无与伦比的。

---

① 王向远:《笔部队与侵华战争》,昆仑出版社,2005年,第208—209页。

第十章　战后文学的展开

　　1946 年元旦，裕仁天皇发表"人间宣言"，这使得日本民族从神国的幻想中清醒过来，但不可否认，天皇的"人间宣言"亦造成了日本传统价值观、道德观的严重失衡。战败初期，日本人陷入了精神与物质的双重虚脱状态，刚刚还在高呼"一亿玉碎、神州不灭"，刹那间却又毫无抵抗地迎来了美国占领军。在学校教育方面，教师们昨天还在宣传皇国主义、军国主义、神州不灭思想，翌日却开始宣扬和平主义、民主主义思想，让大批学生痛切地体验到了价值观的崩溃，并对社会产生了强烈的不信任感。但占领军推动的农地改革、解散财阀、制定新宪法等举措，亦给日本人带去了希望。可以说，战败初期的日本是一个绝望与希望、物质主义与精神主义、天皇主义与马克思主义并存的时代。文学领域的复苏表现首先是知名老作家的再次登场，如 1946 年各杂志新年号刊出了永井荷风的《舞女》《勋章》《浮沉》，正宗白鸟的《战争受害者的悲哀》《再次被吸引》《变化的世界》，志贺直哉的《灰色的月亮》，里见弴的《弃老》，等等。谷崎润一郎的《细雪》《少将滋干的母亲》等作品亦引发了关注。

　　新日本文学会继承了日本无产阶级文学运动的理想，以民主主义文学运动的面貌重新出发，成为战后文学的重要力量。无赖派文学亦不容忽略。战后派则是最富于异质色彩的文学流派。1945 年 8 月 6 日和 8 月 9 日，美军分别在广岛、长崎投下原子弹，这两地刹那间成为人间地狱。原民喜当时在广岛的哥哥家中，他以当时的体验为素材，创作了《夏之花》(1947)、《来自废墟》(1947)、《毁灭的序曲》(1949)三部曲。该三部曲被称为原爆文学，此后较多作家创作了以"原爆"为题材的作品，如堀田善卫的《审判》(1960—1963)、井伏鳟二的《黑雨》、林京子的《祭场》(1975)等，大江健三郎亦创作了一系列有关核时代的作品。原爆文学记录了战争给日本造成的创伤，但亦强化着日本的"战争被害者"意识。1950年爆发的朝鲜战争改变了世界格局，日本战后初期文学亦由此发生变化。在战时特需经济的刺激下，日本经济迅速复苏，社会生活开始回到正轨，朝鲜战争后出现的"第三新人"文学弱化了政治色彩，而强化了私小说色彩，战后派文学拓展的社会化视角开始淡化。

第一节 《新日本文学》和《近代文学》的创刊

日本战后文学的新气象首先表现在《新日本文学》和《近代文学》杂志于1946年的创刊。这两份杂志均有鲜明的时代特色,在追究文学界战争责任方面亦发挥了重要作用。1945年12月30日,日本战后民主主义文学据点新日本文学会成立,该会旨在复兴战时备受摧残的日本无产阶级文学,并在民主主义文学者之间建立广泛的连带关系,对文学者战争责任的追究亦是其运动方针之一。新日本文学会的发起人共九名,包括秋田雨雀、江口涣、藏原惟人、洼川鹤次郎、壶井繁治、德永直、中野重治、藤森成吉、宫本百合子,都是当年无产阶级文学运动的骨干力量。赞助会员包括志贺直哉、广津和郎、野上弥生子、正宗白鸟、上司小剑、室生犀星、谷崎精二、宇野浩二、丰岛与志雄等。

新日本文学会有五点纲领:(一)创作和普及民主主义文学;(二)团结和发挥人民大众创造性的文学力量;(三)同反动文学和文化做斗争;(四)争取进步文学活动的完全自由;(五)加强国内外进步文学和文化运动的联系和合作。[①] 以《近代文学》派为主体的战后派作家、传统派老作家等数百人参加了新日本文学会倡导的民主主义文学运动,在战后初期的日本文学界刮起了一阵清风。

1946年1月31日,刊发机关杂志《新日本文学》试刊号,代表人是藏原惟人。封面刊登了壶井繁治的诗作《到大海去》,暗示刊物是在波涛汹涌的大海上航行时不可或缺的罗盘。卷首刊登宫本百合子宣告新历史开端的《歌声啊,响起来吧!》,指出所谓民主主义文学是我们每个人为了推动社会和自身沿着历史的逻辑向前发展而献身的文学,是为了真实地反映世界历史的必然趋势的歌声。中野重治也在《至本刊的创办》一文中呼吁"应尽早宣告民主主义文学会的成立"。日本共产党将战败后日本的政治课题规定为民主主义革命,这是民主主义文学观的背景。新日本文学会希望将宫本显治长达十二年的狱中生活、藏原惟人的非"转向"经历、小林多喜二惨遭杀害事件等作为建构战后民主主义文学的重要经验。

在创作实践方面,宫本百合子接连创作了《风知草》、《播州平原》、《两个院子》(1947)、《路标》等作品。德永直的《妻啊! 安息吧》《静静的群山》,中野重治的《五勺酒》,佐多稻子的《我的东京地图》(1949)等,都是这时期的文学成果。这些作品大致可以分为两大类:一类是追忆往事,追寻自己的成长经历;一类是直面民主主义革命形势,从正面提出富于挑战性的课题,如中野重治的《五勺酒》追究了天皇与天皇制等问题。

---

① 叶渭渠:《日本小说史》,北京大学出版社,2009年,第389页。

　　《近代文学》正式创刊于 1946 年 1 月,但在 1945 年 12 月 30 日的新日本文学会成立大会上开始发售,很快销售一空。其早期成员共七名,以评论家为主,包括荒正人、平野谦、本多秋五、小田切秀雄、佐佐木基一、埴谷雄高(1910—1997)、山室静。他们都有过左翼文学经验,感受过无产阶级文学运动惨遭镇压时的痛楚。《近代文学》同人在评论方面显示了独特的魅力,他们提出的政治与文学问题、文学者战争责任问题、“转向”问题、主体论、代际论等问题都是日本战后文学发展初期的重要课题。《近代文学》的八项宗旨:(一)艺术至上主义、精神贵族主义;(二)历史展望主义;(三)人本主义;(四)确保脱离政治党派的自由;(五)追求无意识形态色彩的文学的真实;(六)排除文学功利主义;(七)不为时事现象所束缚,以百年为目标;(八)肩负三十岁左右这代人的使命。①

　　《近代文学》成员反对毫无批判地继承战前文学,同时提倡文学的“社会化”,其艺术至上主义反对政治主导文学,追求文学与政治的统一,但这与政治色彩浓厚的新日本文学会之间的分歧不言而喻,由此引发了与中野重治之间展开的“政治与文学”论争。“政治与文学”的关系问题是日本战后文学最重要的特征。“政治与文学”论争也是关于政治与文学主从地位的论争。新日本文学会主张将战后民主主义文学与日本 20 世纪二三十年代的无产阶级文学运动联系起来,具有明显的政治倾向,而近代文学派更强调文学的自主性。二者围绕 20 世纪 20—30 年代日本无产阶级文学运动的评价问题产生了深刻的分歧。实际上,《近代文学》派的核心成员均有过左翼经验,亦具有政治进步性,二者的分歧主要表现在如何把握“个人与社会”之间的关系方面。

　　马克思主义和存在主义是战后日本知识界的两大支柱。近代文学派希望通过对人的主体性探索,将马克思主义与存在主义融合起来。中野重治则基于日本共产党的现实判断,即在美军占领的背景下,日本民主主义革命还刚刚起步,文学课题必须由现实的政治课题来决定,这是具有历史眼光的判断,有助于日本文学的长远建设。总之,战后日本处于各种政治旋涡之中,围绕“政治与文学”的论争具有必然性。遗憾的是,新日本文学会未能与《近代文学》派作家建立起牢固的民主主义文学阵营,其自身内部后来亦发生分裂。1960 年安保斗争失败,日本政治的季节结束了,“政治与文学”论争无疾而终。然而,新日本文学会与《近代文学》派在追究日本文学界战争责任方面所做的贡献还是值得肯定的。1946 年 1 月,《文学时标》杂志发刊词写道:

　　　　别忘了! 我们青春时代见到的无数惨状……日本法西斯加在文学上的蛮行和凌辱,化作了无法消去的瘢痕,现在依然感到疼痛。

---

　　① 　川西政明『昭和文学史　中巻』(講談社、2002 年)313ページ。

他们这些文学之敌，首先扼杀了无产阶级文学运动，而后将沾满鲜血的手伸向无产阶级文学的同伴者、进步的自由主义文学者。他们从爱好和平和人道的作家们手中夺走了笔。他们还抹杀了写实主义文学派。连生活派、现实派，还有《作文教室》式的作文，都作为"犯罪"，逮捕了大批文学爱好者。他们以否认实证主义、合理主义的方式达到了极端的疯狂。那是宗教审判的再现。文学被完全地扼杀了。

但是，不要忘了以明、暗不同的方式与他们这些法西斯主义者协作的作家、评论家。其最甚者是"圣战文学"的制造者和支持者。……《文学时标》以纯粹的文学之名，将他们这些负有战争责任的厚颜无耻的、文学的亵渎者一个也不剩地进行追究、弹劾，与读者一起埋葬他们的文学生命。这是在文学领域确立民主主义的第一步。不经过这个过程，一切文学重建都是沙上的楼阁。[①]

《文学时标》发出了正义、良心的怒吼。文学界战争责任者名单的拟定依据两个标准，即战时文学组织的直接责任者，或其文学地位使其战争美化言论产生广泛影响者。以此标准，《文学时标》列举的文学界战争责任者共四十名，分别为高村光太郎、火野苇平、中河与一、吉川英治、芳贺檀、龟井胜一郎、山本有三、保田与重郎、杉山平助、斎藤茂吉、横光利一、石川达三、岛木健作、佐藤春夫、冈崎义惠、林房雄、武者小路实笃、菊池宽、森山启、浅野晃、藤泽桓夫、中野好夫、莲田善明、青野季吉、久米正雄、岩田丰雄（狮子文六）、斎藤浏、丹羽文雄、盐田良平、逗子八郎、谷川彻三、清闲寺健、舟桥圣一、久松潜一、和辻哲郎、岸田国士、上田广、岩仓政治、神保光太郎、富安风生。

《新日本文学》也在 1946 年 6 月号上刊登了小田切秀雄的《追究文学界的战争责任》一文，列出了二十五名文学界的战争责任者，包括菊池宽、久米正雄、中村武罗夫、高村光太郎、野口米次郎、西条八十、斎藤浏、斎藤茂吉、岩田丰雄、火野苇平、横光利一、河上彻太郎、小林秀雄、龟井胜一郎、保田与重郎、林房雄、浅野晃、中河与一、尾崎士郎、佐藤春夫、武者小路实笃、户川贞雄、吉川英治、藤田德太郎、山田孝雄。[②]

1950 年朝鲜战争爆发后，日本社会再次转向，日本成为美国的桥头堡。日本左翼阵营内部亦出现了诸多的分歧，有关文学者战争责任问题最终不了了之，伦理缺失成为长期以来存在于日本文学的重要问题，其破坏力不言而喻。日本

① 村松剛、佐伯彰一、大久保典夫編『昭和批評大系 3 巻（昭和 20 年代）』（番町書房、1968 年）434ページ。

② 川西政明『昭和文学史 中巻』（講談社、2002 年）346—347ページ。

现代文学中根深蒂固的"死亡"气息和深刻的"颓废"色彩亦无不与此密切相关。

第二节　无赖派文学

　　无赖派文学盛行于 1946 年至 1948 年间,曾经风靡一时,对于战败初期徘徊在虚无与绝望中的青年一代产生过巨大的影响。特别是其叛逆精神,在思想领域形成了强大的冲击波。他们在文学素材、文学主题、文学思想与观念、表现手法等诸多方面都表现出了与既有文学之间的不同。他们基于虚无主义世界观,往往采取颓废、堕落的方法表现抵抗的意志,这既无助于社会的良性建构,亦无助于个体灵魂的安顿,其代表作家太宰治等的毁灭历程即是极好的明证。无赖派作家大致包括坂口安吾、太宰治、织田作之助(1913—1947)、石川淳、伊藤整等。

　　日本战败后不久,横光利一等昭和前期的著名作家相继去世。横光利一还被指认为文学界战争责任者之一,其创作生涯随着战败的脚步声结束了。战败初期,战时保持沉默的一批老作家的作品得以出版,如志贺直哉的《灰色的月亮》、永井荷风的《舞女》、谷崎润一郎的《细雪》等都获得了公开发表的机会。在日本文学史上,川端康成与横光利一齐名,二人时常共同奋进,但川端康成在战时不像横光利一那么活跃,这使得他有机会继续保持旺盛的创作状态,在战后接连创作了《千只鹤》《山音》等作品,并担任了日本笔会会长等职务,1968 年获得诺贝尔文学奖,这是日本作家第一次获得诺贝尔文学奖。但这些老作家的作品有的属于战时禁止出版之作,有的属于"回归传统"之作,并未直面战败的社会生态,而无赖派的作家们正面回应了当下的战败问题,获得了广泛的欢迎。他们在战败初期的混乱中,面对新旧价值观的急剧变化,以鲜明的虚无主义态度,表现出了强烈的反抗意识。他们大多在日本无产阶级文学运动退潮的 20 世纪 30 年代中期登上文坛,在战时未表现出狂热的"迎合"姿态,基本上践行了无政府主义价值观。他们亦被称为"新戏作派"。作为直面战败世相的新文学旗手,他们受到了战后日本媒体的追捧。

　　坂口安吾,生于新潟县,原名炳五。父亲仁一郎是众议院议员兼汉诗人,有汉诗集《舟江杂志》《北越诗话》。坂口安吾十八岁时,父亲因病去世,家境败落。父亲的去世促使坂口安吾开始思考生死问题,这是他进入东洋大学印度哲学专业的重要原因。东洋大学在校期间,他不仅学习梵文、藏语,还到法语学校学习法语,从而打下了良好的外语基础。其早期作品《风博士》(1931)受到牧野信一的高度赏识。另一篇《黑谷村》(1931)则受到岛崎藤村、宇野浩二的认可,由此正式走上文坛。他以独特的理论和创作风格探索着人的生存意义等问题,显示出鲜明的个性。战败初期,日本人的思想陷入虚脱混乱状态,坂口安吾发表了极具冲击力的《堕落论》(1946)和《续堕落论》(1946)等文化随笔,抨击了包括天皇制在内的日本传统价值观。他在《堕落论》开篇处写道：

> 半年之间，世事变幻。自诩为天皇卫士的我辈，为了天皇赴汤蹈
> 火、死而无悔。年轻的生命如樱花般凋零，苟且保命地在黑市中残喘生
> 息。曾经许诺愿将生命奉献给天皇，之后又违背誓约。当年毅然送夫
> 赴战场的女人们，半年之后叩拜亡夫的灵位就变成象征性的行为，没过
> 多久心里就另有心仪之人。并不是人善变，本来就是如此，变的只是世
> 态的表面。①

上文开宗明义地点明了战败后日本的世相和众生相。他接着将矛头直接对
准了天皇制和武士道，这是战时日本的思想铠甲。关于天皇制，他如此写道：

> 我认为天皇制就是极富日本特征（或者说是顺从性或独创性）的一
> 个政治产物。天皇制并不是天皇创造出来的，虽然天皇也曾有过阴谋
> 策划，但是总的来说什么也没做。阴谋策划没有成功的先例，或遭流放
> 或逃亡山中，结局通常是由于政治理由确立了其存在的地位。天皇即便
> 是在被社会遗忘的时候，其政治上的地位也受到了拥戴，其存在的政治
> 理由也就是来自政治家们的嗅觉；他们洞察日本人的秉性，并且在这一
> 秉性当中发明了天皇制。这不仅限于天皇，如果可以替代的话，儒教、佛
> 教，甚至是马克思主义都不成问题，只不过它们都无法替代而已。②

上文指出了天皇制中的"欺骗"和"虚妄"，这在当时极具冲击力。当然，"总
的来说什么也没做"的论断缺乏说服力，因为明治时代无疑是从"大政奉还"③的
口号开启时代篇章的。为了鼓起日本人的生活勇气，坂口安吾继续强调他的"堕
落"观，他指出：

> 战争结束后，特攻队的勇士难道不是全都成为黑市商人，寡妇们不
> 是心生新的情愫吗？不是人类变了，只是一种回归。人类会堕落，义士
> 和寡妇都不例外，我们阻止不了，也无法通过阻止来拯救人类。人类生
> 衍并且堕落，除此之外，没有任何其他拯救人类的中间道路。……也许
> 就像人一样，日本也应该堕落，必须通过彻底的堕落来发现自我和挽救

---

① 坂口安吾：《白痴》，吴伟丽译，吉林出版集团有限责任公司，2011年，第33页。
② 同上，第35页。
③ 指江户幕府第15代将军德川庆喜将国家政权交还给朝廷与天皇。

自我,想通过政治实现救赎,太愚蠢肤浅。①

可见坂口安吾的"堕落"观并非让人真正地堕落,而是希望通过颠覆战时的价值观,给身处困顿迷茫中的日本人以活下去的勇气,其影响超越文学,形成一种"人的革命"之势,影响巨大。《堕落论》受到了热烈的欢迎,坂口安吾亦由此成为流行作家。他再接再厉,继续写作了《续堕落论》。他在《续堕落论》中更加明确地呼吁日本人必须堕落下去,他指出:

> 只要天皇制存在,历史性的精心策划就会一直留存在日本观念中,日本就不可能盛开真实的人类和人性之花。人类的真实之光将永远被封闭,日本也许不会有人间的真正幸福和苦恼等人类所有的真实。我呼喊着日本要堕落下去,实际上意思是相反的,现在的日本以及日本式的思考方式正在沉沦,我们必须遗弃延续至今的封建"健全道义",回归真实赤裸的大地,并通过这种遗弃,回归到真实的人间。②

坂口安吾的两篇《堕落论》猛烈地批判了战时日本的政治观和道德观,肯定了日本战败初期的颓败感,为失去精神支柱的战败初期的日本人指明了基于颓败的再出发之路,可谓用心良苦。《白痴》(1946)可谓是堕落论的实践之作,描写了日本战败前夕的一对苦难中的男女,尤其刻画了那个仅剩下"肉体"的白痴女。作者将人的生存空间与猪、狗、鸡、鸭放在一处,将女主人公设定为几乎没有"理性"思维的白痴女,由此提出了人的"动物"本能的问题,这是对其堕落论的强化之作。《盛开的樱花林下》(1947)属于同期作品,发展了萩原朔太郎、梶井基次郎等的樱花观,以怪异的笔触描绘了人的孤独和疯狂。坂口安吾的堕落论在战败初期的日本获得了广泛的支持,但其虚无、颓废色彩包含着极大的破坏力,只能发挥短期的安慰作用,并不能从根本上拯救日本民众。此后,他本人亦经历了深度的精神崩溃,于1949年2月入住精神科医院长达两个月之久。1955年,年仅四十九岁患脑出血去世。

太宰治,生于日本东北地区青森县的一个大地主家庭,父亲是当地名士,曾经历任众议院议员、贵族院议员,但太宰治上中学时父亲便去世了。太宰治原名津岛修治,在家中排行老八,上面还有三个哥哥、四个姐姐。因家中子女多,母亲又常年体弱多病,他一直到八岁为止,基本上都由仆人抚育,当然叔母也爱护过他,但不久就分家了。可以说太宰治自小就是一个缺乏父爱、母爱的孩子。太宰

---

① 坂口安吾:《白痴》,吴伟丽译,吉林出版集团有限责任公司,2011年,第42页。
② 同上,第50页。

治是芥川龙之介文学的忠实追随者,他在内心曾经怀抱过一个梦想,希望将来考上东京的大学,拜师芥川学习创作,但芥川在他高中时代自杀而亡,这令他深感遗憾。1930年进入东京大学法国文学专业学习,在校期间参加反帝国主义学生联盟,但在日本政府强力镇压左翼运动时期"转向"。第一部作品集《晚年》(1936)已显示出非凡的创作才华。《虚构的彷徨》(1937)等前期作品基本上属于前卫、实验之作。《右大臣实朝》(1943)、《津轻》(1944)、《御伽草纸》(1945)等中期作品多为古典翻案之作或探索自我之作。战后作品表现出对现实社会的叛逆,或展现自我崩溃的样子,并为行将毁灭者送上凄凉的挽歌,如《维庸之妻》(1947)、《斜阳》(1947)、《人间失格》(1948)等都属于这类作品。

《维庸之妻》是太宰治的战后代表作,太宰治由此成为无赖派的代表作家。作品以妻子的视角展开描述,描写了落魄的作家丈夫及其妻子的无可奈何的悲惨生活,貌似平静的表象下隐藏着作品人物深深的绝望,象征性地表现了战败初期日本人充满绝望的日常生活,受到了当时读者的欢迎。《斜阳》似乎受到了契诃夫《樱桃园》的影响,但其中投入了作者关于理想、创作技法的诸多思考,被认为是太宰治文学中交响乐般的作品。作品表现战后贵族阶级的崩溃,亦形象地反映了战败初期日本社会急剧变化的情况,一度成为最畅销书,"斜阳族"亦成为当时的流行语。遗作《人间失格》是其最重要的代表作,被认为是其直抵人的生存本质的真正代表作,亦是作者写给自己的作品,由序言、三篇手记、后记三部分组成。太宰治在第1篇手记的开篇处写道:

> 我的人生充满了羞耻。
>
> 我无法找到人的生活。我出生在东北的农村,所以长大后才第一次看到火车。我在火车站的天桥上上下下,完全没有发觉天桥的架设是为了便于人们跨越铁轨,误以为其复杂的结构仅仅是为了把车站建得像外国游乐场那样既好玩又时尚。而且,我在很长一段时间里都是那么认为的。沿着天桥上上下下,这在我看来,毋宁说是一种文雅的游戏,我觉得它是铁路诸多服务中最善解人意的一种。而后,当我发现它不过是为了方便乘客跨越铁轨而架设的实用性阶梯时,顿时觉得非常扫兴。①

如上所述,《人间失格》包含三篇手记。作者在极为重要的第1篇手记的开篇处即点明了主人公与实用型社会之间的深刻隔阂,这是他"无法找到人的生活"的原因,隐喻了他对追逐实利的社会的反骨精神。自甲午战争、日俄战争、全面侵华战争直至战败,明治维新以后的日本一路走来,无不是为了抢夺殖民地,

---

① 谷崎潤一郎［ほか］編『日本の文学 第65(太宰治)』(中央公論社、1964年)393ページ。

以确保商品的原料基地和倾销基地,其核心是围绕资本开疆拓土,这一切都免不了"实用"二字。《人间失格》描写青年知识分子大庭叶藏在如此时代背景下,不断走向毁灭的人生轨迹。从作品中可以看出作者对人生尚有留恋,但死亡已经无法避免。1948 年 6 月 13 日,太宰治投玉川上水自杀,时年三十九岁。其自杀与后来三岛由纪夫、川端康成的自杀一样,均对战后日本社会造成了巨大的冲击,亦映射出当时日本社会的畸形本质。

太宰治曾经创作过一些中国题材作品,如《鱼服记》(1933)、《清贫谭》(1941)、《竹青》(1945)、《惜别》(1945)等。《惜别》以鲁迅为主人公,描写了在日本求学时期的鲁迅,其中带有作者自身的形象。《惜别》是应战时内阁情报局和日本文学报国会之邀创作的作品,但太宰治表示上述两个机构都"不曾拘束"其写作立场,他在作品"后记"中写道:

> 这本《惜别》确实是应内阁情报局和日本文学报国会的请求进行创作的小说。但是,即使没有来自这两方面的请求,总有一天我也会试着写一写,搜集材料和构思早就进行了。搜集材料时,我的前辈、小说家小田岳夫先生和我进行了亲切的交谈,对于小田先生与"支那"文学的关系,无人不知。没有小田先生的赞成和帮助,笨拙的我是不会下定决心从事这种很费气力的小说的创作的。
>
> 小田先生已经创作了《鲁迅传》这一春花一样甘美的名著,尽管如此,我还是开始了这部小说的创作。恰在那之前,完全出乎我预料地,竹内好先生把他刚刚出版的、像秋霜一样冷峻的名著《鲁迅》惠寄给了我。我与竹内先生连一次面都没有见过。但是,我曾拜读过竹内先生偶尔在杂志上发表的有关"支那"文学的论文,做些"这很好"之类的评价,不知天高地厚、暗暗视他为很有希望的人。我甚至想什么时候拜托小田先生,介绍我跟竹内先生认识,但后来,听说竹内先生出征了。①

从这篇"后记"可知太宰治对于写作《惜别》还是充满热情的。他是芥川龙之介文学的崇拜者,在芥川龙之介擅长的中国题材领域增添新作亦属于自然之事。太宰治对其笔下的鲁迅是充满善意的,他在作品中如此描述第一次见到鲁迅时的情景:

> 一只鸟停在枯枝上时,它的姿态是美丽的,它漆黑的羽翼看起来闪闪发亮。如果数十只鸟聚在一块儿喳喳乱叫,那就会让人觉得好像垃

---

① 太宰治:《惜别》,于小植译,新星出版社,2006 年,第 128 页。

圾一样索然无味。同样的道理，如果医专的学生成群结队地在大街上一边走路一边大笑，那么制帽就会变得毫无尊严，让人看起来既愚蠢又肮脏。我要维护自己作为一名"高级学生"的尊严，便经常躲避他们。说是因为这些理由，倒还算冠冕堂皇。但坦白地说，还有一个原因。我刚入学时，对仙台感到很新鲜，于是整天在街上到处溜达，常常无故旷课，便自然而然地与其他新生疏远了。

在松岛的游船上遇到那个新生时，我吃了一惊，心情很不愉快。我本以为自己是这条船上唯一高洁的学生，准备得意地进行松岛之旅，却没有想到船上会有一个和我一样穿戴着相同制服制帽的学生。而且那个学生很像城里人，十分文雅，无论怎么看，都比我更像个秀才，真是个碍眼的家伙。一定是个每天都准时到校、努力学习的好学生。他用十分清澈的眼睛看了我一眼，我十分不好意思地笑了。①

《惜别》采用第三者转述、回忆的方式展开，使作品具足了小说的虚构性。上文中"我要维护自己作为一名'高级学生'的尊严"的表述透露出写作者不从众的个性。然而，由于这部作品的创作背景与内阁情报局及日本文学报国会有关，故关于这部作品的解读见仁见智，尚待进一步深入挖掘。

石川淳，生于东京，祖父是江户末期的汉学者，从小随祖父诵读《论语》等汉籍，毕业于东京外国语学校法语专业，一度曾任福冈高等学校法语教师，两年后辞职。一般文学史将其归为无赖派，但他无疑是无赖派中的异类。石川淳知识渊博，独具个性，在血腥的战争时代，保持了少有的理性态度。在创作实践方面，首先以翻译获得认可，先后翻译过纪德、阿纳托尔·法朗士、莫里哀等法国作家的作品。三十六岁才发表了小说处女作《佳人》(1935)，这是一个很晚的起步，却是高起点，他一开始就具备了明晰的创作意识，这从其翌年发表的《普贤》(1936)获得第四届芥川文学奖可知，他由此确立了其文坛地位。但《玛尔斯之歌》(1938)因涉嫌反战思想而被禁售，他本人和杂志社均受到了罚款处罚。"《玛尔斯之歌》和《活着的士兵》相继被判处有罪，断绝了昭和十年代的反军反战文学的命脉。"②其于战败初期发表的《黄金传说》(1946)形象地记录了战败的时刻，作者当时已经四十七岁。他在《黄金传说》中写道："八月十五日前后三四个月间，我怀揣着走不准确的表，在北陆、近畿、四国奔走。"③如此长途跋涉的原因有三个：为找到钟表修理工修表，为买一顶帽子，还为找到失散的情人。这是关于丧

---

① 太宰治：《惜别》，于小植译，新星出版社，2006年，第14页。
② 川西政明『昭和文学史 中巻』(講談社、2002年)509ページ。
③ 谷崎潤一郎[ほか]編『日本の文学 第60(石川淳)』(中央公論社、1967年)102ページ。

失感的诗化语言。"我"的第三个愿望是希望找到自己挂念着的女人,但当他历经艰辛,终于见到她时,女人突然离开我,扑到了马路对面大个子黑人士兵的怀里,令"我"感到"羞耻得要死",象征性地描写了战败及美军占领时期日本人的精神世界。《黄金传说》因为其中有关于黑人士兵的描写,所以在出版同名小说集(1946)时被删除了内容,仅留下题名。其代表作还有《废墟上的耶稣》(1946)、《处女怀胎》(1947)、《鹰》(1953)、《洪福千年》(1967)、《狂风记》(1980)等。石川淳还以其广博的文化修养为基础,撰写了大量评论文,安部公房曾经高度评价石川文学是"参与的文学",亦是"勇气的源泉"。①

　　织田作之助,生于大阪,父母经营一家外卖餐厅,中学时代喜欢阅读国木田独步、有岛武郎作品,第三高等学校(现京都大学)中途退学。十七岁时母亲去世,十九岁时父亲去世,他本人此后亦患肺结核,开始将文学作为自己的精神依托。三十一岁时妻子去世,这一连串的离别令其深受打击。《俗臭》(1939)于1940年2月入围第十届芥川文学奖候选作品,同年7月《夫妇善哉》获得改造社第一届文艺推荐作品奖,由此正式走上文坛。织田反抗传统私小说,其文学呈现出浓郁的关西市民气质。他在《夫妇善哉》中如此描写主人公的生活场面:

　　　　终年都有人上门讨债,年末更是每天都有,酱油店、油店、蔬菜店、沙丁鱼店、干货店、木炭店、米店、房东等轮番上门讨债。种吉在小巷入口处现炸现卖牛蒡、莲藕、薯类、三叶芹、魔芋、红姜、干鱿鱼、沙丁鱼等一文钱天妇罗,每次看到讨债的人,都会低头假装揉面。②

　　《夫妇善哉》就在这种充满关西市民生活气息的场景中展开描述,充分地展现了织田文学的特质。织田的评论文极具抨击力,他在战败初期写成的文学论《可能性的文学》(1946)中猛烈地抨击了以志贺直哉为代表的日本私小说的狭隘性,其文写道:

　　　　我并非玩弄奇矫之言否定志贺直哉的文学,我完全认可志贺直哉文学的新颖及禀赋,以及他为了将小说品格提升到美术品般值得欣赏的高度而做出的努力。其简洁的白话文作为一种范例,为一般人亦提供了文章的典范。在这些方面,我完全承认志贺直哉的功劳。但我断言志贺直哉小说成为正统的日本小说、成为主流是错误的。心境小说

---

　　①　谷崎潤一郎［ほか］編『日本の文学　第60(石川淳)』(中央公論社、1967 年)524ページ。

　　②　谷崎潤一郎［ほか］編『日本の文学　第63(坂口安吾　織田作之助　檀一雄)』(中央公論社、1969 年)171ページ。

式的私小说终究是支流,不过是小说这条大河的支流。作为承载人的可能性的大船也太小了,绝不是主流。为了注入现代小说的大海,心境小说式的小河有必要被主流吸收一次。例如,志贺直哉小说也许具备了小说的全部要素,但未延展小说的可能性。[①]

织田在《可能性的文学》中提出了小说的虚构性、偶然性要素,表示了与日本传统私小说的诀别之意,具足了批判的火力,其无赖派身份亦更多地来自这篇《可能性的文学》评论文。他深知固若金汤的日本文坛会怎样反击他,他在文中还记录了文学界对其作品的"恶评",这令其生活窘迫至极,他连入住旅馆都得使用"化名"。织田还有《世相》(1946)、《赛马》(1946)等小说作品。《星期六夫人》(1946)是《可能性的文学》的实践之作,因其去世而未能完成,亦是其绝笔。1947年1月,年仅三十三岁的他因肺结核咯血去世。从野蛮血腥的战争年代步入充满屈辱的战败年代,这些不能苟合的柔弱的灵魂只能以这种方式消灭自身的肉体。

无赖派并不是一个文学团体,只是他们不约而同地深刻地揭示了战败初期日本人的精神世界,将"战败体验"内化为他们自身的血与肉,猛烈地嘲讽、抨击了既有价值观,否定了既有文学,他们虚无、抵抗的姿态引发了广泛的关注。无赖派的创作实践亦为日本现代文学发展提供了思考的基石,影响深远。他们从日本文学内部冲击了日本既有文学理念,但他们亦为他们无赖的表象付出了惨痛的代价:太宰治自杀,坂口安吾一度入住精神科病房,织田在"恶评"中咯血而亡……他们的过早陨落亦影响了他们身边的年轻人。田中英光亦是一个生活在不义时代的年轻作家,从战时迈入战败时代,他与他的老师太宰治一样,历经了国家对个体的愚弄。太宰治的自杀击垮了他,他于翌年亦在太宰治墓前自杀而亡。这一个个早逝的痛苦灵魂,本质上都源于日本帝国主义的不义之战,源于发动不义之战的特殊的"日本风土"。自侵华战争开始以来,更多的日本作家英年早逝,他们不是自杀而亡,便是患上肺结核咯血而亡,甚或患上精神分裂症。这些死亡、病患无不隐喻着时代与社会的死亡与病患,可见国家的不义给当时的日本作家带去了何其严重的精神痛苦。他们虚无、向死的特点亦表明了他们自身的局限性。这种局限性产生了深刻的负面影响,如何超越"向死"的性格至今仍是日本文学的重要任务。

第三节　战后派文学

战后派文学是战败后出现的新作家群体,他们创作了可谓异质的作品群,但

---

① 谷崎潤一郎〔ほか〕編『日本の文学　第63(坂口安吾　織田作之助　檀一雄)』(中央公論社、1969 年)331—332ページ。

他们并非凭空出现,而是在战败后出现的评论先导背景下诞生的作家群体。由于他们并非一个有组织的文学团体,所以他们的创作又呈现出丰富的个性。《近代文学》杂志对战后派文学发展影响深远。如前所述,这份杂志的早期成员均在青春时代接受过左翼运动的洗礼,目睹过日本无产阶级文学运动受到镇压时的惨状,有着战争时代的残酷体验,基本上倾向于革命文学,但强调文学的主体性、自律性,希望对无产阶级文学、现代主义文学、私小说进行扬弃,创作出真正的西方式的富于思想内涵的文学。荒正人的一系列评论文奠定了他在战后文坛的地位,他的《火》(1946)将原子弹爆炸与《圣经》预言的人类命运联系起来,探讨了人道主义的可能性。《第二青春》(1946)就艺术至上做出了独特的解释。平野谦的《岛崎藤村》(1946)通过艺术和生活问题,提出了文学欣赏的方法论问题,他还接连创作了《一个反措施》《标准的确立》《政治与文学》《何谓政治的优越性》等评论文,其阐释视角颇具个性,这使他成为战后评论界的风云人物。此外,本多秋五的《艺术·历史·人》(1946)、佐佐木基一的《个性复兴》(1948)、山室静的《在文学与伦理的边界》(1948)、小田切秀雄的《文学论》(1949)等均引人注目,有力地引领了战后日本文学界的风向,使得《近代文学》杂志备受关注。

此外,福田恒存的《近代日本文学的系谱》(1946)、《近代的宿命》(1947),花田清辉的《复兴期的精神》(1946),中村光夫的《风俗小说论》(1950),伊藤整的《小说的方法》,以及中村真一郎、福永武彦、加藤周一(1919—2008)共著的《1946·文学考察》(1947),等等,共同营造出了一个空前活跃的评论时代,提出了日本战后文学的诸多可能性。例如,《1946·文学考察》继承四季派诗人的传统,同时援用西方文学思想资源,对当时日本社会文化进行了批判,并对未来发展提出了富于建设性的意见。他们在《人的发现》中写道:

> 如果日本文学现在需要进行一场革命,那也许是文学中对人的发现。我国文学中没有人,因为封建体制下的日本没有人学,没有人的存在。文学无法脱离社会制约,日本自然主义努力地刻画着不真实的人物形象。但是,以战败为契机,我们得以新生,得以自由地生活,也给文学带来了新的可能性。此前残缺不全、不合逻辑、玩具般的人物形象已与我们无缘。……具有普遍性的人物形象的建构,需要作者严格的自我反省、细致的人物观察、卓越的想象力,绝非易事。如果无法要求日本文坛的既有作家们做到这一点,那么人的发现将是新一代作家们的重大课题。[①]

---

① 加藤周一、中村真一郎、福永武彦『1946·文学的考察』(富山房、1982年)218ページ。

在这些新锐文学评论的引领下，1946 年至 1950 年间，战后派作家纷纷登上文学舞台。这批新作家包括野间宏、椎名麟三、梅崎春生（1915—1965）、中村真一郎、福永武彦、加藤周一、武田泰淳（1912—1976）、埴谷雄高、大冈升平（1909—1988）、木下顺二、安部公房、堀田善卫、岛尾敏雄（1917—1986）等，他们迅速地席卷了文坛，引领了战后文学的方向，形成了一股势不可挡的力量。他们的创新体现在文学方法与文学思想两个方面，是昭和初期的新感觉派和无产阶级文学所无法企及的。他们虽然都是文学新人，却以工人、士兵、犯罪嫌疑人、流浪者的身份度过了战争年代，拥有成熟的世界观，且拥有丰富的表现素材，可以不受既有文学的影响而进行独特的表述，所以战后派文学一举突破了私小说的狭小框架，呈现出丰厚的思想内涵，使日本文学显示出了通向世界文学的可能性，其共通之处是用存在主义视角审视处于极限状态的人物形象。文学史一般将战后派文学分为第一批战后派、第二批战后派，但回顾"二战"后日本文学的发展轨迹，战后派文学在 1947 年至 1948 年间达到巅峰时期，又在 1950 年朝鲜战争后，随着日本社会经济环境的变化而失去了作为团体的力量。此后，战后派作家们开始了各自的发展、成长历程，所以此处将他们统称为战后派作家。

野间宏，生于神户市一个佛教徒的家庭，1938 年毕业于京都大学法国文学专业，大学在校期间是左翼学生运动的核心人物，参加过马克思原典读书会，亦广泛涉猎过瓦莱里、巴尔扎克、福楼拜、普鲁斯特、乔伊斯、纪德、陀思妥耶夫斯基等的文学，1941 年应征入伍赴中国华北、菲律宾战场，1942 年返回日本，因触犯《治安维持法》被判入狱，在大阪陆军监狱中被监禁了半年时间，这些人生经历和学养成为其文学的独特底蕴。他在战时度过了自己的青春年代，对战败后满目疮痍的日本社会进行了深入的思考，作品带有此前日本文学少有的社会性，且积极吸收西方现代主义文学的诸多技法，为日本文坛吹入了一阵新风。野间宏于 1946 年加入日本共产党和新日本文学会，1964 年因不同意将中野重治等人开除出党而被除名，曾于 1960 年作为日本作家访华团成员访问中国。

野间宏的小说处女作《阴暗的图画》（1946）以"七七事变"后日本国内的黑暗体制为背景，描写主人公在左翼学生运动遭到镇压时的迷惘与痛苦，其崭新的表现方式受到了平野谦的高度赞赏，亦为当时的读者带去了全新的阅读体验，这篇作品成为战后派文学的开山之作。作者野间宏由此成为战后派文学的旗手，确立起他在战后派作家中的核心地位。《阴暗的图画》以荷兰画家勃鲁盖尔（1525？—1569）画作中的"阴暗的图画"开篇：

> 没有草，没有树木，没有果实，狂暴的风雪，席卷而过，举目荒凉。
> 远处，高高的山岗上，那黑色的漏斗形的洞穴，被隐藏在云中黑色的太阳烤焦，在镶嵌着若明若暗的地平线的大地的各处，一个个地打开。洞

口一带,如同充溢着生命之光的嘴唇,放射着光泽。这在隆起的土馒头正中打开的洞穴,像属于软体动物的生物一样,在大地各处张开了口,正等待着接受重复不断的、钝重而淫秽的触感,使这里像是掩埋着重重叠叠、没有大腿、只有性器的奇异的女人的肉体。是什么原因,使人们从勃鲁盖尔的绘画中,感到了大地如此的烦恼、悲苦和疼痛呢?而又似乎仅仅因为这烦恼、悲苦和疼痛,就打开了这黑色的、圆形的洞穴——力求生存的洞穴,这又是为什么呢?远景处,那不知羞耻的女人脊背一样凹陷的一个山丘上,绞首架如同顶着残落的伞的高高的毒蘑,急剧地生长着。长脖子、长腿的丑陋的上吊人,挂在细而高的树枝上,伸得很长的脚尖在地面上悠悠地摇动着。旁边,有一些长得一模一样的高个子的人,透过他们的肉体可以看到骨头。他们排成长长的一列,等待着轮到自己去上吊。再就是散发着一种腐败气息的、摇曳着的乱草丛,正像袒露着痉挛的神经的刺水母那肮脏的头。[①]

引文在黑暗的基调中充满了虚无感,象征性地描绘了战时和战败初期日本人绝望的内心世界。作品涉及的勃鲁盖尔的画作,与《死亡的胜利》有颇多相似之处,还包括《盲人的寓言》等作品,又加上了野间宏的想象。勃鲁盖尔被认为是欧洲美术史上第一位农民画家,其阴郁的画作象征着16世纪绝对专政下的荷兰社会,野间宏以此象征20世纪绝对天皇制下的日本社会。晦暗的色调不仅是当时日本社会的色调,亦是当时人们内心的色调。这种以阴郁的画作展开的方式具有将诗意与革命相结合的意味,是一种全新的写作方法。《阴暗的图画》呈现出的阴郁基调贯穿了野间宏此后接连创作的多篇作品,如《两个躯体》(1946)、《脸上的红月亮》(1947)、《残像》(1947)、《崩溃感觉》(1948)等。《脸上的红月亮》描写了一对中年男女互相爱慕,却不能走到一起的凄苦经历,战争寡妇堀川仓子脸上的斑点令男主人公北山年夫不断地勾起对战争往事的回忆,两人最终不得不挥泪告别,作品开篇处的"伤痛感"与《阴暗的图画》的"荒芜感"一脉相承,展现了思想性与艺术性融于一体的写作范式。作为典型的战后派作家,野间宏主张通过生理、心理、社会三个方面综合地塑造人物形象,以创作"全体小说",即从内、外两个方面综合地表现人物的内在活动和外部世界。《青年之环》(1947—1971)六部曲费时约二十四年完成,是其"全体小说"理念的代表作。《真空地带》(1952)是其具有纪念碑意义的作品,揭露了日本军队内部的非人性。该作品发表时,日本战后派文学及战后左翼文学已处于退潮期,但野间宏以左翼文学领袖的立场,以坚忍不拔的精神力量和强烈的责任心支撑着新日本文学会,强调着战

---

① 野间宏:《阴暗的图画》,张伟、张玉译,《日本文学》1984年第3期,第53—54页。

后派文学的意义。关于《真空地带》的写作背景，野间宏曾经写道：

> 在战争期间，我始终抱着这个决心：我应该写反战小说，尤其要写暴露军队的小说。在服兵役时，有一次我对上等兵和班长宣告说：等我复员后，一定写一部揭露军队内部的小说给你们看。每当受他们的处罚时，我的心都被强烈的怒火所燃烧，我暗自发誓：没有把这个军队的实质揭露以前决不能死！[①]

《真空地带》第一次全面揭露日本军队的非人性，显示了作者深刻的思想力度。就这样，野间宏广泛吸收意识流、存在主义等西方文学技法，继续着日本现代文学未完的探索，努力整合着昭和初期新感觉派与无产阶级文学派的"文学革命"与"革命文学"理念，整合着小说的思想性和艺术性，创作了一系列融现实主义与现代主义于一体的优秀作品，为日本现代文学发展做出了贡献。

椎名麟三，生于兵库县，从小生活艰辛，曾经参加过左翼运动，并加入过日本共产党，后来耽于尼采著作，并在陀思妥耶夫斯基《恶灵》的启发下，立志文学创作。《深夜的酒宴》(1947)、《浊流之中》(1947)、《深尾正治的手记》(1948)等作品从审视"转向体验"开启文学创作之路，显示出浓郁的存在主义风格。长期的贫困生活还使其不断地关注陋巷中的庶民生活。《深夜的酒宴》就是这样的作品，作者在开篇文中写道：

> 清晨，像是雨声把我唤醒。雨似乎确实下得很大。仿佛雨水披着晨霞，从石板瓦上轻快地飞进流水管，然后像瀑布一般，从流水管的裂口冲出，落在地面的石板上，溅起一片水花，发出洪亮的震响。并且这种单调的流水声总是连绵不已，何时是了。这样的声音只能给人以空虚之感。它不像我三十年来亲切体验到的屋檐流水声那样曼妙、轻盈而又富有变化，叫人听起来心里踏实。而当前的雨水声，却是单调而又阴沉。这也难怪，因为这种流水声，是从这所公寓厨房的下水道流出的污水，冲击到运河的石崖上，由于起落撞击而发出的沉闷的响声。[②]

《深夜的酒宴》开篇便营造了一个沉闷、污浊、压抑的空间，作品描写一个左

---

① 野间宏：《真空地带》，萧萧译，作家出版社，1956年，第388页。

② 椎名麟三：《深夜的酒宴》，《日本当代短篇小说选》，孙好轩译，辽宁人民出版社，1980年，第202页。

翼运动"转向"者悲惨的日常生活,主人公每天都生活在极度的孤独和饥饿中,作品笼罩着绝望的虚无感,这亦是战败初期日本社会现状的真实反映。作品一发表,便引发了广泛的关注,作者由此迈出了作为战后派作家的第一步。椎名麟三文学一贯追究如何克服虚无主义的问题,这亦是当时的时代课题,也是作家本人实际生存的需要。这种探究贯穿了他的重要代表作,如《永远的序章》(1948)、《红色的孤独者》(1951)等作品。其浓郁的存在主义风格使其成为战后派代表作家之一。1951年12月受洗成为基督徒,由此以基督教作家的身份开始创作,《邂逅》(1952)即属于这类作品,此后创作的《自由的彼方》(1954)是其长篇自传体作品,这是他审视自己人生历程之作,显示了创作风格的转换。在日本政府大肆镇压左翼人士时期,他曾经被捕入狱。出狱后,他还广泛阅读了柏格森、雅斯贝尔斯、海德格尔、克尔凯郭尔等的相关书籍,这成为其思考存在主义问题的基础。椎名麟三曾经就其成名作《深夜的酒宴》写道:

> 《深夜的酒宴》是一篇战时伤痕浓重的作品。自己当时身患肺病,还处于特高的监视下,必须在思想和人际方面进行忍耐。忍耐会带来多少紧张,需要多少毅力,战时受到过压迫的人都非常清楚。如果我不能忍耐,那么肯定会有两种可能性,即反抗,或高呼法西斯万岁,积极地协助统治者,此外没有任何可能性。但反抗意味着肉体之死,思想配合对我而言,意味着精神自杀。……我忍耐着。通过忍耐,我得以保护自己的生命和自由。但忍耐是痛苦的,因为它令人紧张,耗费大量的精力。但我渐渐地习惯了那种痛苦,在痛苦中学会了某种放下。①

他的这种极限体验在战后派作家中具有一定的普遍性。他在《永远的序章》的开篇中亦写道:"已是黄昏时分,风很大。砂川安太向后望去,看着刚刚走出的医院,不禁用可厌的声音嘟哝道:'真像大坟场。'"《永远的序章》主要讲述一个身患结核病、余命不多的复员兵由"死亡"体悟到"社会革命"毫无意义,作品开篇处的黄昏、医院、坟墓等意象均隐含着人生无法超越死亡的虚无感。椎木麟三凭借《深夜的酒宴》《浊流之中》《深尾正治的手记》登上日本文坛,他那富于哲思的创意和文体令人联想到陀思妥耶夫斯基式的文学。然而,不可否认,他那些基于"转向"体验的作品难掩其对日本侵略战争性质的暧昧认知,他在时代的潮流中,不断地改换着信仰。从马克思主义到存在主义,再到基督教的精神历程,说明他缺乏"忍耐"的毅力,其人生更像是一次随波逐流的过场。

① 谷崎潤一郎［ほか］編『日本の文学　第68(椎名麟三　梅崎春生)』(中央公論社、1968年)519—520ページ。

梅崎春生,生于福冈市,1936 年进入东京帝国大学文学部国文学科,但因患抑郁症等,时常旷课。1939 年在《早稻田文学》发表处女作《风宴》,内容反映了其放浪不羁的大学时代,其中隐含着左翼"转向"者般的内心动摇,这实际上是他所看到的周边环境的显现。1944 年应征入伍,在九州佐世保的海军部队中担任密码通信兵,并在那里迎来了战败,他以此战争经历创作了《樱岛》(1946),并因此成名,成为战后派作家中的一员。《樱岛》以日本战败前位于九州的海军基地为舞台,以传统的笔触,描写了主人公村上兵曹面对生死时的虚无绝望的心境。梅崎春生的文体具有传统私小说的特点,这在战后派作家中属于异类。其代表作还有《日落》(1947)、《饥饿的季节》(1948)等。随着日本战后社会的变化,他开始以幽默的笔触创作以日常生活或小市民为题材的作品,《破屋春秋》(1954)就属于这类作品,该作品获第三十二届直木奖,其寓言式的讽刺手法达到其创作的最高水平。此后其作品多用幽默的笔触描写现实生活中的虚无感,他本人亦被称为"第三新人"的先驱者。

埴谷雄高,生于中国台湾新竹,曾经入读台南一中,1924 年全家迁回日本,入读目白中学。从中学时代开始阅读俄罗斯文学,曾在日本大学预科参加戏剧运动,并因参加左翼运动而被迫退学。1931 年加入日本共产党,1932 年被捕入狱一年多,在狱中阅读了康德的《纯粹理性批判》等书籍,出狱后又继续广泛阅读。1939 年赴台湾旅行。1946 年成为《近代文学》同人,在该杂志上连载《死灵》(1946—1986),因行文晦涩而为人知,后创作了大量有关国家、权力、革命内容的文学评论和思想评论。与吉本隆明一起,对当时的左翼青年产生了较大的影响。未完的长篇小说《死灵》是一部庞大的思想小说,也是日本战后文学的代表作之一,人物设置受到《卡拉马佐夫兄弟》的启发,奥野健男(1926—1997)高度评价这部作品是巴别塔般朝天屹立之作。①

武田泰淳,生于东京,是潮泉寺住持兼日本大正大学教授大岛泰信的次子,武田之姓取自父亲的老师武田芳淳,曾入读东京大学中国文学专业,同级有竹内好、冈崎俊夫,因参加左翼运动数次被捕,不久退学,后获得寺院住持资格。1934年,与竹内好、冈崎俊夫、增田涉、松枝茂夫成立中国文学研究会,出版机关杂志《中国文学月报》(后改名为《中国文学》)。1937 年应征入伍,赴华中战场,负责事务性工作,1939 年被开除离队。在部队期间阅读司马迁的《史记》,深受感动,于 1943 年写成评传《司马迁》,获得好评,这成为其文学创作的原点之作,表现出了抵抗时局的姿态。1944 年赴上海,任职于中日文化协会,结识堀田善卫,在上海迎来了日本战败,于 1946 年 4 月返回日本,接连发表了《才子佳人》(1946)、《审判》(1947)、《秘密》(1947)、《蝮蛇的后裔》(1947)、《爱的形状》(1958)等作品,

---

① 奥野健男『日本文学史:近代から現代へ』(中央公論社、1997 年)202ページ。

受到了文坛的关注。其中《蝮蛇的后裔》获得了高度的评价，但《审判》《秘密》更能反映武田文学的本色。后成为《近代文学》同人，继续创作了《异形者》（1950）、《风媒花》（1952）等作品，均关注人类本源的问题。《光藓》（1954）探讨无神时代的信仰问题，通过吃人肉这一极限状态，思考人类的精神面貌。在小说创作的同时，武田泰淳还写作了《无感觉的按钮》《关于灭亡》等随笔，夯实了作为战后派作家的地位。1969 年以秋瑾传《秋风秋雨愁煞人》获得第十九届艺术奖文部大臣奖提名，但他拒绝领奖。出征中国的体验是其痛苦的人生经历，他不断通过自己的作品追问着何谓政治、革命、世界、人等等本源性问题。他通过《蝮蛇的后裔》《爱的形状》审问着对中国的罪恶意识。武田泰淳以评传《司马迁》走上文学之路，后来还撰写了较多评论文，代表性评论集有《人·文学·历史》（1954）、《政治家的文章》（1960）、《我的中国抄》（1963）、《黄河入海流》（1970）等，随处可见其关于中国的思考。1961 年 11 月，武田泰淳应中国对外文化协会之邀，作为日本文学代表团一员访问中国。

堀田善卫，生于富山县高冈市，少年时代喜欢音乐，曾经学习过钢琴，因患耳疾而放弃了在音乐方面的发展。1939 年考入庆应大学法学部政治系，但更喜欢阅读文学书籍，后转入法文系，成为多种诗歌杂志的同人，由此结识加藤周一、中村真一郎等人。1945 年 3 月被国际文化振兴会派遣至中国，在上海结识武田泰淳，同年 8 月在上海迎来日本战败。同年 12 月，被中国国民党宣传部聘用，继续留任上海，开始创作《丧失祖国》（1950）、《齿轮》（1951）等作品。1947 年 1 月返回日本。1951 年发表《广场的孤独》，翌年以《广场的孤独》《汉奸》（1951）获第二十六届芥川文学奖。《广场的孤独》描写朝鲜战争期间日本知识分子的精神苦闷，亦表达了当时日本人的一种普遍的不安感，发表后受到了广泛的欢迎，"广场的孤独"一时几乎成为流行语，在芥川奖评审过程中，仅坂口安吾一人提出了反对意见。此后他创作的《历史》（1952）、《时间》（1953）均是以中国为舞台的作品，也是作者倾注心力创作的作品，尤其《时间》是日本战后第一部描写南京大屠杀的小说。作者在《时间》中写道：

当回过头来看到耸立在城外的紫金山时，我的背脊上立即滚过了一股寒流。这座草木不生、险峻雄浑的砂岩山体，名副其实地映现出紫色和金色，显示出一副帝王的风范，又如同把人间的一切悲欢都拒斥在外的历史本身一样，耸立于江南的旷野之上。不经意间，我被它的凄切之美彻底打动了。我有了一份确信，那就是南京即将落入敌手，而且同时更有一份确信，终有一天必将再回到我们手里。

此时，超脱了周遭的微暗和嘈杂，在夕阳下身披帝王之色的紫金山，在我眼里成为近乎宗教般的存在。那座紫金山，纵然在人类的历史终结之后,地上的生物全部消亡之后,依然会以柔美的轮廓涵括一抹险峻的姿态,存在于天地之间。中国的自然,不论是玄武湖、西湖那样的人工景观,还是像这座山峰一样的纯自然景观,都包含着一种拒人千里之外的东西。包含着不论史前或是史后,都一成不变的某种无情的元素。如果你想看一看史后(我不知道有没有这个词)的自然、史后的风景,那么,就请在深秋的傍晚来到南京,然后站在玄武湖前的城墙上,或者站在玄武门的城楼上去眺望一下紫金山。①

作者尝试以日记体的形式,以中国人"我"的视角展开描写,这是一种富于挑战的写作方式。实际上,《时间》曾由安徽文艺出版社于 1989 年以《血染金陵》之名出版中译本,印数四千册,中译本扉页上题有译者所撰"为纪念南京大屠杀而译,谨以此:缅怀无数蒙难的同胞们!"②。可见我国学界早已注意到这部作品的文学史价值,但由于当时中译本的题名与原作题名出入较大,并未引发学界的重视,新译本则恢复了原作题名,这有利于相关研究的开展。其此后创作的《纪念碑》(1955)力图探索战时日本人的整体形象。《鬼无鬼岛》(1956)亦是代表作之一,作家试图通过日本民俗探究天皇制问题,这是理解日本民族性问题的必由路径之一。《来自海啸的底层》(1961)将反抗天主教压迫的岛原之乱与反抗《日美安全保障条约》的安保斗争重叠在一起,是立足于"政治与文学"理论的作品之一。堀田善卫还创作了一些具有文明批判意识的纪行文,如《河》(1959)、《大国的命运·小国的命运》(1969),还积极参加亚非作家会议等,显示了广阔的国际视野。1961 年,应中国对外文化协会的邀请,堀田善卫与中村光夫、武田泰淳等访问了中国。堀田善卫是当时日本最具国际视野的作家,其文学亦展示了广阔的社会视角,为日本现代文学走向展示了诸多的可能性。

中村真一部、福永武彦、加藤周一都喜爱 20 世纪的法国文学,曾经师承堀辰雄等四季派诗人,属于西欧教养派,他们以三人共著的《1946·文学考察》而成名,他们的小说创作致力于在和洋文学交流中确立文学的普遍性。其中,中村真一郎,生于东京,从小学开始便立志成为作家,中学时代诵读过《论语》等汉籍,由此打下了古典汉诗文的基础,1938 年进入东京大学法国文学专业,结识了加藤周一等,1941 年大学毕业,在轻井泽见到堀辰雄,之后对文学艺术有了更深入的思考。《在死亡的阴影下》(1946—1947)五部曲尝试将普鲁斯特的创作风格融入日本风土中,其浪漫风格获得了高度的评价。此后亦多用心理主义手法进行创作,成为日本战后现代主义文学的代表作家。他一方面是古典主义者,另一方面

---

① 堀田善卫:《时间》,秦刚译,人民文学出版社,2018 年,第 3—4 页。

② 堀田善卫:《血染金陵》,王之英、王小岐译,安徽文艺出版社,1989 年。

又显示出作为前卫作家的风貌，其才华还表现在诗歌创作、评论、戏剧、翻译等诸多方面。其以巴黎为舞台创作的《孤独》（1966）亦以前卫性而受到了关注。

福永武彦，生于福冈县筑紫郡，1938 年进入东京大学法国文学专业学习，与中学以来的友人中村真一郎同级。他从年轻时开始诗歌创作，同时以《电影评论》同人身份积极撰写电影、戏剧评论。其富于幻想的处女作《塔》（1946）发表后，又出版了与加藤周一、中村真一郎共著的《1946·文学考察》及评论《波德莱尔的世界》（1947），后因病休养数年，1953 年开始任学习院大学法国文学教师。《波德莱尔全集》（全四卷）（1963）是展现其诗人及学者才华的综合成果。在小说创作方面，《冥府》（1954）、《告别》（1962）、《忘却之河》（1964）、《海市》（1967）等作品通过对深层意识的挖掘，探索着日本人精神世界深处的传统。

加藤周一，生于东京涩谷的一个医生家庭，1943 年 9 月毕业于东京大学医学部，一高时代曾任校友会杂志编辑委员，喜欢音乐、戏剧、文学创作等。1946 年，与中村真一郎、福永武彦共同撰写《1946·文学考察》，一跃成为新进评论家。曾是《近代文学》杂志的成员，先后创作了小说《在一个晴朗的日子里》（1949），评论集《文学与现实》（1948）、《何谓文学》（1950）、《现代法国文学论》（1951），确立了其作为战后文学者的地位。与此同时，他还继续着医学方面的血液学研究，获得了医学博士学位。1951 年至 1955 年留学法国学习医学，并以在法国生活时的思考为基础，推出文化随笔集《杂种文化》（1956）、《一个旅行者的思想》（1955）等。1958 年放弃医学，开始专注于文学事业，曾在加拿大、德国的大学从事教学工作，成为一名国际知名的文化人士。其小说风格超越传统私小说的表达框架，擅长对现实进行知性的重组，如以法国留学体验创作的《命运》（1956）和以矿山工厂医务室所见所闻创作的《神幸祭》（1959）等均属于这类作品。其他还有回忆录《羊之歌》（1968）、《中国往返》（1972），以及日本文学研究论著《日本文学史序说》（上卷 1975，下卷 1980），显示了其丰富的东西学养和广阔的国际视野，是同时代日本具有代表性的知识分子。

大冈升平，生于东京，中学时代曾经一度接近基督教，后来大量阅读夏目漱石、芥川龙之介的作品，高中时曾随小林秀雄学过法语，1929 年进入京都大学法国文学专业学习。1932 年大学毕业后，开始发表文艺时评及有关司汤达等的论文、译作。他对司汤达文学的热爱始于《帕尔马修道院》的阅读体验。1944 年 6 月应征前往菲律宾民都洛岛战线，1945 年 1 月成为美军俘虏，在莱特岛的俘虏营迎来了日本战败的消息，1945 年 12 月返回日本。其以战争体验创作的《俘虏记》（1948）、《野火》（1951）被认为是日本战争文学的代表作，其中《野火》描写了日本兵在极度饥饿时吃人肉的情节，由此提出了人的伦理及救赎问题，该作品亦成为其最高杰作。1953 年接受洛克菲勒财团奖学金资助赴美国耶鲁大学研修，翌年游历了欧洲多国。《武藏野夫人》（1950）以战后的武藏野为舞台，描写了两对夫妇与一个复员军人之间的感情纠葛,这是他尝试将法国心理小说技法导入日本文学的实验之作,亦是宣告作家从异常的战场回归日常的纪念之作。《日本文学》期刊曾经推出"大冈升平特集",其中收录大冈升平撰写的《致中国读者》一文,大冈升平在文中写道:

> "武藏野"系对东京西北部的一片渐渐隆起的广阔平原的美称。东京成为首都后,那里变成了半农的住宅地,曾有许多文人墨客讴赞过它的林中小路。我所写的枹树、柞树林,则是农民为了防风和获取燃料资源而种植的人工林。依据地形学,我在武藏野扇状地形成的描绘上是有特色的,它与人物恋爱心理的多重结构相呼应;同时,专心捕捉自然美,亦与战后都会的混乱形成对比,仿佛是一种慰藉。①

从上文可见大冈升平具有明晰的创作理念,亦具有相当的日本文学修养。事实上,生与死或单纯的死亡问题仍然是大冈升平文学的重要主题,这由《花影》(1958)中的银座酒吧女叶子在放浪生涯的最后选择自杀的结局可知。"花影"之名来自唐诗《春宫怨》的颈联"风暖鸟声碎,日高花影重"诗句。随着战后派文学的退潮,大冈升平亦减少了小说创作,而开始创作更多的回忆录、评传之类,如《吾师吾友》(1953)、《早上的歌——中原中也传》(1958)等,显示了他作为评论家的批评力度,成为当时文坛重要的评论家之一。报告文学《莱特战记》(1967—1969)是其战争题材的巅峰之作,作品以翔实的资料,再现了莱特战役的全貌,批判了日美两国的菲律宾政策,探讨了战争本质等命题。大冈升平于1964年3月对中国进行了为期三周的访问,所到之处包括北京、西安、上海等地,同年在《中央公论》杂志上连载《文学中国纪行》。

安部公房在中国沈阳度过了青少年时期,日本战败后,安部一家返回了日本,沈阳成为其永远的记忆,这在安部诸多的文学作品中都留下了印痕。安部在沈阳读中学期间,就喜欢阅读世界文学全集,特别喜欢爱伦·坡文学。他还喜欢昆虫,在各门课程中最擅长数学。1940年4月,他独自返回日本,入读成城高中,但因患肺病休学,又回到了沈阳父母身边疗养。这期间,广泛涉猎了陀思妥耶夫斯基文学。1942年复学,但除数学外,对其他科目毫无兴趣,他喜欢阅读尼采、海德格尔、雅斯贝尔斯等的哲学书籍。大学入读东京大学医学部,但时常旷课,沉迷于里尔克的《形象诗集》。1944年秋,伪造了一份肺结核证明休学,再次返回沈阳家中。1945年日本战败,其父在这年年底因患斑疹伤寒去世。1946年,安部与母亲等返回日本,再次回到东京大学继续大学的学业,但因极度贫穷

---

① 　大冈升平:《致中国读者》,晏来译,《日本文学》1986年第3期,第79页。

及营养不良,仍然时常旷课,除做些小生意补贴生活外,热衷于阅读里尔克的《形象诗集》,在诗歌创作方面笔耕不辍,并自费出版了他本人在十九岁后创作的诗集——《无名诗集》(1947)。1948 年初成为"夜之会"成员,同年 3 月大学毕业,但决心走文学之路。同年 10 月,《终道标》(1948)由真善美社出版,该作品以作家本人在中国东北经历的日本战败体验为素材创作,与《野兽们奔向故乡》(1957)一起成为代表安部文学的原点之作。1965 年《终道标》由冬树社再版时,作者对其中的部分内容进行了修改。

1951 年,二十六岁的安部以《赤茧》(1950)获得第二届战后文学奖,又以《墙》(1951)获得第二十五届芥川文学奖。《墙》的主人公忘记了自己的名字,"我拿着钢笔,突然,发觉因为不会签名而感到为难。我无论如何也想不起自己的名字来"[①]。这是一个卡夫卡式的变形小说,主人公在某日早上突然发现自己失去了名字,由此引发出诸多"非日常"的体验,其中包含"自我认同"等问题意识,这与前述《终道标》《野兽们奔向故乡》等作品具有一脉相承之处。安部公房的重要代表作《砂女》(1962)以一个沙丘村落为舞台,出版翌年即获得第十四届读卖文学奖,1964 年被拍成电影,先后获得了戛纳电影节评审团特别奖、旧金山电影节外国电影银奖、每日电影作品奖等,之后被迅速译介到美国、俄罗斯、法国、丹麦等国,安部由此进入国际知名作家之列。《砂女》中的封闭世界亦是另类变形,其中可见安部文学不变的原型,被誉为现代寓言的高度结晶,这与安部文学具有鲜明的"边缘"意识有关,其中可见他与日本社会之间的疏离感。他在发表于 1958 年 4 月《群像》杂志上的随笔《沙漠的思想》中写道:

　　沙漠或沙漠似的东西中总有一种莫名的魅力,可以说是对日本没有之物的憧憬,但我童年的大半部分时间几乎是在半沙漠化的满洲度过的。现在可以解释为乡愁,但我想起在记忆中,即便在半沙漠化的风土中,仍对沙漠怀有憧憬之情。天空被染成暗褐色,令人喘不过气来的沙尘飞扬之日,无论怎么拂拭都没法拂尽的沙尘侵入干涩的眼底,我觉得在令人焦躁的情绪背后,不仅有不快感,同时还有一种令人欣喜的期待感。

　　一方面,那应该也与春天这个季节有关吧。大陆的春天在漫长的冬天之后,与沙尘一起突然降临,又突然离去。沙尘也是春天的象征。——但我从沙漠似的东西中感受到的魅力,不仅停留在这种个人经验层面。正如花田清辉在其《两个世界》中指出的,那不是几乎普遍存在于破坏与创造中的现实中的某种倾向吗?一说到沙漠,只能即刻

---

①　安部公房:《安部公房文集　箱男》,曾丽卿译,叶渭渠、唐月梅主编,珠海出版社,1997 年,第 141 页。

联想到死亡或破坏、虚无的,那只是幸福的诗人之言。一般而言,倒是普遍被沙子所具有的那种可塑性所吸引,正如孩子们在沙池中忘却时光、创造世界般的心情……①

事实上,《砂女》亦展示了安部公房的沙漠情结,其中包含着鲜明的"边缘"意识抑或其与日本社会之间的"疏离感"。安部用"日本没有"的沙漠意象隐喻了其重要的文学特色。在其一系列作品中,《墙》的主人公失去了名字,《赤茧》的主人公变成了茧,《他人的脸》的主人公失去了脸,均呈现出鲜明的"非日常性",这亦与安部的"边缘"意识不无关联。与此相关,安部文学中有大量关于旅途、地图、迷途等的描写,这亦与现代人的不安密切相关。《墙》的结尾处写道:"一望无际的荒野。在荒野中,我是一堵静静地永无止境地成长下去的墙。"这种对荒野、旷野的遐想可谓别出心裁,明显具有大陆风格,其中也许包含着他关于沈阳的诸多记忆,本多秋五评价他是"切断传统的鬼才"②。安部曾于1950年加入日本共产党,安部文学对20世纪极限状况下抑或资本主义社会中"人的存在"问题进行的洞察,与其"边缘"意识带来的洞察力密切相关。或许与其学医等理科背景有关,他还创作了《水中都市》(1952)、《R62号发明》(1953)、《第四间冰期》(1959)等科幻小说,还曾担任过国际科幻研讨会的执行委员。其独特的构思、广阔的视野,引领了同时代的日本文学。

岛尾敏雄,生于横滨,1943年9月毕业于九州大学东洋史专业,毕业论文题名为《关于元代回鹘人的考察》。"二战"末期,他在奄美诸岛,接到了1945年8月13日的出击命令,但这成为永远无法实现的命令,他以海军特攻队队长的身份迎来了日本战败。战后,曾任神户市立外事专门学校(后神户市立外国语大学)教师,讲授史学概论、中国文化史课程。1952年辞去教职专注于文学创作,1955年移居妻子的故乡奄美大岛,同年12月成为天主教徒。代表作有《单独旅行者》(1948)、《梦中的日常》(1956)、《出孤岛记》(1949)、《岛的尽头》(1957)、《死亡之刺》(1960)、《终于未出击》(1964)等。其中,《出孤岛记》于1950年2月获得第一届战后文学奖。"不安"是岛尾敏雄文学的出发点,他在《梦中的日常》中写道:"我走在什么地方?我一点也想不起来了。那里应该倒塌了,可我现在行走之处已建起了住宅,人们穿行于其间。"主人公不知自己身处何方,也不知去往何处,这种阴郁、不安的情绪是岛尾文学的基调。他在《终于未出击》中写道:"如果不出发,当天也一样,应该与平时无异。一年半来,做好了死亡的准备,终于在八

---

① 安部公房:《沙漠的思想》,邱雅芬译,《世界文学》2019年第3期,第227—228页。省略号依据原文。

② 本多秋五『物語戦後文学史　中』(岩波書店、1992年)300ページ。

月十三日傍晚收到了来自防备队司令官的特攻战指令,终于知道最后的日子到了,身心都披上了死亡的装束,但一直没有出发的信号,就那么处于待命状态中,临近的死亡突然停下了脚步。"①这亦描写了一种徘徊于生死之间的"不安"状态,淡淡的笔触传递着疯狂的战争气息。《终于未出击》是《出孤岛记》的续篇,这两部作品亦被认为是战争文学的代表作,这与他曾是特攻队员的创作视角有关。

如上所述,《近代文学》刊物提供的发表园地以及相关评论家们的诸多贡献,是战后派文学获得成功的重要原因。此外,真善美社出版的《创造性的战后一代丛书》(全九卷)亦对战后派文学起到了重要的推介作用,该丛书中的九部作品包括野间宏的《阴暗的图画》、中村真一郎的《在死亡的阴影下》、马渊量司的《不毛的墓场》、福永武彦的《塔》、田木繁的《我一个人是例外》、竹田敏行的《最后的退路》、小田仁二郎的《触手》、安部公房的《终道标》、岛尾敏雄的《单独旅行者》。②朝鲜战争爆发前后,即 1950 年前后,随着社会经济状况的改善,人们的生活方式发生了变化,消费生活开始流行,战后文学环境亦发生了变化,战后派文学亦走过了巅峰时期,被称为"第三新人"的一批新作家开始登上文学舞台。

第四节　第三新人

山本健吉在《第三新人》(《文学界》1953 年 1 月)一文中第一次使用了"第三新人"这一概念,即将野间宏、梅崎春生等战后较早登上文坛者称为"第一批战后派",将臼井吉见在《第二新人》(1952)中提及的安部公房、堀田善卫等归为"第二批战后派",而将此后登上文坛者归为"第三新人"。所以,"第三新人"是相对于"第一批战后派""第二批战后派"的称谓。服部达(1922—1956)在《劣等生、轻微残疾者及市民——从第三新人到第四新人》(《文学界》1955 年 9 月)一文中,将"第三新人"的特点总结为:在战时度过青春期;作为对观念性、高踏性的战后派文学的反拨,具有回归私小说传统的倾向;在朝鲜战争特需景气时代登上文坛。"第三新人"大致包括安冈章太郎(1920—2013)、小岛信夫(1915—2006)、庄野润三(1921—2009)、远藤周作(1923—1996)、曾野绫子(1931—)、三浦朱门(1926—2017)、阿川弘之(1920—2015)等作家。"第三新人"的共同点是他们大多是芥川奖获得者或芥川奖候补作家,如安冈章太郎于 1953 年凭借《阴郁的快乐》《恶友》获得第二十九届芥川奖,小岛信夫于 1954 年凭借《美国学校》(1954)获得第三十二届芥川奖,庄野润三亦于 1954 年下半年凭借《游泳池畔小景》(1954)获得第三

---

① 谷崎潤一郎［ほか］編『日本の文学　第 73(堀田善衛　安部公房　島尾敏雄)』(中央公論社、1968 年)486ページ。

② 长谷川泉:《日本战后文学史》,李丹明译,生活·读书·新知三联书店,1989 年,第11 页。

十二届芥川奖,远藤周作于 1955 年凭借《白种人》获得第三十三届芥川奖。相对于战后派作家广阔的社会视野,他们更加关注卑微的自我和小市民的日常生活,创作风格具有鲜明的私小说倾向,亦显示出虚无主义倾向。但"第三新人"的私小说与传统私小说不尽相同,他们有意识地借用私小说的技法,对事实进行选择和抽象,在维系客观性的同时,通过事实的重构实现文学的虚构性,可以说是将日常与诗性融合起来,促进了私小说的变化。在当时经济繁荣的社会表象下,美军占领时期遗留下来的精神创伤难以抚平,虚无主义思想流行,这在"第三新人"的作品中亦有明显的反映。"第三新人"与战后派作家均有战争体验,他们中的大多数人曾经应征入伍,不同的是"第三新人"没有接受过马克思主义的熏陶,但二者在战争叙事方面基本一致。"第三新人"表现出的虚无主义倾向与他们的成长经历有关。"第三新人"大多出生于 1920 年前后,日本战败时已二十五岁左右,即当日本发动"九一八事变"时,他们正处于多愁善感的青春期,安冈章太郎还曾作为新兵实际参军出征。战争、战败以及与此相关的丧失、迷茫、怀疑成为他们共同的经验,"丧失感"中的再出发是他们共同的创作原点。佐伯彰一认为他们是"失去的一代",与海明威、福克纳、菲茨杰拉德等在"一战"中迎来成年期的美国的"垮掉的一代"类似。[①] 也就是说,他们的创作依然与战争有关,只是他们主要通过"日常"描写战争及战后美军占领所带来的精神创伤,实际上与战后派具有诸多相通之处。吉本隆明、奥野健男等评论家皆表示支持"第三新人"的文学。

安冈章太郎,生于高知市,其父亲是陆军兽医,曾于 1938 年出征中国。安冈在京城(今首尔)入读小学,由于学习成绩不好,曾多次报考高中失败,1941 年进入庆应大学文学部预科学习,积极参加文学同人活动。1944 年 3 月应征入伍,前往中国东北,同年 8 月因病住院。翌日,其所属部队被调往菲律宾战场,后在莱特岛全军覆没,这是安冈人生中的一次生死存亡的体验。1945 年被遣返日本,曾抱病在驻地部队从事勤杂工作,同时开始写作。1948 年毕业于庆应大学。其独特的经历使其得以用劣等生、人生落伍者的眼光观察世界。《玻璃鞋》(1951)获芥川奖提名,之后以《阴郁的快乐》《恶友》获得 1957 年第二十九届芥川文学奖。1960 年《海边光景》(1959)获得艺术选奖、野间文艺奖,作品描写主人公陪护母亲住在精神病院九天的经历,其间穿插对往事的回忆,展现了战后初期的家庭悲剧,可以说是作者赠送母亲的安魂曲。1960 年 5 月获美国洛克菲勒财团资助赴美国短期学习。安冈的作品具有鲜明的自传体色彩,《阴郁的快乐》《恶友》《海边光景》等都属于这类作品,其中描写的劣等生、人生落伍者形象也许是

---

① 谷崎潤一郎［ほか］編『日本の文学　第 74(安岡章太郎　吉行淳之介　曽野綾子)』(中央公論社、1968 年)493 ページ。

对明治维新以来崇尚成功理念的反拨,隐含着作者对人生的深入思考,这当然与其战时创伤体验亦密不可分。他还创作了一些随笔,如《美国情感旅行》(1962)、《苏联情感旅行》(1964)、《我的昭和史》(1980—1988)等。

小岛信夫,生于岐阜市,从少年时代开始热爱文学,1941 年 3 月毕业于东京大学英文专业,喜爱果戈理、横光利一、中野重治文学。1942 年应征入伍,在中国华北战场担任信号兵,1946 年 3 月复员。不久开始创作,先后发表了《火车中》(1948)、《燕京大学部队》(1952)、《步枪》(1952)等作品。其中,《步枪》可以说是其文坛处女作,他因这篇作品而开始受到关注。作品以作家本人的战争体验为素材创作而成,描写一名青年士兵对自己的步枪由爱转恨,继而引发人格崩溃的过程,被认为是日本战后军队小说的佳作。1954 年 4 月开始担任明治大学副教授,同年以《美国学校》获得第三十二届芥川文学奖,1957 年获洛克菲勒财团资助赴美国一年,另有代表作《拥抱家族》(1965)等。"美国学校"指当时美国占领军为在日美国人的子女开办的学校。《美国学校》描写日本战败后三年,某地约三十名英语教师参观美国学校时的情景,作品开篇处写道:

> 已过了八点半的集合时间,但主管的官员未到。美国学校参观团一行已在二三十分钟前几乎到齐了。一行三十人左右,夹在上班族中间来到县政府,不觉只剩下他们了,各自坐在石阶上或碎石子上。其中可见一位女教师的身影,一身盛装打扮,蹬着高跟鞋,穿着一套新格纹套装,戴着帽子,反倒给人一种卑微的可怜感。[①]

作品开篇处即暗示了日美之间的不对等关系,日本英语教师一行约三十人提前到达集合地点,但美方迟迟不到,"盛装"的日本女教师尤其"给人一种卑微的可怜感"。实际上,只能"各自坐在石阶上或碎石子上"茫然等待的日本教师们无疑都显得有点"可怜"。作品以美国为"镜像",象征性地描写了美军占领时期日本人的屈辱感。《拥抱家族》则描写了家庭的"崩溃",作品开篇处亦点出了种种崩溃的迹象:

> 三轮俊介像往常一样想道:自女管家道代来了以后这个家脏乎乎的。
> 丢下家中的活儿不管,一早就躲进厨房里边喝茶边谈笑,就是客厅

> 也还是昨晚那副样子。爱清洁的时子今天也忘了管束道代。①

家中有女主人，还有女管家，却"脏乎乎的"，原本"爱清洁"的妻子懒得打理家务了。"清洁"二字的寓意可谓深刻。三轮俊介的家之所以陷入"崩溃"状态，其原因在于妻子与美国兵通奸，其中亦可见与《美国学校》一脉相承的屈辱感。最终，妻子时子患上了"乳腺癌"，在接受激素疗法时，还长出了男人般的"胡子"，可见其母体亦完全崩坏。小岛信夫曾在其第一部短篇集的后记中指出其主人公都是残疾人士，他需要这种"幽默"的面纱，否则他会因为害羞而无从下笔，可见其幽默感中隐含的深刻的讽刺意味。

庄野润三，生于大阪府，父亲是帝塚山学院院长。少年时代患肾炎，曾短期休学。1937 年十六岁时，两个哥哥赴中国战场。1939 年 4 月进入大阪外国语学校英语专业学习，喜欢阅读英国作家查尔斯·兰姆的《伊利亚随笔》及井伏鳟二等的作品，1941 年从大阪外国语学校毕业，翌年进入九州大学东洋史专业学习，比岛尾敏雄低一级。1943 年 12 月进入广岛县大竹海兵团，1944 年任海军少尉，1945 年 8 月复员。其哥哥、弟弟亦相继复员，但大哥不久病死，二哥成为战犯嫌疑人。复员后，曾担任中学教员，同时开始文学创作，曾经一度与岛尾敏雄、三岛由纪夫等创办同人杂志《光耀》。1951 年进入朝日广播公司工作，从事教养节目的制作工作。《情书》(1953)、《丧服》(1953)入围 1953 年上半年芥川奖候选作品。1954 年，《游泳池畔小景》获第三十二届芥川文学奖。1957 年获美国洛克菲勒财团奖学金，携妻子赴美访学一年。庄野文学从《爱抚》(1949)、《舞蹈》(1950)开始受到关注，均描写日常家庭生活和夫妇之间的隔膜。《游泳池畔小景》描写男主人公青木因迷恋上一家酒吧的年轻老板娘，导致自己入不敷出，后因挪用公款被公司解雇，家庭生活陷入危机，但为避开邻人的耳目，表面上依然假装一家其乐融融的样子，以至于游泳教练看到一家人离开游泳池时的情景，连声赞叹："那才是真正的生活啊！那才像生活啊！吃晚饭前，一家人先在游泳池里游上一阵子……"②庄野文学能够洞察人生的深渊，揭示幸福日常中的深刻不安，如何将虚无主义与日常相融合是其重要的文学主题。《游泳池畔小景》就是这样一篇象征性地描写小市民家庭生活表象下的深刻不安之作。这种不安实际上源自战争的创伤，亦是战争创伤的象征性表述。青木常去的酒吧是一间充满了虚无、荒芜感的破败酒吧，他迷恋上的那个酒吧女，即那间酒吧的经营者亦是一个虚无、阴郁的美人，有着"此岸"的容貌和"彼岸"的气质。这种气质与她的战争体验有

---

① 小岛信夫：《拥抱家族》，龚志明译，黑龙江人民出版社，1991 年，第 3 页。

② 谷崎潤一郎［ほか］編『日本の文学　第75(阿川弘之　庄野潤三　有吉佐和子)』(中央公論社、1969 年)172ページ。

关,她曾经告诉青木:"幼年时代是和父亲在哈尔滨度过的。每到夏天,父亲总会带我到太阳岛,在松花江岸边和俄罗斯人一起玩耍。回家途中,总会到面向散步道的餐厅,在乐队旁的桌边,父亲会喝上几扎啤酒,自己则咬着黑面包,望着夕阳时分的河面。"①淡淡的笔触揭示出日常生活中隐含的秘密,虽然"哈尔滨、太阳岛、松花江"这些地名已经成为作品人物的遥远记忆,却指向日本的侵略战争、掠夺等曾经的非正义行径,这与现时的日常形成互动,不经意间令平静的日常陷入崩溃状态。这是朝鲜战争后日本社会生活的真实,反映了繁荣、幸福的日常中,隐含着可能导致崩溃的沉重不安——日渐变成"记忆"的战争问题。庄野润三后来创作的《静物》(1960)、《傍晚的云》(1964)等作品亦以家庭生活为题材,但力求表现和睦的家庭生活,即便面临危机,最终也会回归宁静与祥和。

三浦朱门和曾野绫子是"第三新人"中的一对夫妻作家。三浦朱门生于东京,1945年入读东京大学文学部,同年夏天应征入伍,因日本战败复员。1948年3月,进入东京大学研究生院学习,同时兼任日本大学艺术专业讲师。1950年从研究生院退学,同年12月与友人一起创办第15次《新思潮》杂志,开始文学创作。以《画鬼》(1951年,后改名为《冥府山水图》)获得关注,这是一篇中国题材作品,描写了一位把生命倾注于山水画的画家,表达了一种由艺术、美所象征的超越的理念,其创作手法、作品内容都留有浓郁的芥川龙之介风格,与芥川的艺术小说《秋山图》有异曲同工之妙,"神品、气韵生动,笔势墨色卓越"等汉语词的熟练运用亦与《秋山图》一脉相承。作品的最后部分写道:"我们终究不过是时间的奴仆。时间随心所欲,它将废纸变成名作,又令名作腐烂。"其中不乏对社会和人生的洞察。1963年由远藤周作担任证人,成为天主教徒。作为"第三新人"中的一员,三浦后来也创作了较多描写日常家庭生活的作品,如《偕老同穴》(1963)、《盆景》(1967)等,其中后者描写了闭塞狭小的家庭生活之痛,揭示了现代家庭崩溃的情况,获得新潮社文学奖。

曾野绫子,生于东京,原名知寿子,1951年成为第15次《新思潮》杂志的同人,1953年与三浦朱门结婚,1954年毕业于圣心女子大学英文专业,在学校受到天主教文化的熏习,这亦影响了她的创作风格。其作品《远方的来客》(1954)入围芥川奖候选作品,由此开始获得文坛的关注。《远方的来客》以作者在箱根富山屋宾馆打工的体验创作而成,以被美国占领军接管的宾馆女员工的视角,描写了她眼中的美国士兵及其他工作人员。她将美国士兵当作"远方的来客"的构思,一改之前同类作品中日本人对美国占领军的卑屈感,而以平视的视角,展现了一种异质感。1952年美国在日本的占领告一段落,该作品的出现亦符合当时

---

① 谷崎潤一郎［ほか］編『日本の文学 第75(阿川弘之 庄野潤三 有吉佐和子)』(中央公論社、1969年)178ページ。

日本的时代需求。其代表作尚有《无名碑》(1969)、《为谁而爱》(1970)、《以幸福为名的不幸》(1972)等。

有吉佐和子(1931—1984),生于和歌山县,父亲因银行工作之需,曾经长驻纽约,1935年回国,一家人由此移居东京。1937年又随父亲移居东南亚各地,1941年返回日本,毕业于东京女子大学英文专业,在校期间喜爱戏剧,曾加入歌舞伎研究会,亦曾加入小林多喜二、宫本百合子文学研究会,参加第15次《新思潮》同人等。1956年《地歌》获文学界新人奖、芥川奖候选作品,由此正式走上文坛。1959年获洛克菲勒财团资助赴美国纽约莎拉劳伦斯学院进修。1961年应中国对外友协之邀访华一个月。1965年为收集创作素材再次访华。其创作主题主要包括三个方面:首先是《地歌》、《人形净琉璃》(1958)、《黑衣》(1961)等描写日本传统艺术的作品;其次是《香华》(1961—1962)、《华冈青洲的妻子》(1967)等描写家庭中母女、婆媳代际问题的作品;还有涉及战争、种族歧视、老人问题等社会问题的作品。《恍惚的人》(1972)揭示了日本面临的老年人问题、医疗问题,同时提出了人的衰老及死亡等问题,具有鲜明的超前意识,引发了当时日本社会的强烈反响,出版翌年就被拍成电影。《恍惚的人》以一个双职工家庭为背景,刻画了患阿尔茨海默病的公公,以此揭示老年人问题的社会性。作品从一个下雪的冬日黄昏起笔,儿媳妇昭子第一次发现了公公的异常:"昭子从五日市街一拐到梅里,突然停住了脚步。她看见一个身材高大的老人,从对面径直走来。也不知为什么,老人的脸色都变了。他系着领带,穿着皮鞋,却没穿大衣,也没打伞。下雪天这个样儿出门,实在有些异常。"①患阿尔茨海默病老人的可怜与无助跃然纸上,亦揭示出生命的短暂与脆弱,可见作者敏锐的问题意识。《综合污染》(1974—1975)被认为是日本生态文学的代表作。唐月梅在《忆佐和子》一文中指出,作家为了创作这部作品,阅读了三万多种有关公害的图书,走访了几十位环保专家,深入日本各地农村做实地考察,并且到中国农村调查,还出席巴黎的有机农业世界大会,深入了解相关情况,以与日本农业公害进行对比。她为写作这部不到三十万字的作品,花费了整整三年时间,如果从思考题材算起,则整整用了十三年的时间,这使这部作品有了公害百科全书般的性质。② 有吉佐和子广阔的创作视野与其曾经的国外成长经历不无关联。她对日本传统艺术的关注亦与其非同寻常的比较文化视角有关。而她对家庭中的代际关系、日本社会问题的洞察则与其作为女性作家的独特视角不无关联。

远藤周作,生于东京,父亲当时在银行工作,母亲曾就读于东京音乐学校小提琴专业。1926年因父亲的工作关系,随父母亲移居中国大连。1933年十岁时

---

① 有吉佐和子:《恍惚的人》,秀丰等译,人民文学出版社,1979年,第2页。

② 有吉佐和子:《暖流》,唐月梅译,春风文艺出版社,1988年,第5页。

父母亲离异,他随母亲返回日本,入读神户市的小学,1935年考入中学,同年受洗成为一名天主教徒。1945年入伍体检不合格,后因日本战败免于入伍,1949年毕业于庆应大学文学部法国文学专业,大学在校期间涉猎法国现代基督教文学,亦尝试撰写评论文。1950年7月,作为日本战后第一批赴法留学生留学法国,入读里昂大学,研究法国现代基督教文学,留法期间笔耕不辍,不断以法国观感撰文向日本国内的杂志投稿。1953年2月,因健康问题,提前结束留学生活返回日本,同年在《近代文学》杂志上连载《留法日记》,并于早川书房出版《法国大学生》。1955年以《白种人》获得第三十三届芥川文学奖。此后,在创作之外,还积极参加亚非作家会议等,曾与野间宏进行《参加亚洲、非洲作家会议》的对谈(《赤旗》1956年12月),另有代表作《海与毒药》(1957)、《沉默》(1966)、《深河》(1993)等。《沉默》以江户时代的禁教历史为背景,描写一名外国传教士为拯救日本教徒而用脚踩踏圣像的故事,以此探讨基督教与日本本土宗教之间的关系问题。《海与毒药》是其前期巅峰之作,根据"二战"末期发生在九州大学医学部的真实史实创作而成,作者试图通过揭露对美军俘虏实施活体解剖事件,探索缺乏罪恶感的现代日本人的内心世界,提出了有关日本人的罪与罚的问题。《深河》是远藤文学的集大成之作,书名"深河"指印度的恒河,作者通过日本旅行团成员的印度之行,提出了宗教多元主义的问题。例如,作品第十一部分描写大津住所的几本书,包括祈祷书、《奥义书》、特蕾莎修女的书、《圣雄甘地语录集》,这些书明显超越了宗派的框架。日本评论家一般将远藤周作归入夏目漱石、芥川龙之介、堀辰雄这一文学谱系。可以说,远藤文学确实将芥川龙之介在《烟草与恶魔》《西方之人》《续西方之人》等基督教题材作品中未完的探索推向了新的高度。20世纪50年代以后,日本文坛出现了较多创作基督教文学的作家,远藤周作即其中的一员,亦是日本战后基督教文学最重要的作家。

第五节　大江健三郎:战后派文学的回响

大江健三郎是日本现代文学的重要代表者之一,1994年获得诺贝尔文学奖。他1935年1月出生于四国岛爱媛县的一个峡谷村庄,在森林中的峡谷村庄中度过了童年时代。他曾在自书年谱中写道:"在第二次世界大战期间,作为国民学校的学生,接受了国粹主义式的初等教育。战后,在新制中学、新制高中接受了民主主义教育,我觉得这对自己的自我形成意义重大。"作为一名文学少年,他喜欢阅读马克·吐温的《哈克贝利·费恩历险记》、塞尔玛·拉格勒夫的《尼尔斯骑鹅旅行记》,由此培养了对文学的想象力。1954年进入东京大学文学部法国文学专业学习,他在自书年谱中继续写道:"对于大学时代的自己而言,内部世界由帕斯卡和萨特所代表,外部世界由纳粹德国的集中营所代表,总归都是书中的世界。"①他从大学一年级开始便创作校园剧本和小说之类,早期作品《火山》(1955)、《野兽们的声音》(1956)便收获了较多的好评。发表在1957年5月22日《东京大学新闻》上的《奇妙的工作》受到了平野谦的关注。此后,《文学界》《新潮》《近代文学》等著名期刊开始邀请他发表作品,他陆续创作了《死者的奢华》(1957)、《他人的脚》(1957)、《饲育》(1958)、《人羊》(1958)等作品,1958年7月以《饲育》获得第三十九届芥川文学奖。1959年从东京大学毕业,毕业论文研究萨特小说中的形象问题。

大江于1960年2月结婚,1963年6月长子大江光出生,但孩子患有先天性脑瘫,这对大江是一个沉重的打击,大江最终选择了与残疾儿"共生"的道路,《个人的体验》(1964)等诸多作品就以他的这种人生体验为素材创作而成。此后,他开始关注广岛原子弹爆炸的惨状,这是与残疾儿"共生"之路延伸出的"共苦"之路,同时开启了一种面向"他者"的视角,这是日本传统私小说缺乏的元素,他由此成为日本现代文学的重要推手之一。大江以其广岛体验写成随笔集《广岛札记》(1964),其中的介入意识是对日本传统私小说"社会面"的拓展。从明治时代开始,日本出现了一批因绝望自杀或陷入颓靡的作家,而大江则是一位坚毅的探索者,一直在黑暗与痛苦中不停地摸索前行,为日本现代文学展示了一条通往"希望"之路。这是他在与"他者""共生"的过程中摸索出来的道路,这种"共生"的路径对于日本现代文学摆脱"死亡"的阴影具有示范意义。其长达六十多年的创作生涯,大致上可以分为四个时期。

第一期从大学在校时期创作的短篇小说《奇妙的工作》出版开始至长篇小说《个人的体验》出版为止。这时期的作品展现了大江文学的原点,即"战争"记忆以及对美军占领造成的日本民族精神压抑状况的揭示。此外,残障儿诞生后,他在摸索中形成了与"他者""共生"的意识。这时期的作品还包括《饲育》、《死者的奢华》、《人羊》、《拔芽击仔》(1958)、《我们的时代》(1959)、《迟到的青年》(1962)、《十七岁》(1961)、《性的人》(1963)、《空中怪物》(1964)等三十岁以前创作的一系列作品。

第二期从《万延元年的Football》(1967)出版开始至《同时代的游戏》(1979)出版为止,即20世纪60年代后半期至70年代。这时期的作品还包括《请告诉我们在疯狂中活下去之路》(1969)、《洪水涌上我的灵魂》(1973)、《摆脱危机者的调查书》(1976)、《同时代的游戏》等。作家在这时期主要关注了明治维新后现代日本的暴力以及由暴力引发的"死亡与再生"等问题,《万延元年的Football》中的鹰四这个人物便象征性地展现了无处不在的暴力与死亡的问题。

第三期从《聪明的"雨树"》(1980)出版开始至《燃烧的绿树》(1993—1995)三

---

① 谷崎潤一郎［ほか］編『日本の文学 第76(石原慎太郎 開高健 大江健三郎)』(中央公論社、1968年)561—564ページ。

部曲、《空翻》(1999)等作品出版为止,即 20 世纪八九十年代。这时期的作品还包括《听"雨树"的女人们》(1981)、《新人啊,觉醒吧》(1983)、《被河马咬了》(1985)、《M／T 与森林的不可思议的故事》(1986)、《致思年华的信》(1987)、《人生的亲戚》(1989)、《治疗塔》(1990)、《静静的生活》(1990)等,这时期的文学主题为救赎与疗愈等问题。

第四期大致从 2000 年的"晚期工作"开始算起,大江尤其关注天皇制文化表象下的暴力问题,以及为下一代写作的问题。这时期的作品包括《被偷换的孩子》(2000)、《愁容童子》(2002)、《别了,我的书》(2005)、《二百年的孩子》(2003)、《优美的安娜贝尔·李寒彻颤栗早逝去》(2007)、《水死》(2009)、《晚年样式集》(2013)等,可见其作为一名有担当的作家的责任与良知,他在《晚年样式集》的腰封上写道:"这也许是最后的小说,我并非作为一位纯熟的老作家,而是一直在福岛和核电事故悲剧的追逼中写作,但我也想告诉死去的朋友们,我重新引用了七十岁时写给年轻人的希望之诗作为作品的结语。"①

在大江文学中,故乡四国的峡谷村庄是一个非常重要的文学空间,《饲育》《万延元年的 Football》《燃烧的绿树》《水死》等各时期的代表作都以四国的峡谷村庄为舞台,由此演绎出一个历史与神话、现实与虚构交融的大江文学世界。此外,在大江文学的起步阶段,与日本战后派文学的代表人物、《近代文学》评论家荒正人及平野谦的邂逅具有重要的文学史意义。在他们的支持下,大江顺利地登上了文坛。大江的文学禀赋吸引了这两位战后派老将,他们之间可谓是宿命般的邂逅。首先,《奇妙的工作》引发了荒正人的注意,荒正人把它推荐为东京大学五月祭获奖作品。在一般情况下,这种校园文学即便获奖,亦将埋没,但平野谦接着在《每日新闻》的"文艺时评"中提到了这篇作品,大江由此开始收到著名期刊的约稿,翌年 7 月便以《饲育》获得第三十九届芥川文学奖,其文学天赋一时引发了广泛的关注,荒正人曾在《十年岁月》中指出,日本文学界曾经一度出现过"大江健三郎之后无新人"的说法。② 可以说,大江是在《近代文学》抑或日本战后派评论家的提携下走上文坛的。

《奇妙的工作》讲述了学校广告栏贴出招聘临时工的消息,工作内容是杀掉一百五十条大学附属医院的实验用狗,"我""女大学生""私立大学的大学生"三人应聘,但最终雇主和三个学生都一无所获的故事。关于大江的早期创作,平野谦曾经写道:

　　《奇妙的工作》是发表在东大新闻上的作品,如果其推荐人不是荒

① 　大江健三郎『晚年樣式集』(講談社、2013 年)、带。
② 　大江健三郎『大江健三郎全作品　1』(新潮社、1973 年)、付録 11ページ。

正人,我差点忽视了。我先读了荒正人的推荐文,便有了读原作的兴致。我随意地读着,发现《奇妙的工作》作为短篇形式的完成度很高,还发现其内容亦富于新意。我记得我在当月的时评中介绍这是一篇艺术性、现实性兼具的佳作,那是作者与我最初的邂逅。……其最初的小说集《死者的奢华》于1958年3月出版时,作者写了如下后记:"这些作品几乎都是我于1957年下半年写的,思考被监禁的状态、在闭塞的墙壁中生存的状态是我一贯的主题。"①

从上文可知,大江在其创作的起步阶段即具有明晰的创作意识。平野谦接着由被拴在桩子上的毫无个性的"狗"联想到"日本学生"的笔法,指出其寓意是美军占领下的日本人形象,可谓一针见血。大江的其他早期作品,如描写大学生搬运医学院地下水槽死尸的《死者的奢华》、描写日本人在美军占领下的屈辱感的《人羊》等,均描写了闭塞空间中的生存状态,其问题意识亦都直指日本的侵略战争及战败后被占领的情况,显示出与战后派文学一脉相承的特点。《死者的奢华》曾与开高健的《裸体国王》(1957)竞争芥川文学奖,结果开高健先行获奖,但由此亦可见这篇作品在当时日本的轰动效应。大江本人对其与战后派文学之间的亲缘关系亦心知肚明,他在诺贝尔文学奖授奖仪式上的致辞《我在暧昧的日本》中写道:

我觉得,日本现在仍然持续着开国一百二十年以来的现代化进程,正从根本上被置于暧昧(ambiguity)的两极之间。而我,身为被刻上了伤口般深深印痕的小说家,就生活在这种暧昧之中。

把国家和国人撕裂开来的这种强大而又锐利的暧昧,正在日本和日本人之间以多种形式表面化。日本的现代化,被定性为一味地向西欧模仿。然而,日本却位于亚洲,日本人也在坚定、持续地守护着传统文化。暧昧的进程,使得日本在亚洲扮演了侵略者的角色。而面向西欧全方位开放的现代日本文化,却并没有因此而得到西欧的理解,或者至少可以说,理解被滞后了,遗留下了阴暗的一面。在亚洲,不仅在政治方面,就是在社会和文化方面,日本也越发处于孤立的境地。

就日本现代文学而言,那些最为自觉和诚实的"战后文学者",既在那场大战后背负着战争创伤,也在渴望新生的作家群,力图填平与西欧先进国家以及非洲和拉丁美洲诸国间的深深沟壑。而在亚洲地区,他们则对日本军队的非人行为做了痛苦的赎罪,并以此为基础,从内心深

---

① 大江健三郎『大江健三郎全作品　1』(新潮社、1973年)、付録2—3ページ。

处祈求和解。我志愿站在了表现出这种姿态的作家们的行列的最末尾，直至今日。①

　　从上文"我志愿站在了表现出这种姿态的作家们的行列的最末尾"可知，大江将自己定位为战后派文学的后继者。如前所述，朝鲜战争后，日本经济回归正轨，同时日本成为美国的桥头堡，"对日本军队的非人行为做了痛苦的赎罪，并以此为基础，从内心深处祈求和解"的日本战后派文学失去了进一步发展的社会环境。所以，作为战后派文学的后继者，大江的文学探索必然充满了痛苦，这从其各时期的诸多作品中可以了解。例如，大江在《万延元年的 Football》的开篇处写道：

　　　　在黎明前的黑暗中醒来，渴求着炽热的"期待"感，摸索噩梦残存的意识。焦灼地期盼如咽下的使内脏燃烧的威士忌般热辣辣的"期待"感确实回复肉体深处的摸索总是徒然。握起无力的手指，而后，面对光亮正不情愿地退缩的意识，知道浑身骨肉分离之感，且这感觉正变为钝痛。无奈，只得再次接受这隐隐作痛、支离破碎的沉重肉体。显然不愿想起这究竟是何物在何时的姿势，我只是手脚蜷缩地睡着。②

　　《万延元年的 Football》是其诺贝尔文学奖获奖作之一，整部作品共分十三个篇章，其中第一篇题名为"在死者的引领下"，开篇处使用的"黎明前的黑暗、噩梦、摸索、钝痛、隐隐作痛、支离破碎、沉重肉体"等一连串词无不指向深刻的痛楚，这与"在死者的引领下"的铺展有关，与作家从日本的暧昧中感知到的痛苦亦不无关联。事实上，"在死者的引领下"是大江文学的重要主题之一，其《日常生活的冒险》(1964)亦从友人的"自杀"起笔：

　　　　您可曾想象过接到如此来信时的痛苦？说是您的一位时而与您吵嘴，但您终究一直牵挂在心的挚友在火星的共和国那样遥远的陌生地突然莫名其妙地自杀了。在弱小的兽类世界里，也许存在巨兽将其坚硬的头颅如同软软的蜜饯般啃咬的残酷体验。但我现在认为在人类世界里，这是最痛苦的体验了。我之所以这么说，是因为我刚刚收到一封从巴黎转来的短信，说我的年轻友人斋木犀吉在北非一个独立不久的国家的地

---

　　①　大江健三郎：《我在暧昧的日本》，许金龙译，《万延元年的 Football》，邱雅芬译，作家出版社，2006 年，第 223 页。

　　②　大江健三郎：《万延元年的 Football》，邱雅芬译，作家出版社，2006 年，第 1 页。

方城市布日伊的宾馆,用拴在浴室淋浴喷头上的皮带上吊自杀了。①

作品人物"我"将友人"莫名其妙地自杀"作为"我"人生中"最痛苦的体验",其中可见大江文学的问题意识,即如何超越死亡的问题。《日常生活的冒险》结尾处的诗作写道:"别以为死者已经死去/只要生者尚在,死者不死,死者不死!"可见超越死亡之路首先必须唤醒"记忆",之后才有可能"超越"。作为一名人道主义作家,《个人的体验》后的大江文学都是充满"希望"的,《万延元年的 Football》亦然,大江在作品的结尾处写道:

> 我和妻子、胎儿穿过那片森林出发了,我们不会再次造访山谷吧。既然鹰四的记忆已作为"亡灵"为山谷人所共有,那么我们没有必要守护其坟墓。离开洼地后,妻子将努力使从保健院领回的儿子融入我们的世界,同时等待另一位婴儿诞生。其间,我的工作场所是充满汗水与尘土的污秽的非洲生活——我戴着头盔,叫嚷着斯瓦希里语,夜以继日地敲打着英文打字机,亦无暇反思自己的内心活动。我不认为用油漆在巨大的灰色肚皮上写有"期待"字样的大象,会踱到我这位埋伏在草原的动物采集队翻译负责人面前。然而,一旦接受这项工作,有一瞬间我认为这对于我总归是一次新生活的开始,至少在那里可以轻而易举地建起草屋。②

作品结尾处一改开篇处的阴郁与痛苦,点明了对"新生活"的"期待"感,尤其对"胎儿""婴儿"的强调更加凸显了对未来的展望。由此可见,《万延元年的Football》亦具有"始自于绝望的希望"③的内涵。这种"始自于绝望的希望"是大江文学的重要魅力之一,也是他为现代日本文学做出的重要贡献之一。可以说,大江为日本现代文学指出了由"死亡"走向"再生"之路。大江文学的意义并不仅仅在于他是日本第二位诺贝尔文学奖获奖作家,更重要的是其文学的"希望"指向,大江本人亦由此在日本现代文学史上占据了不可动摇的地位。

---

① 大江健三郎『日常生活の冒険』(新潮社、1994 年)、5ページ。
② 大江健三郎:《万延元年的 Football》,邱雅芬译,作家出版社,2006 年,第 217—218 页。
③ 许金龙:《"始自于绝望的希望":大江健三郎文学中的鲁迅影响之初探》,《鲁迅研究月刊》2009 年第 11 期,第 29—52 页。

第十一章　经济日趋繁荣时代的文学

日本于 1963 年开通首都高速公路,1964 年起运营东海道新干线,同年举办东京奥运会,1970 年举办大阪万国博览会,日本社会开始进入大众消费时代,媒体亦呈现出大众媒体色彩,纯文学概念发生了变化。此前一桥大学在校生石原慎太郎以《太阳的季节》(1955)获得第一届文学界新人奖,翌年 1 月又获得第三十四届芥川文学奖,这与媒体的商业化宣传密切相关,意味着媒体对文学的强势介入,亦意味着文坛地位的动摇。战后大众文学的崛起亦是这时期日本文学的特点之一。与此同时,随着政治季节的结束,"内向的一代"作家登上文坛,昭和末期进一步出现了完全异质的后现代文学。在经济高度繁荣、文学创作方法发生变化时,文学批评亦呈现出了新的动向。

第一节　战后大众文学的崛起

日本大众文学的早期流行与 20 世纪 20 年代关东大地震后的文化消费导向有关,出版社为了获得更多读者,积极推出人们喜闻乐见的历史小说,之后描写同时代风俗的通俗小说亦受到欢迎,大众文学盛行一时,对所谓纯文学形成了一定的压力,横光利一探索新时期小说创作方法的《纯粹小说论》就诞生于如此背景下,他倡导的"纯粹小说"就是将纯文学与通俗小说融为一体的小说类型。20世纪 50 年代开始,随着日本经济持续向好发展,各类杂志如雨后春笋般出现,有力地促进了战后大众文学的流行。

松本清张(1909—1992)的社会派推理小说的诞生是日本战后大众文学界的重要事件之一。日本推理小说过去都以"解谜"为主,往往陷入非现实的推理游戏中,而松本清张的推理小说重视罪犯的犯罪动机,以此揭露日本社会的深层机制。松本清张生于福冈县小仓市,从小喜欢文学,尤其喜欢阅读芥川龙之介、菊池宽文学,还热衷于阅读《文艺战线》《战旗》等无产阶级文学杂志,当过印刷厂的排版工,后来进入朝日新闻社工作,四十岁后才开始创作小说,是一位大器晚成型作家。1952 年以《某〈小仓日记〉传》获得第二十八届芥川奖,作品描写小仓时代的森鸥外,当时的芥川奖评委坂口安吾指出松本清张的文章极为老练,平淡的表象下潜藏着卓越的造型能力,预见了其非凡的才华。1955 年开始创作推理小说,《点与线》(1957—1958)点燃了"清张热",同时期发表的作品还有描写经济界的《眼壁》(1957)等,引发了推理小说热,标志着日本推理小说新时代的到来。松本清张的社会派推理小说重视犯罪动机、聚焦人物、突显社会性,其笔触毫不留情地直抵社会之恶,其朴素的正义感和对庶民的温情使"清张热"成为一种社会现象。松本清张是一位高产作家,其代表作尚有《小说帝国银行事件》(1959)、《日本的黑雾》(1960)、《深层海流》(1961)、《砂器》(1961)、《现代官僚论》(1963—1965)、《挖掘昭和史》(1964)等,对后来的日本推理小说影响深刻,如《日本的黑雾》揭露了"二战"后驻日美军的丑恶行径,触及了日本战后政治的核心,开拓了企业小说、经济间谍小说之路,"黑雾"一词亦流行一时。松本清张文学融思想性与可读性于一体,引发了纯文学变质论的议题,即其文学为纯文学与大众文学之间的对立关系打上了休止符。

水上勉(1919—2004),生于福井县的一个木工家庭,因家境贫寒,十岁时入京都相国寺,成为一名小和尚,后离开寺院,曾在立命馆大学国文学专业半工半读,但因学费难以为继而退学。1938 年到中国沈阳谋生,不久因患肺结核返回日本,在养病期间阅读了大量文学作品。"二战"后,担任《新文艺》编辑,曾经师从宇野浩二,但在创作方面半途而废,经历过赤贫时代。水上勉以长篇推理小说《雾与影》(1959)回归文坛,这是在松本清张《点与线》的影响下创作的作品,亦获得了"社会派推理小说"的美誉。翌年,描写水俣病的《海牙》(1960)获得侦探俱乐部奖,将自传性与推理性融于一体的《雁寺》(1961)获得直木奖,由此成为与松本清张平分秋色的日本推理文学界的流行作家。水上勉亦是一位高产作家,其诸多作品被改编成电影、戏剧等,其推理小说多取材于时事或社会性题材,亦具有深刻的思想性。伊藤整曾在《纯文学能存在下去吗?》(《群像》1961 年 11 月)中指出日本纯文学的理想状态存在于松本清张及水上勉的创作风格中,可见水上勉的出现亦是当时日本文学界的重要事件之一。水上勉半生漂泊,除了推理小说,还创作了诸多描写悲苦人生,但不乏抒情性与乡土风情,流露出浓郁人道情怀之作,显示了艺术性与故事性的完美融合。

《猿笼河畔的牡丹》就是这样一篇短篇小说。作品以日本发动全面侵华战争时代为背景,描写一个山乡中的新婚家庭的毁灭,丈夫安吉从军阵亡,妻子阿留投河自尽。这是一个几乎与世隔绝的美丽的村子,一条深不见底的溪谷将村子与外界隔绝开来,新娘子在丈夫的陪伴下,第一次乘坐缆车似的简易滑行器"猿笼"进村时,"看见了黑乎乎的岩壁。岩石空隙处还有白雪。沟壑太深了。谷底一层袅袅的薄烟,看不见流水"。她心惊胆战,但亦洋溢着无以言表的身为新娘子的幸福感,发誓"无论怎么艰苦,也绝不独自渡过这溪谷一步"。然而,"当时日本陆军正在中国大陆扩大战火。在南京有个华中战线根据地,在北京有个华北战线根据地。正要进入更大规模的战争,不论在南方的杭州还是华北的后方,都要增派军队"①。安吉不久应征入伍,阿留的美梦亦随之粉碎,最终家破人亡。作品将乡土风情与反战情怀融于一体,达到了艺术性与故事性的完美统一。水上勉的代表作尚有《饥饿海峡》(1963)、《五号街夕雾楼》(1962)、《越前竹偶》(1963)、《火笛》(1960)等。

五味川纯平(1916—1995),原名栗田茂,生于中国大连,从大连第一中学毕业后,就读于东京商科大学预科,但一年后退学,重返大连从事家教等工作,后进入东京外国语学校英语专业学习,1938年在校期间因思想问题被捕,在亲戚的帮助下获释,毕业后进入位于中国东北的昭和炼钢厂从事劳务管理工作。1943年应征入伍,驻扎于中苏边境一带,那里曾经受到苏联军队的猛烈进攻,当时其所属中队一百五十八人中,仅四人活了下来,其中包括五味川纯平,后仓皇逃回鞍山,1948年返回日本,其人生经历成为其文学创作的动力。《人的条件》(全六册,1956—1958)是五味川纯平的成名作,是以其战争体验创作的作品,刚出版时并未引发广泛的关注,但1958年2月的《周刊朝日》以《被埋没的畅销书》为题,刊载了长达七页的作品专集,由此荣登畅销书的榜首,销量达到十万册。作者在作品前言中指出:"我企图探究某种状况下的人的条件,我一开始就知道这是狂妄之念,但创造今天历史的大多数人,在那场战争期间,即便是间接的,终究都对战争进行过协助。所以,我觉得我有必要从我的角度,再度深入其中进行思考,否则我无法前行。"作者通过作品人物艰难地探索着人性及"做人的条件"等问题。《人的条件》成为当时日本战争文学中的鸿篇巨制。日本评论家臼井吉见评价作品是"描写战争,而又超越战争的国民文学的代表作"。此后,作家再接再厉,前后费时十八年,又创作了全十八卷的战争小说《战争和人》(1965—1982),这是日本第一部以中国东北为中心,以日本侵华战争史为背景的全景式的战争文学。关于这部超长篇小说的创作,作者在《感伤的跋》中写道:

　　我活得丝毫也不愉快。未必是由于丧了妻,也并非因为可以与之倾吐愤怒的同辈友人太少了,而是因为不论国家抑或大多数同胞,都把掩饰大大小小的诸般恶行奉为信条。唯有坏人才能飞黄腾达,作威作福,而少数老实人、能够区分善与恶而不肯同流合污者,只能靠坏人的残羹剩饭勉强生存下去。像这样可怜、可鄙的状态,遍布我们这整个岛国。
　　据说古代圣贤有云:笔锋刚劲胜过剑。果真如此吗?依我看来,笔杆子正热衷于为邪剑服务。②

---

① 野间宏等:《日本反战爱情小说集　脸上的红月亮》,于雷译,春风文艺出版社,1991年,第238—242页。
② 五味川纯平:《战争和人》,苏明顺、黄人毅等译,春风文艺出版社,1992年,第2页。

作者感叹日本"把掩饰大大小小的诸般恶行奉为信条"的社会现实。《战争和人》以 1928 年济南惨案至 1945 年日本战败的侵华史为背景,以新兴财阀五代家族的血腥发家史为主线铺陈展开,揭露了日本侵略战争的经济根源。由于历史观、战争观的局限性,这部作品还存在诸多不足之处,但这是以日本侵华战争史为背景的全景式的日本战争文学,其文学文化史意义值得关注。

五木宽之(1932—)生于福冈县,出生后不久便随从事教师工作的父母亲移居朝鲜,1945 年入读平壤第一中学。这时,日本战败了,信奉皇道主义的父亲深受打击,母亲也在这年去世,十三岁的五木宽之开始体验人生之痛。1947 年返回日本,但无处不在的歧视令他始终无法融入日本人的团体意识中,这成为其文学之"无根草"的内核。从福冈县的高中毕业之后,考进早稻田大学俄罗斯文学专业学习,喜欢阅读高尔基、托尔斯泰文学,曾经创办同人杂志《冻河》。六年后,因学费滞纳被取消学籍,后在广告代理店等单位里从事过多种工作,包括为广告音乐填词等。1965 年 6 月前往苏联、北欧旅行了三个月,当时的旅行体验成为《再见了,莫斯科的阿飞》等作品的创作素材。1966 年,以《再见了,莫斯科的阿飞》获得现代小说新人奖,以《看那灰色的马》(1967)获得第五十六届直木奖,由此开始受到广泛的关注,其作品深受年轻读者的欢迎,被认为是"新型现代作家",随笔集《随风吹动》(1968)成为长期畅销作品。《看那灰色的马》描写美苏冷战时期,西方世界对苏联实施的一次文化战争,在惊心动魄的情节下,展现了其深刻的思想性和敏锐的国际触角。五木宽之文学的主要特点之一就是在可读性中融入犀利的社会批判视角,这是所谓"文坛文学"难以企及之处。《看那灰色的马》是"自由世界"阵营联手假借苏联著名作家炮制出的一本小说,经过媒体的宣传包装,在世界范围内轰动一时,苏联则展开了被动的反击,著名作家被捕的消息令苏联陷入孤立之中。这本被炮制出来的小说在传媒的驱动下,产生了轰动效应。关于这一点,作品如此描写:

> 《看那灰色的马》一书,在世界各国一再重版,除了英语的版本外,还有德、法、意等九国文字的版本。好莱坞的权威制片人 M.琼斯还声明,愿以美国电影史上前所未有的投资,将此作品搬上银幕。
>
> 各种有关《看那灰色的马》的广告,通过电视、收音机等传播媒介,惊人地、巧妙地广为宣传,仿佛企图以全世界的新闻界为对象,掀起一场持久的宣传运动。这部作品就是如此有组织地、有力而飞速地遍布在整个世界之中。①

---

① 五木宽之:《看那灰色的马》,谭晶华译,人民文学出版社,2017 年,第 51 页。

可以说,五木宽之非同寻常的洞察力与其少年时代在朝鲜体验的日本战败及返回日本后的"局外人"体验密切相关,这与安部公房文学具有共通之处。

司马辽太郎(1923—1996),生于大阪,父亲是药剂师,原名福田定一,中学时代常在放学回家途中去市立图书馆读书,这种大量阅读的体验一直持续到其大学毕业。大学时代喜欢阅读《史记》和俄罗斯文学,后毕业于大阪外国语学校蒙古语专业,在校期间还兼修过中文,1943年应征入伍,1944年4月赴中国东北地区,在四平陆军战车学校学习,同年12月被编入牡丹江战车第一连队。为应对可能爆发的日本本土决战,1945年5月随所属师团回国。不久日本战败,1946年开始进入报社担任记者工作。1956年,他第一次以"司马辽太郎"的笔名发表的《波斯的魔术师》(1956)获得讲谈俱乐部奖,由此走上文学创作之路,时年三十三岁。成名作《枭城》在报刊连载结束之后,1959年9月由讲谈社出版单行本,翌年1月获得直木奖,由此开始受到广泛的关注。有评委指出这部作品"有力地刻画了最近的大众小说忘却了的'浪漫精神',作品还显示了良好的'结构力'和'新观点'"①。其代表作有《坂上之云》(1968—1972)、《龙马行》(1962—1966)、《盗国物语》(1963—1966)、《项羽与刘邦》(1977—1979),另有《这个国家的形状》(1993)、《十六个话题》(1993)、《日本语和日本人　司马辽太郎对谈集》(1978)、《思考历史》(1981)等大量关于日本、日本史、日本人的文化随笔和对谈录,且频频获奖,其中包括文化功劳者奖、日本文化勋章等奖项。司马辽太郎有"国民作家"之称,不仅受到一般民众的欢迎,亦受到包括多位日本首相在内的日本政界、财界人士的热烈追捧,其历史观对"二战"后的日本人产生了深入而广泛的影响。关于司马文学的价值,有日本读者指出:

> 战败后,我们遗忘了过去美好时代的日本人形象,自恃文化人的自虐史观令民族精神窒息,还夺走了民族的自负心。令人感到讽刺的是,我们的精神与经济繁荣呈反比例,呈现出懊恼、郁结的奇怪现象。这时突然出现的《坂上之云》,在我们闭塞的内心开启了风洞,让我们舒展而透明的精神记忆苏醒了。登场的主人公们在故事中展现出融合了西欧合理主义精神的明治人的拼搏,并以和魂洋才的朝气蓬勃的力量震撼了我们麻木的神经,确实是在恰当的时刻重新评价了"明治的奇迹",对现代鸣响了警钟,所以获得了人们的喜爱。②

司马的笔力使其追捧者误以为其"历史故事"就是"史实"。在其文学世界

---

①　文芸春秋『司馬遼太郎の世界』(文芸春秋、1997年)466ページ。

②　同上,第113页。

中,对亚洲奉行殖民掠夺、强兵富国的"明治时代"是充满荣光的时代,其鼓动性不言而喻,其中充满了对日本殖民侵略史的颠倒认知。

> 虽然我们不能将"司马史观"等同于右翼史观,但是"司马史观"在客观上却影响并助长了日本右翼势力屡撹波澜。司马史观成为日本20世纪90年代以自由主义史观为代表的新民族主义思潮的根源。这股潮流试图从民族的历史文化、民族的传统价值中重新找回自我和自信,呼唤"爱国心",重新树立凝聚民族的认同意识以及价值观。为了重新获得民族同一性、一致性的认同和心理安慰,日本人开始重新寻找民族的荣光,其中一个重要的途径就是重回到民族的历史和传统中。一个重要的表现即重新认识和评价日本明治维新以后所走过的道路,当然也包括重新认识和评价日本对亚洲的侵略历史。
>
> 概言之,司马的甲午、日俄……战争史观是基于理性主义的认识,宣扬民族本位主义,具有功利主义倾向,以追求日本国家利益为最大目标,虽然司马史观在一定程度上对鼓舞日本人的精神起到一些"积极作用",但是其消极因素也是不容忽视的。①

上文关于"司马史观成为日本20世纪90年代以自由主义史观为代表的新民族主义思潮的根源"等评述是中肯的。这亦说明日本大众文学所内含的巨大能量,其对日本社会发挥的巨大的影响作用不容小觑。

小松左京(1931—2011)与星新一、筒井康隆并称为日本三大科幻作家之一,他生于大阪的一个机械商之家,毕业于京都大学文学部意大利文学专业。大学在校期间,曾与高桥和巳(1931—1971)等参加学生运动,还创办过同人杂志《现代文学》(1952)、《对话》(1956)等,大学毕业后曾任某经济杂志的"核问题"记者,并曾经在喜欢发明创新的父亲的工厂当过厂长。1959年开始每月为《广播大阪》创作相声作品三百页原稿纸,展现了出色的创作热情和创作天赋。《在大地上建立和平》(1962)是他作为科幻作家走上文坛的宣言之作,一举成为直木奖候选作品,作品探讨了如果战争并未于1945年8月15日结束,那么日本会是怎样的境况。其代表作还有《日本阿帕奇族》(1964)、《无尽流转的尽头》(1966)、《日本沉没》(1973)等。《日本阿帕奇族》是基于小松左京的战争、战后体验之作,描写居住在旧大阪陆军炮兵工厂废墟的偷铁贼们变成了食铁怪物,吃掉了前来镇压的自卫队的大炮、战车,还吃掉了日本所有的铁制品,沉重地打击了日本的政

---

① 杨朝桂:《司马辽太郎战争史观研究》,南开大学博士学位论文,2014年,第184—185页。

治和经济。《无尽流转的尽头》则描写人类意识超越时空的景象。其最重要的代表作是科幻小说《日本沉没》，这部作品前后费时九年，于1973年完成，当时日本正值"石油危机"时期。"石油危机"导源于1973年10月爆发的第四次中东战争，石油输出国组织为保护民族利益，将每桶石油价格提高了约十倍，日本社会顿时陷入物价暴涨的狂潮中，抢购之风盛行。《日本沉没》中的危机意识与当时的社会现状交相呼应，其中描写第二次关东大地震导致富士山火山爆发，日本列岛分为东西两块，最终沉入大海中，极富临场感，发售近四百万册，引领了此后的日本科幻小说热。小松左京由此成为日本科幻文学界最著名的作家。该作品还两度被拍成电影，拍摄时得到了日本政府的支持，可见作品的危机意识触及了日本和日本民族的本质性问题。小松左京具有明晰的创作意识，他曾经如此讲述其创作理念：

> 我选择科幻小说的原因之一是科学技术问题。具体而言，是战争和原子弹。
>
> 通过人类创造出的科学技术，我们获得了各种信息，扩大了见闻，可以去各种各样的地方。而且，由于科学技术在社会上的运用，人类正在不断地摆脱饥饿、贫困、疾病，但也出现了原子弹、氢弹。人类创造的科学技术的本质是恶的吗？我希望了解其根源，这是文学的新的作用，我由是选择了科幻小说。①

对"人类创造出的科学技术"本质的探讨促使小松左京选择了科幻小说，他认为这是新时代文学发挥"作用"之处，其创作理念由此可见一斑，这亦显示了他作为文明批评家的一个侧面。实际上，小松左京的诸多作品与其战时、战后体验有关，这使其文学与战后派文学亦有了某种亲缘关系。

森村诚一（1933—　　），生于埼玉县，从小喜欢阅读，曾经阅读过世界文学全集。"二战"末期，少年时代的他经历了空袭，这使其文学呈现出反战色彩。1958年，毕业于青山学院大学英美文学专业，大学时代喜欢阅读法国文学，尤其喜欢罗曼·罗兰文学，亦喜欢阅读立原道造（1914—1939）等的作品，时常独自前往名字优美的山区、高原漫步，这些地方后来大多成为其作品舞台。森村诚一曾经长期在宾馆工作，同时利用业余时间进行文学创作，创作过较多以宾馆为舞台的作品，如获得第十五届江户川乱步奖、描写密室杀人案件的《高层的死角》（1969）即这类作品。都市的高级宾馆是各类人员交汇聚集之地，这使其文学创作具备了

---

① 河出书房新社『追悼小松左京：日本・未来・文学、そしてSF』（河出书房新社、2011年）205ページ。

深入挖掘社会性和人性的可能,接连获得了各类奖项,如《腐蚀的构造》(1972)获得第二十六届日本推理作家协会奖,《空洞的怨恨》(1974)获得第十届小说现代读者奖,《人性的证明》(1976)获得第三届角川小说奖。其作品兼具本格派的"解谜"趣味与社会派的"现实性",掀起了日本第三次推理小说热潮,如《人性的证明》被拍成电影,连同图书、音乐均受到了广泛的好评,其中图书畅销三百四十万册。作者还继续推出了《青春的证明》(1977)、《野性的证明》(1977),连同《人性的证明》成为"证明三部曲"。1981年至1982年间,森村诚一在《赤旗》杂志连载纪实文学《恶魔的饱食》,之后集结为两卷单行本出版,作品揭露了日本731细菌战部队在侵华战争时期犯下的滔天罪行,挖掘了侵华战争时期日本人的"加害者"形象,这在日本文学史上显得弥足珍贵。当时,日本经济正如日中天,对侵华战争认知越发暧昧了,日本教科书企图用"进入中国"等字样掩盖侵华历史,《恶魔的饱食》的出版引发了极大的震撼。森村诚一由此成为日本右翼的眼中钉,出版社一度宣布将两卷本《恶魔的饱食》进行绝版处理。此后,作者历尽艰辛,在中国进行了实地考察取证,终于完成了《恶魔的饱食》第三部,于1983年与之前的两部一起于角川书店出版,显示了一个有良知的作家的担当精神,为日本文学史留下了值得记忆的篇章。

第二节　政治季节的结束与"内向的一代"的登场

从20世纪60年代开始,日本经济一直保持着世界最高增速。至1968年明治维新一百周年时,日本超越德、英、法、意,成了仅次于美国的第二大经济体,进入了经济繁荣时期。但经济发展亦带来了环境污染、人的异化等问题,熊本县的水俣病、新潟县的第二水俣病、富山县的痛痛病、三重县的四日市哮喘病是日本的四大公害病,严重威胁着民众的生命安全。此外,由《日美安全保障条约》引发的政治忧虑亦相当深刻,社会内忧并未消除,所以这时期亦是一个政治热情高涨的时期,1960年安保斗争、1970年安保斗争、反对越战、全共斗学生运动等都是这时期日本的重大社会政治事件。与这时期的政治氛围相呼应,高桥和巳、柴田翔(1935—　)、小田实(1932—2007)、开高健、真继伸彦等作家继承战后派文学的社会性视角,于1970年创办季刊杂志《作为人》,力图摸索"人的重建"工作,对当时的文学产生了巨大的冲击力。但时代已经在以经济为中心的道路上高歌猛进,大多数人开始沉迷于安逸的日常生活中,政治季节不可避免地结束了,"内向的一代"的作家们开始悄然登上文学舞台,文学写作方式再次发生变化。

高桥和巳,生于大阪的一个小五金厂主的家庭,家中有兄妹六人,他是家中的二儿子,战争末期经历过空袭,1949年进入京都大学文学部,大学三年级时选择了中文及中国文学专业,师从著名汉学家吉川幸次郎。这时期开始受到野间宏等第一批战后派作家的影响。此后继续升学,1956 年升入博士阶段学习,专攻中国魏晋南北朝文学,1958 年自费出版《弃子物语》。1959 年任立命馆大学讲师,这时期应《文艺》杂志之邀创作的长篇小说《悲器》(1962)获得第一届河出书房文艺奖,其才华受到了广泛的关注。翌年辞职成为专职作家,先后创作了《忧郁的党派》(1965)、《邪宗门》(1966)等探讨社会与个体、政治与个体问题的作品。其代表作还有《我的心不是石头》(1967)、《我的解体》(1971)等。1966 年担任明治大学文学部副教授,翌年重返京都大学,任文学部副教授,1969 年在京都大学爆发学潮期间支持学生,1970 年被迫辞职,与小田实、柴田翔、开高健等创办《作为人》杂志,但不幸罹患结肠癌,于 1971 年 5 月 3 日英年早逝。作为第一批战后派最忠实的继承者,他认真地探索着政治与文学、思想与实践等问题,不幸在日本经济高速增长、日美关系日趋紧密、政治浪潮即将退潮之际倒下了。在其短暂的一生中,他还参与过吉川幸次郎、小川环树监修的岩波书店版《中国诗人选集》中的《李商隐》《王士祯》的编撰工作,与他人合著《汉诗鉴赏入门》。高桥和巳对第一批战后派文学的共鸣源自他对战争的深刻认识——战争给这个世界带来毁灭与破坏,且战争是政治的产物,与人性之恶密不可分。他对"政治"的介入亦与其对"战争"问题的深入思考有关,代表了当时日本左翼精英的良知,亦是"二战"后中日关系中值得进一步挖掘、记忆的篇章。高桥和巳对第一批战后派文学的继承表现在两个方面:一是对政治与文学问题的深入思考;二是自我揭露的姿态。而连接这两个命题的核心是"伦理"问题,即他在日本经济高度繁荣、伦理即将风化的时代,依然探寻着伦理问题,希望通过《作为人》等杂志在文学领域进行"人的重建"工作。他却永远地倒下了。同时代的日本学者指出:"其战斗与充满挫折的人生象征了战后诚实生活的思想型人物的人生。"①这种评价充满了悲伤的色彩。安藤宏亦指出:"这是身体力行政治与文学、思想与实践相克的壮烈之死。"②川西政明认为:"高桥和巳在(20 世纪)60 年代结束时倒下了,他将战后式生活方式即将终结的状况以《我的解体》(1971 年刊)进行表述。高桥和巳那个时代的众多学生离开学校后,学生就不再是社会的主角了。"③由此可见经济的繁荣加强了"思想"的风化。就这样,坚守思想者与其时代一起匆匆地走到了不是终点的终点。

　　小田实,毕业于东京大学语言学专业,曾作为富布莱特留学生留学哈佛大学,后途经欧洲、中东等地返回日本,他以此体验写成的旅行记《什么都去看一看》(1961)畅销一时,获得了青年读者的欢迎,一跃成为流行作家,当然他此前已

---

① 　長谷川泉［ほか］「戦後作家の履歴」(『国文学:解釈と鑑賞』第 38 巻第 9 号、1973 年、179ページ)。

② 　安藤宏『日本近代小説史』(中央公論社、2015 年)199ページ。

③ 　川西政明『昭和文学史　下巻』(講談社、2001 年)374—375ページ。

有一定的文学积累,19 岁时已出版《后天的手记》(1951)。在左翼运动高涨时期,他基于自己少年时代的战争体验,倡导和平,反对越南战争,成为当时日本反战组织"越南和平联合会"的领导,其长篇小说《现代史》(1969)是以越战为背景创作的具有同时代史意义的作品,代表作还有《美国》(1962),以及评论集《开拓战后思想》(1965)、《改造社会的伦理与理论(上、下)》(1972)等。他在日本社会、文学发生急剧转向时代坚持不懈地探索着,一直坚守着反战和平的理念。但经济繁荣使日本社会趋向保守,左翼人士的斗志也在安逸舒适的生活中消磨殆尽,外加左翼组织内部的分裂等,日本知识分子对左翼运动的热情迅速消退,高桥和巳的去世成为极具文学史意义的象征性事件。海湾战争期间,小田实在 1991 年3 月 18 日的《纽约时报》上发表了反战文章。2004 年,他与井上厦、梅原猛、大江健三郎、加藤周一、泽地久枝、鹤见俊辅、奥平康弘、三木睦子共同发起成立保卫日本和平宪法的"九条会"。终其一生,他都没有放弃对"和平"的追求。

柴田翔,东京大学德国文学专业毕业,东京大学教授,青年时代曾经积极投身左翼学生运动,亦深刻地体验了政治季节结束之际的阵痛。以描写中学生痴迷组装半导体收音机的《真空管的故事》(1960)受到关注,该作品揭示了人物空虚的人生追求。以硕士论文修改而成的《亲和力研究》(1960)获得日本歌德协会歌德奖,1962 年获得机会留学德国两年。《然而,我们的岁月……》(1964)以充满抒情与感性的笔触描写了安保斗争受挫后的青春彷徨,引发了诸多的共鸣,作品于 1965 年获得第五十一届芥川文学奖。其代表作还有《我们的战友》(1973)、《中国恋人》(1992)等。

随着日本经济大国身份的确立,川端康成于 1968 年获得诺贝尔文学奖,但他在 1972 年便自杀身亡了。《日本浪曼派》思想的继承人、右翼作家三岛由纪夫则早于川端康成,于 1970 年自杀身亡。1970 年 11 月 25 日早上,三岛由纪夫将刚刚完成的《丰饶之海》的稿件交给家人,之后带领数名盾会成员前往市谷自卫队驻地,呼吁自卫队响应其提出的自卫队军国化以及恢复天皇制传统理念。他说:"我们看到战后日本沉迷于经济繁荣之中,忘却了国之大本,丧失了国民精神,舍本求末,将自己的灵魂陷于空白状态……"[①]他见自卫队员没有响应,便当场自杀身亡。这两起自杀事件都发生在日本经济高度繁荣时期,尤其三岛由纪夫的"政治性"死亡,从另一侧面反映了日本政治季节的结束。与此同时,"内向的一代"的作家们悄然登上了文学舞台。

"内向的一代"是 1970 年前后登上文坛的一批作家,他们与此前的作家具有明显的异质性。川村二郎在 1970 年 12 月的《文艺》杂志上发表《内部季节的丰饶》一文,尝试用"内部"的字样加以概括,之后小田切秀雄称这批作家为"内向的

---

① 川西政明『昭和文学史 下巻』(講談社、2001 年)373ページ。

一代"，这一名称沿用至今。小田切秀雄在 1971 年 3 月 23 日、24 日的《东京新闻》上连续发表题名为《满洲事变以来四十年的文学问题》一文，在文章中指出，最近受到关注的新人作家及评论家"只想在自我和个人的状况内寻找自己作品的真实感，作为脱离意识形态的内向型的一代，正在形成一种现代潮流"。小田切秀雄将他归类为"战后第六批新人"，他在文章中还写道："第三批新人，其后的石原、大江、开高这一代，再下面是跟在小田、高桥、真继、柴田这代人后面，即相当于战后第六批新人。这批文学新人正是作为'内向的一代'出现的。"[①]小田切秀雄用"内向的一代"对这批新人进行了文学史定位。在接下来发表于 1971年 5 月 6 日《东京新闻》上的题名为《现代文学争论点》的文章中列举了这些作家及评论家的名字。作家包括古井由吉（1937—2020）、后藤明生、黑井千次（1932—　　）、阿部昭、柏原兵三、小川国夫（1927—2008）；评论家包括川村二郎、秋山骏、入江隆则、飨庭孝男、森川达也、柄谷行人。作为《近代文学》杂志的重要评论家，小田切秀雄一贯强调文学的社会性，可见"内向的一代"的称谓带有批评色彩。"满洲事变"指日本侵华"九一八事变"，至 1971 年正好四十年。而此时的日本社会在经济繁荣的表象下，正与战后派一代所期待的发展轨迹渐行渐远。"内向的一代"的评论家秋山骏在《战后日本文学史·年表》中指出这批文学新人的四个特征：首先是对谈论"社会"的知识分子话语的违和感和不信任感。其次是把"非现实世界"导入日常中。第三个特征是描写都市生活者的生存状态及都市生活。这不仅远离了写实主义文学重视的家、血缘、故乡，亦远离了现实、自然和生活。第四个特征是描写"无意义的人在无意义的地方过着无意义的生活"[②]。实际上，"内向的一代"之后的日本现代作家亦具有上述特征，可以说这种特征至今仍是当代日本文学的重要特征，可见伴随着政治季节的结束与经济的繁荣出现的"内向的一代"的文学标志着日本文学的巨大转折。

　　"内向的一代"都在少年时期经历过战争，他们在涉及战争或社会话题时，亦主要通过他们自身的少年或青年时代进行表述，即不是直接描绘现实，而是通过描绘对现实的感受进行表述，因为他们不信任外部世界，更相信自我意识。"内向的一代"作为文学流派得以稳固与《文艺》杂志及相关出版社的扶持密不可分。《文艺》杂志凭借埴谷雄高、吉本隆明、三岛由纪夫、高桥和巳四人的影响力，在20 世纪 60 年代末至 70 年代初，一直保持着三万册的发行量，这在文学杂志中是绝对的佼佼者。但高桥和巳、三岛由纪夫的去世削弱了该杂志的力量，发行量急剧下滑，杂志社需要寻找新生代作家的支持。这时期，古井由吉接连发表了《围成圆圈的女人们》（1969）、《杳子》（1970）、《妻隐》（1970）等作品，开始引起人

---

①　三好行雄『近代文学史必携』（学燈社、1989 年）125ページ。

②　同上，第 125 页。

们的关注。于是,文艺杂志社于 1970 年初邀请阿部昭、黑井千次、后藤明生、坂上弘、古井由吉举办了一场题名为"现代作家的条件"的座谈会,这是这批作家第一次见面交谈,亦预示了新生代作家们的登场。与此呼应,1971 年开始刊发的河出书房新社版《新锐作家丛书》有十八名作家入选,小田切秀雄列举的六位作家中有五位入选,即阿部昭、小川国夫、黑井千次、后藤明生、古井由吉。[①]"内向的一代"开始占据新锐作家的地位。就这样,日本小说在 20 世纪 70 年代初完成了一次深刻的新旧世代交替的仪式。

古井由吉,生于东京,是"内向的一代"的中心人物,八岁时经历过 1945 年 5 月的东京空袭。高中时代成为一份校内同人杂志的成员,由此开始广泛阅读文学作品。1960 年毕业于东京大学德国文学专业,毕生论文研究卡夫卡文学,1962 年毕业于东京大学研究生院,历任金泽大学、立教大学德语教师,这期间还从事翻译工作。1968 年发表处女作《星期四》。1970 年辞去教职,成为一名职业作家。1971 年以《杏子》获得第六十四届芥川文学奖,其脱离意识形态的"内向文学"受到了广泛的关注。《杏子》描写患有自闭症的杏子与大学生 S 之间的恋爱故事,从一个病人的视角映射了日常现实的不可靠性,探索了现代人幽暗的深层世界,其细致入微的情景描写颇具特色,成为其早期代表作。同为"内向的一代",评论家柄谷行人积极评价古井文学,其《封闭的狂热》(《文艺》1971 年 4 月)成为评价古井文学的经典视角,引领了此后的评价方向。古井由吉的代表作还有《东京物语考》(1984)、《神秘的人们》(1996)等,其心理描写相当出彩,"内向的一代"由此得名。

黑井千次,生于东京,原名长部舜二郎,父亲曾是东京区法院的检察官。黑井千次毕业于东京大学经济专业,因喜欢战后派著名作家野间宏的文学而走上创作之路。"二战"末期,曾作为一名集体疏散学童在长野县避难。他从小喜欢文学,中学时代曾经与同学们创办同人杂志,报考大学时致信野间宏征求意见,后按照野间宏的建议,报考了经济专业,以便研究资本主义制度下的"人"。1955 年大学毕业,入职富士重工,在那里工作了十五年,同时,他还是新日本文学会的会员,工作之余进行文学创作,以黑井千次的笔名在《新日本文学》上发表了《蓝色工厂》(1958),在《文学界》杂志上发表了《机械装置 No.1》(1958),其以企业中的"人"的异化主题、充满寓意的创作风格引起了读者的关注。此后,他接连创作了《圣产业周》(1968)、《穴与空》(1968)、《时间》(1969)等作品,描写了资本主义制度下"人"的异化与救赎问题,确立起稳固的文坛地位。其中,《时间》受到野间宏《阴暗的图画》的影响,讲述了曾经参加过学生运动的主人公决心重新确认自己在企业中的定位,并思考人的存在意义等问题。1969 年,他以《时间》命名的

① 川西政明『昭和文学史 下卷』(講談社、2001 年)374—376ページ。

第一部作品集获得艺术选新人奖，由此转入职业创作阶段。《时间》是黑井千次的代表作之一，前田爱（1931—1987）尝试从"空间"文学的角度进行把握，他指出："可以说预告了（20世纪）70年代文学的一种出发方式，这是无法在'时间'轴中获得作品的延展，遂尝试从'空间'场中艰难地捕捉不安的生的形态。"①长篇小说《五月巡历》（1977）可谓是《时间》的续篇，作者将"血色劳动节事件"作为现代职场人的问题提了出来。所谓"血色劳动节事件"指1952年的"劳动节事件"，这是日本被美军占领了七年，获得独立后的第一个劳动节，大批民众高呼反战和要求撤除美军基地、提高工资待遇等口号，行进在队伍中，但警察向民众开了枪，大量民众受伤，其中两人身亡，这亦是日本战后第一次出现死亡的学生运动，黑井千次亲身经历了朋友的被捕与审判，这成为其重要的文学主题之一。黑井千次的代表作还有《禁域》（1977）、《春天的路标》（1981）、《群栖》（1984）、《黄金树》（1989）等。《世界文学》1994年第3期推出"日本作家黑井千次专辑"，收录《时间》《来客》《同雨有缘的人》三篇作品及相关论文、随笔各一篇，这是我国首次译介黑井千次文学。其中，木村幸雄在《黑井千次的"时间"与"空间"——读〈时间〉〈五月的游历〉〈群栖〉》一文中指出：

> 在日本现代文学中，黑井千次是一位对现代都市生活的"时间"和"空间"问题求索得最深的作家。
>
> 60年代以来，日本经济高速发展，现代都市生活面临着剧变的危机。黑井千次的文学从"空间"和"时间"这两个切口入手，执着地探求着这种前所未有的都市生活的结构性危机，其代表作可举《时间》《五月的游历》和《群栖》等。②

木村幸雄指出黑井千次文学基于"日本经济高速发展""都市生活"这两个重要基石，并试图从"时间"与"空间"维度加以把握，这在当时的语境中无疑具有一定的前瞻性，但这种批评方式主要指向"写作技巧"，而黑井千次文学从起步阶段开始即具有明晰的写作目的，"内涵"也许是黑井千次文学更为重要的维度。

小川国夫，生于静冈县藤枝町（今藤枝市），幼时体弱多病，小学五年级时曾因肺结核休学两年，喜爱绘画，这对其日后的创作产生了一定的影响。高中时代受洗成为一名天主教徒。1950年考入东京大学文学部国文学专业，为摆脱精神的闭塞感开始尝试写作，在校期间发表了处女作《东海边》（1953）。1953—1956

---

① 　前田爱『都市空間のなかの文学』（筑摩書房、1996年）、559ページ。括注为笔者所加。

② 　木村幸雄：《黑井千次的"时间"与"空间"——读〈时间〉〈五月的游历〉〈群栖〉》，《世界文学》1994年第3期，第191页。

年留学法国,其间还骑摩托车游历了南欧、西班牙、北非、意大利及地中海沿岸。1956 年 7 月返回日本,1957 年 10 月出版短篇小说集《阿波罗岛》,作品分"走下爱立克之路""阿波罗岛""动员时代""大恩惠"四个部分,由二十二个短篇组成,内容包括欧洲纪行及少年时代的回忆,充分展现了小川国夫的文学风格。小川国夫文学大致上包括三个方面的内容:其一是以《圣经》故事改编、扩充之作;其二是以故乡大井川流域为舞台创作的作品;其三是以作家的所见所闻为基础创作的私小说风格的作品。小川国夫是"内向的一代"中的异类。"内向的一代"的作家们大多出生在 20 世纪 30 年代,而小川国夫出生于 1927 年,年龄偏大一点。此外,他是这批作家中唯一的天主教徒,他走上文坛的契机亦与他们中的大多数人不同。"内向的一代"的作家们一般都在获得芥川文学奖后成名,而小川国夫则因为岛尾敏雄于 1965 年在《朝日新闻》发表了一篇有关《阿波罗岛》的书评而受到文坛的关注。那是《阿波罗岛》出版八年之后。小川国夫与远藤周作一样,亦是日本战后具有代表性的基督教文学作家,他在《一部圣经》(1973)中,尝试从一个文学家的视角重写《圣经》,使其文学增添了求道的色彩。

大庭美奈子(1930—2007),生于东京,父亲是海军军医,一家人随父亲工作地点的变换时常搬家,小时候曾在吴市、丰桥市等地生活,在广岛县西条迎来了日本战败。十五岁的大庭美奈子曾经参与原子弹爆炸后的救灾工作,当时的惨状成为其深刻的精神创伤,亦成为其日后重要的文学主题。战败后,一家人迁居母亲的故乡新潟,1949 年考入津田塾大学英文专业,大学毕业后在中学和高中担任临时教员。1955 年结婚,结婚时明确提出要求另一半不得干涉自己写作,翌年女儿出生,1959 年丈夫赴美国工作,她随行移民美国阿拉斯加州锡特卡市,在美国生活了十一年。其间,她在威斯康星州立大学、西雅图市华盛顿州立大学学习,并创作了以美国生活为素材的《没有构图的画》《虹与浮桥》《三只蟹》,其中发表在 1968 年 6 月《群像》杂志上的《三只蟹》获得了群像新人奖,同时获得了第五十九届芥川文学奖,这位旅居海外的女作家开始引起人们的关注。《三只蟹》揭示了现代女性不安的生存状态,可谓是"内向的一代"的先驱之作。此后,她又接连发表了取材于爱斯基摩民间故事及阿拉斯加生活经历的《幽灵们的复活祭》(1969)以及揭示被欲望驱使的人的生存状态的《船蛆》(1969)等作品,显示了旺盛的创作热情。1970 年返回东京居住。此后,她的足迹踏遍了美国、加拿大、南美洲、西欧、东欧、非洲、苏联、中国等国家和地区,不断地开拓着视野,并不断地尝试着采用新的表现方法进行创作,以展现独特的日本视角或女性视角。其代表作还有《浦岛草》(1977)、《寂兮寥兮》(1982)、《鸟啼兮》(1985)、《海中摇曳的丝线》(1989)等。大庭美奈子生于 1930 年,且在广岛有过"战争"体验,这是她与"内向的一代"的共通之处。自 20 世纪 90 年代开始,不断有学者将其放入"内向的一代"的语境中进行考察,吉屋健三《"内向的世代"论》(1998)等就展示了这种研究视角,国内的相关专著①亦在此框架内进行了论述,可以说这种研究视角有利于更加深入地把握其文学乃至"内向的一代"的文学。

第三节　批评界的新动向

法国结构主义批评在 20 世纪 50 年代后期至 60 年代后期盛行一时。法国人类学家列维-斯特劳斯是其中心人物之一,他从未开化民文化中挖掘人类文化基层的方法震撼了西方知识体系。他提出的"作为语言的文化"观念亦为新的批评范式提供了新的认知维度。列维-斯特劳斯学术体系是由索绪尔的普通语言学、雅各布森的结构主义语言学、弗洛伊德的精神分析学理论支撑起来的,这与福柯、拉康、罗兰·巴尔特(1915—1980)、阿尔都塞等人的学术观点相契合,由此掀起了一波结构主义理论热潮。

20 世纪 70 年代,结构主义批评开始在日本流行。所谓结构主义批评有广义和狭义之分,广义结构主义批评包括法国结构主义批评、俄罗斯形式主义批评及欧美结构主义语言学批评等。而狭义的结构主义批评多指 20 世纪 50 年代后半期至 60 年代后半期流行于法国的结构主义批评。日本的结构主义批评是在法国结构主义趋向退潮的 1970 年开始流行的,所以其概念比较宽泛,包括法国结构主义批评、俄罗斯形式主义批评、布拉格学派的文学理论、乔治·穆南的狭义符号论等。其中,罗兰·巴尔特于 1966 年 5 月 8 日至 28 日、1967 年 3 月 5 日至 4 月 5 日、1967 年 12 月 18 日至翌年 1 月 19 日接连三次访问日本,他以这三次访日体验写成《符号帝国》(1970)一书,为日本知识界带去了全新的知识体验。罗兰·巴尔特把文化现象用"符号"进行统括的结构主义批评方式影响了日本学界,所以日本学界亦常用"符号论"代指结构主义批评。

篠田浩一郎在《来自符号学·结构分析的视角》一文中指出:"20 世纪 70 年代后半期,符号学、结构分析这两个术语作为结合在一起的概念被认知,并在我国学界迅速传播。'日本符号学会'成立于 1980 年春天,那是因为各领域都认识到符号学结构分析不限于文学,对解释各种文化现象亦都有效。"②竹田青嗣针对 20 世纪 70 年代末期出现的批评范式转向指出:"现在回望 1979 年柄谷行人与中上健次进行的题名为《关于小林秀雄》(《文艺》)、1980 年吉本隆明与莲实重彦进行的题名为《对批评而言,作品是什么》(《海》)这两个对谈,我认为作为战后批评的重大转折点,颇有象征意义。……可以说,他们在这两次对谈中形成了一

---

① 翁家慧:《通向现实之路:日本"内向的一代"研究》,中国社会科学出版社,2010 年,第 90—99 页。

② 長谷川泉『現代文学研究:情報と資料』(至文堂、1987 年)39ページ。

种共识，即小林秀雄的批评支撑了整个战后批评的框架，要对此进行批判。例如，这时期频繁使用的'作为制度的文学''作为装置的物语'等说法，即他们认为战后批评支撑着作为恶劣制度的文学，而小林秀雄正是战后批评的发端。"①

前田爱的都市空间理论是这方面的实践之作，他将日本的诸多名篇从都市空间的视角进行了全新的观照，如从"1888 年的柏林"的视角切入森鸥外的《舞女》的研究，从"二楼寓所"切入二叶亭四迷的《浮云》研究，从"山手深处"的视角切入夏目漱石《门》的研究，为批评界提供了一种新的批评范式。前田爱于 1982年指出其研究目的是"对将日本近代文学作为自我发展史进行鸟瞰的文学史研究范式提出异议"②。这种立足于文本批评立场，直击传统"时间线性"的研究方法，在日本近现代研究领域开辟了一片新天地。前田爱明确指出其研究视角与结构主义批评之间的关系，例如《都市空间中的文学》所收《塔的思想》《二楼的公寓》受到罗兰·巴尔特的《埃菲尔铁塔》《论拉辛》等的影响，《柏林 1888》受到本雅明的《巴黎，十九世纪的首都》的影响。此外，福柯的《规训与惩罚：监狱的诞生》、乔治·普莱的《圆的变形》、加斯东·巴什拉的《空间诗学》、博尔诺夫的《人与空间》等著作亦是重要的参照依据，是在吸收现象学、符号论、莫斯科-塔尔图符号学派的文化符号论的基础上进行的一次学术冒险之旅。"试图将都市政策、都市社会学理论忽略的、作为软件的都市、作为生活空间的都市，通过文学文本使其浮现出来。"③前田爱积极地回应了结构主义批评热潮，摸索着日本文学研究的新方法。

柄谷行人亦是这次批评转向时期的风云人物。在日本文学史上，他被归为"内向的一代"的评论家。柄谷行人于 1965 年毕业于东京大学经济系，后继续攻读英国语言文学硕士，曾任教于日本国学院大学、法政大学、近畿大学，还长期担任美国耶鲁大学东亚系和哥伦比亚大学比较文学专业的客座教授。以《意识与自然：漱石试论》（1969）获得群像评论部门新人奖，由此成为新锐评论家。《日本现代文学的起源》是其早期代表作，亦是同时代文学批评的代表作。作者通过"风景之发现""内面之发现""自白制度""病之意义"等内容探讨了日本现代文学的起源，其切入视角在当时极为新颖，并极具冲击力。作者主要通过对既有观念进行"颠倒"的方式，重新审视了日本文学的诸多概念，由此对日本文学提出新的见解。他在"中文版作者序"中写道："我写作此书是在 20 世纪 70 年代后期，后来才注意到那个时候日本的'现代文学'正在走向末路，换句话说，赋予文学以深刻意义的时代就要过去了。……不过，我们也不必为此担忧，我觉得正是在这样

---

① 「昭和文学再検討」（『国文学：解釈と教材の研究』第 32 巻第 10 号、1987 年、124ページ。）

② 前田愛『都市空間のなかの文学』（筑摩書房、1996 年）、631ページ。

③ 同上，第 630—631 页。

的时刻,文学的存在根据将受到质疑,同时文学也会展示出其固有的力量。"①由此可见,柄谷行人是在日本文学创作与研究发生双重转向时期开始其探索工作的,而其探索的力度不言而喻。例如,他在"风景之发现"章节中指出:"典型地显示出与江户文学之断绝的是国木田独步的《武藏野》和《难忘的人们》(1898)。特别是《难忘的人们》中,如实地显示了风景在成为写生之前首先是一种价值颠倒这一道理。"②这是对既有批评范式的冲击。柄谷行人成果丰硕,2004 年岩波书店版《定本柄谷行人集》共五卷,第一卷《日本近代文学的起源》(增补改订版)、第二卷《作为隐喻的建筑》、第三卷《跨越性批判——康德与马克思》、第四卷《民族与美学》、第五卷《历史与反复》,还有通过导入"外部"这一概念论述现代思想中的自我矛盾的《马克思,其可能性的核心》(1978)、《内省与溯行》(1985)、《探求Ⅰ·Ⅱ》(1986)等著作。中文版《柄谷行人文集》"编译后记"高度评价了其在批评领域的不懈努力:

　　作为日本后现代思想的主要倡导者和左翼马克思主义批评家,柄谷行人 40 余年来的文艺批评和理论实践,比较完整地反映了"后现代思想"发源于 68 革命,经过 20 世纪 70—80 年代的迅猛发展而于 90 年代逐步转向新的"知识左翼"批判的演进过程。特别是他倚重马克思的批判性思想又借用解构主义的思考理路和分析工具,从反思"现代性"的立场出发,对后现代思想的核心问题如"差异化""他者"与"外部"等观念以及整个 20 世纪人文科学领域中的"形式化"倾向所做出的独特思考,大大地丰富了日本后现代批评的内涵。另一方面,他始终尊重和坚信马克思思想对于资本主义制度的批判价值和方法论意义,一贯致力于从各种不同的角度解读马克思的文本,从中获取不尽的思想资源。而他从 20 世纪 70 年代侧重以解构主义方法颠覆各种体系化意识形态化的马克思主义,并重塑文本分析大师的马克思形象,到 20 世纪 90 年代借助康德"整合性理念"和以他者为目的之伦理学而重返社会批判的马克思,并力图重建"共产主义"的道德形而上学理念,其发展变化本身既反映了他本人作为日本后现代主义批评家的独特思考路径,又体现出其与"西方马克思主义"之间存在着的共通性。2000 年前后,柄谷行人积极倡导并正式组织起"新联合主义运动"(New Associationist Movement,一种抵抗资本与国家并追求"可能的共产主义"的市民运

---

①　柄谷行人:《日本现代文学的起源》,赵京华译,生活·读书·新知三联书店,2003 年,第 1 页。

②　同上,第 12 页。

动），通过重新阐发马克思政治经济学批判中的价值形态理论，提出从消费领域而非生产领域来抵抗资本主义的斗争原理。这些新的尝试包括遇到的理论与实践难关，对于我们理解马克思的思想在当今的理论价值，思考全球化新帝国主义时代资本制度的内在结构和周期性的"信用"危机形态，激发人们超越和克服世界资本主义的理论想象力等方面，都具有重要的参考价值。①

上文积极评价了柄谷行人的一系列研究工作，并将其定位为后现代批评家，这是在当下学术语境中的评价方式，亦可见柄谷行人从结构主义语境出发，不断摸索前行的学术轨迹。

小森阳一是当今日本文学批评界的领军人物之一，1992 年开始历任东京大学副教授、教授，保卫日本和平宪法"九条会"事务局局长。其主要学术成果刊载或出版于 20 世纪 90 年代以后，但其学术起步阶段与上述日本文学及文学批评的结构主义转向时期重叠，且其早期学术方法深受前田爱结构主义批评的影响，可谓是前田爱之先驱工作的继承者与深化者。小森阳一曾就夏目漱石的作品《心》的阐释方式，与传统批评范式的重要代表者三好行雄（1926—1990）展开论争，由此受到日本文学批评界的关注。作为日本现代文学领域的一名新锐研究者，小森阳一在 20 世纪 80 年代后半期已在日本批评界占据一席之位。例如，在柘植光彦列举的 20 世纪 80 年代日本结构主义批评领域的学者名录中可见小森阳一的名字。② 奠定其学术基础的两本著作《作为文体的物语》（1988）、《作为结构的叙事》（1988）亦出版于日本批评范式急剧转型时代。长谷川泉于 20 世纪 80 年代后期主编的典藏版《现代文学研究：情报与资料》中收录了一些当时具有代表性的文学研究方法论文章，其中不仅有长谷川泉本人所代表的以传统研究方法进行研究的文章《作品论与作家论》、平冈敏夫的《文学史的视点》，还有篠田浩一郎的《来自符号学·结构分析的视角》、前田爱的《从"都市空间"阅读》、小森阳一的《"叙事"的结构》，③可见其作为新锐学者是在 20 世纪 80 年代后半期闪亮登场的。在《"叙事"的结构》一文中，小森阳一通过"作者之'死'""话者与叙事者""叙事者与作品人物""叙事者与读者"四个部分展示了结构主义叙事研究的范式，并将长期以来紧密联系在一起的作者与作品分开，提出了一种新的阐释视角，为其今后的学术道路做了铺垫。

小森阳一在为前田爱《都市空间中的文学》撰写的"解说"中写道："也许前田

---

① 柄谷行人：《跨越性批判》，赵京华译，中央编译出版社，2011 年，第 269—270 页。

② 三好行雄『近代文学史必携』（学燈社、1989 年）126 ページ。

③ 長谷川泉『現代文学研究：情報と資料』（至文堂、1987 年）53—59 ページ。

爱想将真正意义上的历史学与社会学、文学统合起来,但那并非简单的跨学科研究,他采取的方法是在文学领域拓展作为分析对象的言说范围,将特定时代的历史、文化、社会状况从同时代语境中突显出来。他试图创造一种批评实践,即将印刻在语言上的叠加在一起的不可视的意识形态进行可视化处理。"①可以说,这不仅是对《都市空间中的文学》的"解说",亦是对其本人批评范式的注释,其自20世纪90年代开始呈现出的文化研究及意识形态批评特色与其对前田爱范式的解说具有共通之处。然而,小森阳一具有深厚的马克思主义理论修养,这使其批评活动展现出更加明晰的社会历史视野。小森阳一著述丰硕,有《阅读夏目漱石》(1993)、《最新宫泽贤治讲义》(1996)、《作为事件的阅读》(1996)、《"摇摆"的日本文学》(1998)、《后殖民》(2001)、《历史认识与小说——大江健三郎论》(2002)、《天皇的玉音放送》(2003)、《村上春树论:精读〈海边的卡夫卡〉》(2006)、《心脑控制社会》(2006)、《种族主义》(2006)等一系列著述。赵京华就小森阳一于2006年推出的《村上春树论:精读〈海边的卡夫卡〉》《心脑控制社会》《种族主义》三本著作指出:

> 这三部新作再次展现了小森阳一精湛的文本解读功力,以及透过文本进入历史深层,从而揭示各种话语叙事背后的权力和制度之不可见的意识形态性——话语暴力的批判力度。同时,向读者透露了眼下他所关注的问题焦点以及未来理论思考的方向:关于历史记忆的抹消与再现之抗争;保守政治与大众传媒联手构成"媒体墙",从而造成一般民众"思考停止"的社会现象;如何通过"语言的运动"重新恢复和激活人类以语言来思考的能力,创造一个以个人民主为基础的多元话语空间或文化政治生态;等等。②

上文高度评价了小森阳一对"话语暴力的批判力度",并指出其所关注的问题焦点以及未来理论思考的方向,即关于历史记忆的抹消与再现之抗争,如何恢复和激活人类以语言来思考的能力,以建构"多元话语空间"等,这实际上也是当今日本文学研究所面临的重要问题。作为当今日本知识左翼的代表性学者,小森阳一由结构主义叙事研究开启学术远航之路,并以马克思主义理论为思想底蕴,展示了一种具有广阔社会历史视野,富于学术洞见、学术担当的文学批评之路。

---

① 前田愛『都市空間のなかの文学』(筑摩書房、1996年)、638—639ページ。
② 赵京华:《日本后现代与知识左翼》,生活・读书・新知三联书店,2007年,第228页。

第四节　回望传统与民俗之作

　　川西政明高度评价中岛敦取材于中国典籍的诸多作品,认为他开启了日本作家创作"中国历史"题材小说的先河。[1]　日本文学中的中国题材作品源远流长,中日学界对此均有梳理,如王向远的《中国题材日本文学史》(2007)即从古代民间故事传说与物语文学开始展开研究。但能在日本发动大规模侵华战争期间继续拓展中国题材作品,并注入同时代日本知识分子心理纠葛的"中国历史"题材作品,中岛敦文学的确是照亮日本战时文学史的一束理性之光。中岛敦在幸田露伴、芥川龙之介文学的延长线上进行了有力的开拓,用其短暂的生涯开启了"二战"后井上靖、陈舜臣(1924—2015)、宫城谷昌光等的"中国历史"题材文学的文脉。

　　中岛敦,生于东京的一个汉学家庭,三个伯父均是汉学家,父亲是中学的汉文教员。然而,正如其精神世界所依靠的重要的汉学背景在历史转折时期已经失去了往日的安宁一般,其个人命运亦充满了颠簸与动荡。中岛敦未满一周岁,父母亲便离婚了,没有母爱也许是他人生中最为深刻的缺憾之一,这种缺憾与其家传汉学的日趋衰微互为表里,使他在那个疯狂的年代,拥有了不同寻常的多元视角,其根植于中国史籍的诸多作品就说明了这一点。1920 年,父亲转任朝鲜总督府龙山中学教师,十一岁的中岛敦随父迁居入读当地龙山公立小学五年级,1922 年升入朝鲜京城府京城中学。1925 年父亲调往中国大连第二中学任教,中岛敦随伯母继续留在朝鲜读完中学,后升入一高。1927 年 8 月,十八岁的中岛敦利用暑假机会探望父母(继母)时,患上湿性肋膜炎,入住大连满铁医院,后休学一年。回日本后又在别府、千叶县保田等地继续养病,他将这时期的体验写成习作《病榻小记》。1927 年 11 月,他在《校友会杂志》上发表《下田女人》,这是他最早发表的作品。1933 年从东京大学文学部国文学专业毕业后,任横滨高等女校教师。同年长子出生,他开始潜心创作。1936 年前往中国旅行,从长崎乘船到上海,并游历了杭州、苏州。后来哮喘宿疾越来越严重,他开始考虑走职业创作之路,于 1941 年 7 月辞去教职,转任南洋厅编修书记,即为编撰南洋殖民地语文教材做调查准备工作,他实际上是希望通过亚热带地区的气候缓解甚至治愈哮喘病,但他的身体日益虚弱,半年后就提交了离任申请,3 月返回东京,在与疾病进行抗争的过程中仍然笔耕不辍,同年 12 月英年早逝,年仅三十三岁。他在出发去南洋前,将自己的一部分稿件交给作家深井久弥,在深井久弥的推荐下,将《文字祸》《山月记》发表于 1942 年 2 月的《文艺界》杂志上,他由此在日本文坛

---

　　① 　川西政明『昭和文学史　下卷』(講談社、2001 年)502ページ。

崭露头角。此后,他再接再厉,同年出版了《光与风与梦》《南岛谭》两部作品集,但这年年底便撒手人寰了。也就是说,他从正式走上文坛到去世,仅仅不到一年时间,像流星般一划而过。中岛敦的代表作《李陵》《名人传》《弟子》以及随笔《章鱼树下》等均是遗作,是其去世后出版的作品。第一套《中岛敦全集》共三卷,由筑摩书房于 1948 年至 1949 年间出版,获得了每日出版文化奖。

武田泰淳在《作家的狼疾——读中岛敦〈我的西游记〉》(《中国文学》1948 年第 1—2 期合刊)中指出:"他创作了他人未曾写过的新文学。"这篇文章与中村光夫在战时发表的《青春与教养——关于中岛敦》(《批评》1944 年第 3—4 期合刊)奠定了中岛敦文学的评价方向。短篇小说《山月记》亦长期入选各种版本的中学教材,这是中岛敦文学之幸。中岛敦在其短暂的文学生涯中创作了大量中国题材作品,如《山月记》《我的西游记》《盈虚》《牛人》《名人传》《弟子》《李陵》等,其中包括取材于中国历史的诸多作品,这在黑暗的战争时期是难能可贵的。此外,他还创作了《风与光与梦》《南岛谭》等南岛作品,展示了宽广的视角与思考力。在汉学式微的时代,中岛敦还创作了不少汉诗,《中岛敦全集》收录了二十五首汉诗,如:"窗外风声近,寒灯照瘦人。岁除痾未愈,烹药待新春。"[①]该诗形象地描绘了作家体弱多病,但又不屈服于困境的内心世界。昭和后期至平成年间的评论家、作家日野启三(1929—2002)在《文学的恩宠》一文中写道:

> 这是我个人的喜好,我并不打算求得他人的赞同。对我而言,中岛敦与官泽贤治并列,是日本现代最重要、最值得亲近的文学者。我不喜欢天才这种称呼。虽然显得粗糙暧昧,我切实地感到他们的稀世才华如流星般放出了稀有的光芒,而后燃烧逝去,放射出了超现实的闪亮的光芒。并非作为表现形式的诗作,而是作为这个宇宙和人类精神纯粹结晶之稀有的"诗魂"的显现。
>
> 不仅如此,用语言正确地表述,这两个人的诗才给人"开放"的印象。例如,中岛敦生于 1909 年,卒于 1942 年。我这么写时,内心会有一种强烈的抵触感。他是活在 20 世纪前半期的自觉的 20 世纪作家。一想到他,我不由得会联想到里尔克的《马尔特手记》(1910)、《杜伊诺哀歌》(1923),卡夫卡的《城堡》(1922),萨特的《呕吐》(1938)。[②]

日野启三将中岛敦视作"这个宇宙和人类精神纯粹结晶之稀有的'诗魂'的

---

① 中岛敦『中岛敦全集 1』(筑摩书房、1998 年)448ページ。
② 中岛敦『中岛敦全集 3』(筑摩书房、1997 年)461—462ページ。

显现",可以说这种评价并不为过。国内学者亦高度评价了中岛敦文学:

> 中岛敦除了有独特的家世和殖民地生活体验之外,更为重要的是,中岛敦亲历了日本军国主义所主导的侵略战争。战争对于作为作家的中岛敦所产生的最大的影响,莫过于神话的破灭。这样的幻灭感使其原本就对于自我、对于存在的依据所抱有的怀疑愈加肥大起来,令他窒息。总之,中岛敦对于存在所做的形上性思索,无论其深度还是广度都已超越芥川文学。如此严肃而深刻地思索存在的作家,在此前的日本文学史中是前无古人的。但是,也正是他对于存在本真的严肃追问开启了战后文学的心声,具有振聋发聩的作用。[①]

中岛敦曾经工作过的横滨高等女校旧址立有"中岛敦文学碑",默默地保存着对这位流星般逝去的作家的记忆。中岛敦曾在汉诗中写道:"北辰何太回,人事固堪嗤。莫叹无知己,瞻星欲自怡。"[②]他用"星辰"烘托出"堪嗤"的人事,并将自己的精神所依与超越的"星辰"世界联系在一起。他在其他汉诗中亦时常讴歌"星辰",可以说他还是一位时时仰望星空的作家。日野启三对其"如流星般放出了稀有的光芒"的评价是恰如其分的。在万马齐喑的帝国主义战争时代,这个来自"星空"的诗魂在人世间体验了刻骨铭心的孤独感,这亦是他在汉诗中感叹的天涯"无知己"的感觉。这位在汉学式微时代降生于汉学世家的作家,亦是一个从小失去母爱的孩子,这在冥冥中似乎有着诸多的寓意。

井上靖,生于北海道上川郡旭川町,原籍静冈县田方郡,祖上代代是医家。井上靖的父亲当时是第七师团军医,曾在朝鲜及中国台湾等国家和地区工作。井上靖小时候曾经长期与祖母一起生活。他从高中时代开始写诗,1930年入读九州大学,喜欢写诗,却无心向学,不久便退学了。1932年入读京都大学哲学系美学专业,1935年创作戏剧《明治之月》,发表在《新剧团》杂志上,同年10月该剧在新桥舞蹈剧场演出,可见其创作天赋。同年11月,井上靖与京都大学名誉教授之女结婚。1936年3月大学毕业,不久参加每日新闻社的小说征文比赛,其作品《流转》获得千叶龟雄奖。以此机缘,于同年8月进入每日新闻社大阪总部工作。1937年9月应征入伍,被派赴中国北方,翌年1月因病被遣返日本,重返每日新闻社工作。1946年三十九岁时,升任每日新闻社学艺部副部长,这时期开始小说创作,《猎枪》发表在《文艺界》1949年10月号,《斗牛》发表在《文艺界》1949年12月号,其中《斗牛》于1950年2月获得第二十二届芥川文学奖,由

---

① 郭勇:《中岛敦文学的比较研究》,北京大学出版社,2011年,第213页。

② 中岛敦『中岛敦全集 1』(筑摩书房、1998年)448ページ。

此他将工作重心转向文学创作。1951 年 5 月辞去每日新闻社的工作,成为一名专业作家,此时井上靖四十四岁,亦是一位大器晚成型作家。

井上靖热爱中国历史、中国文化,一生创作了大量中国题材作品,可以说中国题材作品贯穿了井上靖的整个创作生涯。例如,他在获得芥川奖后不久便发表了中国题材作品《漆胡樽》(1950),此后又先后创作了《僧行贺的泪》(1954)、《天平之甍》(1957)、《楼兰》(1958)、《洪水》(1959)、《敦煌》(1959)、《苍狼》(1960)、《明妃曲》(1963)、《杨贵妃传》(1963—1965)、《褒姒的笑》(1964)、《孔子》(1989)等一系列相关作品。其中,《孔子》是井上靖生前创作的最后一部中国历史小说,被誉为"历史小说的明珠"。为了完成这部作品,井上靖先后六次到中国山东、河南等地实地考察,付出了大量的心血。如前所述,中岛敦在战时创作了诸多中国历史小说。继中岛敦之后,井上靖是"二战"后第一位创作中国历史小说的日本作家,在传承与开拓中国历史小说方面功不可没。井上靖在创作历史题材小说时,重视文献资料的收集与实地取材相结合,这与其长期的记者生涯有关。1957 年 10 月,井上靖以日本作家访华团成员身份访华,此后直至 1988 年 5 月的最后一次访华,共来访中国二十七次,[①]这是一个惊人的数字。井上靖曾与河上彻太郎于 1964 年 9 月进行过一次题名为"井上文学的周边"的对谈,在第一部分"中国旅行"中,井上靖说:"在旅行中,我最喜欢中国旅行。战后,我三次应邀前往中国,中国旅行比欧洲旅行、美国旅行都令人感到愉快。回想迄今为止去过的中国各地,扬州最好,现在还留有古韵,肯定比苏州保留得好。"[②]作家对中国历史、中国文化的喜爱之情跃然纸上,这是促使他此后又继续访华二十四次的原因所在,也是他持续创作大量中国历史题材小说的重要原因之一。

河上彻太郎认为井上靖的作家资质有三个方面的特点:其一是其古代史研究热情,他的这种学者式的气质与其家庭背景有关,他的祖父是一位儒医,岳父是京都大学教授;其二源自其记者生涯的感性与敏锐;第三是故事性与抒情性的结合,而这种抒情性从其诗歌创作、诗歌集出版的经历亦可以看出。[③] 中村光夫指出:"他成功地将私小说的抒情性与大众文学的故事性融合在一起,创制了一种新型小说。其小说兼有故事性和诗性,仅将我国现代小说分裂发展的这两种性格要素融合起来这一点,他也在我国小说史上留下了深刻的印记。故事性和抒情性的融合后来常见于年轻的推理小说作家的作品中,但其开端是井上氏,这

---

① 何志勇:《井上靖历史小说的中国形象研究》,新华出版社,2014 年,第 213—238 页。

② 谷崎潤一郎［ほか］編『日本の文学　第 71(井上靖)』(中央公論社、1964 年)付録 10、1ページ。

③ 同上,第 513—515 页。

个看似简单的事实,更加说明其功绩之大。"①

井上靖是一位勤于笔耕的作家,一生创作了大量诗集、现代题材小说、历史小说、自传体小说、散文诗、随笔等。其历史小说大部分以中国历史为题材,但他也创作了以日本战国时代历史为题材的《战国无赖》(1952)、《后白河院》(1972),以俄罗斯历史为题材的《俄罗斯国醉梦谭》(1968),以朝鲜历史为题材的《风涛》(1963),等等,其中不乏优秀之作。据《井上修一访谈》可知,井上靖之子井上修一就认为朝鲜历史小说《风涛》是井上靖最优秀的历史小说。②"诗"和"历史"可谓是井上靖文学的两个关键词,且看井上靖在《天平之甍》结尾处对鉴真大和尚圆寂场面的描写:

> 鉴真圆寂于唐招提寺落成后的第四年,即天平宝字七年的春天。弟子僧忍基,梦见讲堂栋梁折断,惊醒过来,认为这是师父行将迁化之兆,便召集众弟子,为鉴真画像。是年五月初六,鉴真结跏趺坐,面西而寂,享年七十六岁。死后三日,头部尚温,因之久久不能入殓。

> 次年,八年,朝廷遣使去扬州各大寺。各寺僧众,都身穿丧服,面东三日,志哀悼之意。在鉴真长期居住过的龙兴寺,举行了大法事。后来,龙兴寺被毁于火,但鉴真住过的房院,却没有烧掉。③

《天平之甍》依据奈良时代的传记文学《唐大和上东征传》创作而成。上文与原典《唐大和上东征传》的描述基本一致。在《唐大和上东征传》中,关于鉴真大和尚圆寂的文字亦是这部传记文学中极富于传奇性的诗意书写之一。井上靖将原典的这部分描写几乎照搬到《天平之甍》中,可见他对鉴真大和尚这位东渡日本、无私弘扬佛法、传授佛教戒律的唐代高僧的敬仰之心。井上靖文学因为这浓浓的诗意和宏大的历史视野而在日本文学史、中日文化交流史上留下了闪亮的篇章。

陈舜臣,生于日本神户,祖籍中国福建泉州,原籍中国台湾,从小随祖父学习《三字经》等中国传统蒙学教材,由此打下了较为扎实的古文功底。毕业于大阪外事专门学校印度语专业,该校英语课将柯南·道尔作品当作教材,他因此对推理小说产生了浓厚的兴趣,毕业后留在该校附属西南亚语言研究所工作,参加《印度语辞典》的编撰工作。战后,由于身份国籍的变化,他不能继续留在日本国立学校工作,遂辞去教职准备返回中国台湾,这时期他阅读了王夫之的《读通鉴

---

① 谷崎潤一郎[ほか]編『日本の文学 第 71(井上靖)』(中央公論社、1968 年)516—517ページ。

② 何志勇:《井上靖历史小说的中国形象研究》,新华出版社,2014 年,第 199 页。

③ 井上靖:《天平之甍》,楼适夷译,人民文学出版社,1980 年,第 114 页。

论》，深感自己亦身处历史大变革时期，于是产生了要像杜甫那样以历史再现时代进行文学创作的念头。①《读通鉴论》是清代王夫之通过司马光的《资治通鉴》论述中国历代成败兴亡，以寻求中国复兴大道的一部史论。此后，陈舜臣受聘在中国台北县立初等中学教了一段时间英语，返回日本后在父亲的贸易公司工作，同时利用业余时间大量阅读，三十五岁时决心走文学创作之路。1961 年 8 月，以长篇推理小说《枯草之根》(1961)获得第七届江户川乱步奖，由此正式走上文坛。当时他三十七岁，亦属于大器晚成型作家。《枯草之根》以日本港口城市神户为舞台，塑造了一位名叫陶展文的华人侦探形象，并融入了大量中国文化元素，给当时的日本读者以耳目一新之感，作品题目中的"枯草"与"根"是理解作品世界的重要意象，象征了海外华人的漂泊感，可知该作品具有浓郁的"寻根"意识。也就是说，陈舜臣通过"寻根"开启了他的文学征程。

此后，陈舜臣的创作激情喷涌而出，于 1970 年获得日本推理作家协会奖，该奖与之前的江户川乱步奖是日本推理小说界的两大奖项。这两大奖项均被其收入囊中，可见他在日本文坛的名气。他还于 1969 年获得直木奖，这是日本大众文学的最高奖项，他因此有了"三冠王"之称，这在日本文学界是极为罕见的现象，可见其文学声望。陈舜臣通晓日语、印地语、波斯语、汉语、英语五种语言，他创作视野广阔，外语才华亦为他提供了广阔的文化比较视野。青年时期的他有过严重的身份焦虑，困惑与彷徨始终纠缠着他，这亦是他由"寻根"开启创作之路的原因。1972 年 9 月 29 日中日两国签订共同声明，实现邦交正常化，陈舜臣于一周后的 10 月 6 日便开始了他的第一次中国大陆之行，可见他对踏上大陆国土早已心驰神往。当时，他已经出版了其创作生涯中里程碑式的中国历史小说《鸦片战争》(1967)，已从推理作家成功地转型为中国历史小说家，他需要放下书本，实际感触这片土地和这片土地上的历史。

陈舜臣一生创作了近二百部作品，包括推理小说、自传体小说及相关随笔、历史小说及相关随笔，另有大量中日文化比较方面的文章，在日本拥有大量读者。其有日本中国题材历史小说第一人的美誉，仅小说《诸葛孔明》(1991)、《小说十八史略》(1977—1983)的销量就达到一百万册以上。然而长期以来，日本的陈舜臣文学研究严重滞后。陈舜臣文学自 1981 年开始被译介到国内，之后《鸦片战争》、《大江不流》(中译《甲午战争》，1981)、《太平天国》(1982)、《青山一发》(2003)等重要作品均有了中文版，相关的译介工作已有近四十年，但研究工作长期滞后，这或许与陈舜臣在中日两国的"双重边缘"身份有关。进入 21 世纪后，王向远的相关研究打破了这种沉寂的状况，其《中国题材日本文学史》以专章的

---

① 曹志伟：《陈舜臣的文学世界：独步日本文坛的华裔作家》，天津人民出版社，2008 年，第 226 页。

形式论述了"华裔作家陈舜臣的中国历史题材"作品。[①] 此后,曹志伟《陈舜臣的文学世界:独步日本文坛的华裔作家》出版,这是中日学界第一部有关陈舜臣文学的学术论著,是在作者博士论文的基础上修订出版之作,书后附有"陈舜臣先生访谈纪实""陈舜臣大事年表"等文献资料,为今后的研究提供了宝贵的文献。《陈舜臣的文学世界:独步日本文坛的华裔作家》开篇有陈舜臣《致中国读者》一文,对于认识陈舜臣文学亦具有重要的参考价值。其文写道:

> 写作这种职业,我觉得似乎是向他人诉说什么。我究竟想要向谁说什么呢?平时虽没有这种意识,但因为我居住在日本,用日语写作,当然设想的读者是日本人。对定居海外、有中国背景的我来说,内心常常有一种愿望,即希望日本人更多地知道中国。与其说是愿望,不如说是我的本能。

> 在某种程度上,作家的全部作品融汇在他的处女作之中——有这样一种说法。不仅一个人这样说过,而且几个人都说过相同的话,只是我记不清是谁说的了。我的处女作是获得江户川乱步奖的《枯草之根》。我对这部作品情有独钟。这部作品以神户为舞台,登场人物是有中国背景的人,即多为华侨。故事情节与人们背负的过去有着深层的联系。我必须搞清将这个时代的东亚居民卷入动乱的原因。从我立志当作家起,就想写我所经历的"时代"。这个时代笼统地说就是"近现代史"。那究竟是什么时代呢? 我读了各种史料,坚信鸦片战争就是这个时代的开端。

> 获奖后,我接到了多家出版社的约稿。因为获了推理小说奖,所以约稿几乎都是推理小说。我非常喜欢推理小说,由于那时年轻,可以完成约稿的写作。在选择犯罪动机时,我大多选择与动荡期有密切关系的东西。大概敏锐的编辑看出了我的心思。那时编辑问:"陈先生,你现在最想写什么?"我毫不犹豫地回答:"鸦片战争。"问此话的是讲谈社的斋藤先生。他说:"请写吧,截稿没有期限,即使几千页也行。"他接受了我的要求,这对我来说是难得的机会。我完成了三千多页《鸦片战争》的书稿,该书于1967年由讲谈社出版了。

> 如果写系列中国近现代历史小说,鸦片战争之后就是太平天国运动。可是我对太平天国有许多不清楚的地方,而且有关资料也不那么容易读通。那时在中国掀起了好几次太平天国研究的热潮,每次都出现大批论文,我必须参考罗尔纲、简又文、郭廷以等人的研究。我痛感

---

① 王向远:《中国题材日本文学史》,上海古籍出版社,2007年,第231—280页。

从头开始连续地把握中国历史比什么都重要。作为通俗读物,我的《小说十八史略》在《周刊每日》连载,同时又按自己的理解写了通史。这就是《中国的历史》(全十五卷)。

五十岁时,作为 NHK 特别节目《丝绸之路》的顾问,我参加了节目的制作和解说工作。同时一有机会,我就到世界各地旅游。我尽量去各国的中国城,想寻找中国人的根。……以获奖为契机,我成为职业作家,经历了五十年的岁月,这就是我的简历。这些在我的作品中究竟是怎样表达的,我自己也不清楚。然而在半个世纪中,我自己的想法也发生了微妙的变化。这可能与中国知识阶层有相同的倾向吧。在国力贫弱、受列强欺压的时代,有被过强的民族主义支配的心情。这种心情随着国力增强、国际地位提高,就会产生对世界负起责任的想法,这好像已成为主流倾向。特别对我来说,亲身经历过殖民地的统治,对中国古典中出现的"大同"理想,抱有特殊的关心。这可能在我的作品中留下某些印记。①

陈舜臣在《致中国读者》一文中的自述与曹志伟通过对陈舜臣文本的梳理和研究得出的结论一致。曹志伟指出:

陈舜臣对民族文化具有较为切实的、具体的、本质的归属感。作为华裔,陈舜臣当然关注在日华人的命运;作为文学家,他更在乎个人的社会定位。而陈舜臣的个人定位又与华人群体在日本的位置密不可分。

陈舜臣小说的人物活动舞台多是在日本,但中国历史文化并非只是点缀和装饰,而是贯穿于小说始终,是与人物的每日生活密切相关的物质和精神内容。如《残线之曲》中的修平、《山河在》中的温世航等都是富有同情心、办事能干的正面华裔形象。反映了陈舜臣从民族文化的角度看待世界的写作立场,以及在身份和文化认同上站在民族文化一边的叙述姿态。他的作品表现出与自己民族身份相统一的文化认同。他的文字的根系总是伸向民族文化的厚土中。②

自鸦片战争以来,中国和中国文化历经沧桑,东亚及中日关系波涛汹涌,帝国主义战争带来的裂痕与创伤依然随处可见。陈舜臣文学在历史的裂痕处寻寻

---

① 曹志伟:《陈舜臣的文学世界:独步日本文坛的华裔作家》,天津人民出版社,2008 年,第 1—4 页。

② 同上,第 150 页。

觅觅,试图找到缝合的可能性,显示了一个作家的担当意识。陈舜臣喜欢阅读司马迁的《史记》,也许《史记》赋予了他这种担当的意识。

陈舜臣是一位学者型作家,为了创作中国历史小说,他长期研究中国历史,他本人亦出版了可谓鸿篇巨制的《中国历史》,这使他的历史小说具有了超越日本主流文化框架的洞察力与勇气。陈舜臣的《甲午战争》描写福泽谕吉企图操纵金玉均等人,在朝鲜建立一个符合日本国家利益的政权,结果未能如愿,随即转变立场,写下了广为人知的《脱亚论》(1885)一文,作家一针见血地指出:"这就是所谓的'脱亚入欧论',亦即加入列强论。'亟应如欧人之风以处之'一句,简直是帝国主义的宣言。"①在描述"旅顺失陷"一节时写道:"旅顺有各国的海军军人和新闻记者,这次大屠杀立刻被报道给全世界。《纽约世界报》报道日军屠杀了非战斗员六万人。评论说:日本是披着文明外衣的怪兽,如今他摘掉假面具,露出了野蛮本相。"②与此同时,将《纽约世界报》作为"外部"视角导入作品世界,显示了其广博的历史文化视野,亦增添了作品的表现力度。

陈舜臣曾与司马辽太郎同在大阪外事专门学校就读,两人后来都走上了文学创作之路,两人之间亦多有文学文化方面的交流,如他们曾在 1978 年进行过题名为"丝绸之路——历史和魅力"及"对谈——思考中国"的对谈。但两人的历史观明显不同,陈舜臣对此有着明晰的认知,这得益于陈舜臣在日本主流语境中的"边缘"立场及其扎实的中国历史文化背景。他在与曹志伟的访谈中说道:

> 曹:您被誉为中国题材历史小说第一人,司马辽太郎是日本历史小说第一人,您的小说同司马先生的最大不同点是什么?
> 陈:(思考片刻后)我与司马氏的历史观有些不同。司马氏认为日本历史明治时期好,而大正开始走下坡;而我认为日本从明治时期就开始出现问题。司马氏表现的是英雄主义,而我喜欢表现的是普通人,或者说是普通人的生活。所以我的作品,像《成吉思汗一族》的小说名加上了"一族"的词,与英雄人物相比,我更喜欢描写普通人的生活。③

陈舜臣是富于洞察力的。在全球化浪潮席卷的当今时代,陈舜臣文学的独特魅力及其价值将越发清晰地呈现出来,相信他必将在日本文学史上占有一席之地。作为日本华文文学的重镇,他也必将在中国文学史上占有一席之地。川

---

① 陈舜臣:《甲午战争》,李翟译,重庆出版社,2009 年,第 129 页。

② 同上,第 415 页。

③ 曹志伟:《陈舜臣的文学世界:独步日本文坛的华裔作家》,天津人民出版社,2008 年,第 220—221 页。

西政明指出陈舜臣的《耶律楚材》(1994)描写耶律楚材基于中国传统儒、佛、仁、德的教义,奠定了成吉思汗克制征服欲、转向元朝治世的基础,给予了陈舜臣文学应有的观照,①这也许是一个良好的开端。

深泽七郎(1914—1987)的出现震惊了当时整个日本文坛。其天赋无疑令所有人赞叹,但其特立独行的、富于勇气的笔力最终令其遭到了驱逐。在历经漂泊之后,他终于回归田园,过上了相对安宁的晴耕雨读的生活,但无法掩饰其心中深深的无奈,其人生经历令人唏嘘。深泽七郎出身山梨县八代郡石和町的一个经营印刷业的家庭。因患角膜炎,右眼几乎没有视力,这反倒激发了其听觉和音乐方面的才华,这一点从其文坛处女作《楢山节考》②(1956)中的音乐性可知。他从中学时代开始喜欢弹吉他,中学毕业后在东京的药店、面包店当学徒工。他浪迹天涯,1938年在明治生命讲堂举办了第一场吉他独奏会,至1952年共举办过十八场吉他独奏会,1954年开始在日本音乐厅长期演出,并开始尝试小说创作。1956年11月,以短篇小说《楢山节考》获得中央公论新人奖,由此登上文坛。另有代表作《笛吹川》(1958)、《风流梦谭》(1960)、《庶民列传》(1970)、《陆奥偶人》(1979)等。其中,《风流梦谭》被认为有对天皇不敬的内容,遂引发了日本右翼的追讨,他因此度过了长达四年的颠沛流离的逃亡生涯,可见日本社会存在着诸多"禁忌"。相马庸郎指出:

> 战后日本文学史上再也没有像深泽七郎的《风流梦谭》(《中央公论》1960年12月)那样轰动社会的文学作品了。虽说是梦境,该短篇小说涉及对昭和天皇一家处刑这种惊人的题材,使诸多评论家围绕着作品是否否定天皇制、是否革命小说这一政治课题参与了讨论。此外,作品发表两个月后,一个右翼少年袭击了小说所刊杂志社社长的住宅,引发了杀伤事件,这直接在国会和论坛掀起了关于战后的右翼对策、恐怖主义和言论自由问题、天皇制禁忌问题等政治话题的广泛议论,其影响持续了很长一段时间。③

《风流梦谭》事件象征着战后日本右翼恐怖主义的复活,此后有关天皇的诸多话题成为禁忌。《楢山节考》是深泽七郎的成名作,作品以日本信州大山里的一个贫穷村庄为舞台,描写了那里的"弃老"习俗。因为山村口粮不足,村里的老人们到了七十岁就必须上楢山,即在冬天里被丢弃在楢山上活活饿死

---

① 　川西政明『昭和文学史　下卷』(講談社、2001年)527ページ。

② 　"节"在日语中有"曲调"之意,"考"是考据之意,作品题名即"楢山曲调考"之意。

③ 　相马庸郎「深沢七郎と『政治』」(『日本文学』第43巻9号、1994年、45ページ)。

或冻死,以便把节约下来的口粮让给儿孙辈。作品的主人公阿伦即将七十岁了,不幸儿媳妇在山上捡栗子时摔死了,留下了儿子和三个孙子、一个孙女。阿伦身板硬朗,还是个操持家务的能手,她一边拉扯着孙辈们,一边急着要为儿子再找个媳妇,以便在自己上楢山前把儿子一家安顿好。所幸新来的儿媳妇阿玉很贤惠,才十六岁的长孙袈裟吉的媳妇阿松也进门了。儿子和儿媳妇舍不得阿伦上山,但阿伦决心已定。那天,山上下了雪,村里的风俗认为那是一个好兆头,阿伦在雪中口诵阿弥陀佛,独自静静地坐在山里,等待着生命最后时刻的到来。作品取材于古老的民间传说,同时导入民间说唱式的文体,以民谣推动作品铺叙展开,作品结尾处还附有作者本人作词作曲的《楢山曲》等歌谣,在内容、形式方面均有鲜明的创新性,且不乏深刻的思想内涵。《楢山节考》的出现令日本文坛震惊,中村光夫指出作品揭示了拾人牙慧的日本现代人道主义的虚伪性,[1]亦有较多评论者认为作品展现了前现代的"日本",[2]但这些论点并未得到充分展开。

实际上,"弃老"首先是一种"历史"的割裂,虽然阿伦婆婆一心赴死,但邻居家的阿又爷爷贪生怕死,由此衬托出人类共通的"求生"本能。一般而言,民谣质朴纯真,但《楢山节考》中的民谣满含话语暴力,时时提醒着老人们赴死的时刻,尤其十六岁的长孙为了迎娶自己的小媳妇,在村里带头传唱羞辱祖母的歌谣,令争强好胜的祖母为自己的"健康"感到羞耻,终于自行击落了两颗门牙,以便使自己看上去显得更衰老一点。村落共同体的话语暴力无处不在,雨屋一家人被逼得趁夜逃离村子亦是极好的证明。日本自古以来有"村八分"之说,指某一户人家受到全村人的"绝交"制裁。雨屋一家为了逃避"被绝交"的命运,只得趁夜逃离故乡,可见日本社会无处不在的"欺凌"现象。从上下文语境看,"弃老"是旧俗,但老人可以选择不上山,只要抵挡得住整个村落共同体营造出的话语暴力氛围,其证据是阿婆的儿子、儿媳妇不忍阿婆上山。与善良的儿子、儿媳妇相比,长孙所代表的孙辈冷酷至极,他们到处传唱充满了话语暴力的歌谣,当老人终于被丢弃在楢山的那天,小夫妇俩迫不及待地把阿婆的衣服穿在了他们自己的身上,对阿婆即将死去的命运没有流露出丝毫同情。这种功利主义、利己主义行径,完全颠覆了阿婆为了子孙后代的福祉而赴死的传统价值观,其中横亘着历史的"裂痕"。孙媳妇阿松对家务一窍不通亦说明了代际的裂痕。也就是说,作品亦包含了对伦理的拷问意味。阿婆的名字用日语写作"おりん",其中的"りん"与"伦理"的"伦"字日语发音一致。作者亦确实将代表儒家伦理的"仁义"二字嵌入文

---

① 中村光夫『日本の現代小説』(岩波書店、1991 年)191ページ。

② 中谷いずみ「『民衆』という幻:山本健吉の近代主義批判と『楢山節考』」(『日本文学』第 56 巻 11 号、2007 年、45ページ)。

本中。阿婆即将上山前,请有过上山经验者介绍注意事项,当时的场面充满了庄严肃穆的仪式感,介绍者亦以"仁义"①之法传授了相关经验。无论如何,生死事大！可以说,深泽七郎的成名作《楢山节考》向当时的日本社会提出了历史、记忆、生命伦理等诸多问题。当时的日本作为美国的桥头堡,在经济方面呈现出一派欣欣向荣的景象,但战争责任等重大问题被遮蔽,正如在逼走了雨屋一家后,全村人都像商量好了似的,"所有人都不再提这件事"②。这种"沉默"难道不是另类的语言暴力吗？通过"沉默"来消除历史记忆,这是更深层次的语言暴力。不仅如此,这个小山村亦是"日本"共同体的象征,所以《楢山节考》还是一篇充满象征意义的"日本人论",它揭示了日本民族的诸多国民性格,例如对弱势群体的欺凌、无视"生命伦理"的冷酷等。其中,对"历史断层"的形象化叙事手法令人惊叹。

深泽七郎对"历史断层"的关注与中岛敦于 1940 年开拓的中国历史题材作品有一脉相承之处。可以说,中国历史题材作品亦是对"历史断层"的弥合冲动,其后的井上靖文学、陈舜臣文学亦都是在此延长线上做出的不懈努力。

第五节　后现代作家的崛起

昭和时代末期是日本泡沫经济的鼎盛时期,大城市地价暴涨,财富神话层出不穷,日本人的生活方式更趋欧美化,都市文化高度发达。但人们的内心越来越空虚,人与人之间的距离越来越远,怀着幻灭感与孤独感的年轻人越来越多。这时期,日本文学界刮起了后现代之风,村上春树、吉本芭娜娜(1964—　)成为畅销作家,甚至出现了所谓"村上现象""芭娜娜现象"。村上春树的《挪威的森林》(1987)短时期内销了四百余万册;吉本芭娜娜的《厨房》(1987)等一系列作品亦畅销一时。这两位作家的作品与迄今为止的日本文学截然不同,呈现出明显的个人主义文学的特点,且深受美国流行文化和动漫、漫画等日本流行文化的影响,执着于描写亲人或恋人之死以及作品人物的孤独感等,本质上描写了经济繁荣时期孤独空虚的年轻人的内心世界。作品在丧失了"内涵"之后,仅留下轻飘的"文体"。村上春树、吉本芭娜娜小说的共同点还包括对恐怖、神秘体验的强烈好奇,有关灵界、超能力、神秘体验、心灵创伤、梦幻等的描述随处可见。或许与个人主义文学特点有关,作品人物的亲情观念淡薄,诸多作品人物无须承担家庭责任,亦似乎无须成长或成熟,村上春树文学有执着于"少年性"的特点,吉本芭

---

① 谷崎潤一郎［ほか］編『日本の文学　第 80（名作集 4）』（中央公論社、1970 年）243 ページ。

② 同上,第 242 页。

娜娜文学有执着于"少女性"的特点。

吉本芭娜娜于 1987 年毕业于日本大学艺术系文艺专业,同年以处女作《厨房》(《海燕》1987 年 11 月)获得第六届海燕新人文学奖,由此走上文坛。《厨房》单行本又于 1988 年 1 月获得第十六届泉镜花文学奖,被翻译成二十多国文字,畅销一时,宣告了日本文学风格的巨大转向。《厨房》没有复杂的情节,仅描写了一个失去唯一亲人的孤独少女。与迄今为止的日本文学不同的是,虽然描写亲人之死及少女的孤独,却不见沉重的丧失感,反倒透出一种轻飘感。另一个作品人物雄一家的人际关系似乎荒诞不经,但在日本漫画、动漫世界中早已是寻常之事。作品用浅显的会话、简洁的文体、淡淡的抒情、轻飘的感觉描绘了此前文学深刻面对的人际困境与家庭解体等问题。厨房自古以来都是女性挥汗劳作之地,但在物质极度丰富的时代,厨房少了烟火味,变成了点缀着鲜花与蕾丝窗帘的温馨浪漫之处,亦成了女性的堡垒。然而,不可否认如此厨房隐喻着生命力的缺失。在吉本芭娜娜的《厨房》中,厨房成了抚慰少女之心的温暖空间,孤独而受伤的心灵被这梦幻般的"舒适感"所疗愈。这种温柔的"舒适感"亦是村上春树、吉本芭娜娜文学的秘密之一,彰显着都市文学的特色。此外,浅显、敏感亦是吉本芭娜娜文学的重要特征。与此相应,作品中的文字多用日语假名,亦多用隐喻"时尚"意味的片假名文字,还采用大量存在于日语词汇中的拟声词、拟态词,显示出鲜明的"感性"特点,颇契合"日常语言"的表述方式。这种温柔、平实的文体亦与漫画、动漫世界一脉相承,无须深入思考便可进入作品世界,与繁忙都市人的"快读"或"悦读"习惯颇为契合,由此受到了年轻读者的欢迎。与少女漫画相通之处尤其受到年轻女性读者的广泛欢迎。但由于缺乏真正超越性别界限的诸多观照,吉本芭娜娜文学实际上具有鲜明的性别烙印,上文所述"少女性"特点亦说明了这一点,所以对男性读者形成了一定的壁垒。

村上春树于 1968 年入读早稻田大学戏剧专业,当时正值全共斗运动高涨时期,校园内外骚动不安,村上几乎没上什么课,时常待在爵士乐酒吧里,1971 年结婚,1974 年开始经营"彼得猫"爵士乐酒吧,1975 年大学毕业,1978 年开始尝试小说创作,以处女作《且听风吟》(1979)获得群像新人奖,由此走上文坛。《且听风吟》有意识地使用后现代的手法,用轻风拂过般的感觉记录了都市人的孤独、丧失感与空虚感。这时期,他还开始翻译菲茨杰拉德(1896—1940)等美国作家的作品,这种翻译过程亦是学习写作的过程,由此可见村上文学与美国文学之间密切的关系。1981 年,他转让了爵士乐酒吧,开始潜心写作,同年出版译著《我失落的城市——菲茨杰拉德作品集》(1981)。菲茨杰拉德是美国"迷惘的一代"的代表作家,亦是个人主义文学的代表作家。从村上翻译出版菲茨杰拉德作品可知,在文学起步阶段,村上有意识地学习了美国个人主义文学,这亦与当时日本社会现状密切相关。随着经济的不断繁荣,日本社会亦在 20 世纪 70 年代末开始进入个人主义时代,村上则成为这个时代的代表性作家。

村上文学与迄今为止的日本文学截然不同,其作品描写了大量的个人主义者,失去了此前日本文学所拥有的与同时代之间的"连带感"。正如他喜爱的美国作家菲茨杰拉德《了不起的盖茨比》(1925)所描绘的不为周围人所理解的大富豪般,村上亦塑造了一个个孤独的形象,这与创作了《我们的时代》的大江健三郎、《然而,我们的岁月……》的柴天翔等作家不同,其早期人物对社会保持了"不介入"的态度。如前所述,村上亦描写了"死亡",但他一般并不直面描写"死亡",而是酝酿出一种氛围,"死亡"在其文学中沦为了"道具",失去了应有的思想内涵。从《挪威的森林》《海边的卡夫卡》(2002)、《没有色彩的多崎作和他的巡礼之年》(2013)等作品名或作品舞台亦可知村上文学憧憬西方世界,而刻意地与日本社会保持距离,代表作《奇鸟行状录》(1995)亦创作于美国。其作品不断获奖,如《寻羊冒险记》(1982)获得了野间文艺新人奖,《世界尽头与冷酷仙境》(1985)获得了谷崎润一郎奖。《挪威的森林》则在短时期内销了四百余万册,由此引发"村上现象",村上本人亦成为日本后现代文学的旗手,不断地创造着销售神话。

可以说,村上用后现代的笔触创制了一种新型小说,他将大众喜闻乐见的热门话题、科幻小说、侦探小说、动漫与漫画、电视剧等流行元素融于一体,炮制了一个娱乐大制作般的都市小说空间,展现着令人眼花缭乱的美国式的都市风光。其作品人物亲情观淡薄,他们普遍重视自己的个人爱好,保持着自己的个人品位,喜欢阅读外国小说,喝冰啤酒和现磨咖啡,吃面包、意大利面及其他西餐,听爵士乐唱片,他们避开繁杂的人际关系,在无机质的都市中静静地生活着,享受着孤独而自由的静好岁月。《1Q84》就是这样一个娱乐大制作般的作品,其中充满了各种谜、装置与象征。例如,标题《1Q84》是什么? 邪教教团的原型是什么? 为什么会发生远程受孕现象? 为什么会有两个月亮? 美少女创作的空气蛹象征着什么?"空气蛹"中出现的"小小人"象征着什么? 在《1Q84》第 18 章中,天吾说奥威尔的"老大哥"太有名了,所以已经不适合登场,"小小人"则非常有趣。① 可见"小小人"还肩负着"老大哥"的戏份,但"小小人"究竟指什么? 村上对此采取了一贯的隐晦手法,设置了严格的"悬念",为后续写作进行了铺垫。然而,《1Q84》第 3 部的重心转移到天吾与青豆的纯爱世界,"小小人"的来龙去脉不了了之,显示了以娱乐为主导的创作方式。

村上从《奇鸟行状录》开始显示出积极的"介入姿态"。1995 年是战后日本重要的转折之年,村上终于结束了为期四年半的美国生活,于 1995 年 6 月返回日本,开始了他的"介入"行动。此前,他刚刚完成了长篇小说《奇鸟行状录》的创

---

① 村上春樹『1Q84　BOOK　1』(新潮社、2009 年)422ページ。

作。村上对作家责任感的自觉意识始于旅美时期,即《奇鸟行状录》的创作时期。他曾经说过:"自从我来到美国,我就开始以绝对严肃的态度思考我的祖国日本以及日语这门语言。我青年时期开始写作时一门心思想的是如何逃离那种'日本状态',逃得越远越好。我曾想尽可能远地离开日语这个诅咒……居留海外的最后一年我过得有些浑浑噩噩,而正在此时有两个重大的灾难袭击了日本:阪神大地震和东京的毒气袭击事件……这是日本战后历史上两个最悲惨的悲剧。可以毫不夸张地说,这两个事件在日本人的意识中清楚地划出了一道事件'之前'与事件'之后'的界限。这两大灾难将深深地刻入我们的精神,成为我们人生中的两块里程碑。"①

实际上,对日本战争问题的思考是村上重要的"介入"方式之一,《海边的卡夫卡》看似一部十五岁少年的成长记,实际上却是继《奇鸟行状录》后的又一部战争问题力作。就这样,随着人生阅历、写作经验的不断积累,村上文学亦逐渐呈现出"介入"的性格。

第六节　村上春树的《海边的卡夫卡》

村上春树在《海边的卡夫卡》中借用了歌德之言"世间万物无一不是隐喻"②,这也许是进入该作品的关键词之一。《海边的卡夫卡》的"隐喻"贯穿作品始终,从小说题名"海边""卡夫卡",至"海边的卡夫卡"背景音乐,以及指向"灵界"的"海边的卡夫卡"画作,还有作品中涉及的大量作品名录、知名品牌,等等,不胜枚举。尤其值得注意的是作品中无处不在的神话基调、梦幻境界、童话意象等,更加暗示了充满隐喻的象征性语言之于作品的重要性。关于作品的神话基调,俄狄浦斯神话无疑是典型代表。在寂静的暗夜中展现的田村卡夫卡与佐伯的恋爱似真似幻,与梦境具有无限的相似性,而田村卡夫卡的"自我催眠术"亦不容小觑,这亦是"梦幻"境界的重要组成部分。

作品开篇处就展示了卡夫卡少年的"催眠"功力。"叫乌鸦的少年叹口气,用手指肚按住两边的眼睑,随后闭目合眼……我也同样闭起眼睛,静静地深吸一口气。……叫乌鸦的少年在即将睡过去的我的耳边静静地重复一遍,就像用深蓝色的字迹刺青一般地写进我的心。"③《海边的卡夫卡》就是在如此"催眠"场景中拉开了序幕。这是否亦暗示着村上文学所具有的"催眠"作用? 此外,琼尼·沃克吹着迪斯尼电影《白雪公主》中七个小矮人的"哈伊嗬"口哨开始"杀猫"行径。

---

① 杰·鲁宾:《倾听村上春树的艺术世界》,冯涛译,上海译文出版社,2006年,第239—243页。

② 村上春树:《海边的卡夫卡》,林少华译,上海译文出版社,2003年,第116页。

③ 同上,第3—4页。

神话、童话和梦的共同点是均使用象征性语言。弗洛姆在《被遗忘的语言》中指出：

> 其内在经验、感觉、思考被表达出来，好像它们是外在世界的感官经验、事件一样，它是一种完全不同于我们白天讲话习惯逻辑的语言，象征语言的逻辑不是由时空这些范畴来控制，而是由激情和联想来组织。它是人类曾产生的唯一一种普遍语言，是一切文化以及整个历史中都相同的语言，它有自己的语法和语义，如果要了解神话、童话和梦的话，这种语言就必然被理解。……象征语言是我们每个人都应当学习的唯一一门外语，对它的理解可使我们触及智慧的最重要的源泉之一——神话的源泉，它还可以使我们触及我们自己的人格的更深层次。①

弗洛姆指出象征性语言的逻辑是由"激情"和"联想"串联起来的，且神话、童话、梦境均使用象征性语言。村上亦在某访谈录中指出：

> 我认为人的存在就是一栋二层楼住宅。一楼是人们聚在一起吃饭、看电视、聊天之处，二楼有单间和卧室，人们去那里独自看书、听音乐。还有地下室，那是特别之处，放有各种东西，一般不使用，偶尔进去发发呆。我认为这地下室之下还有一间地下室，那里有非常特殊的门，一般不为人所知，所以人们进不去，或终其一生不能进入，如若不小心进入，可见里面的黑暗，那是近代以前的人们实际体验的黑暗。因为没有电——我认为与此相关。进入如此黑暗中，人们可以看到普通家里看不到之物，因为它与自己的过去相连，是进入自己的灵魂世界。然而，还是要回来，不回来就无法回归现实了。我认为作家是能够有意识地进入这一世界者。自己打开秘密之门进去，看该看之物，体验该体验之物，然后关上门，回归现实，我认为这是作家原本具有的能力。我早就感到这一点，只是最初觉得有点害怕，刚跨入一步便退回了。但如果掌握了某种技巧，就能不断深入，还能将其作为物语记录下来。……所谓近代的自我，我也说不好，几乎都是在地下一层进行的，所以人们能读懂，能用头脑理解，因为有一种思考体系存在。但进入地下二层，就不能单靠头脑理解了。……在那里进行创作，创作手法自然融现实与

---

① 弗洛姆：《被遗忘的语言》，郭乙瑶、宋晓萍译，国际文化出版社，2001年，第4—6页。

非现实于一体,或现实与非现实之间的壁垒被打破。①

上文所言"技巧"应与田村卡夫卡使用的"催眠术"相近,佛家的"禅定"则是更古老的方法。"地下二层"则与佛教"末那识""阿赖耶识"的概念相近,那是比一般心理学所言"潜意识"更深入的一种意识状态,也是一个被象征性语言统摄的意象世界,即"不能单靠头脑理解"之处。由此可见潜入深层意识的村上文学所具有的隐喻特征,这应是村上借作品人物所言"世间万物无一不是隐喻"的深意。从某种意义上讲,小森阳一的《村上春树论:精读〈海边的卡夫卡〉》是一部致力于阐释其庞杂晦涩的隐喻世界的力作。村上曾于1995年11月,即从美国返回日本后不久,与河合隼雄进行了一次对谈。村上开宗明义地提及了"介入"问题,他说:"在旅美三年多之后,在最后阶段,我反而更愿意思考自己的社会责任感问题。""我最近常常思考介入问题。例如,即便写小说时,介入问题都变得非常重要了。"②村上还指出:"总之,日本最大的问题是战争结束后,未将绝对性的暴力相对化。……我们这一代人的问题应该也属于这一问题。……我今后的课题或许是,我将应在历史中取得平衡的暴力性问题带向何处。我感觉这也是我们这一代人的责任。"③由此可见,村上的"介入"态度清晰明了,而对"战争"及与战争如影随形的"暴力"问题的思考是其最重要的"介入"方式,而将"绝对性的暴力相对化"之言则明显带有某种不祥的预兆。

如前所述,村上的创作与所谓"地下二层"的深层意识密切相关,《海边的卡夫卡》的晦涩难懂正说明了这一特征。但读者还是能从这些蔚为壮观的隐喻中概括出具有诸多象征性的意象,如失忆、忘却、嗜睡等,而这些多与心理疾病相关的特征均由一个个作品人物演绎出来,即读者可以轻而易举地发现该作品中的出场人物多为精神或心理疾病患者,如田村卡夫卡有自闭症倾向,中田老人是失忆症患者,琼尼抑或雕塑家田村浩一有杀猫嗜好,佐伯兼有自闭与偏执倾向,大岛是性同一性障碍及血友病患者,就连没有多少戏份的大岛哥哥亦是一个进过"灵异"世界的非常人物,由此与现实世界保持了疏离感。可以说,这些病患本身就是某种"罪与罚"的象征。

如此众多的病患,亦是集体病患、国家病患的隐喻。怀抱着"介入"意识的村上必将伸出"疗愈"之手。那么,他们的"罪恶"来自哪里呢? 这仍要从作品稍纵即逝的意象中捕捉。构成作品基调之一的俄狄浦斯神话是切入点之一。田村浩

---

① 村上春樹、湯川豊、小山鉄郎「ロング・インタビュー 村上春樹『海辺のカフカ』を語る」(『文学界』第57巻第4号、2003年、16ページ)。

② 村上春樹、河合隼雄『村上春樹、河合隼雄に会いに行く』(新潮社、2003年)15—18ページ。

③ 同上,第203页。

一近乎诅咒般地预言儿子田村卡夫卡将杀死父亲,与母亲、姐姐交合。这是一个模拟俄狄浦斯神话的预言。但正如小森阳一所言,它与俄狄浦斯神话具有本质性区别。然而,"杀死父亲,与母亲、姐姐交合"无疑暗示了作品对"罪恶"的界定,即源于"暴力与性"的罪恶,而这二者背后更为本质性的原因是"战争",这也是作品偶数章以美军"绝密数据"及 B29 幻影开篇的重要原因。由此可见,作品由奇数章、偶数章的顺序展开,似乎展现了一个十五岁少年的"个人"成长经历,是一部个人救赎之作。但若以偶数章、奇数章的顺序阅读,则与现代日本的"战争记忆"密切相关,是一部有关现代日本"国家"历程的作品,是一部民族救赎之作。这和村上与河合隼雄对谈录中表达的对战争、暴力的关注一脉相承。然而,村上混淆了个人经历与国家历史、个人暴力与国家暴力之间的边界。

"战争"之于《海边的卡夫卡》的重要性还表现在随处闪现的战争意象方面。例如,作品第 7 章田村卡夫卡对《在流放地》的解读,尽管他强调"卡夫卡更想纯粹地机械性地解说那架复杂的机器",但这部描述"杀人机器"的作品无疑将读者的关注点亦引向了第一次世界大战时期的欧洲大陆,因为《在流放地》创作于第一次世界大战期间。第 15 章对阿道夫·艾希曼屠杀犹太人的详细描述亦值得关注,它唤起了读者关于犹太人大屠杀的记忆。作品还涉及 1812 年拿破仑远征沙俄的战争。当田村卡夫卡决意闯入森林中的幽冥世界时,其脑海中亦充满了战争意象。这表明村上拥有较丰富的现代战争史知识,遗憾的是他用大量笔墨唤起读者对德国杀人机器、犹太人大屠杀及拿破仑远征沙俄的战争记忆,却对日本的侵略战争一笔带过,而他借大岛之口讲述的两个日本"二战"逃兵的故事更有美化日本人反战心理的意味。如此写作策略,无疑起到了将日本的战争及战争暴力"相对化"的作用,对于战争发动者自然具有"疗愈"功效。如前所述,村上在与河合隼雄对谈录中指出"日本最大的问题是战争结束后,未将绝对性的暴力相对化"。那么,《海边的卡夫卡》中的如此"相对化"写作策略应是村上对其自身问题意识的反馈,是解决这一重大问题的实践之举。然而,无视南京大屠杀、731细菌战部队的记忆,能够实现真正意义上的救赎吗?事实上,村上的"相对化"写作策略,不仅通过"空间"的相对化处理,即通过唤起遥远地区、遥远民族的战争与大屠杀记忆,使日本民族的战争与暴力相对化,以弱化日本民族的战争责任,他还通过"身份"的相对化处理,唤起日本民族"被害者"的身份记忆,以弱化或消除日本"加害者"的形象,使日本战争"绝对性的暴力相对化",最终达至"疗愈"目的,这也是作品偶数章开篇即强调"美国国防部""B29"意象的原因所在,这是"身份"相对化的必要途径。

B29 是"二战"末期美军对日本城市实施空袭的主力,也是美军向广岛、长崎投掷原子弹的操作平台,其象征意义不言而喻,即明确指向日本人的"被害者"意识。"记得时间大约是上午十点刚过,天空很高很高的上方出现银色的光闪。很鲜亮的银色,闪闪耀眼。……我们估计是 B29。"①冈持节子的话语明显具有唤起广岛、长崎原子弹事件的作用,其广岛人的身份亦暗示了村上的写作策略。在日本式语境或村上语境中,这条由"B29→广岛→长崎→原子弹→被害者"串起的联想链条,似乎可以遮蔽横行于亚洲大陆的日军形象,即日本人的"加害者"形象。但一切发生过的都会留下痕迹,历史不会轻易地被风化掉。

战争必然伴随着鲜血、暴力,作品第 16 章展现了极为血腥的你死我活的战争场面。当然,那是以"杀猫"为隐喻进行的,但作品人物明确指出那就是战争。琼尼·沃克当着爱猫人士中田老人的面,将猫一只只杀掉,并残忍地剜出猫心吞入口中,一个冷面杀手的形象跃然纸上。面对中田老人的于心不忍,琼尼·沃克斩钉截铁地指出:"这是战争!已然开始的战争是极难偃旗息鼓的。一旦拔剑出鞘,就必须见血。道理论不得,逻辑推不得,也并非我的任性。注定如此。所以,你如果不想让我继续杀猫,就只能你来杀我。"终于,"中田无声地从沙发上立起,任何人,甚至中田本人都无法阻止其行动。他大踏步地走向前去,毫不犹豫地操起台面上放的刀……"此处模拟了战争的发生、发展过程,"理性"完全失去了存在的位置,"人不再是人了"。这场战争的原因荒诞不经,琼尼·沃克说:"我所以杀猫,是为了收集猫的灵魂。用收集来的猫魂做一支特殊笛子。然后吹那笛子,收集更大的灵魂;收集那更大的灵魂,做更大的笛子。最后大概可以做成宇宙那么大的笛子。"显然,这里只有荒诞至极的"欲望"而已。琼尼·沃克的残杀行为还令人联想到战时日本 731 细菌战部队的活体实验,那间书房俨然成了血腥的实验场,冰箱中排列整齐的"猫脑袋"不正是活体实验的象征吗?

杰·鲁宾指出:"这血腥的第十六章遂成为村上笔下最激烈、最深刻的篇章,其中提出的是浸满鲜血的 20 世纪的记忆中挥之不去的主题,而且将继续困扰着21 世纪的人类,其开端竟是如此令人心碎,如此暴力。这部小说的价值或者说成功所在必将建立于村上如何处理他如此急迫地予以表现的这些普世性的论题。"②接着,针对村上以琼尼·沃克或肯德基山德士上校为作品人物的写作方式,杰·鲁宾指出:

> 《海边的卡夫卡》在利用这类策略时显得相当武断或随意,而且其人物经常更多地以作者的便利为前提条件,而非遵从现实或者幻想前后一贯的逻辑。……不过更令人失望的是小说未能回答第十六章那杰出的杀猫情节的结尾提出的重大问题:对于一个爱好和平的人而言,通

---

① 村上春树:《海边的卡夫卡》,林少华译,上海译文出版社,2003 年,第 14 页。
② 杰·鲁宾:《倾听村上春树的艺术世界》,冯涛译,上海译文出版社,2006 年,第 290 页。

过杀死另一个人参与到人类历史最丑陋的核心,即使他的杀人是为了制止别人继续杀戮,到底意味着什么?杀戮与战争是如何改变了一个人,使他不再是原来的他?小说的前十五章百川归海般导向那场恐怖的血腥较量,但随后的三十三章始终再未能达到那一探寻的高度,而且精心编织的中田童年时代有关战时的章节也再未在以后的叙事中起到任何意义。①

作为英语世界最著名的村上文学译者,杰·鲁宾对村上文学的赞美可谓不遗余力。尽管如此,他还是指出了《海边的卡夫卡》的不足之处,即故事演进中的"武断与随意"及莫名其妙的虎头蛇尾。实际上,杰·鲁宾的不满源自他对该作品不切实际的"普世性"期待。那些指向"普世性"的要素,如前述犹太人大屠杀等战争记忆、第16章的"浸满鲜血"的战争隐喻不过是村上的"相对化"写作策略而已,具有"反普世性"的特质。但第16章的处理之于村上本人也许尽善尽美,他充分地表达了他自己,这从琼尼·沃克反复强调的"注定如此"之言可知。这话语与点缀其间的《麦克白》意象互为呼应,协调一致。当战争渐次走向高潮时,村上让琼尼·沃克的脑际不断闪现《麦克白》的场景。

《麦克白》是莎士比亚的四大悲剧之一,被认为是莎士比亚悲剧中最阴暗、最富于震撼力之作。作品描写苏格兰将军麦克白被女巫预言他将成为苏格兰国王,其权力欲和野心由此膨胀。在妻子的怂恿下,他暗杀了国王,自立为王。为掩盖杀人罪行,他又不断制造杀人事件,最终沦为杀人魔王,走向了灭亡。《海边的卡夫卡》第16章与《麦克白》有诸多共同点。例如,二者都聚焦了"恶",强调了荒诞的欲望与野心。尤其值得注意的是,二者都暗示了"命运"的力量,琼尼·沃克不断强调"注定如此",麦克白的悲剧则肇始于女巫的预言。由此可见,第16章细致入微地描写了战争之恶,但更强调了"注定如此"的命运观,其中未见任何"普世性"价值,也未见村上拥有任何超越一般日本民众的战争观。事实上,《麦克白》之于第16章的作用与俄狄浦斯神话之于《海边的卡夫卡》的作用互为呼应,它们分别从局部与整体的角度,暗示了"注定如此"的命运观,这似乎有助于消解日本民族的战争罪恶感,但如此消解方式能够达至真正的"疗愈"吗?

村上具有一定的佛学修养,这与其家庭环境密切相关。"村上的父亲是僧人。其作品深受佛教世界观的影响,这也是村上文学成为'世界文学'的原因所

---

① 杰·鲁宾:《倾听村上春树的艺术世界》,冯涛译,上海译文出版社,2006年,第292—293页。

在。"①然而,《零的乐园:村上春树与佛教》仅于最后一章瞥视了《海边的卡夫卡》中的佛教因素,且仍在文本的周边徘徊。《〈海边的卡夫卡〉的佛教因素》则是一篇短小精悍的论文,主要通过作品舞台"四国"所隐含的佛教意味,以中国唐代高僧玄奘所译《般若心经》为切入点,指出了作品中的"空性"思想,认为田村卡夫卡在与"空性"人物佐伯的接触中,获得了净化与救赎。② 正如这篇论文指出的,"四国遍路"与"四国"的佛教内涵关系密切。所谓"四国遍路"是指日本人为缅怀日本真言宗开山祖师、曾经留学唐朝的遣唐僧空海,重走空海修行之地"四国八十八所",即四国的八十八间寺院。"四国八十八所"及"四国遍路"的存在使四国成为日本佛教圣地,八十八所巡礼之路也成为日本最著名的朝圣之路,它是修行之路、重新检视自我之路,也是体验重生之路。由此可知,作品舞台"四国"内含的救赎意味,且这种救赎是以佛教式救赎为底蕴的。村上赋予"四国"的内涵不止于此。"四国"与"死国"谐音。传说空海曾发宏愿,愿八十八所蕴藏解脱人生八十八个烦恼的智慧,以封住"死国"之门,使"死国"成为"重生"之地。笔者认为,作品中连接此岸与彼岸的重要通道——"入口石""出口石"的意象亦来自空海"四国八十八所"的相关传说。此外,将奇数章、偶数章串联起来,可谓作品枢纽人物佐伯的姓氏亦富于象征意义。至今仍被日本人尊称为"遍照金刚"的一代高僧空海亦出生于四国,其俗名为"佐伯真鱼",这是佐伯这一姓氏的象征意义,即该姓氏亦指向佛教式救赎意象。然而,令人遗憾的是,满含救赎意象的佐伯无疑远离佛教的"空性",其"我执"之深有目共睹,其灵魂游移的生存形态更表明她已病入膏肓,已是行尸走肉般的"空壳",何来"空性"之言? 她本身就是一个急需被救赎的对象。

如前所述,作品随处闪现着有关"记忆"的意象,其中自然包括失忆、忘却等与记忆相关的概念。例如,偶数章主人公中田老人是一个失忆症患者,其失忆与战争密切相关。然而,中田老人因"忘却"而获得了快乐,他是整部作品中最快乐的人物,他还拥有非凡的超能力及不可思议的"权柄",所以其人格魅力非同寻常,令素昧平生的卡车司机星野一路追随,仿佛桑丘追随堂吉诃德般令人羡慕。中田老人的权柄表现在他一次次地将故事推向巅峰。他替田村卡夫卡达成了"弑父"的潜在愿望,还销毁了佐伯年复一年记载的三本"记忆"的日记,使田村浩一和佐伯终于可以心无旁骛地前往寂静的幽冥世界。此处隐约可见《海边的卡夫卡》中"记忆→痛苦→消除记忆(烧却)→解脱"的救赎程序,即"忘却"抑或"消除记忆"是救赎的关键所在,且"失忆者"中田老人是救赎过程中至为关键的人

---

① 平野純『ゼロの楽園　村上春樹と仏教』(楽工社、2008 年)带。
② 小林隆司、南征吾、岩田美幸[ほか]「『海辺のカフカ』にみられる仏教的要素」(『吉備国際大学研究紀要』第 22 号、2012 年、105—111ページ)。

物,即村上赋予了"失忆者"无上的权柄,使他看上去仿佛是无冕的帝王。这或可成为小森阳一所言"处刑小说"的另类阐释。这种由"烧却"或"忘却"达至救赎的方式亦与村上的佛学修养有关,因为"烧却"或"忘却"意味着通向"无"的世界。

事实上,《海边的卡夫卡》的佛教元素随处可见。例如,在描写了残暴的杀猫场景后,村上将视角转向田村卡夫卡的林间生活。村上写道:"看书看累了,就清空大脑呆呆地眼望炉里的火苗。火苗怎么都看不厌。形状多种多样,颜色各所不一,像活物一样动来动去,自由自在。降生,相逢,分别,消亡。"①火苗虽然形状、颜色各个不同,但它们"降生、相逢、分别、消亡"的生命历程一致,这里隐含了佛教的"四劫"宇宙观。所谓"四劫"指成、住、坏、空四劫,这是佛教关于世界生灭变化的基本观点,即佛教认为一个世界的成立、持续、破坏,又转化为另一个世界的成立、持续、破坏,其过程分为成、住、坏、空四个时期。在残暴的杀戮之后,村上迫不及待地提出"空"的宇宙观,可见其写作策略。然而,这是对佛教思想的绑架。佛教超越善恶,但又以"善"为基础,所谓"诸恶莫作,众善奉行"就是这个道理。超越"善恶"必须经过"众善奉行"的漫漫修行路。

前文指出,作品是在"催眠"场景中揭开序幕的。田村卡夫卡虽然年少,却精于此道。他应是在长年的自闭中练就了这套本领,而如此技能与佛教"禅定"或"入定"的实修方式一致。从不靠催眠师,而仅靠集中自身意念的方式,更看出作品中的类似场面应属于佛教的"禅定"方式,这亦与村上的佛学修养有关。无独有偶,中田老人亦精于此道。第10章描写中田老人为寻找失踪的猫来到一片空地静候逮猫人。在那片寂静的空地里,中田老人"放松身体,关掉脑袋开关,让存在处于一种'通电状态'。对于他这是极自然的行为,他从小就习以为常了。不大工夫,他开始像蝴蝶一般在意识的边缘轻飘飘地往来飞舞。边缘的对面横陈着黑幽幽的深渊。他不时脱离边缘,在令他头晕目眩的深渊上方盘旋。但中田不害怕那里的幽深。为什么要害怕呢?那深不见底的无明世界,那滞重的沉默和混沌,乃是往日情真意切的朋友,如今则是他自身的一部分。这点中田清清楚楚。那个世界没有字,没有星期,没有可怕的知事,没有歌剧,没有宝马车,没有剪刀,没有高筒帽。同时也没有鳗鱼,没有夹馅面包。那里有一切,但没有部分。没有部分,也就没必要将什么换来换去。也无须卸掉或安装上什么。不必苦思冥想,委身于一切即可"②。这实际上描述了"禅定"的状态。

中田老人的"禅定"程序与田村卡夫卡一致,他们首先"放松身体",这在后者身上表现为"呆呆地眼望炉里的火苗"。第二步是"清空大脑"的杂念,这在中田老人身上表现为"关掉脑袋开关"。少年卡夫卡才十五岁就已谙于此道,而中田

---

① 村上春树:《海边的卡夫卡》,林少华译,上海译文出版社,2003年,第163页。

② 同上,第93页。

老人"从小就习以为常了"。由此可见,村上将非凡的"禅定"技能赋予了这一老一少两个主人公,这使他们拥有了某种超常的能力,如田村卡夫卡可以与灵界亲密接触,中田老人可以与猫、狗交流,且能令活鱼、蚂蟥从天而降。那么,何谓"禅定"呢?"禅定"是佛教"六波罗蜜",又作"六度"之一。"六度"是大乘佛教的菩萨在成就佛道时必须实践的六种德目,亦即佛教的六种修行次第,它们依次为布施、持戒、忍辱、精进、禅定、智慧。这六种德目循序渐进,始于"布施",成于"智慧"。可见"禅定"的次第极高,一位行者必须以布施、持戒、忍辱、精进为基础,才能达至"禅定",并由"禅定"通向至高的"智慧"境界。禅定的基础,即布施、持戒、忍辱、精进这四种德目,每一种都需要明晰的理性与坚韧的意志力,并以慈悲心为基础。然而,这一老一少两位主人公怎样呢?少年卡夫卡内心隐含了弑父奸母的情结,这是极度违背人伦的罪恶心,可见他与"禅定"境界无缘。而中田老人是重度"失忆症"患者,其生命状态几乎处于"无意识"的本能状态,不可能"从小"就有意识地"放松身体,关掉脑袋开关,让存在处于一种'通电状态'",而后进入"禅定"境界。可见村上在人物设定方面存有诸多牵强之处,他开出的"忘却"药方只能起到暂时的麻痹作用。

《海边的卡夫卡》包含了日本的战争记忆及村上对战争之因、战争之恶、如何走出战争阴影等的全面思考。关于日本的战争记忆,村上通过"相对化"的写作策略,在弱化日本民族战争责任的同时,积极唤起其"被害者"的身份记忆,以遮蔽日本的"加害者"形象。对战争之因的看法,正如贯穿作品始终的俄狄浦斯神话基调及第 16 章对《麦克白》意象的强调所暗示的,村上传达了"命运使然"的观点,其中未见任何自省意识。村上对战争之恶的揭示细致入微,但他在唤起读者对战争之恶的思考后,即刻提出无可奈何的命运观及"忘却"的救赎方式,完全不见富于理性与勇气的反思精神。小森阳一指出:"小说采用了将读者一度唤醒的历史记忆从故事内部割裂出去并加以消除的创作手法。这是一个对读者记忆中的历史进行篡改,甚至是消匿历史记忆、使历史记忆最终归为一片虚空的方法。正是这个方法,使俄狄浦斯神话的套用最终只能无疾而终。"[1]事实上,村上对佛教实修方式及佛教思想的套用亦牵强附会、无疾而终。为了开出"忘却"的药方,村上对人物设置颇费了一番心思,但依然难以掩饰其随心所欲的矛盾性。他关注佛教的实修技巧,却无视人伦与道德基础。真正的"忘却"必须建立在高度自省的"理性"基础上,而如此"理性"也只是一种方便的说法,它与柔和的"感性"是一体的,并以人伦道德为基础。所以,村上那充满随意性的写作策略不可能带来真正意义上的"救赎",当然也不否认其短期的"麻痹"效用。

---

① 小森阳一:《村上春树论:精读〈海边的卡夫卡〉》,秦刚译,新星出版社,2007 年,第178—179 页。

附　　录

一　日本小说年表

时代	公元年份	作品	文学背景
大和时代	57		倭奴国遣使东汉。汉光武帝授以印绶，中日关系有文字记载之始
	239		邪马台国女王卑弥呼遣使带方郡，魏明帝称卑弥呼为"亲魏倭王"，授以印绶
飞鸟时代	603		圣德太子制定《冠位十二阶》
	604		圣德太子制定《十七条宪法》
	606		圣德太子讲授《胜鬘经》等
奈良时代	712	《古事记》	
	715	陆续编撰各地《风土记》	
	720	《日本书纪》	
	751		《怀风藻》
	759 以后		《万叶集》
	779	《唐大和上东征传》	
平安时代	794		迁都平安京
	805		最澄从唐朝回国
	806		空海从唐朝回国
	814		《凌云集》
	818		《文华秀丽集》
	819		《文镜秘府论》
	822 以后	《日本灵异记》	
	827		《经国集》
	838	《入唐求法巡礼行记》	
	851	《行历抄》	

续 表

时代	公元年份	作品	文学背景
	854	《在唐日录》	
	888 以后	《竹取物语》	
	891		《日本国见在书目录》
	894		停止遣唐使
	935	《土佐日记》	
	940	《将门记》	
	952	《大和物语》	
	954	《蜻蛉日记》	
	约 960	《落洼物语》	
	约 961	《伊势物语》	
	985		《往生要集》
	约 1001		《枕草子》
	约 1004—1012	《源氏物语》	
	1028	《荣华物语》	
	1033 以后		《地藏菩萨灵验记》
	约 1040		《大日本国法华经验记》
	1060	《更级日记》	
	1082	《渡宋记》	
	约 1120—1150	《今昔物语集》	
	1170	《今镜》	
	1176 以前	《唐物语》	
	1185		坛浦之战,平家灭亡
	1192		源赖朝开镰仓幕府
	1195	《水镜》	
	1211		《吃茶养生记》
镰仓时代	1212		《方丈记》
	1218	《平治物语》	
	约 1240	《平家物语》	
	1285	《曾我物语》	
	1319		《徒然草》

时代	公元年份	作品	文学背景
室町时代、安土·桃山时代	1336		足利尊氏开室町幕府
	1392		五山文学崛起
	1400		《风姿花传》
	约 1411	《义经记》	
	1424		《花镜》
	1592—1598		丰臣秀吉发兵侵略朝鲜
江户时代	1603		德川家康开江户幕府
	1609		朱子学兴起
	1612		基督教禁教
	约 1615	《伊曾保物语》	
	1666	《御伽婢子》	
	1688	《日本永代藏》	
	1692	《世间胸算用》《狗张子》	
	1773	《本朝水浒传》	
	1776	《雨月物语》	
	1809	《浮世澡堂》	
	1814	《南总里见八犬传》	
	1815	《朝夷巡岛记》	《兰学事始》
	1866	《西洋事情》	
明治时代	1868		明治改元(9 月 8 日),江户改名为东京
	1869	《西洋闻见录》	
	1871	假名垣鲁文《安愚乐锅》	
	1872		改用太阳历
	1874	服部抚松《东京新繁昌记》;成岛柳北《柳桥新志》	
	1883	矢野龙溪《经国美谈》	
	1885	坪内逍遥《当世书生气质》;东海散士《佳人之奇遇》	坪内逍遥《小说神髓》;砚友社成立
	1886	末广铁肠《雪中梅》	二叶亭四迷《小说总论》

时代	公元年份	作品	文学背景
	1887	二叶亭四迷《浮云》第一篇;山田美妙《武藏野》	民友社成立;鹿鸣馆舞会盛行
	1888	屠格涅夫作、二叶亭四迷译《幽会》	政教社成立
	1889	幸田露伴《露团团》《风流佛》	大日本帝国宪法颁布;东海道线开通;北村透谷《楚囚之诗》
	1890	森鸥外《舞姬》《泡沫记》;幸田露伴《一口剑》	教育敕语颁布
	1891	幸田露伴《五重塔》;尾崎红叶《两个妻子》	没理想论争开始
	1892	樋口一叶《暗樱》	安徒生作、森鸥外译《即兴诗人》;侦探小说流行势头出现
	1893	樋口一叶《雪日》	山路爱山《明治文学史》;《文学界》创刊
	1894	泉镜花《义血侠血》;樋口一叶《大年夜》	中日甲午战争爆发;北村透谷自杀;国木田独步《爱弟通信》;佐佐木信纲《征清歌集》;志贺重昂《日本风景论》
	1895	樋口一叶《青梅竹马》《十三夜》《浊流》;泉镜花《外科室》《夜间巡警》;广津柳浪《黑蜴蜒》《变目传》	签署《马关条约》
	1896	尾崎红叶《多情多恨》;泉镜花《海城发电》	樋口一叶去世
	1897	尾崎红叶《金色夜叉》;国木田独步《源叔父》	岛崎藤村《若菜集》
	1898	国木田独步《武藏野》;德富芦花《不如归》	
	1899		《中央公论》创刊
	1900	泉镜花《高野圣僧》;小杉天外《初姿》	德富芦花《自然与人生》;新渡户稻造《武士道》
	1901	国木田独步《牛肉和马铃薯》	与谢野晶子《乱发》;岛崎藤村《落梅集》;幸德秋山《帝国主义》
	1902	德富芦花《黑潮》;永井荷风《地狱之花》	缔结日英同盟 宫崎滔天《三十三年之梦》

时代	公元年份	作品	文学背景
	1903	幸田露伴《滔天浪》	幸德秋水《社会主义神髓》
	1904	木下尚江《火柱》	日俄战争爆发
	1905	夏目漱石《伦敦塔》《我是猫》;田山花袋《第二军从征日记》	设置朝鲜统监府
	1906	岛崎藤村《破戒》;夏目漱石《少爷》《草枕》;伊藤佐千夫《野菊之墓》;櫻井忠温《肉弹》	南满洲铁道株式会社成立;幸德秋水、堺利彦译《共产党宣言》
	1907	田山花袋《棉被》;夏目漱石《虞美人草》;二叶亭四迷《面影》;泉镜花《妇系图》	夏目漱石《文学论》;森鸥外《歌日记》;自然主义文学论盛行;口语自由诗运动兴起
	1908	田山花袋《生》;永井荷风《美国物语》;夏目漱石《三四郎》《梦十夜》;岛崎藤村《春》;二叶亭四迷《平凡》	潘神会成立
	1909	森田草平《煤烟》;岩野泡鸣《耽溺》;田山花袋《乡村教师》;永井荷风《法兰西物语》;夏目漱石《从此以后》	伊藤博文被刺杀;《昴星》创刊
	1910	岛崎藤村《家》;夏目漱石《门》;长塚节《土》;谷崎润一郎《刺青》《麒麟》;志贺直哉《到网走》	大逆事件;吞并朝鲜;柳田国男《远野物语》
	1911	德田秋声《霉》;森鸥外《雁》《妄想》	幸德秋水被处决;中国辛亥革命;西田几多郎《善的研究》
大正时代	1912	夏目漱石《行人》;志贺直哉《大津顺吉》;葛西善藏《悲伤的父亲》	大正改元(7月30日);清朝灭亡;石川啄木去世
	1913	森鸥外《阿部一族》;中里介山《大菩萨岭》	岛崎藤村赴法国(1916年回国);新女性论争
	1914	夏目漱石《心》;森鸥外《大盐平八郎》;久米正雄《牧场兄弟》	"一战"爆发;第三次《新思潮》创刊;押川春浪去世

时代	公元年份	作品	文学背景
	1915	森鸥外《山椒大夫》;夏目漱石《路边草》;芥川龙之介《罗生门》;正宗白鸟《港湾边》	日本向中国提出二十一条;永井荷风《晴日木屐——东京散策记》
	1916	森鸥外《涩江抽斋》《高濑船》《寒山拾得》;芥川龙之介《鼻子》;正宗白鸟《牛棚的气息》;夏目漱石《明暗》;宫本百合子《贫穷的人们》	赤木桁平《扑灭"游荡文学"》;白桦派理想主义文学盛行;外国电影公司进驻日本
	1917	有岛武郎《该隐的后裔》;菊池宽《父归》;志贺直哉《在城崎》《和解》;佐藤春夫《田园的忧郁》;谷崎润一郎《异端者的悲哀》;广津和郎《神经病时代》;芥川龙之介《戏作三昧》	俄国十月革命
	1918	芥川龙之介《地狱变》;有岛武郎《与幼小者》;葛西善藏《带着孩子》	"一战"结束;新村论争;米骚动事件;宝塚少女歌剧第一次在东京演出
	1919	岛崎藤村《新生》;武者小路实笃《友情》;有岛武郎《一个女人》;幸田露伴《命运》	中国五四运动;朝鲜三一运动
	1920	菊池宽《珍珠夫人》;山本有三《杀婴》	国际联盟成立
	1921	志贺直哉《暗夜行路》;武者小路实笃《一个男人》	日本未来派运动第一次宣言
	1922	芥川龙之介《竹林中》;佐藤春夫《都市的忧郁》;久米正雄《破船》;野上弥生子《海神丸》;里见弴《多情佛心》	有岛武郎《一篇宣言》;平林初之辅《第四阶级的文学》;森鸥外去世
	1923	横光利一《太阳》《苍蝇》;井伏鳟二《幽闭》	关东大地震;大杉荣被害;有岛武郎自杀
	1924	宫本百合子《伸子》;宫泽贤治《要求特别多的餐厅》	《文艺战线》《文艺时代》创刊

时代	公元年份	作品	文学背景
	1925	梶井基次郎《柠檬》；芥川龙之介《大导寺信辅的半生》；叶山嘉树《卖淫妇》；川端康成《十六岁的日记》；佐藤春夫《女诫扇绮谭》	日本无产阶级文艺联盟成立
昭和时代	1926	叶山嘉树《水泥桶里的一封信》《生活在海上的人们》；川端康成《伊豆的舞女》；芥川龙之介《点鬼簿》；横光利一《春天的马车曲》	昭和改元（12月25日）
	1927	芥川龙之介《河童》《齿轮》《某阿呆的一生》	芥川龙之介自杀；青野季吉《转型期的文学》；日本第一条地铁运营（浅草、上野之间）
	1928	黑岛传治《盘旋的鸦群》；中野重治《早春的风》；野上弥生子《真知子》；林芙美子《放浪记》；小林多喜二《一九二八年三月十五日》；嘉村礒多《业苦》	全日本无产者艺术联盟成立；形式主义文学论争；艺术大众化论争
	1929	小林多喜二《蟹工船》；德永直《没有太阳的街》；岛崎藤村《黎明前》；川端康成《浅草红团》；大佛次郎《赤穗浪士》	侦探小说热；日本无产阶级作家同盟成立；世界经济进入大萧条时期
	1930	黑岛传治《武装的街巷》；堀辰雄《神圣家族》；直木三十五《南国太平记》；横光利一《机械》	中国台湾雾社起义；新兴艺术派俱乐部第一次会议
	1931	川端康成《水晶幻想》；牧野信一《吉伦》；横光利一《上海》	侵华"九一八"事件；大众文学流行；日本无产阶级文化联盟成立
	1932	嘉村礒多《路上》；山本有三《女人的一生》	伪满洲国建立；大规模镇压日本无产阶级文化联盟
	1933	宇野浩二《枯木的风景》；小林多喜二《党生活者》；川端康成《禽兽》	柳田国男《桃太郎的诞生》；谷崎润一郎《阴翳礼赞》；日本退出国际联盟；小林多喜二惨遭杀害
	1934	横光利一《家徽》；牧野信一《鬼泪村》；德永直《冬枯》	"转向"文学盛行

时代	公元年份	作品	文学背景
	1935	川端康成《雪国》；石川达三《苍氓》；吉川英治《宫本武藏》；横光利一《家族会议》	横光利一《纯粹小说论》；小林秀雄《私小说论》；设立芥川奖、直木奖
	1936	石川淳《普贤》；堀辰雄《起风了》；阿部知二《冬宿》；野上弥生子《迷路》；太宰治《晚年》	"二二六"事件；中国西安事变
	1937	久保荣《火山灰地》；永井荷风《濹东绮谭》；伊藤整《幽鬼的街》；横光利一《旅愁》；岛木健作《生活的探求》；火野苇平《粪尿谭》	日本发动全面侵华战争
	1938	石川达三《活着的士兵》；火野苇平《麦与士兵》；岸田国士《暖流》；上田广《黄尘》《鲍庆乡》；幸田露伴《幻谈》	《活着的士兵》被禁；战记文学盛行
	1939	和田传《大日向村》；太宰治《富岳百景》	国策文学盛行
	1940	织田作之助《夫妇善哉》；幸田露伴《连环记》	大政翼赞会成立
	1941	堀辰雄《菜穗子》；阿部知二《岛影》；伊藤整《得能五郎的生活和意见》	颁布国民学校令
	1942	中岛敦《古谭》《光与风与梦》《南岛谭》；丹羽文雄《海战》；井伏鳟二《花之城》	日本文学报国会成立；中岛敦去世
	1943	岛崎藤村《东方之门》；谷崎润一郎《细雪》；中岛敦《李陵》；太宰治《右大臣实朝》	武田泰淳《司马迁》
	1944	太宰治《津轻》；田中英光《我的西游记》；三岛由纪夫《鲜花盛开的森林》	竹内好《鲁迅》；神风特工队成立
	1945	太宰治《竹青》《惜别》《御伽草纸》；火野苇平《陆军》	日本战败投降；美国开始军事占领日本七年多

时代	公元年份	作品	文学背景
	1946	埴谷雄高《死灵》;野间宏《阴暗的图画》;坂口安吾《白痴》;上林晓《在圣约翰病院》;梅崎春生《樱岛》;中村真一郎《在死亡的阴影下》;石川淳《黄金传说》;永井荷风《舞女》;志贺直哉《灰色的月亮》;宫本百合子《播州平原》	天皇发表"人间宣言";《日本国宪法》颁布;坂口安吾《堕落论》;小田切秀雄《文学中的战争责任追究》
	1947	野间宏《青年之环》;宫本百合子《路标》《两个院子》;竹山道雄《缅甸的竖琴》;原民喜《夏之花》;太宰治《斜阳》;中野重治《五勺酒》;武田泰淳《蝮蛇的后裔》;野间宏《脸上的红月亮》;椎名麟三《深夜的酒宴》	日本笔会重建
	1948	野间宏《崩溃感觉》;大冈升平《俘虏记》;太宰治《人间失格》;大佛次郎《归乡》;太田洋子《尸街》;安部公房《终道标》	远东国际军事法庭判决;太宰治自杀
	1949	川端康成《千只鹤》《山音》;武者小路实笃《真理先生》;木下顺二《夕鹤》;三岛由纪夫《假面的告白》;井伏鳟二《今日停诊》;井上靖《猎枪》《斗牛》	中华人民共和国成立;风俗小说论争
	1950	大冈升平《武藏野夫人》;井伏鳟二《遥拜队长》;伊藤整《鸣海仙吉》;武田泰淳《异形者》;吉川英治《新平家物语》;堀田善卫《丧失祖国》	金阁寺火灾;朝鲜战争爆发;中间小说成为热门话题
	1951	大冈升平《野火》;安部公房《墙》;堀田善卫《广场的孤独》	《日美安保条约》签订
	1952	野间宏《真空地带》;武田泰淳《风媒花》	国民文学论争;战记文学出版热

时代	公元年份	作品	文学背景
	1953	安冈章太郎《恶友》;堀田善卫《时间》;井上靖《风林火山》	文学全集出版热
	1954	小岛信夫《美国学校》;庄野润三《游泳池畔小景》;曾野绫子《远方的来客》;中野重治《五脏六腑》;武田泰淳《光藓》	"第三新人"登场;自卫队成立
	1955	阿川弘之《云的墓标》;远藤周作《白种人》;石原慎太郎《太阳的季节》;堀田善卫《纪念碑》	自民党成立
	1956	五味川纯平《人的条件》;三岛由纪夫《金阁寺》;深泽七郎《楢山节考》;井上靖《冰壁》;原田康子《挽歌》;堀田善卫《鬼无鬼岛》	水俣病公害;侦探小说热
	1957	井上靖《天平之甍》;远藤周作《海与毒药》;大江健三郎《死者的奢华》;开高健《裸体国王》;松本清张《点与线》	举办国际笔会(东京)
	1958	大江健三郎《饲育》;大冈升平《花影》;井上靖《楼兰》;深泽七郎《笛吹川》	东京塔落成
	1959	井上靖《敦煌》;安冈章太郎《海边光景》;大江健三郎《我们的时代》;有吉佐和子《纪之川》	政治与文学论争
	1960	岛尾敏雄《死亡之刺》;深泽七郎《风流梦谭》;松本清张《日本的黑雾》;大江健三郎《迟到的青年》;仓桥由美子《党派》;北杜夫《曼波鱼大夫航海记》	"第三新人"活跃
	1961	松本清张《砂器》;陈舜臣《枯草之根》;水上勉《雁寺》;大江健三郎《十七岁》;三岛由纪夫《忧国》	右翼分子抗议大江健三郎、深泽七郎作品

时代	公元年份	作品	文学背景
	1962	安部公房《砂女》;高桥和巳《悲器》;司马辽太郎《龙马行》;北杜夫《榆家的人们》;川端康成《古都》	战后文学论争
	1963	井上靖《风涛》;大江健三郎《性的人》	政治与文学论争
	1964	安部公房《他人的脸》;大江健三郎《个人的体验》;三浦绫子《冰点》	东京奥运会;大江健三郎《广岛札记》
	1965	高桥和巳《忧郁的党派》;五味川纯平《战争和人》;中野重治《甲乙丙丁》;小岛信夫《拥抱家族》	越南战争爆发
	1966	井伏鳟二《黑雨》;远藤周作《沉默》	萨特与波伏娃访日
	1967	大江健三郎《万延元年的Football》;大冈升平《莱特战记》;安部公房《燃烧的地图》;大城立裕《鸡尾酒会》;陈舜臣《鸦片战争》;有吉佐和子《华冈青州的妻子》;五木宽之《看那灰色的马》	桑原武夫《文学理论的研究》
	1968	司马辽太郎《坂上之云》;大庭美奈子《三只蟹》	川端康成获得诺贝尔文学奖;学潮风起云涌
	1969	清冈卓行《洋槐树的大连》;石牟礼道子《苦海净土》;黑井千次《时间》;武田泰淳《富士》	美国"阿波罗号"登月
	1970	古井由吉《杳子》;山崎丰子《浮华世家》	大阪世博会;三岛由纪夫自杀
	1971	开高健《夏天的阴翳》	中国重返联合国
	1972	有吉佐和子《恍惚的人》;丸谷才一《只有一个人的叛乱》	美国归还冲绳;川端康成自杀

时代	公元年份	作品	文学背景
	1973	安部公房《箱男》;大江健三郎《洪水涌上我的灵魂》;小松左京《日本沉没》	石油危机
	1974	有吉佐和子《综合污染》	日本笔会因金芝河问题产生分歧
	1975	中上健次《岬》;林京子《祭场》;檀一雄《火宅之人》;后藤明生《说梦》	"内向的一代"开始活跃
	1976	森村诚一《人性的证明》;中上健次《枯木滩》	中国毛泽东主席逝世;洛克希德事件
	1977	安部公房《密会》;中谷孝雄《老残日记》	
	1978	津岛佑子《宠儿》;大庭美奈子《花与虫的记忆》	《中日和平友好条约》签订
	1979	大江健三郎《同时代的游戏》;村上春树《且听风吟》	中美建交
	1980	高桥高子《荒野》;中上健次《凤仙花》;石川淳《狂风记》	柄谷行人《日本现代文学的起源》
	1981	井上厦《吉里吉里人》	黑柳彻子《窗边的小豆豆》畅销一时
	1982	村上春树《寻羊冒险记》;加藤幸子《梦之壁》;大庭美奈子《寂兮寥兮》	前田爱《都市空间中的文学》
	1983	森村诚一《恶魔的饱食》;林京子《上海》;岛田雅彦《献给温柔左翼的嬉游曲》	举办反核集会
	1984	黑井千次《群栖》;安部公房《樱花号方舟》	东京举办国际笔会;柏林森鸥外纪念馆、伦敦夏目漱石纪念馆落成
	1985	日野启三《梦之岛》;堀田善卫《路上的人》;岛田雅彦《我是仿造人》;村上春树《世界尽头与冷酷仙境》	"忠臣藏"论争
	1986	大江健三郎《M/T与森林的不可思议的故事》;藤泽周平《市尘》	苏联切尔诺贝利核泄漏事件

时代	公元年份	作品	文学背景
	1987	村上春树《挪威的森林》；筒井康隆《文学部唯野教授》；吉本芭娜娜《厨房》；山崎丰子《大地之子》；大江健三郎《致思年华的信》	日本国铁民营化
	1988	李良枝《由熙》；吉本芭娜娜《哀愁的预感》；村上春树《舞！舞！舞！》	青函隧道开通；濑户大桥开通
	1989	吉本芭娜娜《鸫》；大冈玲《表层生活》；井上靖《孔子》	平成改元（1月8日）；出现村上、芭娜娜现象

二 作家索引

三　主要作品索引

四　主要参考书目

日文部分

[1] 日本古典文学全集：全51卷[M]．東京：小学館，1970-1976．

[2] 現代日本文学大系：全97卷[M]．東京：筑摩書房，1968-1973．

[3] 日本の文学：全80卷[M]．東京：中央公論社，1964-1970．

[4] 安藤宏．日本近代小説史[M]．東京：中央公論新社，2018．

[5] 吉本隆明．夏目漱石を読む[M]．東京：筑摩書房，2017．

[6] 火野葦平．海と兵隊 悲しき兵隊[M]．東京：社会批評社，2014．

[7] 大江健三郎．晩年様式集[M]．東京：講談社，2013．

[8] 福家崇洋．日本ファシズム論争：大戦前夜の思想家たち[M]．東京：河出書房新社，2012．

[9] 仁平政人．川端康成の方法：二〇世紀モダニズムと「日本」言説の構成[M]．仙台：東北大学出版会，2011．

[10] 追悼小松左京[M]．東京：河出書房新社，2011．

[11] 柴田勝二．村上春樹と夏目漱石：二人の国民作家が描いた〈日本〉[M]．祥伝社，2011．

[12] 水川隆夫．夏目漱石と戦争[M]．東京：平凡社，2010．

[13] 平野純．ゼロの楽園：村上春樹と仏教[M]．東京：楽工社，2008．

[14] 夏目漱石．文学論[M]．東京：岩波書店，2007．

[15] 中村光夫．日本の近代小説[M]．東京：岩波書店，2007．

[16] 荒井とみよ．中国戦線はどう描かれたか：従軍記を読む[M]．東京：岩波書店，2007．

[17] 柴田勝二．漱石のなかの〈帝国〉：「国民作家」と近代日本[M]．東京：翰林書房，2006．

[18] マリア＝ヘスス　デ・プラダ＝ヴィセンテ，大嶋仁．ゆらぎとずれの日本文学史[M]．京都：ミネルヴァ書房，2005．

[19] 信多純一．馬琴の大夢　里見八犬伝の世界[M]．東京：岩波書店，2004．

[20] 山内昌之．帝国と国民[M]．東京：岩波書店，2004．

[21] M.J.デ・プラダ＝ヴィセンテ.日本文学の本質と運命:『古事記』から川端康成まで[M].福岡:九州大学出版会,2004.

[22] 河合隼雄,村上春樹.村上春樹、河合隼雄に会いにいく[M].東京:新潮社,2003.

[23] 島崎藤村.千曲川のスケッチ[M].東京:岩波書店,2002.

[24] 川西政明.昭和文学史:上中下[M].東京:講談社,2001.

[25] 菊地弘,久保田芳太郎,関口安義.芥川龍之介事典[M].増訂版.東京:明治書院,2001.

[26] 池田浩士.火野葦平論[M].東京:インパクト出版会,2000.

[27] 江口孝夫訳注.懐風藻[M].東京:講談社,2000.

[28] 関口安義,庄司達也.芥川龍之介全作品事典[M].東京:勉誠出版,2000.

[29] 中島敦.中島敦全集[M].東京:筑摩書房,1997-1998.

[30] 蔵中進.唐大和上東征伝[M].大阪:和泉書院,1998.

[31] 奥野健男.日本文学史:近代から現代へ[M].東京:中央公論社,1997.

[32] 文芸春秋.司馬遼太郎の世界[M].東京:文芸春秋,1997.

[33] 前田愛.都市空間のなかの文学[M].東京:筑摩書房,1996.

[34] 瀬沼茂樹,ほか.展望近代の評論[M].東京:双文社出版,1995.

[35] 日本書紀[M].坂本太郎,ほか,校注.東京:岩波書店,1994-1995.

[36] 大江健三郎.日常生活の冒険[M].東京:新潮社,1994.

[37] 堀切直人.日本幻想文学集成[M].東京:国書刊行会,1993.

[38] 本多秋五.物語戦後文学史:上中下[M].東京:岩波書店,1992.

[39] 中村光夫.日本の現代小説[M].東京:岩波書店.1991.

[40] 上田秋成.上田秋成全集:第七巻[M].東京:中央公論社,1990.

[41] 曲亭馬琴.南総里見八犬伝[M].小池藤五郎,校訂.東京:岩波書店,1990.

[42] 大嶋仁.日本思想を解く:神話的思惟の展開[M].東京:北樹出版,1989.

[43] 関口安義.評伝豊島与志雄[M].東京:未来社,1987.

[44] 長谷川泉.現代文学研究:情報と資料[M].東京:至文堂,1987.

[45] 麻生磯次.日本文学史概論[M].東京:明治書院,1986.

[46] 藤原明衡.新猿楽記[M].川口久雄,訳注.東京:平凡社,1983.

[47] 加藤周一,中村真一郎,福永武彦.1946・文学的考察[M].東京:富山房,1982.

[48] 志賀重昂,ほか.明治文学全集:37[M].東京:筑摩書房,1980.

[49] 上田秋成全集:第一[M].東京:国書刊行会,1977.

[50] 田中艸太郎.火野葦平論[M].東京:五月書房,1971.

中文部分

[1] 吴岳添.法国小说发展史[M].杭州:浙江工商大学出版社,2019.

［2］堀田善卫.时间［M］.秦刚,译.北京:人民文学出版社,2018.

［3］谷崎润一郎.细雪［M］.周逸之,译.南京:译林出版社,2018.

［4］佐藤春夫.田园的忧郁［M］.岳远坤,译.西安:陕西师范大学出版总社,2018.

［5］永井荷风.晴日木屐［M］.陈德文,译.广州:花城出版社,2018.

［6］永井荷风.濹东绮谭［M］.谭晶华,郭洁敏,译.上海:上海译文出版社,2018.

［7］曲亭马琴.八犬传［M］.李树果,译.杭州:浙江文艺出版社,2017.

［8］夏目漱石.门［M］.吴树文,译.上海:上海译文出版社,2017.

［9］五木宽之.看那灰色的马［M］.谭晶华,译.北京:人民文学出版社,2017.

［10］雪窦重显,圜悟克勤.碧岩录［M］.北京:东方出版社,2017.

［11］夏目漱石.草枕［M］.陈德文,译.上海:上海译文出版社,2017.

［12］夏目漱石.文学论［M］.王向远,译.上海:上海译文出版社,2016.

［13］上田秋成.雨月物语　春雨物语［M］.王新禧,译.西安:陕西人民出版社,2014.

［14］何志勇.井上靖历史小说的中国形象研究［M］.北京:新华出版社,2014.

［15］杨朝桂.司马辽太郎战争史观研究［D］.天津:南开大学,2014.

［16］苅部直,片冈龙.日本思想史入门［M］.郭连友,等译.北京:外语教学与研究出版社,2013.

［17］樋口一叶.青梅竹马［M］.萧萧,译.上海:华东师范大学出版社,2014.

［18］福泽谕吉.劝学篇［M］.群力,译.北京:商务印书馆,2012.

［19］梶井基次郎.柠檬［M］.李旭,曾鸿雁,译.长春:吉林出版集团有限责任公司,2012.

［20］陈福康.日本汉文学史［M］.上海:上海外语教育出版社,2011.

［21］坂口安吾.白痴［M］.吴伟丽,译.长春:吉林出版集团有限责任公司,2011.

［22］柄谷行人.跨越性批判［M］.赵京华,译.北京:中央编译出版社,2011.

［23］郭勇.中岛敦文学的比较研究［M］.北京:北京大学出版社,2011.

［24］坪内逍遥.小说神髓［M］.刘振瀛,译.上海:上海译文出版社,2010.

［25］翁家慧.通向现实之路:日本"内向的一代"研究［M］.北京:中国社会科学出版社,2010.

［26］永井荷风.法兰西物语［M］.陆菁,向轩,译.南京:南京大学出版社,2010.

［27］夏目漱石.夏目漱石汉诗文集［M］.殷旭民,编译.上海:华东师范大学出版社,2009.

［28］叶渭渠.日本小说史［M］.北京:北京大学出版社,2009.

［29］陈舜臣.甲午战争［M］.李翟,译.重庆:重庆出版社,2009.

［30］曹志伟.陈舜臣的文学世界:独步日本文坛的华裔作家［M］.天津:天津人民出版社,2008.

［31］小森阳一.村上春树论:精读《海边的卡夫卡》［M］.秦刚,译.北京:新星出

版社,2007.

[32] 王向远.中国题材日本文学史[M].上海:上海古籍出版社,2007.

[33] 夏目漱石.满韩漫游[M].王成,译.北京:中华书局,2007.

[34] 赵京华.日本后现代与知识左翼[M].北京:生活·读书·新知三联书店,2007.

[35] 杰·鲁宾.倾听村上春树的艺术世界[M].冯涛,译.上海:上海译文出版社,2006.

[36] 今昔物语集[M].金伟,吴彦,译.沈阳:万卷出版公司,2006.

[37] 大江健三郎.万延元年的 Football[M].邱雅芬,译.北京:作家出版社,2006.

[38] 太宰治.惜别[M].于小植,译.北京:新星出版社,2006.

[39] 真人元开.唐大和上东征传[M].汪向荣,校注.北京:中华书局,2006.

[40] 王向远.笔部队与侵华战争[M].北京:昆仑出版社,2005.

[41] 陈兵.新编佛教辞典[M].北京:中国世界语出版社,2003.

[42] 林世田,李德范.佛教经典精华[M].北京:宗教文化出版社,2003.

[43] 柄谷行人.日本现代文学的起源[M].赵京华,译.北京:生活·读书·新知三联书店,2003.

[44] 维摩诘经今译[M].道生,等注译.北京:中国社会科学出版社,2003.

[45] 村上春树.海边的卡夫卡[M].林少华,译.上海:上海译文出版社,2003.

[46] 佚名.万叶集[M].赵乐甡,译.南京:译林出版社,2002.

[47] 叶渭渠.东瀛美文之旅:王朝女性日记[M].林岚,郑民钦,译.石家庄:河北教育出版社,2002.

[48] 弗洛姆.被遗忘的语言[M].郭乙瑶,宋晓萍,译.北京:国际文化出版社,2001.

[49] 平家物语[M].申非,译.北京:北京燕山出版社,2000.

[50] 川端康成.美的存在与发现[M].叶渭渠,郑民钦,等译.桂林:漓江出版社,1998.

[51] 安部公房.安部公房文集:箱男[M].叶渭渠,唐月梅,主编.申非,王建新,等译.珠海:珠海出版社,1997.

[52] 滕修展,王奇,等.列仙传 神仙传注释[M].天津:百花文艺出版社,1996.

[53] 洪应明.菜根谭[M].武汉:湖北人民出版社,1995.

[54] 杨曾文.日本佛教史[M].杭州:浙江人民出版社,1995.

[55] 罗兰·巴尔特.符号帝国[M].孙乃修,译.北京:商务印书馆,1994.

[56] 尾崎秀树.大众文学[M].徐萍飞,朱芳洲,译.北京:中国社会出版社,1994.

[57] 五味川纯平.战争和人[M].苏明顺,黄人毅,等译.沈阳:春风文艺出版社,1992.

[58] 小岛信夫.拥抱家族[M].龚志明,译.哈尔滨:黑龙江人民出版社,1991.

[59] 野间宏,等.日本反战爱情小说集:脸上的红月亮[M].于雷,译.沈阳:春风文艺出版社,1991.

[60] 堀田善卫.血染金陵[M].王之英,王小岐,译.合肥:安徽文艺出版社,1989.

[61] 德富芦花.不如归[M].丰子恺,译.北京:人民文学出版社,1989.

[62] 长谷川泉.日本战后文学史[M].李丹明,译.北京:生活·读书·新知三联书店,1989.

[63] 有吉佐和子.暖流[M].唐月梅,译.沈阳:春风文艺出版社,1986.

[64] 严绍璗.中日古代文学关系史稿[M].长沙:湖南文艺出版社,1987.

[65] 田山花袋.棉被[M].黄凤英,译.南京:江苏人民出版社,1987.

[66] 夏目漱石.明暗[M].于雷,译.上海:上海译文出版社,1987.

[67] 北村透谷.蓬莱曲[M].兰明,译.上海:上海译文出版社,1985.

[68] 二叶亭四迷.二叶亭四迷小说集[M].巩长金,石坚白,译.北京:人民文学出版社,1985.

[69] 岛崎藤村.破戒[M].柯毅文,陈德文,译.北京:人民文学出版社,1982.

[70] 瞿佑,等.剪灯新话[M].上海:上海古籍出版社,1981.

[71] 日本当代短篇小说选 外二种[M].孙好轩,等译.沈阳:辽宁人民出版社,1980.

[72] 井上靖.天平之甍[M].楼适夷,译.北京:人民文学出版社,1980.

[73] 紫式部.源氏物语[M].丰子恺,译.北京:人民文学出版社,1980.

[74] 有吉佐和子.恍惚的人[M].秀丰,等译.北京:人民文学出版社,1979.

[75] 野间宏.真空地带[M].萧萧,译.北京:作家出版社,1956.